华 文 经 典

HUAWEN
S◁PERIOR

梁乙埋

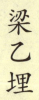

梁乙埋，西夏国相。

是西夏毅宗谅祚的皇后梁皇后之弟，权倾朝野，喜好享乐。

李秉常

李秉常，西夏皇帝。

7岁时即位，16岁时开始亲政。但李秉常执政一直受到其母梁太后的制约。

李清

李清，西夏将军。

本是汉人，后被西夏俘虏，在西夏任将军一职，深受夏主宠信。

文焕

文焕，熙宁六年武状元。

在书中，曾于熙宁十年与西夏的战事中被俘，后来成功出逃。

种古

侍剑

种古，字大质。

为人豪迈，不拘小节，人称「小隐君」。

侍剑，石越的贴身护卫。

少年时被石越收为书童。弓马娴熟，学问通达，对石越忠心耿耿。

狄　詠

狄詠，北宋名将。

面如冠玉，武艺颇佳，是赵顼
在位时期的天下第一美男，号
称『人样子』。

赵云萝
（清河郡主）

赵顼的堂妹，美丽动人，冰雪
聪明，温柔贤淑。

江南十八家商号联号酒坊由高手酒匠配造一色上等甘蔗酒露呈中钦赐名誉甘露酒

正

狄詠街头品酒图

新 4 宋

·大结局珍藏版·

关于宋朝的大百科全书式小说

阿越 著

中国致公出版社
China Zhigong Press

图书在版编目（CIP）数据

新宋.4 / 阿越著. -- 北京：中国致公出版社，
2018
ISBN 978-7-5145-1182-6

Ⅰ. ①新… Ⅱ. ①阿… Ⅲ. ①长篇历史小说 - 中国 -
当代 Ⅳ. ①I247.5

中国版本图书馆CIP数据核字（2018）第 001683号

新宋・4

阿越 著

责任编辑：孙兴冉
责任印制：岳　珍

出版发行：　中国致公出版社
　　　　　　China Zhigong Press

地　　址：北京市海淀区翠微路2号院科贸楼
邮　　编：100036
电　　话：010-85869872（发行部）
经　　销：全国新华书店
印　　刷：北京德富泰印务有限公司
开　　本：710毫米×1000毫米　　1/16
印　　张：22
字　　数：415千字
版　　次：2018 年 7 月第 1 版　　2018 年 7 月第 1 次印刷

定　　价：45.00元

目录

○○

○○

第一章

安抚陕西

知者善谋，不如当时。

——《管子·霸言》

1

西京河南府，洛阳。

因为遭遇了暴风雨，端明殿学士、陕西路安抚使石越的座船行了整整两日，才到达西京洛阳。石越到达洛阳的那一天，晴空万里。

"公子，顺这条道前去不远，便是洛阳城了。"在一个岔路前，潘照临挥鞭指着正西的道路笑道，"富韩公已经知道公子这两日之内会经过洛阳。到洛阳后，应当先去拜会一下他。"

"本当如此。"石越揽辔应道，一面观察四周的山川形胜，叹道，"洛阳居华夏之中，河山拱戴，难怪太祖皇帝欲迁都于此。"

"洛阳东有虎牢关可扼守，西有潼关为屏障，南有嵩山与伊阙为门户，北有太行与黄河为天险，兼之风景华美，山川明秀，自然是远胜于汴京。然而汴京四通八达之地，本朝立都于汴京，原亦是利其漕运方便。久而久之，根深蒂固，而迁都之议，已近空谈。"

众人听石越与潘照临说起此事，都不由感慨。一行人谈笑正欢，忽见前方尘土高扬，马蹄轰鸣，众人不由相顾骇然。一干家丁与护卫官兵，都取出了手中的弩机。众人久闻洛阳地界有一大盗横行，官兵屡剿不灭，因此不爱讲排场的石越，这次破天荒地带了近百人同行。难道当真怕什么来什么，真在这洛阳城外，碰上了大盗？侍剑此时早已驱马上前，取弓在手，挡在石越马前。一时间，空气仿佛凝固。

几分钟后，那大队骑者终于出现在众人的视线当中，侍剑目不转睛地望着那数百骑兵奔驰而来，手心中冷汗直冒。石越表面上虽然冷静，但是汗衫却全湿了。

唯有潘照临轻轻松了口气，笑道："他们有旗帜，不会是盗贼。"

石越眺目望去，果然见队伍当中有四面旗帜高高举起，迎风飘扬，只是看不清楚写的什么字样。那些人越来越近，可以依稀看出是官兵装束。石越不由松了口气，说道："是禁军。"

众人也早已看清，一齐松了口气。正欲收起兵器，石越忽的心中一动，举起手来，厉声说道："暂莫松懈，待看实了再说。"众人心中一凛，原已放下的弩机，又抬了起来。潘照临意味深长地看了石越一眼，若有所思地点了点头。

须臾，那数百骑兵勒马停在离石越一行人约五六百米的地方，为首一人纵马出列，大声问道："前面可是陕西路安抚使石学士？"

侍剑驱马上前几步，厉声回道："正是石学士官驾在此，尔等又是何人？"

那人顿时喜笑颜开，翻身下马，小跑过来，行了一个军礼，朗声说道："下官骁骑军第一营第三指挥指挥使史洪，奉令率部前来恭迎石学士大驾。甲胄在身，不能全礼，还望恕罪。"

潘照临见石越脸上有不解之色，忙低声说道："骁骑军第一营至第三营驻扎西京附近，第四营第五营驻扎在京师与西京之间。他们是最早整编完毕的禁军之一。"

石越点点头，驱马上前几步，高声问道："你既是禁军将领，如何敢擅离职守？我不过路过洛阳，本朝无此远迎之礼。"

"回学士话，最近西京地面不太平，我们第一营各指挥奉命分遣各路巡逻，靖绥地方。下官所部并不曾离开防区半步，学士所行路线，正好是我们第一营第三指挥的防区。这是下官的福气。"

"福气？"便是连潘照临，都有点儿摸不着头脑了。

"请学士前行，下官与儿郎们为学士护道。"

潘照临见石越犹疑，笑道："客随主便，只要不曾乱了规矩便行。御史们若要弹劾，姑且由他们一回。"

石越知道洛阳官员借口盗贼横行，摆出偌大排场来迎接自己，必定有富弼的授意——须知道河南府的现任长官，大部分是石越特意安排的富弼的故吏与亲戚。大宋任何人的面子他都可以不卖，但是富弼的面子，他却不能不卖。当下微微颔首，朝史洪说道："如此有劳诸位了。"

"不敢。"史洪立时退回阵中，眨眼的工夫，他属下的三百骑兵便分成三路，一都在前，一都在后，一都在两旁巡逻，把石越一行人拥簇在中间，浩浩荡荡地向洛阳城的东门走去。

"啊！那是什么？"走了约二三十分钟，当洛阳城高大的城墙出现在众人的视线当中时，一向沉稳的侍剑忽地发出惊呼之声。石越与潘照临、陈良，以及随行的家丁护卫都被眼前所见惊呆了。

整整几万人，拥簇在洛阳城的东门前，翘首望着石越一行的到来。这是石越从未想象过的壮观场面，他忍不住小声地问道："他们在做什么？"

"似乎是在欢迎公子。"潘照临微笑道。

"我不过是路过洛阳……"

"也许正因为这样才让他们如此热情。"

"会不会太张扬了一点儿？"石越想起了自己目前的处境。

"这似乎不是公子所能控制得了的。"

仿佛是为了印证潘照临的话，忽然，石越一行人便听到史洪用他那特有的大嗓门高声喊道："石学士来了！"

顿时，平静的现场沸腾起来。城楼上鞭炮声响起，人们争先恐后地踮起双脚，努力看着骑着一匹白马进城的石越，一面还大声地议论着自己的观感。不知是谁最先拿起绣球抛向石越，顿时便有无数的手帕、香囊抛向石越。猝不及防的石越被这些东西弄得好不尴尬，却还不好躲避，只能一直保持笑容，硬生生地忍受着这些飞来的"暗器"。好在史洪的骑兵很快发现了这个状况，立即排成密集的队形挡在了石越的两旁。

"子明。"

"韩国公！"

当看见竟然连富弼也出现在这场合之时，连潘照临都不由肃然动容。须知富弼自从退隐西京后，别人若想见他一面，都是千难万难，不料他竟然会亲自到东门迎接石越。

"子明光临洛邑，竟让西京出现前所未有的盛况，真让老夫大开眼界。昔日王相公过洛，虽然洛阳也是万人空巷，但是他亦不曾受过这许多绣球与手帕。"富弼亲热地挽着石越的手，迎他入城，一面不忘调侃着石越。

石越赧然笑道："劳动韩国公大驾，越心中难安。本当是在下往府上请安。"

"你远来是客——来，子明，这位是……"富弼给石越介绍着洛阳的主要官员与名流，包括嵩阳书院的山长、《西京评论》的社长等。

入到城中，只见城中街道早已清道，但是两旁观看的民众却一点儿也不曾减少。还有不少商家，主动在门口焚起了香案，以示欢迎……石越知道自从王安石变法以来，西京洛阳聚集了一大批郁郁不得志的旧党大臣。因此，西京洛阳，在某种意义上，是旧党的老巢。自己和旧党关系一向良好，和富弼更有特殊的交情，而且以自己在百姓心目中的形象，受到百姓的欢迎也并不奇怪。但是如此大张旗鼓地欢迎，让自知受到皇家疑忌的石越有点儿忐忑不安起来——这不是更增添了皇家猜忌自己的理由吗？他看了一眼和自己显得亲密无间的富弼，却见富弼满脸笑容，不停地在马上向百姓点头致意，似乎全然没有想到过这一点。石越心中不由奇怪起来——富弼难道会不知道自己出任陕西路安抚使的真正原因？

2

当天晚上，韩国公府。

小客厅中只有石越、富弼、潘照临三人。

石越注视那幅旌鹤降庭图良久，终于忍不住开口问道："富公，今日之事，会不会太过于张扬？在下现在身处嫌疑之地……"

富弼似乎早已知道石越必有此问，不待他说完，已经笑着摆了摆手，转目注视潘照临，笑道："先生可知道老夫何以如此大加张扬，唯恐天下人不知道子明深得百姓之爱戴，元老之器重？"

潘照临略略欠身，回道："在下亦觉疑惑，富公如此安排，必有道理……"

富弼得意地捋了捋胡须，笑道："朝廷之事，老夫大体已是知道。皇上让子明安抚陕西，为的是三个字——不放心。"

石越黯然点头，叹了口气。

"但子明也要看到，皇上确实是一片成全之心。"

"在下已经知道，司马君实在在下离京之时，写了一封书信给我，已点明此意。"

"朝中暗潮涌动，有人妄想身居九五，若子明在朝中，则子明是必争之人。皇上是聪明之君，既怕子明你立场不坚定，又怕你立场过于坚定，因此迫不得已，才把子明你放到陕西来。"

"这……"石越与潘照临面面相觑，皇帝怕他立场不坚定倒也罢了，怕他立场过于坚定，却未免有点儿匪夷所思。

"依老夫的猜测，宫中必有人向皇上进言，猜忌子明你。大抵之言，无非你过于自爱，矫情近伪；又或者万一有不测，主少国疑，而子明又过于年轻之类。子明平素谨慎，于内侍宗室，皆不敢得罪。若皇上知道此事，必然会怀疑这些猜忌之语，终会传到子明你的耳中。因此，即使皇上本来无疑你之意，此时却也不得不疑你。皇上担心的，是怕你听到有人进言，因此立场不稳，铸成大错。但这些话，皇上却不能向你明言。古往今来，有多少人本无贰心，因为被猜忌，反生出贰心。老夫料来，这才是皇上所不放心你的原因。"

石越与潘照临听到富弼的这番分析，不由暗自叹服。

"因此，若子明你处处小心谨慎，提防这儿，提防那儿，你越怕惹疑忌，皇上就越是要疑你。因为皇上就是在怀疑你认为皇上在疑你。自古以来，君臣之间，最难善始善终。因为每个皇帝有不同的才华与性格，你若以为韬晦便能让皇上信任你，那你便是大错了。大丈夫要审时度势，对不同的情况，采取不同的对策。所以，老夫才不惮御史弹劾，大张旗鼓迎你入城。一来让朝廷知道你的声望，二来释皇上之疑。至于那些猜忌你子明太年轻太能干的人，不管他是谁，子明你都管不了，也不用管。这种猜忌你怎么样都躲不掉的。你只要让皇上放心你就行了，只要皇上在一日，皇上就不会怕你能干，不会怕你年轻，皇上就怕你不能干不年轻！"富弼若有所感地叹道，"这个道理，老夫用了近十年时间才明白过来。"

石越站起身来，恭恭敬敬地向富弼行了一礼，谢道："石越谨受教。"

富弼微笑受了这一礼，又道："但所谓过犹不及。子明你亦不必刻意张扬。老夫替你张扬，与你无关，你受了便是。若是你自己，谨慎惯了的，如今要反其道而行之，也不可以太过了。凡事皆需适度。这个就要看你自己去把握。"

"是，在下理会的。"石越自从到宋朝以来，还从未对人如此恭敬过。连潘照临都正襟危坐，认认真真地聆听富弼的建议。

"方才我又说皇上又怕你立场过于坚定，子明可知道是为什么？"

"还请富公赐教。"

"原因亦很简单，皇上怕你步王介甫的后尘。"

"这从何说起？"

"子明你若立场过于坚定，两宫太后，子明你敢保证你不会至少得罪一位？"富弼含笑问道。

"这……"石越与潘照临已经明白了八九分了。

"皇上日后还要倚重你改革图强，王介甫为两宫太后所不喜，于是反对者更加坚定。前车之鉴，皇上岂可不防？这种争权夺位的旋涡，但凡沾上了，要不树强敌，除非是强敌全死了。但是偏偏皇上要做仁爱之君，这些人没那么容易死绝。若子明立场过于坚定，到时就会招人忌恨，于改革图强之大业，颇有妨碍。改革是皇上一生志向所寄，皇上一定要保全你。"

"听君一席话，胜读十年书。在下可谓茅塞顿开。"

"老夫宦海沉浮几十年，做过三朝皇帝的臣子，至今也不是很懂帝王的心思。不过此次身在局外，反倒看得格外清晰。子明与潜光先生皆是不世出之人杰，切不可当局者迷。朝中之事，子明不妨暂且丢到一边，看看皇上怎么样运筹帷幄。子明不如好好想想，怎么样在陕西路做出政绩来，让关中这个天府之国，重现汉唐风采。到京兆府后，子明就会知道，陕西路安抚使虽然位高权重，但是本朝最难治理的也就是陕西路了。内政不修，边患频频，以范文正公之英才，成绩亦非常有限。老夫希望子明能给大宋带来一个惊喜……"

3

同一天，汴京昌王府。

王府中一片忙乱，自王妃以下，没有人想到，皇太后竟然会亲自前来"探病"。

"你们不必乱了，我不过看看自己的儿子而已。"高太后望着一脸惊慌地跪在自己面前的昌王妃，淡淡地吩咐道："你带我去。"

"这怎么敢？臣妾已经让人去唤大王了。"昌王妃胆怯地垂下头来，不敢直视高太后。

"怎么？你连我的话也不听了吗？"

"臣妾不敢。"

"那你前面带路。"

"是。"昌王妃心惊胆战地领着高太后，向赵颢的"病房"走去。高太后一向宠爱赵颢，而且对于立长君似乎也抱着一种默许的态度，甚至还会不经意地放任赵颢去做一些事情。但这次赵颢装病，却是高太后所"不知道"的。而且高太后突然来"探病"，究竟打的什么主意，也让人大费思量。昌王妃故意领着高太后在昌王府内多绕了几道弯，才到了赵颢所住的精舍。赵颢早已由两个仆人搀扶着，跪在门口等候。高太后见赵颢虽然脸色苍白，眼窝深陷，神情憔悴，但是一双眸子却依然炯炯有神，心中暗暗叹了口气。她径自进屋，在一张椅子上坐了，柔声说道："让昌王进来，我要和他说几句话。"

"是。"不多时，赵颢被扶了进来，病恹恹地说道："母后。"

高太后点点头，向内侍、宫女与王府下人说道："你们都出去吧。"

"是。"瞬间，所有的人都退出了精舍。

高太后打量着跪在自己面前的赵颢，温声道："你的病可以好了。"

赵颢心中一震，不过他却并不害怕被自己的母亲识穿。他膝行至高太后的膝头，泣道："母后，孩儿是迫不得已。"

"唉！"高太后长叹了口气，没有说话。

"并非孩儿敢有非分之想，实是此时孩儿不宜离京。自古以来，主少臣强，社稷多危。孩儿是不忍坐视太祖太宗皇帝的江山社稷，落入他人之手。"

"你当真是如此想？"高太后的目光中，说不清是怀疑还是信任。

"孩儿若有半句虚言，天地不容。"赵颢仰面望着高太后，赌咒发誓道，"孩儿亦盼着皇兄大好，也好少操这份心。若为此事，让母子相疑，兄弟生隙，孩儿纵是死了，也戴着罪过。"

"你能如此想，那还有可恕之处。"高太后幽幽说道，"我最担心的，是你们兄弟阋墙，骨肉相残，为后世所讥，为天地不容。"

"孩儿若有此心，叫天诛地灭。"

"若说你与佣儿，一样是与我骨血相连的，一个是儿子，一个孙子，我又岂敢厚此薄彼。我这几日，半夜常常惊醒，担心你侄儿将来会如德昭[1]一般，难得善终。"

---

[1] 赵德昭，宋太祖赵匡胤次子。因长兄早夭，本当继位。但因宋初宫廷斗争，宋太祖死后，其弟宋太宗继位，他被定为仅次于宋太宗之弟齐王赵廷美的帝位第二顺位继承人，但在宋太宗太平兴国四年，赵德昭被迫自杀，从此帝位归于太宗一系。至南宋，帝位才重归于太祖一系，南宋理宗是赵德昭的后代。

高太后的语气黯然。德昭是宋太祖的儿子，宋太宗即位后，本说要传位给他，最后却被逼死了。此事是大宋皇室的一大忌讳。

"孩儿绝不敢做这种事。天幸皇兄无恙，自然更好。若有万一，孩儿亦不过为了江山社稷，替侄儿守几年江山，待他成年，定然把皇位归还给他。若有负此言，让孩儿死后不能归宗庙！"

他这番话说得冠冕堂皇，但是高太后又如何相信？赵颢胸中的热切，她又岂能不知？高太后摇了摇头，道："最好是你皇兄没事，都是我的儿子……若有万一，我知道也阻止不了你的心，但你能做到哪个地步，全看你的造化。群臣拥戴你，我亦不阻你；只是若你要逼宫夺位，我也不能容你。只是万一你事成，我也不为孙儿求什么皇位——那是害了他。只让他有皇家的尊荣，便是你的仁爱了。"

赵颢一把鼻涕一把泪地哭道："若孩儿敢加害佣哥儿，便让我死后入阿鼻地狱，永世不得翻身。"

"罢、罢。"高太后心烦意乱地站起身来，道，"命里有时终须有，命里无时莫强求。你好自为之吧。"说罢，也不再听赵颢多说什么，便出门回宫了。

某府。

"仙长可知富弼给皇上献了药方。"

"那是数日之前的事情了，我见从太医那里抄来的药方，无非是阿胶、当归、黄连、防风、毛姜之类，未必见效。否则禁中早有消息传出来。"

"唔……"

"皇上已经到了大渐之期，连续处分朝廷重臣，摆明了是给新皇留人用了，把石越外放陕西路，更是做了等新皇亲政后再大用的打算。这明明是防止石越在新皇亲政前，官做得太大。奖赏司马光、文彦博、杨士芳，这几人是给新皇登基保驾的。禁中也开始封锁，防止皇上的病情外泄，班直往讲武学堂的培训计划也暂停。今天早上，还得到消息，八百里加急前往各地，召富弼、王安石等七八位元老重臣入京，事情已经一目了然……"

"嗯……"

"大丈夫生不能五鼎食，死亦当五鼎烹！此成王败寇之时，明公当速下决断。皇上摆明是支撑不下去了。但是若不能在富弼与王安石等人进京之前早定大局，待这一班元老重臣入京护卫幼主，一切都晚了。外有富弼、王安石、文彦博、司马光等人在朝堂上护主，内有狄詠、杨士芳统率侍卫，满朝大臣，谁敢有异议？就算是两宫太后，也抵不了这一干人的声望。明公可还记得英宗时，韩琦一人就敢逼太皇太后撤帘之事？"

"但是我总觉得其中有什么地方不对……"

"明公，此时已经没有反悔的地步了。自古以来，行大事者，最忌的就是犹豫不决。明公即使现在去告密，前途也已经毁了！你与我家大王，是在一条船上了。"

"仙长说哪里话来，我只是欲谨慎……"

"箭在弦上，不能不发。纵然明知不够周详，也不能等到富弼、王安石等人进京。何况，明公也不需要很明显地支持我家大王，只需要明公一封奏章，请求皇上为社稷计，早立储君。由此在朝中掀起讨论立储的话题。到时候，自然有人与明公呼应。"

"这倒是，若是一直风平浪静，又如何会有机会？"

次日。石越离开西京洛阳，走陆路前往京兆府长安。亦自这一天起，赵顼陆续接到数十封奏章，请他早立储君，以安天下之心！

4

这一天是熙宁十年正月二十二日。从上午起，开封府的天空就阴霾不散，到了中午，彤云更密，天空仿佛压在人们的头顶上一般。傍晚时分，竟是飘起了雪片，满空中白茫茫的，伴着凛冽的寒风，银浪翻搅。李向安揣着双手，在睿思殿外面四处走动着，检查各处值勤的内侍与侍卫有没有因为寒冷的天气而偷懒。虽说外间都传言皇帝就要不行了，禁中也是一片紧张，但是在承平的年代里，普通的内侍和侍卫们的警觉性，始终有限。若不勤加督促，保不定就会出什么乱子。他转了一圈回来，跺跺脚，抖了抖身上的雪片，忽见大雪之中，有几个人举着琉璃灯笼向睿思殿走来。李向安心中一愣，暗自奇怪，不由抬头看了看天色，这个天气，这个时分，宫门早闭，来人又会是谁？须知内宫若来，必然早有内侍前来通知的。

他朝一个内侍努嘴，道："去看看是谁来了。"那内侍应了，虽然不情不愿，却不敢拖延，戴上斗笠，提了一盏宫灯，迎了上去。李向安远远望见那个内侍走近那群人，却是跪了下去，又引着那群人向睿思殿走来，心中顿时一松。不多时，果见那群人走近，李向安定睛望去，竟是怔住了。这些人来头都不小，有宰相吕惠卿、枢密使文彦博、参知政事兼户部尚书司马光、太府寺卿韩维，还有一个人物，竟然是已经致仕、退居洛阳"养病"的韩国公富弼。

李向安慌忙迎上前去，便听吕惠卿用少见的严肃声调问道："官家歇息了吗？"

"回相公话，官家还在读奏章哩……"

"那烦劳押班通报一声。富弼、吕惠卿、文彦博、司马光、韩维诸臣求见。"

"请相公稍候。"李向安不敢怠慢，叫了小黄门引了五人去偏殿等候，自己忙往睿思殿内走去，到了外间，见狄咏腰间别了一把小斧，正端坐在那里读《汉书》。他知道狄詠以宗戚而统领内宫侍卫，御前带械，可以说是贵幸无比。虽然他有权直接入内通报，但还是停下脚步来，笑道："郡马爷，官家歇息了吗？"

狄詠叹了口气，道："还在看奏章，我也劝了几次，却说是耽误的国事太多，不敢荒废国事。我也不敢再劝了……只是这大病未愈，这却要如何是好？"

李向安点点头，却不去接话，只笑道："既是未睡，我便要进去通传一声。"一面抱拳道，"恕罪。"说罢便进了寝宫。狄詠抱抱拳，目送李向安进去，又开始读他的《汉书》，过不多时，就见李向安匆匆出去，又过了一会儿，便见李向安引了吕惠卿等人进来。狄詠见着众人，连忙起身，欠身行礼。吕惠卿与文彦博、司马光、韩维看都没看他一眼，便径直往里间走去，唯有富弼的目光在他身上稍稍停留一会儿，方走进里间。

狄詠暗暗叹了口气，目送众人的背影，却再也没有心思看书了。他知道自己虽为贵幸，但凭仗的却是父亲的遗泽、爱妻的身份；虽然是皇帝最亲幸的侍卫，身为一班之指挥使，但在吕惠卿、文彦博这类位极人臣的使相眼中，却不过是一鹰犬而已，其区别也不过忠心不忠心而已，自然不值得这些与皇帝"共治天下"的士大夫们多看一眼。不知道为什么，狄詠忽然感到一阵不自在，他很向往父亲的功绩——那位大宋士兵心目中的武神，虽然被士大夫们疑忌，但却是所有士大夫都必须正视的人物。他们对他既敬畏，又害怕；既同情，又疑忌……那是一位不属于士大夫阵营的英雄。

狄詠使劲摇了摇头，赶走自己脑海中的胡思乱想。里面传来细微的谈话声，他连忙起身，带上英雄帽，往外间走去。

"富公，现在石越到了何处？"赵顼注目富弼，含笑问道。他的气色，看起来已经好了许多，声音也开始有了一点儿中气。

富弼没有料到皇帝见到自己第一句话，问的就是石越，忙回道："因函谷道太险要，马不能并骑，车不能方轨，兼之关塞废弃已久，石越是取道潼关入陕。自洛阳经虢州入潼关，计五百六十里路程，臣估计石越此时大约已到潼关。"

"朕听说公在洛阳，大张旗鼓迎接石越，又彻夜深谈？"

"确有此事。石越是石介之后，石介与臣是患难之交，子侄辈在大富大贵之后，忽遇挫折，臣有责任勉励他。"

众人自然都知道富弼所谓"患难之交"是什么意思，当年夏竦陷害范仲淹一派，就是从富弼入手，命其婢女伪造石介为富弼撰写废立诏书，诬蔑富弼欲行"尹霍之事"。

赵顼淡淡一笑，道："公可谓用心良苦者。"

"不敢，臣是为国家爱才。"

赵顼点点头，又问道："高丽使者求救，富公可知此事？"

富弼欠身道："臣傍晚方到汴京，便由万胜门悄悄入城，此事却是不知。"

文彦博见皇帝目视他，忙说道："高丽二王子在辽东为耶律信所败，遣使来华，请大宋相救。使者提出三个要求：其一，请大宋出兵燕云或者对辽国施加压力，防止契丹人在开春后反攻高丽；其二，请大宋停止向契丹卖武器，特别是震天雷，同时以更优惠的价格卖给高丽可装备两万军队的武器、盔甲及震天雷，并允许高丽国用五年时间来偿还这笔债务；其三，请求大宋海船水军派军驻扎江华岛等高丽港口……"

"且慢。"富弼几乎以为自己听错了，问道，"高丽请大宋驻军？江华岛在何处？可有高丽地图？"

"江华岛之位置，大约在高丽的开京与扬州之间，与礼成江隔海相望，是开京出入东海之门户。"

"这……"富弼愕然道，"文相公的意思，是说高丽国请大宋在其咽喉之地驻军？"

文彦博点了点头，道："正是如此。"

不仅仅富弼，就连吕惠卿、司马光、韩维也都觉得匪夷所思。高丽国王莫非是老糊涂了？

"为何？"

"我问过唐康与秦观。二人以为这是高丽国国原公王运因为辽东失利，在国内陷入危机，希望可以借大宋之驻军以自固。若大军在江华岛附近驻军，则必然可以威慑其国内的反宋势力，而只要高丽国持亲宋之国策，则王运之位置就会巩固。本来当先问薛奕、张商英与蔡京之意见，但是此事只怕不能久拖，久拖恐高丽国倒向辽国，反坏大事……"

"朕亦问过王贤妃，所言亦大抵如此。朕揣测高丽国之意，无非有二，一是借此向辽国宣示其与大宋之关系；一是王运要借大宋之军威自固。"

文彦博道："陛下所言甚是。此事于大宋有利无弊。大宋海船水军在杭州与高丽之间巡逻，原就急需在高丽有一个海港休养。唐康与秦观又道于高丽之东，与日本国之间，有一大岛，若海船水军能扼据此岛，太平无事，可以据此补给；一朝有事，东可进攻日本国，西可割断高丽与日本国之联系，抄掠高丽之后方。此时高丽有求于我，不妨借机向高丽索要此岛，只说维护高丽与日本国之间航路安全所必须便是。"

"富公以为如何？"赵顼将目光转向富弼。

富弼思忖了一会儿，欠身道："臣以为两国之交，以利害为先，信义次之。高丽与大宋，无论从利害信义，都不能弃之不顾。高丽若亲宋，则辽国有腹背之患，此国之大利。今其有求于我，不便断然拒绝，恐其绝宋亲辽也。但出兵燕云自是不可，不过，遣一使者往辽，请辽国息兵，则亦无妨。至于武器，可以卖武器，不可以卖盔甲，东夷非信义之邦，日后他要背信弃义，是养虎成患。若其定要买，可以卖纸甲与皮甲，铁甲我大宋自用尚且不够，哪有多余卖给他们？其请求驻军，则不妨许诺。东方海岛，我大国不好乘人之危，强要他的，不如便用一千枚震天雷买下他的岛，亦不使大宋背上趁火打劫的恶名。"

赵顼却有几分心疼，道："区区一海外荒岛，似值不得这许多。朕以为八百枚震天雷便够了。停止出售给辽国震天雷却是断然不行的。若不卖给辽国震天雷，辽国焉能卖给大宋马匹？"

"陛下英明。"富弼此时侃侃而谈，早就把当年奉劝皇帝"二十年不谈兵事"的立场抛到了九霄云外，"辽国亦虎狼之邦，难言信义。臣在洛阳，亦耳闻辽人战绩，辽主亦可称英主。将震天雷卖给辽人，一要防他仿制，二要防他有朝一日，用来对付我大宋。"

吕惠卿笑道："韩国公不必担心，此事朝廷早已防到。只是辽人若不知道火药配方，要仿制也是千难万难。"

赵顼也笑道："苏颂与沈括前几日上表，道兵器研究院将于二月初一再次试验新武器，威力巨大，远胜震天雷与霹雳投弹。若试验成功，则开封城墙就需要改建了。朕打算到时候扩建开封城，把白水潭一带，括入城墙的保护当中。不过眼下，还有一件事情需要先解决了。"

他此言一出，众人皆知终于谈到正题，尽皆肃然，屏声静气地听皇帝说话。

"数日以来，朝廷中请立储君的呼声不断，而其中颇有可玩味者。"赵顼淡淡地说道，一面指了指旁边一个堆满奏章的案子，"不到十天时间，朕这里请立储君的奏折共计有八十二份。压力不可谓不大。"

吕惠卿见皇帝的目光移到自己身上，忙接过话来，道："这八十二份奏折中，分别有两种用词，一种是请皇上早立太子，一种是请皇上早立国储。"众人虽然早知道要谈的内容，听到这里，心中还是尽皆凛然。"太子"与"国储"，含义并不相同，太子自然是国储，但国储却未必是太子，故凡请皇帝立太子的，十之八九，必然是不明真相的朝臣，不过为了国家社稷考虑，进此忠言；而请立"国储"的，其用心就很难说了。又听吕惠卿说道："臣这几日无论在尚书省或是在府中，百官来见臣，请求臣督促皇上立储君的，不下百人。臣正言相告，道皇子已为尚书令，上意已明。闻此言而退者，约有一半，另有一半，或谓名不正而言不顺者有之，更有一些人，却是出言放肆，说些什么国有长君、社稷之福等混话……"

除了富弼之外，其余三人都遇到过类似的事情，但是三人都与吕惠卿不和，所以没有人应和他的话。文彦博看都不看吕惠卿，只向富弼说道："朝中有些别有用心之人，与一些不明真相的官员，搞了个联名上书，连两府官员中，亦有附和者。"

富弼脸上肌肉一动，问道："联名上书的臣子，官衔最大的是谁？"

"联名上书的都不足道，倒是朝中另有一人，虽未联名上书，却是言词恳切，持论甚坚，屡次上书让朕早立储君，政事堂移书相问，谓皇子已为尚书令，何必再兴事端，他却道中外疑惧，一尚书令不足以安人心。"赵顼脸上带有一丝讽刺的笑容，语气几乎有点儿刻薄了。

富弼欠身问道："敢问陛下，此人是谁？"

"便是朕的御史中丞蔡确蔡司宪。"

一直不曾说话的司马光忽然欠身说道："陛下，臣以为此时不宜下定论。蔡确的奏折，臣亦读过，彼虽然首倡立储之说，但是却恪守御史中丞的本分，并未与百官联名上书，也不曾言及不立皇子。不过是劝皇上早安人心而已……"

赵顼望着司马光，诧道："卿向来不喜蔡确，为何反为他说话？"

司马光朗声回道："臣不喜蔡确是实，若以臣之本心，以为蔡确非正人，宜当窜之远方，不可置于朝廷当中。但是臣亦不愿蔡确非其罪而受责，此有伤陛下之明。"

赵顼冷笑道："卿言虽善，然狡黠者正赖此得脱。"

"陛下。"司马光掀起衣襟，跪了下来，恳切地说道，"昨日范纯仁见臣，言及刑法。范纯仁谓：圣人之法，宁使恶人得脱，不使善人枉死。又谓治天下之道亦如是。臣一夜未眠，翻读经史，又读石越诸书，竟于石越书中发现，此理石越早在书中言及。可知天下才智之士，所见略有相同。陛下若仅以臆测而罪大臣，蔡确一人之荣辱何足道哉？只恐有伤陛下之明，更使朝中大臣疑惧。"

吕惠卿冷眼旁观，心中暗骂一声"迂腐"，拱手说道："陛下，臣以为若依司马光所言，未免姑息小人。此等事情，若真要事迹明晰，则有失朝廷之体面，而当事者除自尽之外，更无颜立于天地之间。于陛下之仁德有碍。"

赵顼点点头，道："朕不过杀鸡骇猴，无意大兴事端。蔡确虽然言词闪烁，但其心已不可问。只需将其窜之远方，便足以使朝廷安静下来。"

"臣只恐有朝一日，陛下若发现蔡确无辜，心中难免后悔。"司马光徒劳地反对着。

富弼与文彦博顾视一眼，目光稍触即分。二人都知道皇帝的心意早决，认定了蔡确是昌王收买的人；而吕惠卿急欲将蔡确定罪，无论蔡确是不是无辜，这个并不怎么得人心的御史中丞，已是难逃被贬黜的命运。富弼与文彦博却不似司马光那么"迂腐"，二人绝对没有兴趣替蔡确辩护，反而对蔡确终于站错一次队而暗暗有些幸灾乐祸，只不过，二人也不愿去多此一举，落井下石，便干脆缄口不语。

果然，便听赵顼断然说道："卿不必多言。明日朕即降诏，让蔡确去凌牙门做都督，以邓润甫代之为御史中丞，以许将为翰林学士兼开封府尹。"

在场之人，富弼是致仕的老臣，皇帝不问，则不便发表意见；而韩维则无可无不可。吕惠卿、文彦博、司马光是宰执，对于负责监督自己的御史中丞的任命，更是不便反对。但是这三个人心中都不免要暗暗苦笑，许将这个状元郎倒也罢了，邓润甫这个御史中丞，却是王安石当年一手提拔的人物，与御史台的许多御史关系密切，比起蔡确来，只怕是毫不逊色。此时众人却顾不及这许多，便听吕惠卿说道："既然此事已解决，那么前去召各老臣入京的使者，是否也可以追回？以免惹人猜测。"

赵顼点了点头，道："如此亦好，免得他们劳累。"他当初如此大张旗鼓，一是为了制造假象，同时也是不知道昌王究竟有多大能量，最重要的是借元老重臣的威望，来对抗可能来自宫中的压力。此时见跳起来的人物，原来不过如此，而宫中也十分平静，自然不愿意搞得惊天动地。富弼与文彦博却又是愣了一回，本来这句话是文彦博要说的，没料到吕惠卿倒抢先说了。富弼与文彦博都不愿意这件事久拖不决，二人担心万一王安石入京，皇帝忽然有了别的想法，那就比起一个昌王来要糟糕多了。这也是二人支持吕惠卿早些拿蔡确做替罪羊来敲山震虎的原因。不过二人没有想到的是，吕惠卿竟然比他们更加积极主动。

5

九百八十里之外，潼关。

站在潼关之外，仰望这天下雄关，石越不由想起张养浩的《山坡羊》。他下了马车来，慨然吟道："峰峦如聚，波涛如怒，山河表里潼关路。望西都，意踟蹰，伤心秦汉经行处，宫阙万间都做了土。兴，百姓苦。亡，百姓苦。"

"好一句'兴，百姓苦。亡，百姓苦'！"一个三十来岁的灰衣汉子骑着一匹河套马从潼关方向缓缓而来，一面呛声吟道，"伤心秦汉经行处，宫阙万间都做了土。兴，百姓苦。亡，百姓苦。"正是石越刚刚所吟之曲。

石越心中大感骇异，须知道这张养浩是元朝人，这曲《山坡羊》石越以前并未写出来过，当时之人，自然不可能知道。那么此人必是刚刚从自己口听到的，但是那人眼下距自己的距离，少说也有二百步，他吟词的声音远不及对方之洪亮，对方却能听得清清楚楚，显然是听力过人。只见那人到了石越车驾之前五十步左右，便勒马停住，抱拳问道："不知是哪位官人车驾在此？"

石越定睛打量此人，见他身材魁梧，剑眉入鬓，星目生辉，举手投足之间，自有一种说不出来的洒脱，不由暗暗赞了一声，高声回道："在下石越。请问足下尊姓大名？"

那人听到石越之名，不由吃了一惊，诧道："可是新任陕西安抚使石学士？"

石越微微一笑，回道："正是石某。"

"草民史十三，不料今日得见石学士。"史十三早已跃身下马，大礼参拜。

石越却并不上前相扶，只是远远抱拳还了一礼，道："足下亦非常人，不必多礼。"

史十三起身凝视石越，笑道："久仰学士的大名，刚才一词，牌调新鲜，想是学士所作新曲。那一句'兴，百姓苦。亡，百姓苦'，实有佛子之大慈悲心。"

石越叹道："自古以来，治乱循环，朝代更替。大凡一代之亡与一朝之兴，帝王将相或有得意者，有失意者，而百姓只有一个'苦'字。所以说，宁为太平犬，不为乱世人。以万骨枯而换一将成，用千万百姓的生命与鲜血来换取一姓之权力或是某种志向，表面上说起来，人人都是为往圣继绝学，为万世开太平，究其实，本质上又能有什么区别？天下凡可置百姓生命安宁于不顾者，又岂能指望他得势之后真能为百姓着想？"

史十三双目炯炯，赞道："学士高见，非贤者不能有此。"

石越苦笑摇头，指着不远处的潼关城池，道："这一座城池，不知见证过多少中国人的鲜血。"

"在下虽山野鄙民，亦曾读过学士《三代之治》诸书，以学士之才智，想来有办法让天下不再流血。"

"我亦不过一平常人。若能以一己之力，让大宋脱此治乱循环之怪圈，使中国少流血，多太平，于愿已足。"石越说到这里，不由触动怀抱，慨然长叹。其实说起来，要实现他的理想，百姓同样会有巨大的牺牲，只不过石越与旁人的不同，是他绝不会认为这些牺牲是理所当然。

史十三盯着石越良久，忽然叹道："久闻石学士之名，不料竟有此慈悲之心。三秦传闻，学士知杭州，兵锋及海外；学士抚陕西，烽烟起西北。自元昊以来，陕西父老，苦于西事久矣……"

潘照临此时已到石越身边，听到史十三的话，不由冷笑道："欲罢西事，当先灭西夏。若李氏不亡，陕西百姓欲求安宁而不可得。"

史十三的目光扫过潘照临，却依然停留在石越脸上，问道："此亦学士之意？"

石越却不愿意和一个萍水相逢之人谈及军国大事，只淡淡回道："军国大事，非一地方守臣所能决断。自有朝廷决之。"

"原来如此，原来如此。"史十三喃喃说道，忽然纵声笑道，"西夏闻学士来陕，坐立不安，竟密遣刺客数十购学士首级，我本以为此辈杯弓蛇影，草木皆兵。不料竟是冤枉了他们！"

他此言一出，石越倒还罢了，潘照临却是脸色一变，厉声问道："足下何由得知？"侍剑早已摘弓搭箭，瞄准史十三。众护卫亦纷纷取弓在手，围了上来。石越见史十三脸色从容如常，毫无惧意，忙举手止住众护卫，道："他并无恶意。"

史十三笑道："学士不可过于轻信生人。学士的首级，值三千两黄金，来刺杀学士的人不绝于道。在下本来也是个刺客，不过见到学士之后，却改变了主意。望学士能善自珍重。"

石越没想到史十三自己承认是西夏的刺客，一怔之下，竟生了好奇之心，问道：

"足下是宋人还是夏人？"

"自然是宋人。"史十三笑道，"那来刺杀学士的刺客，只怕十之八九，都是宋人，都只是为了三千两黄金罢了。不过学士亦大可放心，只要严加防范，擒杀几个刺客，枭首于辕门之外，那别的刺客，自然也就退了。黄金自然招人喜爱，但是性命却更加要紧，我等既不忠于大宋，更不会忠于西夏。"

潘照临悠悠道："端的是好计谋。那在下倒有个不情之请。"

史十三笑道："既是不情之请，就不用说了。你无非是想借我的首级一用，来震骇刺客。但我却非常爱惜自己的性命，这是断然不肯的。"

侍剑冷笑道："这只怕由不得足下。"

"不得放肆。"石越喝道，一面向史十三抱拳道："大好男儿，不能为国家效力，实是可惜了。但是足下报警之高义，在下亦不至于恩当仇报。请！"

史十三脚尖一点，跃上马背，稳稳坐了，笑道："多谢学士，后会有期。"说罢双腿一夹，一阵黄尘往洛阳方向去了。

"此人亦是豪杰也。"石越望着史十三远去的背影，叹道。

"公子不当放了他。"潘照临不以为然地说道，"我看他身手非凡，若能取他首级，后面的刺客必然知难而退。"

"我岂能为不义之人？"石越不悦地说道，"先入关吧。今晚便在潼关歇息。"

自从邂逅史十三之后，石越一行便加强了戒备，并且路上也不再耽搁，从潼关到长安，不过三百里路程，全是平整的官道，数日便至。

出洛阳至长安，石越印象最深刻的，便是一路所见大山，十之八九，都是光秃秃的。北魏孝文帝迁都，为营建洛邑，几乎伐尽阴山之木；隋唐为修筑长安与洛阳二城，已使得关洛一带无巨木；宋人也意识不到砍伐原始森林对环境的破坏，并没有丝毫纠正——泛黄河流域的原始森林，已经被破坏得差不多了。开封附近无大山，历来开封所用木材，自宋朝建国之初起，大都是从秦陇一带砍伐，到了熙宁年间，秦陇一带已是良木奇缺，所以之后开封府与河北修筑堡垒城池的用木，大抵都依赖于太行山。这种情况，石越以前并非不知，但是石越以往做官，不过只是到过江南，对此何曾有半点直观的印象？且相比工业社会来说，当时的环境亦不啻人间仙境，对于环境保护，石越更加没有迫切感。所以，石越此时亲眼所见环境被破坏的景象，内心的震撼，绝非潘照临、陈良等人所能理解。

到了京兆府，石越更觉关中的残破。此时的长安城，规模不过相当于唐代长安的皇城而已，而人口更是远不及开封府。因为地方官制改革初兴，陕西安抚使还没有衙门，石越便暂时住在原来的永兴军知军府衙。此时陕西路转运使刘庠等人尚未上任，石越会见了陕西大小官员之后，便开始筹建陕西路安抚使衙门：择址开府建衙，在吏部安排的幕职官员到齐之前，要由潘照临与陈良二人，负责起处理全部公文的重任，以尽快让安抚使衙门运作起来，更快地度过地方官制开始的一段混乱期。因森林被砍伐而感到痛心疾首的石越，亲自召集工匠们，设计了砖石结构为主的安抚使衙门后，便带着侍剑与一群护卫，巡视各州县去了。

6

熙宁十年二月。陕西路，同州，沙苑监。

沙苑监知监，亦是同州通判赵知节，小心翼翼地陪同着面前的新任安抚使石越，视察着这个占地一万五千余顷、监马六千匹的庞大牧场。沙苑监地处渭水与洛水之间，是王安石推行保马法后唯一一直保留的牧马监，也是眼下大宋最大的牧场之一。宋朝诸牧马监一直效率不高，从熙宁二年至熙宁五年，黄河南北十二牧马监，每年出马不过一千六百四十匹，可供骑兵使用的战马，竟然只有区区二百六十四匹！而十二牧马监占了良田九万余顷，每年要花费将近五十四万贯的成本，所得到的马匹的价值，却只有区区三万余贯，还不到成本的零头，一年净亏损五十万贯！

难怪王安石铁了心要搞保马法。

置办牧马监既无效率，又浪费国帑，即使是供给骑兵使用的马匹，上了战场，往往也不经战阵；但若采用保马法却扰民不便，一不小心就害得百姓家破人亡。完全依赖贸易市马，更加不是长久之道。唐代最盛之时，监马有七十多万匹，开元时也有四十五万匹，即使是乾封至景元间，也有二十四万匹，而现在的大宋，在与辽国互市马匹之前，军中之马与监马全部加起来，都不过十五万多匹。与熙河、辽国市马之后，情况略有改观，但是至熙宁十年为止，军马加监马，总数也不过二十二余匹。而国家马政则处于混乱之中，基本上是牧监与民户养马并存，因为许多牧监废置之后，田地已租给百姓，一时无法收回，只好让保马法继续存在。

石越未到陕西，便知西北第一要务是西夏军务，而马政是军务中极重要者，因此沙苑监在他的行程中便成了很重要的一站。

赵知节早就听说石越的大名，这时候见他仔细观察沙苑监的凉棚、泉井、马厩，忙在旁边介绍道："牧马之法，春夏出牧，秋冬入厩。此时方及二月，所以马都在厩中，监兵小心照料，就是盼着这些监马能生马驹。凡生一驹，便可赏绢一匹。"

石越点点头，信步走近一匹黑色的牡马前，从马槽中抓了一把饲料在手里，细细拨弄了一下，脸色立时沉了下去："怎么全是小麦秸？"

没有人想到"书生"出身的石越居然还懂这些，赵知节心里一紧，忙赔笑说道："不敢欺瞒石帅，沙苑监经费吃紧，不得每日都喂黑豆与豆饼。"

"经费吃紧？"石越回头睨视赵知节一眼，冷笑道，"朝廷是按马与监兵给钱给粮，焉有经费吃紧之理？"

"这……"赵知节一时口结，额头上已浸出汗珠来，低声忙不迭地说道，"石帅明见，下官当立即追查，看下人……"

石越转过头，不待他说完，便又冷冷问道："赵通判，这沙苑监每岁生驹多少匹？"

赵知节愣了一下，连忙回道："回石帅，本监每岁生驹六百匹。"

"六百匹？"石越轻轻"哼"了一声，又问道，"全监有牝马[2]几何，牡马[3]几何？"

"牝马三千匹，牡马六百匹。"听到石越问得如此详细，赵知节竟是越来越紧张了。但石越却丝毫没有停止的意思。

"四岁以上的牡马与牝马又分别有多少？"

"四岁上的牡马有四百匹，牝马两千匹。"

"那么赵通判，你告诉本帅，两千匹四岁以上的牝马，为何每岁仅产马驹六百匹？"

"这……这……朝廷……朝廷定额如此。"赵知节不得不硬着头皮解释道。他这时已经知道石越实不同于一般的官员，不好糊弄。

"定额如此？"石越再次转过身来，望着赵知节，上下打量了他一眼，忽然莫测高深地一笑，道，"赵通判，十年寒窗不易呀！"

"下官不明白石帅……"

"罢了。"石越笑着摇了摇头，也不再多说，只是一面检视一面细心询问。赵知节更是打起十二分精神，小心应付着。

如此好不容易熬过两个时辰，石越一行才打道回同州。赵知节正如蒙大赦般松了口气，方送着石越一行出了牧场，便听到"嗖"的一声，从牧场之外的一片树林中，一支弩箭破空而来，射向石越。"有刺客！"赵知节张口欲喊，却忽然间失声，竟是喊不出声音来。待他稍稍定神，便见石越已经跌下马去。赵知节顿时吓得双腿一软，竟瘫倒在地。

石越一开始没有意识到自己被刺杀了。他方骑在马上，便见侍剑忽然扑来，抱着他一道滚下马去。待到他回过神来，才知道竟然有人真的要刺杀自己，若非侍剑应变神速，他只怕已经中箭了。

此时众护卫早已冲上前来，用身体挡住石越与侍剑，一面高声呼喊，一面射箭还击。石越此时脸白唇青，头脑一片空白，也不知道要如何处置，听由着侍剑将自己揽

---

[2] 牝马，即是母马。

[3] 牡马，即是公马。

扶起来，便听侍剑一面叫来几个护卫将石越团团护住，一面指挥着护卫们包抄刺客，厉声喝道："别放跑了刺客。"

那刺客显然箭术极好，不过一击不中，已无机会。他在树林之中跳跃还击，且战且退，但是二十余箭之后，箭袋早空，只得横下心来，骑了马从林子后面冲了出去。刺客刚刚冲出树林，包抄过来的护卫也正好赶到。一个亲兵挥动套马索，长长的绳子如同一条长蛇一般飞向刺客的坐骑。那刺客身手也实在了得，眼见套马索飞近，身子暴然伸长，空中刀光掠过，竟将绳子砍断了！那亲兵骂了一句粗话，正觉沮丧，忽听到刺客的坐骑发出一声悲鸣，随即便轰然倒地。原来另外一个亲兵趁机用弩机射死了刺客的坐骑。

众人顿时发出一阵欢叫，数十亲兵护卫把刺客团团围住。这时候，众人才看清楚这个刺客的长相，却是一个五短身材、貌不惊人的中年汉子。他被众亲兵围住，犹自握紧刀柄，横眉怒目与众人周旋。

侍剑见刺客已被围住，石越再无危险，竟取了兵器弓弩，亲自上阵。他心中甚是恼怒，见着刺客还想负隅顽抗，因怒声喝道："你好大胆子，还敢拒捕！"

那刺客"哼"了一声，冷笑道："束手就擒，也难逃一死。有种就上吧！"

"你倒是颇有自知之明。"侍剑出言讥道，"不过世间有求死不得之时。"说罢，脸色一沉，厉声喝道："生擒了他。"

这时除了保护石越的亲兵，其余的护卫早已全部围了上来。几十个人用弓箭、弩机瞄准刺客，防他逃脱，另有几个亲兵则取出套索，围着刺客绕起圈来。僵持几分钟后，一个亲兵见刺客有一瞬间背向自己，按捺不住，大喝一声，手中套索飞了出去。那刺客的确是武艺出众，纵身一跃，竟避开了飞来的套索，但他尚未站稳身形，便觉得左手传来一阵剧痛，一支弩箭正中他臂膊。他听到侍剑说要"生擒"，便把全部注意力用在防范使用套索的亲兵身上，哪料到正是侍剑，在他露出破绽之际，给他来了一箭。

他游目四顾，见侍剑手中端着一把钢臂弩机，正在朝他冷笑，当真是气不可耐，暴喝一声，右手的弯刀脱手而出，掷向侍剑。这一刀掷来，力道颇劲，侍剑也不敢逞强硬接，侧身一让，那刀便擦着侍剑飞过，切入他身后二十步的一棵大树的树干中。几个善射的亲兵看准机会，数箭齐发，刺客左臂中箭，身形已不似之前那么灵活，躲闪不及，右臂和左腿又各中一箭，一时忍痛不住，"扑腾"一声，竟是跪倒在地上。几个亲兵立时跳下马来，把刺客捆了个严严实实，众人恼他之前用箭伤了几个弟兄，动手之间，便毫不客气，有人装作不小心，把他左臂之箭又狠狠往内推了一把，刺客惨叫一声，竟是痛晕了过去。

侍剑大吃一惊，忙道："千万别弄死了他。石帅还要审问。"

一个亲兵笑道："这厮胆子太大，兄弟们一百来人在，他也敢行刺。"

"差点便让他得手。"侍剑冷冷地说道，"日后石帅出行，不单前后要有人，两旁也要多加人手护卫。幸好今日活捉了他，若让他跑了，以后传扬出去，我们便全成饭桶了。"

7

同州，冯翊城。州衙公堂。

石越一身紫袍，坐在公案之后。肃然站立在公堂两旁的，是石越带来的安抚使衙门的亲兵。同州的官兵与衙役，则三步一岗、五步一哨，在州衙之外警戒。同州知州王世安与通判赵知节叉手站在石越下首，大气都不敢出一口。王世安不时抹着额上的冷汗，在自己地面上出了如此严重的问题，青天白日，居然有刺客行刺堂堂的端明殿学士、陕西路安抚使，他的罪责绝不会太小。他偷眼觑视石越，却发现石越如同一尊石像一般，脸上不带丝毫表情，不免越发不安起来。

石越看了王世安一眼，见他如此紧张，不由好笑。他早看过地方官员的考绩，王世安与赵知节都算是不错的官员。同州从熙宁八年开始，到熙宁九年底，两年之内，由地方士绅与富商捐建的小学校达到十三所。虽然这是因为朝廷法令倡导，出资建学校者可以抵税，这才让民间办学之风兴盛起来——将税交给官府也是交，办学校还能在地方上博个好名声，这种好事，一般士绅富商，都乐意为之。但是也因为如此，各地或多或少都出现了一些不好的现象：比如之前石越在经过耀州巡视之时，就发现耀州名义上办小学校十八所，实际上只有八所是真正符合国子监要求的。其余十所，都是用族里的传统义学来滥竽充数，各族里的豪强却借此机会少交税。但是在同州，这十三所小学校却都是相当正规。同州城里最大的一所小学校，有十间校舍，三百人的规模，教材都是从京兆府特意买回来的。其中还有白水潭学院最新的成果——由桑充国与程颢主编的专门针对各级学校学生的字典《九经字汇》。这部字典中，收罗了九经中所有的汉字，逐一注音注释。石越翻阅之后，还整整一夜未眠，写了封长信给桑充国，把一整套汉语拼音体系做了详细的介绍，希望他们在下次修订之时，有所裨益。虽然汉语拼音无法照搬，但略做修改之后，亦可以是传统注音符号体系以外的另一种选择。当然石越并不知道，这《九经字汇》只是桑充国与程颢雄心勃勃的《熙宁大字典》编撰工程的一小部分，而其最初的倡议，不过是王昉的灵光一现。而最为难得的是，同州的小学校甚至还都开了箭术课。

除了在学政方面的成绩比较突出之外，同州在其他诸方面也算中规中矩。由此可见，王世安与赵知节，还是有一定吏才的。这次在同州出现刺客，自然也怪不得他们两个。但显然，他在沙苑监的态度吓坏了这二人。正想着这些，却见侍剑大步走了进来，禀道："石帅，刺客醒过来了。"

"立即审问。"

"是。"侍剑答应着,欠身退下,过了没一会儿,便把刺客押了上来。

此时那刺客身上的伤口已经被简单地包扎了一下,他被几个亲兵枷了枷锁,粗暴地推上公堂,竟然没有表露出什么惧意,只是抬头打量着石越。"放肆!"侍剑朝着刺客的伤口狠狠地一按,把他的身子按了下去。那刺客伤口再次破裂,却咬住了嘴唇,哼都不哼一声,只是狠狠地盯了侍剑一眼。

石越见他眼中凶光毕露,已知此人必是亡命之徒,当下朝侍剑使了个眼色,侍剑连忙放开刺客。石越也不拍惊堂木,径直问道:"你叫什么名字?"

那刺客似乎未见过如此审讯之法——既无人喝"威武",也无惊堂木,连石越问话都平平淡淡的。公堂之上,只有寂静和肃穆带来的压力。

他突然有点儿被激怒的感觉,回道:"我无名无姓。"

石越并没有追问,似乎这是再正常不过的事情,只继续问道:"你受何人指使?为何行刺本帅?"

刺客一阵沉默。

"我劝你还是说了的好。"石越的声音似乎是在和一个死人说话,"你既然做了这种亡命之事,想来也知道后果如何。本帅也不骗你,你必死无疑。但是死之前,你若从实招供,还可少受一点儿皮肉之苦。行刑前,本帅让你大吃一顿,不为饿死之鬼。"

刺客依然沉默。

石越竟是笑了起来,道:"你是西夏国相梁乙埋派来的,是吧?"

那刺客似是吃了一惊,诧道:"你,你如何知道?"他这么反问,却是承认了。王世安顿时脸色大变,说道:"岂有此理?你果真是西夏的刺客?"西夏派遣刺客行刺大宋重臣,已是赤裸裸的挑衅。

"即使他承认,梁乙埋也不会承认的。"石越又向刺客说道:"其实你区区一个刺客,也没什么好审问的。本帅不过例行公事,结个案好存档。然后便借你人头一用,是谁派你来的,本帅自然会将你的人头用石灰制好,再用匣子盛了,送到西夏边境守将那里,托他转赠。所以你最好把主使者说清楚了,免得本帅送错人。"

那刺客虽然早已知道必死无疑,此时被石越如此轻描淡写地说出来,心中还是不由一阵绝望,那一点点儿强横,早已飞到九霄云外:"我,我……"

"把他带下去,将人头用本帅的关防封了,送到西夏去。"石越挥了挥手,正要退堂。忽然一个亲兵走了进来,跪禀道:"大帅,衙门之外有人求见,自称是大帅故识,知道刺客来历。"

"故识?"石越不禁愕然,问道,"有名帖吗?"

"他说仓促间没带名帖,只说叫何畏之。"

"何畏之？"石越腾地站了起来，说道，"请到后堂相见。"

"参见学士。"何畏之此时的打扮，俨然一行商。

"不必多礼。"石越笑道，"先生如何到了同州？"说着，一面请何畏之落了座。

何畏之道："在下是来同州买马，不想学士也到了同州。因听到有人行刺学士，方才又在街上见到刺客的模样，原来却是曾经见过的。故此敢来知会学士。不知学士是否已审出真情？"

"哦？先生认得刺客？"

"曾见过数面，此人叫贾祥，原是在凉州一带走私马匹的，听说也曾做过山贼。"

"原来如此。"石越淡淡一笑，道，"多谢先生指教。"

何畏之见石越神色间似乎并不以为意，知道石越必然是审出了贾祥的来历，因说道："不料西夏人如此胆大妄为，竟然敢收买刺客行刺学士。"

石越微睨何畏之一眼，笑道："先生如何说是西夏人指使？"

"眼下天下视学士为肉中之刺，必除之而后快者，除西夏亦无他人。"何畏之因问道，"只是不知学士欲如何处置贾祥？"

"置其头于匣中，谁人指使，便送还予谁。"

"此非上策。"

"何为上策？"

"今日之刺客，与古时不同。古时刺客为义轻生，今日无非为钱而已。学士何不将之收归己用？每个刺客都有进入西夏的法子，能轻易潜入西夏都城。将其先关押起来，到将来有用的时候，许以重金，令其潜入西夏都城，大肆暗杀破坏，可收奇效。一刀杀掉，实在可惜。"

石越沉吟许久，终于还是摇了摇头，笑道："先生之策虽善，然此辈实在不可信任，万一反噬，后果不堪设想。且眼下亦需要有一个办法，来威慑刺客。"

何畏之奇道："威慑刺客？难道还有其他刺客不成？"

石越便把潼关遇史十三的事情说了一回。何畏之因笑道："史十三在下倒也曾听说过，他本是汉人，好任侠，身上有十几桩命案。官兵追剿急了，才逃入西夏，至今有十余年了。不料竟成了刺客……学士若有机会收为己用，将来有事于西境，必为良助。至少，若有其护卫，刺客必不敢上门。"

石越默然一笑，忽想起一事，因问道："先生说是来同州买马？"

"正是。今年边境互市之好马，都被朝廷收罗，民间难以买到。在下听说同州有好马卖，所以来此求购。"

"好马？"石越霍然一惊，"敢问先生，可知是在何处买卖？"

熙宁九年与熙宁十年，大宋市面上一切良马，都优先供应军队，以装备整编的骑兵部队，民间能买到的，都是做不了战马的马，怎么可能同州还有好马买？

"听说是在延祥镇。"

"延祥镇？"

"不错，便在沙苑监附近。"

"先生，在下有一事相求……"石越霍地站起身来，注视何畏之，说道。

"学士但请吩咐。"

"我明日就要回长安，此间尚有一事……"石越的声音低了下来。

8

熙宁十年二月，即西夏大安三年二月。这是西夏国王李秉常"亲政"的第二年，这一年，他十七岁。

西夏都城，兴庆府。

"国相，在讲宗岭建一座城寨，果真如此重要？"李秉常一身党项服饰，骑了一匹黑色骏马，笑着问梁乙埋。

"讲宗岭紧逼东朝的环庆路，位置险要。我西朝想要谋取熙河，此处不能没有城寨为据点。"梁乙埋沉声道。

自从熙宁以来，王韶经营熙河，梁乙埋每次出兵，都被王韶戏弄，甚至和别的宋将交手，他也没有占到过便宜：有一次他亲率一万精骑去诱宋将刘昌祚二千人出击，刘昌祚中计，二千人马穷追不舍，被一万精骑包围。不料刘昌祚勇敢过人，且战且退，一万精骑硬是吞不下他的二千人。一个酋长冲得太向前，被刘昌祚一箭毙命，全军士气大落，只好眼睁睁地看着刘昌祚突围而去。此事被梁乙埋引为奇耻大辱，立誓要与宋军再决高下。但这几年来，宋朝国力日长，而熙宁七年的大旱，也殃及西夏——草木枯死，牛羊没有草料，死了不少。在边境之上，西夏也只能扰扰边而已。但长期的平静是不符合梁氏的利益的，一来熙河地区虽比不上横山、平夏重要，但此地控制在宋朝的手中，亦如同腹部被人时刻用一把小刀顶着一般，寝食难安，只要腾出手来，便也是西夏的必争之地；二来梁氏以女主专国，外戚当政，若无战争来转移矛盾，国内就难免会有冲突；三来以河西之地与宋朝这样的庞然大物一直和平共处的结果，只能是刀子钝了以后被宋朝吞并，这一点，奉行军国政策的西夏君臣，都有着清醒的认识。因此，自从李秉常亲政之后，梁乙埋便开始日夜不停地鼓动小皇帝，请他亲率大军，到银州与夏州地区去向大宋耀武扬威一次，并且开始着手准备谋取熙河。而在讲宗岭建讲宗城，就是梁乙埋谋取熙河计划的重要组成部分。

"但母后说，东朝皇帝重用石越、司马光，整军经武，暂时还是莫要惹他们才好。"

"陛下！"在西夏国内部，臣子都用皇帝礼称呼着自己的君主，"东朝皇帝整军经武，为的是什么？就是想兼并我大夏国。难道我大夏要等他们一切准备好了，来攻击我们的时候才动手吗？赵顼小儿把石越派到陕西路来做安抚使，位权之重，东朝开国以来未曾有，其意甚明，就是针对我大夏。我大夏岂可坐以待毙？"

"国相言之有理。"李秉常忽然转过马头，向身边一个将军问道："李清，你以前是宋将，我听说东朝有所谓震天雷，威力巨大，果真如此吗？"

李清在马上微微欠身，说道："陛下，臣归夏已久，震天雷听说是石越发明，臣却不曾见过。"

"陛下。"梁乙埋道，"臣派人去北朝打探过消息，震天雷虽然厉害，但也不是有了就可以天下无敌。凭着东朝愿意把震天雷卖给北朝这一点，就知道其实没有传闻中那么吓人。臣贿赂北朝将领，得了三颗震天雷，正在吩咐工匠仿制。若是成功，我西朝也有震天雷！"

李清望了梁乙埋一眼，梁氏位高权重，在国内一手遮天，他区区一个降将，自然不敢当面惹他。但是所谓"仿制震天雷"，却不过是自欺欺人。辽主何等英明，国内最出色的工匠夜以继日地工作，试图仿制出震天雷来，但是火药配方一直无法解决，威力远不如宋朝，而且运输更是麻烦。西夏又有什么办法解决辽国也解决不了的难题？宋朝图谋兼并西夏，已是公开的秘密，李清早听说最近在横山地区，有十几个宋朝和尚在那里活动，边境守将明知道这些人不怀好意，却是奈何不得——横山人就是信佛！没有十足的证据，谁敢去逼反他们？要知道这些和尚在那里，专门替百姓念经超度，治病救人，声望极高。除此之外，不断有奸细向西夏渗透——这些人利用西夏招揽宋朝沿边熟户入境耕种的机会，随着投奔西夏的各族农民们一起潜入。从前几天灵州城抓获奸细的情况来分析，宋朝的奸细已经很深地潜入到西夏国境。对于这些情况，身为降将的李清，感觉非常复杂。这么多年以来，虽然也算身居高位，且没有被疑忌，但他依然不喜欢西夏，特别是讨厌党项人那丑陋的发型与服饰。

"既然如此，国相，你便好好把讲宗城给我建起来，过几月，我要带大军去银州打猎！"李秉常嚣张的声音打断了李清的思绪，他把目光投向梁乙埋，正好梁乙埋也在用余光看他，二人的目光电光石火地一碰，便立即分开了。

"李清，你再给我讲讲东朝的事情，那开封府究竟是怎样的？"

"是。"李清又开始讲起那已向李秉常讲过多次的繁华的开封城，虽然他也只去过一次那座城市，而且是自己都不记得了的哪一年，但是自他口里说出来，却是那么熟悉。梁乙埋讥讽地看了李秉常与李清一眼："讲吧，慢慢讲吧。让小娃娃向往东朝的繁华，也不是坏事。"他的目光，却投向了天空，一只大鹰从那里飞过："那才是我梁乙埋的志向！"梁乙埋在心中悠悠叹道，他早已经不记得，若从血统上来说，他其实是个汉人。

李清回到府上时，天色已经全黑。兴庆府永远比不上开封府，这里虽然是都城，但是夜生活只有贵族们才有得享受，而且又是那么单调。

"将军。"熟悉的长安口音使李清的内心闪过一丝温柔，但也只是那么一瞬间，他冷冰冰地回道，"你在这里做什么？"

"我今天在集市买到一点儿长安产的青茶……"一双雪白的小手捧着一小袋茶叶，怯生生地递到了李清面前。

李清注视着这袋青茶，目光终于慢慢地温柔起来，他叹了口气，道："多谢你。"

"那奴家告辞了。"

望着远去的纤细的背影，李清微微摇了摇头。他走进"书房"，取了供在架子上的一柄宝剑，找了块布，坐下来，开始擦拭。这是他每天必做的事情。

"夫君。"

李清没有抬头看他的妻子，他在西夏有一妻两妾，妻子是党项人，一个部族首领的女儿，姓卫慕，没有名字。生有二子一女，最大的儿子都已经十二岁。真是可怕的年龄。

"那个女人不是普通人。"卫慕氏似乎习惯了丈夫的神态。

"我知道。她是史十三写信让我暂时收留的。"

"那个马贼？"

"对，那个马贼。"

"所以她时常鬼鬼祟祟的，你也容着她？"卫慕氏的话虽然是指责，却说得非常温柔，温柔得几乎不像是党项女人。

"既然是史十三寄托的人，纵然是奸细，我也得容着她。"李清面无表情地说道，把手中的剑插入鞘中，小心放好，一面说道，"我可能要去一次讲宗岭，然后皇上可能还要去银州，我也要随驾，回来之时，也许要六月份了，家中之事，拜托你了。那个女人，便随她做什么好了。总之不要招惹，不要得罪。"

"是。"卫慕氏应道，并没有多问。

"儿子和女儿，单日习武，双日习文。和汉文先生说，若是不用功，便往死里打。李家的后代，不可娇惯。"

"是。"

"你也要多多保重。"

"是。"卫慕氏的眼中，忽然一阵晶莹。

第二章

叛番突袭

树欲静而风不止。

——汉·韩婴《韩诗外传》

1

大宋京兆府。陕西路安抚使临时驻节衙门。

"整编完毕的振武军第一军，以及神锐军第一军、第二军，将在下个月授予军旗，正式采用新的禁军旗号，神卫营第三营、第五营将入驻延州与绥德，这两支部队还携带了一种新式火器。最成问题的是侍卫马军所辖骑军迟迟不能整编成军。因为整编速度太慢，如今沿边各军的建制与番号也很混乱。"安抚使司参议丰稷非常有条理地向石越报告着陕西路的兵力，让人很难想到石越到任尚不及二十天。

"侍卫马军整编速度这么慢？枢府不是优先完成对沿边西军的整编吗？"石越有点儿奇怪，再怎么一个慢法，一年半的时间，不可能连一个军都整编不出来。

丰稷笑着纠正道："枢府是优先完成殿前司马军的整编，其次是对西北，再次是河北，最后是东南各路。殿前司禁军号称最为精锐，担负着拱卫京师之重任，枢府绝不会等闲视之。战马之供给，据下官所知，除了殿前司四骑军之外，还要先配置给侍卫步军司所辖的神锐军。枢府认为在军队整编之前，边防应当以防守为主，而且我们西军还有番骑可用，所以纯骑兵军的急迫性低于马步混编军。一年半的时间，整编出马步军十三个军来，已经是很快了。"

"那神卫营呢？为何才给西军两个营？"

丰稷下意识地看了四周一眼，厅中除了石越、侍剑与潘照临、陈良这两位幕僚之外，并无他人，他自失地一笑，道："石帅一定早已知道，二月初一，听说兵器研究院试验成功了一种威力巨大的火器，下官揣测枢府是打算将其他的六个神卫营全部装备这种火器。下官也听到传闻，说枢府打算扩编神卫营，将八个营的计划增加到十八个营。"

石越不由微微一笑，他早已知道兵器研究院终于试制成功了火炮。只不过这种火炮暂时来说成本较高——那是熟铜铸造的炮管。兵器研究院正在夜以继日地试验采用铸铁或者钢管制造炮身的技术，以求大幅度降低成本。火炮威力惊人，在试验中一炮轰穿了一堵砖墙，但是赵顼并没有大肆声张，反而下令保密。因此即使是可以接触到大量军机的安抚使司参议丰稷，也不知道这种新式火器的名称。石越自然也不敢随便泄露军机，只是不置可否地点点头，又问道："那第三营与第五营携带的新式火器，又是什么？"

"只知其中有一种名为'万人敌'，是沈存中设计的。其余的详情便不得而知。"

石越微微颔首，笑道："看来禁军的情况暂时就是如此了。昨日接到消息，环州附近的讲宗岭，有许多西夏人出现，似乎在屯积木材。估计西夏人是想在那里建座城寨。梁乙埋是存心不给我安稳日子过。"

丰稷早已知道西夏国相梁乙埋派刺客行刺石越之事，到此时为止，石越陆续"赠送"给梁乙埋的人头，已有三个之多。但让人奇怪的是，虽然安抚使衙门守卫森严，石越出入被保护得几乎滴水不漏，但是为了"区区"三千两黄金，却一直有许多的刺客前赴后继。丰稷皱眉道："梁乙埋脸皮之厚，古今少有。送了三个人头给他，他还一直喊冤，一面却变本加厉地派遣刺客。如今又算计起讲宗岭，若是任其施为，日后环庆无宁日；若是派兵去阻止，却是轻开边衅，只怕朝廷不肯。"

"讲宗城绝不能让梁乙埋筑起来。"潘照临忽然插道，"此处对环庆是极大的威胁，卧榻之侧，岂能容人酣睡？边境冲突是小事，几十年来宋夏边境有过几日安宁？"

丰稷却忧道："听说李秉常生性冲动，怕就怕他大举入侵，一旦损失大了，御史台肯定不会放过这些。到时候两府便会叫我们背黑锅。"

"不给梁乙埋一点儿厉害，他会没完没了的。搞不好哪一天他就跑到我大宋境内来筑城了。眼下让他修，修到一半，一把火烧了他的。"石越对梁乙埋算是恨得牙痒痒，"我们也不必管两府，有黑锅我也背了。"

"便是想拔了讲宗岭，兵少了只怕不行。"

"七天之内，刘昌祚与王厚都会到任，王厚归李宪管，李宪暂时还在京师回不来，不好越级调他的兵。刘昌祚归高遵裕管，讲宗城，便让刘昌祚去拔了。再派人去京师，问问兵部职方司，到底要何时才能在陕西设分司，帮我来清理这些刺客。"石越显然是在心里筹划已久了。

潘照临摇了摇头，道："职方司是指望不上了，求人不如求己。眼下还得靠自己。"停了一会儿，又道，"高遵裕是烈武王高琼之孙，当今太后之从父[4]，亲贵无比，非等闲之人。如今为羌部总管，在羌人之中，威信仅次于王韶。如此重大决策，公子不与他商量，仅以一纸传文，说不定会别生事端。"

丰稷与陈良也一起点头称是，道："潘先生所言有理。"

石越笑道："那便先听听他的意见，正好我也应当去沿边诸州看看，趁此机会，亲自去一次渭州。"

"这……还请石帅三思，沙苑监之事未远，石帅不可掉以轻心。下官以为请高遵裕来一次京兆府便可。又或者公文往返，问其意见，也已是尊重。"

石越笑道："如此怎能表示我的诚意？更何况朝廷令我帅陕西，我总不能因为有几个刺客，就连渭州都不敢去，打起仗来可怎么办？"

"石帅真儒者也！"丰稷对石越的胆气十分佩服，忍不住拍了马屁。

[4] "从祖父"的简称，指祖父的亲兄弟的儿子，即堂伯或堂叔。后文的从叔，即为堂叔。

石越不由莞尔，笑道："差远了，先贤临死从容正冠，我在沙苑监却可称狼狈。这胆子，委实是被梁乙埋练出来的。"

丰稷笑了笑，心里自是不肯相信的，却听石越又说道："相之，你这次却不必跟我前去，此间事务还要麻烦你与子柔。我与潜光先生去渭州便可。"

"是。"丰稷与陈良忙欠身答应着。

石越又转向陈良，道："子柔，若何莲舫来此，你便请他多等几日。"

"何畏之？"陈良不觉愕然。

"正是。我托他办点事情。"石越笑道，"晚上刘希道遍请京兆府官绅，今日便先议到这里，刘希道的面子，我不敢不给。"

丰稷笑道："却是有人敢不给刘希道的面子，下官听说监察御史景安世与朱时都拒绝了。监察虞候向安北与副使段子介也不肯出席。"

"他们是监察官。"石越淡淡道。

丰稷却摇头道"我看没这么简单，景安世是吕相公的门生，朱时也算是王介甫的门生，又与邓绾家是世交，二人纵然不是监察御史，也是不肯赴刘希道的宴。"石越霍然一惊，与潘照临相视一眼，二人脸上都露出一丝苦笑。石越再也想不到，陕西路的监察御史，竟然有这样的背景！丰稷似乎没有看见二人的表情，尚兀自说道："向安北与段子介却是两个忙人，这二人到陕西的第一天开始，就四处调阅卷宗，听说要给陕西的所有武官各建一份档案。汉将倒也罢了，那番将的档案，还真不知道他们打算怎么个建法……"

他滔滔不绝地说了好一会儿，才忽然醒悟自己话太多，笑着赔了几句罪，这才告退离去。潘照临待丰稷走了后，便也告退。石越见陈良神色间颇有迟疑之色，似乎有什么话想和自己说，因笑问道："子柔可是有话想说？"

陈良抿了抿嘴，欠身道："学生是有事想请教石帅。"

石越已觉得有点儿疲惫，本想去泡个澡然后养足精神参加刘庠的晚宴，但他刚想委婉对陈良说有什么事明日再谈，抬眼间却忽然看到陈良眼中闪过一丝不自信的神色。他心中一动，连忙把话咽了回去，笑道："子柔但说无妨。"

在石越的所谓"幕府"中，陈良虽与潘照临并为石越的两大幕僚，但后者一切机密无所不预，但有所言，石越言听计从，信任有加，在礼仪上，石越以师礼待之，而潘照临无论石越官做得多大，也一贯只称"公子"而已。而陈良却一向只是处理一些琐碎的事务，间或给石越提供一些典故礼仪法令方面的意见，不要说潘照临，便是比起以前的司马梦求，也几乎称得上是黯淡无光。石越虽然敬重，但也不过以门客之礼待之。便是外间之人，知道潘照临的居多，但陈良却少有人知，甚至是想拍石越马屁的人，也是拼命地讨好潘照临，而不太在意陈良。

而陈良也自认才华不及潘与司马，因此甘居人下，只是尽心尽力做好自己分内的事情。但如此时日一久，便连石越有什么事情，也越来越多征询潘照临的意见，而不知不觉有点儿忽略陈良了。而在陈良本人，则觉得潘照临有帝师之才，无论哪方面都远胜于自己，因此主动向石越提供建议的情况，也越来越罕见了。

这种不知不觉间形成的惯性，当事人是很难觉察到的。便是石越，此时也并非是意识到了这些，而只是出于一种习惯性的尊重。在石越看来，当自己的地位越高，敢和自己说真话的人就会越来越少，他语气稍重，甚至是一个脸色的难看，就会令人噤若寒蝉。因此，鼓励别人在自己面前发表意见，便是一件很重要的事情了。事实上，石越也并不是时时刻刻能记住提防这样的事情发生，一个人的位置越高，听到的赞美便远远要多过批评，甚至根本听不到不同的声音，于是自信心便会不知不觉地开始膨胀，这是石越也无法避免的事情。

这一次，他不过是偶然记起了这个道理而已，却让陈良大受鼓舞。

"石帅来陕西后，已经察访了陕西内地的许多州县。这陕西一路之政，无非是西事、民政。石帅至陕西，不先去延州、庆州、渭州诸边郡，而先巡视内地州县，显然原本是以民政为先的。陕西一路百姓，困于弊政久矣，闻石帅来陕，莫不翘首以盼，如久旱盼甘露，莫不冀望石帅能解此一路之倒悬。但石帅自沙苑监归来后，却无一纸之令下，而每日与僚属商议者，皆是西夏情弊、西军整编、兵力部署、将校才德，今日会议之后，又要亲自前往渭州……学生不明白的是，石帅是于陕西民政，已有成竹在胸，还是要锐意进取，以西事为先？"

陈良一口气问完，脸色已是激动得有点儿泛红。

石越却是没有想到陈良会问出如此尖锐的问题。他颇觉尴尬，沉默良久，才不无回避地说道："子柔质问得极是，但是陕西一路，无论西事、民政，都极为棘手。我虽想以民政为先，但朝廷推行新的地方官制，须得给地方留一个缓冲期，而西夏梁乙埋咄咄逼人，所谓'树欲静而风不止'，不除西患，难言治陕啊！"

但这样的回答显然不能让陈良满意："姑且不论是'不除西患难言治陕'，还是'不能治陕难除西患'，学生敢问石帅，如今可已经有了治陕之成策？石帅可已经找到了治理陕西之关键了吗？"

石越这时终于坐不住了，红着脸站起身来，朝着陈良长揖一礼，道："还要请子柔赐教。"

"不敢。"陈良连忙避开石越这一礼，起身抱拳道，"学生这一路随石帅察访诸州县，深感陕西百姓之苦，过于他路数倍，因此殚精竭虑，想要为这陕西百姓做点事情。但恨学生才疏智浅，虽略有愚者之得，看出陕西之病根，却奈何找不到药方。"

"子柔且说说这病根是什么？"

"学生以为，陕西民政，其实只有三件事——水利、淤河、役法。而归根结底，只有役法一件事。"

"愿闻其详。"石越这时也不觉得疲惫了,一面请陈良坐下,一面吩咐下人换了茶,竟准备长谈起来。

"陕西一路几乎无河害,却常受旱灾与山洪之困。因此兴水利,开通诸渠,使其能灌溉关中,便至关重要。秦国富强,是因为郑国渠;汉唐关中号称'天府之国',靠的也是水利。倘若能重修水利,恢复汉唐旧观,关中可再为天府之国,陕北亦不失于富裕。这淤河其实也是水利的一部分。淤河为田,既可减少河害,巩固堤防,又可得良田万顷。天下之利,莫大于此。然而,此二者,前人并非不知道,实是不能为。为何?症结所在,便在役法!"

"役法?"

"正是。"陈良双目炯炯放光,侃侃言道,"学生以为,国朝最大的病症,就在役法。大宋采用的,名义上是唐德宗时杨炎制定的两税法,讲究的是'量出以制入',朝廷根据财政支出定总税额,分摊到州县;又按丁壮与财产定户等,依户等纳钱,依田亩纳米粟。夏秋两季征税,租庸调、杂徭、各种杂税一律取消。大宋之所以不抑兼并,也与两税法有关。因为国家税收之主要来源不需要抑制兼并。这也是大宋立国与唐初立国之异。

"然而,两税法中,百姓在交纳两税之后,是不需要再服任何徭役的。但国朝承五代之弊,两税之外,又有什么丁口之赋与杂变之赋,要随同两税输纳。丁口之赋不论主户、客户,一体交纳,等于是两税之外,再征了一次人头税。百姓之负担,较之两税法,已经变重。特别无地的百姓更深受其害。但最为不堪者,却是交了两税与丁口之赋、杂变之赋以外,还要服差役。

"本朝差役,五花八门。有主管运送官物或看管府库粮仓的衙前,有掌管督催赋税的里正、户长、乡书手,有供州县衙门随时驱使的承符、人力、手力、散从官,有逐捕盗贼的耆长、弓手、壮丁等。衙前丢失损害官物,要自己赔偿,经常赔得倾家荡产;里正、户长催不来拖欠的户税,也要自己垫付,往往垫得卖妻卖女;至于什么承符、人力,什么弓手、壮丁,则常常要在农忙之时替官府做事,搞得田地荒芜,丰年都会歉收。王介甫看到了差役法之害,想推行免役法,却要收什么免役钱。在学生看来,王介甫是没弄明白,租庸调变成两税法后,本来就是不应当有差役的。他不去纠正五代以来的弊政,反而承认这些弊政。于是,两税等于租,杂变等于调,他的免税钱则等于租庸调之庸——租庸调制是以均田制为基础的,因为均田制破坏了,杨炎才不得不改成两税法;可本朝不抑兼并,根本没什么均田制可言,这王介甫的'租庸调'制,又怎么可能行得通?更可恨的是交了免役钱后,差役往往并不能免除。于是役法之祸更烈!本朝若真的想宽政为民,依学生之意,却应当尽废丁口之赋与杂变之赋,让百姓一体免役,使两税之外无役税,这才是为百姓着想。但是本朝立都汴京,冗兵冗官，国库空虚，想要轻徭薄赋，毕竟也只能是空想。

"而陕西一路，百姓所受刻剥，更是国朝之最。尤其是役法，因为与西夏历年交兵，百姓被征发转运粮草，组织乡兵弓手，别处的百姓还可轮戍，陕西百姓却几乎无一日可能息肩。兴水利，淤河为田，全是大工程，单靠官府出钱雇人，根本不可能做到。而若要征发百姓，百姓已经疲于奔命，实不堪再被驱使。为民谋利反而变成了害民。故此陕西路最难者，是无钱可用，无人可使。"

这无疑是很有见识的看法，石越原也不是毫无所见，只不过没有陈良想得这么清晰，这时听他说来，沉吟了一会儿，因试探性地问道"子柔以为解散一部分乡兵弓手如何？"

陈良摇了摇头，苦笑道："那要朝廷的敕令，事关军国边防。"

"沿边或者还需要弓手协助守卫，与西夏不接壤诸州县，要弓手何为？"

"怕的是万一。而且此事亦非石帅可以决定。"

厅中顿时陷入沉默当中。石越苦思良久，依然是没有半点儿法子。须知兴水利、淤河为田，充足的财力之外，更需要组织大量的人力。但是陕西一路，早就变成了一个边防组织，百姓们在承担了沉重的赋税之外，还要被征发来替军队转运粮草军需，修筑城池要塞，还要组织民兵，来保卫自己的家园。在这样的地区，要办大工程，只有两个办法：一是不顾百姓死活，强行征发，以蛮横的作风，为了"百姓的利益"反而去置百姓于水深火热当中；或者，从边防机器中来抽调人手搞建设，但是这种可能危及国家安全的行为，会遇到多大的阻力可想而知。

"不管怎么样，知道了症结在哪里，便总能想到办法。"石越忽然笑道，"今晚我去见刘希望、范德孺，便可以好好和他们谈谈这件事。先把陕西路需要兴建、修复的水利设施与淤河计划按轻重缓急列一个清单出来，大的工程不能做，也可以先做一些小的积累经验。就是没钱没人嘛，给我一年时间，我定能想到办法。"

"石帅……"石越的这个表态，让陈良又惊又喜。

"不过，陕西要大治，到底还是西北平静才行。西事才是真正的病根。"石越低声道，"西夏不仅仅是陕西的病根，也是我大宋最大的病根之一……"

2

渭州城。王韶回京后，原熙河地区的军事归李宪总管，而秦凤以至环庆一带诸州军的军队，则由渭州经略使高遵裕节制。按照新官制，渭州经略使并不是正式的官职，而只是临时的差遣。此时，定远将军、武经阁侍讲、渭州经略使兼渭州知州高遵裕一身戎装，正站在城楼之上，翘首东顾。

"高帅，始终不见石帅的仪仗。"说话的是高遵裕的部将，翊麾校尉顾灵甫。

"昨日的报告，石帅到了何处？"

"昨日上午石帅便离开了泾州。"顾灵甫言语之中不无担心。石越贵为陕西路安抚使，是他们的顶头上司，若在自己辖区出事，大家都没有好果子吃。

高遵裕皱起眉头："再叫两队人马去接应。"

"是。"顾灵甫高声应道，大步走下城楼。城楼之下，两个穿着低级军官服饰的中年大汉眉开眼笑地走上来，顾灵甫远远望见二人，立时大声喝道："于宗可、李十五。"那两人被吓了一跳，见到顾灵甫，慌忙行了个军礼，高声应道："属下在。"

"你二人速点本部人马，往泾州方向，去迎接石帅。"

"是。"于宗可壮着胆子问道，"顾将军，不是已经派了几拨人马去了吗？"

顾灵甫瞪了他一眼，喝道："啰唆什么？还不快去。"

于宗可慌得一缩头，忙道："是。"回头却见李十五早已先默然下城而去，连忙快步赶了上去。二人一道点齐本部兵马两都共二百一十人，自渭州东门出城。于宗可笑道："十五郎，我们兵分两路去迎接好了。渭州驻扎大军，平素并没听说有什么山贼，石帅自然不会有事。不过若能先迎到，必有奖赏，却不能落这个后去。"

李十五脸色却很沉重，道："派了八拨人马去迎接都没有回信，其中还有马军。于兄还是要小心为妙。"

"瞎，乱操心。石帅贵为安抚使，除非西贼入寇，能有什么事？渭州离西夏远着呢，总不能镇戎军这么多守军连西贼入寇都传不出一个讯吧？"于宗可大大咧咧地晃着头，满不在意地说道。李十五一怔，竟是说不出反驳的话来，但是不知道为何，他心中却始终有一种不祥的预感。于宗可见他脸色有异，奇道："十五郎，你怎么了？难道石帅是你救命恩人？你这么关心做什么？"

"什么救命恩人，胡说八道。"李十五不由笑骂，一面转身向部下招呼道："走，我们走小路往潘原去。"

于宗可望着李十五远去的背影，不由摇了摇头，骂道："古怪。"一面笑着向兵士们喊道："弟兄们，我们走大道去潘原。"顿时，他属下的百多人一齐发出欢呼之声。

一路之上，李十五始终紧绷着脸，眉头深皱，心事重重。他与于宗可都不过是从九品小官陪戎副尉，一都的小头目，以前叫"都头"，现在改了名号，称"都兵使"，名字倒是好听了，但其实是换汤不换药，官阶大小没变，管的兵没变，甚至下面的士兵，也照样叫"都头"。他的地位，就算比顾灵甫，也差了整整九级，若用磨勘[5]之法，纵使不犯错误，也要整整二十七年才能做到翊麾校尉！若要和几年之内由八品武官直窜为正六品上昭武校尉、拜侯爵的薛奕相比，简直有天壤之别。但是，仅仅在几年之前，他李十五的前途，别说顾灵甫无法相提并论，便是薛奕，亦远远不如。自己的命运曾经因为石越有过一次巨大的转折，这一点李十五并没有过自觉。但他却非常明白，薛奕能有今天的成就，完全是因为石越。因此，对于石越任陕西安抚使，李十五内心其实有着巨大的期盼。而且，他对石越还有着特殊的感情。

那毕竟曾是他人生永难忘记的事件。

"都头。"

"嗯？"李十五回过神来，望着叫他的士兵。

"我觉得我们不应当这样径直去迎石帅，这样能迎到，早有消息送回。我们不过是白白走到潘原罢了。"

"也对。"李十五想了想，拍了拍那个士兵的肩膀，笑道，"你说的有道理。回头赏你一壶酒——弟兄们，我们从原州边界那边绕到潘原去！"

傍晚。残阳。

经过长途的行军之后，李十五的一都士兵早已疲惫不堪。在副都兵使与两个什将的催促下，勉强行进。但想在太阳落山之前到达潘原城，已经不可能。幸好这是整编过的部队，李十五在心里感叹道。一都之中，什长以上，都曾经在宣武军第一军接受过训练，李十五这样的九品武官，还进过讲武学堂。被称为"西军"的陕西边防军，素来都是大宋军队中最能打仗的军队，李十五的这些部下，有不少也是经过战阵的老兵，那讲武学堂与宣武一军，在战斗技巧与战法上，能教的其实不多。但是，经过讲武学堂与宣武一军熏陶的校官节级，对于纪律的服从，却是所有未整编禁军都无法相提并论的。因此，虽然李十五执意要绕一个大远路，手下兵士却不敢有半句质疑。

"头儿，让弟兄们歇一会儿吧？"说话的是都中的军法官将虞候邱布。虞候在军中，原来是负责侦察，担任前锋等特别作战任务的将校，但是军制改革后，却摇身一变，成为军法官，而人员也进行了大换血。原来勇猛善战的将校，现在大多变成了冷酷无情的小白脸。这也令得这个阶层，在军中不是特别受欢迎。

李十五抬头看了一下天色，摇了摇头："明日日落之前，无论能不能迎到石帅，都要回去缴令。否则难逃军法。今晚必须赶到潘原城再休息。"邱布嘴唇动了一下，

---

[5] 宋代官员考绩升迁制度。通常文官每三年进行一次政绩考核，武官每五年一次，根据成绩，对官员升迁或者降级，称为磨勘。小说中官制改革之后，武官磨勘也改为三年一次，故二十七年可升九级。

不敢再说。若都兵使临阵退却，军法官有权先斩后奏；但在平时，军法官亦是部属。

"那是什么？"忽然，副都兵使马康叫了起来。

李十五顺着他的喊声望去，立时怔住了。但只是一瞬间，他就反应过来，跑了过去——一具马尸！绝不可能有马尸被这样弃在路上的。死马也是一笔财富，至少可以好好地吃一顿。而且无故宰杀马匹，是犯律令的。李十五跑近几步，脸上肌肉抽搐起来——马是被弩箭射死的，旁边还有一具死尸，也是被弩箭射死的。

"戒备！"李十五嘶哑的吼声，划破了似血的天空。一百余名宋军禁军，取出自己的弩机上弦，布成了一个圆阵。

"血还热。"邱布捞了一把马血，皱眉道，"死者是番兵，还有弓箭和刀。"

李十五已经站起身来，声音如冰一般冷酷："是番部叛乱，弩箭上刻有'石府'二字，是石帅的护卫射的箭。"

"啊？"邱布与马康望着李十五手中连血带肉的弩箭，都惊呆了。

番兵叛乱！

"是哪一族的野狗？"马康的肌肉横了起来。

李十五注视前方，咬着牙说道："这里放烟火也看不见，安排四个人回去报讯，一个去潘原，一个去渭州，一个去铁原寨，一个去新城镇。其余的人，随我去搜索！弟兄们，立功的时候来了！"李十五心中竟感到一阵兴奋。

"是。"马康答应着布置，不多时，便有四人分道而去。

李十五大步回到阵前，瞪着他余下的整整一百名部下，厉声喝道："弟兄们，有番狗作乱，谋害石帅。我们立功的时候到了！救出石帅，必有重赏！出发！"

从发现马尸处开始，李十五率众循迹向原州方向前进着。一路之上，死尸越来越多。除了番兵之外，还发现了宋军的尸体，从打扮来看，无疑是帅府亲兵。而他们的腰牌与刀上刻字，更是证明了这就是陕西路安抚使司的亲兵。但是番兵的尸体就比较奇怪，不像是秦凤一带的羌人。一路往西，越往西走，李十五与邱布的脸色便越是难看。开始还能找到许多安抚使司的弩箭，后来就越来越少，而死尸中，番兵越来越少，宋兵越来越多，并且出现了被刀砍死的宋兵尸体。

石越亲兵们的箭，已经不多了！

"都头。"忽然，走在前面一个什长跑了回来，禀道，"找到石帅了！"疲惫的脸上，有着一丝兴奋。李十五与马康、邱布对视一眼，三人跟着那个什长快步走到前面的山坡上——就在山坡的下面，有五百左右的骑兵正在仰攻另一个山坡。山坡之上，有一百来人依托着大石头与死马，在结阵抵抗——很明显，他们的马也死得差不多了，否则不会停留在此处与强敌对抗。

李十五一只手紧紧抓住佩刀的刀柄，微微颤抖着，不是因为害怕，而是因为兴奋，但他强迫自己冷静下来。很难知道石越的亲兵们在此处坚守多久了，但是从种种迹象来分析，石越被叛番袭击，很可能持续了整整一天。这数百叛番的衣着打扮，绝非李十五所知的秦凤附近的部落，他们深入渭州来袭击石越，一定是早有谋划，数百人马深入渭州而宋军竟然完全不知情，可以说是丢人丢到家了。也亏得石府的亲兵们能支撑许久，但是眼下最糟的是，自己只有一百名疲惫不堪的步兵，如何打得过五倍于己的骑兵？哪怕加上石越的亲兵，敌人也是己方的两倍多！而且，自己带来的是步军，而石越的亲兵，现在也几乎变成步兵了。但沿边诸番骑的战斗力是出了名的。进退维谷的李十五转过头，猛地看见邱布有点儿不怀好意地盯着自己，他心中一凛，目光移到邱布身后，发现两个大什的军法官押官不知什么时候到了邱布的身后。他顿时明白，邱布是对自己生疑了。若自己胆敢临阵脱逃，看邱布的样子，必然先斩自己于此，然后命马康代替自己去救援石越。

山坡下方传来呐喊怪叫之声，番兵们开始了又一次冲锋。

3

侍剑下意识摸了摸箭袋。

空的。

尽管尽量节省用箭，但箭还是很快用光了，于是不得不把箭全部集中交给几个箭术好的亲兵护卫，但侍剑的箭还是用光了。他游目四顾，别人的箭也不多了。好在激战许久，敌人的箭似乎也不多了。

石越铁青着脸，到现在为止，他还不知道这只叛番军队是哪里来的。没有人能够突围出去送信，本来希望可以逃到原州，但是现在活着的马匹不到二十匹，尽皆疲惫不堪。撇下部属逃命，石越不仅不愿，而且也不可能。"我绝不会死在此处的！"不知为什么，面临绝境，他竟然没有想象中的慌张。此时，侍剑的左臂中了一箭，用一块袍子随便扎着，不过是止血而已。他的亲兵们，起码有一半是带伤作战。

"公子放心，这么久了，高经略一定能知道不对的，救兵很快就能到……"侍剑给石越打着气，但他话音刚落，一百余番兵便骑着马冲了上来。敌人为了节省马力，采用的是轮番冲击的战术。

侍剑红了眼睛，跃上一匹战马，手举马刀，大吼着迎了上去。十几名亲兵纷纷上马，紧紧跟在侍剑身后，如同一群被激怒了的野牛，冲了出去。另外几十名失去战马的亲兵也拔刀出鞘，随在骑兵后面，大吼着冲向敌军。余下的亲兵则排成一个大圈，保护着中间的石越。

侍剑的长刀挥动、落下，挥动、落下……每一次劈砍，都伴随着血肉横飞，敌人的鲜血沾满了他的衣裳。杀红了眼的一群人，只觉一切在眼前起伏闪动，人类身体的残肢在四旁飞落，战马接连栽倒，发出悲鸣之声……但是叛番却如同饿疯了的野狼，疯狂地撕咬着宋军。马刀在空中相斫，宋兵一个接着一个战死，侍剑身边活着的战友，越来越少……

"我要死在这里了吗？"侍剑心里终于冒出他一直不敢想的念头。但在此时，"呜——"号角之声终于从另一侧的山坡上传来。

在那么一瞬间，所有人都怔了一下。

"援兵！"石越精神霍然一振，一面红色三角军旗之下，结成圆阵的宋军开始缓缓向山坡下移动。即使是隔得那么远，石越等人也可以清晰地看见，来的是大宋禁军。石越的亲兵们欢呼起来。

援军终于来了！

李十五勒束着部众，缓缓地向山坡下移动。这是他从未有过的冒险。以劣势之兵挑战强势之敌，而且是以步对骑，却并无半点屏障。此时再感叹未带盾牌已经迟了，士兵们的勇敢程度，决定着这个阵形的成败。但是他别无选择。好在敌人的箭，似乎不多了。他已经尽可能虚张声势，若能吓跑敌人，自然更好；若不能，也希望尽可能把敌人引到自己这一面来。

叛番们似乎没有想到援兵来得这么"快"。进攻石越的骑兵被撤了回来，叛番们把骑兵聚集在一起，观察着李十五的前进。他们也在判断：这是不是一支大部队的前锋？

凭着叛番首领对宋军的了解，实在无法想象宋军会具有如此勇气。

"未得命令，不可放箭。"李十五再次重申着命令。临敌不过三发，若是敌人未入射程便放箭，面对强敌，将是灾难性的错误。

圆阵一步一步地向前移动着。

夕阳映射在宋军平端着的弩机上面，似鲜血流动。两个山坡之间，一片死一般的寂寥。

忽然，怪叫声再次响起。一队叛番高举马刀、骨朵，吼叫着冲向李十五的圆阵。

李十五瞪圆了双眼，心里估算着距离：七百步……六百五十步……六百步……"嗖！"弩箭划过空气的声音传来，李十五心里顿时一沉——有几个新兵因为紧张，没有等待命令，就扣动了弩机。紧跟着，老兵们也下意识地也扣动了弩机。数十支箭无力地摔落在离敌人二三百步远的地方，叛番们哈哈大笑，策动胯下的战马，加速冲锋起来。

没有时间训斥了，李十五的念头一闪而过，高举佩刀，厉声吼道："停！"圆阵整齐地停了下来。新兵们又是紧张，又是羞愧，有点儿不知所措。但老兵们却若无其事，迅速地收起弩机，取出弓箭来。三个军法官的脸绷得如铁板一样，死死地盯着每一个战士的后背。

"第二队！"李十五的吼声再次响起。

第二大什士兵与第一大什士兵整齐地换位，这次没有出差错。

"发射！"

数十支弩箭如一小群飞蝗，飞向冲入射程中的叛番。便见十多个叛番应声落马，凄厉的惨叫声此起彼落……但是冲击并没有停止。虽然只有百余骑的冲锋，李十五也可以清晰地感觉到大地的震动。他没有时间去惧怕，他的瞳孔缩得极小，手上的青筋几乎要爆裂。

"弓箭手！"

第二大什的弩箭射出之后，所有的士兵都整齐地蹲了下来，后面第一大什的士兵们，换上了双曲复合弓，用射速更快的弓箭来打击敌人。拉弓！放！拉弓！放……羽箭在残阳下漫天飞舞，不断有敌人中箭落马，但这些番骑却极为勇猛，悍不畏死地前赴后继，很快，叛番冲到了阵前。李十五已经可以清晰地看见髡顶披发的敌人。但这绝对不是契丹人，也不是党项人。这些叛番都是身经百战的战士。他们懂得如何伏在马上躲避射来的弓箭；他们冲击时相互之间的距离恰到好处……没有蒺藜，没有霍锥，没有杵棒，也没有狼牙棒，甚至连长枪都没有！只能用朴刀来对抗敌人的骑兵。幸好叛番的武器与装甲，远远比不上整编禁军。

"杀！"李十五将手中的弓箭狠狠地丢到地上，拔出了佩刀，大吼着冲向一个叛番——"杀！"仿佛被他的勇气所鼓舞，他的身后，士兵们纷纷抛下弓箭，勇敢地迎上骑在战马上的敌人。这个时候，阵形已经没有任何意义了。

叛番乱七八糟的武器与宋军的朴刀在空中互斫，发出刺耳的声音。战士们的吼叫声与惨叫声交相混织，李十五的部下们如同树林一般，被纷纷斫倒。此时每一个宋军战士，都已经变成了为生存而战。

望着对面山坡上急转直下的战况，石越的亲兵们很快便由兴奋转为失望。

虽然来的援兵替他们减轻了一会儿压力，但毕竟普通的禁军无法与精挑细选的安抚使亲兵卫队相提并论。而且人数也太少……唯一让众人安慰的，是既然来了援军，那么被袭击的消息，必然会传了出去。只要支撑到大队人马的到来，就一定可以得救。

但是很显然，叛番们也明白这个道理。

山下的番军又开始聚集，这一次是余下三百人左右的全军聚集。

这也许是最后的一战了。

己方绝无胜算。哪怕石越再不懂兵，也知道余下不到百人的亲兵队，绝对打不过三百骑兵。幸好出发之前潘照临一念心动，临时将亲兵卫队增加到二百人，否则都不可能支持到现在。但即使等到了援军，一切也依然没有改变。

石越并没有闭上眼睛，他希望睁着眼睛等待最后的结果。难道大志未酬，居然死在渭州这不知名的山坡之上？老天爷把我带到这个时代，却这样让我死掉，死在一群连名字都不知道的番人手中？石越没有感觉害怕，却有几分不甘心。

他奇怪自己竟没有什么特别的想法，望着渐晚的苍穹，背立双手。

叛番们肆无忌惮地弹起了一种不知名的二弦乐器。在胡琴声中，号角"呜呜"吹响，三百番骑向石越的亲兵卫队，发起了最后的冲击。

对面的山坡上，李十五部已经只余下四十来人，两个什将都已阵亡，都兵使李十五与副都兵使马康都受了伤；连将虞候邱布也亲自操刀上阵。

石越的亲兵们紧紧握住手中的武器，瞪视着逼近的叛番。他们靠成一个紧密的圆圈，将石越护在中央。侍剑则紧紧地贴在石越身边。

4

约此前三个时辰。

原州知州府衙之内。知州李德泽把玩着手中的腰牌，这是一面虎头青铜腰牌，上面用隶书刻着"枢密院职方馆"六个大字。站在李德泽对面的中年男子神色猥琐，只是眸子中不时流露出精明的光芒。

"请使君速速发兵！"

李德泽依旧沉吟，略带狐疑地问道："你的告身呢？"

"李使君，职方馆的差人不可能把告身带在身上。"那个中年男子有点儿急了，又道，"这是十万火急之事！石帅性命危在旦夕！请使君速速出兵相救。"

"慕家一向忠于朝廷，其族酋长有两任死于王事。你说慕家投降西夏，实让人难以置信。而且本官之责，是守卫原州，发兵入渭州境内，若高帅怪罪起来，我却担当不起。"

"李使君若见死不救，只怕皇上也容不得你！"中年男子见李德泽推三阻四，说话便不客气起来。

李德泽脸色一沉，喝道："这是什么地方，容得你如此无礼！"

"李使君！在下一时情急，还望使君恕罪，但这确是十分火急……"

"那本官让人护送你去渭州求救，如何？"李德泽虽然尚在恼怒来人无礼，但毕竟事关重大，也只得稍敛怒气。

"使君！慕家潜入渭州最起码也有三日了。他们是经过你的原州去的渭州。一旦事发，使君绝不可能置身事外。以石帅的声望，恕在下直言，无论使君有多大的后台，也难逃一死！"那中年男子一面说，一面不动声色地欺身近了几步。

李德泽却始终无法信任中年男子，道："若是调虎离山之计……"

"不要兵多，只要几百骑兵便够了。"

"这……"

中年男子情急之下，不由怒从心起，厉声道："李使君！你如此支支吾吾，难道你与慕家串通好了？"

李德泽何曾见过这样的细作，顿时大怒，沉着脸喝道："你一个细作，怎敢如此无礼？"

"李使君，我受上官派遣来此传讯，已冒大险。且我代表的是枢密院职方馆，使君却百般推迟，放任石帅被叛番袭击而不肯相救。究竟是使君无礼还是在下无礼？"

李德泽被一个细作如此针锋相对，早已恼羞成怒："本官自有决断！不用你来啰唆！"

中年男子瞪眼怒视李德泽良久，忽然垂下头来，微微叹了口气。李德泽奇怪地望着他，却见中年男子竟然好整以暇地整了整衣服，再次开口，语气已很平静："李使君可能不知道，在下为了将这个消息带到大宋，有两个同伴在青岗峡殉国。在下直隶职方馆陕西房，环庆二州没有人知道在下的身份，一路昼夜兼程，赶到原州，来求救兵。李使君可知道在下是为了什么？"不待李德泽回答，中年男子又继续似自言自语地说道，"在下与死去的同伴，都不认识石帅。但很多人都知道，石学士是大宋中兴之望。没有人希望陕西没完没了地被西夏人劫掠，百姓们疲于奔命……皇上与学士，让我们看到了希望。"男子停顿了一下，方说道："所以，在下也望使君能明白在下的苦衷！"他的话音刚落，李德泽便只见白光一闪，一把明晃晃的匕首便抵在了他的喉结之下。

"你……你要做什么？"变起突然，李德泽几乎是呆若木鸡，完全只是下意识地质问道。

"威胁朝廷命官，其罪不小。在下只请使君给在下虎符令牌，送在下前往新城镇便可！"

"去新城镇有何用？"李德泽被他一向所轻视的细作脸上的决然所震撼了，他从来没有见过这样的细作。边境守臣，无不有自己的细作，但是大部分细作，贪图的都是厚赏高爵。

"在下听说新城镇驻扎一指挥骑兵。附近还有一指挥番军。若能调动，向渭州境内搜索，便有机会找到慕家叛军。"

李德泽注视着自己喉结下的匕首，头动都不敢动一下，只是苦笑道："新城镇并无骑兵，所有马军都在原州城。新城镇是打出旗号故意虚张声势的。"

中年男子吃了一惊，虽不知李德泽所说是真是假，但是此时却已冒不得半点险了。

这种用武器威胁朝廷命官的事情做出来后，不论结果如何，自己必受重惩，甚至连陕西房知事都可能受牵连。若被人利用，也许连职方馆都会被指责。但事在紧急，却不得不出此下策。担着如此大的风险，若不能救出石越，不仅对不起死去的同伴，自己更加会成为职方馆的罪人。他略一思忖，便说道："那便也请使君下令，调原州之兵！"

李德泽道："那你须放下匕首来，本官才好下令。"

中年男子手腕一抖，匕首从李德泽的喉结缓缓划至他的背心。一面说道："便请使君下令救援，在下与使君便在此处等候消息。若石帅得救，在下当任凭使君处置；若石帅有万一，在下与使君，便正好给石帅殉葬。"

李德泽刚刚略松了口气，听到此语，竟是连冷汗都冒了出来。

李十五的刀已经出现了几个钝口。

他的背上在流血，但是很奇怪，并没有疼的感觉。副都兵使马康的尸体就躺在离自己不到十步的地方，他的佩刀旁边，还有一条马腿。马康是在劈断一条马腿时，被叛番从背后砍了一刀，然后就倒下了。将虞候邱布还没有死，李十五从来不知道邱布的武功这么好。邱布的刀法用得行云流水，李十五亲眼看到他砍死了三个番兵。他无法想象一个人的身法怎么会如此灵活——邱布经常从马肚下面如鱼一样钻过，然后就是战马的悲鸣……但是一两个人勇猛的作用非常有限。

所有的战士都很勇敢，没有人投降，也没有人逃跑。李十五见过许多次宋军打仗，这样的事情并不常见，他完全可以为自己的部下感到骄傲——虽然李十五心里明白，这些叛番不会留下任何活口，更不会接纳投降，但是普通的士兵们却是不会明白的。所以，这份勇敢让李十五感到意外。

所有的人都在死战，包括两个大什押官，都已经战死。还有七个人活着。

敌人，也许还有四五十个吧……

李十五的眼睛已经看不见对面的山坡。他脑海中，不时闪过的画面，却是大宋汴京皇城的宣德门……

张淳现在应当在杭州吧？

这是李十五最后一个念头，他倒下去之前，忽然感觉到大地震动的声音……

所有的人都感觉到了大地的震动，灰尘在东方的天空中扬起。

叛番中响起了清脆的哨声，片刻之中，所有的叛番都放弃了攻击，迅速聚集，开始有组织地向西北方向撤退。

邱布与几个士兵愕然相顾，怔了一会儿，才明白过来，竟然是从原州来了援军！

打量着对面的山坡，劫后余生的数十名亲兵依然紧紧握着手中的武器，似乎是有点儿不敢相信自己居然能逃过一劫……叛番的首领决策如此果断，若再攻击十余分钟，己方必被全歼。最起码，石越也难逃被俘的命运。但是对方竟然毫不犹豫放弃了！如此巨大的诱惑，叛番首领竟然没有丝毫的迟疑。虽然明知道多停十分钟，叛番极可能被援军追上而歼灭，但是邱布扪心自问，换上自己，绝不会撤退。

那个人，是愚蠢还是聪明？

"都头！"一个什长的呼唤声，打断了邱布的思索。他的目光循着喊声移去，发现了倒在血泊中的李十五。

与此同时，在对面的山坡上。"吭当"一声，侍剑的刀掉到了地上。紧接着，便是"咚"的一声，侍剑整个人，都倒到了地上。

5

第二日。大胡河之畔，原州城，州衙。

"你叫什么名字？"石越打量着胁迫李德泽派兵的中年男子，温声问道。

"禀石帅，下官陪戎校尉慕义，隶枢密院职方馆陕西房。"

"慕义？"石越下意识反问了一句。怎的与此事有关的人，全部姓慕？

慕义脸上泛过一丝苦笑，低声说道："下官也是环州慕家的人。"

"啊？"石越当真是吃了一惊。

"敝族一向效忠朝廷，然而自从两位酋长死后，族中大乱，各派纷立。因此便有不忠不义之徒，受惑于梁乙埋，竟然背叛朝廷，使祖先之灵，不安于地下。"

石越点了点头，道："难得你能深明大义。"

"下官世受朝廷之恩，亦曾读过诗书，略明礼义，不敢为不忠不义之事。"

"君不以贰心对朝廷，朝廷亦不以君为外人。本帅会禀明朝廷，因君之故，当宽待慕家在番学之子弟，不必连坐。"

"多谢石帅大恩。"慕义不禁单膝跪倒，认认真真行了一礼。

石越起身上前，亲手将慕义扶起，又问道："你是如何得知叛党要袭击本帅的？"

"因下官是番人，言语熟悉，一向专责来往于西夏静塞军司与环州、保安军之间，与潜入梁乙埋帐下的同伴联系，传递讯息。数日前，忽接到叛党要谋袭石帅一事，事在紧急，无法依常法与环州上官联系，且因同伴在青岗峡殉难，下官亦不敢在环庆停留，恐被人侦知，因此兼程来到原州。所幸不曾误了大事。"

"原来如此。"石越叹息道，"此事说起来，本帅要多谢你。"

"岂敢。"慕义又跪了下来，说道，"下官持刃威胁朝廷命官，罪在不赦。"

石越轻轻摇了摇头，正容道："本帅问过李使君，不曾听说有人威胁他。李使君还很夸赞你忠于朝廷，义勇双全。"慕义不禁愕然望着石越，却听石越又说道："职方馆的成员，都是忠于朝廷，恪守王法的。本帅非常信任君等，君亦当自勉之，不可自弃。"

"是。"慕义大声应道，隐约明白了石越话中的意思。

二人正在说话，忽听到门外传来喧哗之声。石越的脸色顿时沉了下来，高声喝道："石梁，为何喧哗？"

门外的声音静了下来，过了一会儿，便听石梁大声回道："禀石帅，是一个将虞候硬要求见石帅。"

"嗯？"石越的脸色更难看了，却听门外有人大声道："下官邱布，是昨日与叛番苦战那一都的将虞候，有事求见石帅！"石越听到是昨日浴血苦战的幸存者，脸色稍霁，道："让他进来吧。"

"是。""谢石帅。"须臾，便见一个二三十岁的军官大步走进厅中，见到石越，以军礼拜道："下官邱布，拜见石帅。"

"不必多礼。"石越一面打量着邱布，一面问道，"你要见本帅，可是有事？"

邱布抬头注目石越，脸色微红，大声道："请石帅恕罪，下官冒昧求见，是想请石帅前去探望一下李都头。"

"李都头？"虽然邱布提出的要求在当时的人们看来非常无礼，但是石越却并没有在意，只是一时没有明白谁是"李都头"。

"是下官的长官都兵使李十五，昨日与叛番之战，身受重伤，现在生命垂危之中。"邱布的眼睛有点儿湿润了，"李都头在昏迷中一直念着'石学士'，下官大胆，敢请石帅能去看一眼李都头。"

慕义一直凝神听着，此时亦不由动容，忍不住说道："石帅……"

石越看了他一眼，微微点头，向邱布说道："邱君果然义气深重。李都头是为我受伤，我理当前往探视。"一面又向慕义道："你也与本帅一道去看看大宋的勇士吧。"

"是。"慕义连忙欠身应道。

与叛番的战斗中受伤的亲兵与禁军，除了一直处在昏迷状态的侍剑是在州衙养伤之外，其余的都安置在州衙附近的一座庙中养伤。当日一战，只有二十余人最终还能行动如常，其余活着的人都受了不同程度的创伤，包括从死人堆中找出来的生还者，一共有五十余人。石越把护卫们都留在了庙外，只带着邱布、慕义以及石梁等几个亲卫走进庙中。他并没有直接去李十五那里，而是挨个察看伤兵们的伤势。照看伤员的军医和僧人，似乎没有料到石越会来这里，一个个措手不及，全都呆呆地望着石越一行人。石越望着这些为了自己而受伤、残疾、生命垂危的士兵，一时间竟也说不出话来。他沉着脸，只有在正视伤员之时，才会勉强挤出一丝笑容。

"这些人一定要全力医治，若是落了残疾，让二叔想想办法安置起来。"走出一间厢房的时候，石越忽然低声说道。慕义与邱布面面相觑，石梁却知道这是石越在吩咐侍剑，忙低声道："学上，侍剑他……"石越猛地醒悟，身形似乎停顿了一下，旋即继续向另一间厢房走去，却没有再说话。慕义与邱布等人连忙紧紧跟上。

到了厢房门口，邱布低声道："李都头便在此处养伤。"见着石越对待伤员的态度之后，邱布对石越已经有了一定的好感，神色之间也流露出了尊重。

石越微微点头，却没有说话。只是伸手推开房门，走了进去。他此时内心其实十分激动，本人自生死关头转了一圈不提，侍剑数年来与他形影不离，名为主仆，实为亲人，此刻却伤重昏迷，生死未卜；他因久处庙堂之高，心思越发深沉，虽有大悲大怒，也常能不形于色，只是压抑于心中。但这时看到众人之惨状，又触动心思，想起生命垂危的侍剑，便有一种说不出来的怨恨、痛惜与愤怒，在不断地冲击着内心。虽然自外表看来，不过是更加沉默，但是此时若让他说出一句话来，只怕立时就有理智被愤怒淹没之虞。

厢房的布置十分简陋，李十五躺在一张简陋的床上面，此时犹在昏迷。石越默默走到近前，看清了李十五的面貌，依稀之间，竟有似曾相识的感觉，却又想不起来在哪里曾经见过。邱布低声说道："军中兄弟，只有李都头识字最多，以他的学问，当个书记甚至幕僚，亦绰绰有余。却偏要来军中挣这个功名……"

"你是说李都头通文墨？"石越略有些吃惊。毕竟当时军中，识字的人不多。

"石帅请看——"邱布从房中的桌子上，翻出一本书来，双手递给石越。

石越扫了一眼书名，更加吃惊，道："《白水潭学刊》？"

"是。这样高深的书，军中也只有李都头爱看……"

忽然，石越脑海中灵光一闪，一个人名浮了出来，他再仔细看了李十五一眼，几乎就要脱口而出："李旭！"眼前之人，分明就是当年宣德门叩阙事件的主角之一，太学的学生领袖李旭！石越生生把这个名字吞在肚中。若非亲眼所见，他完全无法想象，李旭这样的太学生，居然会心甘情愿投身军中，来做一个小小的都头！

然而，眼前之人，断然是李旭无疑。石越不仅仅在宣德门叩阙时见过他，在之前，李旭也曾经来白水潭听石越讲课，是一个热情的提问者。

当年的太学生，昨日之禁军军官，今日在鬼门关前徘徊的伤者……

与石越一样，邱布也在凝视着昏迷不醒的李旭："早晚须给那帮龟孙子一点儿颜色瞧瞧！石帅，绝不能放过那些贼人。"

"想从原州潜回环州，没有那么容易。"石越淡淡地说道，"但是环州慕家族众甚多，支派不一，若断然处置，反滋事端。况且此事真正的主谋，还是西夏国相梁乙埋。"

"梁乙埋？"慕义忽然想起一事，道，"静塞军司都在传说梁乙埋亲至讲宗岭监修讲宗城。"

石越霍然转身，瞳孔缩小，问道："你是说梁乙埋现在正在讲宗岭吗？"

"下官的确曾听到这样的传闻。"慕义忙欠身说道。

"我不要传闻！"石越厉声道。

慕义怔了一怔，立时应道："遵命！"

石越目光在慕义身上停留一会儿，转过头来，又对邱布说道："回头你便将李都头移至州衙来养伤。"

"是。"

6

自庙中探视李旭出来之后，已是傍晚。石越刚刚回到州衙，李德泽正好出门相迎，便听到马蹄踏踏之声，数十百骑人马拥簇着一人往州衙方向走来。石越定睛细看仪仗，赫然是定远将军、武经阁侍讲、渭州经略使兼渭州知州高遵裕。

那高遵裕远远便已看见石越的卫队，虽然是以原州守军暂充，但是他知道区区原州知州，绝不敢逾礼越制，动用数百人作为随身卫队，那卫队的主人必是石越无疑。堂堂安抚使，三品大员，在自己的辖区被袭，几乎丧命，真若弹劾起来，即使他是太后的从父，只怕也难逃贬官安置之罪。而且石越年纪虽轻，毕竟也是自己的顶头上司，因此他听到石越被袭的消息，便兼程赶至原州，心中却是忐忑不安的。毕竟石越要拿他来出气，他高遵裕也无法可想。所以，此时见着石越的卫队，高遵裕便忙翻身下马，快步走了近来，拜倒参见，道："渭州经略使高遵裕参见石帅。"

高遵裕勋贵之后，高太后从叔，以外戚典兵，实际是替皇帝监督着陕西沿边掌兵之武将。他既有这样的身份，石越虽然是他的上司，却也不便过于怠慢，忙上前掺起，笑道："高帅不必多礼。"

高遵裕却不肯就起，只是说道："遵裕失察，使石帅受惊，几乎铸成大错。特来请罪。"

石越却不去回答高遵裕，反倒是瞥了李德泽一眼，李德泽正好偷偷打量石越，四目相交，吓得李德泽一个哆嗦——他迟迟不肯发兵相救，心里一直有好大的疙瘩，生怕石越找自己算账。他虽然不是全无后台，可是他的后台比起高遵裕来，可就差远了，若真要找个替死鬼，他李德泽可以说是最佳人选。此时见石越看他，如何不惊？石越的目光却没有李德泽身上停留，一顾之后，又移到高遵裕身上，再次将他掺起，温声道："高帅不必自责。虽然有叛番作逆，但是幸好李使君接到职方馆之密报之后，不拘成法，派兵救援，总算是有惊无险。"

他此语一出，慕义与李德泽同时愣住了，却见高遵裕打量了李德泽一眼，赞道："若非李使君果断出兵，悔之无及。"

李德泽脸略略一红，应道："不敢。"

石越却已朗声说道："本帅得脱此险，全赖职方馆与李使君之功，本帅自当替职方馆陕西房与李使君向朝廷请功。"

高遵裕见石越言语之中，并无追究责任之意，不由大喜，连忙顺着石越的话头说道："理当如此。恭喜李使君立此大功！"

李德泽嚅嚅应道："不敢，不敢。"一时间竟然还不明白为何石越竟然要替自己开脱，自己不但未被怪罪，反而莫名其妙立下大功。反倒是慕义想起石越早前与自己说过的话，心中依稀明白了石越的用意：石越是用这样的方法来堵住李德泽的嘴巴，从而保全职方馆的清名，连带着他慕义，也可以因此有功无过。

石越与高遵裕又交谈数句，正欲邀高遵裕入州衙，忽见高遵裕身后一人，身高不过五尺，满脸虬髯，头裹四带巾，穿一件鱼鳞甲，彩绣捍腰，长鞡靴，腰佩剑与弓箭，神态虽然恭谨，眉宇间却隐约可见凶悍之气。石越不由指着此人问道："高帅，此君是何人？"

高遵裕微微一笑，拱手道："这便是皇上赐姓名的包顺。包顺，还不快参见石帅。"

包顺跨前一步，躬身抱拳道："末将包顺，参见石帅。"却是声如洪钟。

石越伸手虚扶，温言道："不必多礼。包头领真猛将也。"

包顺大声回道："叛番为逆，末将正要请令，替石帅与高帅剿灭环州慕氏！"

石越笑道："环州慕氏，大都是忠于朝廷的。一二不肖之人作乱，未足为患。杀鸡焉用宰牛刀？此事不必劳动包头领。来，请入府中说话。"

说罢，便将高遵裕等引入州衙之中坐定，却将闲杂人等，一律赶走。

高遵裕见厅中之人，不过自己与石越、李德泽等区区数人而已，知道石越必有重要事情要谈，他一意要慰石越之心，便先说道："此次石帅遇袭，下官以为环州慕氏当非主谋，背后必有唆使之人。否则慕家叛逆若要降夏，举族西迁便可，何必甘冒奇险，潜入渭州来行此不义之事。"

"那高帅以为主使之人又是谁？"石越故意问道。

"下官以为，必是梁乙埋无疑。"

"何以见得？"

"西夏君臣，最切切不忘与我大宋为敌的，便是此人。下官亦曾探知，梁氏曾私立赏格，不利于石帅。以此种种看来，必是此人无疑。"

石越"喔"了一声，沉吟良久，才缓缓问道："如此，高帅以为当如何应对？"

高遵裕微一咬牙，道："来而不往，非礼也。"

石越不由微微一笑，他知道自古以来，边将莫不喜欢生事。那全是因为军功最重，将领们要想升官发财，边境就不可以太安宁。高遵裕表面是为自己着想，内心却不无私心。但是石越前往渭州，本意就是想要拔掉讲宗城，不论高遵裕本意如何，眼下他表态支持报复西夏，对于石越来说，便是一桩好事。而且石越对于梁乙埋也有着报复之心。但他脸上却不肯表露，便不正面回答高遵裕，只说道："梁氏于讲宗岭筑城，高帅可知？"

高遵裕回道："下官早已知之，久欲拔之，然无石帅之令，不敢轻动。"

石越点点头，轻描淡写地说道："姑容之。"

高遵裕觑见石越神态，竟似无半点报复之心，不由略觉失望，道："讲宗岭地势扼要，势不能容。"

石越笑道："多行不义必自毙。"一面换过话题，道，"眼下之急务，是追捕叛番，安抚慕氏。追捕叛番，为的是不使叛番在境内流窜，甚至占山为王，成为心腹之忧；安抚慕氏，为的是消慕氏忠诚者之疑心，以免其心中惊骇，不自安而反。"

"石帅所虑极是。"高遵裕心中虽不以为然，口里却是迎合着石越，道，"叛番必循山道而行，若要剿灭此贼，出大兵搜掠，劳民伤财，又恐为西夏所乘。只能在紧要关口，加强戒备，采守株待兔之策。至于安抚慕氏，可使环州知州派人前往慕氏诸部，表明朝廷优待之意。但若全然不加处罚，彼辈反而生疑，因此还须切责诸酋长，令其交出叛逆，彼辈知道交出叛逆便可脱罪，自然会全力追捕逆党，心中也会安心。"

高遵裕所说的一节，却是石越所想不到的。毕竟高氏久在边境，更知道投靠大宋的少数民族的心理。石越笑道："还是高帅想得周详。只是追捕叛番之事，其要不在一定要剿灭他们，只要使他们不在境内作乱，纵然放其逃跑回环州，甚至是入夏，都不要紧。"

高遵裕听到这话，心中顿时大起鄙夷。只觉石越此人，毕竟是个怕事的书生，连被人如此攻击，都不生怒。他久为一镇之雄，既然对石越不再心服，便没兴趣听石越的命令，表面虽然唯唯，但是私下里的命令，却是绝不会放过那些叛番。

7

次日一大早，高遵裕便想请石越移驾渭州，但是石越却不放心侍剑的伤势，便找了个借口拖了几日。虽然有医生医治调理，但是侍剑却一直处在高烧中。在此时刻，石越自然不愿意弃侍剑而去。在石越遇袭后的第四天清晨，石越起床探视完侍剑与李旭，正在院中打拳健身，便听到匆促的脚步之声，向自己走来。他心中奇怪是谁居然可以不通传而直入院中，便收了拳，抬头望去，原来却是潘照临来了。潘照临本是要与石越一道至渭州，中途石越与之商议，让他先去环州，了解环州与讲宗岭的情况。

此时见他匆匆赶来，身上长袍沾满露水，便知道必然是听到自己被袭击的讯息，而匆匆赶回来的。

潘照临见着石越，仔细打量半晌，长叹了一口气，道："所幸公子平安无事。"他游目四顾，却见隐隐立于院中的护卫中，并无侍剑，竟是不由失色，急道："侍剑他……"

石越从未见潘照临如此表露过关心，心里亦有几分感动，但想起侍剑的伤势，却又黯然，道："侍剑失血过多，一直高热不退，不过今日情况似乎略有好转。"

潘照临略松了口气，道："那也是不幸中的万幸。我在环州听说是西夏骑兵与叛番一起潜入渭州，袭击公子。果真有西夏人吗？"

"西夏人？"石越愕然失笑，道，"西夏军队若能潜入渭州，未免也过于视我大宋为无人了。"

"原来是讹传。"潘照临摇了摇头，苦笑道，"环州众口一词，让我大吃一惊。来的路上，又听说叛番已经渡过蒲川河，进入了环州？"

"叛番首领打仗一般，但很会潜行。我军侦骑四出，竟是找不到他半点影子。我也是才接到报告，说在咸河附近发现叛番踪迹，却是已经潜回环州无疑了。"石越此时却不知道，他们都中了叛番首领之计。数百骑的部队，虽然不是很好找，但一旦出现在大道与市镇、渡口附近，就很难不被人发现。叛番首领率大部隐藏于原州境内，却派一二十人的小队分散了渡过蒲川河，然后再集合，在咸河附近虚张声势，造成他们已经回到环州的假象。待到原州这边略微放松警惕，叛番便出现在蒲川河之畔，强夺渡口过河，末了还一把火烧掉了那个渡口所有的船只，狠狠地羞辱了石越与高遵裕一把。

"原来如此。"潘照临并没有把一个番部的叛乱太放在心上，虽然这支叛番曾经攻击石越，但既然石越无事，那么在他看来，身居高位者就不能把精力放在处理这些小事之上。他立时向石越禀报起他认为重要的事情来："公子，我这次在环州，邂逅了智缘大师。"

"哦？大师近况如何？"石越走到院中的一座亭子当中，坐了下来。此处是院中开阔之所，不惧人窃听。

潘照临跟过来，在石越对面坐了，笑道："横山信众日滋，他自然过得不错。此次他提及一件事情，要我转告公子。"

"哦？"

"他在西夏静塞军司遇见一个叫李清的西夏将军。"

"李清？"石越脸色变了变。

潘照临打量石越神色，奇道："公子，你知道李清吗？"

石越摇摇头，道："不知道。"他在撒谎。

潘照临奇怪地看了石越一眼，又道："李清本是汉人，现在为西夏将军，深受夏主宠信。智缘说，言谈之中，可以感觉李清有故土之思。"

石越点头道："我早先就曾经告诉司马纯父，对于西夏国内的汉人官员，可以多下点心思。特别是两代之内降夏的，有思乡之绪的。"

潘照临不料石越早已想及这个地方，道："智缘之意，是建议公子设法笼络李清。此人或可为大宋所用。"

石越一口答应，笑道："还是要找司马纯父。"

"是。"潘照临忽想起一事，问道，"公子可知职方馆陕西房知事是谁？"

石越也被潘照临问得一怔，道："似乎在京兆府处理事务的，是一个同知。我也不知道知事是谁？"

潘照临想了一会儿，笑道："看来陕西房知事不简单。陕西房与河北房是职方馆最要紧的两房，不可能不设知事。如此神秘，连安抚使都不知姓名，我真有点儿好奇了。"

石越被潘照临一点，果然也觉得确是如此。

二人正在交谈，忽见石梁走了近来，禀道："学士，高遵裕、李德泽求见。"

石越与潘照临对望一眼，转身说道："请他们请来吧。"

高遵裕与李德泽走进院中，二人只道只有石越一人在院中，不料见他身旁突然冒出来一个陌生人，都不由愣了一下。二人和石越见礼完毕，高遵裕便问道："敢问石帅，不知这位先生是……"

"潘照临，潜光先生。"石越不免又替他们互相介绍了一下。

高遵裕久闻石越府中有一个叫潘照临的谋主[6]，知道不可小觑，连忙抱拳笑道："原来是潘先生，遵裕久仰了。"

"久仰高帅威名。"潘照临回了一礼，又与李德泽见过礼。高遵裕亦不客气，便径直说道："石帅，下官今日来，是再请石帅移驾渭州的。下官守土有责，实不便久驻原州太久，还请石帅见谅。"

石越点头笑道："高帅说的也有理，如此，高帅不妨先回渭州，某欲在原州再驻五日，略略了解民情，再往渭州，尚有要事与高帅商议。"

石越毕竟是高遵裕的顶头上司，虽然不知道石越为何要在原州一再耽搁，但既然石越已经说出口来了，他却不便再催促，因道："只是石帅的亲兵大都殉国，下官却不甚放心。"

潘照临笑道："不知高帅带了多少兵马过来？"

---

[6] 谋主，出谋划策的主要人物。

高遵裕一怔，回道："一营马军，外加两指挥番骑。"

"还有番军？可是包顺部？"

"正是。"

潘照临笑道："高帅不妨先回渭州，只要借一指挥马军与一指挥番军在此便可。"

高遵裕想了想，两个指挥的马军也有六百多人，的确是可行之策，当下笑道："这样我便放心了。"又向石越笑道："便请石帅多多保重，早来渭州。下官就此告辞。"

石越忙笑道："亦请高帅保重，本帅送高帅出城。"

高遵裕连忙谦谢，石越却终是不肯失了礼数，亲自送他出原州城。

待到目送高遵裕远去，潘照临便向石越说道："公子可立刻张贴告示，三日后，在原州城举行比武大会，原州之民，不论番汉，有能赢得禁军者，即赏钱一千，募为禁军。"

石越奇道："这是为何？"

"借此机会招募亲兵。"潘照临低声说道，"高遵裕表面虽然和公子客气，但是我看其颜色，知他必不肯将旗下的精兵强将让给公子。陕西因处边境，民风尚武，且又质朴。而百姓贫困，若有机会加入禁军，必然趋之若鹜。不若就在此地招募家世清白的百姓为亲兵，只要抚之有术，必能供公子驱使。"

石越也知道边境将领，或多或少，都要养一些亲兵卫队，只不过人数不敢太多，否则难免会招致朝廷疑忌。因此亲兵卫队往往都是精锐敢死之士。他经历过被追杀的风波之后，更知道亲卫队之重要，当下便也点头同意。

8

西夏。讲宗岭。

一天之内，这座山岭上竟然同时聚集了西夏国三个炙手可热的人物：国相梁乙埋、翊卫司马军都指挥嵬名荣、翊卫司马军副都指挥兼御围内六班直副都统李清。负责修筑讲宗城的野利济站在这几个人面前，连腿都有点儿哆嗦。

"李将军，环庆路的风景，较之东京如何？"梁乙埋看了正在讲宗岭上眺望东南山川形势的李清一眼，忽然走到他身后笑问道。

李清笑了笑，他知道梁乙埋口里的"东京"，绝对不是指汴京，而是指兴庆府。西夏受宋朝影响，习惯上也称兴庆府为东京，西平府灵州为西京，虽然明明是兴庆府在西，灵州在东。但这种地理上东西不分，比起兴庆府居然还有"开封府"这个机构来，就不值得一提了。李清自然也明白，梁乙埋口中的"东京"，也并不止字面上的含义那么简单。

"相比而言,在下更加喜欢静州。"李清巧妙地回避开梁乙埋的问题。静州位于兴庆府与灵州之间。

梁乙埋笑道:"难怪李将军在静州购置了许多的庄园。但是本相却很喜欢环庆的风光。"

李清眉毛微微一动,不带感情地说道:"我还以为国相最喜欢东京呢。"

"河套虽然富饶,哪里比得上关中是天府之国?"梁乙埋指着山下的河流田野,傲然道,"若能将这片土地归于大夏的管治之下,那么我们大夏也可以不必与东朝去战争。我们有牧民养马放牧、打仗,有农民来生产粮食与棉布、丝绸、茶叶,上缴丰厚的赋税,我们又何必再去抢掠?"

李清望着梁乙埋的神态,忽然心中竟有一种荒谬的感觉。他正要说话,忽见一身戎装的嵬名荣走了过来,肃然道:"当年景宗皇帝的志向,远大于国相。但是宋夏打了一百年的仗,却始终分不出胜负。宋人吞并不了我大夏,我大夏也无力去挑战庞大的东朝。最后的结果,是两国的国力都被消耗。眼下东朝国力蒸蒸日上,我大夏应当主动与东朝修好,勤修朝贡,加强与北朝的联系,让东朝找不到开战的借口,也要借北朝之力,制衡东朝。但如今我们东向不断挑衅日渐强大的东朝,北面却不主动和辽主结好,反而与杨遵勖私下来往,这是自取败亡之道。国相辅助君王,秉持朝政,理当于此有所警惕才好。"

他这番话说出来,梁乙埋顿觉十分刺耳。但是嵬名荣是五十多岁的老将,又是皇族,自幼就随夏景宗李元昊征战,颇具威望,兼之又得到梁太后的信任,却也不便太给他难堪。梁乙埋当下只在心里骂一声"迂腐",口中却说道:"老将军所言虽有理,但树欲静而风不止,自从东朝熙宁皇帝即位以来,东朝便一直咄咄逼人,先是取我绥州,又是让王韶经营熙河。他们现在整军经武,四处部署,司马昭之心,路人皆知。所谓先发制人,后发制于人。若不先下手为强,使宋人有所忌惮,只怕祸不旋踵。"

"中国素来标榜礼义,若卑辞修贡,中国亦不能无罪伐我。"

"老将军可知南唐为何而灭?卧榻之侧,岂容他人酣睡?李后主若用林氏之策,未必亡国。殷鉴未久,我大夏较之南唐,更为东朝之眼中钉、肉中刺。"梁乙埋亦不是全无才智之人,也有他的一套道理。

嵬名荣一时语塞,顿了顿,不甘心地道:"若是如此,也当结好辽国,以备万一。"

"我大夏一直向辽国称臣。"

"私结杨遵勖,得罪辽主之甚矣。"

"此事本相却不曾听说过。"梁乙埋竟然一口否定。

"封杨为王之册书犹在。怎么能说不曾听说过？"

梁乙埋支吾道："这只是使者私下里说的。况且与杨遵勖打交道，也有好处。辽国与宋一样，也有亡我之心，不过力有未逮。以杨分辽势，又能从中得到一些东朝的火器设法仿制……在表面上，我国还是尊辽的。"

"今年正旦，我使者被辽主责问，几乎无言以对。辽主三度下诏，质问皇上，之所以未点杨遵勖的名，不过是因为辽主不欲逼杨氏速叛矣。请国相三思，辽主诏书之中，颇留余地，实则是辽主英睿，其国力削弱之同时，亦欲结我大夏为援，共抗东朝。此等时机，正当修好。"

梁乙埋哪里料到嵬名荣竟然不依不饶地进起谏言来，他心里自负能玩弄宋、辽、杨，甚至是耶律乙辛于股掌之中，更何况尚有权位私心，哪里又会把这些忠言放在心上。但是嵬名荣的身份，他终不能直接呵斥，当下只得敷衍道："老将军之言，本相必会考虑。容我三思。"

李清静静地听着二人的对话，并不说话。他始终是汉将，再受夏主的宠信，心中始终有一个意识：自己是外人。所以无论说话或者做事，他都比旁人要加倍小心。这种身份的意识，对于许多汉将来说，都或多或少存在，不过有些人较为敏感，而有些人则较会自我开解罢了。对于嵬名荣的话，李清心里其实是赞同的，他早听说前朝名臣嵬名浪遇在三年前逝世，遗表上就劝谏夏主秉常要"擢用忠良，勿犯中国"，但是遗表被梁乙埋截住了，至今秉常都不知道嵬名浪遇死前还有遗表，而这件事情，李清因为没有证据，也不敢在秉常面前提起。嵬名荣的主张，其实是与嵬名浪遇这样的元老一脉相承的。这些人都经历过元昊时对宋的战争，也看到宋朝现在的局势——无论从哪个角度来说，和宋朝作战，对西夏来说，都不是明智之举。但是嵬名浪遇私下里也曾经说过，现在西夏之所以还占据着一定的优势，主要原因是地形，西夏可以在天都山一带聚集粮草人马，驱使横山蛮，以居高临下之势，袭击宋朝。一旦宋朝觉悟过来，大举出兵，哪怕只要夺了兰州、天都山、横山一带，那么两国的态势，就变成了隔沙漠相望。西夏在地形上优势失去之后，想要攻击宋朝，大军就要跨越沙漠来作战，其中的风险，即使是最愚蠢的人也知道有多大。所以梁乙埋想要夺取陇东、渭中，来改善西夏的危险处境，也有其道理。只不过，梁乙埋看不到西夏与宋朝的实力对比根本支撑不了他的野心。如果没有足够的实力为后盾，再好的战略想法，也只是一个笑柄。"也许梁乙埋与嵬名浪遇这样的名宿之差距，就在于后者清晰地知道如何根据自己的实力来制定最有利的战略。"李清在心里暗暗想道。

"李将军。"梁乙埋打断了李清的思绪，李清连忙回过神来，听梁乙埋说道，"你可知道新任陕西安抚使石越在数日之前遇袭之事？"

李清知道这是梁乙埋故意拉开话题，当下也不说破，回道："据说是环州慕氏作乱。"

"环州慕氏有一支部族受我感化，归附大夏。其首领率轻骑潜入渭州，袭击石越。但袭击未果，徒然打草惊蛇，本相以为，石越必生报复之意。昨日静塞军司已接到东朝陕西路安抚使司文书，责问我们为何在讲宗岭筑城，用词严厉，要求我朝立即停止修筑讲宗城。"梁乙埋轻松的口气中，竟带有几丝嘲弄之意。

嵬名荣与李清的脸色却立时严峻起来，李清正色说道："国相，若不找个能让东朝无言以对的借口，只怕此事未必能轻易善了。"

嵬名荣却略带牢骚地说道："虽则辽主多次提及石越对宋之重要，但是国相如此蛮干，却并非良策。与其派人行刺、袭击，不若用计杀之。"

梁乙埋听嵬名荣的话中，已近指责，顿时脸色沉了下来，冷冰冰地讥刺道："老将军素称辽主英睿、萧佑丹多智，辽国君臣不能以计除之，莫非老将军又有何良策不成？大丈夫行事，岂能畏畏缩缩，只要东朝抓不到证据，其奈我何？他若要侵我大夏，难道还怕找不到借口不成？"

嵬名荣这时才发觉自己所说之话，的确有点儿过于孟浪。虽被梁乙埋讥刺，脸上有点儿挂不住，但毕竟此事关系到宋夏大局，他却不敢意气用事，当下讷讷正要说话，却一时无法措词，正在为难，却听李清道："过去的事情，做都做了，是对是错都不重要。但是眼下之事，国相却切不可等闲视之。石越并非等闲辈。"

"一书生济得甚事！"梁乙埋犹在恼怒当中，"本相所惧他的，是他能替宋帝整理朝政，担心他把陕西路变成杭州第二，那我大夏亡无日矣。若他弃长取短，要在马上与我大夏较一短长，我大夏可高枕无忧矣。"

"国相！"嵬名荣见梁乙埋如此，已是忧形于色，"石越不必如王韶那样亲自领兵打仗，自古为贤君贤臣者，不在于一己之聪明，而在于知贤善用。若石越选贤用能，我大夏岂可轻视之？请国相好言回报，必使其无话可说。便不能，亦当嘱咐守将，加强戒备。国相亦道石越必生报复之心，其若报复，首选之地，便在讲宗城！"

李清也道："老将军所言甚是。讲宗城地势险要，不容有失。现今守军不足两千，请国相在讲宗城附近增驻军斥候，以备非常。"

梁乙埋却不答话，转过身去望着野利济，板着脸问道："野利将军，你要多少人马才能守住讲宗城？"

野利济正要说"至少五千"，抬起头来，忽然看到梁乙埋眼中慑人的寒光，心中一凛，连忙改口，硬着头皮说道："有两千正军足矣。"

梁乙埋满意地笑了，道："那便给你两千正军！"说罢，示威性地望了嵬名荣一眼。

嵬名荣叹了口气，转过目光去看李清，不料李清也在看他，二人四目相交，相对苦笑，却说不出半句话来。

当天晚上，李清便借口有事，连夜离开了讲宗岭，跑到天都山去了。

第三章

风雨前夕

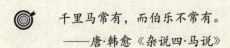

千里马常有，而伯乐不常有。

——唐·韩愈《杂说四·马说》

1

渭州位于丝绸之路西出陇右的咽喉地带，居泾渭上游，前秦时所谓"平凉郡"便是。此地自古便是中华文明的中心城市。境内气候宜人，山川交错，河流纵横，物产丰富，虽然在大宋时成为对西夏战争的前线，其经济受到损害，但是自元昊之后，宋夏虽然冲突不断，但是总体来说，是二十余年无大战，因此渭州城内，亦颇见繁华。

此时，在渭州北郊柳湖，百泉阁。柳叶新裁。

"柳湖是蔡副枢密使为渭州太守时所开，引暖泉为湖，于湖畔遍植柳树，建此百泉阁，特为避暑胜地矣。"高遵裕笑容可掬地为石越介绍着柳湖的来历。

石越眉头不易觉察地一皱，却没有说话。虽然蔡挺这种行为他并不赞同，但是蔡挺是本朝名臣，镇守边境，颇受皇帝赞誉，石越不便批评。然而坐在下首相陪的包绶却是初生牛犊不怕虎，出言讥道："蔡枢使道春风不度玉门关，今日一见，才知道不过是词人之语，这柳湖之上，真不知春风几度矣。"包绶新授崇信县丞，此时却是来拜谒长官渭州知州高遵裕，适逢其会。

高遵裕与蔡挺并无深交，听到包绶言谈之中颇有不敬之意，心下大是不乐，但是他敬包绶是名臣之后，且包公之名，震于羌中，当下便只淡淡说道："包赞府在渭州待久一点，便当知道渭州与中原之别。"他口中的"赞府"却是当时对县丞的别称。

包绶亦淡淡笑道："下官在崇信若有半句怨苦之言，便是愧对朝廷所托。"

潘照临笑道："前日到渭州，便听到一则故事。道包赞府上任日，孔目官来问家讳，包赞府厉声道：某无家讳，所讳者唯贪污虐民！孔目官悚然而退。一时崇信传为美谈，连渭州都在传颂。包赞府真是大有祖风。"

包绶微微欠身，笑道："包家代有祖训。所谓'官讳''私讳'，甚是无谓。来渭州之前，京师《汴京新闻》便正在讨论此事，桑长卿撰文道，当年胡瑗为仁宗皇帝讲《乾卦》，不曾讳'贞'字，仁宗为之动色，胡瑗道'临文不讳'；程颐亦道，仁宗时宫嫔为避讳，称正月为初月，蒸饼为炊饼，天下以为非。嫌名、旧名实不必讳。汉宣帝旧名病已便不曾讳；汉平帝旧名亦不曾讳。欧阳发亦言家讳之非，本朝富弼之父名言，富弼一样任右正言；韩绛之祖父名为韩保枢，韩家两代为枢密。故下官以为，避讳一事，并无必要。若你为官清正，为人正直，便不讳，人亦敬你；若你为人不正，为官贪鄙，纵不许百姓点灯，百姓心中，又何曾于你有半分敬意？"

他这番话，说得席间诸人，尽皆动容。石越对于避讳一事，本来就不以为然。当年吕惠卿还曾在这上面做文章，刁难白水潭学院。因此石越更加深恶痛绝。只是他无暇来向这个弊端开战，只是私下里曾经告诉过程颢。不料事隔多年，《汴京新闻》却突然发难，还搜集了宋朝反对避讳的名人事实，来支持自己的论据，更是公然提出要皇帝不要避讳历代皇帝的嫌名与旧名，可以说是胆大包天。包绶是白水潭的学生，当年包公亦反对避家讳，自然是身体力行。以《汴京新闻》与白水潭学院今时今日之影响力，石越虽然不在汴京，也可以想见京师士林受震撼的情形。他此时听在耳里，不免又是痛快，又是担心。但是对于包绶的话，他却是十分赞同，当下便赞道："慎文所言甚是。若要人敬服，不在这讳不讳上面。"

高遵裕却听得瞠目结舌，摇着头道："家讳倒也罢了，这御讳如何犯得？我虽是个武臣，亦知道主尊臣卑，天经地义。"

包绶眉毛一挑，正要说话，却见一人走至阁外，高声禀道："禀石帅、高帅，有神锐军第二军第一营都指挥使致果校尉刘昌祚、指挥使御武校尉吴安国、第五忠、高伦，神锐军第一军宣节副尉文焕求见。"

石越与高遵裕都吃了一惊。神锐军第一军与第二军整编完毕不久，是四步一骑混编军。刘昌祚的第一营是骑兵营，建制完整，堪称渭州最精锐的部队，他营下五个指挥使，除吴安国与第五忠之外，都是在西线经历过实战的勇将；而吴安国与第五忠，前者因为几次在演习中表现出色，甚至屡屡击败其长官王厚，在骁胜军中颇为出名，因为其桀骜不驯，让王厚又气又爱，刘昌祚想尽办法，才把他调入旗下；第五忠则号称是讲武学堂第三期的"飞将军"，听说本是河北弓箭社的一个头目，后来征募入禁军，累立功劳，这次远调西线，传说是得罪了人，但是他在讲武学堂打下的声名，连高遵裕都听说过。这刘昌祚带着三个指挥使跑到柳湖来求见，已经很不寻常。而更不寻常的，则是第一军的宣节副尉文焕，居然会出现在渭州。第一军是李宪的部队，文焕早在骁胜军之时，便已经是王厚的爱将。这个武状元亲自跑到渭州来，却不知是为了何事。

石越正要开口，准备换间房间接见刘昌祚等人，却见石梁急匆匆走了进来，禀道："禀学士，何畏之先生求见。并有帅府递来的公文。"

见此情形，在场如包绶等人，连忙纷纷起身告辞。不多时，阁中便只留下石越、高遵裕等数人而已。高遵裕吩咐撤了宴席，石越又让潘照临至另间相陪何畏之，方将刘昌祚等人与送公文的军官召了进来。

顷时，众人进入阁中，行礼已毕。送公文的军官便从怀中取出一个封漆木匣与一封密封书信，双手捧起，道："禀石帅，下官奉命，送达枢密院文书与章祭酒书信。幸不辱命。乞石帅赐回单，以备缴令。"

石越点点头，道："辛苦你。"早有人接过木匣与书信，递给石越，石越验过火漆与封印，方写了回单，道："你可去领了驿券，回帅府再领赏。"

"谢石帅。"那军官双手接过回单，收入怀中，又道，"京兆府风闻石帅遇袭，一城震骇，虽然已经辟谣，但是丰参议曾嘱下官，要请石帅早日回府，以安士民之心。"

"我知道了。"石越应了一声，却并不回复何时回京兆府。那军官也不敢追问，只记下石越的回答，便告辞道："下官告退。"众人目送他退出阁中，高遵裕看了放在石越旁边桌子上的匣信一眼，问道："石帅，要不要先看文书？"

石越瞄了一眼木匣，笑道："并非紧急文书，不必急在一时。先听听刘将军有何事吧。"

"是。"一个洪亮的声音在阁中响起，几乎吓了石越一跳，却见刘昌祚跨前一步，朗声说道："禀石帅、高帅，下官来此，是来请战的。"

"请战？"石越不觉愕然，问道，"请什么战？"

刘昌祚直视石越，高声道："下官听说袭击石越的叛番是西夏人主使，西贼敢在我渭州兴风作乱，岂非欺人太甚？实是欺我大宋无人。下官请石帅、高帅许下官率本部兵马，奇袭天都寨，给西贼一点儿厉害看看。也为石帅报仇，为高帅雪耻。"

石越与高遵裕大吃一惊，高遵裕站起身来怒道："刘昌祚，你莫非疯了？岂敢如此自大？"

石越亦道："刘将军，天都山有党项重兵把守，你那点骑兵去攻击，只怕见不到天都山。"

刘昌祚回头看了吴安国一眼，吴安国立时上前一步，向石越与高遵裕抱拳为礼，眼睛却是望着天上，冷冷道："禀石帅、高帅，下官与御武校尉第五忠、高伦已去过一次天都山了。"

高遵裕瞪大双眼，厉声喝道："天都山是西夏重地，防范何等严密，你胆敢欺骗本帅？"

吴安国冷笑道："亦不过尔尔。"

高遵裕见他说话如此无礼，顿时作色，怒道："你敢黄口白牙？是谁给你将令，让你去天都山的？你又知天都山在什么地方？是什么样子？"

"为将者，不可不知地理。下官既然驻扎渭州，天都山之敌是渭州最大威胁，若不敢去亲自察看地理，枉为大宋武人。以下官之见，天都山若在元昊之时，或有所称道者。至于现在，若是高帅能给第一营配备四千枚霹雳投弹，再让包顺部在威德关方向佯攻诱敌，下官敢立军令状，定将天都山烧为平地！"吴安国说话之间，下巴微抬，神态不可一世。

高遵裕听他大言无忌，不由冷笑，道："等你有朝一日为渭州太守，再来行此妙计不迟。"

刘昌祚素知吴安国脾气不待人见，却不料他在石越与高遵裕面前也敢如此无礼。他哪里知道吴安国见石越是文官、高遵裕是外戚，心中十分不屑，此情见于颜色，自然说话就不会客气。这时他见高遵裕动气，忙欠身道："高帅息怒，吴安国与第五忠、高伦的确曾经去过天都山，并且绘制了地图。下官等在营中推演，思得一策，下官以为，虽然冒险，却是可能成功，请石帅、高帅能听下官说完。"

高遵裕早不耐烦，正要呵斥赶出，却听石越已先说道："刘将军请说。"高遵裕无可奈何，心中暗怪石越不懂军事却还要瞎掺和，却也只能耐着性子来听刘昌祚的作战计划。

刘昌祚见石越许诺，顿时大喜，他知道石越是文官，未必熟悉渭州一带的地理。便向第五忠与高伦使了眼色，二人立时会意，取出一幅地图来，在厅中张开了。刘昌祚指着地图讲解道："天都山实为夏人侵宋根本之地。其山有夏主行宫，每次夏人入寇，必先至天都山点兵，然后议定攻击方向，整个陕右，皆受其威胁。而本朝自熙宁以来，朝廷已巩固德顺军、镇戎军防线。骑兵自德顺军沿界出发，至天都山下，快则一日，慢则一昼夜。其间虽然有逻卒城寨，但是以吴安国三人之亲身考察，不足二千人的骑兵，完全可以避开敌人的寨子，直扑天都山。天都山驻军有一万人左右，我军可在镇戎军大张旗鼓，摆出沿葫芦河川进攻的架势，下官以为，西贼绝想不到我军会攻击天都山，必分兵去救。若能使驻军减至六千左右，虽然是以一敌三，但有霹雳投弹之威，且是出其不意，攻下天都山，焚夏主行宫，易如反掌。得手之后，我军亦不停留，立时撤走，全身而退，亦非难事。"

刘昌祚刚刚说完这个充满了冒险精神的作战计划，石越正在思索，高遵裕已是不住冷笑，问道："若是西夏人不分兵，又如何？"

"若不分兵，只得伺机而动，若其有备则退兵。但是下官以为，夏人断无不分兵之理。本朝数十年来，不曾兵临天都山下，彼辈岂能料到我军会如神兵天降？"

"神兵天降！哼！近两千人的骑兵，自德顺军出发至天都山，指望不被西夏人发现，真是白日做梦。"高遵裕觉得这个计划只能用"疯狂"二字来形容。

"石帅、高帅。"刘昌祚没有理会高遵裕话中的嘲讽，不卑不亢地说道，"这是奇计。奇计能成功，需要熟知敌我心理，需要保守秘密，也需要一定的胆量与运气。此计若能成功，则是我军对西夏几十年来未有之大捷，必能打击敌人锐气，提升士气。若是败露，骑兵突围回境，虽然会有所损失，但绝不会是完败。除非敌人能料到我军之进攻，预先设伏，但是下官以为除非诸葛武侯再生，否则绝无可能。"

高遵裕正欲断然否决，忽然看见正在沉思的石越，心中一动，把到了嘴边的话收了回去，反不怀好意地问道："石帅的意见如何？"

石越闻言，抬头看了高遵裕一眼，微微一笑，转头向刘昌祚说道："刘将军，本帅是文臣，若道临阵决断，攻坡拔寨，非本帅所能。子曰：知之为知之，不知为不知。故将军之策是否可行，本帅暂时不能决断。"众人不料他坦陈"不能"，不由都是一愣。吴安国更是嘴角微扬，不屑之情溢于言表。却听石越又继续说道："但是为大臣者，可以不知战阵，却不可不知战略。为将者，临阵杀敌，所向披靡，攻必取，战必克，此只得谓通战术，是为大将之才，而不可谓名将之才。名将者，必知兵者国之大事，上兵伐谋之道。"

"迂腐酸词。"在场几个人的心中，都不由同时冒出这个词来。

石越却突然问道："刘将军可知道什么是战争？"

"什么是战争？"刘昌祚不觉愕然，答道，"战争不过就是杀敌而已。"

"非也。刘将军目下不能为名将，是不知战争之道。战争的手段是杀敌，但其目的并非杀敌。战争是要达成一定的目的。目的有大有小，但是任何小的战争目的，都要服从于整个国家大的战略目的。一切战斗，都只是达成这个目的的手段，所以古今以来，有虽败犹胜者，有虽胜犹败者。能促成战略目的的实现，即使是败了，也可谓之胜；若影响了战略目的的实现，即使是胜了，也是败了。名将的素质，不仅是要能攻必克，战必胜，而且还要懂得从整个国家的大局来权衡每一场战斗的意义，而不是追求一场战斗的胜利来谋求爵赏。"

石越这番话说出来，高遵裕似懂非懂，第五忠与高伦不知所云，但在刘昌祚与吴安国以及站在一旁的文焕的耳中，却犹如一记惊雷，直接击开了他们以前未曾想过的领域。刘昌祚恭谨地向石越行了一个礼，道："下官谨受教。"吴安国的脸色，也变得恭顺许多。文焕却笑道："怪不得古之名将，出则将，入则相。其实本朝亦有一二之人，懂得石帅所说的道理，只不过从未能说得如此透彻明白。"

"哦？"

文焕又笑道："这就是学生受命来见山长的原因。只是不料竟与枢府公文、章祭酒的书信同时到达。请山长先拆阅枢府公文与章祭酒书信，学生再叙来意，最后再来议这天都山当取不当取不迟。"

文焕与石府来往已非一两年，石越自然是知道这个武状元性子中颇有轻佻处，却是不以为意，笑着吩咐一声，石梁连忙从阁外进来，递上小刀，然后又退了出去。石越用小刀先把枢密院的匣子打开了，取出放在里面的公文，细细阅读起来。

2

这枢府的公文，其实却只是转发了章惇的一份《强兵三策札子》。章惇在这份札子中，提出了完善武官节级制度、建立完整的将校节级培养体系、制定马步器水四军操典等三项建议。枢密院将这份札子转发给各地的率臣与高级将领，显然是为了征求意见。

　　章楶在札子中提出的建议是相当详细的，在节级制度方面，他将现有的节级改名为毅士、效士、弘士、锐士、忠士五等十级，又按兵种不同，分为禁军马军节级、禁军步军节级、海船水军节级、教阅厢军节级、不教阅厢军节级五种。重新拟定不同的薪俸待遇，建立磨勘制度，规定士兵入伍第一年为守阙毅士，按年升迁。没有功劳的至效士止，不再升迁。守阙弘士及以下，服役期为十年。守阙弘士以上，有功则升迁，无功无过就二年一升迁，服役期为十五年。当升迁至忠士，若有功劳，则升为武官。

　　在薪俸方面，以往宋军的禁军是按士兵入伍时的素质——主要是身高与臂力，分成上军、中军、下军，并以此来区别薪俸待遇，这种制度的不合理性是显而易见的。现在章楶则建议改为统一按节级高低来区别薪俸待遇，并建议给番军以教阅厢军的待遇，正式将其纳入宋朝的军事体系当中。

　　这一项建议的目的，无疑是为了重建宋军中的激励机制。

　　而建立完整的将校节级培养体系，则是着眼于长远，其目的是保证宋军低级武官的素质。章楶建议在全国各路创建振武学堂培养马、步、器械军节级，创建伏波学堂培养水军节级，以讲武学堂与大宋水师学校培训指挥使以下武官。完善原有的武学体系。他甚至还提出，在各州军设立全免费的九年制军事小学校，招募六岁至十五岁儿童入学，这些学生毕业后，就可以升入振武学堂或伏波学堂。成绩较差的，也可以应征入伍。

　　除此之外，章楶还建议由朝廷出资，扶持各大学院与军事相关之科目，为其提供资金与奖学金，支持兵器研究院之发展。

　　而章楶的最后一项建议，却是要将训练、演习、校阅法令化、制度化、条文化。这种眼光，已经是相当超前了。

　　章楶的"强兵三策"，可以说是对石越军事改革的一个极为有力的补充。石越一口气细细读完，心中已是大为叹服，又拆开章楶的书信，先是大略浏览了一遍，读完之后，又从头到尾细细地读一遍，方将书信揣入怀中，然后抬起头来，向文焕问道："你是受章祭酒所托前来？"

　　"是。"文焕笑道，"章祭酒是想让学生和山长分析强兵三策，若得山长支持，皇上与枢府必不会反对。不过，学生刚刚听了山长一席话，便知道此事已不必我多聒噪了。"

　　在座众人除了石越，都听得一头雾水。高遵裕听文焕开口"山长"，闭口"山长"，心中已极是不喜，因说道："这甚么强兵三策，与天都山有关吗？"

　　"没关系。"文焕笑道，"不过，章祭酒信中和石帅提到的一桩事情，却与天都山有关。石帅不看章祭酒的信，我却没办法说这些事，而要看章祭酒的信，那不看枢府的强兵三策，却也会糊里糊涂……"

他这么绕口令般，高遵裕又是好气又是好笑，正要呵斥他，石越却已先开口了："你当在大相国寺前面说书吗？你又敢乱猜枢府的公文写的什么事？说正题吧。"

"是。"文焕连忙答应了，却只看着石越和高遵裕，不肯说话。

石越已知他的意思，不由一笑，与高遵裕对视一眼，说道："刘将军以外诸人，便先退了吧。"

第五忠与高伦连忙领命退出阁中。吴安国却是大为不满地看了文焕一眼，方才不情不愿地答应着退出了阁中。

待到阁中只余下石越、高遵裕、刘昌祚、文焕四人，文焕这才说道："兵贵机密，不得不如此，还请石帅、高帅见谅。"

石越点点头，端起茶杯，却不就喝，只是轻轻地吹气。高遵裕却已有不耐之色。

文焕从怀中取出一地图，双手捧起，送到石越的案前，道："请石帅再看此图。"

石越接了过来，只见在镇戎军熙宁砦以北，石门峡江口好水河之阴，用朱笔画了两个醒目的红圈，两个红圈南北相距之距离，有朱笔标注"十二里"字样。石越看完之后，递给高遵裕，高遵裕只看了一眼，脸色微变，又递还给石越。

石越这才握着地图问道："这是何意？"

"这是章祭酒所献之策——若在石门峡江口好水河阴筑此二城，互为犄角，渭州防线可向北推进数十里，此二城可遥遥威胁天都山之夏军，且制威德关之喉，堪称兵家必争之地。"

石越到底不太熟悉这些具体军情，因转头看高遵裕，却见高遵裕苦笑道："那里的确是兵家必争之地，但是，正因为如此，一旦我军在那里筑城，西夏必然大举来攻。只怕最终难以筑成。"

石越微微颔首，把地图递给刘昌祚，问道："此策与奇袭天都山，孰优孰劣？"

刘昌祚双手接过地图，睇视良久，忽然长长叹了口气，道："末将自认不如。"

石越不由问道："何以见得？"

"奇袭天都山，其策虽奇，但是除了挫败西夏士气之外，并无大用。万一不成，我大宋精兵难免葬身天都山下。而章质夫此策，同样可以向西夏示威，但效用更大。二城不能筑成，大军可从容退回镇戎军，无孤军深入之危；一旦成功，天都山之敌当睡不安寝。"

文焕笑道："章祭酒之虑，非止于此。大宋与西夏，虽然边境烽烟不断，但名义上西夏依然臣服于大宋。若是无故兴兵相攻，则是公然挑衅，其曲在我。且必然导致西夏举兵报复，我大宋禁军整编未成，兵士操练未熟，军队粮草未聚，此时之上策，不宜与西夏决战，而应当维持边境之大体上的平静，不动声色地完成战略上的初期布置。若能建成二城，则渭州再增屏障，我大宋之纵深增加，西夏之纵深减少，一旦朝廷决定对西夏开战,大军则可以二城为据点攻击天都山与威德关。且大宋在好水河阴筑城,若西夏来攻,我击退之,秉常纵然上书,朝廷亦有辞拒之。"

石越点头赞道:"此真顾虑周详者。"

高遵裕却有犹疑之色,道:"章质夫之策虽善,但石门峡江口好水河阴是不是真的能筑城,如何去筑城而不被西夏人破坏,却是难事。"

石越点了点头,望着刘昌祚,肃容道:"刘将军,你与文焕一道,去实地勘探章祭酒所画筑城地点,拿一个筑城方案来报上。"

"遵命!"

"此事除你与文焕之外,不得让旁人知晓。"石越又命令道,他越过高遵裕,直接指挥他的下属,高遵裕的脸色已是十分难看,石越却浑然不觉。

"遵命!"刘昌祚也似乎完全忘记了高遵裕的存在,躬身一礼,与文焕一道领令退出。

二人出了百泉阁,便见吴安国与第五忠、高伦迎了上来,刘昌祚不待三人相问,已先命令道:"立即回营,挑选一百名精锐的儿郎,有大事要做。"说罢也不停步,径直往柳湖之外走去。

3

在百泉阁某房间的窗边,何畏之的目光久久停留在刘昌祚等人的背影之上,一直目送他们出了柳湖。

"潘先生、何先生!"忽然,一个亲兵出现在房门外,高声说道,"石帅有请。"

何畏之几乎被吓了一跳,连忙回过神来,见潘照临正在含笑注视自己,忙略整了整衣服,与潘照临一道跟着那个亲兵往百泉阁正厅走去。不多时,二人便到了正厅之前。这时候何畏之才发现百泉阁内,其实戒备森严,而负责守卫的,从衣着上,都可以看出是安抚使司的亲兵卫队。只不过在正厅前面守卫的首领,却不是侍剑,而是石梁。石梁见二人过来,连忙欠身行礼,道一声"请",放过潘照临入内,却伸手挡住了何畏之。

何畏之一怔,正在愕然间,便听石梁朗声道:"请何先生解下佩剑。"

何畏之微有愠色,却见潘照临已回过头,含笑道:"莲舫,请勿介意。非常之时,不得不草木皆兵,非止兄一人,凡欲见我家公子者,都不许携兵入见。"

何畏之凝视潘照临,踌躇了一会儿,终于解下佩剑,不发一词,与潘照临一道走入正厅。二人入了正厅,才发现厅中只余石越一人,连高遵裕都已不在。石越望见二人进来，连忙起身降阶相迎，笑道："让先生久等了。不料竟然要劳烦先生亲来渭州。"

何畏之欠身道："不敢。因为听说两个月后，广州市舶司就要出售渤泥国附近十余万顷的土地，在下不能久候学士……"

"渤泥国？"石越不由愕然，一面请何畏之与潘照临坐下，却听潘照临笑道："公子最近事务过于繁忙，故此不知。几大报纸都已有报道，薛奕与渤泥三侯签下协议，向大宋、高丽、交趾三国臣民以及在大宋有产业的番商出售渤泥国附近十八万六千顷土地，由广州市舶务与杭州市舶务代售。其所得之四成归于广州市舶务建立海船水军；三成归渤泥三侯，二成上缴朝廷，一成归杭州市舶司充海船水军军费。"

石越奇道："真有人会去渤泥国那种地方买土地？"

"自然有人想买。海外之地，地价甚贱，一亩地仅卖五百文，高亦不过二贯，每岁每亩之税，仅为定额五十文，若雇佣当地番人为佃户，种植甘蔗，一年便可挣回地价，且有极大的利润。想发财的商人，在国内走投无路的浪荡子，无地可耕的贫民，都想去博一博运气。好几家钱庄便专门放贷给那些一无所有的贫民，借钱给他们去买地，以从中获利。放高利贷者更不知有多少。《海事商报》报道，此次广州市舶务除出售这十余万顷土地之外，还得到皇上圣旨，出售交趾国、渤泥国附近三百余个无人的海岛，所得充作海船水军军费。虽说是边远荒蛮之地，但是价格便宜，总有人想投机的。"

石越看了何畏之一眼，笑道："原来如此。"出售环南海诸岛的土地，本来就是大宋经营环南海地区的既定之策，石越岂能不知？但他没有想到的是，薛奕竟然会与渤泥三侯联手。他端起茶杯，轻轻啜了一口，放下茶杯，不再说此事，转过话题，问道："先生在延祥镇，可探得什么消息？"

"延祥镇的情况非常复杂。"何畏之道，"延祥镇果然有好马卖，但是在下曾经仔细观察打听，外地进入延祥镇的马匹并不多。因此在下颇疑延祥镇的好马是从沙苑监流出来的。"

"果然不出我所料。"石越"哼"了一声，又问道，"莲舫可还有什么别的证据吗？"

"延祥镇最大的家族，姓蓝。"何畏之忽然不着边际地说道。

"姓蓝？"

"不错。蓝家势力极大，听说蓝家的小娘子，是吕升卿的外甥妇；其家在仁宗朝也曾出过一个进士，传闻京师得宠的内侍蓝震元，亦曾与之联宗。同州通判赵知节，也是蓝家的外甥女婿。"何畏之平平淡淡地说着，石越与潘照临却越听越是心惊。"除此之外，蓝家亦曾经得过仁爱功臣勋章；还有一个小娘子，听说是许给了陕西路监察御史景安世的侄子。"

"难怪。"石越心里已是一清二楚了。

"只怕难以查出物证。且蓝家在当地威望极高，兴建义仓，捐建学校，又常常赈贫济灾，声名极好。"

石越却不料蓝家竟然不是通常意义上的"劣绅"，不由大觉为难，沉吟了一会儿，方道："既是如此，此事便暂且搁置一阵。我会另着人去调查。"马政虽然要紧，但毕竟不是急务，他也只能暂时先搁一搁了。说罢，又对何畏之笑道："本帅明日要去巡视渭州各地的弓箭社、忠义社，不知先生是否愿意同行？"

何畏之乍然抬头，注视石越，他既不知道石越以朝廷钦命三品大员的身份，为何会去巡视向来不被重视甚至被猜忌的弓箭社与忠义社这样的民间社团；亦不明白石越为何会向自己提出这样的请求。何畏之毕竟不是甘愿为富家翁之人，他对西北沿边的弓箭社与忠义社早有耳闻，此时不免闻猎心喜，当下亦不迟疑，笑道："固所愿也，不敢请尔。"

4

熙宁十年三月初二日晚。汴京，睿思殿。

几只龙涎香烛将睿思殿照耀得灯火通明，一股让人陶醉的香味弥漫在整个睿思殿中。虽然海外贸易日渐发达，香料价格在大宋国境内略有下降，但上品泛水龙涎香的价格却并没有落下来，每两泛水龙涎香的价格高达一百贯。这样骇人的价格，连皇宫都不敢轻易使用，而是用龙涎香贯于宫烛之中，再以红罗缠烛炷，使得宫烛照明的同时，兼有香味。饶是如此，这样每支宫烛的价格，也要高达数贯。赵顼虽然节俭，但是这种皇家"必要的"开支，他既意识不到有多么昂贵，也无可奈何。章惇偷偷地用眼角观察着皇帝，赵顼坐在宽大的御床之上，脸色依然苍白，但是身体看起来已经好了许多。他不由暗暗松了一口气。七天之前，昌王赵颢终于"病愈"，奉诏出京，前往洙泗；而太皇太后的病情，也日见稳定；王安石等众元老重臣，也被中道挡回，没有全部齐集京师……暗潮汹涌的政局，至少暂时又平静下来了。似乎整个事件真正的受害者，只有蔡确与石越二人而已。但是章惇心中却一直怀疑，前御史中丞蔡确，很可能是冤枉的，真正支持昌王赵颢的大臣，又偷偷地把头给缩了回去。但是这种怀疑，他是不会对任何人说出来的。反正去做凌牙门都督，除了要远涉海外，离别中土之外，其实是个大大的肥差，比起油水有限的御史中丞，想来蔡确不会太介意吧？章惇经常这样不无恶意地想。

"章卿深夜求见，有何要事？"赵顼这几天来，为了河东路与河北路的安抚使人选，已经是绞尽脑汁，好不容易想要睡觉，不料卫尉寺卿章惇竟然深夜求见，想到章惇的职务，赵顼就不由心惊肉跳，难道是哪里发生了兵变？

"陛下，臣接到紧急文书，陕西安抚使司监察虞候向安北上书，环州番人慕氏中的一支叛逆，投奔西夏。其首领叫慕泽，曾受朝廷飞骑尉之勋爵。慕泽所部，在叛逆之前，曾潜入渭州，邀击陕西路安抚使石越，石越几乎不免。臣身为卫尉寺卿，将校叛变而事先不知，特向陛下请罪，臣甘愿受罚。"章惇一面说，一面跪了下去。

"啊！"赵顼腾地站了起来，急道，"石越怎么样？为何他没有奏章递上？职方馆和职方司为何没有报告？"

"陛下，此事事发突然。向安北本来正在清查陕西路将校，给所有将校分别立档案，以便加强监视有不稳迹象的将校。事发之时，向安北刚好清查环州路慕家番将，所以才能立即查出叛逆者是慕泽。职方馆与职方司可能不会知道得这么快。"虽然是后知之明，但是章惇还是有几分得意，但是他把心中的得意，谨慎地掩藏在话语之中。职方馆陕西房负责对西夏与吐蕃的间谍活动；而兵部职方司陕西房建立过程缓慢无比，当然不可能迅速查清叛逆之番将。但是章惇可没有兴趣替他们向皇帝详加辩解。

但是赵顼关心的却不是这个，他又重复问了一句："石越有没有事？"

"暂无消息传来，但臣相信石越不会有事。否则高遵裕的奏折必会早于向安北送抵京师。"

"言之有理。"赵顼自我安慰地说道，顿了一下，又道，"但还是要先查清石越的安危；给向安北加派人手，这样的事不能有第二次。"

"遵旨！"

赵顼又问道："那个叛番为何要袭击石越？"

"这……"章惇却并不知道梁乙埋要刺杀石越。

"李向安，去宣司马梦求即刻入宫觐见。"

"领旨。"李向安忙答应着，退出了睿思殿。这时赵顼有点儿心不在焉，赐了章惇一些点心，令他去偏殿中等候，约半个小时之后，待李向安领着司马梦求进宫，这才又重新召见。

赵顼见着司马梦求，便问道："环州番将慕泽叛降西夏，潜入渭州袭击石越，职方馆知道吗？"

"啊！"司马梦求几乎被吓了一跳，"臣早前已接到陕西房的报告，道西夏国相梁乙埋已派遣刺客刺杀石越，陕西房已将此事知会石越……"

"梁乙埋？"赵顼与章惇都吃了一惊，赵顼一掌拍在御案之中，怒道："岂有此理！岂有此理！"

"陛下息怒。"司马梦求忙劝道，"西夏梁氏专政，梁乙埋之心，路人皆知，陛下不必为这等小人动气。只要石越严加防范，便不当有事。以陛下之英明，朝廷总有一日要收复灵夏，何愁不能报今日之恨？"

"司马梦求所言甚是。请陛下息怒。"章惇也连忙劝道。

赵顼紧紧咬着嘴唇，脸色铁青，过了许久，方说道："司马梦求，职方馆陕西房知事是谁？"

"陛下！"司马梦求低下头去，道，"陕西房知事身份特殊，若陛下单独询问，臣自当禀报。请陛下恕罪。"

章惇脸色一变，愠道："陛下，臣请先行告退。"

赵顼摆了摆手，向司马梦求说道："章惇可信任，卿但说无妨。"

"陛下！恕臣不能遵旨。"司马梦求态度坚决，"朝堂之上，无人不可信任。然职方馆重要成员，天下唯陛下、枢密使、臣三人能知。便是尚书省左右仆射、各路安抚使，非有必要，亦不得与闻。臣并非是针对章大卿，若章大卿有必要知道，臣自然会告知。但是眼下之事，臣以为并无必要让章大卿知道。"

赵顼不料司马梦求如此坚持，不由摇头道："罢，罢。不说便不说。卿去命令陕西房知事，以其人之道，还治其人之身。朕要梁乙埋的首级！"

"请陛下三思！"司马梦求沉声道，"梁乙埋志大才疏，杀了此人，于大宋有害无利。数日之前，陕西房知事曾至京师，文枢使与臣已经令其将陕西房之重点，放在搜集西夏重臣之性格习惯好恶、侦知西夏储粮驻军地点、策反西夏文臣武将之上。若改变方略，将陕西房的重点放在刺杀梁乙埋之上，臣以为非智者所为。"

"这也不行，那也不行！"赵顼怒不可遏，随手抓起一件玉如意，砸在御案上，"砰"的一声，玉片四溅，玉如意竟被赵顼砸成几段。

司马梦求的身子却一动不动，待赵顼稍稍平静一点儿，方从容说道："陛下若是担心石学士安危，可以派几个侍卫去陕西，保护石学士安全。下令兵部职方司加紧陕西的防范。不必为一点儿小事，改变既定之策略。职方馆几年内的责任，是为收复灵夏作准备，臣以为不可朝令夕改。"

"朕知道了。"赵顼没好气地说道，"狄詠已经和朕说过好几次想去陕西了，就让狄詠挑几个班直侍卫去陕西吧。明日朕会问问吴充，兵部职方司，到底有没有在做事情！"

"陛下英明！"

5

从睿思殿出来之后，司马梦求辞了章惇，骑了马便往大相国寺走去。其时虽然已是午夜，但是汴京却是不夜之城，沿御街走去，一路之上皆是灯火通明，店铺照常营业，行人熙熙，不少酒楼之中，犹自可以听到歌妓们隐约的欢声笑语。到了大相国寺前约二百米左右，司马梦求便勒马停下，看看左右无人，忽地闪进一条小巷中，如此般又穿过几道巷子，终于在一座宅第前停下。司马梦求方轻叩了一下大门，大门便"吱"的一声开了一条缝。一个目光警觉的黑衣小厮从门缝里伸出头探望，看到司马梦求，才忙开了门，将司马梦求连人带马，迎了进去。

进了宅中，司马梦求便将马递给小厮，一边低声问道："你家主人已休息了吗？"

"还没有。"小厮垂着头，道，"主人已吩咐，若是先生来此，便请径直往书房相见。"

司马梦求微微颔首，也不说话，信步便向书房走去。显然，他对这座宅第十分熟悉，一路直走无丝毫迟疑，遇到的黑衣小厮尽皆向他躬身行礼，却都并不多问。穿过一条花径之后，便到了书房，茜纱窗[7]上，透出房中通明如昼的灯火。

司马梦求方在门口刚刚站定，便听里间有人笑道："纯父，请进吧！"

司马梦求闻言，却也并不惊诧，而只微微一笑，轻轻推开了门，甫入房中，便见一个锦衣男子，背朝房门，坐在一张黑木案前，一手捧刀，一手握了丝巾，正自极轻柔又极认真地擦拭着那把刀；一个黑衣童子叉手侍立一旁，眉目低垂，腰间却斜插着一支碧玉箫，虽在灯下，也有剔透温润之感，见到司马梦求进来，不过略看了一眼，神色漠然，也并不行礼。司马梦求似乎与锦衣男子甚是熟悉，径直找了个位置坐了，一边笑道："哥哥这是又得了什么好物什？"

锦衣男子头也不回，依然慢条斯理地擦拭着手中的刀，一面却悠悠答道："正要考考纯父，可识得这是什么刀？"

司马梦求闻言，便向那刀望去，却见锦衣男子手中之刀，刀身赤如血，心中便是一惊，脱口问道："此物哥哥却是从何处得来？"

"是我这个童儿过洛阳时，偶然所得。怎么，纯父认得出这柄刀的来历吗？"锦衣男子伸指拂拭刀身，大是爱不释手，但声音却显得极为爽朗。

司马梦求凝视那刀片刻，却道："哥哥却将那刀与愚弟一观！"

那锦衣男子爽朗一笑，却不回头，只是信手将刀递给那黑衣童子，黑衣童子双手躬身接过，上前几步递与司马梦求。

司马梦求方一接过，便觉这刀之沉大出意外，手指轻抚刀身，便觉出一种难以形容的冰凉之意沁入肌肤，再看刀身所镌之字，不由大为惊讶，微一沉吟，才缓缓道："若愚弟不曾看错，这柄刀只怕是蜀汉时名将黄忠之物。"他的声音微微一顿，又道，"哥哥可曾听说，黄忠随汉先主定南郡时曾得一刀，其赤如血，黄忠以之于汉中击夏侯军，一日之中，竟手刃百余人。"他一边说着，一边便将刀递还给那黑衣童子。

"哦？"那个锦衣男子似乎没有料到此物竟有如此来头，也感惊讶，接过刀来又

....
[7] 红纱窗。茜，指茜草，根为红色。

拂拭刀身，把玩良久，方叹道："我本以为此物不过是一寻常古物，不料竟有如此来历。只是纯父如何这般确定？"

司马梦求微微一笑，随手一指刀身，笑道："哥哥没留意这刀身所镌之字？"

那锦衣男子又仔细看了看，不由哈哈大笑，道："我光认得这个'汉'字，却不认得后面那个字，竟也没甚留意了……"

司马梦求微笑道："哥哥是当世豪杰，自然不留意这些，这两个篆字，便是上汉下升！"

"汉升，汉升……"那锦衣男子轻轻重复了两遍，不由叹道，"原来竟是'汉升'，果然是黄忠的宝刀，这'汉升'两字不正是黄忠的表字吗？纯父真是博古通今。却不知这柄刀较之纯父的'昆吾'，又是如何？"

司马梦求也不直接回答，只是淡淡道："名刀宝剑，甚难相较。知遇之恩，却非比寻常！"

"石子明能有纯父这样的人才，真是他的福气。"

"愚弟之才，比起石学士来，不过是萤虫比日月而已。哥哥已见过学士，自然也知道学士之与众不同。"

锦衣男子不置可否地笑了笑，只道："纯父深夜来找我，想必是有事。"

"不错。"司马梦求点头应道，"方才皇上深夜召见，原来是环州番部一个叫慕泽的叛逆降夏，率众千余潜入渭州，袭击学士。"

锦衣男子摇了摇头，笑道："这事我已经知道了。"

"啊？"司马梦求又惊又疑，盯着锦衣男子的背影，问道，"哥哥是何时得知？"

"不到一个时辰，是我这个童子送来的信。隶属本房的一个叫慕义的兄弟，最先得到消息，为了把这个消息传递给石学士，还牺牲了两名兄弟。石学士与高遵裕的表章已经在路上，慕义说，学士很维护我们职方馆。"

"原来如此。"司马梦求放下心来，道，"皇上已经知道是梁乙埋暗中主使，十分震怒。想来朝廷会加紧对西夏的战争准备，陕西房不可没有哥哥主持大局，愚弟此来，便是请哥哥速回西夏，主持大局，若能策反李清，便是大功一件。"

锦衣男子的肩膀微微耸动了一下，道："我明晨便动身。纯父，如何攻下西夏是一件事，攻下西夏后，如何治理西夏，是另一件事。希望纯父能将这个意思转达给皇帝与石学士。若不懂得治理西夏之术，贸然攻打西夏，纵然功成，也只会引来无穷无尽的麻烦。"

"愚弟理会的。"司马梦求道，"明晨我会着人送来文枢使与我给李清的亲笔信，外加一封告身，李清若有归宋之心，朝廷将赏黄金五千两、地五百顷、封侯爵，拜五品武官，荫其祖宗三代。"

"李清如何会为这些东西而叛夏？"锦衣男子嘿然说道，声音中颇有不屑之意。

"这些东西，不过是朝廷的诚意。"

"我会竭力而为。"锦衣男子顿了顿，似乎是犹豫了一阵，终于低声说道，"纯父，哥哥想要你答应一件事。"

"请说。"

但那锦衣男子却沉默了很久，良久才道："我不知道能否说服李清归宋。他这个人，注定是要轰轰烈烈的，富贵也罢，死于非命也罢，皆是天数，不必多说。但李清尚有妻子儿女，我既然把他往这个旋涡里推了一把，却是我不义在先，就盼纯父能答应我，如若我将来有什么意外，无论如何，要保住他的血脉。"锦衣男子的声音，已有几分悲怆。

司马梦求低头沉默了一会儿，抬起头来，凝视锦衣男子的后背，慨声道："好，我答应！"

"拜托了。"

似乎不习惯空气中那淡淡的悲凉，黑衣童子走出了书房。不多时，书房之外的走廊中，便传来呜咽的箫声。司马梦求侧耳倾听，辨出正是一曲《渔家傲》。伴着那几分沉郁悲壮的箫声，司马梦求听到锦衣男子在轻声歌道："……浊酒一杯家万里，燕然未勒归无计……"

6

一直到三月初四，石越在渭州被叛番袭击的事情，在汴京依然只有少数人知道。甚至连鲁郡君韩梓儿，都不知道这件事情。此时，她正在清河郡主的花园中，听自己的嫂子王昉高谈阔论着"墨经"。

"当年蔡君谟评墨，以李廷珪为第一，他弟弟李廷宽、承宴父子次之，张遇又次之，陈朗又次之。这各家不仅造作之法不同，连松烟也不相同。李家之墨，如今已十分罕见，熙宁四年，我在家父那见到一方陈朗墨，家父便已视为至宝。想不到今日竟能见到李承宴所制之墨。"王昉挺着肚子，犹把玩着手中的一方双脊龙墨，欣羡不已。

清河见她这神态，不由笑道："你这墨痴儿，石府中便藏有李廷珪所制之墨，你们姑嫂之间竟然不知道吗？"

"真的吗？"王昉不由睁大了眼睛，望着梓儿，问道。

梓儿微笑着点了点头，道："不过如今已经没了。去年苏颂同修国史，官家赐承晏、张遇墨和澄心堂纸，因与外子说起各家之墨，外子已将家中所藏的廷珪墨进贡宫中。"

"啊！听说廷珪墨误坠沟中数月不坏，虽历数十年，研磨时尚有龙脑气。一丸墨现今能卖至数万钱，往往也是可遇而不可求，只有禁中方有少量珍藏。所谓'黄金可得，李廷珪墨不可得'……"王昉的语气中，竟是颇以为憾事。

梓儿笑道："这等身外之物，嫂嫂亦不必过于在意。外子常说，墨的用途，是用来书写，流芳百世的，是我们写的内容，而不是用的墨。"

王昉撇了撇嘴，略带嘲讽地笑道："这话若非是石子明所说，便真要叫人以为是煮鹤焚琴之语。名墨佳文，岂不相得益彰？"

梓儿早知王昉的脾气，当下也不争辩，只是好脾气地笑笑。

王昉素来自负，一生所服的女子，也不过程琉一人而已。眼下程琉已随包绶前往渭州，因此言语上，王昉自然是再不肯让人的，当下不免又滔滔不绝地说些名墨佳文的佳话。

清河心中微觉好笑，她本来就想把这方双脊龙墨赠予王昉，此时见她说得兴起，倒不好打断，想道："这样送她，倒也合她心意！"正想间，忽然见园外飘进一朵红云，定睛望时，却是柔嘉风风火火地冲了进来。

清河大吃了一惊，奇道："十九娘，你怎的来了？"

"自是翻墙出来的。"柔嘉吐了吐舌头，笑吟吟地说道，"姐姐，我可是专程来给你道喜的。"

"道什么喜？"清河莫名其妙地问道。

"我听到消息，狄郡马要派去陕西，圣旨已下，郡马已经接旨。姐姐终于可以离开京师，去外面透透气了。"柔嘉兴奋地说道，简直像是自己也能一同前往一般，浑然没注意到清河的脸色瞬间已经惨白。

"你是从哪里听来的消息？"

"我……"柔嘉目光一转，吐了吐舌头，"是偷偷听到的。很多人都在议论，说皇上竟然派郡马去给石越作护卫，是本朝未有之殊恩，还说奇怪为何两府都没有反对呢！"柔嘉说起关于石越之事，便自兴致高昂，不知道这一句话已经让梓儿也紧张起来。梓儿也是心思剔透的人，此时听到皇帝居然把自己的侍卫长官，派去给石越当护卫，若非有大事，何至于此，她如何能不惊？因颤声问道："是陕西出了什么事吗？"

"你家石头断不会有事的。"柔嘉笑盈盈地说道，"也许是要打仗了吧，郡马可是名将之后……"

"打仗？"王昉摇了摇头，道，"不可能。朝廷整军经武尚未完成，朝廷还在讨论章楶的《强兵三策札子》……"

"准备打仗而已，又不是马上开打。"柔嘉也没听她说完，便不以为然地说道，"石越贵为陕西路安抚使，身边没护卫吗？还要郡马保护什么？"她转过身去，也不理王眆，便抱着清河，软语央求道："好姐姐，我的好姐姐，你偷偷带我去陕西好不好？"

清河听说狄詠要去陕西，已然担心，忽然听到柔嘉竟然来向自己要求这等荒唐的事情，一时间真是哭笑不得，道："你？你要去陕西做什么？"

柔嘉此时满心的热切，正要说心中的话，忽然间望见梓儿紧张的目光正落在自己身上，不自觉晕红了双颊，便咽回到了已到口边的话，吞吐道："我……我没去过外面，想看看打仗的情形，在京师天天被关在府中，闷也闷死了！"

"你！真是胡闹！"清河不知她心事，听了她这样孩子气的话，不由又是好气又好笑，正待再说，却见柔嘉的眼圈立时间便红了，泪水盈上眼眶，楚楚可怜地望着自己凄然道："十一娘！我们打小就不曾分离，我可舍不得你一个人去那里。"

清河心中一软，她全然不知柔嘉的心事，还只道她真是舍不得自己，竟生出这样荒唐的念头，不由感动，几乎便要忍不住答允下来。但她终是知道这种事情实在过于匪夷所思，自己纵然答应，那也是万万做不得数的，便柔声劝道："十九娘，我自然也舍不得你。可即使是我去了，我还会回来的。你若跟了我去陕西，别说于礼不合，娘娘与太后、皇后都会生气的。还有，你爹爹又如何舍得你？"

"我……我回来凭她们处罚便是了。十一娘，你……你舍得我吗？"柔嘉的眼泪似要流将下来，一边将手紧紧抓了清河的手，似嗔似怨地说道，"我不怕，你怕吗？我要跟你在一起！我也要去陕西！我万万不能教你一个人去！"

清河没料到她竟如此痴缠，一时间目瞪口呆，手足无措。她与柔嘉自幼一同长大，待她比亲妹子还亲，此时见她一心不肯离开自己，自己的心中，又何尝没有不舍，当下哪里能够拒绝？只是心中终有一丝理智，不禁望望柔嘉，又望望梓儿、王旁，一时之间，竟然不知道要如何是好。

7

几乎是与此同时。

汴京的皇宫中，偌大的崇政殿之内，只有赵顼与狄詠君臣二人。

赵顼的目光凝视着狄詠，温声问道："卿家可知崇政殿在太祖皇帝时，叫什么名字吗？"

狄詠不知赵顼的用意，但还是恭声答道："臣幼时，便曾听父亲说过，这崇政殿本名简贤讲武殿。"

"不错。"赵顼赞赏地点了点头，然后便静默着抬起头，远眺着殿外的天空，目光中流露出无限的热切与憧憬，"此殿本名简贤讲武殿。只为若要混一四海，就不能不简贤讲武！"狄詠静静地站在殿中，低垂着的目光却不经意地落在赵顼的腰间——皇帝今天罕见的佩了一柄佩剑！

"卿可知道，朕为何让卿去陕西？"不知过了多久，狄詠觉得赵顼的目光忽紧紧地盯住了自己，他不敢动弹，也不抬头，只是依旧保持静立倾听的姿势。听到赵顼忽然慢条斯理地问自己这么一句话，狄詠略想了一想，答道："陛下是让臣去保护石越的安全。"

"卿是朕的侍卫首领，朕为何要让卿去保护一个臣子的安全？"赵顼的声音似乎突然间严厉起来。

"臣——愚昧！"狄詠一边说着，一边已经单膝跪了下来。

"卿常常读史书，朕一直很欣赏。读史可以鉴今。"皇帝的声音顿了一顿，忽又变得凝重起来，"朕今日正要告诉卿一个大秘密！"

狄詠忍不住抬了一下头，迎面见到赵顼热切而信赖的目光："臣……臣何德何能……"

赵顼摆了摆手，打断了狄詠的话，道："狄家世代都是忠臣，卿又是朕的堂妹夫，为人又忠直。所以朕信任卿。朕今日就是要告诉卿，朝廷最迟在八年之内，必然将对西夏大举用兵。朕将会不动声色的，逐步把精锐的部队调入陕西，并准备好军储物资，修葺好道路城寨，待一切准备就绪，就是灵夏光复之日。"

"臣愿为先锋！"狄詠胸中的热血顿时沸腾起来，奋声说道。

"朕不会让你去做先锋。朕很疼清河这个妹子，不想让她守寡——朕要对你说的是，在这八年之内，陕西路安抚使将会掌握越来越多的禁军。虽然目前禁军依然受枢密院节制，虽然有卫尉寺、监察御史，虽然还有种种的防范措施……但是唐代藩镇之乱，实在让朕难以放心。"狄詠一边皇帝讲着这些，心中不由微感迷惑，但听到最后这一句，他便猛然惊醒。果然，只听赵顼继续说道："若是让宦官去监军，不仅有唐代的殷鉴，还会有朝廷内外的阻力。这是下策，朕不取它。朕要让朕最信任的人，去做安抚使的护卫首领。"

"臣……"

赵顼走近他，伸手轻轻拍了拍狄詠的肩膀，轻声道："朕信任卿，能替朕办好这个差使。不仅要保护忠于朝廷的安抚使不被西夏人刺杀，同时，也要保证这个安抚使，绝对忠于朝廷！"

"臣绝不敢辜负陛下的重托！"狄詠沉声应道。但他心中刚刚沸腾起来的热血，却因赵顼这后来的几句话，而渐渐冷却下来。他不由得在心底苦笑了一下，原来，他去陕西，不是如他希望的，去与西夏人作战；而是作为皇帝的耳目，来防范陕西路安抚使石越。

目送狄咏离开崇政殿后，赵顼静静地坐在宽大的御椅上，想着心事。李向安率领一干内侍轻轻进入殿中，见到皇帝这副模样，不由都呆住了，只得屏声静气地侍候着，不敢惊扰。如此过了许久，赵顼才回过神来，向李向安说道："摆驾，朕要去一次枢密院。"

"官家。"李向安小心翼翼地说道，"文相公今日去了讲武学堂，王枢副已病了四五天了。"

"朕知道。"赵顼淡淡说道，"只管摆驾便是。"

"遵旨。"李向安忍住心中的疑惑，尖着嗓子答应了。

从崇政殿至枢密院，原不用多长时间。只是皇帝一般不会亲临枢府，因此赵顼突然前往枢府，虽然有人事先通知，也让群龙无首的枢密院官员慌得手忙脚乱。好在枢密院都承旨曾孝宽是做老了事的人，忙引着众官吏列队参拜。待一干礼节过了，赵顼便吩咐众官吏各归本房，只让曾孝宽领着他径直往侍卫司走去。到了侍卫司，侍卫司知事慌忙领了本司同知事、检详官、计议官等大小官吏前来拜见。赵顼打量诸人，随口问了几句侍卫的事情，忽然回头向曾孝宽问道："石越的义弟唐康不是在侍卫司差遣吗？"

曾孝宽一愣，不知道皇帝为何问起唐康，一时间也猜不出他的用意，只好老实答道："唐康已经调至沿海制置使司，权任同知事。"赵顼微微一愣，他没有料到唐康居然升官了。但是六品以下官员的任命，他自然不可能知道。文彦博要提拔他的孙女婿，只要给事中与御史们没意见，那便容易得很。曾孝宽偷眼觑着皇帝神态，他虽然与文彦博关系一般，但是与唐康关系却不错，忙又解释道："唐康曾出使高丽，通晓海事，因海船水军最近事务繁多，兼之唐康与高丽使者谈判江华岛、瑞宋岛有功，所以才将其调至沿海制置使司，权任同知事，暂时负责调配江华岛、瑞宋岛驻军、筑城之事。"所谓的"瑞宋岛"，便是由赵顼亲笔赐名，位于高丽国与日本国之间的大岛，唐康与高丽使者谈判后，宋朝用八百枚震天雷换来，成为大宋极东之领土。

赵顼脸色稍霁，笑道："唐康现在在哪里？"

"回陛下，唐康随文相公去了讲武学堂，去与章楶讨论创建大宋水师学校与伏波学堂的利弊，以备陛下咨询。"

枢密院希望抛开兵部，将海船水军这个新兴的兵种完全置于自己的影响之下，已经是公开的秘密。文彦博几次向赵顼提出，如果通过章楶的建议，那么大宋水师学校与伏波学堂，就应当隶属于枢密院。因此赵顼对于曾孝宽的解释，倒并不吃惊，只笑道："原来如此。听说枢密院还有个官员，也曾出使过高丽，在高丽还讲过学，且曲子词作得极好，是个才子。他却在哪个房？"

"禀陛下，此人姓秦名观，字少游。现在编修所任编修官。"

"秦观……"赵顼轻轻重复了一遍这个名字，笑道，"确是这个名字，传他过来，朕想见见他。"

"遵旨。"

不须多时，秦观便被引至赵顼面前。

"臣枢密院编修官秦观，叩见皇上。"秦观见到皇帝，忙拜倒行礼。赵顼微一打量秦观，见他人物出众，倜傥不凡，不由先暗暗喝了一声彩，待他行礼完毕，便和颜微笑道："免礼平身。"其实赵顼曾经召见过一次秦观，但是此时却早已忘记了。

"谢皇上。"秦观站起身来，目光飞快地掠过脸色犹自苍白的皇帝一眼，才恭敬地叉手侍立。

赵顼微笑道："无端天与娉婷，夜月一帘幽梦，春风十里柔情。怎奈向、欢娱渐随流水，素弦声断，翠绡香减，那堪片片飞花弄晚，蒙蒙残雨笼晴。正销凝。黄鹂又啼数声。这是卿家的词吧？"

他念的，正是秦观写的一首《八六子》的下半阕。在汴京流传已有数年，早便传入宫中，正是王贤妃最爱唱的一首词。秦观不料皇帝居然记得自己的词，颇有些受宠若惊，口中却谦逊道："劣作实实有辱皇上清听。"

赵顼却来了兴致，便笑道："这'夜月一帘幽梦，春风十里柔情'，不禁让人想起杜牧'春风十里扬州路，卷上珠帘总不如'，想来这曲子，只怕是秦卿与一位姑娘分别之作吧？"

"是。"秦观没料到皇帝竟会同自己说起这些，竟然有些讷讷起来。

赵顼哈哈大笑，又道："朕以为卿家这首小词，一个'弄'字，一个'笼'字，用的是极妙的。不过卿家的词，悲伤、悔恨、烦恼过多，却也是一病。"

"皇上指教得甚是！"秦观诚恳地应道，一边似乎心有所感地叹道，"其实'文章憎命达'，古人诚不我欺。现下若让臣再写《八六子》这样的词，却是怎么也写不出来了。"

"这些是小道，经邦济世才是大道。"赵顼不以为然地说道，"朕此次召见卿家，可不会是因为卿家的词写得好，而是因为卿家曾经名重于高丽。"

"全赖皇上之威德。"秦观虽是大才子，但此时也不知道该说什么为好，便只好给皇帝加了顶大帽子。

谁知赵顼却摇摇头，道："朕不爱听这些场面话。卿在枢府已久，朕是想听听卿对高丽局势的看法。"

"是。"秦观万万想不到皇帝亲自来询问自己如此军国大事，这比起皇帝记得自己的一首小词来，无疑更让秦观激动，略微理了理思绪，便朗声说道，"自从高丽使者来京乞援，朝廷虽已派使者前往辽国，劝说辽主息兵。但高丽国每年都有大批儒生来大宋求学，朝廷帮助高丽兴建学校与图书馆，赠送儒释道经书与医书；朝廷又驻军江华、瑞宋二岛，同意帮助高丽国武装军队，稳固王运地位，可以说高丽绝辽亲宋之势已成。而辽主为防日后腹背受敌，绝对不会容忍高丽亲宋。所以，臣以为辽国用武力逼迫高丽，只是一个时间问题。也许辽主会在彻底解决耶律乙辛与杨遵勖、女直之后，再来对付高丽，所以会暂时送我大宋一个顺水人情；但臣却以为，辽主未必会允许王运站稳脚跟。"

"嗯。"赵顼不置可否地笑笑，道，"卿以为，只要解决辽国的威胁，高丽就一定会亲附我大宋？"

"皇上，臣以为，这要时间，要慢慢经营。但眼下来看，对大宋有利。"

"几天之前，朕接到张商英与蔡京的表章，道高丽国已经仿照大宋，正式成立市舶司。同时，高丽国将自己的一部分水军，改编成隶属于市舶司的商船队，主动前往日本国、杭州、泉州贸易。并且希望朕能允许他们的商船队，前往南海地区贸易。"赵顼淡淡地说道："卿以为，朕是应当答应他们，还是拒绝他们？"

秦观吃了一惊，想了一会儿，方答道："臣以为，既不应当答应他们，也不应当拒绝他们。"

"此话怎讲？"

"海外贸易之中，大宋利润较大的，是丝绸、瓷器、钟表、棉布、蔗糖等物，这些物品，高丽人做不出来，因此，即使高丽国主动想加入海外贸易，也不会影响到我大宋的利益。孟子说，无敌国外患者，国恒亡。多一个高丽，可以时刻警醒我们。但是让高丽海船水军积累过多的经验，会影响大宋海船水军对东海地区的控制。因此，臣以为，应当告诉高丽，大宋欢迎他们进行海外贸易，但是做事不能太急，要一步一步来，大宋允许其水军武装航行于高丽与日本国之间，并且许其在瑞宋岛进行补给；但是前来杭州与泉州的船队，其安全由大宋海船水军负责，航线、港口由杭州市舶司指定；至于南海地区，风浪太大，高丽的船只难以应付，不如先积累几年的远航经验再说不迟。若是民船想要远航南海，大宋会一视同仁对待，但是整个南海，都属于大宋皇帝陛下，因此，大宋会适当征收关税。"

赵顼听到秦观的对策，不由哈哈大笑，赞道："甚善！"他端视了秦观一阵，忽然问道，"蔡京上表，言道为加强对高丽的影响，有必要向开城派一个常驻使节，同时允许高丽国派使者常驻汴京与杭州，卿以为如何？"

"臣以为这是急务。在开京常驻使节，可方便掌握高丽国情，以备朝廷决策。"

赵顼又是微微一笑，忽冷不防地说道："若朕有意让卿常驻高丽，卿意如何？"

此言一出，不仅是秦观，便是连曾孝宽都不由吃了一惊。但此时秦观无任何犹豫，急忙拜倒，朗声道："若能为国效力，臣不敢辞。"

赵顼本来是想让唐康去常驻高丽，顺便给唐康升一下官，算是对石越的某种补偿，不料到了枢密院，才意识到唐康也是文彦博的孙女婿，且在枢密院颇受重视，因召见秦观，见他对答如意，想到秦观在高丽也是颇有名气，倒也是常驻高丽使节的合适人选。因此便让秦观得了这份差使。赵顼见秦观一口答应，便点头笑道："卿可等候吏部的任命。"正要再勉慰几句，忽见一个内侍在外面探头探脑，正在奇怪，便见李向安走到身边，低声说道："官家，娘娘凤体欠安。"

赵顼闻言心头一惊，曹太皇太后的病情虽未痊愈，但近来已略有好转，这时忽然匆匆来报"凤体欠安"，那定然是出现了大的反复。赵顼对曹太后向来敬爱，这时候也顾不得多说，匆忙起身，道："快，去庆寿宫。"

8

赵顼赶到庆寿宫时，高太后、向皇后、朱妃、王贤妃等众妃都已到了。赵顼瞥了众人一眼，见众人眼角都有泪痕，心中更是惊疑不定，当下只是简单地向高太后行了一礼，便问道："母后，娘娘怎么样了？"

高太后低声道："太医正在把脉，张严说，今天晨起时娘娘便吐了血痰。"

"啊？"赵顼只觉胸中一时气闷，几乎喘不过气来，他定了定神，缓过气来，低声道："朕进去看看。"说罢也不顾不管，径直往曹太后的寝宫走去。高太后素知自己这个儿子的脾气，也不阻挡，只是双手合十，默念祷告。

赵顼才走近寝宫，尚未进门，便见几个太医刚刚把完脉出来，不提防皇帝忽走了过来，慌得连忙跪倒，正要参拜。赵顼已是不耐烦地摇了摇头，道："这些礼节先省了，娘娘的病要不要紧？"

众太医你看看我，我看看你，都不敢说话。赵顼看到这光景，心里也知道曹太后的病情严重了，他怕曹太后听到，也不再追问，只冷冷喝道："发什么愣？还不快去开方子进汤药。"

"是！"众太医如蒙大赦，忙不迭地退了出来。

赵顼这才轻轻掀开珠帘，走进寝宫之中。他刚刚进去，便听到曹太后低声说道："是官家来了吗？"

赵顼已知是自己在外面说话被曹太后听到了，忙应道："娘娘，是朕来给娘娘请安。"

"难为官家了。"曹太后轻咳了几声，又说道，"官家，走近来点，我想与官家说几句话。"一面又吩咐道："张严，你率着众人都退出去吧，这里先不用你们侍候。"

"是。"张严一边答应了，一边便指挥着一干宫嫔内侍，静静地退了出去。

赵顼此时已走到曹太后的床边，见曹太后斜斜倚在床上，头上并没有戴凤冠，只将满头花白的头发如普通妇人一般盘起，仅插了一根白玉钗，更衬得她老态龙钟、形容枯槁。她的脸上因久病而缺少血红，显得极为苍白，唯余一双眸子，依然炯炯有神。赵顼忽然间一阵心酸，垂下头竟是不敢再看。

却听曹太后道："官家，你坐下来，听我说话。"

"是。"赵顼一边答应道，一边挨着床沿坐了，脸上打起笑容，道，"娘娘身体不适，眼下还不宜劳神，听说琼林苑牡丹快开了，娘娘且安心静养，过些日子，朕陪娘娘一道去赏花。"

曹太后淡淡一笑，道："官家不用安慰我。我这病，只怕是好不了了。不过是拖罢了，能拖到几时便算几时，都算是从阎王那里挣回来的。这生死之事，我一向都看得甚淡。"

赵顼强笑着宽慰道："娘娘吉人自有天相……"

曹太后摇了摇头，道："官家不必说这些话。天下妇人中，以我最贵，但再贵的人，也逃不过天命。死不死不打紧，唯有几件事情，却是我放心不下的，却要先和官家交代了。说完了这些话，那时才再无牵挂……不论什么时候走了，也不怕见仁宗皇帝。"

"娘娘说哪里话……"

"官家！"曹太后却温柔地打断了赵顼的话，她慈爱地看着赵顼，微笑道，"官家虽然不是我的亲孙子，但是我一生无子，在我的心里，却是将官家当成亲孙儿一般。即使当年与你父皇英宗有过濮议之争，但我心中想的，也只是大宋皇家的体统。并……并不曾有过半点私心……"

"孙儿明白。"赵顼低声说道，在他心里，的确是相信曹太后是位没有权力欲的女人。

"官家是个好皇帝。"曹太后淡淡的笑容中，包含着赞许与期待，"祖宗的基业交到官家手中，我相信一定会更加光大。现在朝廷的财政已经渐渐变好，虽然朝廷也重商言利，但是官家能重视教化之功，几年之内，学校之多，为大宋建国百余年来所未曾有；兵威耀于海外，而百姓无劳役之困……这些，都是前人所不曾有的成就。"

赵顼极少听到曹太后如此赞扬，心中不由颇觉得意，当下笑道："朕亦颇觉欣慰。"

"我还听说，兵器研究院造出了一种叫火炮的火器，能发出雷鸣般的巨响，将很远的砖墙轰得粉碎……"

"确有此事。"提到火炮，赵顼便不由得两眼发光，精神大振，笑道，"朕打算在大宋每座重要的城池关塞，都装备这种火炮。若能改造开封城墙，装备上几十门这样的火炮，再在北面筑几座装备火炮的堡垒，京师附近驻防禁军，十二万都是绰绰有余。"

"嗯。"曹太后不置可否地应道，"大宋建都汴京，号称四战之地，无险可守。

祖宗不得已方驻重兵于此，是以重兵为险。若那火炮当真有用，京师少驻一个兵，百姓就少一分转运之累。"

"朕亦如是想。东南百姓最受累的，就是要把大量的物资千里转运，送往京师。因此也浪费大量的国力……"兴致勃勃说着的赵顼忽停了下来，因为他惊讶地发现曹太后的眼中，其实并没有喜悦与轻松，反倒有一种说不出的忧虑。"娘娘？你在担心什么？"

"我的确在担心。"曹太后轻轻地叹了口气，"大宋眼前的国势，按理说我应当欣慰，应当高兴。但是想到这一切，我都明明感觉到，这一切都与石越有关。"

"石越？"

"是啊，一个让活了几十年的老太婆也看不懂的年轻人。"曹太后慢声说道，"这几日里，我老是做梦，梦到太祖、太宗皇帝托梦给石越……还梦到……"

"娘娘还梦到什么？"

曹太后犹豫了一阵，终于说道："还梦到昌王……以及王贤妃肚子里的那孩子……"

赵顼的身子恍如被什么击中，竟是彻底愣住了。

"官家正当春秋鼎盛，有些话我本来不当说。但是自官家病了那场之后，我就总在担心，担心官家的身子。官家太过于劳累国事了……"曹太后摇了摇头，"不怕一万，就怕万一，我担心……"

"娘娘只管直说。祖孙之间，不必有顾忌。"赵顼差不多已经知道曹太后想要说什么，可是他还想听曹太后亲口说出，因为这些事，天下间只怕除了曹太后，再无一人会和他提起，会跟他推心置腹，为他考虑，就连他的母亲，只怕都不能。

"官家真是个好皇帝。"曹太后的声音充满了关切，"若是官家能平安无事，待到官家的儿子成人。那么一切都是老太婆在杞人忧天。但若是有什么万一……那石越，在官家手下，是个千年难遇的能臣、贤臣，但在官家未成年的儿子朝中，就必然是个权臣；昌王，官家在，自然是贤王，但在官家未成年的儿子朝中，就难保不是个吴王、淮南王；再加上王贤妃肚子里的，还不知是个皇子还是公主，若真是一个小皇子……唉，若佣儿平平安安长大，或者皇后能生个嫡子，倒也罢了，否则，王贤妃之子，就是皇长子……"

赵顼默然无语，石越与赵颢，他自信已经安排好了对策，但是王贤妃之子，却是他没有想过的——毕竟，那也是自己的儿子！但是曹太后的担忧，却无疑在他心中增添了块阴云。当时婴儿养大不易，纵然是皇家，也在所难免，何况宫闱之内……他有些不敢再想下去，却又不能不想。最坏的情况自然是，万一赵佣夭折，而他除了王贤妃之子以外再无子嗣，那么支持赵颢的大臣，赵顼不用想也知道会占绝大多数。而且，平心而论，虽然赵顼很喜欢王贤妃，但是他现在并没有半点要传位给王贤妃肚子里的孩子的意思——虽然那也是他的儿子。

"这些事情，我毕竟是女流，不能代官家筹策，只是事先给官家提个醒。如今国家虽然欣欣向荣，却也是危机四伏。社稷之重，在于官家一身之安危。官家一定要好好爱惜自己；若是缓急之时，莫忘记司马光、范纯仁、王安石……"

"朕当谨记娘娘教诲。"赵顼眼眶微热，感激地看着曹太后。

"那就好。"说了许多的话，曹太后已经略感疲倦，"官家能做个好皇帝，让国家富强，百姓富足，替祖宗守住这份基业，我纵是死了，也无遗憾。我有点儿困了，官家出去告诉你母后她们，不必进来请安了。"

"是。"赵顼轻轻起身，亲手替曹太后整了整被子，蹑手蹑脚地退出了寝宫。

9

五日之后。万里晴空。

这一天，是狄詠远赴陕西的日子。作为宗室的清河郡主，也被皇帝特许随夫前往陕西。狄詠的官职在外人眼中看来，十分奇怪：昭武校尉、武经阁侍读、兵部职方司员外郎兼陕西房知事、兼权陕西安抚使司护卫都指挥使。而同往陕西的人，除了狄詠一家之外，还有狄詠挑选的几十个班直侍卫，在他们光鲜的甲胄外面，都套着一件丝罗绯色背心，背心上绣着一只振翅张爪的恶雕。这件背心的图案，清楚地告诉每一个人，背心的主人，是大宋皇帝的班直侍卫。

狄詠一行刚刚出了内城的郑门，正浩浩荡荡欲从新郑门出门。不料才走了数十步，便见到一个庞大的乐队迎面而来。只见这个乐队约有一二百人左右，中间有十六人抬了一面大鼓，一个大汉站在鼓架上击鼓；以大鼓为中心，有数十名乐手各持乐器环绕，纵情鼓吹，烘托出一派喜气洋洋的气氛。最外围则是许多妖冶妩媚的妓女，在前面的，戴冠子穿花衫，是最普通的妓女；中间的，戴珠翠朵玉头冠，穿销金衫裙，或拿花斗鼓，或捧龙阮琴瑟，这是有名的青楼女子；最后的十多名妓女，骑着富丽堂皇的马匹，配着银鞍与珠宝勒带，马前还有一些身着锦衣的浪荡公子牵马，马旁有手持青绢白扇的膏粱子弟扶持。而最显眼的，则是大队伍最前面五个壮汉打着的一面高达三丈的白色布牌——狄詠仰首望去，只见布牌上写着："江南十八家商号联号酒坊，由高手酒匠，酿造一色上等甘蔗酒露，呈中钦赐名号'甘露酒'！"

狄詠在汴京已久，却是从未见过这等稀罕事。看情形，分明是江南十八家商号联号，在宣传他们的"甘露酒"。他定睛瞅去，却见旁边还有一队皂衣青年，还担着好几担样酒，沿街向围观的路人赠酒尝新，还有一队青衣青年，则在赠送点心。

狄咏停下来观望，坐在马车内的清河只听到外间音乐四起，欢声笑语不断，却不知道发生了何事，更不知马车为何停了下来，当下忍不住掀开一角车帘，偷偷打量外面。她不能看到全貌，却已经对眼前之景感到非常好奇，正待叫了一个婆子过来悄悄询问，那乐队中的人已经看到了狄咏一行，居然也不回避，反倒欢天喜地地迎了上来。一个锦衣少年走到狄咏马前，将右手举起，叫了声："停！"那些乐手们立时便停止了鼓吹，与街上的行人们一起，一齐静静地注视着他与狄咏。

锦衣少年显然认得眼中之人便是名闻天下的"人样子"，向狄咏作了一揖，笑吟吟地说道："今日是大宋三十六家大酒坊在开封府斗酒，不知是小人们几世修来的福气，竟然能碰上狄郡马与清河郡主出行，小人斗胆，请郡马爷与郡主赏脸，尝尝小号的甘露酒——郡马爷作证，小号纵有千个胆子，也不敢犯上吹嘘，小号之酒，实实是天子御笔赐名！若郡马爷尝了满意，只要爷赞一个'好'字，小号即将美酒送至郡马府，请郡马细细品评；若爷以为不好，亦只要爷说一个'劣'字，小号立时掩了旗，息了鼓，不敢再在这汴京城里张扬！"

狄咏听这个锦衣少年的话，自信中带着央求与狡黠，他先说了是皇帝亲口称赞并赐名的美酒，便是量定了狄咏不会说"劣"，又用美酒公然"贿赂"，只要他狄咏喝了这酒，赞了一个"好"字，不免又会成为他们宣传的口实，想起要在一面三丈白布牌上写上"狄郡马亲口品尝赞誉"这样的字迹，狄咏几乎不由得打了个寒战。但是人家笑脸软语相求，他又不便拒绝，当下只得勉为其难，接过一杯酒来，放到嘴边抿了一口，只觉入口香甜，不觉一口饮完，正要称赞，便听到一阵丝竹之声从右边的街道传来，然后便有一个妇人大声呼道："郡马爷且慢开口！"

狄咏转眼望去，却见一个半老徐娘，穿红着绿，手持团扇，一步三摇地走了过来。她身后的队伍，大抵也如这江南十八家商号联号酒坊的规模，不过却没有中年汉子，也没有大鼓，是清一色怀抱琵琶的女子与锦衣小厮。那队伍前面，却是一面三丈高的绿布牌，写着"烈武王府祖传秘技，酿造一色上等浓辣无比高酒，呈中第一"。

这个牌子却是非同小可，狄咏不由得心神一震。烈武王，便是高太后、高遵裕的先祖！宋代造酒卖酒，向来是官府垄断，大部分是由官办的酒库酿酒出售给有许可证的商家，只有少数商家被许可自己酿酒出卖，但都要受到严格的检查；直到开发湖广，经营海外，甘蔗酒等蒸馏酒发明，酒禁稍弛，商人们可以购买许可证大规模酿酒，这才引起了官私酒坊在酒类市场的竞争。但是开放的一块，却主要是甘蔗酒与果子酒，传统酒业，对于私人酿酒，纵得许可，官府也依然有严格的配额限制。似高家这样的大世家，虽然府中莫不是自己酿酒，有些名酒还天下知名，但是却是不可以乱卖的。何况，若是旁人家倒也罢了，最要紧的，却是狄咏知道，高太后一向对家人要求十分严厉，绝不许高家子弟经商、干政，更不许高家子弟目无法纪。似这么样张扬显摆，岂是高家的作风？

正在沉吟间，那妇人却已走近，朝着狄詠敛身一礼，笑道："所谓货比三家。还请郡马爷也来尝尝当今太后娘家的好酒，再品评是哪家的酒更好，哪家的酒较劣不迟！"她说完，一面捧上一杯美酒递给狄詠，一面还不忘丢个白眼给江南十八家商号的锦衣少年，显然，话语中的咄咄逼人，是对他而发。

狄詠接过酒来，不由暗暗苦笑。眼下之事，表面上虽然只是两家酒坊的竞争，但是若被人往深里追究，却可以挖出无穷无尽的话柄来。这高太后家自然不能得罪，但是这江南十八家商号，又是好轻易得罪的吗？别说唐家背后的石越，单单他们能把酒贡上宫廷，并且求得皇帝御笔赐名，这份能量，就不能小瞧了。更何况，这十八家商号，与自己的兄弟狄谘，只怕也有说不清道不明的联系……狄詠摇了摇头，心中打定主意，决意两边均不得罪。当下捧起酒杯，仰脖喝下，方一入口，便觉奇辣无比，他没喝惯这种酒，猝不及防，竟连咳数声，几乎把一杯酒尽数呛咳了出来。高家之酒名不虚传，果然"浓辣无比"，只是未免令人难以消受。他这一呛不打紧，几乎同时便听到十八家商号那边鼓乐齐鸣，人人欢欣鼓舞，那锦衣少年得意扬扬地高声呼道："呈中第一，不过如此。"

那妇人做梦也料想不到竟会有此变故，脸上不由青一阵白一阵，好不容易缓过神来，强作笑颜，挥着手中团扇向众人高声喊道："烈武王府美酒，果然浓辣无比！"

但是狄詠将酒呛出，却是这御街上人所共见，谁又相信是狄詠这个名将之后会被一杯酒给辣住，都只道是这酒喝不得，"呈中第一"不过是沾了高太后的面子，因此连这高家的乐队免费派酒，都有人摇头拒绝，众人都争先恐后去品尝江南十八商号的"甘露酒"去了……

狄詠暗暗叫苦不迭，这真是哑巴吃黄连，有苦说不出。知道的说他是无意，不知道的却定要疑他是故意。他回头望了清河郡主的马车一眼，便见那掀开的一角车帘中露出的眼睛中，也写满了无奈之意。

第四章

石门烽烟

国之兴亡在事，事之成否在人。

——佚名

1

西边的夕阳已隐入山中，晚霞渐渐消退，乳白色的炊烟却依然飘荡在天际。小虫子们已经开始聚集成团在空中嗡嗡飞旋。黄昏里的熙宁寨看来美丽而安详。

在崎岖不平的山路之上，正有一行三百余人的骑客燃起了火把，高高举起照亮着前行的道路，马蹄踏踏。旗帜在风中猎猎飘舞，在火光中，依稀可以辨出那上面的写有"陕西""安抚"等字样。

行在队伍中间的石越，正骑着一匹黑色的河套马，被数十个护卫紧紧拥簇着，离他最近的，是他最亲近的幕僚潘照临。

"离熙宁寨还有多远？"石越微微皱着眉，有些疲倦地问道，在这崎岖的山路上行走，尤其是骑在马上，这么整整走了一天，就算是他的精力充沛，此时也觉得腰部酸痛，而大腿内侧的皮似乎也已经磨破了，每行一步就隐隐作痛。虽然知道还有更舒适的方法——坐轿，但这却是石越绝对不愿意开启的先例。在这一点上，他十分同意王安石的观点：纵然是古代最暴虐的君主，也不曾把人当成牲畜来使用。

"还有六七里左右。"潘照临含笑看了石越一眼，但顿了一顿，似乎是无意地又补充了一句，"侍剑他们昨日已经先到了熙宁寨。"

"这是我巡视的最后一站了。"石越点了点头，淡淡说道。不知不觉，他现在已经过了而立之年，这些年来的钩心斗角，早令他习惯了掩饰自己的心情，因此，虽然心中很期待与侍剑重逢，虽然对潘照临没有任何怀疑，但内心的情绪还是被习惯性地压抑在心底，而绝不会表露在脸上。

潘照临赞许地点点头，道："公子的决定，我很赞同。看来石门水阴的狼烟，很快就要燃起……"

石越摇了摇头，脸上不由泛起一丝苦笑，声音低得像是自言自语："只要不被人以为我在推卸责任，已算不错了。"

"公子何必在乎别人的议论？"潘照临淡淡地说，声音中有种说不出的高傲，"其实公子在此间，于战事并无帮助。若是不做决策，则身份尴尬；若是点将派兵呢，则众将肯不肯听命还是未知数，稍有失误，更是自取其辱，败坏国事。还不如放手将事情交给高遵裕与种谊的好。"

"我明白。"石越点了点头，他自己也很清楚，自己经学之术虽然闻名天下，人人皆知，但是对于他军事上的才能，只怕人人都会抱有怀疑的态度，尤其那些久历战阵的将领，更难保不会心生轻视。

"其实，我更担心的倒是讲宗岭的情形……"

石越勒住马头，望了潘照临一眼，却沉声道："用人不疑，疑人不用。"

潘照临沉默了良久，才点了点头。石越见他赞同，不由微微一笑，拍了拍马，继续向前走去。潘照临连忙夹马跟上，又问道："公子真的要准备上那道奏章？"

"自然要上。"

"乡兵之制，自五代以来有之，只恐如今轻易难改。"

"仁宗以来，陕西一路，三丁选一，募为乡兵。其后更是不断增刺。但又何尝得过乡兵之用？渭州乡兵，虽然素称骁勇，但你我亲身巡视所得，又当如何？真正能够打仗的乡兵，不过少数弓箭手而已。朝廷的大臣们，贪图的只是征募乡兵，可以节省军费；同时又有什么兵农合一的古意，却不知道这些乡兵被征募而来，其作用不过是供边境的官吏将帅们差使，甚至是用来走私！"

"走私？"潘照临不由一愣，他学问再高明，也是听不懂这个词的。

"就是回易。"意识到自己用词不当，石越忙又解释道，"边境将领私役乡兵甚至禁军，常私自与边番进行茶马等贸易，中饱私囊，在仁宗时已经下令禁止，但却屡禁不止，反倒是愈演愈烈。"

潘照临对"回易"的意思倒是十分明白，因道："军队进行回易，利润丰厚，嘉祐年间，贾逵令军士回易，五十天内得息四倍；庆历年间范文正守边，用军饷为本钱，用军队进行回易，得利息二万余贯。虽然此二人所得之钱，都是为了劳军之用，但由此可以看出回易的利润之高。"

"用军饷为本钱，用军队供差使，却不必上缴一文钱的关税！"石越冷冷一笑，轻声道，"难怪高遵裕发了大财——这件事情我暂时不和他计较，但是朝廷在陕西征募数以十万计的乡兵，却是为了什么？朝廷没有得到一点儿好处，乡兵却白白成了地方守吏的仆役！表面上乡兵只是农闲时训练，可实际上却无时无刻不受差役！陕西路为什么穷？那是因为陕西路的男丁永远都在服役。"

"但是，公子若请求解散陕西路的乡兵，只怕会触犯许多人的利益。乡兵是遍布全国的，陕西路开了头，就意味着全国的乡兵都难以再持久下去。朝中许多人都会竭力反对。破坏防秋，这个罪名只怕还没有人担当得起。"虽然知道石越的话正中乡兵之制的弊处，但一想到如今朝堂上的形势，潘照临就不得不出言提醒此举可能引致的后果。

"不得罪人是做不成事的！"石越提高声音说道，透过火光，可以看到他的嘴角紧紧抿着，似乎也透露了他的决心之大。

"但是得罪了太多的人，也一样做不成事！"

"我意已决。我会请求皇上除沿边弓箭手与沿边州军屯田乡兵之外，解散陕西路所有乡兵。沿边弓箭手的人数与训练时间，都须交兵部严格限制。十余万沿边州军屯田乡兵，待到西夏之事了后，也放还为民，土地赐予其本人。为了弥补解散乡兵可能出现的问题，一并奏请朝廷允许沿边州军乡里自发组织忠义社，受各地巡检节制，协助防秋。"石越的目光，有潘照临想象不到的固执或者说坚定。

"那边境至少会少掉十几万人的乡兵。而陕西全路少掉的乡兵就会有几十万！这些乡兵对于朝廷的确没有一点儿用处。但是十几万人，仅仅这个数字，就会让不明真相的人凭空产生多少不安？利益受到损害的人，一定会利用这种不安。所以，公子，我敢肯定，这份奏章绝对不会通过。"

石越猛地勒马，注视着潘照临，几乎是咬着牙说道："它必须通过。陕西路要恢复，大量的成年男丁就不能被无用的兵役困住。我只有先把陕西的百姓从各种各样的差役中解脱出来，他们才能回家好好种田，一切农田水利之建设，才有前提。"

"请公子三思。若能直接征用这些乡兵去修水利，也是一个办法。"潘照临对于自己提出的办法，其实并没有自信。但他却不能眼看着石越在这个时候去挑战一个庞大的利益既得阶层。

"劳民伤财。兴修水利的劳力，要从水利设施的附近征募。"石越忽然扬鞭狠狠地抽了一下坐骑，坐骑负痛便加快了速度，慌得一干护卫连忙紧紧跟上。

2

天都山。

"镇戎军的宋军有增兵迹象？"

"渭州知州高遵裕到了镇戎军？"

"德顺军的宋军也在向北调动？"

李清在几日之内，连续接到关于宋军调动的密报，多达数十次，但是没有一次，有今日这么严重。镇戎军知军是渭州经略副使夏元畿，李清非常了解他，此人有两大爱好：回易、向士兵放高利贷。但抛开这两点，平心而论，夏元畿虽然有很多毛病，也称不上大将之才，但在军事方面，也并非全无能力之辈。

"是什么原因让高遵裕要亲自到镇戎军？"李清一身戎装，坐在大帐之中，苦苦思索着。毫无疑问，宋将要有一次军事行动，而且必将是一次重要的军事行动。但是他们的目的究竟在哪里？"是天都山吗？"想到这里，李清不由哑然失笑。

"熙河一带的宋军，有没有动静？"李清忽然想起一事，不由问道。

"没有报告。"

"让探子继续盯紧了。"李清放下心来，如果宋军的目的是天都山，那么熙河一带的宋军，不可能不来夹攻。"取地图来。""是。"有人取来一幅绘制粗陋的地图，铺在帅案上。李清紧锁着眉毛，目光在地图上上下移动。

"将军！"说话的人是左侍禁野乌玛，素以骁勇闻名军中。

"嗯？"李清只应了一声，目光却依然死死地盯着地图。

"末将以为，不必管宋人想做什么，要么就先发制人，现在就点兵去打熙宁寨；要么就后发制人，宋军到哪里，我们就打哪里。"

"我军现有多少人马？"李清微抬起眼，看了一眼野乌玛，淡淡地问道，然后再次将注意力转到地图之上。

"天都山驻军与各寨人马加起来，计一万马军，八千步军。"

"那你可知宋军有多少人马？"

"这……"野乌玛讷讷地答不出来。

"速速派人通知国相，请他来天都山点兵。"李清终于再次抬起头来，并顺手卷起地图，冷冷道，"宋军此次聚兵，其志非小。"

"是！"野乌玛等人虽然心中不信，却是丝毫不敢怠慢了李清的军令。

李清的军法之严，但凡在他帐中的将领军士，无一不知，也绝无人敢加以怠慢。是以立时就有人星夜下山，向梁乙埋报告去了。

然而一切似乎都有点儿晚了。

熙宁十年四月一日。也就是石越离开熙宁寨两天之后，大宋侍卫步军司下辖的振武军第一军、神锐军第二军近三万禁军，外加渭州、镇戎军的番军、未受整编的禁军约两万人，以及八千弓箭手，五万厢军、乡兵，三万役夫工匠，共计约十四万人马突然大举出寨，以迅雷不及掩耳之势拔掉了沿途西夏的几个小寨。顿时，西夏石门峡、没烟峡守军都燃起了狼烟，报急的信使紧急出动，向天都山驰去。

然而，在距石门峡以东、没烟峡以南各约十八里的石门水南岸，蔚茹河以西，距镇戎军约八十里的所在，宋军却突然停了下来。没等到石门峡与没烟峡的西夏守军松一口气，探子的报告，让他们又开始如坐针毡。

宋军竟然在那里开始扎寨筑城！

此城一旦建成，就与西夏控制的两大关隘石门峡、没烟峡正好构成一个等腰三角形，区区十八里的距离，意味着宋军可以随时来问候两关的西夏守军，而西夏军想要进入渭州的土地，就断不能视此城于不顾，否则不仅会后院起火，而且连回家的路都会被人掐断！

石门峡与没烟峡的西夏守将，哪怕用脚趾想，也知道这个地方筑城，是己方绝对不能允许的。但是两关现在仅有区区各三千的守军，宋军不来攻击自己，已经是谢天谢地，若要他们主动出击，这必败的一阵也是他们绝不敢承担的。所以，西夏守军只能眼睁睁地隔着石门水远远望着宋军在那个要害之地，迅速地立起几座大营寨，并开始挖河筑墙。

很快，两天时间便过去了。

3

每天，高遵裕都要巡视几遍营地。甲仗鲜明、军容整肃的部队，互为犄角的东西两大战营，会让他稍稍觉得安慰，但是匆匆忙忙用柴营法扎就的营寨，却又让他放心不下。幸好，与西夏军队中间还隔了一条河！修筑这座被石越称为"平夏城"的城堡，其实并非高遵裕所愿意。但是石越既然以安抚使之身份做了决定，就容不得他反对。他只能暗中上书枢密院，委婉地说明情况，并且托人告诉高太后，以备将来自己不被当成替罪羊；但表面上却不能不配合着石越，亲自率兵来此。因为他是渭州经略使，是唯一有资格来统领这十几万大军的人。高遵裕也相信，与其让石越这个文官来统兵，败坏国事，还不如自己来比较好。就算有事，也断不至于全军覆没。毕竟，如果让石越升帐，绝大部分的将领可能根本就不会去理会他。这几日，他都断然拒绝了刘昌祚进攻石门、没烟二峡的建议，他很明白，自己统率的十四万人马中，有八万是用来筑城的，真正能打仗的，只有五万八千人。而他们迟早都必将面临西夏人疯狂的反扑。因此，高遵裕亲率本部神锐军第二军等部队驻守西大营；而昭武校尉、振武军第一军都指挥使种谊则统领振武军第一军、未整编禁军与八千弓箭手驻扎在两三里外的东大营。他不允许任何无谓的牺牲。谨慎的高遵裕把斥候放得远远的，几乎直达石门、没烟二峡的关寨之外。然而让他疑惑的是：无论是石门峡还是没烟峡，西夏的守军们除了明显的加强戒备之外，并没有别的动静。

"他们怎么可能反应这么慢？"高遵裕虽然觉得西夏人的反应不寻常，但是他却不愿把这种疑惑表露出来扰乱军心。

"高帅！"翊麾校尉顾灵甫身着一件青黑色的瘊子甲，略显笨拙地走了过来。他的甲上套了一件深绿色背心，背心绣着长箭射日图——这个图案代表着神锐军。顾灵甫身着的瘊子甲，原本是羌人所造，这种甲用冷锻法加工而成，柔薄坚韧，光亮见发，五十步以外，强弩不能透甲。因为甲片冷锻到原来厚度的三分之一后，在末端会留下筷子大小的一块不锻，隐约如皮肤上的瘊子，故称"瘊子甲"。兵器研究院仿制成功之后，振武军什将以上，都装备了这种铠甲；而神锐军因为是轻装步兵，则只有陪戎副尉以上的军官，才会配备瘊子甲。

"何事？"看到来人是顾灵甫，高遵裕的脸色便已经微微沉了下来。顾灵甫身为神锐军第二军第三营的副都指挥使，负责西大营东门的防卫，在这样的时刻，怎么会跑到西门来？

顾灵甫却是面有喜色，禀道："禀高帅，神卫营第四营即将到熙宁寨……"

高遵裕不待他说完，便不耐烦地喝道："到熙宁寨又如何？用得着你亲来大呼小叫？"

"是。"顾灵甫被高遵裕没来由地一喝，顿时不敢说话，犹豫了好半晌，才放低声音，小心翼翼道，"熙宁寨寨主李贵派人禀报，说是神四营带来的各种火器与器械，数以千计。负责保护的军队却不过两个指挥，要请高帅发兵接应。"

"夏元畿没兵吗？"高遵裕怒道，"他既知事关重大，怎么又不发兵护送？"

顾灵甫低着头不敢应声，石越在的时候，夏元畿自然积极配合，但是石越一走，夏元畿就开始"兵力不足"了。只是这样的事，不仅他心里清楚，高遵裕也清楚，但以他的身份，如何敢直说出来？

"你叫人去告诉夏元畿，他的补给若有半点差池，就让他等着听参！"高遵裕厉声道。

顾灵甫不敢作声，只是求助似地望着高遵裕身后的一个道士。顾灵甫跟随高遵裕多年，知道这个叫"月明真人"的道士虽然只是偶尔出现，但是在高遵裕面前说话却颇有分量。但月明却看都没有看一眼顾灵甫，只是向高遵裕淡淡说道："高帅，将帅不和，是兵家之忌。火器威力无比，是攻守利器，万一有失，则大事去矣。眼下还是让包顺去接应一下为好。"

高遵裕听到月明的话，果然火气略平，问道："是谁护送神四营？"

"李贵的报告说，是驸马狄詠亲自护送。"

"狄詠？"高遵裕身子微微震动了一下，他没注意到，月明的脸色也略略变了一下，"他不是在汴京做御前侍卫吗？"

"末将亦不知端详。"

"难道皇上想提拔他，让他来挣边功？"高遵裕在心里沉吟着，须臾便做了决定："包顺何在？"

"末将在。"仅着半身甲的包顺从高遵裕身后闪出，欠身应道。

"你速点三千番骑，前去接应神卫军第四营。若有差池，带你的人头回来见本帅！"

"是。"不多时，宋军西大营东门大开，三千番骑，向着熙宁寨方向驰去。

便在包顺的番骑离开不到两刻钟的时候，宋军西大营的西面与南面，探马们同时拼命挥舞着红、白两面大幡，高喊着："贼军来袭！"驱马飞快地向营寨驰来。按大宋的军令，探马手中的红幡代表着骑军，白幡代表着步军，大声喊叫，则代表着敌人的数量超过一百人。同时挥动两面大幡且大声喊叫，意味着西夏人马步军大举来袭。立时，营寨中央的高台上，一面白色牙旗与一面红色牙旗高高举起，鼓角齐鸣。负责修筑的兵士与役夫工匠们立刻停止工作，避入后营之中，厢军与乡兵操起诸葛弩与弓箭，以防万一。而东西战营的士兵们，则紧闭寨门，枪盾居前，弓弩在后，进入战备状态。白色牙旗与红色牙旗的升起，是告诉全营将士，敌人来自北方与南方！

战争，终于开始了。

4

高遵裕亲自登上营中最高的箭楼，眺望西面与南面的敌情。此时，偌大的西大营中，除了绞动弩车的声音外，显得无比肃静。敌军尚在数里以外，远处的小山遮住了敌军的身影，只有高高扬起的灰尘，证实着西夏人确实大举来袭。

"高帅！"

高遵裕甚至不用回头，便知道说话的人，肯定是刘昌祚。"嗯？"他用鼻孔回应了一下。

"高帅！末将以为，西兵不足畏。何必结寨自保，徒示人以弱？"

"你又知道敌人的虚实？"

"高帅请看，南面之敌，尘高而锐，必是以马军为主；西面之敌，尘卑而广，必是以步军为主。高帅若能许末将出战，以第一营骑军为前锋，以番骑为策应，用迅雷不及掩耳之势冲击西面之敌，必可使西人胆裂！"

高遵裕冷冷地看了刘昌祚一眼，道："刘将军听说过西夏人纯以步兵应战的吗？"

"纵是马军，亦不足惧。"刘昌祚与西夏人交过几次手，都是大占便宜，因此对西夏军队颇有轻视之意。

"不必多言！本帅自有计较。"高遵裕别过脸去，不再搭理刘昌祚。

"是。"刘昌祚不甘心地闭上了嘴巴，目光却紧紧盯着远处的西方。

没过多久，南方的西夏军率先出现在众人的视线之中，果然是骑军！但是让所有人大吃一惊的是，这支骑军的前列三千余骑，个个身披重甲，杀气腾腾，赫然是西夏最精锐的铁林军——俗称"平夏铁鹞子"！

气氛顿时紧张起来。刘昌祚不屑地"哼"了一声，却发现箭楼上许多将领的呼吸都急促起来。

平夏铁鹞子们在距离石门水约一千步左右的地方就停了下来，紧随着铁鹞子的"负担"们下了骆驼，协助铁鹞子们下马，倚马肃立。西夏军也在观察宋军。

"我军若不出击，铁鹞子纵然强悍，也不敢进攻我军大营！彼辈若敢渡河，我军当半渡而击之。"高遵裕不以为然地笑道。

刘昌祚心里暗暗叹气："若不能赶跑西兵，我军又如何筑城？这么一条小水沟，如何拦得住西夏人？"但这番话，他却是无论如何，不敢说出口的。

仅仅过了一刻钟左右，西面没烟峡方面的敌军也终于出现在众人面前。高遵裕有意无意地看了刘昌祚一眼，刘昌祚顿时一阵脸红——西边的夏军，多达数万，虽然表面上看来是马步混编，但是刘昌祚却不可能不知道，来的实际上还是马军。因为西夏军的兵制，普通的一名马军，要配备两名步行的"负担"和一匹骆驼。

西大营中。神锐军第二军第一营驻地。

"来了多少西贼？"文焕一出现在众人面前，第五忠立时凑上去问道。

文焕笑嘻嘻地摇了摇头，道："来多少杀多少，管那么多做什么？高帅已经答应，让我和你们一道打仗。这次要能挑上铁鹞子，就算是不虚此行了。"

"铁鹞子出动了？"听到"铁鹞子"三个字，连一直在整理弓箭的高伦也凑了上来，吴安国更是不动声色地扬了扬眉毛。

"是啊。"文焕笑道，"在讲武学堂与骁胜军的时候，老是听说正在整编的捧日军，是比铁鹞子更强悍的骑军，说得好像很厉害的样子。我早就想领教领教了。"

"我们第一营不到两千人马，那些番军虽然弓马娴熟，但是又不太守纪律，不知道配合作战会怎么样？"高伦可没有文焕那么乐观，他瞥了吴安国一眼，笑道："镇卿，你说高帅会不会让我们出动？"

"不会。"吴安国冷冰冰地应了一句。

第五忠打了响指，看了一眼周围，见部下们或者在轻轻抚弄马匹，或者在再次检查装备，这才压低声音说道："若是由我来指挥，我会让振武军为中阵，与西兵相抗，将马军配在两翼。到时候管他什么铁鹞子还是铁勾栏，若敢蛮来，都得玩完。"

文焕笑着摇了摇头，第五忠的主意并不是什么新鲜主意，种谊就向高遵裕提过几次，让振武军与番骑驻西大营，以神锐军为援。这样西夏军来攻，振武军的重装步兵就可以正面抵抗骑军的冲锋，而以番骑夹击扰乱敌军阵形，如果西夏军胆敢全面进攻，那么神锐军就可以从东方杀到，两面夹攻之下，西夏有败无胜。但种谊虽然是高遵裕的老部下，然种家将的威名太重，连高遵裕也有忌惮，他不仅不放心把一向由自己支配的番军调给种谊指挥，更不愿意种谊建下大功，因此竟然将振武军丢到东大营，自己亲率神锐军居西大营。这样一来，变成了一旦西大营受到全面攻击，种谊就要率领笨重的重装步兵，前来救援……但是这些内情，文焕自然不敢乱说。他本来就不是高遵裕的部下，不过适逢其会，能观摩一场战争，也是很不错的经历。若是多嘴多舌，到时候被人算计了，只怕都不知道是怎么死的。

所以，文焕只是微微一笑，拍了拍第五忠的肩膀，笑道："第五兄忘记了讲武学堂的校训了吗？"

第五忠的脑海中立时浮现起朱仙镇讲武学堂校训的第一条："武人之职，首在服从！"他不由苦笑了一下，道，"岂敢或忘。"

文焕正要说话，忽远远望见刘昌祚一脸肃然地走了过来，身后还跟着第一营副都指挥使薛文臣、第一营虞候王侥，以及几名行军参军。文焕连忙闭嘴，与众人一道肃立迎接。只听刘昌祚刚一走近，就厉声喝道："全营准备打仗！"

"是！"吴安国、第五忠、高伦等人连忙高声应道，立时回队指挥自己的部下。文焕牵了马走到薛文臣旁边，用眼神询问着。薛文臣压低了声音，附在文焕耳边说道："东大营遇袭！受命增援。"

"啊？"文焕顿时惊愕得说不出话来。

5

刘昌祚的骑军从东门出去的时候，文焕又回头望了望营中的五彩牙旗，果然，一面更大的碧色牙旗已经举起。他略一凝神，似乎便可以隐约听见东大营传来的鼓声与杀伐之声。他下意识地看了北岸一眼，西夏的军队已经合兵一处，一支黑黢黢的骑军孤独地站立在西夏军的阵前，似乎与同侪全不相容，不知道是不是幻觉，文焕感觉到连西夏的其他部队，都与他们有意隔了一段距离。

"那就是铁鹞子吧？"文焕在心里感叹着。这是一只让大宋军人痛恨的军队，也是大宋军人最常提起的军队。在讲武学堂的时候，大祭酒章楶就经常向学员们提到这支部队，不过，在章质夫的口中，铁鹞子并不值得畏惧，真正的虎狼之师，应当是辽朝耶律信的骑军。因为如果一群恶狼由一只猪来统率，哪怕是只野猪，也不过如此。而耶律信的骑军，却是由老虎统率的狼群！"也许真的不过如此。但是……那种气势！真的是百战之师啊。"

"第一次打仗吧？"薛文臣误会了文焕的失神，友好地问道。

文焕冲薛文臣笑了一下，正要说话，便见到营都虞候王侥冷冰冰的眼神扫了过来，文焕连忙缩了缩脖子，不再说话。

第一营的队伍始终匀速前进着，保持阵形不乱。吴安国的第三指挥是前锋，第五忠的第二指挥是策前锋，刘昌祚的直属亲兵与一个指挥为中军，高伦与另一个指挥使分为左右翼，文焕就与营部待在一起。神锐军第二军第一营的士兵，绝大部分都是西军老兵，因此都显得很沉稳。吴安国似乎天生就会打仗，兼之生性冷冰冰的，反倒比久经战阵的人更加适应战争；只有文焕，手心兴奋得出汗，只好悄悄在弓上摩擦，心里面患得患失，恨不能立时飞到战场之上。

好在这种煎熬并不久。

很快，东大营的杀声与鼓角声，越来越清晰。眼见战场就要到了，突然，在一片不大的树林之前，前锋停了下来。

"怎么回事？"刘昌祚皱起了眉毛。

他的话音刚落，吴安国的副指挥使陈喜便策马到了他的面前，翻身下马，禀道："禀将军，吴校尉请求暂停前进。"

"什么意思？"刘昌祚的脸立时沉了下来，恶狠狠地瞪着陈喜问道。薛文臣与文焕等人面面相觑，这是可以处斩的行为。

陈喜被刘昌祚瞪得腿一软，几乎跪倒，好不容易稳住心神，方讷讷禀道："吴校尉请将军去前方看一眼便知。"

"好！我便去看一眼。"刘昌祚的话中，已经有了几分杀气。他策马正要向前，薛文臣慌忙拦住，道："将军，让末将先去看一下。"

"不必了。"刘昌祚理都不理薛文臣，冷笑道，"我还怕吴镇卿造反不成？你守着中军便是。"

"是。"薛文臣无奈退开。王倪却带着一什执法队，紧紧跟了上去。陈喜连忙上马跟上，文焕略一迟疑，终究是好奇心切，也拍马追了上去。

众人进了树林，便见吴安国的第三指挥早已全体下马，正在倚马休息。吴安国与他的行军参军正目不转睛地注视着前方。刘昌祚策马过去，吴安国便已听到声响，转过身来，面无表情地行了一礼，指了指树林之外，低声道："将军请看。"

刘昌祚等人闻言望去，便见树林以外约千步的地方，便是东大营所在。而此时，在东大营的前面，密密麻麻聚集了至少三万以上的西夏骑军。有数千人的前锋部队，在数百木牛的掩护下，冒着如蝗般的矢石，冲向东大营。营前遍地的残弓断矢和死尸，显示着这样的进攻，绝不是第一次了。"此时若乘机冲杀，攻城之敌必然溃散。"文焕心里暗暗计较着，但是他自然不会说出来，这会置吴安国于死地。

"将军请看营中。"仿佛料到众人所想，吴安国指着东大营说道，唯独声音依然冷漠。众人循声望去，却见东大营内的情况看得并不真切，只能看见猎猎牙旗飞扬，身着青黑色盔甲，几乎武装到牙齿的振武军士兵们，如同波浪般起伏，用一次射出几十支弩箭的床弩与抛石器，一波一波地齐射着，打击着来犯之敌。

"那些箭楼……"吴安国用冷漠嘲笑着众人的观察力。众人这才看到东大营的几座箭楼上，都配备了威力强大的床弩，然而这些，并没有什么特别的。文焕突然看到刘昌祚脸上露出了一丝不易觉察的微笑，不等众人看实，刘昌祚已经下令："全体下马休息，不得发声，等待命令再进攻。"令旗立时卷起，命令一道接一道地传了下去。但是包括文焕在内的众人，都没有看出东大营的箭楼之内，究竟有何玄机。

西夏人的进攻，再次被击退了。

但是无论西夏人败退得多么狼狈，种谊的大军，始终龟缩在营中，绝不出营一步。

文焕看看东大营的战场，又看看眯着眼睛的刘昌祚，一脸冷漠的吴安国，突然之间有点儿沮丧：自己的才华，终究是比不上吴安国。他把目光又投向西夏的军队，忽然发现，那迎风飘扬的军旗之上，赫然写着一个大大的"李"字！

"李？"文焕摇了摇头，"从未听说西夏有姓李的将军。难道是汉将？"

没有太多细想的机会，只听到西夏军中号角齐鸣，一队骑兵再次发起了进攻，然而与前一次不同是，这次进攻的骑兵，并没有携带攻城的器械，而他们的身后，却紧紧跟着一队骆驼兵。

"泼喜军！"文焕心中一震，偷眼看刘昌祚与吴安国时，便见刘昌祚的脸色更加绷紧，而吴安国虽然一如既往的冷漠，却可以看到他握着刀柄的手背上，青筋暴起。

泼喜军是一只颇有特色的军队。在夏景宗元昊的时代，人数不过二百，最近几年梁乙埋把这支部队扩充到了四百，每个泼喜军正兵，照样配备两到三名负担，其作用是运送辎重、保护、协助正兵作战。泼喜军在骆驼鞍上立旋风炮，发射拳头大小的石头打击敌军。一向是西夏最主要的攻城部队。宋军对这支部队并不陌生，兵器研究院更是成功造出了宋朝的旋风炮，但是主要用于海船水军发射震天雷。虽然西夏没有震天雷，而且旋风炮的威力也远远不及宋军的许多攻城利器，但是旋风炮发射速度快、射程远、机动灵活的特点，使得泼喜军成为颇具威胁力的部队。宋军之所以不成立类似泼喜军的部队，不是因为它不好，而是因为宋军的马与骆驼，是比较紧俏的资源。哪怕是在宋辽之间贸易额逐年增加之时，也是如此。

东大营的宋军显然注意到了泼喜军的出现，种谊立即做出了反应——站在文焕的位置上，可以清楚地看见东大营中央的帅旗先向左挥，再向右摆，振武军开始变阵了！在令旗的指挥下，振武军中阵如同被劈开的潮水一般，整齐地让开了一条通道，十队士兵推着十辆各平放着一个奇怪的前大后小的大木桶的小车出了营门，在营门之前一字列阵，在他们通过的一刹那，后面的振武军立时涌了上来，将阵势合拢了。与此同时，便听见一声鼓响，箭楼上发出吱吱呀呀的声音。

望着整齐、迅速地完成这一系列换阵与准备的振武军，不仅仅是文焕，连吴安国的眼神中，都难得地流露出一丝钦佩之意；刘昌祚的眼神中，更是有难以言喻的意味。种谊不愧是本朝武人中少有的几个将才，把一支部队带到这个地步，虽然说少不了讲武学堂与教导军的功劳，但是最重要的，还是为将者个人的能力。这不是规章制度可以解决的问题！难怪说国家之兴亡在事，而事之成否在人。

文焕的思绪很快被眼前的战争所打断——

出人意料的，在敌军距东大营还有四五百步的时候，第二声战鼓敲响了！文焕不由得睁圆了眼睛，他不知道那些载着木桶的小车是什么武器，但是按宋军的条例，敌至一百六十步可以发弩，敌至五十步可以发箭，如果有士兵未得命令，敢提前发射，阵前立斩！以刚才换阵时振武军所表现的纯熟来看，文焕绝对不认为种谊会犯这种低级错误。况且，西夏骑军这次并没有冲锋。那么，可能的原因就只有一个，这些载着木桶的小车，有着恐怖的远程攻击能力！根据以往的战例，泼喜军想要对宋军形成有效打击，至少要到三百五十步甚至三百步以内。如果这些未知名的武器射程能够超过三百步……

文焕在心里飞快地计算着，眼睛却瞪紧了战场，不敢放过战场上的一丝一毫——第二声战鼓响过之后，便见小车后面的士兵，取出了火种，点燃了木桶后面的一根火绳。

十条火花闪烁着，跳跃着，使战场的形势变得非常诡异。一面是战马与骆驼们踏着几乎可以称为"整齐"的步伐向东大营加速逼近，一种无形的压迫感甚至让远在千步以外旁观的文焕也觉得呼吸紧张；一面却是寂寞无声的宋军军阵前，十条跳动的火绳发出如同毒蛇吐信一样的"嗞嗞"声……以及几座箭楼上，带着死亡气息的巨大弩机。

文焕下意识地调整了一下自己的呼吸……

四百步！

三百九十步！

三百八十步！

……

三百五十步！

突然，一辆小车上"砰"的一声，发出耀眼的火花，数百支箭矢划过空气，射向敌军！这一瞬间，文焕完全呆住了。他绝对没有想到，弓箭还有这种发射方法！在白水潭听讲时学到的知识让他立刻明白：这是利用火药推动！恐怖的射程！这是一次发射数百支的神臂弓！

但是真正的震撼还在后面！

因为没有冲锋，西夏骑兵们都是直立着身子骑在马上，但就在宋军那辆小车发射的同一瞬间，所有的骑兵们都下意识地齐齐俯下了身子，举着旁牌的左手几乎同时挥起，遮住自己的要害部位。但是，这种火药发射出来的箭显示了它惊人的穿透力，几个首当其冲的西夏骑兵的旁牌上，在如同冰雹击打过的响声之后，他们手中的旁牌上竟如同刺猬一般插满了箭矢！强大的惯性让它们在旁牌上不停地摇摆，近距离观看，可以看到这些箭较一般的箭矢短了许多，而在箭翎处都加了一个小铁锤。

所幸这一次仅仅是一辆小车发射，数百支箭形成的面杀伤并不大，只有少数几匹战马被射中伤亡，发出悲惨的嘶鸣声。但是看着那几个如同刺猬一般的骑兵盾牌，强悍的西夏骑军心中都不由泛出丝丝惧意：如果被直接射中……

紧接着，只听到"砰砰"的声音，余下九辆小车上面的木桶，都一一发射，这九辆小车虽然不是同时发射，但是相隔时间却非常接近，数千支箭如同黄蜂一样射向西夏的骑军，顿时西夏军队一顿人仰马翻，数十名骑兵被当场射下马来，原本整齐的队形一阵慌乱。便在此时，宋军东大营内，传出三声急促的鼓响，鼓声未歇，箭楼上的弩机已经发射，十余支巨箭发出凌厉的声音，射向西夏阵中。

文焕几乎忍不住惊呼起来，但是立时反应过来，连忙用手死死地捂住自己的嘴巴——那十余支巨箭粗大的箭体上，都绑着一枚黑黝黝的东西，而箭身上还可以看到一道火引在飞快地燃烧。

"震天雷居然可以这样使用！"

几乎是同时，观战的神锐军军官们的眼中，都流露出一丝不可思议。

"轰！"

震耳欲聋的声音，爆炸后留下的烟雾，西夏军鸣金的声音，战场上人马的嘶喊，血肉的飞溅，一切一切混杂在一起，真正留在人脑海中的，只有不断响起的一声声巨响！

6

"将军！"西夏中军阵中，野乌玛瞪圆了眼睛，额上青筋狰狞，"宋人的弩机发射刚完，此时是进攻的好时候！"

"你看不见宋人的中军未动吗？根据细作的消息，振武军有一个神臂弓营。"李清皱眉呵斥道，"所幸这次泼喜军损失不大，不必再做无谓的进攻。"

野乌玛的目光求助似的投向一旁的监兵使鬼名利，鬼名利尴尬地避开野乌玛的目光，向李清说道："李将军，国相的命令是攻克宋军东大营……"

"让士兵们白白送死？种谊刚才用兵的能力你没看到吗？"李清冷冰冰地看了鬼名利一眼，道，"要攻克东大营，若要采用强攻的话，给我步兵就好了。骑兵的优势不是去攻坚！"

"这样只怕无法交差。"

"种谊想龟缩在营中不出来，我们就诱他出来！"

"这……"鬼名利迟疑起来，"将军，可不可以围困他们？"

"围困？"李清倒是愣了一下，"我们带的粮草只怕比宋军还少。我们要攻敌所必救！"

"宋军西大营？"鬼名利看着李清的眼睛，以为自己看见的是一个疯子，"我们会腹背受敌！"

"打不过我们就撤，那些重装步兵能追得上我们？"李清紧紧地握了一下手中的佩刀，脸上露出意味深长的笑容。

"这……"

"大张旗鼓向西进攻，攻击西大营。种谊若不来救，日后高遵裕必然饶不了他。而且我们也可以保护大军渡河，围攻宋军西大营。到时候他还是不得不出营来救。只要他出营，我就有法子来让他进退失据！"

泼喜军甚至无法发动一次攻击就被迫放弃。这样的结果，让文焕等人都大吃一惊。但是宋军的缺点却是显而易见，因为没有强大的骑兵，一支单纯由重装步兵为精锐力量的部队，即使依赖技术的先进与训练的出色而取得战场上的优势，也无法将优势转化成胜利。到目前为止，从数量上来说，西夏军的损失并不大，而且最关键的是，西夏军始终把握着战场的主动权。而所谓的"主动权"，通俗来讲，就是"要打也由他们，要走也由他们"。所以，无论振武军的种谊与神锐军的刘昌祚等人做何种想法，当他们看到西夏军队的中军大旗突然向西挥舞之时，两个在不同地点的人的脸色，都立刻变得紧张起来。其中，最哭笑不得的，却是刘昌祚。

李清千算万算，也算不到战场西边的树林中，还埋伏着一支两千人的骑兵。而刘昌祚也绝对没有想到，自己原本想趁西夏军队进攻东大营筋疲力尽之后，来个突然袭击，狠狠地打击西夏军队的如意算盘，突然之间，这算盘竟拨不响了——刘昌祚眼睁睁地看着他那不到两千的骑兵，必然要与转进西方的西夏军的右翼相遇。

刘昌祚再豪气百倍，也不敢拿不到两千人的部队，去拼敌人几万的骑军！但是……

不需要别人解释，神锐军第二军第一营的将士们，立时都明白了自己面临的处境！后退避战，纵然王傀与他的执法队同意，战争结束后，刘昌祚也是绝对的死罪，其余的军官，最轻的处罚也是去做苦役；正面抵抗，军法条例会放过他们，但是西夏军却绝对不会放过他们……

"尽忠的时候到了！至少死了还可以进忠烈祠，享受不绝的祭祀。"文焕闭上眼睛默默想道，一边握紧了手中的佩刀。

"至少还可以进忠烈祠！"——与文焕同样想法的人不少，每个人都抿紧了嘴唇，望着刘昌祚。

西夏的大军开始转进，滚滚尘土如同一条土龙，摆过它巨大的尾巴，土龙之下，无数的旌旗在飘扬着，伴随着战马的嘶吼声。在那一刻间，刘昌祚心中就做出了决定，手按刀柄，沉声说道："派人向东西大营报告，全营准备迎战！""是！"没有任何多余的话，所有的人默默行了一个军礼，便回到自己的位置上，上马迎敌。

此时此刻，每个人的心中都知道，下一次相会的地点，很有可能是在忠烈祠。

西夏军的前军在距刘昌祚部以南约二千步左右的地方穿过了树林。没多久，策前锋与左右中三军也开始接近这片小树林，刘昌祚赫然发现，西夏军竟然猖狂得连后军也转进了！他们只留了象征性的人马监视东大营！显然，西夏军的主将认为，即使振武军跟来，他也可以从容地掉头攻击。一种受到轻视的怒气在刘昌祚的心中燃烧，哪怕敌人看不起的并不是他的神锐军，他也觉得受到了极大的污辱。"西贼！"在心里恨恨地骂了一声，刘昌祚摘下了弓箭，屈大指，以头指压勾控弦，弯弓搭箭，瞄准前方。这是骑兵控弦的方法，从胡人那里学来。若是步兵控弦，则是用无名指叠小指压大指，头指当弦直立，那是中原世代相传的方法了，这种方法力大，但是却不适合在马上使用。

神锐军第二军第一营的骑兵们，都悄悄地张开了箭。

过了一会儿，毫无防备的西夏军右军的侧面，暴露在刘昌祚部面前。双方相距八十步的时候，一个西夏士兵无意向北面看了一眼，却猛然发现了身着长箭射日深绿背心的宋军埋伏在那里！他张口欲喊，一支鸣镝带着死亡的呼啸飞来，准确地射中了他的喉咙，他抓住箭杆挣扎了一阵，便"砰"地摔下马去。

小树林中突然间角鼓齐鸣，旌旗四起，不知多少宋军从林中冲了出来，用弓箭射杀着毫无防备的西夏右军。许多人根本来不及做出任何反应，便中箭倒下，眼中还流露出难以置信的神色。整个右军的右侧，立时一阵慌乱。因为不知道宋军究竟有多少人马，许多人拨马便往后跑，顿时把阵形冲得更乱。

西夏右军的军官与大小首领们，根本无暇顾及宋军的情况，竭力整顿着队形，右军统军官野利荣名亲手斩杀十几名后退的小首领，好不容易才让队伍渐渐稳定下来。但就在这短短的时间内，刘昌祚部已经放下弓箭，高举着战刀，冲进右军阵中。稍稍整齐的阵列，立即被冲得七零八散。夏军只得各自应战，拔出武器来，与宋军对斫。

出乎意料的是，这种战法反而大收奇效。在这种混战之中，宋军也无法保持阵形，反而陷入了缠斗当中。野利荣名顿时大喜过望，凭借着三倍于宋军的优势，必然能全歼这支宋军禁军精锐。

刘昌祚显然也意识到了这种状况对己方不利，立时敲响了钲声，战斗之中的宋军士兵立时开始互相掩护着撤退。野利荣名发现，在五面旗帜的指引下，宋军居然分成五路撤退。

"想跑进东大营吗？"野利荣名暗暗冷笑，"若能拦住你们，不怕种谊不出来相救。

老天送一件大功到我手上！"他心念一定，一面派人通报中军，一面分兵五路，引兵来追。

追得一阵，眼见五路夏军各自隔开了，忽然，逃跑的宋军又吹响了角声，五路宋军迅速合成一部，向其中一路追赶的夏军冲杀过去。几乎是瞬间就取得绝对优势兵力的宋军，顿时将完全没有防备的夏军冲得七零八落，伤亡惨重。但宋军虽得了便宜，却也并不恋战，待到尾随而至的夏军赶到，宋军早已又散成五路，分散逃走。

吃了大亏的西夏人哪里肯善罢甘休，也不多想，又分兵去追，不料转眼之间，又被宋军瞧得便宜，这回夏军虽然有了防备，但也经不起宋军绝对优势兵力的冲击，一阵人仰马翻下，又是损失惨重。

宋军的这种"无赖"打法，将夏军的大小首领激得暴跳如雷。但连吃两次亏后，野利荣名却学了乖，他虽然仗着总兵力占优，依旧分成五路追击，却特别派出传令兵叮嘱各路将领，保持距离。

不料千小心，万小心，还是着了一次道，一路追兵的大首领追得兴起，被引得远了一点，又被宋军突然聚拢起来，冲杀了一阵。

连吃三次亏的野利荣名白白损失了数百人马，又气又急，却束手无策。看着宋军又要重施故技，他再也不敢分兵，干脆领着六千右军，只盯着一路举着"神锐军第二军第一营第三指挥"旗帜的宋军，穷追不舍。这野利荣名颇有一股狠劲，如蛆附骨般追着这一路宋军，这一指挥的宋军，竟被他追得没有半点脾气，跑了半天，野利荣名始终离他们只有一箭之遥，怎么甩也甩不脱。野利荣名看到便宜，便准备分兵包抄这一路宋军。被追赶的宋军仿佛也已经知道自己在劫难逃了，便在野利荣名准备下令的一刻，就听几声号响，宋军忽然停了下来，后队变前队，大吼着向夏军冲杀过来。

"杀！"野利荣名简直是大喜过望，不曾多想，举起手中的长刀，夹马迎上前去。夏军纷纷收起弓箭，取出各自的长兵器，冲向来送死的宋军。

不料在此刻，夏军的后阵忽然响起了奇怪的号角声，便听身后喊杀之声震天响起，宋军其他四路人马不知什么时候，又合成了一路，从夏军的后方掩杀过来。被宋军前后夹击的野利荣名部顿时一阵大乱，夏军腹背受敌，阵形大乱，兵将们惶恐不安，早无半点儿战意，只知争相逃命，自相践踏。野利荣名也是久经沙场的老将，被劣势的宋军如此戏弄，以三倍于敌的优势没占到一点儿便宜，反而折了上千人马，端的是又羞又愤，又气又急，一张黑脸涨得通红。但此时兵败如山倒，他纵是心有不甘，也无力回天，只得拼命聚拢败兵，向西南败走。

但他肯认输，如今主客易势，刘昌祚却不肯让他去和中军会合，引兵在后面紧随不舍地追杀。

两只马军一前一后，跑了里许。野利荣名眼见宋军越追越近，他虽有心回头厮杀，但看部下却都只顾逃命，早没有半点儿士气，只得打消此想。他以三倍兵力出战，自然也不敢指望中军还会来接应自己，正催马狂奔，忽见前方尘土高扬，旌旗飞舞，眼见是一支大军向自己迎来。败逃的夏兵这时早已忘记严酷的军法，顿时发出一阵欢呼，野利荣名也是又惊又喜，又羞又愧，正待遣人前向询问是哪支友军前来救援，不料变起突然，便见从前面的大军中，一阵铺天盖地的箭雨打来——为野利荣名掌旗的军官，猝不及防，身中数箭，"扑通"一声连人带将旗，摔于马下。早成惊弓之鸟的夏兵万万想不到这里还有宋军的伏兵，又见中军旗倒，以为是主将中箭死了，顿时"哗啦"一声，四散逃命，只余下千余人马，紧紧护住野利荣名，不敢逃窜——失了主将与旗鼓，逃亡也是死罪。

到这个时候，野利荣名才看清楚，狙击自己的竟然是宋军的乡兵组织——沿边弓箭手！原来却是种谊看到便宜，悄悄把四千名沿边弓箭手派了出来，接应刘昌祚。

后有追兵，前有强敌。这是野利荣名生平未有的大惨败。他聚拢仅余的残兵，忽然掉转马头，一把扯散头发，怒声低吼。

"左右都是死，孩儿们，拼了！"

野利荣名大吼一声，举起长刀，红着眼睛率领残兵向刘昌祚部冲去。就算是死，也要看看这支戏弄自己的宋军骑兵，究竟有几斤几两！

"杀！"刘昌祚望着困兽犹斗的野利荣名，"唰"的一声，也拔出马刀，高喊着迎了上去。

两支骑兵终于正面狠狠地碰撞到一起。

铁盔、吼叫、白刃、马鸣……所有的一切在一起交织着，不断有染红了战袍的士兵从马上摔下来，沾满了鲜血的武器飞上天空……一面是士气高昂，一面是垂死挣扎，战斗出人意料地惨烈，连初次参战的文焕都杀红了眼睛，身上、脸上，早已溅满不知是何人的鲜血。

但是，双方的缠斗并没有持续太久。

沉浸在厮杀中的文焕，忽然听到了清脆的钲声——待他愕然抬头，与身边的袍泽互相张望时，才发现，不知道在什么时候，战场的周围，突然间冒出了无数密密麻麻的西夏军队！

"被包围了！"

双方都默契地停止了战斗，此时还活着西夏残兵已不过百余人，但尚能战斗的神锐军士兵，也不过是一千多点。刘昌祚集拢了部下，沿边弓箭手们也开始自觉地退聚到神锐军骑兵的身后。

这真是个糟糕的阵形！

但是众人已无暇感叹。一面斗大的"李"字旗就在前面，几万人弯弓搭箭瞄准着宋军，围了个密不透风，也许只要一次冲锋，宋军就将全军覆没。

一场大胜，转眼之间，就要变成大败。

"投降吧！"夏军帅旗移近，在众多亲兵的拥簇下，李清开始劝降，他的嘴角还挂着一丝嘲讽。他并没有大喊，却中气十足，足够让每个宋军都听到是他在说话。

"大宋有战死的神锐军，没有投降的神锐军！"刘昌祚厉声吼道。这个姓李的夏将，把所有人都耍了。刘昌祚不相信他可以料敌先机到这种地步，他可以肯定，这个夏将是将整个右军当成了诱饵。否则，他的援军早就应当派出来。幸好种谊没有大举出兵来助战——他真正想钓的鱼，还是种谊的振武军。

"将军之善战，令人钦佩，若投降大夏，不失封侯之位。"果然，他早就看到了一切。

"呸！"刘昌祚冷笑着啐了一口，大声回道，"华夏贵胄，岂能委身于夷种！"

李清脸上竟是红了一下，旋即笑道："既不肯投降，便成全尔辈尽忠吧！"

"哼！"刘昌祚斜举起雪白的战刀。

满脸都是血的都虞候王倪从挈旗手中接过军旗，一手高高举起，厉声喝道："弟兄们！忠烈祠相见！"

所有神锐军的将士一齐拔出战刀，齐声喊道："忠烈祠相见！"雪白的刀刃在阳光的照耀下，发出夺目的光芒；神锐军将士决然的神态，让沿边弓箭手也深受感染，一齐喊道："忠烈祠相见！"

李清微微叹息，一咬牙，缓缓地举起了右手！

立时，号角"呜呜"地吹响……

7

东大营。

"将军！"一名致果校尉单膝跪了下来，"请发兵吧！"

"种将军！不能见死不救啊！"又一名致果校尉跪了下来。

种谊轻轻地放下了手中的酒杯，微微叹道："李清是很会打仗的人。他分明是想诱我出营……"

"但总不能眼睁睁看着几千兄弟战死在营前吧？"

"是啊！"种谊长叹了一声，"但是出去的话，会不会将几万名将士置于险地呢？"

"将军，请让末将去吧！纵然战死，末将也无怨言。"

"将军，让我去吧！"

"将军，让我去吧！"

顿时，请战的声音响成一片。

种谊的目光扫过众人，落在了军都虞候的脸上，见他欲言又止的样子，种谊不禁摇了摇头，道："看来我别无选择。"

众将立即安静下来，等待种谊最后的决断。一道道期盼的目光，让种谊不自禁地苦笑。李清就是想让自己出营，这样他才好充分发挥骑兵的机动力，打击自己笨重的重步兵。至少种谊绝对不会相信李清会和自己精锐的重步兵正面对决。

历史上，当宋军布下战阵与敌军堂堂皇皇对决之时，是很少有败绩的。但是，敌人从来没有义务陪着宋军以堂堂之师，对皇皇之阵。兵法的要义，就是以强击弱，以石击卵，以长击短。在种谊看来，所谓的"名将"，就是指在对战的那一刻，他的部队永远占着优势的那种人。

刚刚那一阵，刘昌祚的神锐军，就将这一点发挥得淋漓尽致。

但是，难道现在轮到李清来发挥了吗？

种谊苦笑着，终于，他站起身来，缓缓环视众人，说道："诸将听令！……"

李清一直没有看被围攻的宋军一眼，他的目光始终盯着宋军的东大营。并非他不了解包围圈中的战况——抱着决死之心的宋军是可畏的。几轮射击后，那些乡兵们折断了自己的弓箭，用佩刀与自己的骑兵战斗……疯狂地冲入马腹下，用一条条生命的代价来砍断马腿，然后几个人一拥而上，将摔下马的骑兵砍死。那些神锐军的骑兵更是可怖，身上带着三四支箭，却依然挥舞着长刀，用近乎疯狂的斗志与自己的骑兵同归于尽。

宋军什么时候变成这样了？李清忍不住暗暗感叹。不过他知道，宋人的心中，并没有那种疯狂的因子，只不过大多数人很容易会被上位者的英雄行为所感染罢了。幸好如此，否则的话……少数人的悍不畏死可以称为英勇，如果全部都是如此，只怕只能称为疯狂了。但是，李清脑海中突然闪过对方主将眼中的骄傲、那位举着军旗的将领眼中的毅然决然……一种说不道不明的情绪泛了上来。

李清不由摇了摇头："两军对战的时候，自己居然还在想这些无谓的事情！"然而一瞬间，一句话又从他脑中掠过："华夏贵胄，岂能委身于夷种！"李清不觉有点儿愕然，用细不可闻的声音说道："知遇之恩，自当肝脑相报。"

"呜——"北方传来的号角之声，终于让李清的精神集中起来。

他定睛望去，宋军东大营终于营门大开，振武军的旗帜与"种"字将旗在风中飘扬，数以万计的宋军列着整齐的阵形，向己方走来。

"催鼓！"李清淡淡地命令道。顿时，战鼓急擂。

听到西夏人的鼓声，幸存的宋军都已有了死亡的觉悟。文焕的马匹早已战死，他与一个袍泽背对背靠着，笑道："兄弟，杀了多少西贼？"

背面的人淡淡地答道："一个大首领，四个小首领。"

文焕听到这个声音，几乎呆住了，惊道："镇卿！"

"嗯。"吴安国依然懒得多说什么。

"真是至死不改的脾气！"文焕笑骂道，言语中却充满了喜悦，能和自己认识的人死在一块，有时候便已经是难得的奢侈。

"暂时还死不了。"吴安国冷冷说完，手中白光一动，一刀砍向一个西夏骑兵，趁那个骑兵接招，左手疾伸，竟是将那人拉下马来，右手之刀不可思议地划过，那个西夏骑兵哼都来不及哼一声，就已去了鬼门关。

"好身手。"文焕赞了一声，忽然想起一事，问道，"西贼催鼓，怎么却没有加大兵力进攻？"

"那鼓声是给种谊听的。"吴安国言简意赅地答道，跃身上了西夏骑兵的马，朝一个西夏将领冲杀过去。

"给种谊听的？"文焕却是怔住了，一不留神，一柄长刀向他的后脑勺砍来，他就地一滚，险险避开这一刀，那柄长刀又如附骨之疽般砍到，文焕双手挥刀，堪堪接住这一招，那战马冲锋带来的巨大冲力，却带着他连退数步，一不留神竟被身后的尸体绊倒，仰天摔了下去，一头撞在一颗石头上面……

李清望着不断靠近的振武军，赞道："种谊果然名不虚传。"振武军前进的速度，始终是匀速。走一段路，就停下来，整一下阵形，再继续前进。西夏军的战鼓催得再急，种谊始终都不为所动。

"野乌玛！"

"末将在！"

"你领三千马军，去骚扰来援的宋军。不准恋战，且战且退，将他们引过来与被困的宋军残部会合。"

野乌玛怔了一下，道："这……"

"这有何难？"李清冷冷地扫了他一眼，道，"你只管进攻，感觉打不过就跑。就这么简单。我想知道来的部队，是不是真的振武军！"

野乌玛更加莫名其妙，却不敢再多嘴，忙接了令箭，道："得令！"便领了兵马，去"拦截"来援的宋军。

8

很快，野乌玛就知道自己接了一个苦差事。

宋军推进固然缓慢，但组成战阵的宋军真不是好惹的。野乌玛的三千骑兵刚刚靠近，宋军便停了下来，便见阵中弩箭、弓箭，如同蝗虫一般飞来，野乌玛尚不知道怎么回事，就折了数十人。他不敢硬冲，只得远远射箭。宋军便高举着盾牌，如同一个铁桶一般，缓缓推进，野乌玛被硬生生逼得步步后退。

虽然他的本意就是要诱敌深入，但是诱敌过来，和被敌人逼得后退，那两种感觉却是完全不一样。野乌玛气得两眼冒火，但是手中兵少，却是一点儿办法也没有。

眼见着宋军就这样一步步地逼近，终于，苦难的日子到头了，宋军终于靠近了己方的大阵。但是野乌玛却看到不可思议的一幕。

在中军旗帜的指挥下，西夏军竟然自动让开了包围的一个缺口！

难道宋军还会从这个缺口走进包围圈不成？野乌玛呆呆地想到，却突然看到中军的令旗命令自己向后包抄。

野乌玛顿时觉得自己明白了李清的用意，忙率领部下绕过宋军大阵，向后包抄过去。果然，不断有友军开始向宋军后方包抄。

与此同时，对包围圈中宋军的真正进攻也开始了。那残存的数百宋军，根本无法抵挡夏军的攻势，开始向宋军大阵败退。来援的宋军用弓弩还击着，掩护着残兵退入阵中，立刻开始后退——儿乎就在同时，夏军的大包围也完成了。

但野乌玛几乎认为这是自己的错觉，因为他发现被包围的宋军并没有半点儿慌乱，依旧有条不紊地后退着，虽然每一步的移动都非常缓慢。而最让野乌玛奇怪的是，己方围攻宋军大阵的人马，似乎有点儿不对劲。

骑兵们围着宋军奔驰，不断地射击，试探宋军军阵的薄弱之处。而宋军用盾牌与长枪为外围，以弓弩居中，严密防范着可能的进攻。时不时有人会丢出几颗霹雳投弹，让围攻的夏军胆战心惊一下。

用几支部队进行牵制，用一到两支骑兵进行强攻，甚至是让泼喜军发石弹，那么这个阵形，也不难攻破。但是奇怪的是，李清似乎没有强攻宋军的想法。野乌玛接到的命令，只是困住宋军，不让他们回营，也不让他们逃跑。

等待他们箭尽力疲之时吗？野乌玛似乎又明白了李清的想法。若能阻住宋军援军的话，这的确是个好办法。

于是啼笑皆非的事情出现了，夏军居然开始在路上安置铁蒺藜与路障。

宋军终于停止了他们缓慢的撤退。

时间已经是下午，东大营前，庞大的宋军与西夏军在此僵持。奇怪的是，宋军的营寨中，竟然没有人出来接应。

9

与此同时，宋军东大营东门。

远处灰尘高高扬起，隐约传来马蹄践踏大地的声音与战马的嘶鸣声，这一切的一切，无不显示着，有一支骑军，正向此地接近。

守营的宋军警惕起来，瞪大了眼睛，望着远方。

"西贼！"

"敌袭！"

突然，东门箭楼上负责瞭望的士兵大声喊了起来。

"来了！"某处传来酒杯被捏碎的声音。

一万五千精锐的西夏骑兵急驰而来的声音，让大地都为之发抖，随着西夏人的接近，东大营的营帐都能感觉到震动的余波。这支骑兵急趋至东大营东门外四百步左右的地方才停了下来，凛然打量着守备空虚的宋军东大营东门。而勒马于中阵之前的，赫然是西夏大将李清！

"将军真是神机妙算，引振武军出营，将他们拖在营外，再来端了他们的老巢！"

"哈哈……看来是种谊要成仁的时候了。难怪皇上这么重视将军！"

李清却没有时间理会这些或是衷心，或是谄谀的话语，只是仔细地观察着东门上方飘扬的旗帜。

"果然是未整编禁军。"李清不觉微微松了一口气，一面厉声问道："准备好火种没有？"

"禀将军，一切就绪。"一个偏将欠身应道。

"好！一旦攻入宋营，便四处纵火，烧掉这座营寨。"

"是！"

李清心中暗暗遗憾自己没有火箭，否则的话，此时就可以派上大用场。但是当时整个大陆的硫黄产量非常少，一向重视火器的宋军这些年变本加厉发展火器，因军事与民间的双重需求，大宋每年从日本国进口的硫黄要用十万宋斤为单位来计算，并专门颁布严酷的法令：任何人向外国私卖硫黄达到十斤，都是死罪；并且还特别禁止了向西夏卖鞭炮等含硫黄的产品。因此西夏连走私都得不到多少硫黄，整个西夏的硫黄，连民间放鞭炮都嫌不够，要配备足够的火箭，就实在勉为其难了，毕竟从原料到工匠，西夏都很紧缺。

不过此时李清没有怨天尤人的立场，"唰"的一声，李清拔出刀来，高高举起，大声喊道："前锋阵进攻！"

战鼓擂动，号角吹响！

前锋阵三千精锐骑兵，怪吼着冲向孱弱的东大营东门，宋营东门的守军，几乎能感觉到营寨的颤抖。好一阵慌乱之后，宋军营寨中，射出了稀稀落落的箭矢，根本无力阻挡西夏人的冲锋。这种微弱的反抗，让夏军顿觉放心，一切迹象，无不显示着，宋军的东大营，此时已经精锐尽出了。而东门的守卫，更加空虚。

"策前锋阵！出击！"李清再次举起了战刀，发出如猛虎一般的吼声。

巨大的令旗向前方挥舞，战鼓更急，号角的响声吹破天际，充斥整个天地之间。策前锋阵的三千骑兵一齐发出一声呐喊，直接拔出战刀，踩着前锋阵的足迹，催马冲向前方的宋军大营，似乎是想要将整个宋军东大营踏碎于他们的铁蹄之下！

李清的脸上，终于不易觉察地露出一丝满意的笑容。"种谊，你的大营没了！"

然而，李清甚至还没来得及让人察觉到他的笑容，他脸上的表情，就被惊愕、不解所代替。突然，他竟然似乎闻到了一丝危险的气息。

宋营的东门，自己打开了！

李清的眼睛眯了起来。前锋阵、策前锋阵与他们冲击时扬起的灰尘，挡住了李清的视线，让他看不清楚前面究竟发生了什么。但是前锋阵的冲锋并没有停滞的现象，李清稍稍心安了一点儿，却不自觉地握紧了手中的战刀。

但这只是一瞬间。

前锋阵的骑兵突然一个接一个地从奔驰的马背上摔了下去，密如蝗群的箭雨撕裂空气，发出凌厉刺耳的声音，突然降落在得意忘形的西夏骑兵头上，甚至有不少箭支更是穿过冲击的部队，一直飞到李清的阵前，方才心不甘情不愿地摔在地上。

"怎么回事？"

"将军，前锋部遇到宋军的抵抗，从旗号上看，是宋军的未整编禁军。"李清的话音刚落，就有一个小首领前来禀报。

"未整编禁军？"李清脸上肌肉抽搐了一下，趋前一步，厉声问道，"刚才的齐射，训练有素，分明是神臂弓！"

"神臂弓？细作不是说只有振武军有神臂弓部队吗？"李清的部将们迷惑起来。

"宋营里的是振武军！"李清咬着钢牙，吐出了这几个字。

"怎么可能，南门前出击的，明明是振武军的旗号！"

"换旗计！"李清已经没有时间和部将们解释，他自出击起心里就一直感觉有个地方不对劲，现在才明白过来——原来是因为出击的"振武军"，没有使用神臂弓！种谊既然用换旗号的伎俩来欺骗自己，就表明他已经识破了自己的计谋——李清从来没有想过要和种谊的大军来一次堂堂正正的正面对决，只有白痴才会拿骑兵和重步兵去做这事情，李清的计划是引诱或迫使种谊军主力出击，再利用部分军队缠住这只主力，利用骑兵的机动力亲率精锐袭取宋军大营。一旦大营失陷，宋军就会进退失据，丧失斗志，再前后夹攻出击的宋军主力……但是现在的情势，已经完全不同。

李清的处境并不是太糟糕，他依然随时可以撤走——虽然这意味着整次进攻的失败。因为一旦东大营的攻势受挫，西大营前面的大军就没有存在的意义，凭借那些兵力，即使攻下西大营，也是损失惨重。西夏与大宋的实力对比悬殊，西夏没有本钱和宋朝打消耗战，哪怕用一个夏军换两个宋军，西夏也损失不起。所以一旦这次进攻失败，西夏军就只有暂时撤退，伺机再来……

除此以外，李清还可以选择强攻。

哪怕面前是振武军，两强相遇，鹿死谁手尚未可知！

所有的念头在李清的脑海中飞快闪过，几乎只在一瞬间，李清就下达了命令："左军、右军交替掩护殿后！鸣金收兵！"

"是！"

立时，夏军的中军敲响了清脆的钲声，在令旗的指挥下，左右军开始向前，交替掩护。而似乎与此对应，宋军的营寨中，也响起了进攻的号角。

西夏骑兵强行拨转马头，向后撤退，跟在他们身后的，是一支黑压压的部队，长枪与盾牌在最前面排着整齐的方阵掩护大宋精锐的神臂弓部队，追击着坠入计算中的敌人。

神臂弓超长的射程，的确是所有骑兵的噩梦！每一轮齐射，必有夏军受伤、毙命。夏军的前锋阵已经折了近一半的人马，策前锋阵在密如飞蝗的弩箭面前，也丧失了进攻的勇气——敌人能攻击到自己，而自己无论如何，也射不到敌人……面对这样的部队，最有效的方式，只有逃到他们的射程之外。

但尽管如此，李清的部队也没有因为撤退的命令而崩溃。他们撤退的时候，没有忘记观察令旗的指引。

虽然惊慌，却没有失措。

左军与右军的接应很快就上来了。两支三千人的部队一左一右攻击追击的宋军，忽而左军在前，忽而右军在前，接近宋军后一阵箭雨，就立时后退。这种策略很快就奏效，追击的宋军部队放缓了脚步，谨慎地注意着阵形，生怕给敌人可乘之机。

眼睁睁看着陷入计算中的西夏人从容退走，种谊麾下的军官们，无不跺脚。在箭楼上指挥的种谊对这种结果也并非没有惋惜之意，但这是宋军天然的劣势，种谊不想为不可能的事情而叹息，他只是平静地命令道："收兵。"说罢便把目光转向了南方的战场。"天很快就要黑了，西夏人支撑不了多久了。就算他们的人不会累，马也会累，该去接应他们回营了。"种谊还有一句话没有说出来：如果等到李清回去拿那支部队出气，那就会弄巧成拙了。

"是。"

默默地望着南方犹自纠缠的战场，种谊在心里微微叹了口气："这场战争不会这么快结束。"不过身为大将的种谊，表面上却绝不会表露半点儿这样的情绪，只是一瞬间，种谊就恢复平时的从容与威严，移目至身边的一个人身上，沉声说道："孙参军。"

"下官在。"

"你随我来。"种谊淡淡地说完，随即起身，向箭楼下走去。

孙参军连忙应了，紧紧跟着种谊下楼而去。二人一直走到种谊的中军大帐，种谊见左右再无旁人，这才坐了下来，道："你设法潜入西夏，命令我们的细作去散布流言。便道这次战斗，我们之所以能击退夏军，是因为李清心怀故土，故意未尽全力，所以一直不肯和我们硬拼。若他能和我们打一场硬仗，东大营早就成为平地了。"

"是。"

"此外，我这里有我的几封亲笔信，你让几个可靠的人去带给李清，不要告诉他们真相。只是在通关的时候，要故意被夏军查获了。"

那个孙参军听到这种毒计，竟是不由打了个寒战，忙低头应道："是。"

"嗯。"种谊脸上终于露出了满意的笑容，他双手踞案，笑道，"李清用兵多智，兼之杀伐果断，临机决断，毫不迟疑。此人实是大宋之劲敌。然而他有生来的弱点——他是汉人，不合与西夏卖力。须知非我族类，其心必异。战场上除不掉的敌手，便须在战场外除去！"

孙参军凛然答道："下官必不辱命！"

摆脱了追兵的李清率领着败兵再次绕向南面的战场——既然振武军主力未出，那动作迅速的话，至少可以从南面战场挽回一点儿面子。虽然那注定无关大局，但无论如何，哪怕是名义上的"胜仗"，对于主将来说，也是必要的。

李清没有想到，他的霉运并没有到此为止。连种谊也想象不到的事情，在前面等着他。就在他的骑兵毫无警惕地绕过一个山岗时，突然，从地底传来数十声巨响，仿佛大地被炸裂了一般，巨大的尘土与石块在前方掀了起来……李清只来得及看见走在前方的骑兵与战马的肢体在尘土中飞裂，便下意识地趴了下来，紧紧贴在马上。但是受到惊吓的战马却不听控制，疯了似的乱跑起来。

李清完全不知道前面发生了什么，他抬起头来时，只看到一副名副其实的"兵荒马乱"的场景。到处都是血肉横飞，战马、骆驼乱成了一团，像没头苍蝇般到处乱窜，有些马发起狂来，前蹄高扬，疯狂地想把背上的骑兵摔下来，最要命的是，这种慌乱，还把本来没有受到攻击的后队也给冲散了。

"怎么回事？"

"怎么回事！"

但没有人能回答出来究竟发生了什么。

李清顾不得弄清楚真相，他迅速地找到了自己的亲卫队，手持战刀，亲自勒束着乱成一团的部属，若是此时被人偷袭，大事去矣！

然而真是怕什么便来什么，李清刚刚略略控制住局面，眼见着东南方便扬起灰尘，大地传来震动之波。

李清的心顿时沉了下去。

"约有三千骑左右，从侧翼而来！"一个小首领在地上贴耳听了，面带惊疑地禀道。

"左右军准备迎敌！余部尽快勒束好队伍！"李清焦急地命令着，他此时已没有工夫去追究这只骑兵是从哪里来的。

他话音刚落，那三千骑人马就出现在视线之中。看清来敌的旗号，李清不由倒吸了一口凉气，"东朝番军？"

"狄！"

"包！"

"哪有番部姓狄？"

"包顺？"

夏军众将也是个个惊疑不定。

"全部闭嘴！"李清恶狠狠地大吼一声，厉声道，"左右军冲锋迎战！杀敌一人，赏酒十斤！后退一步者斩！"

"将军有令！杀敌一人，赏酒十斤！后退一步者斩！"

"将军有令！杀敌一人，赏酒十斤！后退一步者斩！"

重赏酷罚之下，左右军立时士气大振，便听中军号鼓三声，夏军再次发出兴奋的怪吼声，冲向包顺的番骑。

互射、对斫……

一场中规中矩的骑兵对决。

夏军数量占优，却是久战之师，兼又屡屡受折，一番猛攻后，猛然发觉眼前的宋军番骑数量虽少，装备虽差，但战斗力却非同小可，便立生怯战之意，渐渐露出不支之象。

而狄詠、包顺与神卫营第四营都指挥使石行友，第一次在实战中使用了"炸炮"这种新式武器，却没有料到遇上的对手居然这般沉着冷静——在炸炮的威力之下，居然还能迅速地重整阵形，组织起反击。

这"炸炮"本是兵器研究院研制出来的新式火器之一，实是一种踏发式地雷，用生铁铸造，有如碗大，内装火药与铁砂，上留一指粗的小口，以小竹管穿线于内。专用来挖坑埋设于敌人必经之地，将几十个炸炮都连接在一个叫"钢轮发火机[8]"的火槽上，以土掩盖。一旦敌人踏动钢轮机，立时发火爆炸，威力无比。这种武器是沈括与赵岩的得意之作，一经试制成功，文彦博立时便意识到这种武器的巨大作用，枢密院很快决定在西线试用，观察实战效果。因此不惜提前向西线派遣了神四营携此利器前来，兵器研究院还派了专门的研究人员随同前来，收集资料。

狄詠与包顺、石行友远远就发现了东大营的战斗，本来他们的任务只是保护神卫营第四营，但是狄詠与石行友皆是初生牛犊，包顺又是番人，素来把纪律看得甚轻，三人一拍即合，竟然擅作主张，悄悄在西夏人的行军线路上埋设"炸炮"。但是又怕万一不效，折了神四营，且怕炸声惊了马匹，竟是把大军远远藏了起来，只留几个斥候在此查看，若然炸炮奏效方才进攻；若是无效，自然不敢去捋西夏人之虎须。只是却不知战场之上，时机须臾即逝，如此作为，虽然谨慎，却也错失了良机。

狄詠与包顺引兵来此，与西夏军交手几合，便知西夏人已有准备，二人竟也再无恋战之意。如此双方都是且战且退，各自送了几十条人命，竟是愈打愈远，一个南辕，一个北辙，一场战斗，就这么草草收场。

李清莫名其妙地接了这一仗，更是无心停留，回到南面战场之时，见宋军大阵已经退到东大营弩箭的射程之内，又见己方军队，从自己的中军以下，都是人疲马惫，士气低落，南战场的夏军听到巨响之声，已是惊疑不定，此时见到中军同袍不少人都是满头满脸的尘土，形容狼狈，兼又死伤惨重，军心更加动摇。李清知道这种情势，难以再战，当下便着人收拾了战死者的尸体，引兵退回石门峡。

东大营的战斗既然结束，在西大营僵持的夏军一收到传讯，也退回了没烟峡。

这一日恶战，夏军屡次受挫，损兵折将。李清回到石门峡后点兵，发现大小首领战死受伤者数以十计，死亡失踪的士兵高达六千余众，受伤的更是多达八九千余人，堪称西夏近年以来少有的大败。一念及此，李清不由心情郁郁。只是他却不知道，宋军在此战役之中，付出的代价，也堪称惨重！

....

[8] 在木匣内装钢轮与燧石，用绳卷在钢轮的铁轴上，从匣内引出，横拴于道路上。当人马拌绳或拉绳，牵动钢轮摩擦燧石发生火花，使引信燃烧。

　　刘昌祚的神锐军第二军第一营，战斗结束后，只有三百余人存活，还是人人带伤，此外更损失了全部两千余匹战马，营副都指挥使薛文臣殉国！营都虞候王傀身中十余箭殉国！此外包括指挥使高伦以内，指挥使、副指挥使一级的军官，有半数以上战死，武状元文焕更是失踪了。更让人无法接受的是，第一营的军旗因为掣旗战死，竟被西夏人缴获了！先不论丢失军旗要领受多大的罪责，按照大宋新修订的军法，丢失军旗，便意味着神锐军第二军，将永远不会有第一营这个编制存在！神锐军第二军第一营，只打了一仗，就不再存在于大宋禁军侍卫步军司的编制之中！这对于心高气傲的刘昌祚、吴安国等人来说，实在是无法忍受的耻辱。

　　除此之外，种谊派出去的四千沿边弓箭手，只有不到七百人生还，其余悉数战死。加上其他的战死者、受伤者，宋军的伤亡人数，其实也只是比西夏军略少而已。

　　当然，这不会是战报的写法。虽然军法官们有自己的报告渠道，使得虚报战功更加困难，但是这并不妨碍书记文书们在战报上玩弄文字游戏，毕竟上司也不会当真为这种"小事"来斥责他们。但是不论他们的战报如何写法，也不论双方在平夏城的首次交锋谁胜谁败，战争，不过是刚刚拉开序幕而已。

第五章

春秋之义

夷狄之有君，不如诸夏之亡也。

——孔子

1

京兆府长安。新建的陕西路安抚使衙门。

"公子，丰参议求见。"伤愈的侍剑，神态间更多了几分沉稳。

"喔。请他进来吧。"石越轻轻吹了吹墨迹，搁下手中的毛笔，又看了一眼自己所写的奏折。这是他第三份请罢乡兵的折子了。未多时，丰稷便大步走了进来。

"石帅大喜！"丰稷刚刚进门，便连忙作揖贺喜。

石越笑道："何喜之有？"

"高遵裕大败夏军！"丰稷一面说，一面从袖中抽出一份战报，双手递给石越。石越亦不由大喜，忙接过战报，细细读来。战报所述，无非是在高遵裕的指挥下，平夏城宋军如何力挫强敌，杀伤敌人数万。随战报附上的，更有一串长长的有功人员的名单，与阵亡将领名单。石越读完之后，将战报放在案上，沉吟道："相之，阵亡战士的名单呢？"

"已经递枢府，请求抚恤并奉入忠烈祠受祀。"

"有多少人战死？"

"一共是五千另二十三人。其中军阶最高者，是翊麾校尉薛文臣、王傥。"

"战死五千余人，受伤的只怕更多。刘昌祚的第一营更是撤销编制……"石越不由站了起来，背着双手，踱步思考。

"神锐军第二军军都虞候根据刘昌祚部幸存的军法官的报告，弹劾刘昌祚失落军旗金鼓，指挥使吴安国骄横跋扈，二人都已经被暂时监禁起来，准备押送回京兆府审讯。"丰稷小心翼翼地说道，"刘昌祚姑且不论，吴安国的表兄康大同最近刚刚增补入侍卫班直……"丰稷一面说，一面悄悄觑探石越的脸色，却见石越始终如同万年之花岗岩一般，没有任何表示，他心中不知为何，突然一惊，竟是不敢再说。

"吴安国这个人，本帅是知道的，料来少不了要得罪不少人。但这是卫尉寺的事情，我等最好不要多管。"石越在心里笑了笑，让吴安国受点挫折，并不是坏事，但是他的脸上，却依然是一脸的"刚毅木讷"。

"刘昌祚失落旗鼓，按军法要如何处置？"

"论法当斩。"

"哦？"

"但是刘昌祚此番颇立功勋，以功折过，下官猜测，应当是降职的处分。至于究竟降到哪一级，非止是卫尉寺的事情，与兵部也有关系。"

"如此，待他受处分之后，不必再回神锐军，调到龙卫军去吧。"

丰稷震惊地望了石越一眼，不知道刘昌祚与石越是什么关系。龙卫军隶属侍卫马军司，是一支装备精良的纯骑兵部队，此时龙卫军的军官、节级基本上都已经从讲武学堂、骁胜军返回陕西路，并且早已完成了士卒的挑选工作，在庆州整编训练已有几个月，再有半年，就可以整编完毕。把刘昌祚从神锐军调入龙卫军，根本就是有意栽培。丰稷也不敢多问，忙答道："是。"一面又说道，"按朝廷的章程，渭州经略使有权直接向枢密院报告战果。安抚使司的战报，不过是存档而已。这次高遵裕刻意将战报先递送帅司，再转递枢府。下官想来，这是高遵裕故意向大帅示好。刘昌祚本是高遵裕之部属，届时若要调动，下官以为，须得向高遵裕打个招呼才好。"

"相之言之有理。此事便交你去办妥。"石越赞赏地点点头。

"平夏城有此捷报，朝中便有反对之人，气势也自然会小了下去。然平夏之役，不过特为国家建藩篱，以战止战，使陕西略得休息，而非为挑衅敌国。下官却担心朝廷有人得意忘形……此事还请石帅三思，是否要和文相公、吕相公、吴武部说明一下？"

石越听到此言，心中不由一动。他与文彦博始终是若即若离，不好不坏。纵然是石越倾心结纳，文彦博却始终是爱理不理，对石越并没有太多好感，反倒是对唐康这个孙女婿青眼有加。而吕惠卿更是口蜜腹剑之李林甫，更不必言。唯独吴充，二人很早就在朝堂之上，互相声援，平时也颇有交往。石越更是听说，吴充曾经有意将一个孙女许给石起之长子，只不过宋人招婿，首重进士，吴夫人疼爱此孙女，不欲太早许人，非要择一榜进士不可，方才作罢。此时自己远离京师，朝中无得力之人，万事不便，不若将此人情，专卖给吴充，既让吴充有机会在皇帝面前表露一把，又是去一隐忧，岂非公私两便？他主意既定，便即笑道："此事本帅自有计较。"当下又与丰稷商议，如何奏功，如何抚恤，如何补给……却是浑然不知，高遵裕的战报之中，已是将种谊之功夺为己功。

二人商议完毕后，丰稷无意间向书案瞥了一眼，却看见"乡兵"二字，不由笑道："大帅又在为乡兵之事操劳？"

石越点点头，喟然叹道："乡兵一日不罢，陕西一日不能恢复。"

"朝廷诸公不能及此。"丰稷笑道，"但大帅也操之过急了。"

"救民于水火，焉能不急？"

"欲速则不达。大帅为政，虽然不惮革新，却向以持重著称，岂能不明此理？本朝之制，虽宰相不能专权。一令之下，政事堂、枢密院、诸部寺台、给事中，行文移牒，反复辩议，旬月不决，亦是常事。陕西乡兵，数以十万计，一朝罢之，朝廷焉能不疑惑？石帅奏章到达汴京，圣意难测不说，两府诸公亦必各执己见。诸公真正支持石帅者,以下官之陋见,实不过司马君实、冯当世二参政而已。恕下官直言,石帅便是写再多的奏折,只恐亦无济于事。"

石越苦笑数声,道:"潘先生也是这般说道。然义所当为……唉!"

"大帅何不折中缓缓图之?"

"苦无良策!"

丰稷笑道:"大帅欲罢废乡兵,何不从役法上着手?"

"从役法着手?"石越反问一句,霍然眼睛一亮,腾地起身,拊掌笑道,"相之所言甚是!"他在房中反复踱了数步,苦苦思索,究竟要从何处寻一个借口,来改革这个弊政。丰稷站在那里,望着石越,突然想起一事,忙说道:"免役法不可以再行。"说罢又觉得自己不免杞人忧天,当下不由自失地一笑。石越闻听此言,却是猛然一惊,只觉眼前豁然开朗,不由哈哈大笑,伸手指着丰稷,笑道:"相之!相之!"

丰稷被石越一阵大笑,顿觉莫名其妙,又觉尴尬,只得随着石越干笑了几声。

却听石越笑道:"相之知否?古今以来,役未有不扰民者,若欲役不扰民,除非免役!"

"大帅,万万不可!"

"相之莫急。"石越缓缓笑道,"王介甫之免役法,本帅必不再效颦!"

丰稷不好意思地一笑,欠身拱手道:"免役法未必不佳,只是若贸然再提,只恐朝廷从此多事。朝中有人欲复此政久矣,唯不得一借口。毕竟新法诸政,只是'暂罢'而已。"

石越摆摆手,笑道:"我岂是孟浪之人。相之,可知役法之弊,最烈者为何事?"

"本朝役法之弊,最烈者为衙前,次为弓手,次为里正、户长。"

石越点点头,道:"本帅巡视地方,询问乡老,颇得其情。衙前原是藩镇割据之遗制,'衙'者,'牙'也。本为守护官物府库,押送纲运而设。自本朝立国,太祖皇帝罢藩镇,选诸道精兵为禁军,州郡所存厢军非老即弱,数额亦锐减。于是地方守牧,点百姓为里正衙前、乡户衙前,而以厢军为长名衙前。逮至今日,长名衙前久习于公门,熟知情弊,上下交通,竟有因此致富者。而国家有酬奖衙前之法,也多为长名衙前所独占,里正衙前与乡户衙前,难分一杯羹。真困百姓者其实是里正衙前与乡户衙前!"

"诚如石帅所言。"丰稷愤慨地说道,"朝廷之法,家产值二百贯可充衙前。于是百姓家中鸡、犬、箕、帚、锄,只需值得一文钱,便计算入内,又虚报浮增,只待算满家产达到二百贯,便定差为衙前。入衙门后,上下欺压,各种费用,就要花去百贯。最苦的是押送纲运,雇佣脚力、关津捐纳所动用之钱物,一次至少三五百贯,大都要衙前自己掏钱垫付。万一失落,更要赔偿。又或者一人为衙前,本已充作场务,官府又要他去押纲运,只得让家人来权管场务,自己去押送,于是一人为衙前,全家要服役，本家之农务，反倒荒废。而且若以家人管场务，未免生疏，若有失落官物，又须赔偿……如此全家破败，弃卖田业，父子离散，沦为乞丐者，比比皆是。现今京兆府内的乞丐，十之八九，谁不曾做过衙前？"

石越倒料不到丰稷颇知民间疾苦，他却不知道，百姓这般惨状，此前宋之大臣，多有奏折论及，宋朝凡是关心时务之官员，大多读过。反倒是石越自己没有时间去细读宋朝历代大臣的奏章。丰稷越说越是愤懑，又道："大帅可知弓手之苦乎？"他不待石越回答，便即说道，"弓手之苦，在于役期过久，甚至是漫无时限。一朝为弓手，终身为弓手，竟有四五十年为弓手者！此害亦不逊于衙前。衙前、弓手、里正，只有里正催赋税，略有微利，然若地方有豪强拒不纳租，则不免又有赔垫之苦！本朝百姓受困于役法者，或者寄田于豪门虚报逃亡，以避役法；或者故意浪费不敢勤劳增产；或者为减低户等，亲族分居；更为甚者，有为成为单丁，而宁可孀母改嫁，或者父亲自缢以救儿子者！"

石越默然无语，为了逃避役法之害，父亲自杀而救儿子，这件事他却听说过，这是韩绛的奏折上所举的事例，本是新党为推行免役法而攻击差役法的口实。宋朝之富裕，石越固然是亲眼所见，亲身体会；然而宋朝之贫穷，也是不可否认之事实。宋朝固然有前所未有的富裕的市民阶层和缙绅阶层，但是宋朝一样有生活困苦不堪的农民！即使不谈良知，仅仅从纯粹的功利主义出发，石越也不认为以宋朝如此庞大的国度，农民不富裕而国家可以真正地强盛。无论表面上有多好看，那都只是用沙子堆成的城堡。

"里中一老妇，行行啼路隅。自悼未亡人，暮年从二夫。寡时十八九，嫁时六十余。昔日遗腹儿，今兹垂白须。子岂不欲养？母定不怀居？徭役及下户，财产无所输。异籍幸可免，嫁母乃良图。牵连送出门，急若盗贼驱。儿孙孙有妇，大小攀且呼。回头与永诀，欲死无刑诛！"丰稷背手诵读此诗，言词凄恻，石越在一旁听来，只觉句句血泪，不忍卒听。侍立一旁的侍剑，早已是泪流满面。

"这是？"

丰稷略觉奇怪地望了石越一眼，叹道："这是盱江先生李觏的《哀老妇诗》。"

"原来是李泰伯[9]。"

原来这李觏是建昌军南城盱江书院的创始人，也是庆历新政的著名学者，曾为太学直讲。李觏去世已久，不过他的学术观点最近却经常被各大学院、《学刊》所引用、阐发。他的《原文》《富国策》诸文被一再重印。因为李觏早在十几年前，就明确提出"人非利不生""治国之实，必本于财用"，不仅受到王安石的赞誉，也被"石学"

----

[9] 李觏，字泰伯，号盱江先生。

一派的读书人所重视。石越本来不曾听说此人，因此自是没有听过这首在当时非常著名的《哀老妇诗》，但是却从《西湖学刊》上，看到过此人的生平。

丰稷虽然略觉奇怪石越不曾听过此诗，但是他也听说过石越的生平，便也不以为异，只是向石越拱手为礼，道："大帅若果能解民之倒悬，则天下幸甚，百姓幸甚！"

石越沉吟半晌，忽然抓起案上写到一半的奏章，揉成一团，一把丢进纸篓当中，慨然道："罢乡兵、改役法，本帅必不敢辞！天下之事，当自陕西始！"

2

长安城，驿馆。

一个灰袍男子背手站立栏边，默默地看着驿馆的人员替一匹黑色的骏马换马蹄铁，夕阳的金光洒在他乌黑的长发上、肩膀上，仅从背面看去，就已知此人俊逸不群。

"镇卿！"

灰袍男子转过身去，赫然竟是吴安国。看清唤他之人后，他的脸上不禁闪过一丝讶异之色，道："田兄！"站在他面前的，竟然是田烈武！

"你如何会在此处？现在到处在传言，道是平夏城大捷，你不是在高遵裕部下吗？"田烈武看起来似乎比他还要惊讶。

吴安国默默摇了摇头，略带讽刺地说道："是驻陕西路安抚使司监察虞候、致果校尉向安北要召见我。"

"向安北？"田烈武大吃一惊，问道，"你犯了军法？"

"骄横跋扈，目无长官，有违军中阶级之法。"吴安国嘴角微翘，讥讽之情见于言表。

"战争方起，便是有过，也应当军中处罚，以便效用，如何还要递交帅司处置？"田烈武大摇其头，却不去问吴安国是不是真的"目无长官"。

吴安国脸色却渐渐黯淡了下去，叹道："部下都死光了，待在平夏城，又有何益？"

"啊？不是大捷吗？"

"什么大捷！"吴安国冷笑道，"双方死伤差不多，不过是击退了西贼的进攻而已。两个翊麾校尉殉国……"说到这里，吴安国突然想起薛文臣平素对自己的关照，王俛战死前说的话。"忠烈祠相会！"他不禁轻声念了出来。

"什么？"田烈武显然是没有听清。

吴安国猛地一惊，回过神，目光又移到那匹黑色的骏马身上，淡淡说道："没什么。"沉默了一会儿，终于想起田烈武本来应当在京师，便又问道："田兄如何也到了京兆府？"

提起此事，田烈武不由笑道："我是调至龙卫军任权军行军参军，准备先至帅司报到。"

"军部行军参军？"吴安国不觉愕然，军部参军，最低也需要正八品上的宣节校尉才可以担任，而自己与田烈武在军中资历相侔，却不过是从八品上的御武校尉，文焕以武状元从军，也不过是正八品下的宣节副尉，这田烈武如何却是官运亨通至此！

"只是暂任而已。"田烈武不好意思地笑了笑，道，"还有个'权'字，我只是宣节副尉，资历不足。因金将军竭力推荐，才有这次机会。"

"恭喜。"吴安国淡淡地抬了抬手，他对田烈武的官运倒并不嫉妒。军部参军的确是升官之途，按大宋禁军转迁之制，一般来说，指挥使不能直接升为营副都挥使，而须先至军一级担任参军，然后方得升迁。田烈武一朝至此，升迁自然是指日可待。不过他却不知道，田烈武之所以能调任龙卫军行军参军，很大的原因是因为田烈武深得其长官金彦的欣赏，兼之又有薛奕的推荐信。

田烈武没在意吴安国的神态，挠了挠头，笑道："论打仗的本事，我远不及你，若是镇卿你也能来龙卫军就好了。"

此时正值吴安国倒霉之际，若是换作别人口出此言，他必然要以为是讥讽之言，立刻便要变色。但这话由田烈武来说，吴安国却知是出于至诚，当下只是微微一笑，道："世有伯乐，然后有千里马！"

"什么伯乐？千里马？"田烈武哪里又读过韩愈的文章，一时丈二和尚——摸不着头脑，想了一会儿，方笑道，"若说马，听说龙卫军的马倒全是好马。镇卿，你看这匹马怎样？"他手指的，正是不远处的那匹黑马。

"此马头高而颊瘦，耳小而向上有力，眼大而鼓，嘴鼻宽大，马鬃不厚，腰肢不长不短，马肚亦不大，后腿微曲，马蹄不大不小，毛色纯黑而亮，额头更有白斑，真是好马！"吴安国一向少言寡语，此时却是一口气赞来，显然对这匹马已是观察良久，又甚是喜爱。

田烈武听了个目瞪口呆，半晌方笑道："镇卿真是知马。我虽知道这是匹好马，但却说不出这许多好处来。可惜这匹马不是我的坐骑，否则当送给镇卿。"

"这是谁的马？"

"是种谔将军的马，皇上这次任命种将军为龙卫军都指挥使。"

"种谔吗？"吴安国点点头，道，"不知比其幼弟种谊如何？"

"这……"田烈武别说是不知二人高下，纵然是知道，也不敢乱说。

吴安国却毫无顾忌："种谊将军治军严整，临阵对决，料敌先机，实是国之良将。只是用兵太过保守，有点儿不思进取。此国朝名将之通弊。种谔几年前曾败于西夏，因此关中传言，种子正虽与其兄种古、弟种诊并称'三种'，然只怕皆不及其幼弟种谊，更不及乃父种团练多矣……"

"镇卿不可造次胡言……军中严阶级之法，非议长官，其罪非小。"

"大丈夫何必畏畏缩缩！"吴安国"哼"了一声，讥道，"种家久在西军，天下皆道'种家将'，久闻种子正之志，是想占据横山。然我料定其今虽为龙卫军都指挥使，亦无能为也！"他话音刚落，就听到背后有冷冷地说道："是吗？"

吴安国与田烈武不料有人偷听，不由吃了一惊，忙回头望去，却见是一个身着布衣的中年汉子，挽了衣袖，露出了结实的小臂。一张国字脸上，剑眉入鬓，双目炯炯，颇见豪气。他虽然粗衣布服，但站在那里，不知怎的，竟有一股领袖群雄的风范，倒似是统率过千军万马一般的人物。只是打量吴安国的眼神，却颇为不善。二人皆不认得这是何人，吴安国便冷笑道："足下有何指教？"

中年汉子冷哼了一声，道："我刚才听你说种家将名不副实，又说种子正不能成其志，便想问个端的。"

"我为何要对你说？"

"莫不成足下是个只会背后嚼舌根的小人？"中年汉子淡淡说道，神色之中便隐隐流露出一股不屑之意。

吴安国自然知道对方是激将之计，但他性情本就桀骜不驯，此刻又被这人以言语挤对，竟傲然说道："我若能说出来个道理来，又当如何？"

那中年汉子淡淡一笑，指着那匹黑马，道："若能说出道理，我将此马赠予你。"

吴安国不由哈哈大笑，讥道："你这汉子，打的好大诳语！"

中年汉子冷冷道："你如何说我是打诳语？"

吴安国指着黑马，冷冷说道："这马分明是种子正将军所有，你欺我不认得种子正吗？我却是见过的。"

"不错，我也认得。"田烈武也说道。

"一个时辰之前，这马已归了我。眼下便是我的了！"中年汉子淡淡说道，也不知怎的，他口中所说全是不可思议之事，但他那种淡定从容的神色，却给吴安国与田烈武一种强烈感觉：这个人绝不是说谎之人。因此虽然不免将信将疑，却没有出口质疑。中年汉子顿了一下，笑道："如何？足下且说个道理出来。"

"说又何妨！"吴安国一拂袖，背手昂然说道，"故种仲平将军，威名卓著，除用兵治军之外，最可贵者是能识人用人，又兼爱兵如子。王光信本是僧人，英勇善战，熟知番部道路，故种将军能用之为乡导；慕恩戏其侍姬，故种将军反以姬赐之，故得慕恩死力。凡此种种，遂能知敌之情伪，而屡克胡种。至于种子正，却志大才疏，虽然临敌出奇，颇精战阵，然而徒以残忍为能事，左右有犯令者立斩，竟至于先剐肝肺，幕中有谋士，不能待以信义，反以诡诈御之，如此之人，为一将可矣，焉能成其大功？况且抚御横山，不能徒以强暴。横山之众，苦于西夏久矣。若以暴易暴，彼宁能叛西贼而事朝廷？欲得横山，必恩威并施，方得奏效。石帅虽只文士，却胜种子正多矣。故横山终必为大宋所有，然断非种子正所能全其功！"

吴安国一番议论，让那人目不转睛地呆立良久，过了好半晌，方听他拊掌赞道："妙哉！善哉！"说罢，指着黑马笑道，"此马自此时起，便归君所有。"

"这……"吴安国不知他是真是伪，一时竟是踌躇起来。

那中年汉子上上下下打量吴安国，笑道："你有这种见识，亦非庸才可比。不过人过刚则易折，木秀于林，风必摧之。你若不知韬晦，亦成不了事业。"

吴安国脸色立时一沉，冷冷说道："此事却不劳足下操心。"

中年汉子也不以为意，反而笑道："方才隐约听到你要去见向安北。既是高帅部属，必是犯了什么军法，那却是怎么一回事？"他说话语气，竟似是上司对部属命令的口吻，但也不知为何，自他嘴中说出，却并不让人觉得失礼，反而觉得理所应当。

吴安国不愿向外人谈论自己的事情，"哼"了一声，却不去搭理。田烈武粗中有细，却瞧出几分奇怪，心意微动，向吴安国笑道："我也在奇怪此事。镇卿何不说说？"

"我已说过，是骄横跋扈，目无长官，有违军中阶级之法。"吴安国不耐烦地说道，语气中对这个罪名，却依然是十足的不屑。

"目无长官？怎样的目无长官法？"中年汉子却是不依不饶。

吴安国却只是冷笑，不肯回答。

"大丈夫做得出来，却不敢说吗？"

"我既做出，自领其罪便是，关足下何事？"

"自领其罪又有什么了不起？违抗军中阶级之法，可轻可重。轻则鞭笞，重则斩首。你若这个脾气去见向安北，向安北未必不敢斩了你，再送你人头至平夏城，震慑三军。区区一个御武校尉，军中车载斗量，不可胜数。杀之亦不足惜！"

吴安国轻蔑地一哂，道："我吴安国怕死吗？"

"七尺男儿，当死于敌人之手。死于军法之下，不羞耻吗？"中年汉子厉声斥责道，"你若与我说了，我或能救你性命，日后未必无虎入山林、光宗耀祖之日！好过今日之死，让宗族蒙羞。"

田烈武在一旁听了，不由大觉惊异。吴安国犯军法，开始他的确不以为意，但是这中年汉子说后，田烈武才猛然想起，大宋军中，自太祖皇帝以来，三令五申，最重阶级之法。下级要无条件服从上级，违令者处罚极其严厉，纵然处死，亦是常事。以吴安国的脾气，若真的被向安北用来立威，也未必不可能。因此他不免暗暗担心起来。但是此时听到这个中年汉子说能救吴安国，他不免更觉吃惊。须知卫尉寺的人，不是那么好相与的。田烈武早已听说，向安北连石越的号令，也不必听从。这中年汉子是何等人物，竟敢出此狂言！

此事田烈武想到了，吴安国自然也想得到，他打量中年汉子几眼，问道："你究竟是何人？"

"我是何人，有何紧要？"中年汉子微微笑道，"若是你与我说明事情经过，我便告知你我的身份，如何？"

"好。"田烈武不待吴安国应允，已抢先答应。

中年汉子却不理会他，只注目吴安国。吴安国微一迟疑，说道："平夏城首役，我随刘昌祚将军策援种谊将军之东大营，我率前锋部至东大营附近，便擅自停止前进，只请刘将军前来观察敌情。刘将军来时，看出其中玄机……"

"且慢！"中年汉子突然打断吴安国，问道，"你说是刘昌祚自己看出了其中的原因，而你没有禀报？"

"不错。"

"刘昌祚竟没有当场斩了你？"中年汉子冷冷地说道，"若我部下若有这种行为，纵有天大功勋，我必斩于阵前！"他说此话时，竟然显露出一种杀伐之威，让吴安国与田烈武都是心中一凛。

吴安国因见对方是在批评自己，便闭了嘴，默然不语。

"想是刘昌祚惜才，但是军法官却如实报告了上去？"

"正是如此。"吴安国淡淡应道。其实此事内情，还并非如此，而是他曾经嘲讽过神锐军第二军的都虞候手下的一个军法官，留下旧怨，因此被报复，但他自己却并不知道有此事。

"恃才傲物！"中年汉子骂了一句，道，"你是发现了什么事情？"

"其时西贼攻东大营虽急，然地上无火器爆炸之痕迹，东大营守御有度，而箭楼之上，我发现种谊将军正在怡然饮酒……"

中年汉子听到此处，不由笑了起来，嗔骂道："这小子！"又向吴安国笑道："你继续说。"

吴安国见他脸上，竟似有一种父兄似的关爱神情，不由大觉奇怪，只不急细想，继续说道："骑兵真正的用处，是撕裂敌军的阵形，破坏敌军之组织。要达到这一目的，最好是用步军在正面牵制敌人的主力，而以骑军从敌人侧面进攻，方可收到神效。或者于敌军精疲力竭之际，出其不意地杀出，冲锋而不缠斗，将敌军阵形彻底打乱。如此，方能取得大胜。至于正面与敌人大军决斗，实是愚夫所为。骑兵要做的，不是以硬碰硬，而是以高速的行军，寻找敌人的弱点进行攻击，敌东虚则攻东，西虚则击西，从而调动敌人，迫使敌人混乱。兵法之精义，始终是以石击卵，以强击弱……所以，我见西贼人马未疲，而东大营守有余力。以区区一营之骑兵，于是时投入战场，不过倚城为战，无战局无大补。当时西贼大军屯于西大营外，高帅恐为西贼所乘，势不敢再分兵相救。故这一营之骑兵，当于最关键的时刻用，方能收得最大的效用。若是西贼一直强攻东大营，于精疲力竭之际，突然有一营骑兵杀出，与东大营两相夹击，李清虽然智勇双全，亦难保全首级。只可惜战场之势，瞬息万变……"

中年汉子与田烈武听吴安国细细述说战争的经过，方知当日之战，有许多曲折。听到种谊用兵之妙，那中年汉子不禁眉开眼笑，田烈武则拊掌赞好；闻到王倪诸人之死，二人皆是惋惜感慨不已。如此一直说了小半个时辰，待天色都已全黑了，吴安国方才说完。这实在是他平生以来，第一次说了这许多的话。

中年汉子忽走近两步，拍了拍吴安国的肩膀，赞赏地说道："君真奇才也！那骑兵分合攻击之法，是君所创，还是刘昌祚所创？"

"是我所创。刘将军以为有效，遂常于全营演练，只是这种战法，须得善用地形。"吴安国心中，并无"谦虚"二字存在。

"奇才！"中年汉子含笑赞道，"使用骑兵之妙，我竟不如你。后生可畏！然而你的性格，难居人下，当独领一军，方能尽其才用。"他摸了摸下巴，沉吟一会儿，笑道："此事过后，可愿至云翼军？"

"云翼军？"吴安国与田烈武再次吃了一惊。云翼军隶属于侍卫马军司，也是一支纯骑兵部队，驻扎在陕西境内，但是此时尚在整编之中。

"足下究竟是何人？"

"我便是'三种'之中的种古——你看不起的种家将中的老大。"种古笑道，"现为游骑将军、绥德军知军，兼云翼军都指挥使。"[10]

"啊？"吴安国与田烈武当真是大惊失色，二人做梦也想不到，堂堂的游骑将军，居然会穿这样的粗布衣服，打扮得像是驿馆的小厮。但二人哪里知道，种古自幼豪迈，不拘小节，行事与几个弟弟，都大不相同。

"你就是'小隐君'？"田烈武虽然一直在京师，但毕竟是在衙门中任职，也曾听过"小隐君"种古的威名。

"正是。"种古哈哈大笑，道，"你叫田烈武，我也听说过你。薛奕与金彦都很是夸奖你。不过我却不好意思抢我家二郎的参军，只好放你去龙卫军。这个吴安国，却须得我来调教，才管得住他。"他也不管吴安国答不答应，立时就板了脸说道："这次向安北无论如何，都会给你处分。你御武校尉是肯定保不住了，来云翼军也要按朝

[10] 历史上，种古此时当在镇戎军、原州一带，但小说中已改变，种古调至绥德军。知军一职，文官为正六品下，按宋代惯例，武官自然须要从五品，故以种古为从五品上之游骑将军；高遵裕为定远将军，亦类此。

廷的规矩办事，指挥使你是没指望了，营行军参军我也不会让你做。你若是敢来，我便去调你。"

吴安国胆大包天地注视种古，昂然道："我如何不敢来？愿受种帅节制！"

种古含笑点头，一面高兴自己收了一员良将，一面却也在担心起另一件事来。从吴安国口中，可知这次胜利，实是自己的幼弟种谊之功。然而种古一天前已经见过战报，上面却没有种谊半点儿功劳！摊上一个喜欢争功诿过的主帅，对自己的弟弟来说，可不是好事。种古一瞬间，竟是想起了他的父亲种世衡被庞籍打压的事情……他略一失神，立时就惊觉，正待邀吴安国与田烈武一齐去喝酒，却见一个幕僚走了过来，拜身低声说道："种帅，陶提督的宴会时间快到了，听说石帅也会来，不便怠慢。"

"嗯。"种古点点头，又向吴安国与田烈武看了一眼，抱拳笑道："我今晚有事，先行一步。后会有期！"

"后会有期！"吴安国与田烈武慌忙欠身送别。

目送种古远去之后，田烈武不禁赞道："种家将，果真气度不凡！"

吴安国微抬下颌，傲然道："假以时日，你我成就，未必会在他之下！"

田烈武早知吴安国脾性，吐吐舌头，笑道："我可没有这般志向。镇卿，想不想去逛逛京兆府的夜市？"

吴安国摇了摇头，道："我戴罪之身，若出驿馆，随行都有人'陪同'。"

"这有何难？"田烈武笑道，"公门手段，正是我本行。只需叫上那几个军法官一道去喝酒，便可无事。"

"不必了。"吴安国淡淡说道，"我回去看看书便好。"说罢也不待田烈武多说，抱抱拳，便即转身离去。

田烈武望着他的背影，笑着摇了摇头，信步出了驿馆，向长安灯火最盛之处行去。

3

长安的夜晚远远及不上开封府的灯火通明，在汴京有长达数十里的马行街，辉映如昼，为当时全球所仅有。但是长安毕竟也是大唐故都，曾经的最繁丽城市，因此亦自有一番气象。田烈武在长安城中信步游玩，只见街上店铺，大多没有歇业，歌台舞榭，自不必论，便是药铺、茶坊、果店，也都开门揖客，热闹非凡。他并无目的，只是信步闲走，也不知走了多久，突然望见一处所在，几间临街店铺之内，摆满了各式各样的兵器，门口竖了一面大幡，上书"长安剑铺"四个大字。更有一群人在周围指指点点。田烈武本是习武之人，见猎心喜，立时便快步走了过去。走到近时，才发现原来一个青年公子哥儿，在与剑铺掌柜讨价还价，因此吸引了一大群人围观。

从背影来看，那个公子哥儿长得甚是瘦小，乌发用白色湖丝绸布束起，但一身宽大的淡绿锦袍，腰间斜插了一条软鞭，镶金裹银，显见价值不菲，田烈武虽然不是识货之人，也知道此人非富即贵。只见他手中捧了一把倭刀，正在细细观摩。那剑铺掌柜则在一旁细心地解释："这位官人，这把倭刀，实是宝物，非一千贯，小人绝不敢卖！"

田烈武听到这把倭刀竟值一千贯，不由吃了一惊，连忙挤了过来，好奇地打量那刀。

那绿袍少年冷笑一笑，说道："你这掌柜好不晓事，如何却用大言来诳我？莫非是欺生不成？"他声音甚是清脆悦耳，显是年纪不大，尚未变音。田烈武心中好奇，当下侧眼向他看去，只见他容貌极是清秀，一张小嘴樱桃也似，不由多看了两眼，心中忽然隐隐觉得，这少年的容貌与说话语气似乎曾经见到过，但细想时，却想不起来了。那绿袍少年见他不住打量自己，便向他狠狠瞪了一眼。

"不敢。不敢。"剑铺掌柜连声说着不敢，一边赔笑道，"小店虽然开张未久，但是却是官府许可，正经生意。小店中每一件兵器，从哪里进货，都是记账分明。这倭刀得来不易，是小店从杭州千方百计觅得，是为镇店之宝。这把倭刀，确是值一千贯。又岂敢诳官人？"

"岂有此理！区区一把刀，怎会值一千贯？我来问你，你这里的诸葛弩，值多少钱一把？"

"一把诸葛连发弩，小店现今售价是一千三百文。"

"那这把刀，须卖多少文？"那绿袍少年嘴角噙着冷笑，目光一扫，忽又指着店中一把刀，问道。

"小店只卖一千六百文。"

"那为何偏偏这把倭刀，就要一千贯？难道一个人手执倭刀，就能打过一千个手执诸葛弩、提刀的人不成？"那绿袍少年瞪着眼，振振有词地质问道。

剑铺掌柜顿时瞪目结舌，讷讷道："官人，这……这只恐不能这么比……"

"那要如何比法？你欺我没见过好刀吗？我活了这么大，就不曾听说过一柄刀竟要卖至千贯的！"

"官人此言差矣，倭刀值一千贯，却是有诗为证。"那剑铺掌柜听了他这句话，忍不住分辩道。

绿袍少年先是一怔，旋即笑道："越说越离谱了，有诗为证？你且说说是什么诗！若是无名小辈的歪诗，那就不必念出来了。"

那剑铺掌柜叫了个撞天屈，道："是欧阳文忠公生前曾经有诗，哪里会是什么无名小辈的歪诗？"

那绿袍少年又是一怔，道："欧阳文忠公的诗？什么诗？"

那剑铺掌柜摇头晃脑，吟道："鱼皮装贴香木鞘，黄白闲杂鍮与铜。百金传之好事手，佩服可以禳妖凶。既说是百金，大宋仁宗皇帝以来金价，都是一金值一万文，即是百金，自然是千贯。"

绿袍少年显然是没料到欧阳修还写了这么一首诗，不禁脸色一变，低低骂了一句。旁人没有听到，倒也罢了，田烈武却是耳力甚聪，听得清清楚楚，他骂的却是："死老头，没事写什么诗！如今却来害我。"当下不禁莞尔，更觉有趣。却见那少年早已神色如常，嬉笑道："欧阳文忠公的诗，现在岂作得准？石学士通商海外，海外之物，价格已降了不少。这倭刀岂有不降价的？"

他此言一出，旁观之人，便都连连点头称是。那剑铺掌柜顿时觉得难作起来——需知当时倭刀在宋朝十分名贵，一把好倭刀，的的确确是要卖到一千贯这样离谱的天价。但是这种物什，也只有那些名门高第的子弟们，才佩带得起。像京兆府这样相对落后的城市，普通百姓根本无法理解一千贯买把刀这样的事情，长安城中，一户人家总资产达到一千贯，已是小康之家！那剑铺掌柜从杭州海商手中购得此刀，回来是为做镇店之宝，以提高声誉。但他做的生意，毕竟是以普通民众为主，若给市民一种"这个店的东西价格偏高"的印象，却非他所愿了。他本想请这个少年入室奉茶说话，但是少年坚执不愿，如今却使自己陷入两难之中。为难良久，剑铺掌柜咬了咬牙，试探着问道："那官人以为，多少钱比较合适？"

那少年侧着头，微微一笑，伸出一指葱葱如玉的手指，含笑道："一百贯！"

"不行！"剑铺掌柜大大吓了一跳，一把抢过少年手中之刀，就要往店中走去。

那少年连忙唤住，道："且慢走！焉有这般做生意法？我又不曾强抢你的。"

剑铺掌柜停住脚步，回头苦笑道："非是我不肯做这生意，实是官人出价太低。"

"那两百贯如何？"

剑铺掌柜依然拨浪鼓似的摇头。

"三百贯！"

"不行……"

"五百贯！"

"不行！"

"那你说要多少？"那少年的声音似乎怒了起来，但田烈武却瞧出他的眼中颇有笑意，似乎这样与掌柜讨价还价，令他大感有趣一般。

"九百五十贯，少一文钱也不卖。"

"太贵了，八百贯，如何？"

"九百五十贯。"

那少年叫了起来："你怎可如此固执？八百五十贯！不可以再加啦。"

"官人恕罪，小人实在不敢卖。"

少年摇摇头，假意嗔怒道："九百五十贯，果真不肯再少一点儿？"

"实实不能再少。"

"那好吧！"少年似乎是不情不愿地答应了，一手却已经伸入袖中，取出几张交子，正要递出，却听一人叫道："且慢！"

众人循声望去，却见是一个二十来岁的男子，身着蜀锦轻袍，头带纱帽，牵了一匹白马，在几个仆人的拥簇下，从人群中挤了进来。他那马鞍都是用金银打造，众人见了，都不禁暗暗咂舌。那人进来后，先望了绿袍少年一眼，不屑地一笑，向剑铺掌柜说道："这柄倭刀，我出一千贯，卖给我吧。"

那剑铺掌柜顿觉为难，道："官人却来得迟了。这柄倭刀，已经被这位官人先买了的。"

"你们尚未成交，自是价高者得。倭刀每年进口不过数十柄，上好的更是难求，又何必贱卖给不识货者？这样，我出一千二百贯。"那男子言词显得彬彬有礼，语气却极是趾高气扬。

"喂！"绿袍少年横目怒道，"你说谁不识货？钱多了不起吗？"

"自是价高者得，如何？倭刀名贵，你既想省钱，我不如替你多省一点儿。"

那少年怒极反笑道："你知道我是谁吗？"

"我管你是谁！这把倭刀，我是要定了。"那男子看都懒得看那少年一眼，显然是根本不将他放在心上。

那绿袍少年平生没受过这样的轻视，一时间气得双腮鼓起，脸色微红，怒道："好，好！要看谁钱多是吧？"一面已将手伸入袖中，准备掏钱，谁知一摸竟是空的，不由怔住了。原来他袖中带钱不够。需知当时一千贯已不是小数目，他随身携带如此巨款，已经是有生以来第一遭，哪里还会有更多？

那男子身边的一个仆人见他窘态，已知端倪，不免嘲笑道："拿啊？小哥。拿得出来，舍得出价，便是你的了。"

少年又气又窘，恼羞成怒，从腰间抽出软鞭，只见空中金光一闪，"啪"的一声，那条软鞭便结结实实打到那个仆人脸上，立时一道血痕就浮了上来。这下变故猝不及防，众人不由都惊住了，半晌，才听到那仆人"哇"的一声，杀猪似的叫了起来。

那男子脸色一沉，喝道："你敢行凶？"一丢眼色，其他的仆人捋起袖子，便就围了上来。只是忌惮少年软鞭厉害，而且见他衣饰华贵，显然非富则贵，也不敢如何放肆。

那绿袍少年却是轻轻一笑，说道："奴才无礼，我不过是替你管教下人罢了。你看我这软鞭如何？若当在剑铺，可以抵押多少钱？"

那男子不料他来这一招，顿时狠也不是，不狠也不是。便随意向少年手中软鞭打量了一眼，不料一看之下，立时呆住了。原来这条软鞭，制作十分精细，鞭柄用金银打制，正中之处，还镶了眼大的一颗红宝石，此外更有数颗较小的绿宝石，一望之下，便是端的是名贵非常。

"三千贯？值不值？"

不待那男子开口，剑铺老板已说道："岂止值三千贯？"

"便算三千贯好了。反正是当一下，回头便来取。我若卖给你，我敢卖，你也不敢买！掌柜的，我出一千五百贯好了！"少年满不在乎地说道，目光却挑衅似的望着那男子。

那男子若是精细之人，听到"我敢卖，你也不敢买"这句话，便当知道这少年必有背景。但他目光全被那条软鞭所吸引，却根本没有听见。何况他也是自恃家世，眼高于顶惯了的，就算是听懂话中之意，也未必会放在心上。何况此时众目睽睽，他是这城中出名的人物，哪里丢得起这个脸？因此见他抬价，更是志在必得。

"一千八百贯！"

少年听到男子跟着抬价，眼珠一转，先是沉吟了片刻，田烈武却见他的眼中闪过一丝狡黠的光芒，然后才慢条斯理说道："我出两千贯！"

田烈武听到这个价格，几乎要叹起气来！两千贯！他要挣多少年？可以买多少亩良田！

那男子微微犹豫了一下，却见那少年眼中的挑衅之意，哪里肯失了面子？想了一会儿，咬牙道："两千二百贯！"

那剑铺老板早已经惊得呆了，根本忘了开口，只听着这两个人你一言我一语将这柄倭刀抬到了一个他之前根本无法想象的高价之上。

"两千三百贯！"那少年从容地提高价格。

"两千三百五十贯。"那男子却已经有些犹豫，但还是跟着抬高了价。

那少年的价却越给越高，"两千五百五十贯！"

"两千七百五十贯！"那男子只得咬牙追上。

"两千八百贯！"

此时整条大街早都轰动，连茶馆的老板都不愿意做生意，关了门来看这个热闹。听到那少年眼皮都不眨一下，就叫到两千八百贯这个天价，所有的人都不禁沸腾起来。所有的目光都集中那个男子身上。那男子见价格越抬越高，不由略略有些局促不安地扭动了下身子，两千八百贯，用这样的天价来买一把刀，哪怕这把刀再昂贵——他自己都觉得有点儿像是笑话，但是那绿袍少年却一本正经，似乎已经跟他较上了劲，决不肯相让。

"三千贯……"男子终是丢不起这个人，咬咬牙，狠狠心，叫出了一个连自己都觉得离谱得近乎可笑的价格——这样的高价，居然仅仅是为了争一口闲气！被那个可恶的绿袍少年逼到这个份儿上，他自己都觉得懊恼，心里不禁隐隐地希望，这个绿袍少年不要再加价了，免得他还要提高价格，进退两难，但若是那个少年不加价呢？三千贯……他几乎都能感觉到长安夜色的寒意了。

"三千贯？"那绿袍少年似乎没发现他矛盾的心理，而是轻声地重复了一遍这个价格，然后他抬起幽黑的眼睛，一眨不眨地看着他，眼珠忽然骨碌碌转了几下，笑吟吟地说道，"且慢，不知足下带够钱了吗？"

那男子闻言，顿时一怔——饶是豪富之家的子弟，挥金如土，但是寻常出来逛街，谁竟会随身携带三千贯的巨款？不过他家本是长安城中有名的人家，虽然所携不足，却也不以为意，一怔之后随即笑道："掌柜的，可听说过城西卫家？"

那剑铺掌柜听到"城西卫家"四个字，身子便不由得哆嗦了一下，忙应道："知道，知道，京兆府中，只需不是聋子，谁不知道城西卫员外家？那是咱们京兆府有名的人家！"说完，又拿着眼偷偷看了男子一眼，颇有些忐忑不安地道，"莫非官人就是……"

"这便是卫员外家的小官人！"那男子旁边的仆人忍耐已久，听到相问，立时便已趾高气扬地叫了起来，一边叫一边还用得意扬扬的目光扫过众人，但目光落在那绿袍少年脸上时，却见他竟是一副漫不经心的神气，似乎根本没有听过这个名字。

旁边围观的有些知情之人，也跟着叫了起来："正是卫员外的小官人，我们是见过的，不错的！"

此言一出，那些围观之人，顿时"轰"的一声，纷纷悄悄议论起来。

原来卫家确是京兆府中有名的人家，祖上曾追随太祖、太宗皇帝征战四方，立下过汗马功劳，后来解甲，回京兆府老家广置田产，做了富家翁。真宗朝、仁宗朝时，族中又出了两位进士，待到熙宁年间，卫家的田产已有数万顷，庄园则不可细数，仅仅在长安城中，众人数得着的宅院，就不下二十处。而卫家最让人不可轻视的，是整个家族势力的盘根错节，深植于大宋官僚系统的姻亲关系。仅广为人知的，就有当今皇太后的从叔高遵裕，是卫家如今的族长卫洧的表妹夫；而昌王赵颢的王妃，是卫洧的侄女。除此以外，卫家还与曹太后家、韩绛家都有亲戚关系。这还只是天下有名的世家，除此之外，那些在朝为官的官员，与卫家有关系的，更不知凡几。

卫洧有兄弟四人，却只有一个亲生儿子，唤做卫棠，字悦之。卫家祖上虽是武人，却早已弃武学文，一向以仕途为念——卫洧兄弟虽曾入仕，但不曾中过进士，以宋朝尊崇文人的传统，虽然家世非同小可，却常常被同僚所轻视；升迁起来，更是倍感艰难，远远比不上进士的风光。因此对于子侄辈，便多寄期望，卫洧更是督促甚严——卫棠兄弟，或在太学，或在白水潭就读。只不料这卫棠去了白水潭学院后，一年之后，竟偷偷改入格物院，学起物理、化学来，学了两年，将要卒业，却被赵颢知道，说与王妃，辗转传到卫洧耳中，卫洧气儿子不争气，只恨鞭长莫及，急忙遣人将卫棠从白水潭给带了回来，又送到横渠书院。谁知道白水潭格物一科开设后，各大书院都引为时兴，横渠书院竟也开设有格物院。卫洧又生怕儿子"玩物丧志""故态复萌"，在横渠书院待了一年后，只得又把他带回了京兆府身边。但让卫洧最无可奈何的是，卫棠回来之后，便连京兆府官办的京兆学院，也开始要学物理一科。他此时再无能为力，终不能永远不让儿子不去与人交游，恼怒之下，竟撰文给《西京评论》攻击格物之学。谁知道《西京评论》竟推三阻四不肯发表。卫洧又气又急，干脆在京兆府申请自己开印报纸，不料报纸也并非人人可以办的——他虽然有钱，但长安毕竟地小，别说天下济济人才没汇聚在此，便是当地百姓也多服膺京师大报，办报环境根本无法与汴京、洛阳、杭州等处相比，方草草办了三期，便落个惨淡收场的命运，以至于大多数人根本不知道：西北的长安城中，也曾经出现过一家报馆。

卫洧的报馆才关门不久，石越守三秦的消息便即传来，卫洧虽然固执守旧，却并非迂腐木讷之人。他不敢得罪石越这样的新贵，却又无法接受石越的某些政策，便索性装病，闭门谢客，连卫棠的事情都懒得管了。于是倒便宜了卫棠，每日里除了去京兆学院上课之外，便在长安街头闲游乱逛。他毕竟是在汴京城生活过几年的，见识便要高出长安人不少，在汴京之时，因见不少勋贵子弟佩过倭刀，只是往往一刀难求，只得作罢。此时见着，不免动了念想——他家在京兆府既是地头蛇，便生了夺爱之心，这才与那少年竞价，谁知那少年竟也狡黠顽固如此，竟将一把倭刀竞到如此高价上来！

剑铺掌柜里巷闲谈时，也曾经听过卫家这位公子的事迹，这时见这光景，当下便信了八九分，焉敢得罪？正要说话，却听那少年在一旁悠悠说道："卫家公子，额头上又没写字，谁知道是真是假？我还要说我是石越的兄弟呢……掌柜的，这买卖还是真金白银要来得可靠，他若无钱，这刀还得归我。否则——他也需抵押一件物什在此。"

卫棠听到那少年直呼石越之名，心中微觉奇怪，却以为这少年是知道自己父亲与石越的恩怨，而故意言出轻视，不免暗暗生气，冷着脸道："我能找到人证，你能找到否？"

"人证？"少年皱了皱如玉一般白嫩的鼻子，不屑地笑道，"买个人证，三十文钱便够！"

卫棠被他如此一说，一时之间，竟是无力反驳，正在讷讷，却听少年扬着眉，又悠悠地嘲笑起来："若是没钱，如何倒学人家来竞价？"

"谁又没钱？"卫棠涨红了脸，大声怒道。

少年嘴角一撇，讥笑道："既是有钱，拿啊？小哥。拿得出来，舍得出价，便是你的了。——黄金白银交子，只需是真的，样样都使得！"

他这话，却是当初卫棠的仆人讥笑他的原话，又加了更加刻薄的几句语言。这时候自他口中说出来，卫棠不由又羞又怒，一张脸涨得通红，半晌，方咬牙说道："我便将这马与鞍抵押于此！"

"那又能值得几文钱？"少年竟看都不看一眼。

"便算五百贯好了！"

少年这才将目光投向那匹白马，漫不经心地看一眼，笑道："还配金鞍！勉勉强强便算你五百贯好了！"说着忽向剑铺掌柜嫣然一笑，道："掌柜的，恭喜你发财！"一手便将软鞭往腰中一插，然后从怀中掏出一个物什，放到唇边，便听一声尖锐的响声发出，只见两个青衣小厮牵了一匹黑马从街道拐角处小跑过来。少年接过马来，跃身上马，一边高声笑道："姓卫的，恭喜你用三千贯买了把倭刀！"说罢，双腿一夹，扬长而去。

卫棠这才知道竟是被那少年给耍了。望着满街人惊奇的目光，勉强忍笑的表情，一时间竟恨不得找个地洞钻了下去。

田烈武看了这出热闹，暗地里也自快要将肚皮笑破，但他从旁人的议论中已知道卫棠的家世，心中知道那少年此番是结下了一个仇家。卫棠眼高于顶，盛气凌人，尚只是公子哥儿的脾气，但是卫家却在京兆府兴盛百年，必有其独擅之处，否则大宋开国功勋何止千万，名载史籍，功附宗庙者不可胜数，但大抵几十年后，都免不了没落。这样的故事，田烈武在汴京城不知道听过多少。一个不怎么出名的卫家能够有今天这种气象，绝非侥幸。得罪这样的家族，绝对没有什么好果子吃。田烈武心中隐隐觉得那少年极是眼熟，不免便有几分亲切之意，因此竟是没来由地暗暗为少年担心。不过他出来逛街，并未骑马，那少年早已不知去向，却也无法当面提醒。当下也只得按下心事，离了剑铺，信步而行。然而心中终是有所牵挂，脚下所走的方向，便是少年驰马离去的方向。

不知道走了多久，田烈武远远望见一座酒楼下面，有个说书人在读报纸，他在汴京养成习惯，便快步走了过去，侧耳倾听，读的却是《皇宋新义报》。田烈武听了一会儿，却是索然无味，原来这一期的报纸，不是哪里开仓救灾，就是某处官员覆新，又或是某处表彰了某位节妇……熬了好一会儿，说书人才开始读报纸上最吸引普通市民的一部分——评书连载。《新义报》连载的，是一个叫"汴阳居士"的落第举子撰写的《前汉开国功臣评传》，此时正说到韩信事迹。田烈武最爱听这些打仗的故事，因此听得津津有味。

那说书的虽是读报，却也是唾沫横飞：“……那淮阴侯如此用兵，端的是国土无双，只可惜却死在长乐宫中妇人之手，正是兔死狗烹，鸟尽弓藏。后世有汴阳居士作《水龙吟》一曲以悼之：陈仓故道夕阳，牧童遥指伏兵处。将军昔日，牛刀小试，三军暗渡。铁马金戈，平魏破赵，强齐割据。正英雄得意，气吞万里，风流显、功名著。　鸟尽良弓应弃。悔当初，奇谋难悟。项王垓下，韩侯云梦，总由自误。成败萧何，未央擒虎，使君何苦？算年年只有深秋雁飞，赤松归去！”

一首歪词读完，田烈武兀自似懂非懂，却听身旁有人冷笑道，“这个汴阳居士，好大胆子！”田烈武闻声望去，却见身边，不知何时站了一个二十来岁的年轻人，此时正横眉冷笑。

“这位兄台请了！”一人走了过来，向那个年轻人深施一礼，笑道，“在下所闻，这汴阳居士不过论史而已，不知兄台何出此言？”田烈武认得此人，却是石越府中的幕僚陈良。他一见认出，急忙抱拳唤道：“陈先生，在下有礼了。”

“原来是田校尉。”陈良认出是他，也忙还了一礼。

那年轻人冷笑道：“好个论史而已！足下可曾听那《水龙吟》的下半阕？悔当初，奇谋难悟。是何奇谋？蒯通之谋罢了。那汴阳居士将项王垓下被围与韩信云梦被擒并论，不是在说项羽死了，就轮到韩信了吗？他说‘总由自误’，项羽之误，是不用范增之谋；韩信之误，那汴阳居士，说的只怕不是韩信不当造反，而是不当不用蒯通之谋，没有背汉自立吧？”

陈良一怔，道：“这……”

“这汴阳居士公然让臣子背主，以臣子不背主为憾事！他的胆子，是不是太大了？《新义报》居然刊登这样的文章，真是无君无父！”

田烈武哪里知道一首歪词里面，竟然还会扯出这样的“大逆不道”？不由目瞪口呆。陈良却是打了个寒战，这首《水龙吟》，上半阕自然是咏韩信功业，下半阕却不过是对韩信寄同情之意，刺他不能学张良保全自己。谁知道居然能被人解成“无君无父”！

陈良也不由摇了摇头，他不愿意与那人交往，又怕田烈武沾惹是非，忙拉起田烈武，匆匆告辞。

4

二人离开了那人，便找了座酒楼，寻了个幽静的位置坐了，互叙别后之情。

田烈武因怀着心事，说了几句，便笑道：“陈先生可知道城西卫家？”

陈良不知道田烈武为何突然提起，笑道：“自然是知道的。卫家在京兆府，是数得着的人家。我来京兆府之日，凡陕西一路，有名的豪强，都要问个清楚的。田校尉为何突然问起？"

田烈武便将方才所遇之事，向陈良说了一遍。陈良细细听完，脸色不由紧张起来，皱眉问道："你说那少年曾说是石帅的弟弟？"

田烈武点点头，笑道："我料他亦只是顽话。"

陈良又问道："他那鞭子，你可瞧仔细了？果真是镶金裹银，还嵌有宝石？"

"正是。怎么了？"

陈良摇了摇头，苦笑道："我只怕已知道此人是谁！这卫家牵涉到皇太后家、昌王——那个少年的来头也不小，田兄也不须为他担心。只是，石帅却是断不敢做她兄长的。两家真要结仇，只怕还是势均力敌。不过……"陈良终是没敢说出来，他担心的是石越难以将此事撕掳干净。他一听田烈武的形容，便知道那少年必是柔嘉县主无疑——只是柔嘉如何来到陕西他却想不明白，这姑且按下不提，若柔嘉有事，石越断难以置身事外，却是眼下便可肯定的。

田烈武却不知道这些端详，只问道："那少年究竟是何人？"

陈良叹了口气，伸出手指摇了摇，说道："还是不要知道的好。"说完，陈良沉默了一会儿，又说道："你好好在军中挣功勋，这些事情，且不要去沾惹，石帅很称赞你，常说你必成大器，莫让他失望。石帅眼下正在准备大举革除弊政，也没有精力牵扯到这上面来。"

"我理会的。"

"仗一时半会是打不完了。"陈良叹了口气，道，"朝廷的意见并不统一，若前线能不断取得胜利，那就能得到更多的支持。倘遇到挫折，结果就很难说了。"

以田烈武的身份来说，陈良的话也只能说到这里了。石越既然已经挑起了战火，那么失败就是不可以容忍的。如果遭遇大败，石越的命运，不会比当年大败的韩绛要好，甚至还会更糟。这一点，很多人都明白。

与此同时。

陕西路安抚使司衙门东辕门外的一座酒楼上。

柔嘉找了个临窗的位置坐了下来，居高临下地眺望安抚使司，静静地发着呆。两个小厮站在旁边，面面相觑，简直无法想象柔嘉县主这样的人物，也有发呆的时候。

那日清河郡主与狄咏离京，她便一路尾随，出城时遇到斗酒的，趁着混乱之际，柔嘉便溜进清河的马车之中，泪眼汪汪地央求，清河拗她不过，又被她哭得心软，只得硬着头皮答应下来。这姐妹二人合谋，竟连狄咏也瞒了过去，竟教柔嘉一路无声无息地跟到了陕西。众人才到长安，便赶上神卫营要前往平夏城，缺少得力之人护送，狄咏头脑发热，竟然主动请缨，石越便顺水推舟送他上了前线，又替清河在安抚使司附近觅了座宅院住下来。从此以后，柔嘉无所顾忌，越发无法无天起来。只不过清河郡主毕竟还知道深浅，每天只是拘束着柔嘉，和她形影不离，不许她出府。

京师之中，邶国公赵宗汉的宝贝女儿忽然失踪，急得如同热锅上的蚂蚁，却还不敢声张叫宫中知晓，只是偷偷找人寻找，哪里会料得到，柔嘉胆大包天，竟然会私跑到千里之外的长安？

这一日，禁不住柔嘉百般央求，清河终于松口，让柔嘉带了两个靠得住的家人，出来逛一次街。哪料得到柔嘉天性便要生事，这却是无可奈何的事，便只逛一次街，自也能生出许多事来！这时柔嘉捉弄完卫棠，心满意足，便决定去看看石越。不料到了安抚使司衙门之前，却又情怯起来，一时患得患失，思前顾后，踌躇半晌，方又转到这酒楼之上，发起呆来。

两个小厮只见柔嘉托腮远眺，脸上神色一会儿娇羞不可胜色，一会儿又秀眉微蹙，忽而微笑，忽而叹气。二人目目相觑，竟是看呆了。

店小二却更是纳闷，见这三人上了楼内，找了个好位置，忙跟上来侍候了，不料哈着腰站了半晌，却见这三人也不肯点菜要茶，只是顾着发呆，也不知道这唱的是哪一出？过了一盏茶的工夫，店小二终于忍不住，吆喝道："这位官人要点啥？小店有……"

柔嘉正满脑子的绮思，不料被店小二打断，心下着恼，瞪了店小二一眼，也不待他唱菜名，便开口说道："我要一碟煎卧鸟、一碟燕鱼、一碟酒醋蹄酥片生豆腐、一碟酒炊淮白鱼，再来一壶甘露酒，各色果子点心。"

那店小二顿时愣住了，那甘露酒与各色果子点心倒也罢了，但那煎卧鸟、燕鱼、酒醋蹄酥片生豆腐、酒炊淮白鱼，这些菜号他连名字都不曾听过，如何做得出来？他哪里知道柔嘉是故意为难，要的菜根本就是皇家的菜单里面的，即使是在汴京城，能立马做出来的酒楼，也是屈指可数。店小二当下只好赔着笑说道："这位官人，这些菜太稀罕，实非小店所能办……"

柔嘉白了他一眼，冷笑道："既然办不了，你还敢在此吆喝？"

"是，是！"店小二赔着笑脸，却不肯走。

柔嘉却也无心捣乱，略出了口气，便喝道："看着你店里干净好看的，无论什么，各点了上来便是。"

"好咧！"店小二这才答应着，兴高采烈地去了。

柔嘉别转头来，再次把目光投入安抚使司衙门，望着那进进出出的官员、来来往往的马车——那些人凭什么可以自由地出进这里？想到此处，不禁微微叹了口气，心中竟升起一股说不出的羡慕之意。

5

长安城西，卫家。

"多出两千贯钱倒没什么关系。"卫洎轻轻喝了一口茶，淡淡说道，"但，你没听错，那个小子果真敢直呼石越的名讳？"

"是，我听得清清楚楚。"卫棠本心实不愿教父亲知道这事，以免责骂，但是三千贯的巨款，而且自己是连马都抵押了出去，这种事，无论如何，也是隐瞒不住。只得一回家，便老老实实地说了出来。

"那么此人和石越渊源不浅。"卫洎轻轻说了句，"守德，你去查查这个小子的来历。这么招摇，不怕会查不到。"他后半句，却是对一旁叉手站立的管家说的。

"是。"管家答得简短，显然不认为这是一桩难事。

"且不必轻举妄动，先弄清楚再说。"

"是。"管家依然答得简短，答完一躬身，便退了出去。

"棠儿，你也出去吧。"

"是。"卫棠正巴不得离开，一听父亲发话，如蒙大赦，立时便匆匆退了出去。

卫洎目送卫棠离去，不禁摇了摇头，叹道："有儿如此，只怕非卫家之福。"

"大哥何必太苛求，棠儿素来聪明……"卫洎的弟弟卫濮笑着安慰道。他的女儿，便是赵颢的王妃。

"唉！"卫洎叹了口气，道，"老三，你知道目下的形势吗？大宋一百余年，为什么无数的世家破败，我们卫家反而越来越兴盛？"

"因为我们卫家，从来没有处在风口浪尖。子孙也懂得谨守家业。"

"不错，但其中却也有另一层缘故——那便是因为我们卫家在此之前，根本就没有资格处在风口浪尖之上，想要明哲保身并不难。"卫洎吹了吹茶花，端起来想喝，却又放下，继续说道，"可是这创业难，守业更难。子孙不肖，本是世家子弟常有之事。纵然治家严谨，子孙孝悌本分，却也还有许多的风浪。树大招风，业大招忌，稍有不慎，便易结仇。如果位置太高，便易卷入争权夺利的旋涡当中。赢了自然得意，一旦败了，便要将百年家业，尽皆毁于一旦。"

卫濮静静地听着，默不作声。长兄如父，他眼下的爵位虽然高于卫洎，更有女儿贵为王妃，但是卫洎却是嫡长子，一族之长，因此在家中的地位与权威，完全是无可置疑的。

"而眼下，我们卫家，却已经是身不由己了。"卫洎的声音中似有叹息之意，轻轻说道，"而且想要不卷入其中，也已不可得。这是一场豪赌，赢了的话，我们卫家就会出一个母仪天下的皇后，而若是事败输了——卫家也算是彻底完了。因此，咱们每一步都要谨慎。唉，要可以不卷入，我一定不会卷入。但是李道士来我家的那天起，我们就身不由己了，因此，我也不敢求赢，只求不要输得太惨。"

"为什么？"卫濮却没明白为何大哥一次说这许多话，竟有些不解地问道。

"三弟你想，咱们若是赢了，其实得的也不过是个虚名。本朝的外戚，有几个是能出头的？而眼下，我们家资，还不够富吗？因此便是赢了，也不过在富后面再加个'贵'字罢了。教外人看了艳羡，不过是个虚名儿。可若是输了，那可就是族灭之罪！"卫洧的手指一边轻轻叩着桌子，一边苦笑道，"但是我们家与昌王，已经是一荣俱荣，一辱俱辱了。昌王真要有事，随便一个县令，就能让我们家败事。更不用说那个姓李的道士此时还牢牢握着我们的把柄，如果他捅出去，说我们家与高遵裕一道私贩禁物给吐蕃、西夏，再运私盐入境，你我只怕也免不了充军到凌牙门去。"

卫濮静默了一会儿，叹息道："在这个当口，若是棠儿能帮得上忙，也要好许多。大哥，依我看来，李道士让我们做的事，也并不算太难。"

卫洧冷笑道："不算太难？石越是那么好对付的人吗？我已经听到风声，说他正在悄悄地查蓝家——以咱们与蓝家的关系，蓝家当真事发，自免不了要攀扯上咱们家。本来我们若老老实实韬光养晦，或许还能避过他的注意。但如今，却是让我们来大出风头，明摆着……"卫洧摇了摇头，没再说下去，过了一会儿，才又道，"我想了几天，觉得眼下之计，还是无论如何，我们都先要去假意和石越站在一边。但是你是外戚，我却是人人都知道反对石越的，眼下竟是你我二人都无法出头……老二和老四又在外地做官，一时间竟是没有合适的人选。"

卫濮轻轻地道："大哥所言甚是，但正如大哥所说，以咱们与蓝家的关系，蓝家事泄，咱们纵然韬晦，只怕也躲不过去。事已至此，依李道士所言也不失为良策。至于人选……"他沉吟良久，又道，"大哥，依我之见，此事要行，终究还是离不了棠儿。"

"他？"

"休说别人咱们信不过。而棠儿呢，又终究是在白水潭书院读过书的……"

卫洧苦笑："话虽是如此，但是这件事如果告诉他，只怕我们卫家离灭门也就不远了。"知子莫若父，他对自己的儿子自然是非常了解。

卫濮微微一笑："大哥，此事倒也未必要全告诉他……"

西夏，石门峡。

"你叫文焕？"李清锐利的目光上下打量着被俘的文焕，脸上却带着笑容，声音温和地问道，"武状元？"

文焕却一言不发，只是冷冷地望着李清——他的铠甲早已被卸掉，此时仅穿着一件粗布衣裳，脸上的伤口犹在隐隐作痛。

"我一向爱才，东朝的武状元如若降了大夏，我保你尚公主，封侯爵！"李清又道。

"呸！"文焕闻言，朝李清的脸上吐了一口浓痰，大声骂道，"我堂堂华夏贵胄，岂会降夷狄，使祖宗蒙羞？事至此，有死而已。"

"是吗？"李清掏出一块手帕，擦去痰迹，笑容不改，道，"好男儿！可赵宋官家却不值得你如此卖命。昔日狄武襄时，部下犯法，韩琦欲斩之，狄公前去求情，说道是：'此好男儿，不可杀'。韩琦却谓：'东华门外戴花游街的文状元，才是好男儿。几个武夫，算什么好男儿！'你虽然是武状元，在东朝，只怕也称不得好男儿。"

"哼！"文焕不语，只鄙夷地冷笑。

"难道我说错了？"李清淡淡地反问道。

"此一时，彼一时！谁还敢说忠烈祠供奉的，不是大宋的好男儿？"文焕傲然道，"我只求速死，何必多言？"

"一个死掉的武状元有何用处？"李清笑道，"人死之后，形神俱灭，哪有什么忠烈祠可入？人生如朝露，及时享受还来不及，焉能顾及死后？你年纪轻轻，一旦死去，世间一切都享受不到，妻儿老母，更是顿失依傍。若能降我，定要设法接你妻儿老母来大夏团聚，共享天伦富贵！"

"何必狡言？天地之间，岂无神灵？你叛祖背宗，死后自无所依。我岂能与你相同？大丈夫行事，又多啰唆什么？"文焕看李清的眼中，充满了不屑，倒似乎是他俘虏了李清一般。

李清微微摇头，叹息道："真是固执。既不肯降，来人！便将他推出去斩了！"

"是！"几个武士一拥而上，押着文焕，便往帐外走去。

大帐之外，牙旗猎猎飞扬，手执刀枪的西夏士卒，表情肃然有如万年之岩石，阳光从刀枪上反射出寒冷的光芒。一片肃杀之气。

刀斧手将文焕绑在一根木桩之上，高高举起了大刀。

在那一瞬间，文焕突然感觉到有点儿恐惧，他不由自主地颤抖了一下，却立即感觉到羞耻，随即便咬紧了牙关，闭上眼睛，等待着死亡的到来。

一道冰凉的刀锋从脖子上划过，文焕用极大的毅力克制住自己缩头与呼叫的欲望。

要像个英雄那样死去！

然而，几分钟过去了。

但那冰冷的刀锋终没有落在他的脖子上，文焕感觉到自己的意识依然存在，那想象中的痛楚始终没有到来，他于是试探着睁开眼睛，却见李清笑吟吟地站在自己面前，手里端了一碗酒。

"我忘记了一件事。"李清把酒递到文焕口边，看着文焕一口喝了，这才慢条斯理地说道，"我忘记我曾经派细作前往东朝，散布谣言，说你文焕已经降夏了。"

"你！"文焕眼里几乎要喷出火来。

李清的声音却依然不紧不慢，悠悠地说道："所以，如果我杀了你，你只怕也进不了忠烈祠。"

"卑鄙！"

"兵者，诡道也。"

平夏城的战争，并没有停止。

在李清的坚持下，西夏人停止了大规模的攻坚战，转而采取骚扰作战的方针，一方面，西夏的轻装骑兵与少得可怜的"水军"，每天监视着平夏城，只要宋军开始筑城，便开始进行攻击，宋军对此似乎显得束手无策，工程的进度开始大为减缓；而另一方面，西夏人派出一支骑兵，在镇戎军与平夏城之间进行穿插，袭击宋军的补给。

李清的策略很快见效，宋军不得不派出重兵护卫补给线，双方经常在镇戎军与平夏城之间作战，宋军一次战斗的消耗，有时候比运送的补给还多。但还算幸运的是，夏军对于宋军那种可以在地底下突然爆炸的神秘武器一直摸不着头脑，更不用说找到对付它的办法，因此对攻击宋军的营寨，显得十分谨慎。

但即使是如此，宋军也已经非常头痛。十几万大军久驻于外，每日白白消耗掉的国家的粮食与财富，对于国家的财政来说，绝对算得上是一个噩梦！

相对这种窘境来说，区区一个武状元降敌的谣言，就显得无足轻重了。

更何况，谣言并非只在大宋流传。

在西夏境内，同样也有一个谣言开始在流传，起先只是在民间坊间，但渐渐的，却有越来越多的人将信将疑，并不自觉地加入到散播谣言的行列之中。

7

萧关。

一座民宅之内。

悬挂在窗户上的苇帘上，忽然发出急剧的"咕咕"声，与此相伴的，是鸟翅膀的拍击声。一个黑衣童子走到窗前，轻轻抓起鸽子，解下绑在鸽子脚上的小竹筒，走进房中。

"怎么？"

"李清造成的压力太大了。"黑衣童子将小竹筒递给职方馆陕西房知事，笑道，"我敢打赌，这信里又是在说李清。"

"李清的战法很高明。他永远不正面接战，除非神锐军列着整齐的方阵来保护补给，否则他总有得手的时候，因为战斗的地点与战斗的时间，都是由夏军来决定。高遵裕和种谊头痛，自然也在情理之中。"陕西房知事打开竹筒，取出一张小纸来，看完之后，便取出火折点燃。

"但是李清也有压力，不是吗？"黑衣童子笑道，"不知道是哪里传来的谣言，说李清心怀故土，私通宋军，故意留情。西夏人几万大军，眼睁睁看着宋军在要害地带筑城，却不去拼命进攻，在西夏，也不是没有人怀疑的。"

"梁乙埋首先便会怀疑。"

"他昨天亲临萧关督战，李清也许离调回去不远了。"

"该让他回去了。"陕西房知事搓了搓指尖，淡淡地说道，"明天，找个富商，带一座座钟去贿赂梁乙埋的儿子，再送点东西给梁乙埋的爱妾。想办法，把李清调离前线。"

"我会安排妥当的。"

"一定要让李清明白，西夏人在猜忌他！"

"我理会的。"黑衣童子笑道，"只不过李清走后，无论是梁乙埋还是梁乙逋领兵，都不过是白白成全了高遵裕那厮的威名，咳，我还真是不甘心。"

"你从何时变得如此恶毒了？"略带嘲讽的笑声，在房间之内响起。

夜，西风从蔚茹河两岸的平原上掠过，辽阔的田野在静静地沉睡，即使是青蛙不知疲倦的叫声，也无法将它从睡梦中闹醒。此刻，某条潺潺流动的小河畔，烧起了一堆燃烧跳跃的篝火，在篝火旁边，有几个人影围坐在一起。

"给！"篝火映出一张铮亮的脸孔，竟是曾经想要行刺石越的史十三，他拿着一串烤鱼，递到身着白袍的李清面前。

"想不到你行刺石越未曾得手，居然还能活着回来。"李清接过烤鱼，轻轻咬了一口，似漫不经心地说道。

"你希望我死吗？"史十三的眼睛深邃不可测，他哈哈一笑，朗声说道，"我并没有行刺石越。"

"哦？"李清的语气并没有多意外，只是细心地吃着烤鱼，仿佛这是天下最难得的美味一般。

"你不意外？"史十三抓起酒囊，喝了一口酒，递到李清面前，笑道，"尝尝。"

李清接过来，轻轻抿了一口，只觉这酒入口香浓，而后味道极辣，竟是生平从未喝过的酒。他目光中不由露出惊讶之意。

史十三微微一笑，道："这是宋朝新出的酒，唤作酒露，为中原特产。西夏地处边远，只怕现在还没得见。此次去宋朝，没有别的收获，独独弄回来了一车好酒，种类之多，让人惊讶。不过这种酒露，在宋朝似乎没有甘蔗酒流行。"

"果然是好酒。"李清淡淡地笑了笑，又轻轻抿了一口，温声道，"这种劲道，更适合西北男儿喝。"

"中原变化极大。"史十三吃起东西来，却比李清要豪迈许多，咬了一大口鱼肉，伴了一大口酒灌下，几口便吞下肚中。"你若有机会回去看看，必然大吃一惊。现在汴京城中，流行一种四个轮子的马车；宋人在马蹄上钉上铁掌，不再削马蹄；若在汴京转上一圈，就会发现多了许多学校，这些学校很多是王安石的幼婿桑充国所办，竟是免费上学，不仅教读书识字，还教刀马弓箭，街上到处有人读报纸，又有什么'图书馆'与'体育馆'，图书馆给人免费看书，体育馆就专供人比赛，比弓箭，比武艺，比谁跑得快，跳得远，或是比蹴鞠……"

"是吗？东朝在改变他们的国策吗？"李清望着史十三，若有所思。

"我不知道。"史十三笑道，"这次来去匆匆，能看到的也有限，甚至连白水潭学院都没有去过。不过我感觉得出，宋朝现在好比太阳初升之时。在汴京，你会产生这样的感觉——那如同是一匹充满精力的小马驹！"

"这鱼的味道不错。"李清没有接史十三的话，顾左右而言他，笑道，"听说熙河地方的羌人，本不吃鱼。还是王韶教他们结网捕鱼的。王韶现在如何？他也是读书人出身，不至于走狄武襄的老路吧？"

"王韶现在还是枢密副使，只不过常常称病。"史十三将手中的烤鱼拿到火上翻转，微热了一下，一面说道，"王韶在宋朝是没有背景的官员，王安石下台后，他虽然功勋极大，但是到了朝中说话，不仅比不上文彦博、吴充这样的元老重臣，门生故吏甚多；甚至也比不上郭逵，时时有人声援。"

"郭逵？"李清笑道，"东朝整军经武，兵部之事，有赖于郭逵。听说他与石越走得甚近，那么将来还有高升之日。"

"不错。"史十三也笑了笑，道，"不过王韶也并非不理事，方才你说起熙河地区的羌人，可知道熙河羌人，十之八九，原是汉人？不过与中土隔绝久了，染上夷俗，竟然也以夷人自居了……"史十三说到此处，微睨李清，见李清的脸色已经变了，他却不以为意，只从容说道，"因此，自王安石起，宋朝便已曾议论，要让熙河羌化之汉人，化羌复汉。不过王安石罢相后，此议便罢，眼下却是王韶在力主此议……"

李清冷冷地看了史十三一眼，目光中竟似散发着寒意，冷笑道："若以为教会羌人吃鱼便是可复羌为汉，却也只能是痴心妄想。"

李清虽然感于夏主知遇之恩宠，在西夏参与军机，深受重视，平素里也似乎并不在乎是党项人还是汉人，但是表面上越是显得不在意，内心深处，华夷之防却越是根深蒂固。他以一汉人，能得夏主之青睐，成为西夏的重要人物，心机城府，不可能不深，若是旁人话带讥刺，他脸上绝不会有一丝一毫显露出来。但是他既与史十三交同莫逆，话中哪怕是带上这一丝半点的讽喻之意，也足以让李清变色。

史十三却似乎只顾着吃鱼喝酒，一面笑道："我不曾如你读过那么多书，但是也听人说过史书，也曾装模作样读过几天《春秋》，自有华夏以来，胡夷变成汉人的也有过，汉人变成胡人的也有过——若是汉人不曾变为胡人，孔夫子又何必说什么'夷狄入中国则中国之，中国入夷狄则夷狄之'呢？可见东周之时，已经有中国入夷狄的人了。"李清的脸色越来越难看，史十三却只是指着脚下的土地又说道，"不过天下之事，有时候也说不清楚。你看这块地方，原本是中国的，现在却入了夷狄。这究竟是夷狄入中国，还是中国入夷狄呢？"

李清心中的怒火，听到这几句话，不免稍稍平息了一点儿。他疑惑地望着史十三，不知道他究竟打的什么主意。一时间无缘无故用话语来撩拨自己，一时间又似乎只是无心之语。倒让李清也有点儿弄不明白了。但李清毕竟也算是博闻多识之人，立时说道："故辽主耶律洪基曾让人读《论语》，读到'夷狄之有君，不如诸夏之亡也'这一句，便没有人敢读。反是耶律洪基说，古时夷狄不知衣冠礼法，故称之为'夷'，现在大辽修文物彬彬，不异中华，所以也不必以这些话语为嫌。契丹虽是夷狄，却也常常以中国自居的。"

史十三听李清说完，猛喝了一口酒，赞道："若如此看来，现在的辽主英睿有为，颇重儒教，凡宋朝之一切典章制度，无不留心，择善而改，我等倒应当待之以中国之礼，而不便以夷狄视之？"

"理当如此。"

"你心中果真是如此以为？"史十三的语气中颇有不信之意。

李清微微颔首，淡淡说道："这等事情，又何必欺骗于你。"

史十三笑道："我并非是疑你骗我，而是不敢相信。需知在宋朝，也有一个人与你有一样的观点。"

"哦？"李清嘴角微翘，露出讥讽的笑容，道，"宋朝人也会将别国人当成中国来看待吗？"

史十三注视李清，含笑道："我也知你绝难相信，不过这人不是旁人，正是石越！"

"石越？"李清微觉吃惊。

"正是。我在宋朝时听人议论过，说石越曾经撰文，言道若夷狄用中国之礼法，学中国之文物，则与中国无异，中国便不当歧视他们……"史十三将石越这番言论说出来，若是别人听到，最多不过以为石越故作高论，甚至鄙为书生之见，但是这话入到李清耳中，却有伯牙遇钟子期之效。李清入夏日久，虽然心中念念难忘的，是自己是汉人这一事实，但是他在西夏娶妻生子，身居高位，又得夏主信赖，而他在宋朝，不过默默无闻之辈。可以说他人生的辉煌，与西夏是分不开的。所以一方面李清最忌讳人家骂他是夷狄，一方面他心里却会隐隐意识到，自己现在的确是夷狄了！但是这却是李清最难接受的事情。

李清平素读书，最爱读的便是《汉书》的《李陵传》。他心中未尝没有以李陵自期之意，但是毕竟夏主秉常对他信任有加，人之一物，不能无情，让李清为了一个自己又看不起又内心充满羡慕与怀念的宋朝，而去背叛秉常，对于李清来说，并不是一个完美的选择。所以，李清从《春秋》中找到了精神的依托，他希望能说服夏主秉常，在西夏国推行汉礼汉化，以此来赢得宋朝"中国之礼"的待遇，这也是对自己流落"夷狄"的一种补偿，同时也可以作为一个政治口号，来与反对汉礼汉化的梁太后一党斗争，帮助秉常独柄大权，报答秉常的知遇之恩。

这也是李清所能找到的三全其美的办法。

但是身为汉人的李清也知道，即使是西夏真正汉化了，但是在宋朝人的眼中，甚至在李清自己的心中，西夏依然只是夷狄。

华夏的正朔，在千年之后，也许并不在重要；但在熙宁十年的时代，无论是自觉还是不自觉地，对当时的人们来说，都是重要的。

而这个正朔，此刻正在汴京城。

大辽国、高丽国、大理国、西夏国，甚至交趾那种小国，以及极远的日本国，都喜欢自称为"中华"，因为"中华"是文明之象征，是优秀之代名词，是合法之基础，但是无论表面文章如何，所有人都知道，正朔在哪里。

那种言词之上的自负，不过是深藏于内心的自卑。对于这些，李清虽然经常在心中回避，但是他却是明白的。

所以，虽然李清也会经常劝说夏主秉常，告诉他中原的富庶与文明，希望他能在西夏推行汉礼汉仪，但是李清的心中，时常也会有一种无奈，一种感觉自己所做的事情，只是徒劳的无奈。

但是他还是在做。因为无论如何，聪明如李清、骄傲如李清，他的内心深处，是永远无法接受自己是夷狄这一事实的。

而此刻，从史十三口中，李清突然听说，在宋朝被视为学术宗师的石越，竟然说，如果夷狄能中国化，那就是中国的一部分，应当给予等同于"中国"的礼遇！

李清在这一瞬间，竟是完全怔住了。

"石越真的如此说吗？"

史十三不置可否地笑了笑，放下手中的烤鱼，从身边的包裹中翻出一本揉得皱巴巴的小书，递给李清，笑道："我知道你不信，所以特意带来了，这是宋朝的《国子监学刊》，石越的文章便在这里面。"

李清疑惑地看了史十三一眼，一把抢过那本杂志，快速翻阅起来。史十三只是含笑望着李清一页页翻过那本皱巴巴的小册子，默不作声。以石越的身份地位，给《国子监学刊》撰文，自然是排在前面，因此李清没翻几页，便停了下来，目光定格在某页之上，不再移动。

史十三这时候才悠悠说道："我之所以不再行刺石越，这便是原因之一，整个宋朝，能有这样胸襟气度的人，也许只有石越一个。但是我相信，以石越的身份地位，他既然对《春秋》经做出解释，那么此后就一定会有更多的人有这样的看法。另有一个原因，却是我在潼关时，曾经无巧不巧地邂逅石越……"

"啊？"李清听到这句话，立时抬起头来，凝视史十三，问道，"你见过石越？"

"不错。"史十三微微点头，便说起在潼关路上，遇到石越"作词"的事情来。

李清默默听完，沉吟良久，不由抬头叹道："兴，百姓苦；亡，百姓苦！"

"兴，百姓苦！亡，百姓苦！"史十三也喟然叹息了一声，抓起酒囊又灌了一口酒，说道，"这样的人，哪怕他是伪君子，我也想给他一个机会。我想看看他能做出什么样的事业，我想看看他有没有办法，让百姓不再苦！"

李清没有说话，只是抬头远望闪烁的星空，那墨色的天鹅绒一直延伸至大地与苍穹衔接的远方，黑暗中，有无数星星正在散发着亮光，闪着磷色的光辉……李清没有立场来评价史十三是对还是错，但是如果换成是他，他也会愿意给石越一个机会，看看石越究竟能做成什么样的事业，能不能走出历史的怪圈……

与史十三谈论着石越的李清，并不知道，就在这天晚上，在某处金碧辉煌的府宅中，也有人在谈论他。

"爹爹！"梁乙逋戴了一顶尖锥形毡帽，身着蜀锦裁成的右衽交领长袍，袖口较小，用金线绣着花纹，捍腰则用丝绸制成，一双乌黑的长鞴靴，鞋尖上弯，如同弯弓一般。这是当时西夏贵族典型的穿戴，与宋人不同的地方，主要是宋人戴的帽子一般是平顶，而衣袖也更为宽松。西夏在元昊时推行胡制，禁止穿宋朝的丝锦制品，但是这样的制度，很快就名存实亡，贵族们对丝绸锦缎的喜爱，似乎是与生俱来的，即便是大力鼓吹推行胡制的梁氏家族，若让他们改穿皮制衣服，只怕也不可能。

梁乙埋只是看了梁乙逋一眼，用鼻子"嗯"了一声，算是答应。他此刻，正全神贯注地盯着一幅宋夏边境地图屏风。

"儿子觉得，把李清放在前线，不是好事。"梁乙逋走近几步，开门见山地说。

梁乙埋没有理会，手指从地图上的绥州开始，往西南移动。

"若是让李清建功，则他威名日甚，日后必然成为我家的威胁；若是他无能，让宋人建成城寨，那么爹爹的大计就……那座城池，能让我大夏睡不安，坐不稳。"

"继续说。"梁乙埋的手指在萧关停了下来，他抬头盯着梁乙逋，严厉地说道。

梁乙逋几乎吓了一跳，忙继续说道："何况现在到处流传谣言，说李清身在曹营心在汉。那些宋人常说：非我族类，其心必异。"梁乙逋说这句话的时候，完全忘记了，自己与李清，其实是同一个"族类"。

"太后也派人来问了。"梁乙埋平静地说道，"但是临阵换帅，是兵家大忌。当时也是没有办法，如果不用李清为帅，就要用嵬名荣，两害相权，只得取其轻。"

"爹爹何不亲自统兵？"梁乙逋建议道，"若爹爹亲至没烟峡，那么就可以很自然地夺了李清的兵权。以爹爹之精通兵法，我大夏将士之勇武，宋军可一举击溃！到那时，朝中还有谁敢对我梁家说三道四？"

梁乙埋心中一动，目光在地图上不停地移动，突然，讲宗岭跃入梁乙埋的眼帘，不由为难地说道："我若走了，讲宗岭只恐有失。"

梁乙逋笑道："爹爹可曾听说宋军在讲宗岭一带有异常的调动？"

"这倒没有。只不过……"

"只不过什么？"

"细作探知，说是石越任命了一个叫何畏之的人，在环庆一带教练乡兵义勇，那何畏之从环庆一带民间的弓箭社、忠义社中，简拔了近千名勇武者，终日操练，道是日后可以回乡教练，协助宋军守土。但是我却总觉得有点儿奇怪……"梁乙埋皱眉沉吟，半晌方说道："我总怀疑，石越对讲宗岭不会善罢甘休。"

"这个简单。"梁乙逋略一思索，即笑道，"那个投奔过来的慕泽，十分善战，让他去协助守卫讲宗岭，可保无忧。"

"我看那个慕泽，也不是善类，未必是野利济所能驱使得动的。"

"爹爹多虑了，那慕泽得罪了宋朝，再无回头之日。他怎敢不乖乖听我大夏驱使？野利济再怎么说，也是大夏的将领，慕泽岂敢不听命？"梁乙逋显是不以为然。

梁乙埋沉吟甚久，难以决断。

"爹爹要想想，究竟是李清这边重要，还是讲宗岭重要？"梁乙逋放上了最后一根稻草。

"也罢！"梁乙埋终于下定了决心，"明日我便去天都山督战！"

8

西夏大安三年五月。

宋夏双方在平夏城僵持了整整一个月之久，虽然宋军依然牢牢地驻扎在军营之中，但是在夏军的不断骚扰下，平夏城却才修了三分之一多一点儿。

双方的心态都变得焦躁起来。

石门峡西夏军大营。

从辕门到中军，手执刀枪矛戟的卫兵们站立在甬道和台阶两侧，如同一尊尊生铁铸成的雕像，虽然天气已渐渐变热，但是这里的空气，却透着森严与冰冷，亦显示着李清治军的威严整肃。

李清一身戎装，将国相梁乙埋迎进了自己的中军大帐。

"大军在外，已近一月！"梁乙埋的屁股尚未在中军大帐的虎皮帅椅上坐稳，就沉下脸来，说了这么一句话。顿时，整个大帐鸦雀无声，所有人都抿紧了嘴唇，来听梁乙埋训斥。"朝廷是派你们来看着宋人修筑所谓的平夏城的吗？按大夏军法，畏战避战者，该当何罪？"

"国相！"梁乙埋话说到这个份儿上，完全是直斥李清，李清已无法沉默，"宋军非吴下阿蒙，兼有奇怪火器助阵，可以在地底突然爆炸，让人防不胜防。我军尚未弄清楚那种火器是如何爆炸的，便也找不到克敌之道。若是此时强攻，损失必大。故末将兵分两路，一路骚扰其筑城，一路袭击其粮道。末将以为，宋军想要筑城成功，至少还须两个月，但即使宋军能坚持下来，宋朝朝廷未必能坚持下来，十几万大军久驻于外，宋军耗费之巨，远胜我军。何况我日日骚扰，若他稍有不慎，我一朝得手，便能让他数月之功，毁于一旦……"

"那处如此紧要，宋朝如何肯放弃？宋朝朝中又岂无一二明达之士？若他们坚持下来，我们便要坐等他们在我大夏之咽喉要地筑城成功？荒谬之论！"梁乙埋铁青着脸，厉声斥道。

"国相，若是再坚持十五天，依然没有破绽，则末将将率大军袭击宋朝熙宁寨……"

"兵家大忌！李将军老于用兵，就不怕被宋军前后夹击？"梁乙埋不待李清说完，便出言打断，又讥道，"李将军宁可冒此大忌，也不愿意正面强攻平夏城之敌，看来真是畏敌如蛇鼠！"

"国相！"军中说人怯懦，最是大忌，何况还是直斥主帅，李清听到这话，不由怒气上涌，厉声质问道，"我李清百战之余，几曾有怯敌之时？"

"不是怯敌？为何不敢进攻？"

"国相明鉴！让士兵白白送死，并非将领的英勇！"

"未战焉知胜负？"梁乙埋冷笑不已，道，"本相前来，便为督战。李将军若非怯懦之人，明日便请进兵，灭此朝食！"

"这是痴人说梦！"李清的言语，也不客气起来，"某身为大将，不敢听从乱命！若是轻率进兵，则是陷万千士卒生命于不顾。万一失败，败阵之罪，由谁当之？某请国相三思，平夏城之宋军，实是劲敌！"

"高遵裕又是什么劲敌！他若是劲敌，王韶岂非是神人？"梁乙埋冷笑道，"分明是你怯战，反说敌人厉害。明日若不肯出战，李将军休怪本相夺你帅印！"

李清万万料不到梁乙埋竟会如此相逼，一时几欲翻脸，但他知道梁氏位高权重，轻易不能得罪，终于紧咬钢牙，强吞怒气，上前一步，欠身抱拳道："某请国相三思之！大夏精锐之士，若葬送于此，非国家之福。"

"哼！"梁乙埋拂袖大怒，道，"李将军以为只有你为大夏考虑吗？你看看这是什么？"说罢，丢出几封书信，扔到李清面前。

李清弯腰捡起，拆开看时，立时脸色大变，原来，这些书信，却是种谊写给李清的！

"国相，这是种谊的反间之计！我李清对大夏忠心耿耿，可鉴日月。国相一向英明，岂能中此小儿之计？"

"是不是反间之计，本相难辨真伪。但这几封信，却是边关守将在宋朝细作身上搜出来的。李将军既然不肯进攻，那么便回国都去向主上亲口分辩好了！"

李清此时心中怒极，反倒平静下来，他默默地看了那几封信一眼，放入怀中，沉默了一会儿，方从容说道："既是如此，还请国相给末将一纸敕书，将来好有个凭证。"

梁乙埋拍了拍手，立时有人送上文房四宝，梁乙埋当场写了一份文书，盖上相印，让人递给李清，他心意已谐，便假意说道："将军回京，此事不难分辩清楚，无须太担心。"

"多谢国相！"李清微一欠身，朗声说道，"不过李某担心的，不是我个人的安危，而是这数万将士的性命！万望相国，能再三思之！"

"不劳将军操心。"

李清凝视梁乙埋，待要再劝谏几句，话到嘴边，却知道终是没用，终于硬生生吞下肚中，叹了口气，抱拳向帐中诸将说了声"珍重"，便即退出帐中。

离开中军大帐之后，李清不愿意再停留此处，便率领自己的亲兵离开了石门峡，返回兴庆府。在离开之时，李清犹疑了一下，顺便去了一下俘虏营，带走了文焕，不知道为什么，李清有一种感觉，他不希望文焕死于乱军之中。

9

同一个月，熙宁十年五月。

石越也开始面临朝廷的质疑与责问，战争是一种惊人的浪费行为，一个月来空耗国帑而不见成效，政事堂中很快就出现一片质疑之声。若非枢密院的文彦博、王韶，以及兵部的郭逵等人坚持认为不可以半途而废，整个行动早已夭折，石越也难逃罪责。但即使如此，朝廷中的质疑之声也越来越大，石越几乎能感觉到自己面临的压力，如同一排看不见的大浪，随时要冲垮那座脆弱的海堤，将海堤之后的自己淹没。

事情是如此吊诡。汴京朝廷一方面对石越废除乡兵的建议争议不休，一方面又对石越修筑平夏城的举动缺少耐心。反对废除乡兵的原因是害怕影响国防，所以愿意付出这巨大的代价；而对修筑平夏城缺少耐心的原因，却是因为耗费了巨大的军费。

"难道没有人知道废除乡兵可以节省更多的费用与劳力；修筑平夏城可以带来更大的国防安全吗？"石越忍不住牢骚满腹。时间已到五月，按照正常的产期，梓儿应当在六月临盆，也就是说，再有一个月，石越就要当父亲了。自己的妻子要生产，而自己却不能待在她的身边，这件事情多少已经影响到石越的情绪。而石越与众官员、幕僚策划良久的一项新政——作为改革役法的第一步而推行，此时也受到战争的拖累，不得不暂缓上报朝廷。

政治是需要讲技巧的。在这个敏感的时候，石越任何一次大举措，都可能成为压力的发泄口。石越与潘照临都非常清楚地知道，朝中有许多人都在嫉妒石越将要立下的大功，这时候提出这项政策，无异于在他们嫉妒的火焰上加油。

"公子！"潘照临没有理会石越的牢骚，将一份公文递到石越的手中，说道，"这是陕西禁军四月份的军饷报告，需要公子盖印。"

石越接过来，看了一眼，取出大印来盖了，忍不住又说道："要不要催促一下高遵裕！一个月，实在太久了，若是章质夫，最多二十天就建好了。"

"公子怎么知道章质夫只要二十天？"潘照临带着讥讽的口气说道，"若是高遵裕故意怠慢军机，自然要催促，但是眼下西夏人采用的策略，让补给无法顺利运抵平夏城，又用骚扰战术干扰施工，高遵裕能够保证两大营一个月不失，已经是尽力了。此时若是催促他，不过是乱命而已。"

"唉！"石越长叹了口气，身子一仰，靠在椅背上，道，"若这样打下去，需要三个月才能建成平夏城。不待平夏城建成，朝廷攻击我的奏章，已足以将我淹死。"

"只能耐心等待。"

"公子，何不用一两个大胜，来安抚一下皇上与朝廷。"站在一旁的侍剑忽然说道。

石越猛地坐直了身子，睁大了眼睛望着侍剑，潘照临也一脸惊诧望着侍剑。侍剑以为自己说错了话，顿时满脸通红。却听石越说道："继续说下去，怎么样用一两个大胜，来安抚一下朝廷？"

侍剑几乎以为自己听错，小心地看了石越一眼，却见石越甚是郑重，又偷眼看了潘照临一眼，见潘照临眼中颇有赞许之色，方才放下心来，说道："真正打仗取得大胜不太可能，但是打几场精彩的小仗，取得胜利，上报枢府。再让文章写得好的人，写成评书，登在报纸上，那么朝廷反对的人，一定会减少许多……"

"小瞧了你！"石越忍不住敲了一下侍剑的脑袋，笑吟吟地望着潘照临，笑道，"这却是妙策。"

潘照临微微点头，笑道："这的确是可行之法。公子可曾听说，长安城内正好出了个陕西桑充国？"

"陕西桑充国？"石越不禁愕然，他忙于军务政务，哪里知道这些事情。

"正是。"潘照临的语气中，充满了戏谑与讥讽之意，"此人身世非比寻常，是昌王妃的堂弟，虽然连取解试都不曾中过，连个举子也不是，但毕竟也曾在白水潭学院、横渠书院读书，听说曾经参与过座钟、弩机的设计……"

石越却没有心思听潘照临刻薄的介绍，只是反问了一句："昌王妃的堂弟？卫家的人？"

"正是卫家的嫡系公子，叫卫棠。"潘照临笑道，"卫棠正在申请，请求开设报馆，并且要在京兆府办二十所义学，资助扩建京兆学院，建图书馆、体育场……此事早已不胫而走，传遍长安，人人都说这位卫公子是陕西桑充国。不过他的雄心，却远比桑充国要大……"

"哦？"石越双手抱胸，饶有兴趣地听潘照临说起来。

"除此之外，这位陕西桑充国，还要在长安办技术学校，并且要与江南十八家商号联手，在陕西种棉花，办棉纺；植葡萄，酿葡萄酒；还要在陕西造座钟，更有意涉足陕西的木材生意……"

石越听到目瞪口呆，问道："卫家虽是豪强，但是要同时做成这许多事情，需要的财产绝对不容小视。他们家真有这么多钱？"

"那是自然。"潘照临冷笑道，"卫家田地庄园，以万顷计算。熙宁七年之旱灾，卫家出粮买下三座铁矿山，虽然所采之铁，大部分只能卖给官府，却也赚了不少。这点钱卫家岂能出不起？需知七年前的桑唐两家，加起来也未必有今日卫家之财力。更不必说卫家还有亲朋好友。"

石越笑道："他们肯出钱来做这些事情，却是好事。"

"只怕醉翁之意不在酒。卫洧以前对公子颇有不满，如今卫家突然一百八十度大转弯……"

"这却不必理会。"石越笑道，"他卫家是出于什么原因来做这些事情并不重要。重要的是他们有没有做好这些事情。"

"公子以为不重要，我却不能以为不重要。"潘照临毫不客气地反驳道，"卫家这样做的原因，我想来想去，只有几个：一是替卫棠博取名望，二是示好于公子，三是挣钱。其中最重要的，我认为就是向公子示好。"

"他们为何要向我示好？难道……"石越百思不得其解，卫家怎么说也是大有背景的家族，似乎用不着这样费尽心机来讨好自己。

"要么是害怕公子报复——但这显然不是，以卫家的背景，似乎不用太担心这一点；那么只有另一个可能，就是卫家所谋者大！"潘照临微眯的眼神中，突然发出冰冷的光芒。

"所谋者大！所谋者大！"石越喃喃说道。

"皇上康复，蔡确被重贬到凌牙门，表面上看来昌王似乎没有威胁了。但是请公子想一想，昌王为什么会有威胁？"

"这……"石越沉吟了一会儿，道，"因为他是皇上一母同胞的弟弟。"

"正是。"潘照临颔首道，"昌王之所以对朝政会有影响，便是因为他是当今皇上一母同胞的亲弟弟。如果皇上能够活到皇子成年之后，而皇子又无失德，那么昌王始终只能是昌王。但是如果皇上不能至少再活十五六年，那么昌王就有机会。因为昌王始终有贤王之称！"

"皇上还年轻，再活十几年并非难事。"石越淡淡说道。

"诚如所言。昌王不过是在进行一场赌博罢了，只要他足够谨慎，他就不会输掉多少东西，输的只会是跟随他的人而已，皇上的优容，反倒被他利用了，他已经知道皇上想在历史上留个好名声，所以他不会有什么事……但他赢来的却是大宋的江山。"潘照临嘿嘿一笑，道，"这样的赌博，谁不肯博？"

石越笑了笑，潘照临的分析，未必没有可能，但是一个阴谋论者，始终将任何人做的任何事都看成阴谋，也是经常发生的事情。

"即使如此，卫家示好于我，又有何用？"

"此正是让人费解者。"潘照临难得地皱起了眉毛，"是想笼络公子，还是假意接近，收集公子的把柄，要挟公子？或者是两者都有可能？还是有别的企图？"

"无论如何，不论是卫家还是昌王，把我逼成敌人，都不是明智之举，对吧？"石越放松了身体，悠悠说道。

潘照临怔了一下，自失地一笑，道："是如此。"

"那君复何忧？既然那个卫棠想做陕西桑充国，我便成全他！如若他的报馆办得起来，这些前线的报道，我便让他的报纸来写！"石越笑吟吟地说道。

潘照临正要说话，忽听门外传来脚步之声，有人高声禀道："禀石帅，丰参议求见，有前线军情。"

"快请！"石越连忙坐正了身子，整好衣冠，等待丰稷的到来。

"石帅！"丰稷脚步匆匆地走进厅中，抱拳一礼，便即说道，"平夏城军情，一个好消息，一个坏消息。"

"相之先坐下说话。"石越用笑容安抚丰稷。

丰稷谢过石越，找了张椅子坐下，侍剑早已端茶上来。丰稷接过喝了一口，润了润嗓子，方继续说道："高遵裕飞马来报，道是西夏换了主帅！"

"啊？"端起茶碗刚刚送到嘴边的石越，猛一听到这个消息，手不由一抖，竟将茶水泼了出来，他却无暇擦拭，只忙追问道，"换了谁？嵬名荣还是梁乙逋？"

"都不是。是梁乙埋亲自为帅。"

"梁乙埋！"石越与潘照临对视了一眼，目光中都又是惊愕，又是高兴。

"正是。临阵换帅，换上的又是自诩会用兵、刚愎自用的梁乙埋，平夏城无忧矣！"丰稷也难掩自己的激动。

"西夏并非没有可用之将，但是身居上位者却喜欢越俎代庖，若不致败，是无天理！"石越感叹道。他一向主张治国之道，在于上下各安其位；宋朝之所以武功不显，绝非兵甲不精、士卒不练，也绝非没有将帅之才，更不是因为"将不知兵、兵不知将"，导致大宋武功不显真正的原因，是大宋王朝那个"将从中御"的传统，皇帝与中枢太喜欢对前线将领指手画脚，而偏偏自宋朝建国以来，只有宋太祖一个人懂得军事，连宋太宗也不过是个庸才而已。这个传统一直到熙宁十年也没有消失，所以石越才会力主在枢密院成立枢密会议，就是希望在皇帝不可能放弃"将从中御"的传统这种情况下，给皇帝一个懂得军事决策的参谋机构。如果"将从中御"不可以避免，那么枢密会议的决策，总比皇帝闭门造车想出来的决策要好得多。但是平心而论，石越也能理解皇帝为什么喜欢指手画脚，石越就是用了极大的意志力，才克制住自己想对高遵裕指手画脚的欲望，这中间，还有潘照临不断地提醒。否则，石越很难想象自己会那么毫无保留地信任高遵裕。

事情有时候就是如此，你不信任他，但你却必须信任他。如果你选择了信任，你可能会付出代价；但是如果选择不信任，你有更大的可能付出更惨重的代价。不是每一个人都知道如何选择的，特别是需要自己去选择的时候。因为人们总是习惯于把不稳定的因子控制在自己手中，却常常忘记，这是绝不可能做到的。

"但也不可以高兴得太早。"潘照临即刻冷静下来,向二人泼了盆冷水,"梁乙埋既然亲自统兵,就会调集更多的兵马,向平夏城发动猛攻。高遵裕与种谊是不是坚持得下来,还很难说。战场上随时可能发生意外。"

"总之是件喜事!"石越早已习惯于潘照临的乌鸦嘴,这丝毫不会影响他的愉悦。

"既然梁乙埋已经离开讲宗岭,那么讲宗城那边,是不是可以准备动手了?"丰稷心里,实则比石越更高兴。如果平夏城能克捷,那这个胜利,在军事上可以与王韶开拓熙河、种谔复绥州相提并论,甚至更有过之。如果在讲宗岭再来大胜一场,那就意味着大宋的军事力量,在西线取得全线胜利!丰稷敏锐地注意到,双方的战略态势正在发生微妙的改变。这正是大宋有识有为之士,所孜孜以求的。

当然,这一切都需要胜利来完成。

"暂时不必慌忙。"石越笑道,这时候他才记得把茶碗放回桌上,"再给西夏行文,用词更严厉一些,指责他们修筑讲宗城是对大宋的挑衅。"

"我们在筑平夏城,却说人家修讲宗城是挑衅……"丰稷充满恶意地想道,"还真是不讲理啊!"

但是石越似乎没打算和西夏人讲理:"同时,让环庆诸州加强防御,收缩对西夏的渗透活动,要给西夏人造成一种假象,我们的精力正放在平夏城,无暇再起战端,不过是在讲宗岭问题时要虚声恫吓,要显得色厉内荏。"

"是。"丰稷答应下来,似乎是在调整情绪,沉默了一会儿,方用凝重的语气说道,"还有一个坏消息。职方馆陕西房的密报,熙宁六年癸丑科的武状元文焕,很可能降敌了。"

第六章

哲夫成城

知而不行，只是未知。

——明·王阳明《传习录》

1

"文焕降敌？"

"不错。据说李清将文焕带回了兴庆府。陕西房已经向枢院报告此事，并且已请示枢府要不要刺杀文焕，以惩戒来者。"丰稷的脸色非常难看，毕竟武状元降敌，实在是让大宋大丢颜面的事情。在平夏城战局僵持，饱受压力的情况下，出现这种事情，来自政事堂的压力只怕会进一步升级。丰稷在心里，已将文焕这个"逆臣"骂了不知多少遍。

不料石越却是一脸愕然，问道："为何要刺杀文焕？"

"文焕一家世代食朝廷俸禄，文焕本人是皇上钦点武状元，无论是文家还是文焕本人，皆深受国恩，事至危难，不能以死报国，已是可耻。居然还投降西贼，岂非死有余辜？下官以为，当令陕西房立诛文焕，以惩戒天下的叛臣逆党，使人人知忠勇之士，死后能入忠烈祠，受国家祭祀，享万世芳名；而不忠之徒，纵一时求生，亦会死无葬身之地，身败名裂！"丰稷一脸激愤。

"不对！"石越听到一向儒雅理智的丰稷，口出极端之言，不由摇头道，"纵然文焕投降西夏，也并非是他的过错。更不可因此处他死刑！"

"怎么可能不是他的过错？难道身为人臣，可以投降敌国吗？"丰稷愕然道。

"当然不是他的过错！"石越细心解释道，"我读过战报，文焕是力战而竭，方才被俘。他已经为朝廷，为国家尽了自己最大的努力，被俘不是他的过错。他不投降，是他对国家的忠贞；即使他投降，对于曾经为国家奋勇战斗的人，我们也不可以随意处死。"

"不对！"丰稷显然无法接受石越的观点，不由高声争辩起来，"忠臣死于王事！文焕不能死节，已是不忠。投降敌国，便是附逆，附逆就是逆臣，人人得而诛之！石帅熟于经典，人称明达，岂可有此妇人之仁？大丈夫岂能无操守气节？我丰稷虽然不才，若异地而处，有死而已！"

"并非只有死节的人才是忠臣。"石越无可奈何地望着丰稷。他能理解丰稷的思想，但是在他心中的确认为，即使文焕投降，也无可指摘。但是他很快知道，连潘照临与侍剑，也是站在丰稷一边的。从二人的眼神中，分明可以感觉出来。

石越的这种思想，与宋朝范仲淹、欧阳修以来尚气节的风尚，是背道而驰的。

"若不能死节，怎么可以称为忠臣义士？忠臣义士，未必会为国家朝廷牺牲生命，但是那只是没有遇到时机罢了！若必须舍生取义，杀身成仁，忠臣义士，又岂会退缩？

下官不敏，却以为所谓忠臣者，文死谏、武战死！六字而已。"丰稷满脸通红，声音
高亢，显然心情十分激动，"若文焕只是一寻常士卒，我尚能勉强接受他被俘甚至降
敌，但这也已经是使宗族蒙羞之事。不过朝廷当有仁爱之心，不必苛求。但文焕却是
食君禄、受国恩者，如今苟且偷生，投降敌国，若不除之，日后大宋志士，皆要羞提
'武状元'三字！"

石越不料丰稷越说越是上纲上线，似乎文焕不死，天理不容，而潘照临与侍剑神
色之间，都有赞赏之意，不由大感头疼。明智的办法，是不必再为文焕辩护，这样的
话，就不必要与一种强大的价值观念斗争——这种价值观，石越自己也曾经推波助澜。
但他心里，却极反对将任何一种价值观推向极端。

投降的确是一件不名誉的事情，但其实在中国的传统价值观中，亦并非是不能被
宽容对待的。普通的军民自然不必说，即便是文武官员与士大夫，即便就在宋朝，被
俘后投降敌国的，也不是没有。这些人如果有机会重返故国，也大都会被原谅。若是
在非常之时，出于对人才的重视，甚至还会不惜于重用反复无常的将领。只是，宽容
地对待投降这种事，人们也许会默认这种行为，却绝不能容许有人来宣扬这种行为。

这是一种可以理解的虚伪。

而且，这个时候，正好是士林最尚气节的时候。石越也曾经有意无意地宣扬过气
节，虽然他认为所谓的"气节"应当出于自愿而不是强迫，但是总会有道德洁癖的人，
欲将此强加于人。

他并不怀疑丰稷在危难之时有杀身成仁的勇气，亦同意士大夫应当具有气节。但
石越始终认为，所谓的道德，最好应当只是一种自我要求。尤其是过高的道德标准，
更不宜强行加之于他人身上。他也认为，个人对国家、民族的义务是有限的。一个人
愿意为国家与民族而牺牲，自然值得尊重。但是，却不应当用任何手段，强迫个人去
牺牲。

但石越也明白，人类往往能以平常心对待一直是自己敌人的人，能够接受甚至是
赞赏前半段是敌人而后半段不再是敌人的人；却往往无法原谅前半段是友军，后半段
却是敌人的人。人类从来都不是有理智的生物，一个四十年不断地杀害自己的亲人朋
友族人的人，比起一个曾经在二十年内竭力保护过自己的亲人朋友族人，而后二十年
却变成敌人的人，似乎前者更容易被原谅与接受。

人类的本性如此，而"气节"则是一种容易蛊惑人心的东西。用它来要求自己固
然很难，但它却能轻易地让人站在道德的制高点上，热血沸腾，忘乎所以，要求他人。

如果自己附和一下丰稷的议论，也许会加深人们对自己的好感。普通百姓也会看
个热闹，感叹于"善有善报，恶有恶报"，而士大夫阶层则一定有人会欣赏自己的爱
憎分明……这是毫无道德风险的事情，在政治上，亦是最佳选择。

但是这样做，却使一条生命陷入绝境。

而且这个人，是自己认识的，欣赏的年轻人。

从陕西房提出诛杀文焕的建议开始，大宋唯一能救文焕的，也许就只有石越一个人了。

除了石越，没有人会同情他。

他会身败名裂，会被石越一手主导创建的职方馆追杀至死。

但是这个人，却是曾经为了这个国家奋勇力战的战士！

石越沉默了，一时之间，他不知道要如何去选择……为文焕辩护肯定是"不智"之举，他将要为此承担巨大道德风险与政治风险，而且极可能是徒劳。他没有信心说服任何人。但是任其自然吗？于心何安？

石越并不是一个可以做到为了政治利益而漠视他人生命的人。

这一刻，石越忘记了自己的形象，他就坐在椅子上，低头托腮，皱眉沉思起来。丰稷与潘照临、侍剑面面相觑，三人只见石越的手指有节奏地不断敲打着桌面，咚、咚、咚……

但是，这一次，即使三人心中对石越都有着程度不同的尊重，可他们若扪心自问，也无法接受石越的观点。

叛臣贼子，人人得而诛之！

投降敌国之人，自然就是叛臣！这些，在三人心中，是不证自明的。

所以，他们甚至不知道石越为什么要为文焕辩护……

汴京城。

"咚！"一只制作精美的太原铜制茶具被摔到了地上，崇政殿旁的一座偏殿内，赵顼的脸色紫青，双眼几乎要冒火，诚惶诚恐站在大殿中的是枢密使文彦博、都承旨曾孝宽、卫尉寺卿章惇，还有一个被特旨召来的职方馆知事司马梦求。所有人都低下了头颅，生怕皇帝把自己当成出气筒。"朕钦点的武状元，居然投降西夏！大宋第一个降敌的武状元！"赵顼咆哮如雷，紫金龙袍无风抖动，"诸卿，诸卿说说，要朕以后用何面目去主持武举？"

殿内一片死寂般的沉默。

"这还不算！看看石越的奏章！他鬼迷心窍不成？居然敢说文焕无罪！"赵顼抓起一本奏折，一把摔到地上，恶狠狠地说道，"降敌无罪，何为有罪？他连《汉书》都没读过吗？"

"陛下息怒。"司马梦求虽然品秩卑微，但此时却不得不壮着胆子说话。

赵顼霍然停了下来，凝视司马梦求，良久，伸出手来，指着司马梦求，厉声道：

"卿若为朕提来文焕人头，朕便可息怒！"

"陛下！"司马梦求跪倒在地，朗声说道，"臣不敢不为陛下分忧，但臣有下情禀报，请陛下容臣说完。"

赵顼逼视司马梦求，停了一会儿，方缓缓说道："卿有何事？"

"臣尝读《太史公书》，读至《李陵传》，每每都折腕而叹息。若当时汉武帝不族李陵全家，焉知李陵不能为汉朝立下不世之奇功？"

"卿欲效司马迁为李陵说情之事？"赵顼怒声道，这话语之中，已带威胁。

"臣不敢！"司马梦求再拜叩首，泣声道，"臣只是为陛下忧惧！"

"朕有何忧？朕有何惧！"

司马梦求抬起头，大胆迎视赵顼，朗声道："万一陕西房的报告有误，文焕并非降夏，或者文焕降夏，另有隐情，而陛下错杀忠臣，有朝一日，真相大白，陛下宁不悔乎？"

"陕西房是卿之属下，是否有误，卿反而不知？"

"陛下明鉴，细作不能保证他所有的报告都是准确的。文焕世受国恩，陛下钦点为武进士及第第一名，臣以为此事，不可不谨慎查证。陕西房知事此时正筹划大事，同知事经验不足，若有误判，累及陛下知人之明，臣等死不足惜，却连累陛下，受后世之讥。此事关系甚大，臣不敢不言于陛下！"

"那你速令陕西房去查明！文焕果有苦衷，朕岂不能容他？然若他贪生畏死，辜负国恩，降于敌国。职方馆不能诛之，朕亦当向秉常索回文焕，明正典刑！"赵顼恨恨说道，"石越尤为不识大体，若是降敌，岂可谓之无罪？令石越罚俸一年，以为惩戒。身为朝廷大臣，岂能如此妄言？"

"陛下圣明！"章惇待皇帝话音一落，立时沉声应道，又道，"司马梦求虽然言之成理，然而除恶不可太慢，慢则祸大而不易除之。臣以为当立下期限，从速查明此事。卫尉寺也可以判罪定刑，昭示天下，使叛逆者知惧。"

司马梦求忙欠身说道："陛下，兹事重大，兼之陕西房事务日繁，臣敢请旨，许臣暂离汴京，去一趟兴庆府。若文焕果真降敌，臣当取其首级；若文焕果有苦衷，亦请陛下许其报效国家。"

"准奏！"

"谢陛下！"

司马梦求此时已是迫不得已，职方馆事务之烦，一日重过一日，本来他也无暇离京，但是这件事情，要真想查明文焕是不是别有隐衷，又岂是旁人可以查清的？文焕如若是假意降敌，若非司马梦求亲至，他又岂会信任旁人？

本来区区一个文焕，哪怕他是武状元，司马梦求也没多放在心上，大宋的八品武官多的是，哪值得他来操心。但石越却非常不明智地插了进来，虽然石越的观点司马梦求无法苟同，但是事已至此，若能证明文焕不是真心降敌，那石越至少还可以消除此事的负面影响，甚至得到一个"知人之明"的美誉，并且在大宋的武官心中留下一个不错的印象——易地而处，司马梦求却是知道，大部分武官是并不想战死的，那些慷慨死节者，有一部分固然是为了道德理想而心甘情愿就死，但另一部分，却是被道德所逼，相比起投降、被俘要受到的污辱与歧视，甚至累及家族的声誉，自然还不如战死的好。毕竟，在当时来说，大部分人都很重视自己的家族。这次文焕被传降敌，事情尚未得到证实，整个文家都已经抬不起头来，许多的亲朋好友，以前以有一个武状元的亲友而骄傲，现在却是羞于提起。

但是从另一个方面来说，这种社会力量是如此强大，深入人心，石越却公开上奏章表示质疑，请求朝廷宽容对待那些力战被俘后降敌的将士，却是触犯了整个社会的忌讳。这件事若是在五代十国时期，也许是平常之事，但这是整个社会的精英阶层大谈气节、大讲华夷之防的时代，也是一个统一国家建国一百年以后的时代，一个深受国恩的武状元，向夷狄投降，大宋只怕难以宽容地对待他！

而且司马梦求也是从心底里认为：这样的人，只是贪生怕死的败类而已！

司马梦求跟随石越几年，素知石越行事，一向谨慎而目光长远，这时候忽然知道石越为文焕辩护，立时就想到石越必然另有极深的政治意味，虽然自己并不认同石越的这一观点，但是他与石越，不仅有知遇之恩，更是休戚与共，石越亦是自己实现抱负的寄托者，所以，他也只有站在石越一边的立场，来替石越灭火。

但这一次，他却没料到，石越只不过是在坚持自己的价值观而已。

因为石越认为，政治虽然主要看成败，但是政治也需要讲是非的。哪怕某些坚持在政治上会显得幼稚，也必须坚持。

癸丑科武状元文焕降夏的流言早就以不可思议的速度传遍了汴京，而石越的奏章虽然没有明发邸报，但因这是一份普通的奏章，并没有刻意保密，竟也不知怎么便流传了出来。

顿时，初入夏季的汴京城，一片哗然。

这份奏章似乎从一个侧面，证实了武状元文焕降夏的谣言，而《皇宋新义报》刊登了对石越罚俸一年的处分，又从侧面证实了这份奏章的真实性……

引起争议的，不是文焕的投降——尽管这件事情未经证实，各大报纸的编撰们本着谨慎的态度，没有进行正面的攻击，但字里行间，已是显露出极度的轻蔑与谴责。这一点上，除了《海事商报》尚未得到消息外，《新义报》《汴京新闻》《西京评论》的态度，都是出奇地一致。真正有争议的，是石越的奏章！

整个汴京城，上至禁中政事堂，中至士绅学子，下至酒楼街头，都在议论石越这篇惊世骇俗的奏折——后世称为《论宣节副尉文焕无罪札子》。

没有人想到石越会为区区一个宣节副尉辩护，更没有人想到石越会提出如此"不可思议"的主张——"若力战而竭，被俘亦可谓之英勇；苟无所害于社稷，困于穷途，不得已降敌，亦不必视为叛臣！此辈虽少节义，然已无负于国家。"

难以接受！

这是整个汴京的第一反应。

但是上这篇奏折的，却是石越！几乎已取代王安石，被称为"孔孟之后第一贤人"的石越。是学贯古今又能推陈出新，言人不能言，道人所不及道的石越；是在大宋士林中举足轻重的石越！

你可以不同意他的观点，但是你无法不重视他的观点。

这就是石越在熙宁十年，在大宋思想界真正的地位。

2

"子明这是什么意思！"桑府后园中，桑充国百思不得其解。王昉挺着大肚子，由几个婢女扶持着，站在一旁，听丈夫大发牢骚。她在这五月份，便要临盆。

"真是不通之极！投降敌国，还能是无害于社稷？忠君报国，是大丈夫的本分，若然不幸被俘，自当死节，又有什么不得已而降敌的？分明便是贪生畏死！子明这时候说这样的话，不怕打击军中士气吗？谁还会愿意奋勇杀敌啊？而且这明明就是在授人以柄！朝中的政敌，正愁找不到机会攻击他呢……"桑充国一肚子的怨气，连珠炮地发泄出来，"建忠烈祠的是他，鼓吹气节，明华夷之防的是他，说降敌无罪的也是他！朝野之中，有多少人对他嫉妒、不满、怨恨，以前是找不到半点儿机会来攻击他，如今倒好，自己把机会送上门去，这两日，报馆收到的指责子明的文章，堆积如山！你说要我怎么办？"

王昉静静地望着桑充国，眼睛眨动，柔声道："桑郎以前从不犹疑，如今为何却迟疑起来？"

"夫人有所不知，你看《新义报》，三个状元郎各有高升，陆佃也被排挤，眼下主笔的，全是吕惠卿的门生，此番已然是夹枪带棒，不过因为《新义报》是朝廷所办，言词多少有所顾忌；《西京评论》完全无法接受子明的观点，但是富弼与子明的关系，实在是非比寻常，因此虽然批评，却也是极尽委婉之能事。我们报馆内部，却已分成两派，一派主张和《西京评论》一样，委婉批评；另一派，却是不满大家的态度，主张直言无忌的批评……"

"这一派占到多数？"王昉立时就想到了问题的症结所在。

"正是。"桑充国皱紧了眉毛，"你知道我妹子下个月就要临盆，她一向读报纸的，眼下这个情势，定然已让她十分担心，若是我们《汴京新闻》火上加油，她的性子，却不免抑郁成病，若有个意外，我要如何是好？而且我听说子明最近的情况并不好，平夏城战局僵持不下，朝中大臣、言官也已经开始上书指责子明，皇上下诏斥责，各大报纸纷纷批评……这个时候，这个时候……"桑充国不断地重复着，心中为难之极。

"关键是时机，对吧？"王昉沉吟了一下，淡淡一笑，娓娓说道，"妾不知道石子明为何要发出这种谬论，但是妾相信他显然没有料到这样的后果——几乎整个天下都不同意他的观点，相信即使是契丹人与党项人，也不会同意他说的。他居然会出这样的昏招来自掘坟墓，还真是让人失望……但是桑郎你不可以在这个时候火上加油。"

"但是报馆内部的压力……"

"批评的语气是轻是重，不涉及是非问题。只要你和程先生、欧阳公子善加引导、解释，便可以解决。必要时不妨强制，毕竟报馆最终决策，由你和程先生来定。"王昉眉毛一挑，断然道，"桑郎，你要知道，此时朝中政敌正在攻击石越，万一石越果真被罢官，无论是吕惠卿还是司马光柄政，第一个要拔的刺便是《汴京新闻》，眼下他们不敢动手，无非是投鼠忌器而已。《汴京新闻》不能帮石越也就罢了，若还要火上加油，岂不也是在自掘坟墓？《汴京新闻》虽然极有声望，但是平素议论朝政，真要罗织罪名，又岂是难事？吕惠卿擅于弄权，司马光刚愎自用，单单是士林清议的声援，却难以对付这二人。就算勉强保住了，最终也会元气大伤，再无今日之规模气象。"

"这……"

王昉把手轻轻搭在桑充国的肩膀上，凝视桑充国："其实，这篇奏折虽然会对石子明的声望造成影响，但是眼下石子明真正的问题，不是他的这篇奏折，而是平夏城的战争——只要平夏城大捷，天大的问题，皇上都会原谅他！而若平夏城失败，这篇奏折，便一定会成为罪状之一。本来朝廷一直在向石子明施压，一直在讨论平夏城的僵局，但是现在的争议，却让朝廷暂时忘记了平夏城的僵局。石越一向狡猾多智，焉知这不是他的诡计？桑郎你又何必掺和进去？这等权术伎俩，桑郎你是谦谦君子，自然所知不多，但是似石越与吕惠卿，却是用得炉火纯青。依我说，这些事情，咱们还是能避开就避开——自然，若是大是大非，咱们也要有担当，不怕得罪人，但是这等小事，又何必在意？石子明固然写了那篇奏章，可是大宋又有谁会认为他对？这又有何争辩的意义？还不是因为他是石子明，若是旁人说了，便当成疯言疯语，谁也不会当真。"

桑充国默默想了一会儿，终于缓缓点头，舒眉道："确是如此。"

王昉见桑充国想通，嫣然一笑，道："既是如此，不妨再卖石越一个人情。石越不是说力战之后，困于穷途，不得已而降敌吗？桑郎岂不知《太史公书》有《李陵传》？《汴京新闻》不如就从《李陵传》入手，辟出专门版面来，来讨论李陵该不该降匈奴。这件事情，既与石越的奏折有关，又不点名道姓声讨石越，比起干巴巴的引经据典，也要有意思得多，最要紧的，是可以给石越缓解一些压力——千载之后，不知多少人同情李陵的遭遇，若从这里看来，石越说的，未尝就没有一丝半点道理。只需先把水搅浑了，哪怕最后得出结论，石越的观点全然错了，也不要紧——如若把水搅浑一两个月，石越还不能摆脱困境，那便是他命该如此，我们也不必管了。"

桑充国听到此策，不禁拊掌赞叹，笑道："夫人真是女中诸葛。"

"桑郎谬赞了。"王昉笑道。她此时的心中，想的却是更深远的事情。她几乎是出于一种直觉，便意识到石越此时还没有达到他的顶点，在这个时候，桑充国向石越提供一些方便，日后能收到的回报，必然十倍百倍于此。这种有百利而无一害的事情，王昉是不能不为桑充国考虑到的。至于一个人在力战后是不是可以投降，这件事情与她王昉又有什么关系？也许她也会看不起那些贪生怕死的人，她会欣赏文死谏、武战死，但是这些东西，绝对称不上是她王昉的"大是大非"。

桑充国不知道，王昉心中，此时的"大是大非"，便是他桑充国与王昉腹中即将出世的孩子。

如是而已。

石越丝毫不知道自己的奏折在汴京城掀起了怎样的轩然大波。他还在考虑应当怎么样让人们接受不得已的投降并不是犯罪。但是他真有无限的茫然，找不到任何支撑点。他翻查了《唐律疏议》与宋朝的法令，一遍一遍去读《论语》《春秋》《孟子》，试图寻找理论上的支撑点，但是却一无所获。

生命的价值，在"仁义"这样的道德准则之后。

华夏诸族人民，自有史记载以来，一直到大宋熙宁十年，都普遍相信，世间有高于生命的意义存在。对于家族、对于君主、对于国家、对于种族、对于文明的忠诚，毫无疑问，都在自己的生命之上。

平心而论，石越并不排斥这种说法。

他从心里就厌恶那些背叛自己的民族，背叛自己的国家的人。他对于君主可以缺少忠诚，但是石越对民族与国家，却有着极深的忠诚观念。"汉人学得胡儿语，反向城头咒汉人"，这世间还有比这更卑劣的人吗？一个人若肯为自己的国家、族类、文明而牺牲，石越会从心里尊重他，并且也认为这样的人，理所当然要受到全种族的尊重。

但关键是，石越认为这种牺牲，应当出于个人的自由选择。

选择牺牲的人是君子，不选择牺牲的人就是小人吗？

选择牺牲的人值得尊重，不选择牺牲的人就罪该万死吗？

只要没有反过来去危害自己的国家与族类，那么选择保全自己的性命，难道不可以理解吗？如果他还是曾经为国家与族类奋勇战斗过，只不过迫不得已而降敌，难道就不值得同情吗？

但是身边没有人支持石越的看法。

每个人，包括受石越影响最深的侍剑，石越相信唐康也会一样，他们会认为，五代十国时期那种朝秦暮楚的臣子，是小人；他们笃定的相信，身为社会的精英——包括士大夫以及一切食朝廷俸禄者，有义务在关键的时候，为社稷而死。能不能做到是一回事，但是应不应该去做，在他们看来，却是毫无疑问的。

这可以说是宋朝古文运动的巨大成就。

也可以说是中国传统的巨大力量。

讽刺一点儿说，也可以说是石越的巨大成就。

石越心里也知道这些宋朝人是玩真的，虽然宋朝出过中国历史上最臭名昭著的汉奸，但是宋朝灭亡时，也是中国历史上士大夫死节者最多的朝代。石越从不嘲笑他们，一个能够为了自己忠诚的对象去死的人，无论他的能力是多么微不足道，石越都是尊重的。宋朝的灭亡，那些死节的士大夫有错，但是主要的过错不在他们，那不过是历史的悲剧。

石越也知道，就是在熙宁年间，就是在这个时代，宋朝的中高级军官，在与西夏的战争中，也极少有被俘的，一旦失败，大多数人都挥剑自刎了。

在这样的时代，无论多数人在实际上能不能做到宁死不降敌寇，在道德上，要说服天下人，说如文焕这样的情况，即使是投降也是可以原谅的，石越完全可以理解，没有几个人会同意自己。

在大宋的臣民看来，以文焕的身份，甚至没有被俘的权利！如果被俘，他就应当自杀。

武状元，不仅仅是荣誉，也是一种责任。

但是石越同情文焕。

正如石越同情历史上的李陵一样。

"我原本可以袖手不理，但是如果我明明认为他并不是汉奸叛臣，我真的可能坐视不理吗？如果我尝试了，失败了我对得起自己的良心；成功了，我救的就不只是文焕一人。"石越这样说服自己。

"但是我真的是对的吗？"石越也有自己的疑惑。

也许他身上本来就有这样的矛盾，他既欣赏中国传统的重义轻生，却又受到西方的影响，认为人之是否重义轻生，完全应当取决于自己的选择。

　　石越知道，如果仅仅是理论上的辩论，石越绝对不会冒天下之大不韪，来做这种逆向而行的事情。但是涉及具体的一条人命，还是一个自己看好的有才华的年轻人，石越有时候就无法把握自己理智与情感的天平。

　　因为这条人命，很可能就取决于石越心中的天平，向哪边倾斜一点点儿。

　　想了良久，石越忽然喟然叹了一口气，虽然这花园闹中取静，十分清幽，然而，从几年前开始，石越就已经很难找到一个让自己心境安静下来的地方了。他看了摆在自己面前的古琴一眼，双手不自觉地在古琴上乱划起来，陕西路安抚使司衙门的后花园，响起了一阵紊乱急促的琴声。

3

　　匆匆忙忙走到后花园门口的潘照临与陈良听到这阵琴声，不由相顾一愣，停住了脚步。潘照临的嘴角带着一丝微笑，让人分不清是理解还是嘲弄，或者那只是一种无意义的笑容。而陈良的脸上，却只有困惑。

　　石越自从到陕西后，也许是因为许多事情都可以自己做主决定，而且权力也更大，也许只是因为长期身居高位而养成了一种习性，陈良越来越明显地感觉到石越身上发生了一种不易觉察的变化。他很难说清楚这种变化，只是他发现，石越虽然一如既往地全面听取下属与幕僚们的意见，但是在决策之时，却越来越少顾忌。

　　比如这次的奏折，石越就没有听取潘照临与陈良的意见，而是坚持要上书，并且用的是最快的急递。

　　这种变化，究竟是好是坏，陈良一时也说不清楚。

　　正在他出神的时候，忽听潘照临"咳"了一声，琴声戛然而止。一袭白袍的石越回过头，望着二人，淡淡说道："潜光兄、子柔，你们来了。"

　　"公子。"

　　"石帅。"

　　潘照临与陈良向石越行了一礼，走到石越三步开外的地方站立了。

　　"事情查得如何了？"石越含笑问道，但是可以看出，笑容不过是勉强装出来的。

　　潘照临脸上难得露出一丝苦笑，道："职方馆陕西房的答复是，陕西路安抚使司无权对他们下达任何命令，也无权过问情报来源，他们只服从枢府职方馆。他们与安抚使司的关系，只是向帅司提供情报与情报分析，如若情报有误，相关人员自然会受到惩罚。他们建议我们向枢府汇报……"

这个结果早在石越的意料之中，他点点头，不禁自嘲地笑道："全是公事公办的口气。看来司马纯父干得不错。"

"不过听说向安北与段子介也开始介入调查此事，文焕降敌的事情，现在传遍了陕西，平夏城军中也出现流言，希望不会打击士气。"陈良忧形于色，武状元降敌，对士气不产生影响，是绝不可能的。

石越沉吟了一会儿，抬头转向潘照临，道："潜光兄，你以为该如何应付？"

"卫尉寺的调查是没有用的，他们无法去兴庆府取证。要紧的是士气军心。"潘照临略一思索，便即说道，"要鼓舞士气，最有效的是胜利。此外，公子也可拟写奏折，请朝廷大张旗鼓迎接平夏城殉国的将士入忠烈祠，表彰有功将士，用四百里急脚递送往京师；安抚使司与学政使司可先准备典仪，前往平夏城迎灵，石帅当亲撰祭文，派遣在陕西德高望重的官员前往吊祭，声明朝廷必有赏赐。如此这般，何忧士气不振？"

"朝廷没有批准就做，会不会有专擅之嫌？"陈良有些担心地问道。

"事急从权。"石越果断地说道，"若等朝廷做出决断再来做，早误了时机。何况殉国将士入忠烈祠，这是当然之理。请朝廷批准、备礼，也不过是衙门间的程序。我向皇上说明这一层意思，皇上必不会责怪。"

潘照临也道："正是如此。正好让范纯粹去做这件事情……"

"只怕范公不肯去。"说到范纯粹，陈良一脸的佩服，原来范纯粹上任之后，便在陕西大查虚报学校之弊，几个月内一连弹劾了八个县令、十个通判，处罚豪右三十余家，声威震动三秦，连皇帝赵顼也为之动容。朝廷有人弹劾他苛刻扰民，他却丝毫不为所动，并且还在官员聚会时，公开立下誓言，定要让陕西一路，没有一所虚报的学校。

"这也是好事，他应当会去的。"石越道，"眼下陕西一路的官员，再无第二人有范德孺威望高了。前几日有来京兆府的地方官员向我诉苦，说各地方官员听说范德孺到了，吓得双腿发抖。又有一个举子对我说，老百姓都称范德孺为'小范相公'……兼之范文正公在陕西军中威望甚高，范德孺又是学政使，遣他去迎烈士英灵，该是众望所归。"

陈良迟疑了一下，道："这会让那些贪官污吏得到喘息之机，他们就有时间来补漏洞了。"

石越睇视陈良一会儿，笑着摇了摇头，没有说话。潘照临在一旁笑道："正是要给他们一点儿时间。水至清则无鱼，如今朝廷中已不无微词，说范纯粹只因为一些许小事，就要弹劾官员，重罚士绅……范纯粹做事公正不畏权贵，敢作敢当，但是嫉恶过甚了。这样下去，将那些贪官劣绅逼得太急，狗急跳墙，谁知道会发生什么？你道陕西就没有可以通天的人物吗？"

"但是皇上是支持范学政的。"

"皇上现在支持，但未必会一直支持。朝中说话的人多了，三人成虎，我等在陕西也解释不清。"

"子柔，此事便如此办吧。"石越打断了二人的话，淡淡说道，"吏治这篇文章固然要做，但此时还不是时机。我们只要支持范德孺清查陕西一路的学校就可以，没必要把所有的官员都清洗干净了，到时候只怕反惹朝廷疑忌……"

石越把话说到这个份儿上，陈良心中顿时一凛，忙道了声："是。"

石越点点头，若有所思地呆了一会儿，又问道："驿政的事情，方案拟好了吗？只待平夏城一有捷报，便要随捷报一道上呈，切不可耽误了。"

"石帅放心，已然拟好。只是为了万全，还要再核实一遍各地的实际情况，再讨论一次。这是华夏千载以来所未有之事，不可不慎。"说到驿政，陈良就双眼发光，"按石帅的设想，我们以京兆府、河中府为中心，以延州、凤翔府、秦州、渭州等八城为节点，将陕西全路大小州县军监依托原有的官路驿馆马铺，全部连成了一张大网。各县每五日发一趟驿政马车，至相邻最近的县城，快则一两日，最迟五日亦可一往返；然后各县皆聚于延州等八城，每两日发一驿政马车，往京师者，则径去河中府；否则则聚于京兆府。如此施行驿政，可节省之人力物力，不可胜计！此实是一大创举，亦是一大德政！"

石越却笑道："不过天下诸事，但凡新兴，都会有许多意想不到的困难，却不可轻易了。否则画虎不成反类犬，好心却办了坏事，也是有的。"

"断然不会！"陈良信心满满地说道，"学生岂能不知道轻重，此事如若推行成功，不知多少百姓，可以减轻役法之害。便凭这一点，学生一定会慎之又慎，力求周密。"

"那就好。"石越并不怀疑陈良的能力，但这所谓的"驿政"，本是石越苦心设想出来的改革宋代役法的第一招，自然不容有失。

石越和陈良等幕僚反复讨论宋朝役法，发现许多百姓替官府服役，一项主要的工作，就是押送物品或者递送文书。这些物品文书，或者是发往他县，或者是发往州府，又或者是发往京师，每每有一次这样的任务，就要专门派人去押送，如果路中丢失，百姓就要负赔偿之责。而且有时路途遥远，百姓盘缠不足，官府又不先发银钱，或发放时被小吏贪污克扣，百姓只能自筹，这一切给百姓造成了沉重的负担。所以，在役法之害中，这是最常见的，而且，对人力资源的浪费极大。因为每往一个地方，都要专门派人前往。而一般来说，除非军务与紧急重要公文，这是毫无必要的。

石越与众幕僚知道役法之弊，宋代无数有识之士都认识到了，但就是解决不了。王安石的免役法又沦为敛财之术。他既知不能正面解决，就只好设法迂回解决，先想出来一个办法，来更有效率的解决物品、文书的传递问题。一旦这个问题得到有效解决，官府需要服役的人员就可以大幅减少，从而实际上减轻了百姓服役之苦。他们绞尽脑汁想出的办法，就是陈良所说的"驿政"。宋代驿馆邮传制度，已经十分发达，官道通畅，官道之上，有驿馆与马铺，为沿途行者提供补给。石越就决定利用这些原本成熟的系统，在各个城市来设立邮局，定期发出马车或者是牛车，前往附近的城市，再从那个城市转车，到另外的城市，最后集中到八个较大的城市。这八个较大的城市，再将物品运往京兆府或者河中府。之所以要有河中府，是因为河中府离汴京较近，有些是送往京师的物品，直接去河中府，可以节省时间与费用。

采用这样的办法，虽然没有专人押送那么快捷，但是多花费的时间有限，而节省下来的人力和物力，就非常可观。除了军事上的通信以及极其重要的公文与非常大宗的运输不能使用这个系统之外，大部分的传输任务，都可以用这个系统来解决。

邮局的人员，可以从厢军中抽调，再雇用若干文书，就可以完全不扰民。而且邮局不仅可以运送官府的物品与文书，也可以运送民间的物品与书信，还可以载人，并且收取一定的费用。虽然当时物流来往还是有限，但是那笔收入用以支持邮局人员的薪水并且维持运营，至少是不无小补的。

石越自然知道邮政网络一旦建成，必然还会有更大的发展，而且必将铺展至全国，也会促进地方之间的交流。但是在当时开始这样的工作，却还有一定的风险。所以石越在构思时，十分谨慎，他知道但凡办一件事情，目的越单纯，越容易完成。所以他始终抱持这样的心态：他在陕西创建邮路网络的目的，就是解决役法中的一些问题，如果有其他的收获，那都是"意外的"副产品。对于参与策划这件事的幕僚与官员，石越也是如此强调，缄口不提邮政网络建成后能产生的巨大作用。

但是这样一个前所未有的系统，别说参与策划的陈良等人，连旁观的潘照临，也能隐隐感觉出来，它的意义非比寻常。

陈良等人对石越预期用两年时间来在陕西完成这样一个网络，甚至还颇有不同意见——他们认为有一年的时间，已经完全足够在陕西完成这项工程。同时，陈良更是充满着期待，因为石越说，这只是解决役法问题的第一步而已！

只要一想起当初石越向刘庠与范纯粹等陕西路官员提出此策时众人惊叹的神情，陈良就会觉得，这样一个如此利国利民的绝妙构想，自己若不能将它完美地做好，反而砸在自己手上，他简直就会成为上愧对国家朝廷、下无颜对百姓万民的千古罪人。

因此陈良与陕西路安抚使司、转运使司的一大批官吏们，尽可能详细统计了陕西各州县军监每年押送物品、递送文书所要花费的人力与财力，又调查了各州县军监之间的官路与沿途驿馆马铺等设施，再根据路途远近、人口多少、居民财富以及估算的物流大小，来设计了八个较大的中转城市，务求使每一个城市的物品，能通过最短的路途，到达京兆府与河中府。陈良有相当的自信：自己主持的这项工作，在准备阶段，绝对已经是做到了最好。现在要等待的，只是找一个适当时机，向朝廷提出这个计划。一旦通过，便可以在陕西全路推行！

至于这个时机，石越出于政治考量，认为是平夏城的捷报传来之时。

但是陈良却几乎有点儿迫不及待了。他正想和石越说说能不能提前在陕西路实际准备大兴驿政的事，但听石越却已换了话题："卫家那边，可有何动静？"却是向潘照临问的。

潘照临笑道："还是大张旗鼓地筹划那些事情。"

石越"嗯"了一声，右手轻轻抚弄琴身，忽然说道："替我安排一下，我想见见那个卫棠。"

"这是为何？"潘照临不禁愕然，不明白石越为什么会对卫棠有兴趣。

石越不由笑道："偶尔我想见一个年轻人，难道就一定需要特别的理由吗？"

潘照临摇了摇头，讥道："公子若是有这空暇，不如记得给清河郡主多送点礼物——她是有孕在身的人。这也是笼络狄詠的一个办法。"清河郡主已有几个月的身孕，据说是在离京前便已怀上，谁也料不到，这位美丽动人、冰雪聪明的郡主，竟然会在这样的大事上如此迷糊，不但在毫不知情的情况下陪同狄詠千里奔波前来陕西，甚至直到狄詠前往平夏城时，她都还懵然无知。所幸的是，目前为止，她一切安好。只不过，狄郡马既然跑到平夏城前线去了，纵然知道娇妻怀孕，却也没办法让他马上赶回来。那么郡主府的一切，石越便免不了要安排人手替他操心。

想到这些，石越亦不禁苦笑道："难道郡主府的丫鬟婆子不是我让人帮忙请的吗？"

陈良听他们提起清河郡主，忽然想起一事，忙说道："似乎柔嘉县主也来了京兆府……"

"啊！"陈良的这话，委实是石破天惊，休说石越，连潘照临都吓了一跳。石越不敢相信地望了陈良一眼，惊道："她如何能来长安？"

"这我却是不知道了。"当下陈良将那日遇上田烈武的事说了一遍，又道，"我因忙于驿政之事，竟是忘了。若非刚才提到清河郡主，竟是再也想不起来。说起来柔嘉县主与卫棠结怨不小。"

潘照临却只是冷眼望了石越一眼，道："现在的问题是柔嘉县主是怎么来的京兆府，又为什么来的？她不比寻常的县主，邶国公家里少了个人，宫中会不会有乱子？这些事情如若追究起来，十之八九，又会牵扯到公子头上。"

石越无辜地苦笑道："潜光兄以为……"

"在卫家没有发现她的身份之前，赶紧想办法不动声色地将她送回京师。现在汴京没传来消息，就是说邶国公也在瞒着，只要送回去，神不知鬼不觉，也没有人敢说。

当然也不能用公子的名义送，以免授人以柄。"

陈良大是摇头，道："柔嘉县主的脾气，这尊神没这么容易送。"

"那也要试试。实在不行，公子就上本弹劾邺国公家教不严！让朝廷强行把柔嘉县主请回去。否则公子会有洗不脱的嫌疑。"潘照临对于柔嘉这个"麻烦制造者"实在是深恶痛绝。

不过他这一招虽然有效，却未免太过于不近情理，石越皱眉摇头，叹道："若非迫不得已，还是不要行此下策。好生劝她回去吧。"

潘照临用鼻子"哼"了一声，道："但愿能如意。"

他的话音刚落，就听到守在花园门口的亲兵莫五忽然用一种惊奇的语调大声地问道："侍剑，你这是要做什么？这……这又是什么人？"花园中的众人只听见侍剑用支支吾吾的语气低声地回了些什么，却谁也没有听清楚其中的一句。

莫五显然也已经不耐烦了，提高声音道："侍剑！"

侍剑终于也提高了声音："我……我来见石帅！"

"那么这个人呢？"莫五声音怀疑地问，这也令园中众人都好奇起来——侍剑似乎带来了某个奇特的客人。

这一次，还没等到侍剑回答，众人就听到一个久违的声音清脆地叫了起来："你管得着吗？"众人方呆了一呆，立时便见一身白袍男装的柔嘉县主，此刻正一只手拎着侍剑的耳朵，大摇大摆地闯了进来。侍剑的身材高她甚多，被她这么拎着耳朵，却不敢反抗，不得不佝偻着身子，进到园中，立时便一脸无辜地望向石越，脸上的神情，似乎是想笑又笑不出来，又似乎是在勉强忍住了笑。追进花园的莫五显然不知柔嘉是何方神圣，而眼前的情形也让他不知所措，所以他只是呆呆地望望柔嘉与侍剑，又望望石越。

潘照临与陈良压根儿料想不到陕西地方之邪，一说曹操，曹操即到，但此人既来，二人立刻相顾一眼，随即心里有了共同的决定。潘照临一本正经地向石越说道："公子，我还有事，先行告退了。"陈良拼命忍住笑，也马上道："石帅，学生也先行告退，再去整理一下驿政的计划。"二人也不管石越答不答应，便忙着抱拳一礼，立时便疾步走出花园，过了一会儿，外面似乎隐隐传来陈良忍俊不禁的笑声。

石越先也目瞪口呆，但随即苦笑着朝莫五挥了挥手，道："没你的事了，先出去吧。"

"是！"莫五忙躬身行了一礼，退出花园，临走时，还不忘莫名其妙地看了柔嘉一眼。

石越干咳了一声，想要说些什么，却又不知道该说些什么，只是看着柔嘉擒着侍剑的手，再次干咳了一声，然后苦笑着说道："县……"

他的话还没有说出来，柔嘉已经放开侍剑的耳朵，随即望了石越一眼，还未张嘴说话，眼圈却瞬间红了。

　　侍剑本是要出府办事，孰料才出府门，便被躲在旁边的柔嘉给逮个正着，于是便一路这样被拎着耳朵进了安抚使衙门，可谓颜面尽失——侍剑在石府虽只是书童，但宰相门前七品官，何况他与石越，亦主亦仆，亦师亦徒，亦父亦子，亦兄亦弟，谁都知道他在安抚使衙门中的特殊地位，虽只是书童，却是谁都不敢轻看的。岂料此时会被柔嘉逮住？如此不留情面地带将进来，侍剑哪敢挣脱反抗这个姑奶奶？只好自认倒霉，任她摆布。那安抚使司内的人见到侍剑如此模样，哪里还敢询问？柔嘉就这么着闯进了后花园。她这些天一直念着要见石越，可惜无计，好容易今天逮到独自出外的侍剑，进来之时本已经盘算好，开口定要先声夺人地痛骂石越一顿，谁知这时果真见着，却觉气短，话未出口，先自己就觉出一阵委屈，竟有些想要哭出来。

　　侍剑本来一面揉搓耳朵，一面还想向石越分辩几句，证明他"卖主求荣"实是情非得已，此时一见气氛不对，便不敢再多说话，偷偷看一眼两人，便蹑手蹑脚地出了花园，一面还顺便撤下花园里的亲兵。

4

　　花园中已只剩下石越与柔嘉二人。

　　石越本来也想先声夺人责备柔嘉怎能如此胆大妄为，然后再苦口婆心地劝她回去。但话未出口，便看见柔嘉泫然欲泣的表情，到口的话立刻便咽了回去，再也不敢说出。石越眼看着此时只剩自己与柔嘉两人，不禁暗暗叫苦——这事，不论是以何种形式张扬出去，都是一个极大的笑话，尤其若叫别人知道了柔嘉的身份……

　　石越平生也缺少与女子单独相处的经验，梓儿未嫁之前虽然也多有促狭之举，但毕竟本性温柔解人，不似柔嘉的胆大妄为，梓儿嫁人之后，夫妻感情既好，做姑娘时的活泼性情便也大为收敛，一味地蜜意柔情，变得事事以夫君为先，事事未等他想到，便已经先行为他考虑到了，因此两人之间的相处，也因亲密而随意，因随意而自若，只觉无论如何行事说话都是再自然不过的事，哪里要去想相处之道与说话的艺术？而楚云儿，却是一位善解人性的知交好友，说话之前，自己便早已经想好了，决不会让他有半分的为难之处。因此他哪里会懂得怎么去哄女孩子？更何况柔嘉的身份何等特殊？此时见她这副神气，一时间竟也是手足无措，不知道说什么好，不免呆呆地望着柔嘉，心念百转，却没一个主意是管用的。

　　二人就这么对视着。一个是少女情怀，心思百转，压着千言万语，硬是说不出口，恨不能立时扑到他怀里痛哭一场，但这自然也是不能的，所以便又多了一分哭不出来的辛苦；而另一个根本是在纯粹地乱转念头，因始终不知应变之策而茫然无措。

过了好半晌，等石越终于意识到必须尽快结束这样的对视，正打算说点什么的时候，柔嘉的心情也渐平复，随即便觉不好意思。柔嘉当下微微垂首，正好看见了几上的古琴，便故作镇定地问他："你会奏琴？"

石越巴不得做桩什么事来移开她的注意力，以结束此时的尴尬气氛，当下连连点头，忙着便俯下身调弦，然后问道："我试奏给县主听？"

柔嘉大模大样地找了块石头坐下来，说道："我且听听你琴艺如何！"她是一时也没想到要同石越说些什么，便索性借此机会再好好想一想。石越却是盼着奏首曲子将她哄高兴了再说劝她回去之事。

当时宋人，尤其是士大夫们，极为重视琴声之外传递出来的人心琴德，并认为"琴者，禁邪归正，以和人心，是故圣人之制将以治身，育其情性，和矣"。因此自帝王始，均将操琴一事都看极重。石越入乡随俗，要在士大夫群中立足，除了道德文章要好，琴之一技也不可少，因此也于此道浸淫甚久。他的琴技，先后得过楚云儿、梓儿、阿旺传授指点，三人之中，除梓儿稍差外，楚云儿与阿旺却都是有名的琴师，名师出高徒，这话倒也并非虚传，因此石越的琴技，虽然已经学得晚了，但要操几曲平日练得熟悉了的曲子，倒也似模似样，即使是在以风雅闻名的汴京士大夫群中，也勉强可以不算是献丑。

他这时为了讨好柔嘉，以便趁她心情好时再劝说，这次操琴，却的确算得平生最为卖力的演奏。但他却似乎忽略了，或者说高估了柔嘉对于琴声的悟性——柔嘉虽然常与清河待在一起，但实在是不同类型的女子。

柔嘉一开始还认真地听了一会儿，但随即便忘记了琴声，只是痴痴地望着这个正在对着她专心致志抚琴的男子，望着他微微上翘的嘴角，略有些落寞悲悯的眼神，还有眉宇间的坚毅……虽然她似乎是在用心地听着，但她的心事，早飞进了这琴声编织出的一个幻梦之中。只是这个幻梦，与石越的，根本不同。

在这一瞬间，她觉得似乎听懂了这个男子在琴声中不自觉流露出来的心事，那似乎是期待，还有希望？

她竟然感觉到有一点儿心痛。

不知过了多久，琴声停了。柔嘉听见自己喃喃说道："你……你是想要追求些什么吗？"

一霎间，倒是石越怔住了，他抬起头，怔怔地望着柔嘉，几乎有点儿不确认眼前这个女孩就是柔嘉县主。在这一瞬间，石越突然有种冲动，他想说点什么……但是只是一刹那间，石越就冷静了下来，然后淡淡地一笑，柔声说道："县主，你不应当来这里。你还是回汴京吧！"

　　柔嘉凝视石越良久，忽然坐直了身子，用满不在乎的口气，轻松地说道："反正来都来了，惩罚总是逃不掉的了。回去后就算娘娘不罚我，我爹爹也不会轻饶我了。所以我倒还不如留下来好好地玩玩，能玩多久算多久！"

　　石越不由苦笑了一下，他实在不知道，柔嘉这样的行为究竟是莽撞还是勇气，或者只是不懂事的任性。

　　"你带我去看打仗吧？好不好？"柔嘉突然伸长脖子，有些兴奋的恳求道。

　　"不行。"石越立刻摇头，但看着柔嘉瞬间就变得极度失望的表情，忽然间又有些不忍，便又补充了一句，"我是文官，不能上战场。"他的话刚刚出口，便已自觉实在是画蛇添足，不由又苦笑了下。

　　柔嘉失望地叹了口气，道："早知道就随郡马去了。说起来这京兆府除了你和打仗，也没什么好玩的，远远比不上汴京。"

　　"打仗其实不好玩。"石越叹了口气，也实在不知道怎么样跟这个娇生惯养中长大的小女孩说这些，只得又说道，"县主，你还是回汴京吧。"

　　"回去后我真的会被关起来的，这次一定会！"柔嘉加强了"真的"两字的语气，拨浪鼓似地摇头，"我想好了，反正是要被关的。那索性不加理会，我要等十一娘生了宝宝后再回去。"才说完，她才意识自己说错话了——竟然在一个男子面前说着女子之间的亲密话题，脸上立时一阵绯红。

　　石越呆住了，或者说是被吓住了——那岂不是说柔嘉还准备在京兆府待上半年？

　　平心而论，若是有这样一个小妹妹，石越倒是很乐意让她在京兆府，甚至是在帅府住上半年。但是坐在他对面的，却是金枝玉叶的柔嘉县主。一个平常的县主倒也罢了，但是柔嘉却是邺国公赵宗汉的女儿，当今天子视若亲妹的县主。若是她在京兆府待上半年，只需传出一星半点的流言蜚语，石越的政治生命，就有毁于一旦之虞。

　　石越现在就已经很担心了，柔嘉这样大摇大摆闯进帅府，拎着侍剑耳朵进门的神气人物，焉能不引起众人的窃窃私语？若还让她待上半年，她又经常来帅府串门……这简直就是自己给政敌送上的致命的把柄！而且石越并没有婚外恋的打算，他的孩子马上就要出世了，他一直在期待着，心里还指望着等梓儿生下孩子、身体无恙，便要尽快将她们母子接来团聚。

　　"你若在外面待得太久，若是被太后和皇上知道，便是邺国公也会受罚的。而且连郡马与清河郡主也脱不了干系……"石越在绝望之中向柔嘉剖析着利害，正准备苦口婆心地晓之以理然后动之以情，却听到花园门口有人干咳了一声，便见侍剑站在那里，唤道："石帅！"

　　"何事？"

　　"城西卫家的卫棠求见。不知见还是不见？"

石越本来就想见见卫棠，不料卫棠竟然主动前来求见，正要点头答应，不料柔嘉听到"城西卫家"四个字，便已想起当日之事，早就说道："我也要去随你一同见客。"

石越大惊失色，几乎是叫道："不行，县主，这怎么可以？"

柔嘉奇道："为什么不可以？"

"他来拜会我，也算是公事。县主你自然不能去。"石越抬出大道理来。

"这……"柔嘉自知理亏，眼珠一转，立时放低了声音，柔声央道，"我扮你书童好不好？我保证不说话。"

"下官可不敢。"石越断然拒绝，他可不想给卫棠抓住自己把柄的机会。需知卫棠既然见过柔嘉，哪怕是再见一次，也难保会不出事。

"石头！"柔嘉见央求无效，立时柳眉一横，怒道，"你若不让我去，我便回宫和太后说，是你带我来陕西的！"

石越与侍剑不料柔嘉来这一手，顿时目瞪口呆。石越答应也不好，不答应也不好，不由为难起来。若是不答应她，虽说柔嘉话中玩笑居多，而且太后也未必会全信于她，但这实在不可冒险，真惹了她，谁知道她会不会不顾轻重利害地造起谣来？可若是答应了她，休说卫棠那里担着的干系甚大，单是柔嘉这里，此次让她尝着了甜头，日后这个小魔头若不再得寸进尺，那才是奇怪之极的事。

踌躇了许久，石越终于决定两害相权取其轻，向柔嘉点了点头，道："仅此一次，下不为例。"

卫棠在客厅一面喝茶，一面欣赏厅中的陈设。帅府的客厅非常的朴素，主位是一张平常的木椅子与一张茶几，背后是一面屏风，上面画着一幅陕西全路地图。在屏风的右边，供着一柄长剑，左边角落摆着一座座钟。阶下左右各站着一个表情严肃的亲兵，一动不动。厅的两边，对称的摆着几张椅案，左边的墙上，挂了一幅草书，卫棠认出那是《论语》中的一句话："子绝四：毋意，毋必，毋固，毋我。"字写得极好，卫棠亦久闻石越书法难登大雅之堂，自然知道这不会是石越的墨宝。但是这幅草书没有落款，卫棠亦看不出来是何人所书。

从厅中那座座钟的时针走动来看，卫棠已经等候了足足半个时辰。他早已将厅中一切看了无数遍，甚至连那两个亲兵中有一个衣服上有点儿污迹，卫棠都看了出来，但是石越还是没有出现。

不过卫棠倒也沉得住气，只是耐心等候。

这是很正常的事情。

能够进入这间客厅等候，已经是石越待之以礼了。

终于，一个白袍中年男子从门外走了进来，身后还跟着两个相貌清秀的随从。卫棠赶忙站了起来，他在白水潭学院时，曾经见过石越，这时连忙揖礼道："学生卫棠，见过石帅。"那客厅中的亲兵，也一齐行礼请安。

石越笑容满面地走了进来，双手扶起卫棠，笑道："卫公子不必多礼。请坐。"一面自己走到主位坐了，柔嘉与侍剑便分别站立在他左右。

卫棠谢了座，抬起头来，正要说话，猛然发现站在一旁的柔嘉，正是与自己买剑竞价的少年，这时竟是霍然一惊，几乎张口说出"是你"二字。他并非无能之人，立时便想到当日柔嘉之豪富贵气，便是此时，举止神情之间，也绝不像是为人厮仆者，心中不禁暗暗生疑。但是不论如何，他都已知道此人与石越之关系，果然非比寻常，想起当时得罪于"他"，不觉心中暗暗叫起苦来。他口中迟疑，心中便在不停地转着念头，要想出一条计策来。

柔嘉也已认出卫棠，这时连忙俯身到石越耳边，悄悄说了。她却不知道石越早已知道此事。

卫棠觑见柔嘉如此形态，心中更是叫苦不迭，暗悔当时不该一时冲动，不料却得罪了石越。他越想越急，几乎流出汗来。突然，卫棠脑中灵光一闪，竟被他想出来一条妙计，忙欠身向石越说道："石帅曾为白水潭山长，学生不才，亦曾学于山长门下，是一日为师，终身为父。今山长替皇上牧守三秦，学生受山长教诲，每每思欲有所报，因于数日之前，觅得一口宝剑……"原来这卫棠买到倭刀后，爱不释手，每日都要佩服出门，以为炫耀。这时进石府，却不能佩剑进府，就让下人拿了，在外面等候。这时候他急中生智，竟想出一条献刀之计来。

石越是何等人物，岂会信他这番鬼话，但是他也觉得不必揭穿，便笑道："悦之的心意，本帅心领了。但是礼物却断不敢受。凡白水潭学生，若想有所报答师长，只需勤学不倦，入仕廉节便可。"

"是。"卫棠讷讷应道。

石越一向为官廉洁，从不受贿，大宋可谓人人皆知。若换成一个久历世情的人物，那么石越无论是受刀还是不受，都无关紧要——倘若石越受了，自然是求之不得；即使不受，也并无关系，只需以献刀为引，借机来向石越解释当日之事便可。但是卫棠毕竟不过一贵公子，哪里知道这些世故伎俩，他心中既然定下了"妙计"，便当真以为只有将那柄倭刀送予石越，才能够解除当日的"误会"；竟是再也不知道半点转圜，一门心思，定要想法子将倭刀送出。当下又搜肠刮肚，设词说道："不过学生却是一片诚心，若山长果真不受——倒不如当日直接将此刀让予这位仁兄的好。"他一面说一面指着柔嘉，强笑道，"学生原不知这位仁兄的身份来历，实在是造次了。但无论如何，还请山长破例一次，体谅学生这番孝心。否则，学生心中难安……"

石越笑道："小孩子争气，悦之不必放在心上。你知本帅的规矩，这个例却是不能破的。"

卫棠顿时大急，正要说话，不料柔嘉听卫棠的话，明明是他来横刀夺爱，反说得是自己无理一般，只是他不曾"让"得自己，因此心中早就大是不服。这时候听石越说"小孩子"，心中更加大是不喜，又以为是石越听信卫棠的话，才如此断语，哪里还按捺得住？这时候不说话的约定，她也已抛到九霄云外，双手一叉，往前一站，气鼓鼓瞪着卫棠，怒道："你这人怎生这般颠倒黑白，当日明明是你来抢我宝刀的！"

她这么一怒，俏脸带红，竟是格外透着一种动人。卫棠只觉心神一荡，竟是怔住了，不过他立时又清醒过来，眼前这个人，不过是个长相清秀的少年而已，他自觉自己竟有那种荒唐的想法，不免暗暗惭愧，又因当面被人指责自己撒谎，卫棠虽然骄气袭人，但却也是个脸皮薄的，顿时间满脸通红，讷讷说不出话来。

石越见惯了官场中的玲珑八面、厚颜无耻的人，本来卫棠若是一意玩弄聪明，石越反而能一眼看破，心中更不会有什么好感。这时候见他被柔嘉一句指责，就羞愧得说不出话来，虽然知道这个卫棠谈不上什么君子，但是至少倒也是还有羞耻感的人，因此反而恶感渐消。他做事从来不为己甚，也不想让卫棠下不了台，当下笑道："区区小事而已。年轻人争强好胜，不过寻常之事。"一面说一面向柔嘉使眼色。

但是柔嘉这样的人物，哪里又看得见石越的眼色？何况就算是看见，也不一定懂。她只觉得石越处处偏帮那个卫棠，更是生气，一腔子怒火，竟然转到石越身上来了。她转过身来，望着石越，高声质问道："你为何要帮他说话？"

石越顿时尴尬不已，无言以对。卫棠更是羞愧难当，一时竟没有注意到柔嘉对石越，话语中竟没有半分恭敬之态。

卫棠自从得到家族的支持，决意成为"陕西桑充国"后，称得上是豪情万丈，摩拳擦掌，立志要干一番大事业。他不知道家族背后的复杂用心，虽然知道父亲对石越曾经的态度，但是眼下其父的态度一百八十度大转弯，卫棠则想当然地认为卫家与石越之间便不应当再有恩怨。他对石越本来亦十分尊敬，自然而然，就想得到石越的支持。因此此番来安抚使司求见石越，却是抱着一种天真的想法，来弥补家族与石越的关系，并且希望即将创刊的报纸，能由石越亲自起名。他不曾想，在安抚使司，居然会遇见当日买倭刀的少年，当日之事本是卫棠理亏，虽然最后吃亏的也是卫棠，但却是哑巴吃黄连，有苦说不出。此时见那少年不依不饶，卫棠真的是无地自容。虽然石越有意揭过，可与那少年的态度合在一起，但似是在唱双簧一般，更让人如坐针毡。

卫棠扭捏不安地坐了一会儿，终于觉得没有脸面再待下去，再也顾不上失礼，起身朝石越长揖谢道："山长，学生实是惭愧。今日寒舍还有点儿急事，权且先行告退。容学生改日再来向山长赔罪。"

石越也只能苦笑颔首，温声说道："悦之既有事，便请先回。些许小事，幸毋介怀。"

"多谢山长宽厚。"卫棠又恭恭敬敬向石越行了一礼，红着脸偷看柔嘉一眼，匆匆退了出去。

他刚出了安抚使司衙门，等候已久的家人连忙牵了马迎上来，卫棠垂头丧气，看到家人手中的倭刀，更觉沮丧。他没精打采地上了马，往城西行去。一路之上，只是思前虑后，总觉得自己倒霉透顶。需知石越在当时年轻儒生的心目当中，地位当真是有如日星辰一般，卫棠既然喜爱格物之学，平时最喜欢摆弄仪器试验，又是白水潭学院的嫡传弟子，在石越面前出了丑，焉能不耿耿于怀？

他长吁短叹地走了两条街道，越想越不是味道，心中忽发奇想："我何不回去等那少年出府，当面向他道歉？"他心中想起柔嘉的神色，立时又闪过一丝异样的情愫，竟似有几分期待一般。

主意打定，卫棠立时一勒马镫，转过马头，抽鞭催马，便向安抚使司衙门狂奔过去。那几个家人也不知道发生了什么事，慌忙大呼小叫地跟了上来。

不多时，卫棠又折回了安抚使司衙门的东辕门之外。这等重地，他虽是贵家子弟，也不敢轻率，只是悄悄下马了，约束住追上来的家人，躲在一条小巷子中等候。他一切才刚刚停当，便见几辆崭新的四轮马车吱吱呀呀驶了过来，在安抚使司衙门之前停了下来。一个帅司亲兵迎了上前，马车夫顺手递过一张红色的名帖，亲兵只看略略看了一眼，便即脸色一变，连忙恭谨地行了一礼，快步跑了进去。

卫棠暗暗称奇，不知车上是何等人物。虽然那马车上明明刻有名讳，但是此时隔得远了，却看不真切，只得静观事情的发展。

亲兵进去后，约过了一刻钟左右，便见从帅司偏门，走出来几个人，卫棠看得清晰，石越与那个清秀少年，赫然在列。卫棠更觉奇怪，以石越的身份，需要亲自出迎，却不开中门，反从偏门迎接，这来人的身份，实在是透着几分诡异。倒似此人身份虽然高贵，但是从官场上的礼仪来讲，却不够资格让位居三品的安抚使石越开中门相迎一般。卫棠心中顿时一惊，难道是京师来了个什么王子不成？他一想之下，便觉自己想法荒唐，大宋的宗室，凡亲近的宗属，是不可以随便走动的，若是要来这千里以外的长安，必然早早就传得长安城全城知闻；若是疏枝远脉的宗戚，根本就没有资格劳动石越出迎……卫棠这样的贵公子，别无所长，然而对于本路本府的官员贵戚，却是再熟悉不过了。但他在心中默数长安城中值得石越迎至辕门外的人物，却是一个也找不出来——石越纵然待之以礼，以长安城中的人物，他能降至中门迎客，已经是了不起的殊荣！

卫棠不免更加好奇，愈发屏气凝神地观察起来。

只见石越迎出来后，双手抱拳，欠身一礼，朝马车说了句什么。而石越身后的清秀少年，却是像做错了事的孩子一样，低着头把玩着衣角，看都不敢看那马车一眼。

而更奇怪的是，那马车只是微微掀起一角帘子，车上之人，竟然在石越面前，端坐马车，不肯下来。卫棠看到这一幕，当真是惊得目瞪口呆："难道是皇上亲临，又或是宰相阁下来陕？便是昌王在石子明面前，也不敢如此倨傲无礼！但是若是皇上与宰相微服，石子明亦断不敢不开中门，不行叩拜之礼！"卫棠只觉得今日所遇之事，委实过于不可思议，竟几乎呆住了。

只见石越口唇不停地张合，似乎是与马车中人交谈了几句。然后那个清秀少年便不情不愿地走上前几步，低着头说了几句什么。又隐隐似听到马车中有训斥之声，那少年终于恋恋不舍地望了石越几眼，上了马车。石越又向着马车说了几句，那马车的帘子便放了下来。车夫一声吆喝，催着马缓缓离开帅司府衙门。

卫棠见到这样怪异的事情，如何能按捺住心中的好奇，连忙悄悄绕过一条小巷，跟上了那几辆马车。只觉得那马车跑得甚慢，似乎是车中之人不耐颠簸一般。卫棠一生并无所长，唯有耐心极好，他怕家人太多，惹人注意，便干脆将家人撵走，独身一人，骑马缓缓跟随。只见那马车绕过几条街道，最后在一座宅门之前停了下来。卫棠打量这座宅院，原来竟是在安抚使司衙门以西，与帅司几乎比邻而居。那几辆马车只停了一下，便见宅院的正门之旁，开了一个小门，马车也不停留，径直驶了进去。然后便听那门"吱"的一声，紧紧合上。

卫棠这才打马来到宅院之前，抬头往门匾望去，只见上书"郡马府"三个大字，再看两旁的风灯，分明写着斗大的"狄"字。卫棠顿时恍然大悟，之前一切不明白的事情，此时豁然开朗。但他也只明白了一瞬，立时又疑惑起来——那去见石越的，自然是清河郡主的无疑。以她的身份之尊贵，石越自然要亲自出迎。她是女子，听说又是已有身孕，不下车自然也是情有可原。但是那少年又是何人？他又如何可以与清河郡主共乘一车？

站在郡马府之外，卫棠心中的疑团，只觉越结越复杂，越结越不易解释清楚。

的确，卫棠又哪里想象得到，大宋竟然会有柔嘉这样胆大妄为的县主存在？

5

平夏城。

宋军西大营。

种谊四更三刻就起了床。漱洗一毕，出了营帐，在帐前的一块空地上舞了一阵剑。种家本是世代将族，家传武艺颇有独到之处，他自幼习剑，一把剑舞起来，寒芒吞吐，剑气森森，剑光点点如星。此时正值明月待落未落，晨曦将现未现，月光与剑光相互辉映，他身着白袍裹在剑影之中，宛如一条矫健的白龙，与宝剑为戏。正舞到兴时，忽听到有人大声赞道："种帅好剑法！"

种谊剑势不滞，目光望去，却见狄詠一身银袍，手持一杆红缨枪，英姿卓然，不知何时已至一旁观剑。种谊不由得兴起，叫道："郡马，久闻威名，何不让种某开开眼界？"

"好！"狄詠大叫一声，挺枪耍了个枪花，便向种谊刺来。

"来得好！"种谊赞了一声，执剑封住来枪。

二人剑来枪往，一个如龙，一个似虎，竟是在西大营中过起招来。种谊的宝剑自不待言，狄詠的枪法，却也是浸淫已久，一杆枪使将起来，虎虎生风，神出鬼没，竟是将自负武艺的种谊杀了个汗流浃背。二人战了数十回合，种谊已自知难是狄詠敌手，此时暗暗叫苦，自悔不当孟浪相邀。种谊虽非无肚量之辈，然既为一营之统帅，若败于人手，在军中实是颇损威名之事。此时狄詠一杆长枪使来，犹如蛟龙出水，虎啸丛林，自己左支右绌，险象环生，真是欲罢不能。

而狄詠亦觉种谊的武艺，实是自己出汴京以来所遇第一。他自从护送神四营入平夏城，就赶上大战。尔后高遵裕与种谊都苦于补给被扰之苦，夏元畿对于协助高、种立功，殊无热情，护送补给，每每不利。高遵裕与种谊协商之后，便决定向石越请求，留下狄詠，借他威名来牵制夏元畿，保护补给线。石越立时顺水推舟地答应，狄詠亦是如鱼得水，更不推辞。他作战勇猛，臂力惊人，身上常常携带两枚霹雳投弹，若遇敌军，便先点燃霹雳投弹，掷入敌人军中，趁敌人混乱，立时引弓，专门射杀敌军将校酋长。一旦随身携带六十支箭射完，便手执长枪身先士卒冲入敌阵中，当真是逢者即伤，当者便死。他至平夏城不久，便杀出好大的威名，西夏军中见到"狄"字将旗，便已未战先胆寒，更有人将炸炮之威力，附会至狄詠身上，一时间狄詠更是传成天神下凡一般。故此但凡他护送的补给车队，李清派来的骚扰部队倘若碰上，往往竟会绕道而行，不敢缨其锋芒。而高遵裕与种谊，由此亦颇多倚重。这样一来，宋军东西大营的将领，未免都颇有不服气者，军中武将，除极少数老成持重者外，谁又管他的身份地位，总是不断有人来寻他比试，但无论是比箭还是比枪，每每都被狄詠杀败。便在日前，狄詠还刚刚将番将包顺杀了个丢盔弃甲、心服口服，狄詠"平夏军中第一勇将"的名声，也因此不胫而走。所以，种谊找狄詠比试，狄詠初时还以为是种谊对他这个称号不甚服气，他下起手来，自然也不会容情。毕竟种谊虽然是名义上的统帅，但是狄詠在平夏城宋军当中，是一个客将的身份，狄詠若不想卖种谊面子，便可以不卖。

不过此时，双方酣战良久，狄詠却起了惺惺相惜之意，他不欲坠了种谊的威名，寻个破绽，虚晃一枪，跳出战团，收枪笑道："种家将武艺，果然名不虚传。"

种谊自然知道对方相让，当真是如蒙大赦，也收剑入鞘，用袖子擦了擦额上的汗，方抱拳笑道："惭愧，承让了。今日方知郡马武艺出群。"

"不敢。"狄詠连忙谦让。

种谊抬头望了望天色，见天尚未亮，离观操的时间还早。若依平时之作息，此时是他灯下读书的时间。但今日自然另当别论，当下向狄詠笑道："郡马若无他事，何不入帐一叙？"

"固所愿也。"狄詠笑了笑，他为示尊重，便将手中之枪，往营帐外边的武器架一插，方随着种谊弯腰入了帐中。

种谊的营帐，是在中军大帐之旁的一座小帐。狄詠进去之后，发现帐中布置极是简陋，只有一张竹床，一个书案，一个盔甲架与武器架而已，比起自己的营帐，都要简陋上十倍。而他去过高遵裕之大帐，与种谊帐中的情形，更简直是天渊之别，不由惊叹道："种帅，何须清苦如此？"

种谊淡淡一笑，道："为大将者，屯兵于外，不能早日克敌全功，虚耗国家钱帑粮草，心中已是不安。这前线粒谷，皆由后方运至，补给之艰难，郡马所深知。能省则省罢。"

狄詠心中敬佩，叹道："若大宋武官人人皆如种帅，何忧天下不平？"

"每人习性不同，亦不必苛求一致。"种谊半开玩笑半认真地说道，"我若回到后方，美酒美女，无一日可或缺。今日郡马受眼前之象所迷惑，他日来责我骄奢淫逸，岂不冤哉？"说罢，与狄詠相顾大笑。

狄詠又问道："种帅既说大军久屯于外，非国家之利。为何西夏梁乙埋阵前换将，倾大军来攻我军，高帅与种帅却只是坚壁不出？梁乙埋之名，在下久闻之，不过一棺中腐尸矣，又何必惧他？"

种谊微微摇头，笑道："常言道：杀敌一万，自损八千。前日之战，虽然击退李清，然而我军亦损失惨重，刘昌祚部更是全军覆没。梁乙埋虽为无能之帅，但是西夏之兵却非无能之兵。若只是苦战，便是得胜，我军亦会损失甚巨；若有万一，被人一把火烧了平夏城，你我死不足惜，却未免深负皇上的重托，有愧于国家朝廷。"

"莫非种帅有妙策？"狄詠的双眼霎时亮了起来。

种谊缓缓摇了摇头，道："我又有何妙计？以我之才，守此营则有余，进取却颇有不足。但是我曾问过高帅此事，高帅道早有妙策，但待天时。"

"天时？"狄詠迷惑起来。

"正是天时！"种谊淡淡说道，"我也不解其中之意。但是高帅身边有一谋主，似非无能之辈。高帅既是主帅，我等又无妙策，自当信之。若是自己家里互相疑忌，下面的将领竟然怀疑起主帅的才能来，这仗还未打，倒是已经先输了一半。"

"这倒是。"狄詠连连点头，旋又说道，"多谢种帅指教。"他知道种谊话中，也有劝诫之意。此前神锐军一个叫吴安国的指挥使，恃才傲然，不敬官长，结果虽然颇立大功，作战英勇，但是战后依然被军法官追究，不仅连贬数级，而且被杖责四十军棍，罚充苦役三个月。处罚结果传至平夏城诸军，一军为之肃然。狄詠虽然不比吴安国，但是他作战之时，也是经常自行其是，只不过他身份特殊，纵然是军法官，也奈何他不得罢了。种谊借此机会，加以点拨，自也是一番好意。

种谊见他明白，当下微微笑了笑，又道："大战迟早会来，眼下依高帅的说法，我们现在是示敌以弱。因此两大营都只是依赖营寨与火器守城，以梁乙埋与夏军的本事，攻是攻不下的。特别是神四营的炸炮，当真是神鬼莫测，可惜数量太少……高帅故意逐日减少炸炮的使用，让梁乙埋以为我军炸炮即将用尽；又不断派出小股部队与西夏军交战，每每一战即溃，以助长梁乙埋的骄气。用兵手法如此纯熟，真不愧是经年老将。"种谊说到此处，略微顿了一下，狄詠不知究竟，自是不知其中之意。原来种谊却是深知高遵裕之能，总觉他如此用兵，实在超出他能力之外，他早就料到多半是高遵裕身边那个道士的本事，不过，这番话，他却不便与狄詠明说。因只笑了笑，又继续说道："不过，我想与郡马商议的，却是另外一件事。谋略者，是统军大将的事情，但是军队打仗的能力，却是我们要操心的……"

"种帅但有所命，狄詠焉敢不从？"狄詠慨然说道。

种谊笑道："却不是它事。不过是我听闻过郡马作战之时，常以霹雳投弹掷入敌军中，使敌混乱，然后再交战，每每便能战而胜之。但是此技旁人亦曾用过，却总是不及郡马纯熟，或者点火掷弹过早，或者便是过晚，因此总起不到应有的效果，甚至误伤己军。我想这中间郡马必有独到之秘，若能宣之军中，教成一支马军，战前以霹雳投弹扔入敌军阵中，何阵不可顷刻破之？不知郡马可否不吝赐教？"

狄詠笑道："这又有何可以藏私的？只不过我的确没有甚秘技。不过是点火掷弹的时机与力度，都拿捏得好罢了。这个若要纯熟，只能是熟能生巧。用之于马军，若不操练纯熟，难免炸了己军。"

"这又要如何训练法？霹雳投弹，可没有那么多拿来白扔。"种谊不禁有点儿失望。

"这却不难。军器监所制霹雳投弹，其重量都有一定之规，而从点火至爆炸之时间长短，取决于火引之长短。只需事先计算好时间，训练士兵在规定时间内点火，根据敌军之远近判断火引之长短，点火之时间，再用模具模拟投弹。如此勤加练习，必能成功。"

"妙哉！"种谊细思之下，不由拊掌赞叹，一面又笑道，"可惜如此大费周章之事，眼下可能来不及，高帅也未必能采用。然我当写信给我兄长，他必然不会让郡马失望。"

"只需是大宋军所用，谁用都是一样。"狄詠笑了笑，他也知道眼下大战在即，新补充进来的神锐军骑军营，只怕难堪大用，高遵裕手下真正能依赖的骑兵，不过是包顺一支。高遵裕自然是不太可能特别抽调骑军来训练新战法。更何况，若真让番军的骑兵来掌握火器，军法官非弹劾高遵裕不可。

种谊也心照不宣地一笑，又道："霹弹投弹真正大举用于军中，时间并不长。而且每次使用，数量亦不是太多。我想这种武器的设计，本来就是给步军用的。我振武军中，也配备了投弹。若真能准确地做到一次向一定的范围内投掷数百枚霹雳投弹，其威力同样惊人——从此以后，天下再无人敢与我大宋步军结阵相抗！可惜的是，霹雳投弹始终太重，普通士兵不能掷远，不能伤敌，反害自己。但我若在步军中挑选出少数臂力出众者，独成一军，加以训练，岂非可以与神臂弓营相媲？"

"若能如此，自是大妙。"狄詠心中亦不禁暗服种谊能举一反三。

"只恨眼下无法着手此事。"种谊扼腕叹道，"除此之外，还有一事，是种某想要劳烦郡马者。"

"种帅但请吩咐无妨。"

"我大宋军中，首重弓弩，次则长枪……"

"可是想让我权充教头？"

"我亦知是委屈了郡马。"种谊颇有点儿不好意思。

狄詠笑道："先父即起于行伍之间，终身不愿去黥字。这等事，有什么委屈不委屈的！"

种谊凝视狄詠，半晌，哈哈大笑，赞道："果真不愧是狄武襄之后！来来，今日便请郡马与我一起观操！"

种谊的话音方落，便听营中出操的号角，呜呜吹响……

6

自从进入五月以后，平夏城一带的天气，便一日热过一日。

夏军自梁乙埋掌军之后，基本上放弃了对补给线的骚扰，狄詠的精力，便大部分转移到对振武军的教习上来。他在京师时，便曾经亲自训练诸班直侍卫，此时率一干侍卫重操旧业，倒也是熟门熟路。不过种谊的振武军第一军的训练，与对禁中侍卫的训练，却也颇有不同之处。军中格斗技巧，讲究简单实用，无论是枪法还是刀法，套路都非常简单。除此之外，最注重的是大小阵形的转换，以阵战为上；若然迫不得已要散兵交战，种谊也非常注重部下兵士的配合，要求尽可能以伍为单位，协同作战，以三打一，形成局部优势，严禁单打独斗。狄詠亲自介入这些训练之后，才发现种谊的确有过人之才。他知道大宋枢府正在编撰马步水器四军操典，不免常常感叹，若步军操典中纳入振武军第一军的经验，必能大大提升大宋步军的战斗力。只不过狄詠亦深知，以自己的身份，却不太方便向枢府建言。他受命至陕西，肩负何等使命，他并非不知。然而他此时却沉迷于军中，不能自拔，心中也常常隐隐感觉不安。只不过狄咏此时如同一只离水已久的龙，一入大海，虽然明知多有不妥，却再也舍不得上岸，只是抱着侥幸的心理，在海中纵情施展，得过且过。

这一日早晨，狄咏观操回到营帐，因觉天气转热，便卸了盔甲，换上一身白袍，坐在营中读起书来。才翻了几页史书，便见有传令官闯进帐中，欠身禀道："狄将军，奉高帅之令，召将军至西大营中军大帐议事。已正不到，军法从事。"

狄咏忙起身应道："我知道了。"

待那传令官退去之后，狄咏连忙又换回盔甲，带上几个亲兵，牵马出营。出了东大营之后，方敢上马，往西大营驰去。

到了东大营，狄咏将马交给亲兵，便往中军大帐走去。

此时平夏城已建成四成左右，难得这日梁乙埋不曾来攻营，虽然日头高照，空气燥热，兵民们也不敢片刻停歇，只是加紧筑城。而瞭望的士兵，更是不敢稍有松懈，在敌楼上不断巡视，警惕地观察着四周的动静。

狄咏从营门直往中军大帐，只见甬道两旁，剑戟森严，不断有阶级较高的武官，脚步匆匆地赶来，有些人还一边赶路一边端正头盔，气氛颇不同以前。狄咏不由得心中一凛，猛然间似乎从这紧张的空气中嗅出了些什么，双手不自觉握成拳，手心中竟兴奋地浸出汗来，脚步也加快了。

进了中军大帐，狄咏抬头便看见种谊在左侧最上首的位置坐了。二人用目光微微致意，狄咏正要寻自己的位置，忽听一人沉声说道："狄将军，请坐这里来。"说话的却是端坐在正中虎皮帅椅上的高遵裕，他凝视狄咏，一手指着右手边的一张椅子。

狄咏吓了一跳，忙欠身说道："高帅，末将不敢僭越。"

"但坐无妨。"高遵裕的口气不容置疑，却也未曾多加解释。

狄咏不敢推辞，忙又欠身谢了，迎着帐中许多火辣辣的目光，上前坐了。

高遵裕见他坐下，便不再说话，只是绷紧了脸，望着中军大帐中的一座座钟。时针一点一点地向已正时分偏移，帐中的将领越来越多。终于，在离已正还有十分钟的时候，满帐将领，皆已到齐。

中军官即刻入帐拜道："禀高帅，众将已集。请高帅升帐！"

"升帐！"高遵裕虎视帐中，高声喝道。

"升帐！"中军官紧跟着高声唱道，一面退至帐下侍候。

众将一齐起身，向高遵裕欠身说道："参见高帅！"

高遵裕微一点头，脸上露出一丝不易觉察的笑容，沉声说道："众将归列。"

"谢高帅。"众人这才退至各自的位置，或坐或站，静候高遵裕开口。所有的人都知道，高遵裕这个时候突然大集将领，其意义不言自明——大战在即。

"梁乙埋那老狗耀武扬威已经有些日子了，这些天来，本帅一直勒令诸军，坚壁不出，又按天减少炸炮的用量，更经常派小部队佯败于西贼，诸位心中，想必颇有不满！"高遵裕环视帐中，忽厉声说道："然本帅之所以示敌以弱，骄敌之气，全是为今日之事！"

"便请高帅下令，末将愿率本部兵马，踏平西贼！"包顺大步出列，高声说道。

高遵裕赞赏地点点头，高声道："包将军有此豪气，堪为诸将表率！本帅今日召集众将，便为破贼之议。五日之后，便是破贼之期！"

帐中众将，自种谊以降，听到这话，顿时都惊愕得说不出话来。梁乙埋率十万之众来攻，一直以来，都是西夏攻宋军守，一夜之间，便听高遵裕说"五日后破贼"，岂非如同痴人说梦一般？一时之间，大帐之中，竟是鸦雀无声。

高遵裕却是视若无睹，继续说道："这几日来，西贼屡次强攻我西大营，却不曾匹马渡河。我欲与西贼于五日后决战于营前，目下还缺一位智勇双全之人，前往西贼军中，向梁乙埋下战书，约定五日后午时，为决战之期。若梁乙埋敢来攻我，本帅便敢放他渡河！"

众人听到高遵裕这番话，若不是恪于军律，早就要议论起来。但大部分人心里面都是大不以为然。河流本是天然之屏障，夏军最害怕宋军半渡而击，西大营能安然无恙，大半有赖于此。此时将地利拱手让出，搞什么约期决战，未免过于迂腐。兵凶战危，世事难料，万一失手，难保不被人一把火烧了平夏城，到时候岂不悔之晚矣？

有人揣度高遵裕的心思，自作聪明地问道："高帅莫非是想诱梁乙埋渡河，半渡而击之？只恐梁乙埋不肯轻易上当。"

"本帅并无此意。"高遵裕断然否定，"这种雕虫小技，焉能瞒过梁乙埋？本帅当告诉梁乙埋，只要他有种过河进攻，本帅就敢撤掉河边所有斥候，他渡河完毕之前，我大宋军队不出营一步！"

"这！"众将再也按捺不住，种谊亦忍不住欠身说道："高帅，此事似乎太险！西贼劳师远来，拿我军毫无办法。末将以为，西贼此时已是心浮气躁，只求速战。若是拖延下去，我军迟早筑城成功，而西贼迟早会孤注一掷，到时候再战，可得全功。某以为似乎不必现在冒险。毕竟西贼此时锋锐尚未完全磨去……"

"种将军不必多言。"高遵裕摆了摆手，语气中竟无半点儿商量的余地，"西贼久拖不利，我大军久驻于外，亦非好事。种帅岂能不知？早日决战，一分高下，固梁乙埋之愿，亦我军之愿。"

种谊默默点头，高遵裕这一点，却是说得非常在理的。梁乙埋久攻而无功，仗打得越久，士气就会越加低落，而且国内难免也会遇到问题，自然迫切希望有机会能早日决战；何况西夏军队不善攻城，双方拉出部队来打一场野战，于梁乙埋来说，的确是有百利而无一害。但是宋军这边，却也有不得不战的理由——若是拖久了，军事上虽然问题不大，但是政治上与财政上的压力，却是不可以轻视的。十几万军队在外面待上几个月，花掉的，是朝廷一年甚至几年的积蓄。财政刚刚略有好转的大宋，如何能够经得起这般折腾？而且从军事来说，拖得越久，士兵们的警惕感就越低，厌战情绪就越高，这也是客观的事实。万一有变，结果谁也预料不到……

但问题是，有什么样的理由，值得高遵裕要如此迫不及待地与梁乙埋决战？以至于他心甘情愿放弃许多的有利条件，来引诱梁乙埋决战？

种谊相信高遵裕不是什么出色的名将之才，但是他也绝不是笨蛋。

高遵裕却没有去在乎种谊在想什么，他凌厉的目光，从帐中众将地脸上一一扫过，似乎要穿透每个人的内心。

"本帅想知道，我大宋军中，有没有一位英雄好汉，敢去西贼军中，送下战书！"高遵裕的声音，冰冷地穿过帐中略显闷热的空气，刺激着每一个人的耳膜。

每个人都在迟疑着。

送战书这种事情，功劳不显，但是风险极大。

天知道梁乙埋会不会借你人头来祭旗？

"众将，有谁愿往？"高遵裕的声音再次响起。

"末将愿往！"一个声音朗声答道。

帐中众人的目光"唰唰"地集中到主动请缨的狄詠身上，每个人的表情都各不相同。有些人把震惊与不可思议写在脸上，有些人却深藏于心中，不形于色。

"狄将军！"种谊忍不住略带责怪地唤道，"以将军的身份，不适合去做这种事情。"

高遵裕也眯着眼睛，不住地打量着狄詠。

狄詠是正六品上的昭武校尉，这个官阶，按大宋的新官制的规定，是可以担任军都指挥使这样的要职的高级指挥官的——虽然到目前为止，大宋整编各军的军都指挥使，大都由五品武官兼任，但这只是迫于形势的需要，因为这些人大都还兼管一个防区的防务。何况，大宋有五品以上的资历，又能带兵的武官，并不是很多。所以，即使是在平夏宋营之中，昭武校尉也有几个，资历比狄詠高的也不是没有，但是狄詠亦毫无疑问，是此帐中少数的阶级很高的军官之一。

更何况，狄詠还有特殊的身份。

郡马的身份并没有什么了不起的，"武经阁侍读"虽然荣耀，但也可以置之不理，但是"兵部职方司员外郎兼陕西房知事兼权陕西安抚使司护卫都指挥使"的职衔，其分量却是不思自明的！

狄詠身负如此重要的职务，不待在京兆府，却冲到了平夏城这样的前线；而石越竟然也毫不挽留——这件事本身就显得十分地吊诡。

高遵裕常常会有莫名其妙的担心：皇帝会不会把狄詠不能待在京兆府的账，算到自己头上？

而此时，这位狄郡马，竟然还要请缨去送战书！

高遵裕不是很能理解狄詠在想什么，但是他知道，这种事情，他有义务制止。

"狄将军。"高遵裕缓慢而又坚定地举起了右手，做了一个果断的手势，沉声道，"杀鸡焉用宰牛刀？若让将军去送战书，岂非是让梁乙埋笑我大宋无人？"

"不错！"一个武官大步出列，高声道，"高帅，送战书这种小事，交给末将便可，何必劳动狄将军虎驾？"

高遵裕见又有人请缨，不由大喜，循声望去，认得这个武官是翊麾副尉韩处。他赞许地点了一下头，问道："韩将军果然愿往？"

"军中岂有虚言？"韩处慨然应道。

"好！"高遵裕一拍虎案，抓起一支令箭，正要下令，却听狄詠欠身说道："高帅请慢下令！"

高遵裕斜睨狄詠，问道："狄将军还有何事？"

狄詠站起身来，大步走到大帐中间，朝高遵裕与种谊抱拳一礼，方转过身来，指着大帐之外一百五十步远的一棵枣树，向韩处问道："韩将军能射此树之枝吗？"

韩处度量了一下，道："愿勉力一试。"

高遵裕与种谊对视一眼，笑道："弓箭侍候！"

中军官忙取了一张弓与一筒箭，送入帐中。

韩处接过弓来，大步走到大帐门口，踩了个箭步，张弓搭箭，瞄准枣树之枝，"嗖"地射出一箭，只见树枝一阵晃动，那支箭却不知去向了。韩处知道这是箭擦枝而过，功亏一篑，不由红了脸，摇摇头。

狄詠走到韩处身边，微微一笑，接过韩处手中弓箭，搭箭上弦，拉弓如月，亦不怎么瞄准，"嗖嗖"三箭连发，只听帐外士兵齐声喝彩，便见那三支箭，排成整齐的一列，正好钉在那枣树的枝条之上！

韩处呆呆地望着那枣树上面的三支羽箭，半晌，方叹了口气，道："将军神射，末将不如也！"

狄詠朝韩处笑了笑，转身走入帐中，向高遵裕抱拳道："高帅！两军交战，互递战书，送战书之人武艺如何，关系两军士气。末将非是敢争功，亦并非是不知自重。而是相信若由末将前往，必可激怒西贼，挫其士气，亦能全身而退！"

高遵裕听狄詠说得在理，不由犹豫了一下。

狄詠又道："末将知梁乙埋虽然昏庸无能，但是却多疑。若不能当其三军之面激怒之、折辱之，他未必肯来应战。若非如此，高帅又何必要遣武将前往？送书之事，一小兵或一文吏足矣！既是事关重大，苟为国家社稷，末将又岂敢以身份避嫌？"

高遵裕自然也知道能不能促使梁乙埋准时决战，事关重大。虽然有许多因素，使梁乙埋也会急于决战，但是世事多变，人心难测，谁又敢说他一定会来？这种事情，自然是多一些把握更好。若狄咏不是身份特殊，自然是最好的人选。但是……

他沉吟了一会儿，脑中突然灵光一闪，便下了决断，道："便以翊麾副尉韩处率十名挚旗前往西夏军前下战书！狄将军可乔装成韩处之副，一同前往！"

"遵命！"狄咏与韩处连忙欠身，高声接令。

次日。

西夏没烟峡之前奔驰着一队骑兵。这些骑兵全都身着深绿色的背心，背心上绣着长箭射日图，从背心所不能遮蔽的地方，可以看出这些骑兵们在里面都披了黑色的轻铠，有些铠甲上面，还透着血色的黑光，显示着这些人，都是身经百战的勇士。他们所骑的马，都是清一色的黑马，一时间加鞭飞奔，一时间缓驰，马蹄声落在没烟峡前的山道上，宛如一阵冰雹经过。

这队骑兵中，奔驰在最前面的，便是大宋的侍卫步军司所辖神锐军第二军的翊麾副尉韩处，紧随其后的，是一个剑眉星目的美男子，那便是宋朝的郡马狄咏。他们身后的十名骑士，都是军中的"挚旗"，这些人不仅仅全是军中的骁勇之士，而且都是陕西本地人，对当地的地形非常熟悉。这一行十二人，此时正受命前往西夏人控制的没烟峡，向西夏军统帅梁乙埋下战书，约期决战。

"狄将军、韩将军！"在一条羊肠小路的拐角处，一名锐士高声喊道，"再有五里路左右，就到没烟峡了。"

"停止前进！"狄咏与韩处都勒马停了下来。后面的骑兵不知道发生了什么事情，但听到上官命令，也连忙勒马停住。

狄咏与韩处下了马，方向众骑兵说道："都下马休息，让马歇息一会儿。"

众骑兵这才知道是为了要宽养马力，连忙纷纷下马，倚马歇息。

狄咏与韩处却没有闲着，二人牵马到高处，瞭望四周形势，却见四处只有荒凉的群山，并无半点儿人烟，甚至看不见西夏军斥候的踪迹。

"韩将军，你看……"狄咏执鞭指了指四周，笑道，"梁乙埋真是自大狂妄，我们一路前来，至没烟峡仅有五里，居然没有发现一个斥候，他真的不怕我军偷袭吗？"

韩处笑道："梁乙埋自恃有没烟峡天险，又料定我军不敢出战，平时自然不会派斥候警戒。但是五里之内，我料他胆子再大，亦不可能不派斥候。所以待会儿，我们便要以迅雷不及掩耳之势，直冲至没烟峡前。不给他们斥候报信的时间。这样，在气势上，我们便压倒了西贼一筹。"

"正是。"狄詠深以为然，道，"这样的话，我们全身而退的机会，也就大了许多。我们至没烟峡越是突然，梁乙埋就越少机会派出人马来断我们回去的道路。"

韩处点了点头，不再说话。二人都知道此行危险重重，梁乙埋并非大度之人，二人还肩负使命，要对西夏人进行挑衅，真想要安全回到宋营，绝非容易之事。但是对于韩处而言，倒是非常想得开：狄詠这样的皇亲贵戚尚且悍不畏死，他韩处黔刺出身，又有何惧？

众人休息了小半个时辰，韩处算算时间，向狄詠移目示意。狄詠点点头，笑道："是时候了。"二人纵身上马，韩处高声说道："儿郎们！从此处前往没烟峡，马不许停蹄，一路之上，若遇西贼，听我号令，不可莽撞了！"

"我等理会的！"众骑兵早已上马，一齐应道。

"好！"韩处纵声大笑，高声道，"今日便看尔等扬威没烟峡，叫西贼胆寒！"

狄詠与韩处率领的这队骑兵，如同一道深绿色的闪电，穿行在没烟峡前的山道上，"嘚嘚"的蹄声，飞扬的灰尘，惊破了没烟峡的宁静。很快就有西夏的斥候发现了这只骑兵的存在。但是他们往往还没来得及看清楚，就被飞来的羽箭刺穿了身体。只有少数的斥候，才得及点燃狼烟。

没烟峡的西夏军队几乎是刚刚看到南方升起的狼烟，手忙脚乱地关上没烟峡的寨门。狄詠与韩处率领的骑兵小队便已到了寨前。

西夏的将士们惊疑不定地望着穆然肃立在寨前的十二名宋军骑兵。

宋军在玩什么花样？所有的人心里都同时转过这个念头，不自觉地把目光投向更远方。

远方的天空，蔚蓝澄静。

十二人来攻寨？

没有人会相信，即使是用"送死"也不能形容这种行为的荒谬。

宋军一定有什么阴谋……

双方默默对峙着，一时间，西夏没烟寨前，竟然是出奇的寂静。

"大宋翊麾副尉韩处，奉大宋定远将军、武经阁侍讲、渭州经略使高遵裕大帅之令，前来下书，请夏国梁相国答话！"韩处洪亮的声音中，透着几分无礼。

"区区一翊麾副尉，岂能见梁相国？尔既是下书，何不进寨？"没烟峡守将没藏阿庞站在城墙上，高声回话。听到韩处是来下书的，他总算是心神稍定。但是这些人强行穿过沿途的巡逻部队与斥候组成的警戒圈，直抵寨前，如此下书，已是充满了挑衅的味道。而且自古以来，兵不厌诈，谁知道他们是真下书，还是假下书？

"尔是何人？敢来答话。"韩处轻蔑地问道。

"本将乃没烟峡守将没藏阿庞！韩处，你休要无礼，既要下书，书信何在？"没藏阿庞朝属下悄悄打了个手势，开始准备调兵，不管宋军有没有阴谋，若是让十几个人吓得闭关不出，夏军颜面何存？

"原来是没藏阿庞！"在整个没烟峡中皆清晰可闻的，是韩处声音中的轻蔑与不屑，"人人皆说，梁相国畏我大宋西军如鼠见猫，果然如此。我率十人来没烟峡，梁相国却无胆一见！尔即要书，书信便在此处！"

韩处的话音刚落，狄咏便已纵马驱前，弯弓搭箭，一箭射出。没藏阿庞眼见一支羽箭朝自己飞来，顿时大惊失色，正要射避，便听到"啪"的一声，那支羽箭已经钉入自己身边的一根木柱之上，箭身之上，还绑着一封书信。

没藏阿庞根本没有勇气去取那支羽箭，他只是估算着自己与狄咏之间的距离，几乎不敢相信自己的眼睛——那个骑兵手中明明拿的是弓而不是弩，但是他居然能射出超过三百步的距离！而且劲道如此霸道！射地如此准确！

一股寒气，从脚底直冒上背心。

如果他是想射自己？

没藏阿庞还在后怕当中，便听韩处笑道："阿庞，你可去禀报梁乙埋，我们高帅约他在四日后决战，他若有胆，届时便可以率军前来。我大宋军让尔等渡河再战！他若无胆，不如早日回去靠裙带做个太平宰相。不要像只鼠辈一样，只会骚扰，不敢打仗！"

没藏阿庞听到这等侮辱之词，正要设词相讥，却见之前射箭的那个宋军骑士回转马头，高声笑道："告诉梁乙埋，没本事不要学好男儿出来打仗！回家攀好裙带要紧！"说罢，一弯腰，手一抬，便见一支羽箭如同闪电一般，飞了过来。

没藏阿庞几乎是下意识地缩了一下脖子，却见那只羽箭不是朝自己飞来，立时偷偷松了一口气。但这也只是一瞬间，只听见寨前宋军骑兵齐齐喝彩，没藏阿庞立时朝羽箭飞去的方向望去，脸立时就白了——一面绣有斗大"梁"字的将旗，正好被那只羽箭射断了绳子，摔下了城墙。

那个宋军骑士哈哈大笑，勒了马头，加鞭驱马，扬长而去。韩处与其他的宋军骑兵，也纷纷驱马跟上。

没藏阿庞呆呆地望着宋军骑兵扬起的灰尘越来越远，半晌，方才如梦初醒，大声喝道："快，追！"

"蠢物！"梁乙埋手里紧紧捏着高遵裕写给他的战书，终于按捺不住，破口大骂起来。没藏阿庞耷着脑袋，不敢出声。"居然让十几个人出入没烟峡，如入无人之境！阿庞，你这个守将，是怎么当的？"

"末将该死！"阿庞"扑通"一声，慌忙跪了下来。但是回想起追赶那十几个宋军的情形，阿庞却宁愿在这里挨梁乙埋训斥。宋军前来的十几个人，个个都是精挑细选，自己派了数百骑一路追杀，结果敌人没追着，反折损了几十人。特别是那个"神射手"，实在是太枭悍了，当真是箭无虚发，阿庞根本无法想象，宋军中也有如此箭术惊人者，左射、右射、回射，弓弦响过，夏军必有一人落马，阿庞无论如何，也不愿意再去面对这样的敌人。不过，阿庞在隐隐的恐惧中，也略略觉得奇怪：宋军中有这样的人物，如何会不知名，反而位在一个籍籍无名的韩处之下？

"你该死又有何用？"梁乙埋恨恨地瞪了阿庞一眼，真恨不能杀了他泄愤。但是他知道这个没藏阿庞是不可以随便处死的。没藏氏在西夏的实力人所共知，夏景宗元昊的宠妃、夏毅宗谅祚的生母没藏氏曾经专擅国政，他的姐姐，当今梁太后便曾经是谅祚的母舅没藏讹庞的媳妇。虽然梁氏因与谅祚私通，诬告没藏讹庞谋反，助谅祚铲平没藏氏的势力，方才得立为后，可以说梁氏的荣耀与权力，是用没藏氏的尸体累就，但是西夏国氏族势力毕竟根深蒂固，没藏氏依然是西夏大部族，梁乙埋也并不愿意轻易激怒他们。在西夏国内，自从秉常年岁渐长，与梁氏一族关系向来不洽、分领右厢兵马的仁多族便想方设法靠近秉常，此外众多部族首领都不满于梁氏的专权，不过惮于梁太后一贯的威严与长久以来养成的上下阶级之间的习俗尊严，不得已而屈从。所以梁乙埋非常重视对军队的掌握、控制。但是西夏的军队，大部分也是归于部族所有的。如果梁乙埋擅杀没藏阿庞，只怕这没烟峡中，对梁氏向来不平的没藏氏的军队立时就会哗变。

想到这些，梁乙埋只能强忍住怒气，呵斥道："还不快滚出去！"

"是。"没藏阿庞倒也不敢放肆，他对于梁氏虽无效忠之心，却也没有替没藏讹庞这种八竿子打不着的同族报仇之意，见梁乙埋不再责怪，连忙如蒙大赦一般，退出梁府。

梁乙埋望着没藏阿庞的背影，又恨恨骂了一声："废物！"

"爹爹！"梁乙逋却是一点儿也没有在乎没藏阿庞是不是废物，只是皱眉道，"高遵裕为何突然胆子大起来了？难道宋军来了援军？"

"大军调动，我们不可能不知道。"梁乙埋断然否定。

"宋军因为整编军队，调动频繁，被他们瞒过，也不奇怪。"梁乙逋还有话没说出来：当初宋军纠集大军直扑平夏城，夏军还不是后知后觉？

"总有消息的。"梁乙埋不以为意，又道，"纵有援军，亦不足为惧。"

"高遵裕想诱我军渡河，半渡而击之？"

梁乙埋沉吟了一会儿，道："这也有可能。但是高遵裕声明事先不许一兵一将出寨，料他也骗不过我。"

"那高遵裕为何要如此相让，迫不及待地想来决战？他没有必胜之把握，反而让出如此多的有利条件？"梁乙逋心中总是隐隐感觉不安，"高遵裕并非狂妄之辈。"

"许是宋廷内斗使然。"梁乙埋冷笑道，"高遵裕迫于无奈，只得出战。他以为两军结阵相抗，未必输于我军，又或许，其中另有手段……但是这些并不重要，他高遵裕既然敢开出如此条件，我岂能不敢应战？他纵有千条妙计，我便不能将计就计？"

"这倒是。"梁乙逋口里虽然如此说，可到底还是不能放心，然而却又无法说出个所以然来。而且梁乙埋今日被宋人如此侮辱，若龟缩不出，到时候梁乙埋只怕会被军中所轻。更何况，梁乙埋也知道，西夏之利，也在速战速决。若是那什么"平夏城"真的建成，再想攻下，只怕就是千难万难了。

"来！"梁乙埋却没有注意梁乙逋的担心，他只觉不论高遵裕玩什么花样，自己都可以将计就计，大败宋军，最起码也可以全身而退……如此想去，竟是越想越兴奋，笑逐颜开地拍了拍梁乙逋的肩膀，向一面地图屏风走去，一面还心情愉悦地笑道："且来看看四天后如何破宋！"

四日后。辰时。

太阳刚刚从东山露出脸不久，强烈的金光洒满了石门水的两岸。蔚蓝色的天空中，不见一丝云彩。一个静谧的早晨。

平夏城的宋军，一大早就起床起锅做饭，士兵们难得饱餐了一顿羊肉，然后披挂整齐，在营寨中安静地等待着战争的到来。特别是西大营中，早已聚集了平夏城宋军最精锐的部队。人人都翘首向北，等待着西夏人的出现。大战之前的平静，最让人心焦。

出乎所有人的意料，高遵裕竟然真如所约，撤走了石门水南所有的部队。只有少量的斥候在西大营与没烟峡之中巡逡着。

"梁乙埋究竟会不会来？"站在箭楼上观望的高遵裕，心中不断地翻滚着同样的念头，但每次他把目光投向站在身后的"月明真人"时，对方那笃定的眼神，总是轻易地把他将要到口的疑问压在嘴唇之内。

"只有相信他了。"高遵裕在心里无可奈何地对自己说道。无论如何，即使梁乙埋不来，他也不会损失什么。高遵裕又抬头望了望天空，患得患失地在心中感叹："若是梁乙埋不来，真可惜了今天这样的好天气。"

但是，放出了如此诱人的诱饵，梁乙埋连看都不来看一下，未免太不可思议了吧？高遵裕无意识地绞动着手指，继续胡思乱想着。

等待是最折磨人的事情。

时间一点一点过去，石门水以北的原野上，依然毫无动静。

7

石门水北岸十余里。旌旗密布。

"怎么样？宋军可有动静？"一身金丝锦袍的梁乙埋骑在一匹高大的白马上，向探子问询道。

"禀相公，宋军西营聚集了众多的兵马，但是自大营至石门水岸，原有的人马已经被全部撤走。东营侦骑四出，难以靠近，不知虚实如何。"

探子的回报，让梁乙埋十分满意。他捋着长须，点了点头，笑道："不料高遵裕真是信人。难道他想学宋襄公不成？还是自信过头了？"

"相国何必管他许多，只要能过河，让他们背城结阵又如何，量宋人也当不起铁鹞子的一阵冲锋！"梁乙埋身边的将领忙凑趣说道。

梁乙埋沉吟着点了点头，举起手来，高声命令道："传令！全军前进至石门水北岸结阵！"

"得令！"

已经没有必要再隐藏大军的动向，西夏的近十万军队，一齐吹起了震彻长天的号角，在数以千计的旌旗的指引下，战马与骆驼掀起了漫天的灰尘，远远望去，便如同一片黄尘的海洋，排山倒海般移向石门水，与此同时，还伴随着一阵阵如雷鸣般的声音。

"终于来了！"根本无须任何斥候的禀报，大宋平夏城西大营的将士们，都能感觉到战争的临近。高遵裕兴奋地握紧了拳头，高兴地望了"月明真人"一眼。"我高遵裕名垂青史的时刻来了！"高遵裕感觉到自己的手心，已经全是汗水。他抿紧嘴唇，眺望远方天空中的灰尘海洋。那黄色的海洋越来越近，慢慢地，地平线上露出了黑压压的人马，还有迎风飞扬的五色战旗，以一种不可思议的速度，漫涌向石门水的北岸。

"高帅！"站立在一旁的顾灵甫已经有点儿迫不及待了，"要不要准备一下？待西贼半渡之时，一举击溃之。"

"半渡而击之？"高遵裕笑了笑，摇摇头，道，"梁乙埋不会上当。"

"由不得他不上当，他的人马渡过一半，未成阵列之时，要战要守，权在大帅。"顾灵甫说的并非没有道理。

"我料他必然搭好浮桥，从容渡河。"高遵裕抿着嘴说道，目光有意无意地看了"月明真人"一眼。

顾灵甫正要继续劝说，忽听到一个行军参军高喊道："快看，西贼果然开始搭浮桥了。"他抬头眺望，果然，有数千西夏士兵，开始泅过石门水，准备搭设浮桥了。

顾灵甫心里一惊，微睨高遵裕一眼，却见高遵裕伸手抹了一把脸上的汗，笑道："今天的天气，还真是热啊。"

顾灵甫这才感觉，太阳越升越高，阳光渐渐炎热，空气中一丝风都没有，自己的铠甲之下，也已经被汗水浸湿了。

西夏人的渡河，一直有条不紊地进行着。梁乙埋每渡过一支部队，便命令先行结阵，盯紧宋军西大营的动静。而最先渡河的，照例是铁鹞子，一直等到这支骑兵结阵完成，西夏的其他部队，才敢依次渡河。

但是整个宋营，却一直是岿然不动，没有半点儿风吹草动。高遵裕身边劝他准备出击的将领谋士越来越多，但是高遵裕竟是毫不理会，最后竟然好整以暇地喝起茶来。还命令给所有的士兵准备了一泡茶水。

谁也不知道高遵裕葫芦里卖的什么药。只有那个"月明真人"似乎知道其中的缘由，虽然天气越来越热，但是他的表情却显得越来越轻松。

夏军渡河的越来越多，石门水两岸尽是马嘶人喊之声，数以万计的部队，从数百座浮桥上通过，到达南岸，背水列阵——这却是迫不得已，石门水至平夏城西大营之间的距离，只能够让西夏人如此布阵。

但是梁乙埋显然并不以为意。

的确，如果你确信自己的军队能占到上风，又何必害怕背水列阵？

不知道时间过了多久，顾灵甫只感觉自己因为心情过分的紧张或者说激动，全身几乎是泡在了汗水当中。他大口喝了一碗茶，继续瞪大眼睛注视着越来越多的西夏兵，时不时又回头望望高遵裕。

高遵裕的表情也越来越放松。

终于，整支西夏部队，都渡过了石门水，在石门水南岸，结成了森严的阵容。只有少量部队，留在北岸，保护浮桥。

"该出战了吧？"宋营中，几乎所有的将士，都冒出这样的念头来。

但是主帅高遵裕似乎忘记了有战争这回事。

宋军依然紧闭寨门，张弩待发，并不出战。

"高遵裕玩的什么花样？既然约我们来决战，放我军渡河，他却一直闭寨不出……"西夏的将领也迷惑起来。

梁乙埋眯着眼睛沉吟了一会儿，笑道："令各军顾惜点马力，再让人去叫战！"

"得令！"

不多久，数百名西夏骑兵纵马到了西大营前，高声呼骂起来："高遵裕，尔约我家相公前来决战,今我家相公已如期前来,尔为何畏缩不出?莫非尔是想学王八不成?"

"高遵裕听着,尔若是有种,便即出战。若是无种,让出大营,我家相公说了,放你一条生路!"

"高遵裕鼠辈……"

但是任凭这些人在营前骂了将近半个时辰,宋军西大营却始终紧闭寨门,若是这些骑兵进入射程之内,便用弓弩一顿乱射了事。

西夏军中军之中,梁乙埋眯着眼睛,微笑注视着这一切。本来高遵裕如此爽快地放他过河,他心中还有疑惧,但是此时,一切都已不言自明!他取出一块丝绢,抹了一下额上的汗水。这时候,梁乙埋相信自己已知道了高遵裕的计策——疲兵之计!拖延不出,用炎热的天气来消耗西夏军人马的体力,然后再以逸待劳,一举击溃已成疲兵的西夏军!

"嘿嘿,高遵裕,你打你的如意算盘,本相却没有这么容易上当!"梁乙埋在心里不住冷笑。他看了一眼自己的军队,为节省马力,骑兵大多下马,战马在悠闲地吃着地上的青草,梁乙埋心里一宽——虽然战士们热得汗流浃背,但要紧的还是马不能疲了。他举起手来,命令道:"传令!各军轮流休息。"

"是!"中军官领令后,迟疑了一下,舔了舔发干的嘴唇,说道,"相公,天气太热,是不是可以让人马轮流去河边饮水?"

梁乙埋看了一眼麾下,摇了摇头,道:"恐乱了阵脚,且迟一会儿。"

"是。"中军官略带失望地退了下去。

时间在等待中流逝。太阳越来越高,终于到达了它的顶点。正午的阳光,烧烤着空气与大地。石门水南岸,骂阵的西夏士兵换了一拨又一拨,每一拨都骂得口干舌燥,声嘶力竭,却毫无作用。高遵裕只是派人给梁乙埋射来一封书信,书信中写了四行大字:"国相之来,何其太早?午后决战,不为失信!"

然后,宋军竟然当着西夏军的面,轮流换哨,吃起午餐来。梁乙埋哪里料得到高遵裕耍这种无赖的招数?强攻硬寨,自然是得不偿失,而且折腾了一上午,整个西夏军中,也有点儿人乏马困了。饥尚可忍,各人带了干粮,但是渴不能耐,人人都眼巴巴地盯着身后那条石门水,恨不得立时扑过去,把那条河的水都喝干了才解渴。

"国相,是不是该让人马去喝点水了?"终于,连梁乙埋身边的将领,都有点儿忍耐不住了。这该死的太阳!

梁乙埋看了看手中高遵裕的书信,又看了看身边的将士,终于点了点头,但立即又叮嘱道:"各军人马,轮流饮水,切不可乱了阵脚!"

他的话音刚落,以军纪严整而闻名的夏军中,都忍不住发出一阵欢呼之声。

立时,石门水畔,再次传来人马嘶鸣的声音。一拨拨的人马,离开本阵,前往河边饮水。铁鹞子虽然没有前往河边，却也有负担从河边取来清水，给士兵和战马解渴。石门水的清水，果然清凉解渴，在这炎然的天气中，对于西夏将士来说，实是人间至美的甘露。但是梁乙埋却看不到，此时此刻，便在对面的宋军西大营中，高遵裕与月明真人，脸上都露出了微笑。

耐心地等待着西夏军人马吃饱喝足，一直在喝茶的高遵裕，抬头看了看天色，"砰"的一声，将手中定窑所产的精美瓷杯摔在地上，腾地站起身来，厉声喝道："传令三军，准备出战！"

被西夏人的骂阵憋了一肚子气的宋军将士，在摩拳擦掌许久之后，终于有了一个解气的机会。随着高遵裕的命令一层层传下，宋营之中，号角长鸣，战鼓擂动，旌旗举起，西大营的营门，终于打开！数以万计的精锐禁军，如潮水一般从营门中涌出，长枪在前，弓弩在后，步兵居中，骑兵在两翼，背靠大营，结成了一个巨大的方阵。

大战终于开始。

这是宋夏之间有史以来，规模最大的战斗。

双方数以万计的军队，在一片狭长的地带布阵决战，若从远方的高处眺望，会感觉这块地方，密密麻麻布满了全副武装的人类。

横行西北的铁鹞子们望着如同小山一样移来的宋军步兵方阵，眼睛开始充血，他们"唰"地拔出了战刀，高高举起。"杀！"伴随着刺耳的号角声，仿佛天地都忽然黯淡下来，大地突然开始剧烈地晃动，黑黝黝的洪流，在震天的吼叫声中，冲向宋军的方阵。

即使是久经战阵的西军老兵，亦不禁为之色变。

这是无坚不摧的冲锋军。

"停！"宋军的方阵，忽然停了下来。

"神臂弓！"大旗挥动，弓手们拉开了手中的神臂弓。

"击鼓！"似乎是为了盖过铁鹞子冲锋的气势，宋军大营中，鼓声震天擂起。"嗷！""嗷！""嗷！"宋军大声吼叫着，数以千计的飞箭，遮天蔽日地飞向铁鹞子们。

战马悲鸣的声音传来，冲在最前面的铁鹞子晃了几晃，一头栽下马去。但是黑色的洪流却疾不可挡，掉下马的战士，转瞬间，被自己的战友踏成了肉泥。

"引弓！"

"放！"

"引弓！"

"放！"

弓箭在平夏城前漫天飞舞，紧随在铁鹞子后面的西夏骑兵们，也在马上拉弓，向宋军回射着。两军都不断有人倒下，而铁鹞子越来越近，终于，这股黑色洪流撞上了宋军的方阵，盾牌横飞，长枪斫断，方阵之前，裂开了巨大的缺口。短兵相接的鏖战，便在这一瞬间展开。宋军两翼的骑兵正欲夹击正面之敌，却被迎面而来的西夏骑兵缠住。平夏城前，顷刻间变成混乱的血战。

"直娘贼的！"高遵裕拔刀格开一支飞来的羽箭，恶狠狠地骂道。战斗出人意料地变成了混战，指挥在此时几乎没有多少意义，决定胜负的，是双方将士的武勇与士气。西夏铁鹞子名不虚传，神锐军厚实的步军方阵，竟被冲得七零八落——这个时候，高遵裕才不由后悔，为什么不是用振武军结阵！

但是，梁乙埋所期盼的一击即溃的局面，也没有出现。宋军的抵抗，意外地顽强，铁鹞子虽然冲乱了宋军的阵形，自己却也仿佛陷入泥潭之中，在宋军的重重围困中，变成了一小块一小块的，各自为战。

局势变成了僵持。双方不断地拉锯苦战着。

夏军虽然有人数的优势，但毕竟抵不过宋军以逸待劳，兼有粗具规模的平夏城之助。两军混战了近两个时辰，留下了无数具尸体，却依然看不出胜负的迹象。

但梁乙埋却知道，胜利迟早是他的。在中军的拥簇下，他好整以暇地观察着战局，他还有两万人马没有动用，再坚持一会儿，这支生力军一出，宋军的溃败，便不会有任何悬念。

但便在此时，战场形势忽然间逆转。

只听到战马一声声地悲鸣，仿佛不堪重负一般，一匹匹战马轰然瘫倒，身披重甲的铁鹞子们，如同一个个铁铊，重重地从马上摔了下来。

梁乙埋被眼前的变故惊呆了！

然而，噩梦才刚刚开始。

继铁鹞子之后，不断地传来战马的悲鸣声，一匹匹战斗中的战马与骆驼，就这么突然倒下；一个个的战士，突然发现自己手脚发软，四肢无力，摇摇晃晃地摔到地上。开始还只是战斗中的西夏将士，然后，连中军的将士，也纷纷从马上栽倒……

"中计了！"每个人的心中，都闪过同样的念头。

在这一瞬间，梁乙埋只觉得脑海中一阵空白。他尚未弄清楚到底发生了什么事，只听见宋军中传来震耳欲聋的欢呼声，宋军的箭雨，便已经到了眼前。

"快撤！"梁乙埋在一阵慌乱之后，立即大声吼道。

但是逃跑有时候亦并非一件容易的事情。

宋军的骑兵，抛开面前的敌人，向着梁乙埋的中军疾驰而来，将他的中军冲得一阵大乱。与此同时，在石门水对岸，又有一支宋军部队不知从何处冒出，开始攻击守卫浮桥的后卫部队。高举将旗上，赫然绣着一个斗大"狄"字！

"水！河水！"在回望北岸的一瞬间，梁乙埋突然明白过来——高遵裕拖住自己的目的，不是为了疲兵，而是想让自己的人马，去喝石门水的水。而毫无疑问，此时在石门水的上游，一定有一只宋军部队，在那里不断地往水中投毒！还有这河边的草，一定也早就埋了毒。仿佛是为了印证梁乙埋的猜测，梁乙埋果然发现，尚能一战的部队，正好是没有来得及喝水的那几支部队！而与此同时，从石门水的上游，又漂下来几只烈焰冲天的火船，引燃了浮桥。

梁乙埋下意识地闭上眼睛，却听到一阵"轰隆隆"的巨响，一股刺鼻的硝烟味在战场上弥漫开来。他知道，这是宋军使用了霹雳投弹。他回头望去，便见自己的士兵，一部分拥挤着渡河，一部分干脆开始四散逃跑。战场上传来宋军震耳欲聋的喊叫声："活捉梁乙埋！""莫叫梁乙埋跑了！"

"大势去矣！"梁乙埋在心里哀叹了一声，"唰"的一声，拔出宝剑，横在了自己的脖子上……

第七章

海水群飞

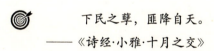

下民之孽，匪降自天。

——《诗经·小雅·十月之交》

1

《熙宁年间诸事纪事本末》卷第五十四：

先是，章楶议筑平夏城……高遵裕遂使狄詠、韩处下书，约梁乙埋决战，阴使种谊埋病羊于河畔，毒石门水上游，使水草皆毒。是日，高遵裕撤沿河之防，示敌以诚，使狄詠、包顺绕道渡河，伏兵北岸。梁乙埋率军渡河，成列。遵裕闭营不出，且使人遗书梁乙埋，曰："午后决战，不为失信。"西夏军远来，久不得战，天燥热，人马皆困渴，梁氏遂使诸军分饮石门河水。遵裕觇知，遂出营击之，苦战两时辰，西夏军饮毒水，马不能负重，人不能张弓，大溃。诸军争相渡河，践踏而死者不可胜计。种谊沿河放火船而下，焚浮桥；狄詠、包顺起伏兵袭其后……石门之水塞……梁乙埋夺李清兵权而大败于遵裕，奔逃无门，羞愧欲自刭，为部将所阻，仓皇夺桥渡河……会梁乙逋引援军至，狄詠、包顺不能敌，梁乙埋方得脱困。

是役，西夏死者四万余，被俘者四万余人，得免者不足四万，所失马匹、骆驼、辎重，不可胜计。三千铁鹞子尽为所擒；泼喜军皆死于乱军之中。西夏自元昊以来，未尝有此败绩。河西震动……

遵裕遂筑平夏、灵平寨二城，自此渭州无胡马。

"混账！"夏主李秉常气得发狂，拔出佩刀，朝着面前的一张书案狂砍，直到将书案砍成块块碎木，犹自眼睛充血，面目狰狞！

"这是国耻！这是我白上国的奇耻大辱！"李秉常的咆哮声，响彻了兴庆府简陋的宫室。

一旁侍立的臣子，都战战兢兢地低着头，生怕将李秉常的怒火，引到自己身上来。

"李清！"

"臣在。"

"朕要亲征那什么平夏城！"李秉常的眼睛里，都快冒出火苗来。

"这……"李清心中知道这时候再去攻平夏城，不过是在平夏城的城墙下，多增加几具尸体罢了，但是面对冲动的小国王，他一时间也不知道要如何设词回答。

"若不铲平平夏城，便是从此以后，我大夏军队，不能再入渭州！"李秉常说的的确是事实，但正因为是事实，才越发地让人无法接受。

李清不得不谨慎地措词："自战报传至兴庆府，已有十余日。再点兵出征，最起码也是一月以后的事情。那时候宋城早已筑成，坚城难克，只恐劳师无功。且眼下新败，士气不振，更难以成功。臣以为，眼下之事，迫不得已，只有静候良机，再缓图之……"

"良机？"李秉常勃然大怒，吼道，"何时才是良机？"

"宋军不可能十几万人常驻于此，其城筑成后，必然退兵，最多留下万余人驻扎。臣以为，待几个月后，宋军放松警惕，再突然出兵，将宋军困于城中，断其补给。则二城未必不可克。"李清从容答道。

李清的话的确很有说服力，李秉常沉吟半晌，虽心里仍有不甘，却终于冷静下来。"也罢，几个月，便等几个月！"

他刚刚说完，便见一个内侍脚步匆匆走至殿前，用颤抖的声音说道："陛下，讲宗岭军情急报！"

李秉常心中一凛，快步下殿，抓住内侍的衣领，恶狠狠地问道："讲宗岭怎么了？"

"陛、陛下！"内侍几乎被李秉常凶恶的表情吓昏过去，"讲、讲宗城，被、被宋人烧了！"

"啊！"李秉常手一松，浑然没有在意瘫倒在地上的内侍，只是转身望着李清，呆呆地说道，"讲宗城也被烧了！"

李清也完全没有料到真的会"祸不单行"，一时间，竟也说不出话来。

"平夏城惨败、讲宗城被烧……石越的这两手，还真是漂亮啊。"说话的人，是一个风韵犹存的中年女子，西夏国命运的真正主宰者，当时地球上最有权威的女人——梁太后。她说话的时候，不疾不徐，神色从容，似乎是在说一件与她完全无关的事情。

"太后！"谦恭地站在下首侍立的，是西夏老将翊卫司马军都指挥嵬名荣，"现在大夏的形势，实在不容乐观。"

"我知道你要说什么。"梁太后微微一笑，眼角竟然还带着一丝妩媚，但是话语中却极度的从容与平和，"绥州被夺，横山不稳，讲宗城被烧，平夏城大败，熙河归汉，董毡亲宋……东朝对我大夏是全线进攻，咄咄逼人啊！"

"正是如此。"嵬名荣忧心忡忡，"平夏城之败，不仅仅是失去了进出渭州的门户，而且熙河与平夏城，如同一对张开了的钳子，威胁着天都山一带；而一旦横山有事，与绥州相连，整个银夏地区都会受到威胁。董毡又时时刻刻觊觎我凉州……太后，到时候，我大夏所能倚赖的，便只有沙漠了！"

"嵬名荣！"梁太后悠悠说道，"纵然你说的全是事实，又能如何？已经发生的事情，担忧会有用吗？想不出对策的事情，烦恼会有用吗？"

"这……但也不能坐以待毙吧？"

"你还记得建国初年的事吗？"

"建国初年？"

"不错，当年可是连灵州都在东朝的掌握中啊，但是祖宗还不是一样复国成功、奠定下今日的百年基业？"梁太后笑道，"什么地理形胜，都不是绝对的东西。我大夏国的立国之本，只有一样。"

"臣愚昧。"

"那便是——我们是胡人！"梁太后说这句话的时候，声音突然沉稳下来，一个字一个字地说着，似乎每个字都是从牙缝中挤出来的。"大夏是在马背上建立的，只要各部落不离心，只要每个党项人都不忘记自己是胡人，不贪恋汉人的衣裳美食，绥州又如何？平夏城又如何？熙河又如何？宋朝能得意一时，焉能得意一世？只要根本尚在，那些地方，今天让东朝人占了不要紧，迟早我们能夺回来！"梁太后的声音越来越高亢，"你以为东朝能永远长治久安？"

这一番话，说得嵬名荣心悦诚服，拜服道："太后圣明！臣所不及。"

"所以，我最担心的，不是边境的胜败得失，而是兴庆府的大夏王宫的主人，在穿什么样的衣服，吃什么样的食物，行什么样的礼仪！这才是我们大夏的根本所在！"梁太后的言词，让嵬名荣几乎打了一个寒战。

"太后！主上英武，颇有先帝之风……"

梁太后摆了摆手，笑道："你不必说什么。接连两次大败之后，必然有些人会对国相公开质疑，说不定会有人认为宋朝打败了我们，我们就应当向宋朝学习，废除胡礼，改用汉仪。有些人会借口给主上更多的权力，来谋求他们的私利……总之，要烦的事情还很多呢。"

嵬名荣听见了梁太后笑嘻嘻的话中隐隐的杀气，连忙闭上了嘴巴。

梁太后起身走下殿来，向前行了几步。嵬名荣连忙紧紧跟上，只听梁太后淡淡地问道："你和我说说，讲宗城究竟是怎么回事？我听说是被一群乡兵烧掉的？"

"是。"

"东朝的乡兵，有这么厉害吗？"

"讲宗城居然被一群乡兵给烧掉了？"几个时辰之后，天色已然全黑，李清的将军府上，史十三睁大了眼睛，不可思议地望着李清，递到嘴边的筷子都不由自主地停了下来。

"不错。"李清苦笑着回答，非常简短。

"怎么可能？宋军谁是主将？种家还是姚家？"

李清摇了摇头，望着满桌的佳肴，却无半点儿食欲。他站起身来，走到窗前，背着手望着天空中的明月，答非所问地说道："野利济的人头，现在大约挂到了宋朝京兆府石越的辕门之外，讲宗岭究竟发生了什么事情，要等慕泽来到兴庆府，才可能知道。"

"慕泽？"史十三笑道，"就是那个袭击石越的番人？"

"正是他。他受命协助野利济守城。"李清淡淡说道，"此人不可小视，只是贪图功名富贵……"

"世间有几人能不贪图功名富贵？"史十三笑道，"这算不得什么缺点。"

李清转过身来，逼视史十三，突然笑道："你果真觉得这不算是缺点？"

史十三默然一会儿，笑道："你以为这是缺点吗？"

"一个人如果欲望太多，就会短视。"李清悠悠说道，"若是慕泽不短视，他又岂会受梁乙埋诱惑，降夏叛宋，伏击石越？"

史十三饶有兴趣地看着李清，笑道："这怎么就称得上是短视？"

"我听说过慕泽的事情，以他的才干，若是不被梁乙埋所诱，等石越熟悉了陕西形势，他必得大用！将来功名利禄，还不是唾手可得？可惜如今，却再无回头之路。"李清的声音中，居然有几分惋惜之意。

"宋朝的功名富贵，与夏国的功名富贵，又有什么区别？"

李清听到这话，定定看了史十三一会儿，默然良久，方悠悠叹了口气，说道："只怕还是有区别的！"他心里头，忽然想起了那个宁死不肯投降的宋朝武状元。宋朝发生了什么事情，李清暂时还不知情，但是他费尽了心机手段，威逼利诱，文焕就是不肯投降，唯求速死，李清却是知道的。"至少，在那个文焕心里，宋朝的功名富贵与夏国的功名富贵，还是有区别的吧！"李清在心里说道。

史十三若有所思地望着李清，咀嚼着李清话中的含义——"只怕还是有区别的！"他根本没有料到，李清此时想到的竟然是文焕。

"过几天我兴许要去一趟宋朝的环州。"沉默一会儿，史十三换了话题说道，"嘉君还要托你照顾。"

李清走到桌前，端起酒杯来，喝了一口酒，半开玩笑地说道："你若是有空，何不顺道去看看讲宗岭。"说罢，自己笑了笑，用眼角瞥了史十三一眼，又似漫无边际地说道："我离开兴庆府没多久，回来之后，突然发现兴庆府竟是出了许多怪事，让人觉得蹊跷。最可怪的，是我听说有个叫明空的和尚，自称是从西天归来，许下宏愿，要在兴庆府建一座大佛寺，竟是派出了许多和尚，前往各部落化缘，又有一般徒众，与他一道出入宫中，结交权贵……"

"这有何可怪？大夏贵人信佛者众，连梁太后也信佛……"史十三的眉毛不易察觉地跳了一下，立时便满不在乎地笑着说道。

"和尚出入宫中、结交权贵，也是平常事。帝王信佛者，古今更是多不胜数。

但是让人奇怪的，是这个明空哪里便来这许多的弟子？"李清锐利的目光逼视着史十三，似乎认为史十三一定知道答案一般。

"我又如何知道？"史十三莫名其妙地答道，"这些秃驴的事情，我可没有兴趣。"

李清注视史十三良久，目光渐渐缓和下来，淡淡说道："可是我怀疑这些和尚，根本是宋朝的奸细。若我所料属实，他们假化缘行医传经之名，深入各部落，目的是为了探知大夏虚实。一旦他们把消息全部传回宋朝，大夏国对宋朝而言，便再无半点儿秘密可言了。"

"既然知道，何不全部抓起来，几个秃驴而已！"史十三不以为然地说道。

李清凝视史十三，叹道："没有证据，如何敢抓人？满城的贵人，都是他们的后台。何况百姓中信佛者更多……那个明空和尚，我也会过了，似乎的确是去过西天的，居然还懂梵文，又明于佛理，我请了几个和尚讲经，都斗不过他，反为他添了不少名声。"

"何不问他去西天一路之见闻？"

"也曾问过，他说得头头是道，也没有人知道是真是假。"

史十三沉吟一会儿，问道："明空没有破绽，他身边的小和尚们，岂能没有破绽？"

李清有几分疑惑地望了史十三一眼，惊讶一会儿，顿觉脸红。不知为何，可以说是没有任何理由的，李清心中一直隐隐怀疑史十三的身份，但是史十三与自己相交甚久，非比寻常，自是不便如对明空一般明目张胆地质问，因此只是出言试探。这时候见史十三毫无顾忌地为自己出谋划策，心中不免觉得惭愧。只是不知道为什么，李清始终觉得史十三的身份，极为神秘。

"那些和尚，有些是明空的弟子，跟了他许多年了，有些是新剃度的，真要找破绽，却是难找。"李清无可奈何地笑了笑，道，"其实无端怀疑他们，我亦觉得有点儿不妥。但是不知为何，我总觉得这些人凭空冒出来，实在可疑。偏偏那些部落首领，十之八九，对他们还崇信有加……"

史十三冷笑道："既是如此，他们便是上了当，也是活该。"

李清只是不住地苦笑。

史十三微睨他一眼，用讥笑的口吻说道："你又不是党项人，你操的又是什么心？"

李清先是怔了一怔，随即脸色铁青，咬着嘴唇，定定地望着史十三的眼睛，目光灼灼，似乎想要从史十三的眼中，看出他内心的所思所想。

史十三却似乎是浑然不觉，又或是根本不在乎李清的想法，只是自斟自饮起来。

待送走史十三之后，李清的脑海中，不停地回响着史十三的那句如刀子一般尖锐的话："你又不是党项人，你操的又是什么心？"的确，李清不是党项人，这一点，李清与梁乙埋不同，他始终认为自己是汉人，是个不折不扣的汉人！但是，夏国王李秉常的知遇之恩，却是同样让李清感于五内的，他心里也希望能辅佐李秉常建立一番轰轰烈烈的事业！

然而，无论如何，李清逃不脱那个魔咒："你又不是党项人，你操的又是什么心？"

朴素的种族感情、出生于文明中心的人类与生俱来的文化骄傲感、千百年来的风俗习惯留下的印记，让李清始终无法从心里否认自己是一个汉人，他也不愿意否认这一点，甚至在潜意识中，还为此感到骄傲和自豪。

但是，在一个民族意识尚未完全觉醒的时代，一个"天下观"尚未被"重华夷之防"的民族观完全代替的时代，李清的心中，还有一种情愫：那就是诸夏文明中，一种"士"的情结。

什么是"士"？

士为知己者死！

在宋朝时，李清不过是一个不受重视的低级武官，因为一次战争而被俘降夏，自负一身才华的他不肯轻易就死，却也无法回归宋朝，只得期期以李陵自许；但是，在西夏的李清，却受到意想不到的重用，直至有一天，终于成为小国王李秉常的亲信！

人非草木，孰能无情？在李清而言，又岂能不想报答这位年轻君主的知遇之恩？

月华清冷，长廊九曲。

月光将李清的身形拖曳出长长的阴影，在长廊下，他整个人都像笼罩在阴影之中。紧蹙双眉的中年男子，抬头仰望月空，终于只能发出喟然的长叹声。

"夫君。"不知何时，卫慕氏已经站到了李清的身后，"是朝中又有什么难解之事吗？"

李清默默摇了摇头，却没有转过身去。他感觉到有一双温暖的小手攀上自己的肩膀。

卫慕氏帮李清轻轻地系上白色披风，柔声道："无论什么事情，都会解决的。"

"是啊，无论什么事情，都会解决的。"李清轻轻重复了一句，忽然一笑，将卫慕氏搂入怀中，道："给我备马，我要去看看宋朝的那个武状元。"

2

文焕是被单独囚禁在隶属于翊卫司的一间小院子里，地点十分隐秘，西夏人派出了二三十名士兵专门看守他。

李清已经记不清这是第几次见文焕了。曾经意气风发的武状元消瘦了许多，下颌的胡子凌乱地生长着，脸上也多了几分沧桑之色。在短短两三个月的时间里，文焕变得成熟起来。李清十分清楚地知道文焕经历过什么，西夏人曾经用战马拖着他跑了十几里地，也曾经六七天不给他任何水和食物，当然，也曾经让他享受过美女佳肴……但是无论如何，这个表面上看起来甚至让人感觉到有点儿轻佻的武状元，却始终没有屈服，虽然他也不曾自杀。

当西夏人招待他美女佳肴时，文焕当仁不让地享受着，对说客们的喋喋不休充耳不闻；在西夏人失去耐心，用酷刑与饥渴来威逼之时，文焕虽然几乎被折磨得奄奄一息，但却始终不肯背叛大宋。

但是即使如此，李清也知道，还是有许多的西夏人看不起他，因为他们认为文焕没有勇气自杀。正如许多西夏人也同样看不起他李清一样。而文焕所要承受的压力要远大于当年的李清，因为他是武状元！深受皇恩的武状元，在许多人看来，在这种情况下，是没有生存的立场的！

如果他能绝食自杀，也许会赢来更多的尊重。

但是文焕毕竟是个年轻人，他的理想还没有开始。

也许他还指望能活着回到大宋。

许多人在嘲笑这个只欠一死的武状元，但是李清对文焕，却有一种奇妙的感情。他不认为期望活着回到故土，是一件多么见不得人的事情。虽然李清也知道，即使文焕回去，面临的，也将是遍布天下的怀疑的目光。

"李郎君。"文焕的脸上，竟然泛出了一丝笑容，"你气色不是太好。""李郎君"是一些西夏人对李清的称呼。

李清随意找了张凳子坐在文焕对面，淡淡问道："可还习惯？"

文焕讥讽地望了李清一眼，话中带刺地说道："我不似你，习惯不了。"

"是啊，你不似我。"李清定定望了文焕一会儿，突然叹了口气，举起手来，拍了拍手。两个亲兵立即端上一壶好酒、几盘小菜。李清指指酒菜，说道："今日与君同饮。"

文焕心里一怔，以为是自己死期将至，当下端起酒壶，斟了一杯，一口喝了，又斟了一杯，却不管李清，又是一口喝干，笑道："这酒不错，可惜有酒无友，好酒也没个味道。"

李清知道文焕心里甚是鄙薄自己，他早已习惯，也不介意，自己给自己斟了酒，也是一口喝掉，只觉得明明一壶史十三从汴京私带过来的烈酒，入得口中，竟是一点儿味道也没有，倒似白开水一般。他一口气连喝数杯，方悠悠说道："我知道状元郎看不起我，但状元郎可知道我是何人？"

文焕冷笑道："你不过是背祖忘宗的汉贼罢了。"

李清却不去理他，自顾自地说道："你可知道大宋嘉祐二年麟州之战？我本是宋朝府州守军一军中小校，当年没藏讹庞大举出兵，击败郭恩，我便在此役中为夏人所擒。嘉祐三年夏人出兵攻吐蕃青唐城，虽然大败而归，但是我却因立下功勋，受到惠宗赏识。从此跟随惠宗左右，屡次与吐蕃、宋朝作战，颇立功勋，封为将军，妻以贵人之女。惠宗驾崩前，将我送至太子帐中——也就是当今夏主的帐中，托以护卫之重……自我入夏至今，已有整整二十年，我的长子，也有十二岁了！"

"好好的汉人，做了二十年的贼，又有何值得夸耀的！"文焕毫不客气地嘲讽道。

"你又知道什么？"李清淡漠地扫了文焕一眼，道，"你可知焦用是谁？"

文焕听到这个名字，似觉耳熟，一时却想不起来是谁，再看李清神态，不觉狐疑，当下默然不语，只是看着李清。

李清淡淡笑了笑，仿佛知道文焕必然不知，继续说道："焦用本是狄武襄公旧部——我亦曾与你说过他——便是因为他触犯军法，韩琦欲诛杀之，狄武襄公亲为求情，说焦用是好男儿，韩琦却道：东华门外状元唱出者才是好男儿。竟诛杀焦用。当年我在宋朝，与焦用之族侄同居一营，此事是我亲耳听闻得来，当真让人寒心。"

这件事情，文焕本也听说过——不说在宋朝的耳闻，就是当初李清劝降他，也的确曾经提及此事，不料李清于此事耿耿于怀，还另有一层原因，至此时方知——文焕虽一时记不起焦用之名，但此时却也明白李清所说并非谎言，只是说道："往者不可追，今日之大宋，有石学士建忠烈祠，早已不同以往。"

"当日你也这般说。"李清冷笑道，"但我却终是难以相信。宋朝一向重文臣，张元殿试不第，遂降西夏，引景宗攻宋。自此以后，宋朝殿试不敢黜人。若由此观之，宋廷君臣，唯有打痛了他们，他们才能刻骨铭心。若有一降将能将宋朝打得不得安宁，或许宋廷从此能略重武臣，亦未可知。若说一个石越，便能让宋廷从此不重文轻武，谁能信之？"

文焕"哼"了一声，扭过头去，不肯说话。

李清顿了顿，继续说道："你是武状元，你说宋朝不重文轻武，那你这个武状元，真比得上文状元？为何宋朝真正边关名将，除少数几人外，都是文进士出身？"

"百年之风，非一朝一夕所能完全扭转，但是今日之大宋，无论王相公还是石学士，都道重文不必轻武，早年矫五代之枉过正，现在已有改变。"

"重文抑武，是宋朝赵官家的祖训，又如何能凭王安石与石越的一张嘴便改变？"李清又给自己倒了杯酒，一口喝了，高声道，"我在宋朝之时，有功不能赏，拼死战斗，亦难以升迁，功勋再高，亦不免受气于腐儒；到了夏国，虽是汉人，但有功必赏，勇猛必奖，男儿提三尺宝剑，便可受君王恩宠，建功立业，封妻荫子！我问你，凭什么便要为那个不重视你、看不起你的朝廷卖命？"

文焕凝视李清良久，忽然脸上竟是露出同情的表情，他淡淡说道："你生不逢时，没能遇上石学士，有些道理，你自然是不知道。"

"石越又有甚高明之见？"

文焕又看了李清一眼，缓缓说道："凡王者之国，其国家，则不必先问臣民为国家做过什么，当先问国家为臣民做过什么？其臣民，则不必先问国家为臣民做了什么，当先问自己为国家做了什么！——这是石学士在白水潭学院讲过的一段话。"说罢，顿了顿，又义正词严地说道，"我文焕既身为大宋之臣子，无论大宋是好是坏，是不是对得起我，我都只能忠于大宋。你以为朝廷重文抑武，使你受了委屈，便可以成为你背叛祖宗的理由吗？难道你在西夏，便不曾受西夏羌人的歧视吗？为何你可以背祖弃宗忍受西夏羌人的猜忌与歧视，却受不了父母之邦的一点儿委屈？"

这番话说出来，李清却是闻所未闻，一时间竟是百感交集，怔在当场。

文焕打量着面前的这个中年男子，心中也是波潮澎湃。在文焕看来，李清的行为是可耻的，身为大宋人，却甘为夷狄，这是文焕无法认可的事情；但是李清又未必不是可怜甚至是可惜的，文焕也知道，哪怕李清没有被俘，以李清的才华，在西夏能受到赏识，但是在大宋，却可能被生生埋没，士为知己者死，李清对夏主的感激，文焕自然能够理解——但可惜的是，李清的知己者，是一个错误的对象，而这一切，又并非李清本人所能掌握……在这个时刻，文焕甚至暂时忘记了自己的处境，只是带着复杂的感情，来观察着李清。文焕几乎忘记，他自己的命运，也不比李清好多少。

文焕不甘心就这样死去，他的才华还没有得到充分的展现，他还没有来得及建立下可以彪炳青史的功勋。

文焕也不愿意投降西夏。他是大宋皇帝钦点的武状元，他们文家可以说深受国恩，他从小就知道什么是忠臣烈士。

文焕知道，如果投降，他就会身败名裂，成为家族的耻辱，被后人唾骂。但是他也知道，如果不降，西夏人迟早会用自己的人头，来当作鼓舞士气的工具。

二选一的难题，文焕亦不知道如何选择。

坐在翊卫司某间隐秘的小房子里面的两个男人，也许会有着极其相似的命运。

大宋，陕西路，京兆府，陕西路安抚使司。

陕西帅司衙门里里外外都张灯结彩，如同节日一般，进进出出的人们，脸上都洋溢着抑制不住的笑容，每个人的脚步，似乎都变得轻快许多。

似乎一切都是如此顺利，喜事多得让人不可思议。

在平夏城，高遵裕击溃了梁乙埋的部队，并且俘虏了四万余人。大宋的皇帝陛下，在紫辰殿接受了百官的祝贺，然后命令高遵裕挑选三千名俘虏押解至汴京，举行隆重的献俘仪式。封赏的命令虽然没有下达，但是一次大规模的赏赐，已经不可省去。在普通的百姓与一般士林的舆论看来，朝廷对于帅司石越、主帅高遵裕、副帅种谊、郡马狄咏等人的褒赏，将非常值得期待。战争的胜利还不止来自一处，在讲宗岭，一个叫何畏之的名不见经传的布衣，率领一群乡村弓箭社的准乡兵组织，偷袭讲宗岭，火烧讲宗城，将西夏讲宗城守将野利济的人头送至京兆府，更加让人感觉到不可思议！在此之前，陕西刺募十万义勇，西夏人也不过是当成黔之驴观之。而如今，不足一千名连乡兵都称不上的陕西儿郎，竟然将数倍于己的兵力把守的讲宗城给烧了，还砍下了西夏守将的人头！

对于整个战斗的过程，民间的说书人各凭自己不知何处听来的细节，添油加醋，传得神乎其神，倒似是天兵天将下凡与西夏人打仗一般，连何畏之，在说书人的口中，也凭空多出来两头四臂。陕西民众普遍相信，作为星宿下凡的石越，用自己的某种异术，招来了一群天兵天将，方取得如此战果。而对于讲宗岭之战的渲染，也连累到平夏城之战，在相当长的时间内，许多人都坚信在那场战争中，远在京兆府的石越使用了他神秘的法术——否则不会有西夏俘虏明明事后一切正常，但在战斗中却坚信自己全身乏力，无法作战。

但这两场战争的胜利，还并非是陕西帅司张灯结彩的理由。石越之所以允许如此张扬的庆祝，是因为从汴京用快马接力送来的一封家书——在数日之前，石越已经成为一个名为"石蕤"的女孩的父亲。这对于石越来说，绝对是一件不亚于平夏城与讲宗岭之战的大喜事。

所以，这几日的石越，虽然表面上依然平静沉稳，但是步履却不自觉地变得又轻又快，在没有看见的时候，竟然还会莫名其妙地偷笑。

这种喜悦的情绪，甚至于让石越几乎忽略了另一件重要的事情。这件事情从某种意义来说，应当也是大宋的喜事，只不过大部分的宋朝君臣，都不予以承认罢了——在六月初六，一个男婴在汴京平安出生，他的父亲，是当今皇帝赵顼，母亲，是来自高丽的王贤妃。一向子嗣艰难的赵顼又多了一个皇子，按理是应当让大宋的臣子们松一口气的，但是这个皇子的出生，却让汴京城中几乎所有的重臣，都吸了一口凉气！所有人都相信，这位皇子的出生，对于大宋的皇位继承问题，不仅仅毫无帮助，反而增添了无数不确定因素。

七月的汴京，热得让人恨不得把身上的皮都剥下来，汴京城的码头、城门却依然有无数的船只、车队以及百姓进出来往，为生计奔波忙碌着。这座人口繁多的巨大城池，是当时全球毫无疑问的消费中心，无论是奢侈品还是生活必需品，汴京城的需求，都非常惊人。而这一切，全部有赖于发达的水陆运输业与相关的劳动者。

而在熙宁十年，与整个帝国水陆运输业相关的工程以及参与的民众，都达到了大宋历史上一个前所未来的高度。

自从石越提出的官道修茸计划进来以来，大宋的君臣士民，认识到交通的发达对帝国的繁荣至关重要的越来越多。在官道修葺计划进行顺利，以及以杭州为中心的两浙路良好的交通道路网的刺激下，帝国一部分青壮派的低级官僚再也不甘寂寞，这些官员或者是所谓"学院党"出身，或者受到王安石、石越的双重影响，或者只是为了迎合上意，又或者竟是为了捞取私利，总而言之，熙宁十年宋朝官场最流行的话题之一，便是"修葺官路、浚清河道"。于是，整个帝国在熙宁十年的上半年内，除了少数名臣统领的路州之外，大至一路、小至州县军监，数以百计的工程开始进行，远远超过了石越与苏辙最初的计划。而这些修路与沟通水道的工程，绝大部分是毫无必要的，某些州县甚至沟通了一些根本不可能通航的河道，以作为地方官的"政绩"上报！至于这些工程所需要的费用，毫无疑问，财政并不宽裕的朝廷不可能给予实际上的支持，为了迎合上司的口味，这些官员们不得不将工程所需的款项尽量报低，以显示自己的能力。至于实际需要的银钱，温和一点儿的就向商家富室强行借债，严苛一点儿的则擅自变相加税。至于强征百姓劳役，更加成为不可避免的手段——所谓的区别，不过是手段的温和与否，比如某些风评较好的官员，会采用地方分段承包的方式，将费用与劳役分摊到各村各族，以各村各族各管一段的方式来进行工程，建成之后，再立一个石碑，纪念表彰有功之人。这样的方法，本质上也是不付任何费用来役使民众，不过却较容易得到百姓的接受或者说不反感，较之简单粗暴的强征，相对来说自然要好许多。

虽然《汴京新闻》与《西京评论》对这些行为都有所揭露，朝廷中也有一些谏官与御史进行攻击，但是皇帝自从压制住宗室与朝中的蠢蠢欲动之后，就将大部分注意力转向了石越在陕西挑起的战争以及帝国正在稳步进行的军制改革；更何况大宋朝廷的大部分官员，根本无法有效地分辨出地方官员上报的工程哪些是必需哪些是多余。虽然三令五申禁止地方官吏强征劳役，但是一方面朝廷对地方官员修葺道路、浚清河道所取得的"政绩"大加嘉奖，一方面却根本没有实际的手段来调查、处罚强征劳役的官吏，那么无论是皇帝的诏令还是政事堂的命令，毫无疑问也就并没有值得期望的必要。

各地的百姓所能盼望的，也不过是希望本地的官员，不要在农忙的季节来多事就好了。

然而在这个炎热的七月，整个大宋朝廷，包括帝国的尚书省右仆射吕惠卿在内的文武官员，大部分人对各地百姓的这种最低期望却并无兴趣。平夏战与讲宗岭大捷之后，皇帝要如何封赏有功之臣？朝廷的权力格局在此之后会出现怎样的改变？第一大功臣高遵裕会不会调入枢密院成为炙手可热的人物？石越还会不会继续留在陕西？

有无数类似的问题，需要得到解答。

从某种意义上而言，边境的大胜与大败，本质上是一样的——都会对朝廷既有的权力格局产生一定的冲击。

汴京城喜气洋洋、热闹非凡的表面之下，还掩藏着许许多多的东西。

3

群玉殿。在炎炎夏日中，这里却清凉得有点儿阴冷。

王贤妃斜躺在一张凉椅上，清秀的脸上有着淡淡的忧容。站在她下首的，是成安县君金兰，这是王贤妃生产之后，金兰第一次被允许来看望她。因为按当时的习俗，女性生产之后，一个月内是不能下床的，外人自然也是不便来探望。

"信国公一切可好？"必要的礼节过后，金兰直接询问起她最关心的问题。

王贤妃的脸上，露出了带着母爱的温柔笑容，柔声说道："俟儿很活泼。"但是这种笑容只是一瞬即逝，转由担忧与无奈取代，"皇后已经决定，满周岁之后，延安郡王与俟儿，由皇后亲自抚养。"

"这是可遇不可求的好事啊！"金兰惊喜地说道。

"也许吧。"王贤妃淡淡地说道，语气中带着不甘心。自己的儿子交给别的女人抚养，哪怕那个人贵为皇后，也并非一件开心的事情。她自然知道金兰为什么高兴，虽然向皇后决定亲自抚养两个皇子自有她的考虑，但是无论如何，因为向皇后无子，由她抚养长大的皇子，自然而然对皇位就更有继承权。虽然皇六子延安郡王赵佣已被封为尚书令，是实际上的储君，但是如果赵俟能与赵佣一起长大，即使无法身登大宝，但是其身份地位，也会与一般的皇子截然不同。

在金兰而言，为了日后的前程，再大的风险，也是值得冒的。但对王贤妃而言，这个却是自己的儿子。做父母的，并不是人人都期盼自己的儿子取得多大的成就，至少王贤妃就只希望自己的孩子，能够平平安安长大就好。一向聪慧的她，又岂能不知道自己的儿子一出生就被多少人所讨厌？

"娘娘不必担忧。"金兰听王贤妃的语气，便已明白她的心思，她心思略转，便笑着安慰道，"依臣妾之见，信国公由皇后抚养，较之由娘娘抚养，会更加平安。"

"何以见得？"

"向皇后的性格，娘娘亦是知道，并非善妒心狠，工于心计，反倒是与世无争，为人平和，颇具淑德。"金兰说到此处，转目四顾，见周围并无旁人，方压低了声音继续说道，"因此臣妾以为，向皇后至少不会故意对信国公不利。"

王贤妃点了点头，她的确承认向皇后是好人，但是说向皇后会来主动保护她的儿子，她却不认为向皇后好到这个地步。此时放眼汴京城中，她能够说说心事的，也只有金兰一人，这时候既然说到她最关心的事情，她便把心中担心已久的心事说了出来："但是皇后为何要收养俟儿？"

金兰脸上露出嘲讽之色，冷笑道："依臣妾之见，向皇后收养信国公，正是出于保全之心。她不过是希望有着高丽王室血统的信国公，尽量少受娘娘的影响，从而疏远高丽。这样的信国公，也更容易被朝臣所接受吧。"

"原来是这样。"王贤妃虽然知道金兰所说的，未必是向皇后的本心，但是人在担心的时候，往往不过是需要一个能说得过去的理由来安慰自己而已。

"前几天听皇后提起，你嫂子鲁郡君生了个女儿？"

"是。"金兰笑道，"是个很漂亮的女孩子，眉毛眼睛像极了鲁郡君。石府这次真是双喜临门，只不知道石学士会不会调回京师。"

王贤妃摇摇头，道："只怕很难，但这次的封赏，却不会太薄。"停了一会儿，又柔声说道，"待会儿你替我带几件礼物给鲁郡君。"

"是。"金兰忙敛身行礼，眼角却是若有所思的瞄了王贤妃一眼。

王贤妃似是明白金兰所想，微微颔首，道："大宋有不成文的惯例，上至皇帝，下至宗室，正妻都是娶名门之女，为的是名门闺秀，家教谨严，晓礼仪，懂进退，知分寸。皇上经常和我说，希望与石越约为婚姻。我想若能替俟儿定下这桩婚事，亦是一桩美事，我也可以放心。"

"娘娘所言，甚有道理。"金兰自然是知王贤妃的心意，她沉吟一会儿，方笑道："但是臣妾却以为，信国公的婚事，终不能由娘娘做主，此时石学士远在陕西，娘娘即使与皇上说妥，若是石学士不愿意，一来一返，惊动太大。到时候只怕另有人作梗。若依臣妾之见，不如静待，先试探石学士的意思，如若石学士愿意，到时候皇上一提，石府许婚，纵有人反对，也来不及了。好过现在打草惊蛇。"

"但是……"王贤妃皱着眉毛，想了一会儿，觉得金兰说得有理，但是她心中却另有担心，犹豫半晌，终于讷讷说道，"但是我怕她人捷足先登，到时候悔之晚矣。"

"娘娘是说……"

王贤妃抿抿嘴唇，低声说道："延安郡王。"

"延安郡王？"金兰愕然反问道。

"不错。天下人都知道延安郡王是储君……"

金兰注视王贤妃半晌，忽然掩嘴笑道："娘娘真是糊涂了。"

"我如何糊涂了？"王贤妃不由有几分不悦。

金兰忙收拾起笑容，说道："正因为延安郡王是储君，才不会娶石学士的女儿。大宋不是高丽国，也不是汉朝，女儿为皇后，父亲为宰相，那是霍光、曹操，外戚专权……娘娘别看太皇太后与皇太后都是勋臣之后，但是那都是祖辈的事情。"

王贤妃不比金兰，她居于深宫之中，这些事情，她何曾知道？将信将疑地问道："果真不行？那俟儿若娶了石越的女儿，石越不也是外戚吗？"

金兰笑道："娘娘于宋朝的一些规矩，毕竟还不太熟悉。若是延安郡王，那是万万不成的。但是信国公却另当别论……"

"为何？"王贤妃越发糊涂起来。

"因为无论宫中朝中，人人都有一个想法，就是信国公绝不可能继位。既然是绝不可能继位的皇子，那么即使娶一个朝廷重臣的女儿，也就不会太犯忌讳。但饶是如此，也必然面临极大的阻力，这也是臣妾担心石学士会拒绝的原因。他的女儿与信国公成婚，皇上在位，这件事并不重要。但有朝一日，延安郡王嗣位，他的重臣居然是他皇弟的岳父，此事却不能不犯忌讳。皇上或有爱子之心，然从长远计，不提石学士态度如何，宫中太皇太后与皇太后，就断难许可。"

"这……"

"可惜石起、桑充国无女，否则……"王贤妃却是充耳不闻，垂首思忖良久，宋朝的政治传统对她的影响，毕竟还是要小过高丽国的政治斗争带给她的印记，她轻咬下唇，决然地说道，"无论如何，还是想办法替俟儿定下石家的婚事才好。"

金兰不易觉察地笑了一下，虽然她在某些方面，可能比王贤妃懂得更多，但是对于宋朝所谓的"祖宗家法"，在高丽长大的她，同样缺少应有的敬畏。没有先例的事情就一定不能做吗？金兰的心中可从来没有这样迂腐的想法，在她看来，所谓的"成例"，就是用来打破的；而所谓的"先例"，就是用来创建的。因此，如果王贤妃一定要替信国公赵俟娶石越的女儿，金兰绝对会支持她。她所要考虑的，不过是如何才能达成这个目标而已。

没有人知道，在成安县君金兰的心中，还有更大的野心：如果信国公真的能够成为石越的女婿，那么宋朝皇帝的龙椅，也未必会专属于某一个人吧？

至少在高丽国的政治斗争中，这条法则是成立的。

同一天，同一座皇宫之内，庆寿殿。

与群玉殿不同，庆寿殿十分热闹。太皇太后曹氏的身体，康复了许多。而正在这个时候，宋朝又取得了边关少有的大胜，其主帅，又正好是高太后的从父。

"我听说，百官又在给官家上尊号了？"人逢喜事，曹太后的精神的确好了许多。

"是。"赵顼笑道，"朕拒绝了，朕不需要尊号。"

"嗯。"曹太后点点头，又问道，"国家用兵平夏城，想来花费不少钱吧？"

"整编军队、修葺官道、赈济灾民、用兵平夏，都是花钱的事情，眼见国库又有点儿拮据了。很快黄河汛期又要到来，这方面的钱粮是不能省的。各地还有一些天灾人祸，也需要赈济。按理说大胜之后，要尽量奖赏有功的将士与臣子，但是因为要花的钱太多，所以奖赏的数额一直议而不定，迟迟没有公布。"

"这件事不能拖，当年太宗败给契丹人，就是因为太原之赏没有兑现，影响了士气。"曹太后提醒道。

"朕理会的。"赵顼道，"但是国库吃紧，一时也没有办法。朕已下诏，先迎战死的将士入忠烈祠，发放抚恤钱，这是第一要紧的。将士们见战死的同袍都有了抚恤，就知道朝廷必然会发放赏钱，那就不会太急了。只待夏税收完，朝廷就有钱赏功了。"

曹太后不曾料到国库竟然紧张得到这个份儿上，沉吟一会儿，说道："国家事事要钱，宫中自我以下，再裁减些用度。"

赵顼连忙笑道："娘娘说哪里话来，便是再没钱，亦不能从这里省。娘娘不用担心，夏税很快收上，拖不了多久。"

曹太后摇摇头，道："我这也只是一点儿心意。西夏人吃了这两个大亏，如何丢得起这个脸面？何况两处都是紧要之地。我料他们必然起兵来报复，朝廷若是有功不赏，士气不振，难保不会有万一，到时候悔之何及？"

"朕当想个万全之策。"赵顼心知曹太后所言有理，但是他即使是皇帝，也无法凭空变钱。若真是只顾赏功，导致防汛与赈灾无钱，结果只怕也好不到哪里去。他不想在这个话题上再谈下去，徒增烦恼，便换过话题，向高太后说道："朕还要向母后贺喜，高遵裕立此大功，两府议功，决定晋高遵裕三阶，为正四品壮武将军，封定西侯，并荫其两子。"

高太后笑道："这是祖宗庇佑，非遵裕之功。"

"亦是他指挥得当，不堕父祖之名。"曹太后端起茶杯来，轻轻啜了一口，漫不经意地问道，"石越、种谊，又是如何叙功？"

"石越名位已高，其奏折又一力推功于下，因此仅晋封新化县开国侯，许荫其兄子，晋其妻韩氏为郡夫人。种谊晋一阶，为游击将军，封开国男。"赵顼淡淡回道，停了一会儿，又说道："石越素来不贪名爵，此番几封奏折，除了说平夏城、讲宗岭二役有功之臣外，连篇累牍，说的都是另外两件事情。"

曹太后、高太后、向皇后心中虽然好奇，但这毕竟是朝中大事，若赵顼不说，她们也不便相问，当下曹太后只是微微点头，却是不冷不热地问道："那么郡马狄咏，又当如何封赏？听说他在平夏城，颇立大功。"

曹太后一提起狄咏，赵顼的脸色，"唰"的一下便沉了下来，冷冷说道："朕不知道要如何封赏他！"

众人在宫中日久，都知道狄咏这次是擅离职守，犯了皇帝的大忌，当下全都默然不语。向皇后有心替狄咏说几句好话，但是话到嘴边，看见赵顼的脸色，嚅嚅一会儿，却终于不敢出声。唯有曹太后却似没看见赵顼的脸色一般，只是淡淡地问道："是石越、高遵裕的奏折中不曾表述其功吗？"

赵顼板着脸道："石越、高遵裕皆赞其功。但是狄詠之职责，不在平夏城。无论他立下多大功劳，朕也不能赏他。朕昨日已经下诏训责他。"

"狄詠确是不知轻重。"曹太后轻轻说道，"但是用人之道，是要恩威并施。他毕竟是忠良之后，年轻人贪功好胜，不是大过失。官家既已骂过他，还是要赏他。责骂是骂他的过错，赏却是赏他的功劳，这样臣子们才会心悦诚服。"

"是。"赵顼心中十分恼怒狄詠，但却不便说出，当下只是心不甘情不愿地应了。至于赏狄詠之功，赵顼却没有半点儿这样的想法。他不重重处罚狄詠，已经是顾及清河郡主的感受了。曹太后岂能不知赵顼心中的想法，但是她毕竟不能强迫赵顼做什么事情，只是在心里叹了口气。

向皇后见赵顼不太高兴，忙出来打圆场，笑道："官家，因刚提到平夏城大捷，臣妾倒想起一事，想和官家打听点事情。"

"圣人但说无妨。"

众人都不知道向皇后要向赵顼打听什么，一个个都把耳朵侧过来，却听向皇后笑道："本来外间的事情，臣妾不合打听。但是现在连宫中的宫女内侍，都在传说一个叫何畏之的人，带着一千义勇，就烧掉了数千人驻守的讲宗城。说起此人之勇，倒似连马援都比不上了。因此臣妾斗胆，想请官家给臣妾说说，究竟这何畏之是何等人物，又是如何烧了那个讲宗城？难不成此人真有三头六臂，能腾云驾雾不成？"她话音方落，众人都笑了起来。赵顼知道她是故意如此，好让气氛喜庆一点儿。他体谅着她的苦心，便不拒绝，笑着挪了挪身子，笑道："说起这个何畏之，却的确勇气可嘉。他本是大理国人，听说酒露便是他的发明。因为避家难，迁居京师，不知如何，被石越访得，知他文武双全，是可用之人，便留他在陕西。因与石越巡视各州乡兵，暗中挑选精勇武敢之士千余名，在环庆操练……"当下赵顼便和两宫太后、向皇后等人滔滔不绝地说起石越奏折中关于火烧讲宗岭的事迹来。

原来当日石越巡视各地乡兵与忠义社等民间自卫组织时，便已将何畏之带上。当时他的想法，便是要从中间挑选勇武之士，组成一支精锐部队，偷袭讲宗岭，给梁乙埋一点儿颜色看看。他素知何畏之武艺高强，能御众，懂兵法，因请他主持此事。何畏之身负国恨家仇，若以一介商人，毕竟无以成大事，何况他还托庇于石越羽翼之下，此时有机会典兵，并且还是由自己一手缔造，自然是一拍即合。于是何畏之便随石越至各地，名义上替石越选亲兵，实际上却也同时挑选武艺出众的百姓，集中至环庆一带训练。与此同时，石越又秘密下了两条命令，一是下令沿边各州军选送本州武艺出众者二至十人至环庆训练；一是下令从禁军中挑选出百余名低级武官，分派各地，指导、监督民间武社——不过石越为了避嫌，这百余名军官后来很快就脱离禁军，被纳入兵部职方司陕西房。而集中在环庆的千余人，就使用了一个平平无奇的乡兵旗号：陕西路环州义勇。

这所谓的"环州义勇"，主要是由各地的无赖、流氓、亡命之众组成——因为武艺高强而又老实本分的，都成了石越的亲兵，剩下来的自然不是什么品行端正之辈。幸好任凭怎么样的无赖与流氓，毕竟狠不过何畏之的铁腕。石越虽然奇怪何畏之的择才标准，但他也知道历史上多的是无赖少年从军反而焕发出惊人战斗力的事例，指望地方上武艺出众之辈不去欺压良善，那是武侠小说中毒的表现。因此石越倒也颇能听之任之。不仅仅如此，出于对何畏之的信任，石越还给了这支所谓的"环州义勇"堪比禁军精锐的装备——表面上的乡兵组织"环州义勇"，每个人标准配备的是"黑白甲"一副，这是一种轻型皮铠，除了要害部位用钢板之外，大部分地方采用皮甲，是大宋兵器研究院的新设计；采用了棘轮机构的新型钢臂弩一副，弩箭四十支；弓一副，箭六十支；霹雳投弹三枚；朴刀一把，战马或骡子一匹。

"环州义勇"从一开始组建，目的就相当明确——夜间作战与山地战。训练的重点，就是在漆黑的夜晚，如何在山林之中，不用照明就能无声无息地行军，分辨敌我，射杀敌人，实施纵火、破坏的任务。如果梁乙埋能看到他们的训练，他用脚趾也能想象得出来这支部队是用来做什么的。

因此讲宗城之战，实际上只是一次"平平无奇"的战斗。

野利济与慕泽不和，将慕泽赶到了讲宗城外十余里的地方扎营，而自己则龟守讲宗城，美其名曰"互为犄角"。何畏之侦知这种情况，在天色的掩护之下，在野利济与慕泽两军的必经之道上，挖了三道陷阱，以及数道假陷阱，留下二百人狙击慕泽。然后在三更时分，亲率部众，分成四队，夜袭尚未完工的讲宗城。何畏之的这些部众，若组成大阵决战，或许不过如此，但让他们分成小队，四处纵火、射杀、投掷霹雳投弹，却是得心应手，八百人的部队，四面杀将起来，黑暗之中，只听见到处是火光与霹雳投弹的爆炸声。西夏守军根本不知道来了多少敌人，只觉得四面八方全是喊杀声，好不容易披挂起来迎战的，却发现自己的敌人脸上用油墨画上了各种各样骇人的图案，晚上乍一看见，竟不知是人是鬼，无不吓得魂飞魄散，一时间竟完全无斗志。而守将野利济又被何畏之潜入营中射杀，群龙无首，无法组织起抵抗，只得各自逃窜，辛辛苦苦建了几个月的讲宗城，一个晚上，就被大火烧成灰烬。

慕泽听到讲宗城的喊杀声，匆匆赶来，却不料踩中何畏之事先挖好的陷阱，损兵折将。他只得一路小心翼翼行来，只见遍地都是陷阱，黑夜中真假难辨，行军速度不得不大幅减缓。好不容易走出"陷阱之路"，又被伏兵一阵没头没脑地猛攻，慕泽眼见着讲宗城已经火势滔天，再不可救，又不知道到底来了多少宋兵，心慌意乱，也无心接战，干脆远远躲避。一直等到天色全亮，何畏之早已率部从容撤离讲宗岭，他才小心翼翼赶到讲宗城。

此时，摆在他面前的，不过是一堆灰烬以及何畏之留下的一幅大幡，高达三丈的大幡嚣张地插在讲宗城以外二里处，上面龙飞凤舞地写着一行大字："何畏之率千人破贼于此！"大幡的木杆顶端，赫然挑着野利济的头盔！

直至此时，西夏人才知道，来袭击自己的部队，不过千人而已。

这其中种种情由，有些是赵顼知道的，有些却是他不知道的。但是他讲述起来，却也是绘声绘色，听得众人心驰神往，仿佛亲眼见到何畏之率领一群扮成鬼怪的勇士夜袭讲宗岭，火烧讲宗城一般。

向皇后听完，笑道："这个何畏之真是飞将军一般的人物，似他立下这般大功，官家却要如何封赏？"

"环州义勇，朕御笔亲题军旗，其部众领禁军步兵军饷，朝廷视同侍卫步军司禁军，暂归种古节制。至于何畏之，可破格封为御武校尉。"赵顼笑道，"似这环州义勇，缓急之时，可为奇兵之用。因此朕用石越之言，不打乱其编制。"

"由一介布衣而为御武校尉，亦是少有之殊荣。"向皇后笑道，"官家临朝愿治，便有许许多多的人物出来为朝廷效力，可见天子自有天佑。"向皇后的话，自然是拍赵顼的马屁，但是这些话听到耳中，却也实在舒畅。此时的赵顼，已经暂时忘记了那个惹他不快的郡马狄詠，也暂时忘记了他的朝廷，还有迫在眉睫的财政困难。

4

皇帝可以忘记，但是身为政事堂的宰相，却不可以忘记这些事情。

"石越、高遵裕的功劳，代价便是朝廷的财政状况急剧恶化。"连司马光都忍不住要发起牢骚来，"单单是前线的将士与民夫，按平均每人一千五百文的赏额来算，就需要二十余万贯的赏金！还有未直接参战的将士也需要犒赏。各地大小官员，也伸长了脖子等着朝廷的赏赐……还有战死将士的抚恤金……"

"光是修筑平夏城的费用，以及十几万大军在外作战的军费，就已经将国库掏得差不多了。"吕惠卿冷冰冰地说道，他不似司马光那么情绪化，虽然整个政事堂中，以吕惠卿最为嫉恨石越的成功，"禁军整编更换兵甲，需要的费用也不是小数目，此外防洪、赈灾都是必不可少。"

"朝廷在短时期内经不起再一次战争了。"司马光的语气中不由有点儿恼火，以至于他短暂地忘记了对吕惠卿的讨厌，"朝廷与百姓，都需要休养生息。"

"只怕不可能。"兵部尚书吴充就事论事地说道，"接连两次大败，尤其是平夏城对西夏事关重大，若说西夏不举兵报复，绝不可能。"

"吴公所言有理。"冯京紧接着说道，"既然烽火已经点燃，就没有那么容易熄掉了。"

"但是朝廷无力再打一次大仗！"司马光高声辩道。

吕惠卿不屑地瞟了司马光一眼，冷冷道："这事不由我们做主，除非我们把平夏城拱手相让。"

司马光瞪视吕惠卿，高声问道："那么相公以为无粮无饷，亦可以作战吗？"

"司马公何不写信去问石子明？"吕惠卿讥讽道，"枢密会议已经给皇上上了一封奏折，以为西夏人在半年之内，必然会有一次全面的报复。司马公是不是准备告诉石子明，他开启的边衅，由他去平息？"

"仅仅是防御的话，军费的耗费要少很多。"吴充也很讨厌吕惠卿，但是他也无意站在司马光或石越的一边，他只不过是就事论事。

被特别要求来参加这次会议的太府寺卿韩维却是坚定地站在石越一边的，他忽然插话道："钱的问题，并非没有办法解决。"

"愿闻其详。"吕惠卿与司马光几乎同时说道。不过二人的语气，一个带着讽刺，另一个，却带着诚恳。政事堂会议的其他成员的目光，也都聚集到了韩维身上。

"石子明最近的奏折，提到两件事情。"韩维环顾众人一眼，方缓缓说道，"一件事是陕西路推行新驿政，另一件事，就是要在陕西路发行交钞五十万贯。"他说的事情毫不稀奇，在座众人便只是静待他的下文。"以往在陕西也发行过交子，一般的方法，本金为五万至六万，则可以发行十万。石子明提出发行交钞之法，颇有新意，他是要借朝廷封桩钱四十万贯为本金，便存在汴京，而在陕西路发行面额为一贯至一百贯的交钞五十万贯——他亦已说服几大钱庄接受交钞与铜钱的兑换业务，钱庄可收取一定手续费。而钱庄若要兑换铜钱，则需至京城来兑换，朝廷不收任何费用。这种方法，钱庄有利可图，而百姓则可以信任交钞，而陕西路，凭空就可以变出来五十万贯钱，用来兴修水利，朝廷的封桩钱存着也是存着，并没有任何损失，毕竟只要交钞可以用来交税，那么挤兑铜钱的情况，几乎是不可能出现的。"

他说这些事情，石越在奏折里写得更清楚。而在座的每一位，都曾经读过副本。平心而论，众人都认为是个好办法，交子在当时，已经是一种相对成熟的事物，当时的大臣，都已经懂得发行交子需要本金为储备，每位大臣的家中，也都或多或少有一些交子的存在。而石越所做的事情，最大的不同，就是利用了朝廷一向视为"定心丸"

的封桩钱来作本金。便听韩维继续说道："所以，在下以为，朝廷实在缺钱，不如便借鉴石越的计划，发行交钞！为了谨慎起见，可以划定几路为试行区，这次犒赏所需要的全部缗钱，试行区官员、兵丁的薪俸，可以全部采用交钞支付。只要朝廷再用几十万贯封桩钱——甚至用夏税的收入为本金，那么眼前的危机也可以解决。即使这几路在交夏税时都用交钞交纳也不要紧，这不过是相当于朝廷提前收取了几路的夏税！"

大宋的政事堂，顿时一片沉静！

这里坐着的，都是大宋的重臣，每个人都明白，表面上看来，韩维的计划，只是比石越提出来的计划推进一步，但是实际上，人人都能知道，韩维的计划，相对石越的计划而言，已经发生质的变化！这不再是在一路之内发行交子，而是在一片区域之内，发行交子。一旦成功，必然会向全国推广，换言之，如果韩维提出来的计划此次能够成功，那么，在全国范围内，发行交钞的日子，就不再远了。

再迟钝的人也能感知到这会是多少巨大的变化！

"有欠谨慎！"司马光的额头上，几乎就差直接刻上这四个大字了。

"若是发行，日后想要多少钱就可以印多少钱……"吕惠卿心中的想法，也不经意地从嘴角的笑容中流露出来。

而余下的宰辅们，有几位被这前所未有的大胆计划所震撼，脑海中短暂性出现空白的现象；其他尚属清醒的大臣，则在心中反复衡量着利弊，包括对大宋的利弊，也包括对自己利益可能产生的影响，一时之间，竟然难以下出判断。

韩维提出来的计划，真的是充满了诱惑力。

但是抛开派系之间的立场不提，政事堂中许多大臣，还是从这种诱惑当中感受到了危险，虽然他们并不清楚究竟会有何危险。

"旁门左道！"司马光心中十分地排斥发行交钞这种危险的想法。他始终相信，真正理财的王道，就是朝廷的君臣厉行节俭，轻徭薄赋，使百姓们种好地，生产出足够的粮食，这样国家自然会上下富足。其他所有的理财方法，在本质上，都是属于歪门邪道——天下的钱财有限，不在官便在民，官多自然民少！虽然司马光并不懂得什么叫作"零和游戏"，然而他却固执地保持着这样的信念：其他所谓的"理财之术"，都不过是"零和游戏"而已。

而吕惠卿犹疑的，则是提出这个计划的人——韩维是众所周知的"石党"。他的计划便是脱胎于石越的构想，他有必要替风头正健的石越再添新功吗？石越与高遵裕在陕西取得胜利让朝廷为之振奋，一时间誉声如潮，但是真正要为补给、财政操心的，却是他吕惠卿！

吕惠卿心中颇觉愤愤不平。他自动忽略了司马光等人的工作。

吕惠卿望了各怀心事的政事堂宰辅们一眼，似乎感觉过于长久的沉默并非解决问题的办法，轻轻咳了一下，道："诸公以为如何？"

"某以为不妥！"司马光丝毫不留情面地说道，"无论金、银、铜、钞，皆为无用之物。于世间有用之物，乃是粮食与绢布。天下农夫每岁所耕之地不变，则所产之粮不增多；天下农妇所种之桑麻棉不变，则所织之布不增多。而朝廷却要发行所谓'交钞'，此是以此无用之物，夺天下农夫农妇所产之粮布，与加税又有何异？"

户部尚书所说的，是一种朴素的经济道理，立时赢得在座大部分人的认同。但是太府寺卿显然也有他的理由，韩维立时欠身说道："非也！某以为，司马公所言，只见其一，不见其二。"

"愿闻其详。"说话的是尚书右仆射吕惠卿。虽然韩维与石越本质上都是他的政敌，但相比而言，他更愿意见到有人让司马光难堪。

自从司马光入朝之后，吕惠卿与司马光之间在皇帝面前公开的互相攻讦，就超过三十次；至于在政事堂的互相批评，更是家常便饭。然而奇怪的是，虽然吕惠卿曾经数次用计，试图激怒司马光，逼性情刚强的司马光主动请辞，但是司马光却一改常态，绝不辞职。吕惠卿自然不知道司马光有多重的原因，不敢轻易言退——一方面，因为受到太皇太后的重托，让忠君观念极强的司马光有了一种肩负重任的感觉；另一方面，却是因为当年王安石虽然与司马光政见不合，但是司马光潜意识中，对王安石还有一种信任，怀着一种侥幸认为王安石也未必不能成功，但是对吕惠卿，司马光却是认定了他不过是一个奸佞小人。司马光自认为如果自己离开朝廷，将会成为国家的罪人，因此虽然屈居吕惠卿之下、哪怕与吕惠卿争得怒发冲冠，司马光始终不敢放弃自己的责任。但是这些却是吕惠卿所不能理解的。所以吕惠卿始终希望借用一切机会，来拔掉政事堂的这根眼中钉。

韩维并不知道自己此时已经成为吕惠卿打击司马光的工具，他注视司马光，朗声道："司马公当知庆历间事，庆历之时，江淮之地便有钱荒，其因便是朝廷需调集铜钱应付西夏元昊之边患。直至熙宁以来，东南钱荒，依然如故。熙宁二年吕相公便曾建议坐仓收购军兵饷粮，而令东南漕运粮改纳现钱，当年司马公曾上章论之，以为如此则会加剧东南钱荒……"他这句话说出来，政事堂中吕惠卿与司马光都表情尴尬，冯京、吴充等人却面露笑容。韩维没有觉察到自己失言，兀自继续说道："此后朝臣论东南钱荒者甚众，直至熙宁九年夏，张方平相公亦曾言东南六路钱荒，道'公私上下，并苦乏钱，百货不通，万商束手'。且言'人情日急'。是故石越为杭州守牧，便曾上章论之，请朝廷于秋收之时，许农夫纳米不纳钱，以免使农人同时卖米，加剧米贱钱贵，重伤农夫。后其入朝，又数论之，天子恩德，于熙宁九年秋颁诏许之，天下称颂之声，今日尤不绝于道。然则东南钱荒，却并未完全解除。"

韩维说到此处，连司马光都暗暗点起头来，因为韩维提及的，实是宋朝经济领域面临的一个死结。大宋君臣，对此都束手无策。果然，便听韩维继续说道："一面是东南钱荒，致使米贱伤农，百货不通，万商束手；一面却是铜贵钱贱，铜禁未开之时，天下销钱铸铜器者已不可胜数，自王介甫开铜禁后，更是风行天下。销镕十钱，得精铜一两，造作器物，即可获利五倍甚至十倍，天下谁不愿为？遂使钱荒愈重。石越论及此事，以为以铜铸钱与以铜铸器，利润相差如此，是铜钱之值贱也！若依常理，则既有钱荒，则当钱贵，钱贵则铸钱监当有重利，而今日之事实，却是各地铸钱监，因铜价贵于钱价，若能不亏，已是万幸。"

韩维说的，的确是当时的怪现象，一方面东南钱荒，流通市场缺少铜钱，导致钱贵米贱，伤害农业；另一方面，却是铜钱的市场价值低于它的实际价值，导致官府铸铜钱不能获利甚至是亏本，而同时，却有大量的铜钱被铸成铜器，甚至流出海外——因为宋钱在海外的购买力，数倍于它在本国的购买力！由此更加剧了钱荒的现象。

这是宋朝人难以解释的现象，他们无法理解为什么会陷入这样的恶性循环当中。他们铸造的铜钱，既是贵的，又是便宜的！哪怕就在缺少铜钱的东南诸路，也是如此，那里的铜钱一方面缺少，一方面却除了伤害到米价之外，并没有导致物价暴跌，甚至是米价，也处于一个相当的水准，所以使得铜钱不断地外流——曾经有来自日本国的商船，一夜之间将一座城市的铜钱全部买走！也有非法的海商，载着满船满船的铜钱出海，去海外购买超过这些铜钱在大宋境内的价格一百倍的货物！这也许可以解释成宋朝政府在平准物价方面做得多么出色——哪怕是亏本，也在不断地铸造铜钱，使得东南地区虽然看起来永远都在缺钱，但是至少不是一直缺钱，流入量抵销流出量，从而维持了一种相对的平衡；也可以解释成因为宋朝的经济水准远高于她的邻国，所以宋朝的物价哪怕在缺少铜钱的状况下，依然远高于她的邻国。

但无论如何，对于宋朝来说，这始终是个难题。连石越都无法解释清楚这种现象，更不用说设法解决了。虽然这只是一种局部现象，但是对大宋东南地区的工商业，却有十分大的影响。因为钱荒，导致东南地区的市场被限制在一定的规模之内，无法扩大；又因为钱在大宋境内价贱，从事海外贸易的商人唯有以物易物，才能得到最大的利润——从海外运回铜钱，那是傻子才做的事情，因为哪怕是将铜钱运回来铸成铜器，在算上运输费用之后，其利润相比海外贸易的利润，也是微不足道的，所以每个商人，都务求将手里的每一文铜钱都换成货物运回大宋。但是东南诸路的市场规模，却无法吸纳这过多的货物，大部分的货物，只能运往汴京。一旦汴京也吸纳不了时，与其降价卖到其他地区，商人们更愿意削减贸易的规模来保证利润。

于是大宋东南地区的发展，就这样被限制了。整件事情虽然引起了宋朝精英的普遍关注，但是在当时的人们而言，是很难从更深的层次来理解这个问题的。但尽管如此，韩维还是凭借着自己粗浅的理解，以及在太府寺卿任上所得到经验，提出了一个解决方法。虽然他的认识并不深刻，考虑的问题也并不周全，但实际上却很可能是有效的。

所谓的"瞎猫撞上死耗子"这种事，有时候也是存在的。

这位太府寺卿在政事堂上继续慷慨陈词："所以，某以为，目前便有一剂良方，可以解决东南钱荒与铸钱亏损的问题！"

他说到此时，众人都已渐渐明白他的理由。

"某以为，在东南诸路发行二百万贯的交钞，便可以有效地解决东南钱荒，交钞不惧外流，不惧销铸，只要将最新出现的彩色套印技术收归官有，控制住几家最好的造纸坊，那么盗印的问题，也可以抑制。相比铜钱而言，交钞携带也更为方便。此外，朝廷还可以在川陕发行一百万贯的交钞，一面是为陕西路兴修水利提供资金；另一方面，则可以在川陕地区，逐步回收铁钱，停止铁钱监铸铁钱导致的亏损。川陕停用铁钱，还可以使墨吏在收税之时，少了用铁钱与铜钱之间的兑率来剥刻百姓的机会，无疑亦是一大德政。因此，某以为，川陕的交钞，甚至可以发行更小面额的！"

冯京听到韩维兴致勃勃地说完，不由试探着问道："一旦东南六路与川陕诸路发行成功，交钞是否要推行天下？"他问出了所有人的心声。

"自然要推行天下！"韩维毫不迟疑地说道，"交钞相比铜钱与铁钱，方便而不费。铜矿产量始终有限，诸君皆知日后朝廷尚有一个地方需要大量用铜，若是找不到取代之物，只恐钱荒越来越严重！"众人都知道他说的是火炮，当下尽皆默然。

只有司马光依然摇头，道："以纸为钱，与布为钱，又有何区别？只恐重蹈王莽覆辙。"

"司马公此言差矣！"韩维听到司马光拿他与王莽相比，脸色不由沉了下来，高声辩道，"交钞只需有铜钱为本，可以用来交税，且能抑制盗印，百姓自然信任乐用。岂能言与王莽同？"

"只恐公用意虽佳，终败国事！"无论韩维说得交钞如何有百利而无一弊，司马光始终相信天下没有这般轻易的事情。只不过，他心中虽然有强烈的不安，但是却怎么也想不出来究竟是为什么，只是隐隐感觉这后面，存在着一个巨大的隐患。

"司马公若以为不妥，当说出道理，在座皆是朝中大臣，非三岁小儿，岂可危言耸听？"吕惠卿在一旁用讥讽的口气说道。

司马光霍然起身，瞪视吕惠卿、韩维。韩维心中终不愿与司马光为敌，便将目光避开；吕惠卿却是若无其事地迎视司马光，眼中尽是嘲谑之意。司马光强按心中怒火，指着吕惠卿、韩维，骂道："他日坏国事者，必尔二人也！"

他的这句话，却未免太过分了。韩维腾地站起，正要反唇相讥，却见冯京向自己使了个眼色，他心中立时想起以前石越和自己说过的话来："司马君实性格刚直、疾恶如仇，日后在朝中若有冲突，持国当相忍为国！"他暗暗吸了一口气，强按捺住心中的怒火，向冯京点点头，慢慢坐回位置上。

政事堂终于没能就发行交钞的问题达成一致。不仅仅是司马光坚决反对，连冯京、吴充、王珪等人都顾虑良多，虽然韩维说得头头是道，但是毕竟这是一次前所未有的尝试，没有人愿意承担失败的责任，也没有人承担得起失败的责任。

然而大宋的财政困难并不会因为政事堂达不成一致而稍有迟缓。即使是吕惠卿，都感觉到了府库的捉襟见肘。若是再想不出来好的办法，便只余下设法加税一条路了。政事堂在七天之内，就大宋的财政困难与发行交钞的问题讨论了四次。韩维对交钞的发行方案进行一次又一次的完善，发行的数量也由东南诸路的二百万贯修改为一百二十万贯，川陕的一百万贯降为八十万贯，但是政事堂诸相却始终无法达成一致。

政事堂中唯一流露出支持意向的，出乎韩维的意料，竟然是吕惠卿！

时间就这样不知不觉地从政事堂的大门外溜走。

5

半个月后，陕西路安抚使司。

"陕西一路，自仁宗朝以来，百姓赋税实际三倍于他路！"陕西路转运使刘庠向石越发着牢骚，"各地缴纳两税，都在本州本县，唯有陕西一路，朝廷为了节省官府运输开支，命令百姓支移，结果陕西各地的百姓居然要千里迢迢去延州、保安军等处交纳两税，否则便要交纳'道里脚钱'！什么'道里脚钱'！简直是毫无'道理'！"

"运使所言皆是实情。"接着刘庠的话的，是安抚使司参议丰稷，"自六月一日开征夏税以来，百姓便开始转运于道，辛苦不堪，见者无不为之叹息。"

"朝廷久久不批准本路实行驿政改革，我亦无可奈何。我昨日已经上表，请求朝廷准许，陕西路支移，上等户不超过三百里，中等户不超过二百里，下等户不超过一百里。希望政事堂诸公能够体察民情……"石越只能苦笑摇头，宋朝夏税自六月一日起征，分为三限，每限一个月，至八月底结束。而陕西路百姓最为困苦，相比在本州本县交纳两税，他们的实际交税额，是翻了整整五倍。如果能顺利推行驿政马车制度，再加石越的折中措施，那么陕西百姓的赋税负担，至少可以降低三成！即使是石越的请求不被批准，只要驿政马车制度完善，百姓们省下的运输费用，也会相当可观。

"与其空等政事堂诸公决策，不若吾辈先行动手！"刘庠眼见面前有一个好办法可以减轻百姓的困苦，却因为必须等待汴京的批准而不能施行，心中早就十分不耐。

"刘运使所言甚是。"另一位心痒难耐的人——石越的幕僚陈良也忍不住附和道，

"何不先试行开通一些地方的驿政马车？于百姓之困苦，能减轻一分，便是一分。"

"下官亦以为可。"丰稷也用期盼的眼神望着石越。

石越亦心动，不觉将目光移向潘照临，问道："潜光兄以为如何？"

潘照临垂首思忖半晌，忽然凝视刘庠，笑道："刘公为朝廷陕西路转运使……"说到此处，突然停了下来，只是望着刘庠微笑。

刘庠莫名其妙地望着潘照临，不知他葫芦里卖的什么药。

"敢问刘公，转运使是管何事？"潘照临见刘庠不解，又问了一句。

"一路之民政、财政，以及转运之事。"

"原来如此！"潘照临做出恍然大悟的样子。

刘庠一怔，脑中突然灵光一闪，猛地明白过来，原来潘照临是说他是转运使，实可以在"转运"的名义下，开始驿政马车制度的建设，根本不必请示石越。他立时眉开眼笑，向石越说道："子明，可否将府中的陈先生，借我一用？"

石越却是知道潘照临分明是拿刘庠当枪使，只不过刘庠却也是心甘情愿当枪——他当年连王安石都不放在眼中，哪里会理会一个吕惠卿？当下便笑着向陈良说道："又要劳烦子柔。"

陈良也已会意，立时笑道："在下却是求之不得。"

刘庠见陈良答应，便急匆匆地站了起来，拉着陈良便要告辞。石越不料他如此性急，不觉好笑，笑道："希道兄，倒也不必如此性急。"

刘庠抱拳笑了笑，道："夏税快要交完，能做的事情也有限。但是若能早做一天，眼见十月一日又要交秋税，百姓受惠便可多一分。"说罢一甩宽袖，拉着陈良，便告辞而去。石越不想他说走便走，赶忙起身相送。

不料刘庠与陈良尚未离开大厅，便见一人抱着一堆文书急匆匆走了过来，陈良定睛望去，识得是安使司府中的户曹判司文书程思安。程思安见着刘庠与陈良，忙略行了一礼，便走向石越，躬身行礼，禀道："石帅，有尚书省加急文书。"

"是何事？"石越一面问道，一面从程思安手中接过公文。安抚使下设判司文书六人，分掌六曹档案与机要文书，品秩虽低，职权却重。

"尚书省已经批准驿政改革，唯发行交钞一事久议不决，皇上已下旨朝议，尚书省行文各路守吏，咨询意见。"程思安叉着双手，简要地汇报道。

刘庠与陈良听到他的话，立时停了下来，脸上都不约而同地露出喜色。虽然已经决定抛开尚书省自行其是，但是到底名正言顺可以少了许多麻烦，办事更加方便。

石越却只是不动声色的"嗯"了一声，顺手便翻开文书，读了起来，他心中颇觉奇怪，不知道为什么朝廷对他交行交钞的建议争议如此之大。不料才看了两页，石越的脸色突然之间就变了，木着脸呆呆地立在那里，半晌，嘴角才流露出一丝无可奈何的苦笑。

刘庠心中暗暗奇怪，不免折转身来，向石越问道："子明，如何？"

"希道兄，你看吧。"石越摇摇头，将手中的文书递给刘庠。

刘庠狐疑地翻开来，只见跃入眼帘的，是一份抄录的奏折——《请于川陕及东南诸路发行交钞札子》，写奏折的人，赫然便是与石越关系密切的太府寺卿韩维！他目不转睛地看了下去，一页一页翻过，一口气读完之后，竟是倒吸了一口凉气。

"希道兄，请书房叙话！"此时的石越，早已镇定如常。

"韩持国建议朝廷于川陕及东南诸路发行交钞共二百万贯，实在是过于大胆之设想。"石越苦笑着说道。

刘庠的目光无意识地落到了石越书房里的一只青色瓷瓶上面："我只担心一件事，若有奸人主政，胡乱发行交钞，后果将不堪设想。历代官府无钱之时，往往都要铸大钱，铅多铜少，借以谋利，结果却都是饮鸩止渴，毒害百姓；如今若开此交钞之例，印行交钞，较之在铜钱中加铅，更是一本万利……"

"不要说奸人当政，便是有贤臣在朝，一旦遇到财政困难，只恐亦不能抑制印行交钞之欲望。"石越摇着头叹道。

其实以他的历史经验来说，两宋在发行纸币时出现的问题，虽然也不可避免地出现过，但总体来说，评价应当是正面的。因为两宋的朝廷从来没有对经济不负责任的想法，发行纸币所出现的问题，不过是因为他们做的是历史上前所未有的事情，缺少历史经验所致。只有元朝，才是一开始就抱着不负责任的心态来发行纸币，但那是因为"大元朝"的所谓经济政策，其本质就是掠夺而非建设。

所以石越真正担心的，倒并非是刘庠担心的问题，虽然他也佩服刘庠见识的敏锐。但事实上，如果只是担心政府滥发纸币而干脆拒绝纸币的话，根本就是一种因噎废食的思想。何况从历史来看，即使没有纸币，政府照样会铸造铅多铜少的大钱来破坏货币体制——这和滥发纸币不过是五十步与百步的关系而已。可即使是这样，中国人对货币性质的了解，依然在不断进步，并没有被几次货币体制的崩溃而彻底击败。

石越相信历史如人，总是在失败中不断总结经验，学会进步的。当然也存在着因为失败要付出惨重的代价甚至被彻底打倒的例子，但是石越始终认为，不可以因此而回避挑战，害怕失败。敢于尝试并非是坏事。

一个输不起的民族是没有前途的民族。

所以石越真正在意的，其实是韩维的计划，很可能会打乱自己现有的布局。而最重要的，则是韩维是因为国家财政出现困难而发行区域性的交钞，这样会留下一种很不好的印象——如果他成功了，那么以后一旦遇见财政困难，难免就不会有人来效仿这种"成功的经验"!

在石越出生的时代，有位伟人就曾说："榜样的力量是无穷的！"这句话，若从反面来理解，也同样成立。

这是一个危险的先例！

"子明，你我当上表反对此事……"

石越低着头沉思，浑没听见刘庠在说什么。

"子明？"刘庠提高了声音。

"呃！"石越霍然一惊，回过神来，摇头说道，"希道兄说的虽然有理，但是会被人指斥为因噎废食。"

"那当如何是好？"

"朝廷财政紧张，连一笔犒赏钱也是至今未能发放。夏税各地还要一个月才能收完，再转运至汴京，少说也要一个月。即使是夏税收上来解了燃眉之急，但很快就是冬至，朝廷的开销没完没了，也无人知道西夏人会何时出兵报复……"

"但是即使此时能通过交钞印发的方案，从筹备至印刷，也不会早于夏税吧？"

"希道兄难道忘了？印行交子，朝廷早有经验，一切人手材料齐全，彩色套印技术，刚一发明，在下便秘嘱持国，让太府寺出钱购进，此时持国是万事俱备，只欠东风！"石越说到这里，不由苦笑起来，"这才是作茧自缚！"他怎么样也没料到韩维会不和自己商量，便提出这样的主张。想来韩维只怕还以为自己会十分赞赏他的主意呢。

"如此说来，朝廷一定会在夏税收完以前发行交钞，以解燃眉之急？"

"我料定如此。皇上不过是暂时有点儿犹豫，只要朝中有一部分大臣支持，在现有情势的压力之下，皇上必然会决定发行交钞。不过第一次印行的交钞，也许不会太多，这二百万贯，当是分几次发行……"石越对赵顼的性格，实在是太了解了。

"难道……"

"明知其不可而为之吧。"石越叹道，"我是始作俑者，是我最先请求发行交钞的，这时候虽然反对，但是旁人一定说我是想独占其功，所以才提出在陕西路发行，却又阻碍在东南诸路与蜀中发行……我早已料定有人会骂我小人……"

石越此时的感觉，是自己做了一个套，然后把自己的头放进去。

刘庠同情地看了石越一眼，默然无语。

"无论如何，我会上表反对，请朝廷慎重。至少也要提醒朝廷，发行交钞，要有最基本的原则——足够的本金。"石越断然说道。

刘庠似是自嘲，又似是讥讽地笑了笑，道："只恐这所谓的'足够'，却并非由子明来说了算，而是由政事堂诸公说了算。"

6

熙宁十年八月。

一切皆如石越所料，当皇帝表露出对韩维的提议感兴趣的意思之后，尚书右仆射吕惠卿立即表明了立场，成为交钞发行的积极推动者。吕惠卿的态度之积极，以至于一向以新闻客观、准确而闻名的《汴京新闻》，竟然误认为吕惠卿才是发行交钞的倡议者。

就在当月，各地方官员的意见尚未反馈至汴京，大宋政事堂就已经拟定了《川陕及东南诸路交钞法》，亦称《熙宁交钞法》，并在太府寺下增设了交钞局，知局事是吕惠卿之弟吕和卿。《熙宁交钞法》采用了石越提出来的大部分主张，比如允许百姓用交钞纳税，命令各地钱庄兑换交钞并可从中收取千分之五的手续费；而钱庄向本路官府兑换交钞时，官府只收取千分之一的损耗钱；至京师兑换交钞，则按次收取一贯钱的费用等。

在同一个月，交钞局即印发熙宁交钞共五十万贯，其中六成运往川陕及东南诸路，用以支付官吏、军士的薪俸等，四成运至陕西，按钱一钞二的配比，来犒赏平夏城与讲宗岭之役的将士。

讽刺的是，当石越的奏折到达京师的那一天，正好是交钞印好，准备运往陕西路的那一天。于是，石越的奏折被束之高阁，而运往陕西路的交钞，则缓解了大宋朝廷的一时之急。

此后，熙宁交钞便以每月二十万贯的速度，在汴京印刷，陆续运往各地。

很快，在各路都出现类似的现象：收到交钞的士兵甚至是低层官吏，因为心怀疑虑，用交钞向当地的百姓购买物品，或者向钱庄兑换铜钱；然后这些将信将疑的百姓与钱庄，便拿着交钞去交纳夏税与营业税，结果官府在朝廷的严令之下，果然没有拒收。

于是，熙宁交钞的信用，出乎石越的意料，十分迅速地建立起来。如果说陕西与四川的使用者，贪图的还只是交钞的方便携带；在东南诸路，熙宁交钞却是受到了商人阶层的广泛欢迎。而大宋朝廷，不仅仅减少铸铜钱的亏损，而且变魔术一般缓解了财政危机。

当年的《海事商报》，称赞熙宁交钞"天下便之，朝野称赞！"连带吕惠卿亦被赞为"治国有方""管鲍之亚"！

石越更加料想不到的是，因为熙宁交钞的成功，两个月之后，赵顼拜吕惠卿为尚书左仆射，加韩维参知政事。

在这样的时候，连司马光都缄口不语，若是还有人说《交钞法》的坏话，便未免是过于不识时务了。

但是交钞法推行得越是顺利，石越心中莫名其妙的不安感就越来越重。虽然他知道，区区二百万贯，相对于宋朝庞大的经济规模而言，简直如同将一颗石子丢入太湖当中，绝不可能掀起什么风浪来。但不知道为何，汴京城里每一张彩色的熙宁交钞印出，似乎都会牵动着石越的某根神经末梢。

一切顺利得让人心中不安。

正当身在陕西的石越在为熙宁交钞而感到忧心忡忡的时候，汴京城中，卫尉寺卿章惇亦在心神不宁地把玩着一张面额为一贯的熙宁交钞。这张熙宁交钞采用红黄蓝三色套印，普通书页大小，正面繁复的花纹边框中，印着一幅市场交易图，从图中可以清晰地看出，一个白衣童子与一个葛衣老人正在向一个中年摊主买一块炊饼，画中三人的神态都栩栩如生；图的右上角，印着一排竖字："熙宁交钞值铜钱一千文整"；而在边框的上方，则印有"熙宁十年八月太府寺交钞局奉旨印制"的字样，边框的下方却是一串长长的大食数字，据说每张交钞的这个数字都不相同，是用套印技术印上的。翻过交钞的背面，依然是一个同样的方框，不过方框中间，却是密密麻麻地印着几行小字，都是《熙宁交钞法》中的条文，无非是私造伪钞者处死、不得拒收交钞之类。

毫无疑问，熙宁交钞堪称印刷精美，技术先进，无怪乎太府寺卿韩维会夸口说这是无人可以仿制的交钞。但是从卫尉寺卿章惇的眼光来看，当交钞采用彩色套印技术之后，迟早有一天，彩色套印技术会被那些利欲熏心的人所掌握。

只不过章惇此时心中真正关心的，却并非是熙宁交钞。他只不过是无意识地把玩一件东西而已。

在十天前，卫尉寺卿章惇收到了来自陕西下属的一份绝密报告。

这份报告才是章惇心神不宁的原因。

驻陕西路安抚使司监察虞候、致果校尉向安北与他的副使宣节副尉段子介提交的这份报告，毫无疑问堪称一颗震天雷。若按照正常的情况，向安北与段子介因为这份报告的内容，至少可以升一级。

但是这颗震天雷来得太不是时候，而且这颗震天雷要炸的人，也实在过于非比寻常。

章惇弹了一下手中的熙宁交钞，将它收入袖中，然后再次打开书案上的报告，仔细阅读起来。

十大罪状！

每一条都详细列举罪状的内容，拥有的物证与人证，从报告的内容来看，的确是无懈可击。想来要调查、弹劾如此重量级的人物，向安北与段子介，一定是小心谨慎，费了无数的心血。报告绝对不会有问题了。

章惇"啪"的一声合上报告，把身子靠在椅背上，眯着眼睛思索起来。

"是拿这份报告去弹劾他，还是替他掩盖下来？"一向胆大包天的章惇，这次也变得犹豫起来，"若是打蛇不死，反被蛇咬，必为天下所笑！但是若隐而不报，却是错失了扬名天下的机会……"

章惇的手放在了那份厚厚的报告之间，有节奏地敲击着报告的页面。

"任何一件事情，都有利害得失。"他在心里反复地计算着，"世上唯有智者能权衡轻重，两害相权则其轻，两利相权则取其重……"

章惇的眼睛睁开，目光投向公厅之外的一棵李子树："即使能扳倒他，但是他身后，却还有一个我永远也扳不倒的人；若是扳不倒他，我会不会步蔡确的后尘？"

"若是卖一个人情给他又当如何？这样的一个大把柄，若是白白浪费，未免太可惜了……"

7

"私命军士回易，每年获利数万贯尽入私囊；虚报军费，坐吃空饷六千余人；夺种谊等部属之功为己功；强占民田建花园私邸；借故擅杀异己之部属；杀良冒功……"京兆府卫尉寺陕西司的公厅内，段子介一身戎装，望着满案的卷宗，咬牙切齿地说道："不料高遵裕其人，竟是朝廷之蠹虫！不信这一次会扳不倒他！"

"他新立大功……"身为陕西路监察虞候，向安北要冷静许多，"若是扳不倒，也是寻常。"

"朝廷难道无将可用！"段子介愤愤说道，"我却是不信邪！立了大功又如何？此非高遵裕之功，换上种谊为帅，一样能成其事。他不过恰逢其会而已！"

"但是他始终是高家的人。"向安北毕竟是世家子弟出身，他摇摇头，叹道，"不过我辈受朝廷之命，监察一路之将兵，可谓身负重任，不论结果如何，也只能据实直报，方对得起皇上的信任！"

段子介见向安北语气之中，始终不怎么自信甚至是有一点儿担忧，不由放缓语气安慰道："向兄放心，我相信太后、皇上也不会徇情，边境将领守臣，谋私者甚众，但是实难查出证据。此次事出偶然，才让我等发现把柄，若能严惩高遵裕，必能使天下肃然！日后卫尉寺声名大振，就可以更加顺利地监督军将。此中之利，以太后之贤德、皇上之英明，必然能明晓……"

"但若是太后、皇上根本不知道呢？"向安北反问道。

"你说什么？"段子介愣住了，笑道，"太后、皇上怎么可能不知道？除非……"说到此处，段子介也呆住了。

向安北望着段子介，苦笑道："但愿我的担忧是杞人忧天，否则，你我俱无退路矣！高遵裕又岂肯善罢甘休！"

段子介怔了怔，正要说话，忽听到有人在厅外禀道："向致果，段宣节，京师公文！"

向安北用目光向段子介微微示意，也不让那人进厅，竟大步走了出去，交接了公文，回来之时，便见段子介已将满案卷宗收拾妥当。他走到案前，用小刀刮去盛放公文的木匣外面的火漆，取出一本文书，翻开看了起来。段子介有点儿紧张地望着向安北，只见向安北的眉头紧蹙，脸上竟是现出怒气，心中只觉得一阵冰凉。

待到向安北合上公文，段子介方故作镇定地问道："是什么事情？"

"你自己看吧。"向安北说罢，便紧抿嘴唇，将盖着卫尉寺关防的公文递到段子介手中，显然他是强忍着怒火。

段子介忐忑不安地接过来，打开看了数行，不由得怒气上升，一把将公文摔到地上，怒声喝道："岂有此理！简直是岂有此理！"

"查无实据，不可诬蔑国家重臣！"向安北的嘴角微微抽搐，冷笑道，"果然让我料中，章大卿虽然号称胆大包天，但是却还没有到不顾名爵的地步！"

"道什么查无实据！"段子介怒气冲冲地骂道，"幸好他不是御史！便是宰相又如何？竟然连一个边将也不敢弹劾！卫尉寺设来又有何用？"

"谏官御史，是用来制衡宰相权臣的；而卫尉寺，则是用来制衡守臣边将的！"向安北沉声说道，"无论是宰相权臣还是守臣边将，十之八九，都必然是有后台有权势的。若是我等爱惜名爵，不问豺狼，只诛狐狸，则卫尉寺之设，的确毫无用处！"说到此处，向安北停了一下，忽冷笑道："章大卿名爵太高，所以胆子便小了。不比我等位卑官小，无所顾忌！"

"不错，章大卿害怕高遵裕背后有个太后，害怕高遵裕声名正盛，我等却不必怕！"段子介听懂了向安北的言外之意。

向安北点点头，转过身来，正视段子介，凝视半晌，忽郑重说道："誉之，敢不敢拼着不做官，把高遵裕拉下马来！"

段子介看了向安北一眼，仰天大笑，慨声道："我官职尚不及那些谏官御史高，他们不怕丢官，弹劾不避宰相，我又岂惧一高遵裕？休道是罢官，便是被贬至凌牙门，亦无所惧！"

"好！果然不愧是敢向邓绾拔刀之段子介！"向安北举起掌来，与段子介连击三掌，笑道，"大丈夫有所为有所不为，今日正是有所为之时！"

二人计议既定，当下段子介便说道："以愚弟之计，既然章大卿存心要压下此事，此事要上达天听,只得你我私自上京,诣尚书、枢府诸相公,非如此不足以扳倒高遵裕!"

向安北沉吟半晌,道:"你我私自入京,若能见着文相公,休说是高遵裕,连章惇也能一并扳倒。然此策却是打草惊蛇,只怕不能如意,若被知晓,必被人诛于半道,反诬我等过错,死无对证,到时岂不冤哉?便是托亲信家人上京,事关重大,亦难以放心!此事除非迫不得已,绝不可行。"

段子介思忖半晌,只觉果然如向安北所言,二人若是私离陕西一路,便是形同逃兵,即使被人半道诛杀,也是自己的过错;便是到了汴京,只要章惇知晓,亦可以随时将二人抓捕。而以他二人身份,离开陕西路绝难做到神鬼不觉。若果然用此策,只恐二人没有机会见着文彦博。他想了想,也知道若非万不得已,不能行此策,便又说道:"那么请其他官员帮忙如何?依我之见,石帅必能主持正道。"

向安北背着双手,踱了数步,摇摇头,道:"君不见狄咏乎?"

段子介顿时默然。狄咏立大功而不见赏,反而被严旨斥责,二人岂能不知?以二人身份,分明是朝廷派来监视石越的,这点二人都是心知肚明,若反托石越来办事,只怕朝廷不但不信,反而凭空增加猜忌。

"其他官员如何?"

"除非是御史!否则终不可行。你我既在卫尉寺,结交地方官员,便是一项大罪。况且此事牵涉到高遵裕,别人岂肯搅这浑水。"

"这也不成,那也不成!"段子介愤怒地一拳砸在案上,厉声说道,"若要放过高遵裕,我绝不甘心!"

向安北沉默不语,他想来想去,只觉得他二人若要避开章惇让皇帝知道此事,除非是拜诣文彦博,否则难免都会加上一条罪名,但是要见文彦博,却不免惊动太大,毕竟堂堂朝廷枢使,并非说见就见,而二人身为监察虞候,一离开这京兆府,立时就会被人知道。所以亲自去汴京,毕竟是风险太大。但用别的方法,加一条罪名倒也罢了,但是一般的官员,却也不会愿意来趟这浑水,毕竟高遵裕风头正劲,背后又有一个高太后——纵然太后贤明,但是普通官员,谁敢冒这个险?需知即使弹劾成功,不仅会得罪勋贵,还会留下一条口实,让别人来怀疑自己结交军队的武官——这个罪名,只怕越是官大,就越是承担不起。如此思前顾后,向安北只觉得一阵绝望,竟然感觉虽然二人有心不顾自己的得失来报国,却是无门可入!他不由得有点儿羡慕那些御史谏官,无论如何,这些人每个人都可以把自己的奏折,直接递到皇帝的面前。

但是说要他就此放弃,向安北与段子介一样,也难以甘心。

毕竟为了查证高遵裕的罪名,二人几乎是费尽了心思。当时一口气憋着,只想着能扳倒高遵裕这样的重臣,从此名扬天下,让天下都知道卫尉寺的威名、向安北与段子介的风骨。此时明明是证据确凿,却被一句"查无实证"轻飘飘地挡回,叫二人如何忍得下这口恶气！日后又如何向下属交代？

"有办法了！"向安北正在苦恼之际，却见段子介猛地站直了身子，大声说道，"有办法了！"

"有何良策？"

"报纸！"段子介面露得色，笑道，"拼着罢官，我等只需派亲信之人向《汴京新闻》《西京评论》《秦报》投书，管叫它轰动天下，那时看还有谁能只手遮天！"

"《秦报》？"向安北怔了一下，他听说过《汴京新闻》与《西京评论》，却没有听说过什么《秦报》。

段子介笑道："《秦报》是京兆府新出的报纸，近在京兆府，谁能挡得住你我。只要《秦报》报道了，谁还能遮住此事？"

"是谁办的？"向安北一向公务繁忙，很少有时间看报纸，对这些事情，也并不是太关注。

段子介想了想，笑道："似乎是个姓卫的，是白水潭的学生。"他虽然保留了读报的习惯，但是自到陕西以后，除了《汴京新闻》与《皇宋新义报》之外，却也同样极少有时间来读别的报纸。这《秦报》才出不久，他见到是白水潭学院的学生，心中便徒增好感，但是却没有留意办报之人的背景。在段子介看来，只要是白水潭学院的学生，便是信得过的。

向安北听说是白水潭学院的学生，心中警戒之心不免放下一大半，他思忖了一会儿，说道："那便不必千里迢迢去京师，先让人暗中泄露给《秦报》，若它登了，诸报自然会转载。若是不登，再派人去东京与西京不迟。"

"断无不登之理。"段子介笑道，"《秦报》方创办未久，有此良机，岂会不把握？《汴京新闻》当日若无军器监案，又岂能有今日偌大声名？"

"誉之言之有理。"向安北略想了一下，也点点头，把心中的石头放了下来。

二人却不知道，只不过因为这一时的有失谨慎，竟然就酿成了追悔终身的大错。京兆府的《秦报》，正是赫赫有名的卫家所办，其主编卫棠，固然是白水潭学院的学生，但是同时，也是高遵裕的表侄。向安北与段子介的目光，能看到汴京的危险，却因为一时大意，忽略了身边的危险。

当卫棠在《秦报》的报馆看完那份匿名材料之后，心中立时想起一个传说——其实也不是传说，而是发生在本朝的一件真实的事情。

桑充国在军器监案时的作为，曾经通过不同人的口，传入卫棠的耳中。

卫棠无数次地想过，若是自己处在那样的境界，会怎么做。

但是想象是没有答案的。

有些事情，除非你亲自碰到，否则你永远也不会知道自己会如何处理。

不知是幸还是不幸，卫棠也有幸碰上了。

"历史往往惊人地相似！"卫棠心中不由想起了石越说过的这句名言。的确，与军器监案太相似了，这次是他的表姑爷，当今皇太后的从叔，在平夏城取得大宋五十年以来少有的大捷的"名将"。

卫棠心中非常明白，虽然报道军器监案让桑充国充满争议，但也正是这件事情，树立了《汴京新闻》在大宋民众心中的地位。对桑充国的争议会随着时间的推移而渐渐消失，但是《汴京新闻》在大宋臣民心中的印象，却只会被时间加固。

手中的这份材料，无论是真是假——其实卫棠一眼就可以看出来，有八成的可能性是真实的——只要《秦报》敢于刊登，从此《秦报》就不会只是一份发行量不足两千份、每隔十日才发行一刊的小报，而会变成大宋西北地区声名赫赫的大报，虽然暂时还不足以与《汴京新闻》一较短长，却有极大的可能性，压倒《西京评论》。

而他卫棠，也毫无疑问的，会因此名扬天下，成为真正的"陕西桑充国"！

想到这些，卫棠的呼吸变得重浊，手也不由自主地微微颤抖起来。

只要瞒过家里！先斩后奏！

卫棠的瞳孔开始缩小，目光聚焦在手中这份材料之上。他已经无暇去想这份材料究竟是谁送来的，他闭上眼睛，想象起自己与桑充国平起平坐，受到士林尊重的情形来。

陶醉在想象中的卫棠忽然感觉数道冰凉的目光从自己的后脑勺上扫过，他霍然惊醒，猛地跳了起来，转身向后望去，身后却空荡荡的，一无所有。

卫棠镇定下来，开始想象那道目光是谁的。

父亲卫洧？还是表姑爷高遵裕？还是那个经常出入自己家中的神秘道士？

卫棠只觉得一阵胆怯，他拼命挥了挥手，似乎要把这些人从自己的脑海中赶出去。

只是这么一瞬间，卫棠望着这份可以让他名扬天下，却注定要被家族唾弃的材料，心中一片混乱。

一时间是如同桑充国一样名扬天下的得意；一时间又是父亲严厉的目光；一时间竟然是郡马府上的那个让自己莫名其妙心动的少年；一时间这个少年的面孔又转换成京兆的名妓；一时间又换成了万马奔腾的场景……

卫棠眼神呆滞地望着可以让自己名扬天下，也可以让自己众叛亲离的材料，第一次感觉到桑充国并不是那么容易做的。

8

向安北与段子介在派人向《秦报》匿名投递材料后，发现过了两期，《秦报》依然没有登出这些材料。心感奇怪的向安北随便找人打听了一下《秦报》主编的情况，心中立刻一片冰凉。千方百计想要避开打草惊蛇，结果反而直接捅了高遵裕的老巢！

此时时间已经过去了二十多天。

向安北急急忙忙派人叫来段子介，两人刚刚商议好立刻派得力家人携材料前往洛阳与汴京，忽然听到前厅中传来一阵急促的脚步声。向安北与段子介正觉奇怪，需知卫尉寺陕西司衙门向来不是由得人放肆的地方，便见一个亲兵神色匆匆走了近来，禀道："汴京卫尉寺来了几位上差，道是有重要事情，要见致果与宣节。"

"说本官不在。"向安北心中一沉，立时吩咐道。

他话音刚落，便听有人高声笑道："向校尉、段校尉！这岂是待客之道？"随着这声音，只见有两名武官率十余名兵士径直走了进来。

向安北与段子介相顾一眼，立时把脸一沉，喝道："你等是何人，敢擅闯朝廷府衙！来人——"

"本官是卫尉寺宣节校尉武释之！"说话的军官，正是刚才高声笑语之人，"因二君无能，致使番将慕泽叛国而不知，陷朝廷重臣于险地，几逢不测。故本官奉令前来京兆府，着向安北迁至归义城为监察虞候，段子介迁至凌牙门为监察虞候，令二位即日起程，戴罪立功。"说罢，武释之将两封文书扔到向安北与段子介面前，厉声道："此是卫尉寺公文，二位可验真伪。"

段子介却懒得去看，只是扫了一眼那公文，便冷笑道："大宋朝廷无此章程。纵然左迁我等至海外，亦须等待新任前来交接。我等只需于交接后三个月内到任便可，若无皇上圣旨，谁能让我等即日起程？"

武释之见段子介话中有抗令之意，不由脸色一沉，寒声道："段校尉难道想抗令？你是武人，并非文臣，又无家眷在此，何故拖延？且你是戴罪之身，若敢抗令不遵，便请恕本官无礼。本官早已接到命令，道段校尉向来不驯，若敢抗令，便押至汴京，卫尉寺自会按律定罪。"

向安北听到此话，心更是沉了下去，他向段子介使了个眼色，段子介毕竟不是当年只会逞匹夫之勇的模样，早已会意，便缄口不再说话。向安北这才抱拳向武释之说道："若无交接，只怕多有不妥。"

"在下便是新任陕西路安抚使司监察虞候致果校尉王则。"武释之旁边的武官态度就要温和许多，他向向安北抱拳还礼，温声说道，"在下的副使要三日后方到任，因向兄与段兄失察之事，上官十分恼怒……"

　　向安北与段子介见这个王则显然是不明真相，心中不由暗暗苦笑，一时竟也没有心情听他说些什么。二人只觉得如此作为，显然是章惇与高遵裕勾结在一起，要将自己二人赶到海外，从此再也掀不起什么波浪来。毕竟只要他们远离中土，章惇将陕西司的证据毁掉，高遵裕再做点手脚，二人没有证据，说什么也是白搭。想到此时章惇准备如此充分，向安北与段子介心中都不免暗暗叫苦。

　　向安北心中转了数转，终觉只能用缓兵之计，忙笑着应酬王则道："既是如此，敢不遵令？只是陕西司是紧要之地，事出突然，并无准备，要交接的事情甚多，今日是无论如何也做不完，还请王兄能允许以明日为交接完毕之期。"

　　王则也觉得武释之的说法太过于不近人情，当下点点头，向武释之说道："武兄，还请宽限一日方好。"

　　实则武释之也并不知道内情，以章惇之精明，岂会把事情告诉他，留下日后把柄？他想了想，也觉得一天之内，毫无准备就想交接完毕，的确不太可能，便点头应允道："非是我不讲情面，实是上头交代得厉害。陕西房最近所办大案之卷宗、物证，也有令要一并带回京师，正好劳烦王兄交接之时，将这些交予在下……"

　　"多谢王兄！武兄！"向安北心中不由大喜，连连道谢。

　　当晚，向安北便摆出一副要讨好的模样，要请武释之与王则到陕西路最大的酒楼接风洗尘，不料武释之断然拒绝。他只得退而求其次，在府衙中置宴，又招了几个官妓相陪，这次武释之似觉不好意思，却是没有拒绝。只是宴会之中，目光始终不离向安北与段子介左右。向安北与段子介却都摆出一副浑然不在意的样子，由向安北陪武释之，段子介陪王则，只是一个劲地豪饮，武释之心中本以为二人是想灌醉自己再弄什么玄虚，谁料这向、段二人，却是三杯两盏，将自己给先后灌倒了。

　　武释之又觉好气又觉好笑，不过心中警惕之心，也放下了一大半。只是命人送二人回房，又吩咐了几个亲兵去监视。他自己却与王则由几个陕西司的低级武官作陪，继续喝酒听歌。

　　不料卫尉寺陕西司衙门内那口大钟的秒钟才走了几十圈，武释之与王则更在酒酣之际，便听到府外传来一阵打斗之声，打斗之声只持续了一小会儿，随着几个重物落地的声音便停止了，然后便听到两匹马蹄声由近渐远。

　　武释之在卫尉寺内本也是精明强干之人，此时虽然半醉之中，亦只是怔了一下，立时便清醒过来，连忙带着兵士往向安北与段子介的卧房去查看。到了卧房之时，便见随来的四个兵士，全部被打晕在地，向安北与段子介，早已不知去向。他正在那里恨得咬牙切齿，便见王则脚步匆匆来报，道是孔目房内档案卷宗被翻得乱七八糟，显然向、段二人，不是空手而走。

武释之心中一阵发冷，来之前章惇的严厉吩咐，他一时也不敢忘记："朝廷怀疑向、段二人因与文焕有旧，或有降夏叛国之意，不得不未雨绸缪，远调二人至海外。尔去陕西，须时刻谨防，不可使二人逃脱，若是万一彼二人降夏，二人皆身居机要，其害烈于文焕百倍。切记！切记！"

武释之使劲捶了自己一拳，立时发现现在并非后悔之时，忙打起精神，站直身躯，厉声喝道："向安北、段子介叛国潜逃，立时追拿，若敢拒捕，格杀勿论！"说罢，向王则说道，"王兄，请你立即去通知京兆府，向、段二人身上都有出关文书，莫让他们赚开城门逃走。"

王则肃然点头，他阶级虽然较武释之要高，本来武释之如此施为，已是有点儿过分，他完全可以给他难堪。但是王则听说武释之说向、段二人叛国，早已将向安北与段子介恨入骨中，当下也不多话，便以新任陕西路监察虞候的身份，将府中兵丁，交与武释之，自己上马，径直往京兆府而去。

武释之当下分派兵卒追赶向、段二人，他此刻也不敢完全信任向、段之旧部，只得成两队，由自己带来的亲兵混入其中，出府追捕。

没过多久，从卫尉寺陕西司的衙门当中，两队全副武装的士兵高举着火把，向京兆府的大街小巷跑去。

此时，在京兆府的一条小街之中，向安北与段子介，正在相顾大笑。

"接下来怎么办？"段子介此时，反倒显得精神抖擞起来。

"普天下之下，能救你我二人的，只有三个人！"向安北想也不想，张口即答，显是心中早有成竹，"石帅、文相公、富韩公。"

段子介点点头，道："文相公远在汴京，富韩公深居西京，二人都是轻易见不着的。最近的，唯有石帅了。"

"正是。"向安北也苦笑道，"虽然找石帅有诸多弊端，但是迫不得已，也只此一途。唉，早知今日，何必当初？"

段子介笑道："世上无后悔药。好在现在主动权还在你我手中，只要找到石帅，何惧章惇与高遵裕，只怕连那个卫家，也不会有好果子吃！"

向安北勉强笑笑，他知道段子介不懂政治，当下也不多说，只是笑道："便去帅司。"

一心一意以为向安北与段子介要叛国步文焕后尘的武释之，绝对想不到两个"叛将"的目的地，竟然是陕西路安抚使司衙门。向安北与段子介这一路之上，却是没碰到半个追兵，只不过听到京兆府中动静的安抚使司，虽然不知道究竟发生了事情，却也早已警戒起来。一队队卫兵，全副武装地把守了帅司衙门附近的所有街道。

因此向安北与段子介尚未靠近陕西帅司，便已经被一队卫队挡住。

"尔等是何人？"

向安北与段子介见到石越的卫队，都不由松了一口气。向安北连忙打马上前，抱拳说道："在下是陕西路安抚使司监察虞候向安北，这位是我的副使段子介，有要事求见石帅，烦请通传。"

卫队长打量了一下向安北与段子介，却是认得的，当下笑道："二位将军不知吗？石帅今日午后，便已经出京兆府，去各府州巡视了。"

"啊！"向安北与段子介都吃了一惊，不由暗暗叫苦。向安北连忙问道："那府中现在谁在主持？丰参议在否？"

那卫队长笑道："因此次石帅出去数日便要回来，而且听说是涉及水利与驿政的大事，府中现在除了几个判司文书，便只有石夫人。若二位将军是私事，在下或可替二位通报。"

"不必了，岂敢劳烦夫人。请问这位兄弟，不知现在石帅在何处？"

"往咸阳去，必不会有错。"

"多谢！"向安北与段子介只能在心中暗道倒霉。二人辞了卫队长，绕过两条街道，向安北勒马说道："如今之计，只能你我分道而行。好在当初为了投报纸，备有两份卷宗，你带着一份卷宗与证据，去咸阳找石帅；我则带着一份卷宗，上汴京找文相公。"

段子介自是知道去汴京风险大得许多，忙摇头道："还是我去汴京的好。"

"这时节有何好争的！"向安北沉声说道，"你与石帅有旧，容易见着石帅；而文相公或不喜你的为人。我官职高于你，且毕竟是忠良之后，见文相公便要容易许多。便是如此说定，贤弟路上小心。"说罢，便将一个包裹递给段子介，也不多言，打马往东门奔去。

段子介接过包裹，目送向安北远去，心中暗暗祷道："向安北与在下，皆是为国不顾身家，上天有灵，必能佑护。"祷告完毕，掉转马头，往西门驰去。

京兆府长安城，本是盛唐国都，逮及天水之朝，亦是西北重镇，防范西夏入侵，向来都以长安城为中心，辐射向西，形成一个扇形防御区。自熙宁革新以来，陕西路安抚使司更驻跸长安，因此在长安城内，也驻扎有一个营的禁军与近万教阅厢军，这些部队，名义上皆受陕西路京兆府知府节制。但是其中又颇有区别，那近万教阅厢军素来由京兆府知府兼统自不待言，而一个营的禁军，名义上虽然也受京兆府知府节制，但是实际上却只有陕西路帅司石越与提督使陶弼才能指挥得动。因此，实际上平素负责守城的，却是教阅厢军。

向安北与段子介分别之后，便见到城内火把闪动，又听到各种人喊马叫之声，他向来反应机敏，立时知道必须抢在追捕令到达东门之前，离开京兆府。当下快马加鞭，往东门赶去。

他方到东门，发现这边厢的守军也早被城中的动静弄醒，一个个如临大敌的样子。守城的校尉却是认得他，早已催马近前，笑着问道："向致果，城里发生什么事了？"

向安北听他如此相问，顿时放下心来，忙打马上前，肃然道："出了点大事，跑了两个人。某正要离城，星夜入京通报情况。"

那校尉听向安北说得如此厉害，不由咋舌道："这般厉害，竟要向致果亲自去汴京。"

"还请速开城门。"

校尉点点头，却只是望着向安北，赔笑道："致果莫怪，职责所在，虽是相熟的，但也要看令牌。"

向安北点点头，从怀中取出令牌，给守城校尉验了。那校尉也只是例行公事，需知向安北的职责，素来是管着他们这些地方大大小小的军官，他亦是敬畏惯了，何曾有半点儿怀疑。当下随便看了，便高声喝道："开城门！"

守城兵士闻言，忙将城门打开，放下吊桥。向安北心中暗喜，冲那校尉抱抱拳，拍马便出城而去。

出城之后，向安北催马狂奔，跑出一两里之外，方才放缓马速，好使坐骑稍得休息。他也趁机回头打量那高耸在夜色中的长安城，不料这一回头，竟是让他惊出一身冷汗：远远望见，一条"火龙"从长安城中冲了出来！

追兵！

向安北暗暗叫苦，好在他毕竟是将门之后，马术还算娴熟，连忙催马急奔。但是那些追兵显然已经发现了他的行踪，一路紧紧追来，一面还不停地呼喊着："站住！""叛贼，站住！"声音之中，隐约还可以听出王则的嗓音。

向安北哪里肯甘心束手就擒。此时之事，要么成为大宋的大英雄，要么便是身败名裂、百口莫辩，他又岂能不明白其中利害。当下毫不理会背后呼喊之声，只是一个劲加鞭狂奔。

但是黑夜之中，慌不择路，兼之向安北又有许久困于案牍之中，此时临此困境，终不免有些力不从心，只觉得喊声越来越近，渐渐地，竟然可以听到身后弓箭划过空气的呼啸之声。

正在这困路穷途之际，更加让向安北绝望的事情出现了！不知不觉，他竟然跑到了浐水西岸！而纵目四望，不仅无桥，亦无渡口船只！

纵然他骑的是的卢马，只怕也跃不过这浐水河的滔滔河水。

向安北望了望身后的追兵，又望了望眼前的河水，咬咬牙，跳下马来，牵着马便想要洄过这浐水河。他刚刚牵马走到河边，忽然感觉一阵风声，然后背上冰凉，似乎有什么东西流出来，紧接着便是剧烈的疼痛。"扑通"一声，向安北便摔倒在河边。

"中箭了！"大宋致果校尉向安北最后的遗言，是如此简单。

浐水边上，另一位致果校尉王则一手拿着弓箭，默然望着那混合着向安北鲜血的河水，心中突然感觉到一阵莫名其妙的心虚。

部下早已将向安北的尸体放上马背，准备回城。而王则心中的疑团却越来越大："如若向安北是叛国降夏，他为何要渡浐水河向东？"

一念及此，王则只觉心中有如冰一样彻骨的寒冷。他接过部下递过来的沾满了向安北鲜血的弓箭，一向孔武有力的双手，竟然一阵颤抖！

9

几乎是与此同时。

长安城西门。

段子介莫名其妙地打了一个寒战。

为了躲过城中搜索的兵士，他来到西门的时间，显得太晚了一点儿。站在离城门有几里的一个街道拐角，远远可以望见武释之在城门之前徘徊。

段子介叫了一声苦，知道离开京兆府已经不可能。他正要寻思一个地方藏身，忽听到有人大声喝问道："何人在此？"

段子介大吃一惊，慌忙跃身上马，夺路而逃。

顿时，整个西门全部被惊动，数以百计的兵士，从四面八方向段子介追来。此时的段子介，根本已经顾不得方向与目的，只是凭着意识，没有终点地逃跑着。从一条街到另一条街，从一条巷子绕到另一条巷子。虽然明明知道逃脱不了，但是段子介总是不甘心在没有尽完全力之前，就被抓住。

半个时辰之后，游戏仿佛要到了尽头，武释之亲自率领兵士，将段子介围在了一座坊区，然后开始一条街一条街地搜索。

然而，段子介仿佛是从空气中凭空消失了。

他不在任何一条街道中。

"挨家挨户搜！"武释之咬着牙，恨恨地下达了命令，"我不信他能插上翅膀飞上天去！"

然而，没有一个士兵敢动手去敲门。

"怎么不搜？你们傻了？"

"武宣节！"一个本地的士兵小心翼翼地说道，"这一片坊区，搜不得。"

"为何搜不得？"武释之对长安的人文地理，缺乏常识。

"这厢紧挨着帅司衙门，每个宅院里住的人，都是非富即贵，若去搜家，只怕会被打出来。"

"岂有此理！"武释之厉声喝道，"本官断不肯信这个邪！给我搜！天子脚下，也无人敢包藏逆贼，何况区区一个京兆府！"

"那从何处搜起？"久在京兆府的士兵与低级军官，对于武释之要自讨晦气，并没有什么意见。但是他们自己却绝不敢乱来便是。

"便是那条街！"武释之随手指了一条街说道。

所有知道底细的军官与士兵，头立时都大了起来，每个人心中都转过一个念头：这位武校尉的晦气，还真不是一般大！

郡马巷！郡马府！

武释之指向的那条街道，总共只住了四户人家。头一户是郡马府，住的是清河郡主与狄咏；他家的对面，则住着陕西路转运使刘庠；狄咏的邻居，则是才搬来不久的监察御史朱时；而与刘庠比邻而居的，也是一户官宦世家，祖上曾经做到过天章阁待制，在京兆府，也是有名有姓的人物。

军士们拥簇着身着戎装、脚踏黑革靴的武释之向郡马府走去。构造雄丽的郡马府即使是夜色之中，也依然可以看出它的凌人气势。屋檐下挑出来的长长黑漆木杆上，挂着一串串红色的灯笼，每个上面均写着"钦赐""郡马""狄府"几个大字，显示出主人的身份尊贵非凡。

武释之沉着脸，一直走到郡马府的正门之前，这才停了下来，睁眼打量着眼前的建筑。众军士也连忙跟着停下，个个都定定拿眼睛瞅见武释之，却没有一人敢轻举妄动。

天下但凡做官之人，有谁会不知道狄咏？

在这一瞬间，盛气凌人的武释之，心中也不免起了一丝犹豫之心。

那道紧闭的朱漆大门内，传出隐隐约约的丝竹之声，仿佛正在轻蔑地嘲笑着武释之的不自量力。

武释之转头看了看两边的军士，见那些由本地调派来的军士眼中隐隐都露出看热闹的神气。他不由在心里冷笑了一下，咬着牙，恶声喝道："敲门！"

"是！"两个从京师跟来的亲兵大声应道，快步走到台阶，抓起门上的铁环，使劲敲了起来，一面还大声喝道："开门！""开门！"

"吱——"过了好一会儿，郡马府旁边的偏门，才打开了一条缝。一个身着葛衣的家人从门缝中伸出头来，眯着眼睛不耐烦地骂道："是哪来的野人，这等的放肆？"

"卫尉寺搜捕要犯！"武释之厉声喝道，"尔休得放肆，速速开门。"

那家人不禁被武释之凶恶的神态吓了一跳，连忙擦擦眼睛，看清了武释之等人的装束，这才从门缝中走出来，勉为其难地向武释之作了一揖，指着府前的门匾，语气不逊地问道："这位官人，卫尉寺搜捕要犯，干郡马府何事？此处是致果校尉、郡马爷狄爷的府邸，官人可曾看实了？若是惊扰了清河郡主，并非小事。"

"休要啰唆！"武释之瞪了那家人一眼，沉声喝道，"你去通报狄郡马，便说卫尉寺正在搜捕要犯，要请他行个方便。"

"我家郡马不在府上。"那家人此时已经渐渐镇定下来，因此语言之中，不免就略带了些气恼无礼的味道，他打量了武释之一眼，才翻了翻眼皮，嘲笑道，"这位官人是哪里的官？难道没听说石帅巡察州府之事吗？我家郡马爷怎么可能还府中？"

卫尉寺军法官都是章惇一手栽培，十之八九，都沾上了章惇天不怕地不怕的脾气，又岂能受这等闲气。武释之勃然大怒，一抬手，"啪"的一声，抽了那家人一个清脆的耳光，厉声呵斥道："叫你这狗才饶舌！还不速去通报！"

那家人吃了这个眼前亏，望了望武释之，见他一脸煞气，当下再不敢多嘴，一溜烟地跑进门内，将门关了，一路小跑，便往后寝走去。

那家人未到前堂，便见柔嘉兴冲冲地走了出来，他连忙在穿廊边叉手站了让道，却见柔嘉径直走到他跟前，问道："狄五，是何人在外头喧哗？"

狄五素知柔嘉的脾气，也不敢隐瞒，忙欠身禀道："是什么卫尉寺搜捕要犯。"

"卫尉寺搜捕要犯，到我姐姐府上来做甚？"柔嘉皱了眉毛问道。

狄五低着头回道："这却不知，见他们那模样，倒似要搜府一般。"

"搜府？"柔嘉的秀眉一扬，几乎兴奋得跳了起来，竟似碰上的是什么好玩的事情一般，眉开眼笑地问道，"胆子还真不小哩。"

"是。"

"噫？"这时，柔嘉才突然看见狄五脸上五道清晰的指痕，不由愕然问道，"这是谁打的？你去外面惹是生非了？小心被郡马爷责罚，你不知道府上的规矩吗？"

"不敢。"狄五忙低声说道，"这是被外头的官儿抽的。"

"啊？"柔嘉的脸立时就涨红了，冷笑道，"那是多大的官？是御史还是宰相，就敢来这里抽人？不知道打狗欺主吗！"

狄五虽然也自压了一肚子气，但是他却是深知柔嘉是个惹是生非的主儿，怎么还敢去挑唆她？当下连忙说道："实是小的一时间得意忘形的错。"

"你做错了事，自有郡马的家法来惩办你。若是犯了国法，就有朝廷的律条来治你。我姐姐家的人，用得着别人来教训吗！"柔嘉根本懒得听他说什么经过缘由，而大觉自己这番话颇占理处，因此只是气呼呼地说道，"这是欺人欺上门来了。来人啊！"

她正要叫人一同出去找回场子，不料话音方落，便听见东边传来一阵嘈杂之声，便见几个护院拿着刀棍弓箭，绑着一个三十多岁的武官正欲向后院走去。柔嘉心中一动，连忙高声呼道："站住。全都给我过来。"

那帮人听到柔嘉的叫声，连忙答应了，推着那个武官，便往这边走来。不待柔嘉发问，便有人禀道："县主，在东边墙下抓住这人。竟是翻墙进来的，正欲先关起来，请郡主示下，是明天送官，还是如何……看这打扮，却是个官。只是这般鬼鬼祟祟，却不知是不是生了什么歹心。"

那个武官听到那些护院如此禀报，重重"哼"了一声，却也并不申辩。

柔嘉望了那个武官一眼，又望了狄五一眼，心中立时明白过来。她走到那武官面前，却见这人身材极是高大，比自己足足高了一个肩膀有多。柔嘉指着那武官，笑吟吟地问道："卫尉寺要抓的要犯，就是你吧？"

那人正是段子介，他听到这些人说什么"县主""郡主"，知道自己竟是到了一家贵人府上，却不知就在狄詠府上——因为狄詠家里，可不曾有什么"县主"。因此心中不勉暗暗思量：究竟京兆府哪一家又有郡主，又有县主？此时见柔嘉如此相问，不由脸色一变，却不说话。

柔嘉笑道："你若不说话，便将你交给外面那般人好了。"

段子介心一沉，忙说道："我并非什么要犯，亦不是奸细。你们要送我见官不妨，却要将我送至安抚使司衙门，若是不成，送至转运使司亦可，却万万不可送给卫尉寺。"

众人都听得一怔，狄五凑到柔嘉身边，低声说道："县主，这中间有文章。"

柔嘉点点头，却向段子介问道："为何？卫尉寺不是官吗？"

段子介早已不敢轻信任何人，此时若非亲自面见石越或者刘庠，否则在这陕西一路，他是绝不敢和任何人提及自己掌握的秘密。当下只得含糊说道："此事关系重大。在下只敢相信石帅与刘运使。"

柔嘉听说有大事要交给石越，不免变心中暗喜——至于还可以交给刘庠，她自是对此充耳不闻。不过此时脸上却要装出一副为难的模样，皱眉道："这却是难办，外头可有卫尉寺要人。你先告诉我，你究竟是何人？"

"县主此刻不必问我是何人，只需见到石帅，一切自然清楚。"段子介竟是咬紧牙关，什么都不肯透露。

那狄五先前不明不白地受了武释之一巴掌，不免怀恨在心，而此时见到眼前之事，摆明其中必有缘故。这人既然要见石越、刘庠，只怕还是受了什么冤屈——而外面的卫尉寺军官，却如此盛气凌人，自然是做了什么见不得人的事情……怀着这个念头，他心里竟觉得不应该将此人交给武释之，当下向柔嘉低声说道："县主，小的有一言……请一边说话。"

柔嘉心中其实也早已料到狄五要说什么，她此刻只觉平生所遇之事，再无一桩比眼前更好玩的事情，当下也便装模作样地与狄五走到一边，问道："有什么话要这般鬼鬼祟祟？"

狄五低声道："回县主，那厮显是有难言之隐。只怕是受了冤屈……若是真交到卫尉寺，日后查出来，岂不坏了郡马的名声？不若便先将他藏起来，明日一大早，便送到安抚使司的大牢中先关起来，等石帅回来再处置，岂不稳当得多？依小的看，外面那卫尉寺的，不像是好人……"

他这一说，却是深合了柔嘉的心意，想到从此之后便可以名正言顺地去见石越，早已经心花怒放，表面上却装模作样地沉吟一会儿，方点头应道："此言有理，这人只怕真是受了冤屈，来求郡马庇护，咱们只能送给石帅处置。"她自己也不觉这番话里其实大有问题，为何受了冤屈要求郡马庇护，最后处置权却要交给石越，好在狄五也不会明白她这些弯弯绕绕的心事。

"嗯，便是这个主意。狄五，你且带人将这个家伙藏起来，千万要看牢了。我去打发外面的。"柔嘉说罢，也不待狄五答应，便点了几个平素喜欢惹祸的家丁护院，向外面走了出去。

待狄五回过神来，忽才想起柔嘉是不能出去见人的。但此时柔嘉早已走远，追之莫及，不由得暗暗叫苦，一面着人押了段子介躲藏，一面却忙自己赶去禀报清河郡主。

武释之此时早已等得不耐烦，正要让人再去唤门，却见偏门"吱"的一声，竟全部打开，八个家丁分两排鱼贯而出，在台阶上站住了。

"来了。"武释之在心里叫了一声。

果然，便见一个红衣少女从门里缓缓走出，牢牢站定门口。

"下官宣节校尉武释之，参见郡主！胄甲在身，不能全礼，伏乞郡主恕罪。"武释之见来人的风姿，显然与传说中的清河郡主并不相同，脸上并无半分温柔贤淑，反而神态中大有盛气凌人之势；但是既由家人这般恭敬地协护出来，气度又如此非凡，那不是郡主是谁？而且从火光照耀中，武释之也可以看出眼前的少女，虽然微带稚气，却当真是个美人，与传说之中约略相似，因此也不及细想如何郡主会这般轻易出来，便先在心中认定了，眼前的必是清河郡主，连忙拜倒行礼。

柔嘉不料一出门便被人误会成清河，不由得暗觉好笑，她和清河的性格相差如此之大，年岁又是相差不小，知道之人，自然从来也没有认错过，不知道之人，只需三言两语便也能猜出，谁料这个武官，也不问个清楚，便一厢情愿地将自己当成了清河。

她也不愿意说破，当下忍住笑意，板着脸先声夺人地质问道："不知我府中的家人犯了何等过错，竟要劳烦武校尉亲自教训？"

武释之不由一怔，想起那掴的一掌，知道自己处置失当，连忙说道："不敢。下官改日必来专程请罪。只是卫尉寺走脱一奸细，下官恐他潜入郡主府中，惊扰了郡主，担罪不起。故斗胆要请郡主开恩，许下官查看一下。"

"武校尉先是替我教训家人，现在又要搜府？"柔嘉冷笑道，"不知道武校尉手中是有圣旨呢？还是有枢密院、尚书省的令牌？又或是武校尉文武双全，不仅仅是卫尉寺的武官，还是御史台的御史？"

"这……"

"好叫武校尉得知，这郡马府虽然小了一点儿，但是若要搜查，这陕西一路，若是没有圣旨，便是连御史也不敢放肆。武校尉还是请回吧！我府上若发现奸细，自然会送官，不劳武校尉操心。"柔嘉说罢，也不管武释之，转身便走进府去。她进府后，快步紧走，一直走到外面听不到自己的声音的地方，这才停下来，捧着肚子哈哈大笑起来。

而在狄府外面，那八个家丁则依照她吩咐，瞪大眼睛，摆出嚣张的姿态站立在台阶的两旁，直视武释之等人如无物。

武释之瞪了郡马府一眼，重重地"哼"了一声，却终不敢硬来，只得心不甘情不愿地率着兵士们离开狄府。

"将这一片紧紧围住！我看他是要从天上飞出去，还是从地底钻出去！"走出很远以后，还能听到武释之怒气难遏的声音。

但是无论如何，这只能是武释之无奈之中的唯一办法，这个地区的每一座府邸，实在都不是他区区一个宣节校尉可以进去的。

10

武释之离开后半个时辰，郡马府，后厅。

"郡主。"狄五恭恭敬敬地向珠帘后的清河郡主行了一礼，说道，"那个武官带来了。"

"请他进来吧。"珠帘之后，传出如珍珠撒落玉盘一样清脆悦耳的声音。

"是。"狄五恭身答应了。须臾，五花大绑的段子介便在几个家丁的押送下，带至后厅当中。

珠帘后面的清河微微皱了一下眉头，柔声向段子介说道："下人无知，如此对待朝廷命官，实在是失礼了。还请将军恕罪。还不松绑——"

"郡主！"狄五连忙说道，"这位官人十分厉害，且如今善恶未分，若是松绑，便怕有个万一。"

段子介一夜之间，由大宋的军法官转为逃犯，哪里会在意这些待遇，当下笑道："郡主不必介意，绑便绑了，无妨。"

"将军大度。"

段子介平生从来没有见过如此温文知礼的宗族女子——当然，他压根儿便没见过任何一个宗族女子；也从来没有听到过如此悦耳动听的声音，只是觉得，对面珠帘后的女子，与自己本是初见，自己夜闯她府中，究竟善恶如何，她自也难知。但她说的每一句话，却都依然这般谦和有礼，竟似自己是她邀请的客人。一时间，段子介只觉得虽然是被绑着与面前的人交谈，却也有着如沐春风的感觉。

"不敢。下官只求郡主能将下官解送至安抚使司衙门，真相自必水落石出，此时却无法向郡主解释。冒昧之处，伏乞恕罪。"

"将军如此忍辱负重，所谋者必大。"清河停了一会儿，方说道，"然则将军不知道石帅已去巡视地方了吗？"

"但是京兆府虽大，于在下而言，唯一的安全之处，却只有帅司衙门。"不知道为什么，虽然看不清珠帘后面的人的长相，也不知道这究竟是什么地方，段子介却直觉地认为，这个女子不会出卖自己。只不过，到了这个时节，段子介已经不敢相信任何人，除了石越和桑充国。

"卫尉寺欲得将军而心甘，而将军则非见石帅不可。"清河娓娓说道，"这其中，或许确如将军所言，只有帅司衙门，才能护得住将军。敝府虽然可以拒卫尉寺于一时，但是若是卫尉寺的武将军能请来一个监察御史，那么只怕妾身也保不住将军。因此，妾身请将军前来，是想与将军商量一个对策……"

"想必郡主早已经成竹在胸，还请赐教。"段子介一向是个磊落之人，他知道对方这样的勋贵，若是没有办法，并不会和他说这样的话，当下快言快语地说了出来。

珠帘后的清河不由脸红了一下，她却是不太习惯这样直率的谈话。停了好一会儿，方才说道："妾身是想，是否能连夜将将军送到帅司衙门。虽然石帅不在，但或者鲁郡夫人能庇护将军安全。"

清河郡主实是蕙质兰心的人物，她听柔嘉与狄五等人讲述事情的经过后，便隐隐约约已猜到段子介这个人物干系必然重大，她虽不知具体缘由，但他既然敢坦然面见石越，自非寻常之人，只怕是掌握了什么重大秘密，而卫尉寺又必欲得之而甘心，焉知会不会找一个御史来协助，若到时候被查出此人在郡马府，那段子介保不住不说，她也要担上一个罪名——更何况，郡马府中，还有一个不可以让人知道的柔嘉县主的存在！

这些内情，段子介自然不可能知道，但是对他来说，这样的处置，毫无疑问是最好的。当下忙答应道："如此，实在有劳郡主。只大恩不敢言谢，日后必教郡主得知此中缘由。"

"如此。狄五，速去备车！"

"狄五？"段子介心中一凛，暗暗看了周围一眼，心中暗忖道，"这里难道便是狄詠的府上？能连夜进帅司衙门的，似乎的确只有清河郡主。但是那个县主……"

"姐姐，你让我送他去吧，我也想见见石夫人了，自她们来陕西，我还没有见过石越的女儿呢……"珠帘后面，传来那个红衣少女的软语央求声。

段子介不由更加迷惑起来："陕西居然还有一户人家，竟有一个郡主一个县主，仆人姓狄，而那个县主竟敢直呼石山长名讳……"

四更。

两辆马车从郡马府的后门悄悄驶出，往帅司衙门的所在地跑去。

此时，郡马巷外面隔着两条街的地方，武释之率领着一队军士，再次往郡马府赶来，与他并辔而行的，是陕西路监察御史景安世。

"马车！"一个亲兵忽然大声叫起来。

果然，马车奔跑的声音，从前面的一条巷子中传来。

"追！"武释之完全是直觉地做出了反应，策马往马车的方向追去。景安世也抽了一下马，跟了上去。不过他毕竟是个文官，很快，骑马的景安世，被武释之甩在了后面，只能与跑步的步兵们一起为伍。

很快就可以隐约看清楚是两辆马车了，驾马车的人显然感觉到了后面的追兵，明显加快了速度。

武释之心中愈发肯定了马车之上有鬼，便挥鞭疾追上去。

拉车的马毕竟比不上武释之胯下的战马，双方的距离越来越近，马车车轮发出来的声音，武释之已经可以听得清清楚楚。

眼见就可以赶上！

便在这时，后面那辆马车突然不顾危险地掉转过来，如同疯了一般，冲向武释之与他的几个亲兵。

这一瞬间，武释之几乎吓呆了。他下意识地勒住了奔马，掉转马头，冲向最近的一条岔道，避开如同战车一般冲过来的马车。双方几乎是擦肩而过，与之同时，武释之清晰地听到马车内少女清脆得意的笑声。

这是清河郡主的声音！

但这是清河郡主？

武释之此时也无暇思索究竟是不是被传言所误，还是刚才过去的根本不是清河郡主。他只是更加坚定地证实，那马车有鬼，但他也没有余暇去思考，为何"清河郡主"要帮助一个叛将。只待马车冲过，他立时从巷子中冲出，继续追赶起前面的马车，他没有时间与"清河郡主"纠缠。

然而这样一折腾，他与前面的马车又拉开了距离。而"清河郡主"的马车，也不依不饶地掉头跟了上来。

"我非追上这厮不可！"武释之拼命地抽打着战马，他与马车之间的距离，终于慢慢拉近了。

突然，马车转了个弯，驶进了一条大道。

追上去的武释之怔住了！

大宋陕西路安抚使司！

前头的那辆马车，驶向的地方，竟然是陕西路帅司衙门！

"是叛将？还是调虎离山？"一瞬间，武释之的脑海中，充斥着各种各样的念头。

安抚使司衙门的卫队截住了那辆马车，一个熟悉的身影从马车中走了下来——段子介！不管心中有多少不解，武释之还是策马上前，既然段子介自投罗网，那么他从安抚使司的卫队手中接收这个"叛将"，自然也是理所当然的事情。

"来者何人？"安抚使司的卫队也发现了靠近的武释之，有两个护卫迎了上来，大声喝问。

"卫尉寺宣节校尉武释之。"武释之亮出了自己的腰牌。

验过武释之的腰牌，那两个护卫客气很多："武校尉来此何事？"

"下官追捕叛将至此。"

"叛将？"

"正是。段子介便是叛将。"

"啊？"那两个护卫都吃了一惊，其中一个小心翼翼地问道，"段校尉是卫尉寺驻安抚使司监察虞候副使……"

"不错。不过二位有所不知，段子介与其上司致果校尉向安北叛国，据报向安北已经逃出东门，新任监察虞候王则校尉已经出城追拿；某奉命来追捕段子介。"武释之的声音大得满街都能听见。

正在与段子介说话的卫队长闻言也怔住了，怀疑地望着兀自被绑着段子介。

"我并非叛贼，一切待石帅回来，自然可见分晓。"段子介急切地辩白道，"在下只求待在帅司衙门的大牢中，等待石帅回京兆府，却千万不可将我交给卫尉寺。"

虽然不明白为什么段子介这么害怕被移交到卫尉寺——也许是石越更加宽容而章惇要严酷许多——但是武释之认为自己的要求并不过分："军中武臣犯法，当由枢府或卫尉寺审理。段子介身为军法官，理所当然要由卫尉寺处置。即使石帅回来，亦是一样，还请诸位能够体谅在下。"

"我辛辛苦苦将他送来此处，可不是为了交给卫尉寺的。"一个动听的声音从武释之脑后传来，不过此时对武释之而言，这个声音可一点儿也不动听。

"清河郡主！"武释之的声音严厉起来，"国家章程，并非儿戏！"

"清河郡主？"

"清河郡主！"

安抚使司衙门前的大街上，无数的人忍俊不禁。很多人虽然不认识柔嘉县主，但是却有不少人曾经见过清河郡主的。

"武校尉认错人了。"一个护卫好意地提醒道。

"认错人了？"武释之愕然回头，却见柔嘉笑意盈盈地望着自己，竟是无丝毫害怕之意。不由怒道："你是何人？怎的敢冒充宗室？"

"她本来就是宗室！"从更远的地方传来景安世气喘吁吁的声音，虽然武释之无法理解为何他骑马赶来也会喘气，但显然这些事情如今已经并不重要。只见景安世策马到柔嘉跟前，下了马来，凝视柔嘉半晌，忽然厉声问道："柔嘉县主，你如何会出现在京兆府？"

"你管得着吗？"柔嘉却是胆大包天，压根儿不知大祸已将临头。

景安世又看了柔嘉两眼，冷笑两声，冷冷说道："本官管不着，自有人管得着。本官只奉劝县主，莫要恃宠而骄，祸及父母！"

说罢，双手正了正獬豸冠[11]，向段子介走去。

柔嘉从未见过有人对自己说话如此无礼，愣了一下，却权当是危言耸听，只抢先几步走到那卫队长跟前，说道："先莫把这人交给他们，待我去见见夫人，自有分晓。"说罢，也不管卫队长答不答应，大摇大摆地往安抚使司衙门闯了进去。

景安世望着柔嘉的背影，却只不停冷笑。

"景察院？"武释之见景安世并不说话，忙低声呼道。

景安世摆摆手，淡淡说道："不要急，她要见鲁郡夫人，便让她见。便是石子明亲来，若是与朝廷章程不合，亦不敢放肆。本官现在只想见识一下鲁郡夫人的见识！"

"我只是朝廷的命妇，岂能干涉外事？"京兆府中喧哗了半夜，来京兆府未久的梓儿直到现在才知道原来是出了两个"叛将"，而出人意料出现在这里的柔嘉竟然还

----

[11] 又称法冠、铁冠，古代执法官吏戴的帽子。獬豸（读音为"xiè zhì"）是古代神话中的神兽，能辨是非曲直，识忠奸善恶，在古代被视为法律的象征。

要她出面来保护其中一个"叛将"。

"眼下京兆府中，说得上话的大都出去了。若是你也不管，便没有人管了。你去看看那个御史和那个什么武释之的嚣张样……"柔嘉心里其实也清楚清河是将一个烫手山芋交到梓儿手中。但是眼下的情势，的确也只有安抚使司衙门有这个能力保住那个什么段子介，而只有段子介保住了，她之前所做的一切，才是有意义的。否则的话，清河想不受连累都不可能。而眼下显然只有梓儿有能力影响安抚使司衙门的卫队。

"你方才说，那两个叛将叫什么名字？"梓儿沉吟了一会儿，突然问道。她老觉得其中有个名字似曾相识。

"一个叫向什么，一个叫段子介。"

"段子介？"梓儿转过头，向阿旺问道，"阿旺，你可听说过这个名字？"

阿旺也怔住了："似是有点儿相熟。"

柔嘉却不明白梓儿为何在这当儿，想起这些莫名其妙的事情，但又拿她无可奈何。

"是不是被开封府抓过的那个段子介？"梓儿突然间灵光一闪，想了起来。

"对。"阿旺虽然没有经历过，但也常听人提及。

"他被开封府抓过？"柔嘉却愣住了，"难道他真是叛将？"

"他绝不可能是叛将。"梓儿淡淡地说道，语气却十分坚定，"其中定有蹊跷！"

柔嘉一时没有弄明白为何被开封府抓过反而不会是叛将，但是梓儿能认可自己的判断，无论如何是一件好事，当下笑道："那夫人你快去救他。"

"我不能出面。"梓儿温和地笑了笑，虽然出身不高，但是她却是非常懂得轻重的。要知道，甚至连相州韩家那样的世家大族的姑嫂们，都挑不出她的毛病来。

"那怎么办？"

梓儿垂首想了一会儿，突然想起一个人来，却是前不久因为侍剑的推荐，被调到安抚使司来的李旭，此时名唤"李十五"。梓儿听石越说过他的底细，当下又细细想了想，道："阿旺，你去将李十五叫来。"

"是。"

景安世与武释之在外面等了约小半个时辰，才见有一队卫兵从安抚使衙门中举着火把走了出来。

外面的卫队长见到为首的是个年轻人，却不见梓儿，也不见柔嘉露面，不由奇道："十五郎，如何是你？"

李旭走到卫队长跟前，低声说了两句什么，便见那卫队长点头应了，他于是径直走到段子介跟前，上下打量了一下，眼中忍不住露出一丝笑意；段子介望着李旭，也是一怔，嘴唇微微动了动，却是忍住了没有出声。

李旭径直走到景安世前面，欠身说道："景察院，鲁郡夫人言道：妇人不当干预外事，这边厢的事情，夫人不便参与。"

景安世见他如此回答，不禁微觉失望，但是口里却赞道："鲁郡夫人果然是明晓事理。"

"不过……"李旭的话却没有说完，"鲁郡夫人说，这个段子介本是朝廷任命的驻安抚使司监察御史副使，虽说他是叛将，可他此时硬要来帅司衙门，宁在这儿坐牢亦不愿意去卫尉寺。似乎……嗯，只怕其中多有蹊跷之处。若真是另有苦衷，他来到帅司门前，还被人截走，日后张扬出来，难保不成笑话，这个罪过却也不好担当……"

景安世与武释之听到这话，脸色不免都变得有些难看，这话中之意却是明明白白地表示了对他们的怀疑。

李旭却没有去看他们的脸色，只在心中暗暗佩服梓儿的聪慧："因此鲁郡夫人说，或可以有个两全其美的方法，想来卫尉寺定是人手不足，否则也不至于让他们跑了，石帅与章卫尉同殿称臣，都是在为朝廷办事，所以不妨由帅司衙门派一队护卫，协助卫尉寺的武校尉押送这位段校尉去京师。到了汴京后，我等便齐将这位段校尉送至枢密院，卫尉寺若要人，直管问枢府要便是。如此一来，大家都不用伤了和气，卫尉寺的事也办好了，我帅司衙门亦不担干系——这位段校尉若真有什么苦衷，文相公自是不会冤枉他。不知景察院与武校尉意下如何？"

他如此一说，景安世与武释之不由都怔住了；段子介却不免喜出望外。

但是不管怎么样，梓儿提出来的这个方案，绝对是让人无话可说的。的确，安抚使司若要强留卫尉寺的犯人，自然是说不过去的，但是它怀疑其中有疑点，要送到枢府去，却也是理所当然的。若是景安世与武释之还要说什么，倒显得他们真的是居心不良了。

不过真正让景安世佩服的是，这位石夫人口中谦逊着说不干涉外事，实际却把外事全部干涉光了，还让人无话可说，女流之中，也算得厉害之人。

"如此，也甚好。不过帅司衙门要派谁去？"武释之讶然之后，便也觉得这个提议不错，既可不直接得罪石越，也不能算违命。

"便是在下与这八位兄弟。"李旭笑着指了指身后的八人。那八人向前一步，朝武释之欠身一礼，便走到段子介身边，所站的位置，竟是将他团团护住。因为他们接到的命令是：从此时开始，到将段子介交到文彦博手中为止，必须与他寸步不离，必须绝对保证他的安全！

喧嚣了一个晚上的长安城终于平静下来，启明星也已经开始出现在天空之中。

而此时此刻，心情沉重的王则却带着向安北的尸体在卫尉寺陕西司的衙门里等着天亮。他用颤抖的手指，翻动着那份沾满了鲜血的报告，心中情不自禁地充满了洗刷不尽的罪恶感——这份报告，本来他也应当直接交给武释之，让他带回京师的，但……

而陕西路安抚使司衙门前面的街道上，一什轻甲卫士则押送着一个被五花大绑的军官，跟在一个沉着脸的武官后面，缓缓而行。而被绑的军官，脸上反而不时漾出笑容，似乎这样被绑着倒是如何开心的一件事。

而在西北方向的一条小巷上，正骑在马上的监察御史景安世，嘴角亦不时露出得意的笑容。他此时的心里，正在构思着最新的奏章——这必然是一份能掀起惊涛骇浪的奏章。在这份奏章中，将涉及一个与皇帝有着近系血亲的公爵、一个极受宠爱的郡主、一个无法无天的县主、一个似乎正在失宠的郡马、还有一个如今炙手可热的安抚使……无论如何，他的老师吕相公，一定会非常喜欢这份奏折的。

没有人知道，在这天亮前的短暂平静之后，将会有怎样的风浪！

第八章

意气丹心

济水自清河自浊。
——唐·李颀《杂兴》

1

"七月，黄河溢卫州王供及汲县上下埽、怀州黄沁、滑州韩村埽。十七日，黄河大决于曹村上埽，二十六日澶州上报，北流断绝，黄河南徙，汇于梁山泊、张泽泊，分为二支，南支合南靖河入淮，北支合北清河入于海。此次大灾，四十五个州县被淹，三十万余顷田受灾，数万房屋荡然无存，受灾人数达数十万户！"

"八月，黄河又决于郑州荥泽。与此同时，河北大雨，地方守吏上报，水深至二丈！河阳水涨成灾，沧卫河涨成灾……至此，豆华水[12]以来，黄河中下游地区受灾人数超过七十万户，受灾人口达到三百余万！死亡人数现时虽然不能统计，但是以微臣估算，至少有数万！"

工部尚书苏辙语气沉痛地向皇帝报告着七、八月份全国的灾情。崇政殿内，上至皇帝赵顼，下至尚书左仆射吕惠卿、枢密使文彦博，以及各参知政事、枢密副使、各寺卿、翰林学士都脸色凝重，默然无语。

这还是赵顼登基以来，黄河最大的灾害。

"陛下！"文彦博手执朝笏，沉声唤道。

年轻的皇帝脸色苍白，嘴唇微微颤抖，幽深的眸子中满是忧虑，这并非突如其来的消息，但这样的大灾……

"文卿但说无妨。"

文彦博微抬起头，却半晌沉默不语，过了良久，才缓缓抬头环顾了殿中大臣一眼，目光最后停留在赵顼的黄袍之下，然后厉声说道："陛下，黄河决于曹村，臣以为是人祸而非天灾！"

一时之间，大殿之内的气氛顿时变得紧张而凝重起来。所有人的目光都聚集到了文彦博一人身上。

"卿说什么！"赵顼的声音严厉起来，殿中众人都不由自主地打了个寒战，皇帝倏然间变得尖锐的声音中，带着冰冷的杀气。

"臣死罪！"文彦博拜了下去，但是话语中却没有半点退缩之意，"臣以为，黄河决于曹村，是人祸，非天灾！"

"何谓人祸？"赵顼的目光狠狠地盯着文彦博，咬着牙一个字一个字地吐出四个字。

"据臣所知，此次黄河决口，完全是因为地方官吏防修不力所致！"文彦博的

---

[12] 宋时称黄河七月的水汛为豆华水。

声音并不甚大，但是满殿大臣听在耳中，却觉得无比的刺耳。"今年豆华水、荻苗水 [13]，虽然略大于往年，但并非前所未有，之所以决堤，俱是因为当地官吏平素就殆于职守，不修堤防；大水来时准备不足，这才是导致黄河最终……"

赵顼根本没有听完文彦博的话，就将怒气冲冲的目光转投向吏部尚书冯京："卿速将曹村一带的地方守吏的名字与官职都报上来。"

"是。"冯京小心翼翼地应着，全然不敢多说半句话。

"陛下，当务之急，是要准备救灾。眼见便要入冬，而灾民们衣食居住都无着落……"苏辙却是没法回避具体的问题，因此虽然眼看皇帝震怒，但还是不得不继续这场危险的谈话。黄河决口，河灾水灾不断，工部尚书与都水监都难辞其咎，他此时也已经递上了辞呈及请罪的折子，等待着处分。虽然他在任上，做了许许多多的实事，但是此时都已不必提起，未竟的事业自有人来接替。此时此刻，重要的是如何补救。

但是文彦博却断然打断了苏辙的话："陛下，救灾的事情的确要讨论，但是犯下的错误，亦须立刻纠正，否则，九月还有登高水，难保不会雪上加霜……"

"卿说吧。"

"自从熙宁七年以来，虽然王安石新法已逐渐罢除，但是朝廷上下，却并没有停止好大喜功的习惯。开发湖广之后，军屯所省费用与所花费用，虽然略有剩余，但是却因为开垦土地，不断激起与山中未化夷人之间的冲突，虽则朝廷屡次下旨申诫，然自熙宁九年冬以来，湖广无一月无战事。虽是归化蛮夷数万户，但所用军费，正好抵销。朝廷目前为止，实际未从军屯中得一分好处。"

这番话说出来，众人渐渐品出，文彦博的指责竟然是针对石越提出来的新政，因此别说冯京、吴充惊诧不已，便是苏辙、韩维也相顾愕然，甚至连吕惠卿与司马光都大觉出乎意料。

"开发湖广尚可说有子孙之利，但是如今各地纷纷修茸道路、浚清河道，却是得虚名而招实祸！"文彦博锐利的目光，有意无意地扫过苏辙与韩维，声音也越来越严厉，越来越缺少顾忌，"楚王好细腰，城中多饿死。上有所好，下必甚焉。天下官吏皆知朝廷好大喜功，于是无不纷纷趋骛，朝廷一岁所入赋税有限，一旦全部用来修路浚河，那水利堤防，又如何能顾及？如此轻重倒置，朝廷却不能觉察，今日之祸，其实是早已种下！"

苏辙与韩维面如死灰，文彦博指责的话中虽不无偏颇之处，却也不无道理。并且他们也没有丝毫推卸的理由，只是没想到文彦博话锋一转，竟有将今日之祸隐隐归于石越之意，甚至直言朝廷好大喜功。这种鲜明的态度，令两人做梦也料想不到。

....

[13] 宋时称黄河八月之水汛为荻苗水。

"臣以为文枢使所言有理。"吕惠卿脸色沉重，用悔之不及的语气说道，"其实今日之祸，不唯是地方守吏揣测上意，导致胡乱花钱，亦是由于西事。朝廷财政本有节余，六月时，政事堂曾经商议要增拨款项用于防汛，奈何战事一起，捉襟见肘……"

听到吕惠卿的话，赵顼的脸色愈发的沉了下来。崇政殿中，各人抱着各人的心思，每个人所思所想，都不尽相同。众人一方面感觉文彦博与吕惠卿的话有道理，但另一方面，在心里也不免觉得这样推论，对石越并不公平。司马光本来对修路、用兵等事是心存不满的，但此时不知道为何，竟为石越委屈起来，因此噤口不语。他自然能听出来，文彦博的批评还可以说是就事论事，以批评政策为主；但吕惠卿的话，却是借着文彦博的话锋，完全将矛头彻底转为针对石越本人了。

朝中地位最高，而且明显平素互相不和的两位大臣批评的矛头竟一致指向石越，因此就连苏辙与韩维，都忍不住背上直冒冷汗。

"陛下！"一个中气十足的声音突然从苏、韩的后面传出，令殿中众人均吃了一惊，"微臣以为吕、文二位相公之言，有失偏颇！"

敢在皇帝面前，如此大声说话、肆无忌惮地直斥宰相之非的人物，只有卫尉寺卿章惇。"河防之事，臣亦略知一二。大河之所以有今日之祸，确如文相公所言，是人祸，非天灾。然人祸者，却非二位相公所谓者，其由来有自。国朝河政，向来儒臣不屑为，仁宗时遣顾临治河，士君子以为是贬低他；陛下曾遣司马相公修河防，吕公著亦说非所以褒崇近职，待遇儒臣。是天下自居清高者不愿为此，河防焉得有成效？又国朝河政，事权分散又相互牵掣，监埽使臣与都水监修官以及本州知州、通判同掌治河，一小事须四人意见相同，再上报工部、都水监，稍大之事，便须宰相首肯，皇上明旨，其中只需有一人意见不同，则无法施行，如此焉能成事？且各埽人工物料各自为政，无人统一调度，颇多浪费。臣以为，以此治河，大河有必决之势，今岁不决，明岁亦必决。岂可以此必决之河，归咎于石越？"章惇洪亮的声音，在崇政殿中显得分外响亮放肆，他似乎完全没有将吕惠卿眼中的怨毒放在心上，也没有在意文彦博铁青的脸色，只自顾自地接道，"以此次曹村之决而言，事发之后，微臣即翻阅卷宗，发现卫尉寺有一案件，便涉及曹村决埽！"

"是何案件？卿速禀来。"

"遵旨。"章惇大声禀道，"自熙宁十年四月始，卫尉寺便开始调查全国禁军、厢军、乡兵实际在役人数，以协同枢密院、兵部之兵制改革，且杜绝坐吃空饷之弊。"说到此处，章惇停了一下，突然想起陕西的向安北与段子介，若非二人调查吃空饷之事，也绝不会顺藤摸瓜查出高遵裕那许多事情来。他不易觉察地叹了口气，继续说道："卫尉寺在调查之中，发现曹村治河在役兵丁，仅仅十余人！臣已于六月廿五日，已将调查结果，转交枢府与兵部。"

他此言一出，文彦博与兵部尚书吴充不由大感尴尬。以二人的身份，自然不可能知道区区一个曹村在役河兵有多少人这样的小事，但此时，皇帝自然不会理会他二人应不应当知道。果然，赵顼冰冷的目光不带任何感情地扫过文彦博与吴充脸上，恶狠狠地重复了两遍："十余人！十余人！"

"曹村河兵，按理应当有厢军一个指挥的编制。"章惇却无视众人的目光，更无视此时殿中的情形，又火上加油地补充了一句。

"啪！"

巨大声音从龙椅上传来，赵顼瞪大了眼睛，满脸怒容地站起身来，厉声反问道："一个指挥的编制！"

"曹村关系重大……"

"一个指挥的编制，竟仅有十余人在役！"赵顼咬着牙，顾视殿中众臣，厉声喝道，"曹村不决堤，是无天理！"

"臣万死！"所有的大臣都一齐跪了下去。

"明日众卿将救灾善后的折子递上来，后日廷议！"赵顼怒气冲冲地丢下一句话，转身离去。在转过身的一瞬间，他心中涌起一种无力的感觉，他隐隐约约地感觉到：无论他怎么样努力，但若指望着这一班大臣，就永远也不可能达成他的目标。

"退朝——"赵顼身后隐约传来唱礼的声音，他突然有一种冲动，想转身回去，命令内侍不喊"退朝"，让那些大臣们一直跪在那里……

但这毕竟只能是他心中永远不能宣之于众的任性。

从崇政殿退出来的大臣们，脸上都看不出任何的表情。

文彦博没有和任何人打招呼，一瘸一拐地向枢府走去。他急着回枢密院调阅章惇所说的档案。一个指挥的建制，竟然只有十余人在役河兵存在，这只怕不仅仅是河政的腐败。

文彦博刚刚在枢密院坐好，正要吩咐文吏，便见有人过来禀道："陕西安抚使司押解一名犯官，一定要面见相公……"

"一名犯官？不见。"文彦博不耐烦地拒绝道，以他的身份，不可能处理所有的琐事。

"是。"

"且慢……"突然，文彦博突然想起什么，召回来人，问道，"你说是陕西安抚使司？"

"是。负责押解的有陕西路安抚使司的护卫，还有卫尉寺的军法官，道是见过相公后，还要提解至卫尉寺……"

"嗯？"文彦博奇怪地望了门外一眼，心知这般不合常理之事，其中必有蹊跷，当下说道，"便见他们一下。"

"是。"

当天下午。

卫尉寺。

"什么？"卫尉寺卿章惇听到向安北身死、段子介被送至枢密院的消息，腾地一下站了起来，他的心里不禁感到一股巨大的寒意，早朝之时在崇政殿的无畏与风光此时早已丢到九霄云外。

武释之垂首不语，静待章惇的训斥。不料等了许久，却没有听到一丝声音，他小心翼翼地抬头窥望，却见章惇怔怔地站在那里，脸上竟是一片死灰。

晚上。

尚书左仆射吕府。

灯光下，吕惠卿拆开一封书信，细细读着。很快，他的脸上，露出满意的笑容。

"邺国公、柔嘉县主、清河郡主、狄詠、石越……"卫尉寺发生了什么事情，吕惠卿自然也很感兴趣，不过今天章惇在朝堂上不惜得罪宰相与枢使为石越辩护，石越却在陕西与章惇作对，这件事情，一定很有趣便是了……吕惠卿不觉轻声笑了起来："宫闱之事，皇上也罢，太后也罢，自然都想隐瞒。不过此时皇上正在气头上，若是有个御史上书，搞得天下皆知……"

大宋的尚书左仆射，开始在心中拨弄起如意算盘来。

工部尚书苏府。

"想不到今日竟然是章惇出来仗义执言……"韩维对此很有几分感叹。

苏辙却摇了摇头，道："他其实也是有自己的算盘罢了。我辈不可沦入党争之中，计较这些个人的得失利害。当务之急，还是如何救灾善后。"

"公有何良策？"

"某已估算过，要使曹村决口重新堵上，需要三至四个月的时间，征集十万兵匠、三万役夫，材料约在一千万石至一千五百万石之间，米约要二十万石，钱约要十万贯。"苏辙的心情非常抑郁，尤其说到这些庞大的数字，声音都几乎轻得听不清了。

"所费如此之巨？"韩维不禁目瞪口呆。

"不错。这仅仅是曹村一处。"苏辙沉声说道，"还有数以百万计的灾民要赈济，许多百姓的收成也毁于一旦，朝廷理所应当减免赋税，还要帮助百姓重建庐舍。全部的损失，也许最终会达到上千万贯……"

"那即使是印刷交钞也解决不了啊……"韩维瞠目说道。

苏辙凝视韩维，诧道："难道公想加印加钞？"

"若不如此，朝廷哪来那么多钱？"韩维苦笑道。

"只怕是饮鸩止渴。"

"便是毒酒，亦只得喝了。早则今秋，迟则明春，西夏必定入寇，不早为之备，到时后悔无及。"

"这……"苏辙沉吟起来。

"所幸国家财赋粮米所产之地，未曾受灾。根本未动，还伤不了元气。"时至此刻，韩维也只能自我安慰似的说道。

"提前吧……"苏辙突然抬起头来说道。

"什么？"

"提前移民湖广。反正救灾也要花钱，设法将一部分灾民转入湖广地区安置。给他们锄头与犁，再招募一部分厢军，保护他们去湖广四路开山围湖垦田。"苏辙的眼中，闪动着一种叫勇气的东西。

"灾民需要的是安抚……况且朝廷准备不足。"韩维却无法想象如此大规模的工程这样仓促地开展。

"已经有前期的准备，也有一定有经验。"苏辙沉声说道，"明春可以从淮浙运种粮，还可以从占城、交趾购买种子，种子可以解决。农具由朝廷提供，垦田十年内不要纳税，所垦之田归本人所有，朝廷只要提供路费与过冬的衣服粮食……"

"这……"韩维被说得也有几分心动了。

"这也是个机会，否则朝廷多因循守旧之人，移民之事，百年难成。某听说已经有南方的商人至灾民中招募人手，远赴南洋诸岛开垦，盖因当地土人殆于劳作，虽重金不能招致，故有人便从灾民中招人前往，而亦有不少灾民迫于生计愿往。湖广四路，再偏僻亦是中华之内，为生计故重洋之外尚有人愿往，何况是湖广？朝廷亦不需勉强，只说明凡愿往湖广垦荒者，便发放粮食冬衣，否则只供给一半衣食，百姓必然乐从。"

"罢、罢！"韩维一拍桌案，朗声道，"某愿与公一同上书陛下。"

2

次日。

庆寿殿的气氛十分紧张，所有的内侍宫女都小心翼翼，连大气也不敢喘一口。两宫太后与皇帝、皇后谈论的事情，按理说内侍宫女是应当回避的，但是现在明显是没有回避的必要了。

刚刚从旱灾中恢复元气的大宋，马上又遭遇到特大水灾。而这个水灾之所以发生，却是因为人祸——这实在不能不让赵顼心头冒火，若非顾及历史上的令名以及知道朝中大臣必然反对，赵顼真想大开杀戒，将曹村的大小官员全部赐死，发泄心中的怒气，而不是"仅仅"流放至凌牙门充军。

因此在这个当儿，宫中所有的内侍与宫女，都是小心翼翼的，生怕触怒了皇帝，遭受池鱼之灾。毕竟本朝有不杀士大夫的习惯，但却没有不杀内侍与宫女的习惯，而不论是鞭挞还是杖击都不是容易忍受的。

可偏偏在这个时候，居然还真的有人敢来添乱！

枢密使文彦博禀报，陕西路监察虞候向安北、副使段子介调查高遵裕十大罪状，上报卫尉寺；卫尉寺卿章惇隐匿不报，反污向安北、段子介通敌，左迁凌牙门、归义城，向安北与段子介欲上京面圣，结果向安北被王则射杀。

致果校尉并非小官，竟然被无辜射杀，这件事本身就是了不起的大事了。何况向安北还是忠臣之后。更何况，这件事情的本身看来，极其恶劣！

从文彦博所说的复杂案情来看，赵顼已经知道此事必然要成为轰动天下的大案。

然而事情还不止于此，与此同时，陕西路监察御史景安世也上表弹劾郧国公赵宗汉闺门不肃、郡马狄咏无大体、石越行止失大臣体统。

还有，柔嘉县主赵云鸾居然出现在京兆府！

这叫宗室脸面何存？

赵顼还只以为柔嘉是和清河玩惯了，所以大胆妄为，因此他心里怪罪的还只是狄咏全不知礼节为何物，所以还在奇怪为何说石越"行止失大臣体统"。而两宫太后与皇后却是隐隐已知道柔嘉为何会去京兆府了，但这种事情，无论如何是不能公开说出来的。

这一连串的事叠加起来，赵顼几乎气恼得完全说不出话来，皇后却顾及高遵裕是高太后的从叔，默默地不敢言语。曹太后与高太后则脸色铁青，却是不知道该做何说。庆寿殿中的气氛真似凝滞了一般。

"官家！"高太后终于出言打破沉寂，"官家可知道为何要把皇帝称为'官家'吗？"

"请母后赐教。"赵顼不觉愕然，不知道为何高太后会问这不相干的事情。不过他的确也不知道为什么皇帝被称为"官家"，只是因循习惯，人家这么叫，他便这样听，所以亦不禁有几分好奇。

高太后淡淡说道："所谓'三皇官天下，五帝家天下'，因为皇帝要至公无私，所以才称为'官家'！一个贤明的皇帝，没有自己的私爱、私财，皇帝是代表上天来治理天下，天下的子民对于皇帝来说，都应当一视同仁！"

"儿臣谨受教。"赵顼肃然拱手答道。

"既然皇帝是'官家'，那么，高遵裕是官家叔公这件事情，可以不提。他若犯法，自有国法绳之。我高家世代忠良，祖宗有灵，亦不容子孙沾污家门。"高太后从容说道。

曹太后赞赏地点了点头，也说道："古来若有外戚为祸，全是宫中纵容，官家当戒之。"

向皇后看了曹太后、高太后一眼，却低声说道："臣妾本不当多嘴，但是高遵裕甫立大功，便非外戚，按理亦当优容之。若观其罪状，太祖时开国功臣，大多有过之而无不及，太祖亦不曾加罪。且向安北之死，只恐是章惇自为亦不可知，高遵裕却未必知情……"

"章惇与高遵裕有何交情，要这么维护他？竟不惜杀死朝廷之致果校尉！"高太后严厉地看了向皇后一眼，厉声喝问。

"外臣不知太后公正，不愿得罪，亦是有的。"赵顼连忙说道。他心中虽然怪高遵裕不争气，但是这毕竟不是什么谋反的大罪，高遵裕在西北地区的存在，是有特殊意义的。不过，眼下事情闹得这样大，赵顼不能不感到头痛。

"这是外事，由官家处置便是。"曹太后摆摆手，制止了还想说话的高太后，她也知道高遵裕在西北领兵的意思，"只是十九娘的事情……"

"她是越来越胆大包天了！"赵顼此时便将怒气发泄到了柔嘉头上，一边恨恨地道，"狄詠与十一娘也太不知道轻重。"他想起了狄詠的抗令，心中怒气愈发难以抑制，"此事关系到皇家的颜面，不能不严惩，否则必被天下人议论。"

"官家的意思是？"向皇后低声问道。

"赵宗汉教女无术，削公爵，徒往西京，交宗正寺议罪；削清河郡主封号，黜为县主，狄詠削勋号，官秩贬三级！令石越上表自辩，再定其罪。至于柔嘉……"赵顼说到这里，停了一下，方咬咬牙说道，"贬为庶民，给她择个人家嫁掉。"

"官家！"向皇后不料赵顼处置如此之重，忙求情道，"以十九娘的性格，若是逼她嫁人，只怕她不会活下来……"

"不如此，不足以封天下人之口！"赵顼狠狠心，转过身去，道，"现国家多事之秋，朕没有多余的精力来应付这些事情，须得快刀斩乱麻。"

"但请官家念在手足之情。"向皇后是深知柔嘉性情的，更知赵顼其实一贯疼爱这个妹子，而且从小看着她长大，手足之情极为深厚，因此生怕皇帝此时在大怒之下竟铸成大恨，日后追悔莫及，因此"扑通"一声，竟是跪了下来，求道，"贬为庶民，已足以警诫了。此时嫁人，官宦之家，谁愿意娶一个得罪皇帝、削去封号的女子？若所嫁非偶，日后不幸，官家他日悔之何及？况且以十九娘的性格，必是宁死不从的。

官家要逼死她吗？"

赵顼背朝着向皇后，沉默良久，终于低声说道："娘娘是后宫之主，柔嘉就请娘娘发落吧。"

曹太后看了赵顼一眼，又看了向皇后一眼，暗暗叹了口气，低声说道："削去柔嘉的封号，让她到宫里来侍候我吧。"

"谢娘娘恩典。"

"便依娘娘吧。"赵顼在心里叹了口气，忽然间想起小时候抱着柔嘉看戏的事情，心中忽然柔软，眼睛竟是一片湿润。但也只是一瞬，他便猛地警觉，见没人看见，赶忙小心地擦干眼睛。

熙宁十年十月。

枢密院受皇帝诏书，着高遵裕在渭州养疾，暂停高遵裕除渭州知州以外的一切职务，由种谊代统其军；紧接着，卫尉寺卿章惇亦染疾，卫尉寺事务由卫尉寺丞暂时代理；而到任仅约一月的陕西路监察虞候王则，亦接到命令入京述职。之后，御史中丞邓润甫，受诏亲自调查高遵裕案与向安北案。

与此同时，各地的邸报，也提及了皇帝对郕国公赵宗汉、清河郡主、柔嘉县主、郡马狄咏的严惩——但这两件事情，以涉及军机与皇室为由，包括《皇宋新义报》的各家报纸都被明令禁止在五年内予以报道。

因此，虽然在朝廷之中，官员们一片哗然，但是有过经验的大宋朝廷，用果断的手段，总算避免了天下舆论带来的铺天盖地的压力。

不过这次皇帝其实是多虑了，因为天下百姓真正关心的，还是黄河决堤后引发的大水灾。无论是《汴京新闻》还是《西京评论》，几乎整版都是在报道着各地的灾情，以及朝廷的救灾措施——包括曹村堵住决口的工程，朝廷为救灾增发一百万贯的交钞，苏辙以戴罪的身份主持工部事务，充满争议的湖广移民计划提前进行；蔡京在杭州举行了前所未有的捐款活动——对此，《西京评论》评论道：蔡公之捐款活动，虽然其心可嘉，然实为史上最杰出之敛财之法！后世必有效之者……

而此时身在洛水之畔的郿州的石越，才刚刚接到让他"上表自辩"的诏书。

3

时间回溯，西夏。

一叠整整齐齐的报纸递到文焕面前。

文焕诧异地抬头，看见李清的眼中竟有同情——不，是怜悯之色。

文焕心中"咯噔"了一下，接过了那叠报纸。

这的确是大宋的报纸，从《皇宋新义报》到《汴京新闻》《西京评论》《海事商报》，应有尽有，从日期来看，都是过期了的，而且时间也不连续，显然是特意挑选出来要给自己看的。文焕却不知道，这些报纸对于李清来说，其实也是"最新的"。因为将这些东西带出大宋国境，远比想象中要困难得多。

"此木何不幸，羞作汉奸门"一行刺目的大字猛然跃入文焕的眼帘，十个大字宛如十把尖刀同时刺向他，文焕的手顿时哆嗦起来。

"宋朝人以为你降夏了。"李清早已将这一切都看在眼里，见他惨然变色，便淡淡地说道，"如今朝野舆论，皆欲杀你而后快。那些人不用自己亲上战场，所以说起大话来，自是一个比一个容易。据说还有些读书人写了这副对联，贴在你家门上，极尽羞辱之能事。若根据这些报纸所说，宋朝虽然没有学汉武帝，诛你全族，但只怕现在你家的情况也好不到哪里去——令尊已经被这副对联活活气死了；令堂与你的兄弟姐妹们出门都不敢抬头见人！他们什么都不知道，却都以你为耻！"

文焕心中激烈震动，只觉得眼前的一切，似乎全不真实，但眼前却只觉得天昏地暗，铺天盖地地压向自己，几乎是一瞬间，他便顿时失去了所有的力量，只剩下一双手还麻木固执地翻动着手中的报纸。

"你已经身败名裂，还辱及祖宗！"李清轻轻冷笑着，这笑声显得格外尖锐刺耳，"你们族里已经公议，你父因为生了你这个汉奸儿子，死后都不得入葬祖坟！"

"你说什么？"文焕不知哪里来的力气，竟腾地站起来，眼中似有火焰燃烧待要喷射出来，一双手青筋暴露，早已将报纸捏成一团，紧紧攥着。

李清却直视着文焕眼中的怒火，目光毫不退缩："我可没有一个字说谎，所有的一切，都来自这些宋朝的报纸。你忠心的宋朝，已经抛弃了你！他们根本一无所知，只是仅仅因为听信了你投降的谣言！"

"这定是你的诡计！"文焕大吼一声，然后猛地一拳，挥向李清。

李清挥手架住，厉声喝道："你该醒醒了！这些报纸，夏国可仿制不出来！你仔细看看这一篇文章，这些细节，夏国有这个能力伪造吗？夏国谁又能知道你老家在哪里？谁又知道你家里这许多的详情？"

文焕紧紧咬住嘴唇，一言不发，鲜血一丝丝地从他的嘴角渗出。

他本来是这个家族的骄傲，但如今却变成了害死父亲、累及家人的罪人。这是何等巨大的转变？他此时还没有流下眼泪，只不过是因为眼前立的，是他的敌人。

"休说你不曾降夏，便是降了夏国，又如何？你家人又何辜？你曾经为宋朝皇帝卖过命，拼死战斗，有什么理由你非要为那个宋朝把命都丢掉不可？是谁说你只要不为了那个宋朝把命都赔掉，便是付出过再多，也是个罪人？"李清的话如尖刀一样划过文焕的心，"他既不仁，你何必义？他既诬你降敌，便真降给他看看又如何！"

"我和你不一样。"文焕咬着牙，一字字地说道。

"你和我的确不一样。"李清冷笑道，"但是在宋朝人眼里，现在都已一样。汉奸，逆臣，降将！我比你幸运的是，我没有父亲可供他们来气死！"

文焕恶狠狠地瞪了李清一眼："我只恨我没有早自杀，结果累及父母，如今悔之无及！"

"你现在自杀，却已经来不及了！"李清讥讽地说道，"你若是死了，便是真相传到宋朝，也别以为那些曾经嘲讽过你，逼死令尊的人会有一丝后悔与内疚。他们一定会对自己说，虽然他们误会了你，但这是因为你不肯自杀而导致的，或者说这是职方司的错误误导了他们，他们并没有错！他们永远不会错。哪怕他们气死了你父亲，但是罪魁祸首，可以是除他们之外的任何人，却绝对不会是有气节的他们！哪怕找不到人来当替罪羊，他们也会将一切归之于天，让老天来当替罪羊！"

文焕的指甲掐进了肉中，鲜血冒了出来。

"我若是你，我便不会死。伍子胥当年若自杀，不过是多一个冤案罢了。大丈夫当快意恩仇，鞭尸还怨！"

"快意恩仇？"文焕望着李清，突然笑了起来，笑容之中，竟有浓浓的讥讽之意。李清想过文焕种种反应，唯独没有想到他竟然会笑起来，不禁吃了一惊，当下倒退一步，端详起文焕来，却听文焕淡淡地说道："我不曾想过要快意恩仇。"

李清正要说话，只听文焕又说道："我文家世代簪缨，我自束发，即知要忠君爱国。虽不能以死报国，不过是图此身有大用尔。"文焕闭上眼睛，想起少时读史书时读到南霁云之死，折腕叹息情形，叹了口气，接着说道，"不料今日竟悔不能效南八之死，以致累及父母。唯恨大宋竟无一人知文某者！"

李清听到这里，也暗暗叹了口气，暗道："未必无人知你。只是一人之知你，又如何能与天下之恨你相抗？"

又听文焕继续说道："我文焕此心，于大宋无所负。天人可鉴，是大宋负我，非我负大宋！"说到此处，他顿了一下，方怆然道，"今日，文焕降矣！"

李清虽知逢今日之事，不降者十无一二，但文焕亲口说出来，却亦不禁喜形于色。他急欲招降文焕，是想引为臂助，协助秉常掌权，以实行汉化改革，需知以文焕"宋朝武状元"的身份，在人才缺少的西夏，必然受到重用。

当下李清忙上前，握着文焕的手，朗声笑道："贤弟能想通此节，兄必不敢负于贤弟。贤弟在西夏，必得大用，他日成就，在我之上。"一面转过身去，向屋外高声呼道："来人，快给文将军洗漱更衣，好去见主公！"

文焕绝望的眼睛静静地望着李清的背影，眼中却忽地流露出一抹一闪而过的嘲弄之色。

4

西夏大安三年八月。

兴庆府承天寺。

"阿弥陀佛！"一个五十来岁的僧人身着一袭灰布袈裟，高宣佛号，信步走向高达一十三级的承天寺塔之下。恰逢一阵微风吹过，承天寺塔上各层檐角所挂铁铃一齐丁当作响，一个正在瞻仰这座西夏国内著名佛塔的白衣男子便在这铃声中转过身来，朝僧人微微一笑。若是知道的人见着这副场景，必然大吃一惊。原来这白衣男子竟是大宋枢密院职方馆知事司马梦求！而那走过来的僧人，赫然便是如今在兴庆府颇享盛名的明空大师！在司马梦求的身旁，还一左一右伴立着两个童子。

"大师别来无恙！"眼见明空走近，司马梦求双手合十，垂首朗声问候。

"司马公子一路辛苦。"明空在司马梦求五步之外站住，合十答礼。

"谈不上辛苦，陕西的兄弟们一路护送，十分周到。"司马梦求微笑着注视明空，说道，"在下此来，顺便带了一点儿礼物，算是在下的布施。"说罢，朝身边一个童子微微点头，那个童子连忙从怀中抽出一张红色纸帖，双手递给明空。

明空接过来，略看了一眼，便揣入怀中，道："多谢司马公子。"

司马梦求微微点头，看了一眼四周，见佛塔之外，古柏青松之间有不少人影忽隐忽现，又问道："不知此间说话方便否？"

明空笑了笑，移目四顾，缓缓答道："此间再无外人。"

"那便好。"司马梦求沉吟了一下，说道，"大师在兴庆府做得甚好，皇上已经许诺，只要收复河西，便封大师为圣明持国法师，为河西佛寺众僧之首。大师在俗家之子弟，可荫二人为官。"

明空眼中闪过一丝喜色，向北垂首弯腰，双手合十谢道："臣谢皇上隆恩。"

"石帅早曾与智缘大师有言，凡大宋威德所至，必同是儒、释、道三教昌隆之所在。佛家欲普度众生，便当先助大宋成功，大宋成功，佛教亦当昌盛！"司马梦求的语气非常平淡，但在明空的心中，却如同有一团炽烈的火焰在燃烧。

虽然朝廷中充满争议，但是宋朝鼓励佛、道二教在环南海地区传教，已是众所周知的事实。整个政策虽然被很大一部分不信佛道的士大夫与儒生戏称为"祸水南引"，但是却毋庸置疑地被推行着，并且得到许多士大夫别怀他意地支持。

自熙宁九年起，宋朝朝廷就已经下达公文，凡是持祠部许可文书至海外传法的僧尼，由市舶司支付单程船费；而自熙宁十年起，宋朝所有僧道，皆须在海外传法五年以上，剃度或收受弟子三十人以上，方可升为方丈、住持、观主。与道士们的心不甘情不愿不同，大批的宋朝僧人在普度众生的信念的支持下，远渡至环南海诸岛，传播已经中华化的佛教，当然，顺便也会教授汉文——并非每个宋朝和尚都懂梵文的。为了管理海外的宋朝僧道，或者说主要是为了替太皇太后与宋朝皇帝陛下祈福，宋朝的皇太后，还私人捐资在宋朝领土的最南端凌牙门修建了一座南海护国寺与一座上清观。

这些还仅仅是公开的措施，在暗地里，在石越的推动下，枢密院职方馆在智缘等许多高僧的帮助下，与辽国、西夏、大理以至于高丽、日本国的一部分僧人，都建立了程度不同的良好关系。明空本人就是其中之一。才智出群，曾经远至天竺取经的明空，其实却是个因为家贫半路出家的和尚——甚至他的度牒钱都是智缘替他出的。不过这丝毫不妨碍明空这个并不怎么纯粹的僧人，拥有自己的野心。所以他才在智缘的引荐下，接受大宋枢府职方馆的“布施”。

“蛮夷之国，便是信奉佛祖，亦终不能如大宋一般护法，贫僧听说如今西域一带，已有异教传入，信奉佛祖之民渐少，而信异教之民渐多，若大宋不能早日收复河西，非只是大宋之不幸，亦是释家之不幸。”

“大师放心。”司马梦求看了一眼高耸入云的佛塔，笑道，“用不着大师等许多年，此地终当复归中土。”

“如此甚幸。”

司马梦求又说道：“在下来怀远郡，尚另有一事。”他口中的“怀远郡”，是兴庆府在唐代的称呼。

明空微微一笑，双手合十，高宣佛号，问道：“可是为武状元降夏一事？”

“正是。”司马梦求脸色沉了下来，咬牙说道，“一直以来，陕西房都查不到文焕那厮的下落，不料便在十余天前，此贼竟已被夏主封为汉字院学士兼御围内六班直副都统，妻以仁多族之女，出入随扈，夏主又为他营造府第，极尽亲宠！此贼世代官宦，为大宋武状元，其没于西夏，石帅又上折为之辩护，不料竟然真已降敌，真是忘恩负义、无父无君之徒。”

明空淡淡听司马梦求说完，问道：“司马公子之意，是欲设法为大宋诛之？”

“正是！”司马梦求傲然道，“他在大宋时，亦曾往来石学士府上，与某有旧。然如今既做贼，某自当持其首级回见皇上！”

“文某之事，贫僧亦曾听闻一二。”明空沉吟道，“他与汉将李清，皆是夏主之亲信，二人日夜常伴夏主左右，皆见信于夏主。夏主以文某本是大宋武状元，待之尤厚。只是闻听文某出入常有护卫亲兵相伴，若要行刺，并非易事。”

"正为此事，欲与大师谋之。"

明空面色凝重，垂眉沉吟半晌，方说道："此是西夏国腹心之地，公子能平安来此，已是异数……除非公子有空空儿、薛红线那般本事，否则能否行刺成功尚未成可知，不能全身而退却是必定之数，此匹夫之勇，所得不足偿所失也。公子为朝廷干城，不可为一区区降将，轻行专诸之事。"

"话虽如此，但文焕亦不能不除。"司马梦求岂能不知其中的风险，但是陕西房知事身负重任，不可轻易暴露身份，而旁人却难寄此任——若想完成这个任务，不仅要有过人的本领，还需有必死之决心。

职方馆自创建以来，不过几年时间，这个机构的主要任务只是替宋朝军方搜集情报、策反官员。在西夏这个地方发展的细作，绝大部分是依靠金钱与官爵收买；只有极少数骨干，才是出于对大宋的忠诚以及一些信念上的原因，为职方馆效力。毕竟对于身居西夏的人们来说，哪怕是血统纯正的汉人，从职方馆所了解的情况来看，也并没有如同国内一些秀才们所想当然的那样，对于恢复汉族的统治抱以热烈的期望并且愿意为之牺牲，恰恰相反，越是深入到西夏的腹心之地，当地的居民越是可能为了西夏国而拿起武器来与宋朝战斗——哪怕是汉人，亦不例外。从职方馆搜集的情报分析，西夏国内大部分居民，无论番汉，亦无论贵贱，他们更关心的，恐怕还是自己的利益是否受到侵犯——只有这件事情可以最终决定他们的倾向性，而并非那虚无缥缈的"夷夏之防"与"君臣之义"。这样的情况同样适应于被契丹人占据的燕云地区，职方馆对燕云地区更为详尽的情报分析，曾经直接击碎了宋朝从皇帝至大臣们心中普遍存在的一种幻想——以为只要大宋军队北上，当地的汉族居民就会箪食壶浆以迎王师。职方馆甚至认为，如果将来王师果真北上收复燕云，一定会有相当的汉族官员为辽朝皇帝尽忠，而对于普通居民的期待，最多也只能寄托在中立这样的范围之内；真正能为宋朝所用的，也许只有僧道与商人。

而西夏的情况显然更糟，因为在梁太后与梁乙埋的统治下，西夏与宋朝的关系不断交恶，冲突不断，商旅断绝。职方馆甚至只能依赖于辽国商人来收集西夏的情报——不过这显然不属于陕西房管辖。

因此，当司马梦求决定要刺杀文焕之时，突然发现，要么他就要暴露陕西房知事的身份，要么他就只能亲自动手——司马梦求还不至于愚蠢到敢在西夏的腹心之地募集刺客。

不过无论如何，司马梦求同样也没有想过要拿自己的生命去与文焕同归于尽。这并非是司马梦求吝惜自己的生命，而是他认为文焕的生命还不值得他牺牲自己。所以他才来找明空谋划。但明空的回答，显然不会让他满意。

"无论如何，要请大师代为谋划，只要能探听出文某有何喜好习惯，便不难设法接近。"

明空不知道司马梦求为何一定要杀文焕才心甘，但是毕竟司马梦求是宋朝枢府职方馆知事，他既然如此说了，亦不好拒绝。他沉吟许久，方勉强说道："文某之喜好习惯，兴庆府想必知之者少，且听闻他除与夏主及李清见面之外，便常常闭门不出，亦不接客……不过，贫僧勉力打听便是。"

"多谢大师。"

5

兴庆府外的围场，内着铁甲、外裹锦袍的文焕捡着一只身中羽箭的大鹰，策马向夏主秉常马前跑来。脸上尚带着稚气的秉常笑吟吟地望了文焕一眼，挥鞭指着文焕，向身边的李清笑道："不料宋朝亦有文将军这样的善射之士。"

李清微微欠身，一脸郑重地答道："宋军重射术，善射之士不在少数。若据文将军所言，宋朝现已在编修《步军典范》，其中似有规定士卒之射术，不仅须能及远，亦须能中的。此事不可等闲视之。陛下试想，若是宋朝神臂弓部射中之能提升三成，我军当以何应敌？"

秉常的笑容凝固在脸上，半晌说不出话来。

"宋军近年来屡战屡捷，又不惜耗费国帑，将军队全部整编，装备昂贵之新式武器，其志不小。"李清继续说道，"反观诸国，辽国虽新君立足渐稳，然而杨遵勖割据之势已成，耶律乙辛负隅顽抗，其困兽之勇，固出人意料，然于辽主却非福音，如此以久，辽国国力必然削弱。大理国内争权夺利，权臣秉政，于宋朝本不足为患，如今更是慑于宋朝之威，一岁竟至三遣贡使！此为宋朝开国以来未有之事。而我大夏屡败于宋，兼之陛下即位未久，威信未立……"李清说到此处，见秉常的脸色已渐渐严肃，他顿了一下，凝视秉常一眼，欠身说道："恕臣万死，臣以为今日之事，大夏国有亡国之忧！"

"你是忠臣。"秉常勉强挤出笑容，回头看了文焕一眼，见文焕离自己已不足五十步，他向文焕招了招手，示意他过来，又转身对李清说道："说话无需顾虑太多。"

李清抬头看了四周一眼，见除自己和文焕之外，四周卫士皆是秉常心腹，暗暗点头，又向秉常说道："陛下可否屏退左右说话？"

秉常看了李清一眼，又环视四周卫士，半晌，方点点头，挥手高声说道："尔等退至百步以外！"

"遵命！"众卫士一齐躬身应道，一齐退了下去。文焕愣了一下，正要随着众人退下,却听李清喊道:"文将军,你过来。"

文焕顿时愣住了,他看看李清,又看看秉常,眼睛霍然一亮,一丝炽热的光芒从眼中一闪而过,握弓的手背,青筋根根暴露。

却听秉常转过脸来,向他笑道:"文将军不必回避,可过来说话。"

"是。"文焕点头答应,正要策马过来,却见李清皱眉望了他一眼,指着他手中的弓与腰间佩刀,示意他摘下了。

文焕心中一凛,连忙将弓与佩刀取下,丢在草地上,策马走过来,向秉常欠身行礼。

"不必多礼。"秉常回首顾视李清,说道,"现在再无外人。"

"陛下!"李清喊了一声,从马上翻身而下,拜倒在地,沉声说道,"臣有一言,敢冒死献于陛下座前,陛下若得见信,是陛下之幸,若不见信,臣愿一死报陛下知遇之恩,唯请陛下能善待臣的家人。"

秉常见李清说出如此严重的话,不由一怔,道:"你我君臣相知,自古罕见,有事直言,必不加罪。"

"谢陛下。"李清向秉常郑重叩首,方说道,"陛下可知今日之国势否?"

"请将军明言。"

"当今大夏,有必亡之势!臣不敢不言于陛下面前。"

秉常挤出笑容,说道:"虽有平夏城、讲宗岭之败,似亦不足以言亡国吧?母后常言,大夏今日国势,胜太祖太宗开国之时百倍,当时犹不亡,今日更无亡国之理。"

"哪朝哪代亡国之前的形势,不比开国之时好上百倍?"李清无礼地反驳道。

秉常听到这话,却也是一怔。他喜好汉文,也曾经读过华夏史书,细细思来,却的确如李清所说。

"臣敢问陛下,太祖太宗开国之时,可有女后当权,可有外戚专政?臣敢问陛下,太祖太宗开国之时,宋朝可有今日之繁华?如今大夏内则有女后外戚,专擅兵威;外则有宋朝君臣协力强国变法,步步进逼。百姓们困于赋役之重,朝不保夕;贵族们却耽于享乐,宁可将钱交给佛寺,也不愿意让给百姓!诸番落苦于刻剥,怀贰心久矣。兼之与宋交恶,贸易不通,商旅渐绝,朝野物用匮乏——长此以往,国无不亡之理!何况陛下当三思之,今日之大夏,究竟是姓嵬名氏?还是姓梁氏?"

李清一番质问,问得秉常默然不语。

"梁乙埋本不会用兵,其秉兵权,无非是为一己之私利。但是大夏国,却是经不起梁乙埋的几番折腾了。若是他将精兵丧尽,陛下要用什么来统治国家?"

"太后只道用番礼胡俗,便可以保全国家。然而陛下可知否,连辽主那等英主,都大力推行汉化,俨然更以中国自居。陛下为一方天子,岂能自甘与蛮夷为伍?何况若用胡俗,便当逐水草而居。一旦筑城池宫室,垦田耕种,尚欲久存胡俗,以陛下之明，以为可得乎？陛下又以为这兴庆城中的贵人，有几人能真正少得了宋朝的丝绸瓷器？连素恶汉物的太后宫中，还摆着一座宋朝制造的珍珠座钟呢！"

"那将军以为……"秉常抿紧嘴唇问道。

"陛下要想不亡庙，保全宗庙，以臣之愚见，唯有一法：与宋朝修好，恢复市易。同时在国内改革，推行汉制，削减一部分贵族特权，减轻百姓赋税，善抚诸部之心。只要两国有一段时间不交战，战士们便可以放归部落，牲畜就会繁衍，土地就有人耕种，百姓们就会拥护陛下。纵使宋朝进攻，其国内必有反对战争之压力，其外则要背负恶名，而我大夏却同仇敌忾，且有沙漠为险，彼劳师远来，与我全国为敌，无天时地利人和，岂有不败之理？"

秉常沉吟半晌，道："然太后必不肯同意此策。"

"故此当务之急，是陛下要掌握兵权，名副其实地亲政！而要掌握兵权，便是要设法除掉梁乙埋，孤立太后！"李清毫不犹豫说道。

"不错。"在一旁一直侧耳倾听的文焕突然插话道，"自古以来，未有阴盛阳衰而国家兴盛者。梁乙埋专权日久，未必没有取而代之之心，陛下不可不防。"他说到这里，见秉常将目光移过来注视自己，连忙垂下头去，继续说道："陛下可知，臣在宋朝之时，宋人皆只知大夏有梁乙埋、梁太后，不知大夏有陛下！"

秉常听到这话，顿时怒气上涌，厉声道："岂有此理！"

"陛下息怒。"李清连忙劝道，一双眼睛紧紧盯着秉常那匹不停地刨着地面的坐骑的马蹄。

"要掌握兵权，并非易事。"秉常抿着嘴唇，半晌，方说道，"我大夏之制度，各部落之兵权实在各部贵人手中，既欲削其特权，如何能得其支持？"

"凡事皆要一步一步来。"李清见秉常已有动心之意，顿时大喜，说道，"陛下在亲政之前，不必让诸部落贵人知道要削其特权。首先要掌握兵权。十二监军司实权皆在各部头领手中，此辈既不足为恃，亦不足为惧。无论如何，十二监军司的部队，只会听从掌握兴庆府的人之调动。因此，所谓兵权，实际上便是对兴庆府附近二万五千人的卫戍军的控制权。"

当时西夏真正最精锐的部队，并非是名震西北的"平夏铁鹞子"，亦非是"步跋子"，而是常驻兴庆府及其附近城市关塞的卫戍军与"御围内六班直"。这两支部队，是自夏景宗元昊以来，西夏最根本的军事力量，其成员都是从各部落中挑选出来的最勇猛的战士。其中卫戍军人数正军在五千至二万五之间，副兵多达七万余人，装备为西夏诸军最精良。而"御围内六班直"，则是由西夏国主亲自掌握的一支精锐部队，人数在五千左右——其组成成员全部是西夏各部落头领的亲属以及夏主的心腹部将，在某种意义上，这只侍卫军，也同时是"质子军"。

卫戍军与"御围内六班直"之所以声名不显，是因为这两支部队毕竟不是经常冲杀在第一线的军队。他们永远是和西夏国的最高统治者待在一起。反过来说，谁真正掌握了这两支部队，其就是真正意义上的西夏国的最高统治者——这句话也同样成立。

这些浅显的道理，秉常与李清都是明白的。而文焕，这段时间以来，也渐渐明白了。

"但是卫戍军的统军将领，一向都是母后的亲信……"

"不错。"李清猛地抬起头，一双眼睛炯炯注视着秉常，从容不迫地说道，"但是陛下别忘了，国玺在陛下手中！陛下才是天命所归的西夏国君！"

秉常在心里苦笑："这也需要那些卫戍军的统军将领相信才行。"这点自知之明，他还是有的。

却听李清继续说道："所以，陛下夺回对卫戍军的控制权并不难。"

秉常的眼睛霍地一亮。

"臣有上下两策，请陛下决断。其上策，陛下可不动声色地完成控制御围内六班直，然后趁正旦，或者陛下生日之时，用御围内六班直幽禁太后，再学刘邦夺韩信兵权故事，轻骑入卫戍军，以迅雷不及掩耳之势夺其兵权。然后颁一道诏旨，召回梁乙埋或者就地赐死，其不敢不遵。如此只要行事机密果决，陛下便可大权在握。"

"下策又如何？"

"梁乙埋一直鼓动陛下亲征，陛下可将计就计，允其亲征。于天都山点兵之时，赐梁乙埋死，然后举军向西，以外兵制内兵，则大事可定。此为下策。然此策若是太后随行，则不易施行。且梁乙埋老奸巨猾，未必有机可乘，一旦被其发觉，只恐陛下反受其害。"

秉常垂首思忖良久，目光移向文焕，问道："文将军以为如何？"

"末将以为，当机立断，便为上策，拖延不决，即是下策！"文焕的眸子，说不出来的深邃。

秉常执鞭思忖良久，摇头道："兹事体大，容朕三思。"

李清与文焕迅速交换了一下眼神，不约而同地微微叹了口气。

十余日之后。

兴庆府西不足百里，贺兰山腹部。

西夏十二监军司，其中以驻扎在贺兰山区的克夷门的右厢朝顺军司离都城最近。但是因为西夏在西向并没有值得一提的国防压力可言；而且，贺兰山以西，便是如同大海般无垠的腾格里沙漠，因此，右厢朝顺军司的军事力量，至少在此时，实际上是一支拱卫都城的军事力量。它一方面可以快速救援都城，另一方面，在万不得已的情况下，可以保护西夏国的君主与贵族躲入沙漠深处，为党项族保留元气，以图再起。

自从宋仁宗天圣六年，还不是太子的元昊率军消灭一直与宋朝夹击西夏的甘州回鹘，又成功夺取凉州之后，在天圣八年，亦即元昊即位的前两年，瓜州回鹘与沙州回鹘相继降夏。从这时候算起，兴庆府已有四十七年没有受到过任何形式的军事威胁了。所以，现在的贺兰山区，与其说是军事天险，不如说是佛教圣地更为贴切。在贺兰山区，到处都凿开了大大小小的石窟，用来供养佛像——这已经成为西夏有钱人的一种习惯。

司马梦求是第一次如此深入西夏人的腹地，不过此时的他，却是剃光了头顶，穿耳戴环，戴着毡帽，穿着"羽服"——实际是一种皮衣，着皮靴；腰间束带，上面挂满了小刀、小火石等物件，胯下还骑着一匹挂满了铃铛的骆驼。若是从形貌来看，已经完全是普通西夏人的样子了——只不过对于要执行元昊所下达的秃发令，司马梦求显得十分无奈。汉人讲究的是身体发肤，受之父母，不可损伤。像这样剃发，如果放在宋朝，绝对是一种不亚于鞭刑的严惩，好在还有一项毡帽正好遮住了被剃光的那一块头顶，只从外表看来，司马梦求倒并非秃头——西夏人的秃发令，仅仅只是需要剃光头顶正中圈的那一部分头发。

其实，即使是在西夏国内，秃发令的执行与否，也与阶级地位有关。自从元昊死后，此令早已渐渐松弛，贵族是否剃发，完全取决于个人的爱好。但是以司马梦求的身份，如果不想引人注目，这样做是最明智的选择。

与司马梦求一道的，还有他随行的两个童子，以及两个陕西房派来的向导。他们的目的地，是位居贺兰山腹部的一处石窟。

一路之上，司马梦求一行人并未遇到任何查询，显然因为这里是西夏人的腹地，人们的警惕性反而不高。

然而司马梦求却始终不敢掉以轻心。根据明空的情报，文焕在两日前受夏主的命令带着一支百人的小分队前往贺兰山某石窟迎接一位高僧的舍利至承天寺供奉。虽然一百人的御围内六班直侍卫绝非是可以轻视的，但是在司马梦求看来，这已经是绝佳的机会。至少贺兰山区的佛寺中，文焕身边的警戒，就不会如同在兴庆府这般森严，而且在贺兰山区，得手之后，也更容易逃脱。一面在心里盘算着如何对付文焕，一面小心观察着周围的一切，很快，司马梦求等人便进入了贺兰山区。

贺兰山区的某座小寺之内。

文焕正在灯下仔细地翻阅着一本佛经。这本佛经是用西夏文字书写的，难得的是，在西夏文字之外，还有汉字对译。他既身为"汉字院学士"，其工作便是替夏主将西夏文字的相关文书，译成汉字，因此，需要精通番汉二语，却也是形势所迫。不过，对于文焕来说，精通番语，还有更重要的目的。因此，他学习西夏文字倒是非常积极。

西夏文字本是夏景宗元昊出政治目的而创建，其文字与汉字虽然一样是方块字结构，但是字形比起汉字来，更加繁复难学，而西夏文字亦被西夏统治者出于人为的目的而抬高，在另一个时空的历史上，一直到十余年后，秉常的儿子崇宗乾顺登基，建立"国学"[14]，彻底纠正专重夏字、夏学而轻视汉文明的偏向之后，西夏文治方面才开始取得让人瞩目的成果。而西夏文字实际上也是乾顺以后，才开始取得真正的生命力，并且依托西夏上百年的政权，在民间扎下根来，一直延续至明朝方才消失。在此之前，西夏文字不过是一种政治上的文字而已，它最初创造的目的，甚至不是为了学习汉族的优点，以文字来提高党项人的低水平文化。其存在的意义，不过是元昊为了在外交关系上突显其独立性，将文化心理上的自卑以一种自负的形式展现出来而已。

文焕自然是不可能了解这一切的。不过这丝毫不会妨碍西夏文字的繁复难学对文焕带来困扰。"是如我闻……"轻轻地用西夏语读出这个四字来，文焕一时间竟是愣住了，"是如我闻？这是何意？"他合上佛经思忖了一会儿，终究不得其解，又随手翻开一页，又认出几个字来："皆是言唱？"

"这是什么狗屁东西？"文焕愤怒地将佛经摔到桌上，不觉骂了出来。

"你也知道这是狗屁东西！"突然，窗外传来低沉的声音，声音竟让文焕感觉有一点儿熟悉。

"什么人？"文焕霍地一惊，抓起放在桌上腰刀，推门走了出去。

门外唯有明月清风。

他小心查看了四周一遍，见并无任何痕迹，心中不觉疑惑："难道是我的幻觉？这些日子太过于紧张了……"几个负责巡夜的侍卫早已听到声音跑了过来，见到文焕，忙问道："文将军，出什么事了？"

"能出什么事？这里是贺兰山。"文焕勉强笑笑，挥手让他们去了。

的确，这里是贺兰山，又能出什么事？夏主让他们来迎接舍利，并非是为了保护舍利的安全，而是为了显示隆重。一面暗暗宽慰自己，一面潜意识中却抱着一种自暴自弃的心态，文焕走回了自己的房间。

就在他踏入房间的那一瞬，文焕猛地感觉到背上涌起一股寒意。他正要缓缓转身，便听身后有人低声说道："不要喊叫！不要动！将刀放下，把门关上了。"那人的声音从容不迫，却又充满毋庸置疑的威迫感。

文焕缓缓将刀放在地上，起身将门关上。低声问道："你是何人？"

"你可以转过身来了。"那人没有回答他的话。

文焕依言缓缓转过身来，注视来人，顿时大吃一惊，几乎叫了出来，猛地才发觉一把弩机正对准自己的身体，连忙控制住自己的情绪，低声说道："司马先生！"

....
[14] 李乾顺所创立的高等学府，专门传授"汉学"，与"番学"相对，称为"国学"。

"状元公！"手里端着一把钢臂弩瞄准文焕的司马梦求充满讽刺说道，"难为你还认得我！"

"你怎么会来到这里？"文焕一时间，突然竟有如释重负之感。

"特意为君而来。"司马梦求的眼中，尽是嘲讽之意。

"是来杀我？"文焕了然地笑了笑，低声道，"我果然已是人人欲诛之而后快的逆臣贼子了！"语气之中，竟是有一种索然之感。

"难道你不是吗？"司马梦求冷笑道，"不过我来杀你，并非是因为你是逆臣。我是为石帅来取你人头的！"

"石帅也想杀我？"文焕叹了口气，道，"那杀了便是。事已至此，又何必多言？"

"本来我便不当和你多言。"司马梦求沉声道，"但是我来西夏，便是想让你看一些东西，在杀你之前，这些东西也定要先给你看看。"说罢，司马梦求用目光向桌子上示意。

文焕转过身去，见那佛经之上，不知何时，已放了一叠报纸。

早已将死亡得甚淡的文焕根本不理会司马梦求的弩机，转身缓缓走到桌边，拨了一下灯芯，认真地读起那些报纸来。

这些报纸上刊登的，是石越为之辩护的奏章以及由此引起的争论！

文焕的手渐渐颤抖起来，眼角不觉湿润，半晌，文焕轻轻放下报纸，低声说道："你将我人头带回，替我向石帅带句话——相知之恩，来世必报！"

司马梦求的手指扣动了扳机，然而，他的心却迟疑起来。

文焕自始至终的神态，绝非是怕死。他既不怕死，为何要降夏？

"你是为何降夏？"

"不得已而降之。"文焕幽幽说道。

"不得已？除死无大事，有何不得已？"司马梦求的眼神冷酷起来。

"若是你连累父母，辱及先人，天下人皆不见信，当此身败名裂之日，又当如何？"文焕尖锐地反驳道，"世上有比死更艰难的事情，若这时候死了，那便是要背上万世污名，再难洗清！张巡骂南霁云，南八便可以笑而就义，那是因为南八还不曾身败名裂！"他的眼角，在烛光中闪着晶莹的光芒。

司马梦求的神色缓和下来，低声说道："你是想效南霁云之事？"

"我若不立下大功，何以洗刷污名？此时纵死，亦已无面目见祖宗于九泉之下！"文焕咬着牙，牙龈竟是渗出血来。

身后沉默了许久。

"你欲如何立大功？"司马梦求在此时此刻，已经决定相信文焕一次，无论是为了文焕，还是为了石越。

"我在西夏虽不久，然被李清引为同党，又渐得夏主信任，深知西夏内情，若能加剧夏主与后党的内斗，不难引发西夏内乱。到时候，我大宋便有机可乘……"文焕的声音，充满了怨恨，"李清那厮，一心想辅佐秉常，使西夏成为小华夏。但是他党羽不多，西夏兵权又全梁家掌握之中，梁后向来反对汉化，李清要想达成心愿，就必须先要帮助秉常登基亲政，除去梁氏。我只要从中下手……"文焕压低了声音，向司马梦求讲述自己的计划。

司马梦求冷静地分析着文焕的话。他知道此时就是一场赌博，赌的是自己的判断力与直觉。如果输了，那么自己的性命就会丢在西夏；如果赢了，西夏国就会陷入一场规模庞大的内乱之中！也许，这比说降李清，更加值得尝试。

"我给你这个机会。"

文焕身子一震，缓缓转过身来，直视司马梦求，一字一字地问道："你相信我？"

"我看你不是心甘情愿做汉奸之人。"司马梦求放下了弩机，但是手指却没有离开扳机。这个细小的动作没有逃过文焕的眼睛，但是文焕却没有说什么。只是停了一会儿，文焕便向司马梦求说道："你相不相信我，并不重要。我知道有石帅为我辩护过，并没什么遗憾了。有件事，你要尽快通报给石帅——夏主已经决定，十月中旬以后，大举入寇！兵力至少在二十五万以上，据李清所说，此次入寇分三路，明攻平夏城，暗袭绥州！请石帅早做准备。"

6

大宋延州。

延州知州刘航与通判赵挺之率领数百骑军，勒马立于延州城外，远眺西南。

此时，距离延州约三十里外的官道上，近千人马拥簇着一辆马车，正时缓时疾地向延州城前进。这支部队衣甲铿明，旗帜鲜艳，看起来威风凛凛，但是若在久经战阵的人眼中，却是一眼即可看出这只不过某位高官的侍卫队而已。但是没有人知道，坐在马车中的这位高官，竟然是刚刚被皇帝严旨训斥的新化县开国侯、陕西路安抚使石越。

"延州知州刘航，进士出身，颇具吏才，曾经出使西夏，册立夏主秉常，回朝后上《御戎书》，以为朝廷不可轻开边衅。因反对新法被贬，司马君实入政事堂后，调至延州为知州……"马车内，潘照临面无表情地向石越介绍着延州官员的情况，说完，又补充道，"他的儿子刘安世，中进士第而未做官，在白水潭游学一载，后拜入司马君实门下，亦是《西京评论》之中坚人物。"

石越听到刘安世的名字，眼睛霍地一亮，嘴角不由流露出了然的笑容，轻声嘟哝了一句："原来是'殿上虎'的父亲。"

潘照临却没有听见石越的话，又继续说道："通判赵挺之是进士及第，做过学官，以清廉能干著称，调至延州做通判不过一年。"

"这二人都是文官啊。"石越不由低声说了一句。

"虽然知州与通判是属于文官，但是边境的州府，却一向是由武官转文职的官员来担任知州的。"潘照临也摇了摇头，"司马君实将刘航调至延州，是为了边境的安宁。但是现在的情况……幸好这二人都不算无能之辈。"

石越见潘照临神色，微微笑了笑，说道："倒也不必过于担心。延州有振武军第三军、神卫营第三营，驻守在绥德城的云翼军、神卫营第五营，还有万余厢军，防守应当绰绰有余了。"

"防守的兵力怎么样都不够。"潘照临皱眉道，"西夏人这次在天都山点兵，来势汹汹，非比寻常。从天都山出兵，可有五条路线：向西由会州、兰州攻熙河；向东经萧关北入韦州可攻环州；或者直接攻击保安军，威胁延州；西南由得胜寨、静边寨可攻秦州；东南可经通远寨、没烟前后峡攻平夏城。而最让人难以放心的是，似乎银夏一带也有西夏军在集结，这样一来，连绥德城与延州，都难以安稳。"

"他们集结兵力，可以在六个方向发起进攻，而我们却要处处设防。"石越自然知道其中的利害。西夏人向天都山集结的消息传到之后，石越便立即取消了巡视的计划，直接前往最近的延州，同时下令沿边州府进入战备状态。但是这种被动的防御，防守的一方日子并不好过。

"六个方向中，熙河地区是最不可能遭到进攻的，亦是最不怕遭到进攻的。"潘照临冷静地分析着当前的形势，"熙河地区有李宪、王厚在，当地的驻军无论是整编完的神锐军还是未整编禁军，或是乡兵番兵，都是经历过战阵的，将领又多是王韶旧部，如若西夏人进攻熙河，必定讨不了好去。况且当地地广人稀，即使西夏入寇，于我损失不大——我相信西夏这次只是报复性的入寇，而并非是战略性的进攻。"

颠簸的马车中，石越的头微微动了一下，不知道是表示同意还是身体的自然反应。

"其次是秦州。"

"秦州？"石越吃了一惊，他并不是很懂军事，因此在他看来，秦州一直是防守的软肋。

"不错。是秦州。"潘照临肯定地点点头，说出了自己的理由，"虽然秦州的禁军未曾整编，防守力量较弱。但是西夏人如果贸然进攻秦州，却是犯了兵家大忌。只要平夏城一日在我大宋手中，西夏人便没有胆量无所顾忌地进攻秦州。梁乙埋再不知兵，也会明白在后路有敌人的坚城重兵时，是可能导致全军覆没的。"

石越点了点头："原来如此。"

"但是其余的几个地方，却是很难说西夏人会进攻哪里了。"潘照临说到这里，眉头又皱了起来，"平夏城是西夏人的心头大患，此次天都山点兵，说不定就是为了拔掉这肉中刺。眼下平夏城与新建的灵平寨只有种谊的振武军与一些厢军防守。若西夏纠集大军围攻，能否不失，实在难说。而环庆路的主力是种谔的龙卫军，虽然号称精锐，而且种谔亦称名将，但是能不能防住西夏人，实在难言乐观。至于绥德城，主力是种古的云翼军与神卫营第三营，兵力也并不雄厚。"

"延州振武军第三军都指挥使是谁？"

"是与'三种'齐名的'关中二姚'的姚大郎姚兕。"

石越稍稍放心，他知道姚兕勇武善战之名，名震西陲，是西军中数得着的名将之一，赵顼曾经亲自接见，并且钦赐银枪、袍带。有他在延州，至少比起两个文官来，要让人安心得多。

"若是能知道西夏人的进犯路线就好了。"石越在心里暗暗叹了口气。像这样处处设防，分散兵力，实在是不得已的办法。其实包括石越在内的大宋文武官员都知道，只要西夏人真正集结大军进攻，无论是攻哪一路，宋军都会处于劣势，只能够依靠城墙坚守待援。也许唯一值得庆幸的，是西夏人缺乏持久作战的能力。正在心中感慨的石越忽然听到潘照临也微微叹了口气，用很细微的声音说道："若是能下场雪就好了。"

石越一愣，苦笑着掀开车帘，看了一眼车外的天空，不觉摇了摇头。现在下雪，实在是不太可能。他的目光移向车内，在潘照临身上流连了一会儿，忽然想到，连潘照临都希望得到老天的帮助，看来是很难指望大宋的官员百姓们对这场战争抱乐观的期望了。

马车外传来了一阵急促的马蹄声，紧接着便是人马嘶鸣嘈杂的声音，石越不易觉察地皱了下眉，正要询问，便听到侍剑在外面禀道："公子，有紧急军情。"

"停车！"石越连忙吩咐，不待马车完全停稳，便掀开帘子弯着腰将半个身子伸出了马车。

只见一个士兵早已屈膝跪在车前，见到石越出来，忙高声说道："叩见石帅。小人奉庆州种将军之令，向石帅报告紧急军情。"说罢双手将一个封上了关防大印的木盒递上。

侍剑连忙接过来，递给石越。

"辛苦了。起来吧。"石越接过木盒，便即缩回车内，车夫挥了一鞭子，队伍便继续开动起来。只有那个传令兵兀自在那里发愣——他一时间难以接受石越的作风，更是被"辛苦了"三个字给震呆了。石越的亲兵早就习惯了这种事情，也懒得取笑他的少见多怪，只是拉了他一把，让他跟着队伍继续前进。

马车内，看完报告的石越淡淡说了句："已经可以肯定，是夏主亲征。"

潘照临微微点了点头，夏主亲征，并非是太意外的事情。但是石越接下来的话，却让潘照临的表情变了，"司马纯父已经回来了。他走的是灵州道，几天前便到了环州。此时已往延州赶来，算时间，或者今天能在延州见面。"

"灵州道？公子是说，司马纯父潜入西夏了？"

"到过兴庆府。"石越亦掩饰不住自己的兴奋，"他会有重要的情报面呈。"

三日之后。

延州振武军第三军军部大营。现在这里暂时成了陕西路安抚使司的行辕。安抚使司的亲兵们三步一岗、五步一哨，将这座不大的院子四周，戒备得连只老鼠都钻不进去。有经验的人从亲兵们如临大敌的表情中便可以猜到，此时行辕中，正在进行着重要的军事会议。

石越的目光从每个人的脸上扫过。三天前到达延州后，司马梦求果然已经到了延州。面见石越之后，司马梦求向石越报告了文焕的情况，以及从文焕那里带回来的情报。

如果文焕果真是诈降，那么司马梦求带回来的情报，价值不可估量。一旦掌握了西夏军的真正意图，那就不仅仅是便于防守那么简单了。石越从来都认为，消极的防守是没有出路的。

但是如果文焕的情报有误，一旦轻信，后果亦将不堪设想。

一向信奉"小心驶得万年船"的石越，这次却不得不做一次赌博性的抉择。

振武军第三军军部的大营内，触目可见的都是"仇雠未报"四个大字。石越知道这都是姚兕的手笔。姚兕的父亲姚宝在姚兕幼年时，便战死在定川。由寡母养成的姚兕是军中有名的孝子，同时亦是对西夏人有着刻骨仇恨的将领。他念念不忘的，便是灭亡西夏，替父报仇，为了提醒自己不要忘记父仇未报，姚兕在自己活动的地方的一切器物上，都刻上了"仇雠未报"四个字。石越早就听说，每次与西夏人交战，姚兕也都是奋不顾身，勇悍异常，然而自从他调至延州后，与西夏人的冲突机会减少，姚兕一直是郁结于胸，结果导致疯狂地训练部队，许多士兵最害怕的事情，便是调到振武军第三军。

石越的目光落到姚兕身上，身着重甲的姚兕身材略显矮小，但是却很壮实，浑身肤色黝黑，一双眸子中，掩饰不住一种危险的兴奋之情。

看到石越注意自己，姚兕连忙微微掩饰了一下自己的兴奋，但是他骨子中的桀骜，却让这种掩饰更加欲盖弥彰。

石越不易觉察地笑了一下，目光移到另外三人身上。

延州知州刘航、云翼军都指挥使种古、庆州知州种谔，以及振威副尉刘舜卿，一个与姚兕经历相似的西军名将。与姚兕不同的是，刘舜卿是父兄都战死在好水川之役，而刘舜卿本人，比姚兕也多了一点儿儒将的气质。刘舜卿现在的身份，是振武军第三军的副都指挥使。

"职方馆带来的情报，诸位将军都已经听到。"石越含笑看了一眼坐在营中司马梦求，后者连忙谦恭地欠了欠身，石越的目光却早已移到了营中一个巨大的沙盘之上，"本帅想听听诸位将军有何看法？"

"石帅！"一个洪亮的声音在营中响起，众人的耳膜都感觉到一震，不由一齐将目光聚集到了说话的姚兕身上，"末将以为，既然知道西贼想进攻绥德城，我们便可以在绥德城集结重兵，严阵以待，给李秉常一点儿苦头吃。"姚兕说话之时，眼中凶光毕露，倒似是将石越当成了秉常，要将他生吞活剥一般，饶是石越识人无数，也被他看得头皮发麻，连忙不动声色地将目光移到种古身上。

种古并无姚兕的好战，得知自己的防区将要成为西夏人进攻的主方向，对于这个关中大汉来说，并非是一件令人开心的事情。他见石越注视着自己，连忙欠身说道："敢问石帅，职方馆的情报是从何得来？是否准确？"目光却是瞄向司马梦求。

司马梦求正欲回答，却听石越早已先说道："超过六成的可能是可靠的。"

"将领之最亲最重者，莫过于间。"种古朗声说道，"石帅却言只有六成可靠，莫非是反间？"

"若是情报失误，职方馆愿负全责。"司马梦求没有想过要逃脱责任。

"这个责任，职方馆负不起的。"种谔毫不客气说道。

石越的脸沉了下来，寒着脸说道："三衙与职方馆各有职责，将军不必逾越。"

"是。"种谔不甘心地欠欠身。

"依末将之见，此次西贼于天都山点兵，较之寻常颇有不同。银夏宥诸州人马，皆未有调动的迹象，若是大举入侵，不至于如此。西贼向来喜欢集结重兵攻击一点，以求一战成功；一战不能得手，立即退兵。此次既然是夏主亲征，却有大军迟迟不动。这些迹象来看，末将以为职方馆的情报，是可信的。西贼之意，便是分三路入寇，其余两路，多半只是虚张声势，牵制我军。其攻击之重点，却是绥州！"说话的人是刘舜卿。

"仅仅这一点，并不足证明西贼的主攻方向是绥州。"种谔不屑地瞥了刘舜卿一眼，态度傲人。他是多年的老将，不怎么看得起刘舜卿这样的年轻将领。虽然刘舜卿的履历相当傲人，他是烈士之后，以战功累迁，入讲武学堂优等，是大宋军中少见的能够自己写奏折的将领。不过种谔最看不惯的，却正是可以自己写奏折的武将。

"还有一点亦可以证明。"刘舜卿不卑不亢地回道，"在银夏的探子，从十天前便断绝了联系。目前为止，无人知道银夏究竟发生了什么……所以，末将几乎可以肯定，银夏二州，西贼正在聚集重兵。一面是大张旗鼓，一面却是故意偃旗息鼓，西贼之意可明。"

"岂不闻虚则实之，实则虚之？"种谔反驳道。

"末将也相信刘将军的判断。"种古打断了种谔的话，看都没看自己的弟弟一眼，只是向石越微微欠身，朗声道，"末将派出的探子，亦全部失去了音讯。"

"嗯。"石越点了点头，他心中忽然有点儿兴奋，亲自主持如此重要的军事会议，对他来说，本是难以想象的事情。看见几个名震西陲的大将对自己恭恭敬敬，自己的一句话，可以调动上万的兵马，关系到数以万计的百姓的存亡，石越在这一瞬间，感到的竟然不是责任，而是一种满足感。

不错，正是满足感！

石越猛地一惊，突然间意识到自己的心态极其危险，连忙收敛了心神，沉声问道："那么诸位将军以为当如何应敌？"

种古站起身来，他魁梧的身躯让众人竟感觉到一种威压，姚兕下意识地向后让了让，暗暗握紧了拳头，却见种古的手指向沙盘，朗声说道："末将以为，既然西贼想攻击绥德城，我们便可以遂其心愿，在绥德城以坚城待之。同时将龙卫军与一部分振武军密调至吐延水……"

"什么？"种谔吃惊地看了种古一眼，这时节也顾不得种古是他大哥，高声反对道，"我身为庆州知州，守土有责。未有枢府调令，怎敢在这个时节率大军离境？"

"各军互相策应，理所当然。何必要枢密调令，你是来救援，并非来驻扎。"种古冷冷地顶了回去。

"我环庆离绥德城也太远了一些。而且如若龙卫军离境，环庆无异于空城。"种谔心中并不服气，种古虽然是他大哥，但是他却有他的私心。"当西夏人集结大军攻击绥德城的时候，我若率军主动出击，抄掠其韦州又如何？"只不过这种如意算盘，却是不可能公开说出来的。

"不是还有何畏之的环州义勇与数千厢军吗？"

"他们能顶何用？"

"末将倒有一计。"刘舜卿站起身来，没看种谔，只是欠身向石越说道，"既然要集中兵力对付西贼，而西贼又想明攻平夏城牵制我军，那么末将以为，可以将计就计，派遣数千人马，盛备旌旗，不停地穿行于延州、长安至平夏城之间。去平夏城时，则大张旗鼓；回来时则偃旗息鼓。如此造成一种大举向平夏城增兵的假象。环庆位于延州至平夏城之间，既然有大军穿行，那么西贼必不敢轻举妄动。同时石帅可请西侯高遵裕暂时节制渭州军事，调动大军，不张旗鼓，做出向环庆集结的假象，实则是居中策应。如此一来，西贼必然疑惑。与此同时，保安军、延州、绥德城尽皆坚壁清野，摆出闭城死守之势。只要西贼以为我大军尽皆集结在平夏城，则自会坚定信心，举大军来夺我绥州。"

"此为妙计。"种古听完，不由开口赞道。

刘舜卿却凝视石越，迟疑道："不过……"

"刘将军请说……"

"恕末将大胆，为坚西贼之心，最好是……"刘舜卿的建议，让众人目瞪口呆。

<h1 style="text-align:center">7</h1>

西夏。

银州。

夏主秉常的舆驾之旁，国相梁乙埋与嵬名荣、李清、文焕等一干将领紧紧跟随着，在他们的周围，还有十六万步骑。

"宋人有没有发现我军的行踪？"秉常远眺东南，意气风发。在他看来，有这十六万步骑，足以将绥州踏平。

梁乙埋扬扬得意地笑道："此次兵分三路，梁乙逋在天都山点兵，纠集六万之众，佯攻平夏城；仁多与慕泽统四万人马，威慑环庆，伺机而动。石越果然上当，以为我大夏是想夺回平夏城，报讲宗岭之仇。据探子回报，宋军已经主动将全部向平夏城集结，连石越都亲自到了庆州督战。"

"石越去了庆州？"秉常有点儿失望地问道。

"不错。说起来东朝的文官中，石越算有胆色的。探子在庆州看到他的行辕与亲兵卫队，而且有人清清楚楚在环州看到狄咏。"梁乙埋摇着头，志得意满地说道，"如今我大军围攻绥州，宋军即使想回军来救，亦是鞭长莫及。"他丝毫没有注意身后的文焕眼中，流露出奇怪的神色。

"既然如此，那便兵发绥州！"

梁乙埋正要答应，却听有人高声说道："且慢！"

梁乙埋循声望去，说话的人却是嵬名荣。

"陛下。"嵬名荣策马至秉常面前，朗声道，"臣以为石越、刘航虽是文臣，然种古、姚兕却非无能之辈。若是其在环庆、平夏城的布置不过是疑兵之计，而在绥德城以坚城伏兵待之，陛下此去，只恐凶多吉少……"

"嵬名荣，你怎敢胡言乱语，乱我军心！"梁乙埋不待嵬名荣说完，早已大声呵斥。

嵬名荣转身面对梁乙埋，厉声喝道："本朝成制，凡出大军，必先占卜。此次卜卦，卦象不明，岂可不小心谨慎？"

梁乙埋大怒，正要发作，却听秉常说道："国相且听老将军说完。"梁乙埋只得恨恨咽下这口气，听嵬名荣道："请陛下让臣领一万骑兵，去米脂砦为前锋，探知宋军虚实。"

"陛下，这是老成之言。"李清亦在旁说道。不知知为何，他总是感觉有点儿不对劲，但是却说不上来是为什么。

"也罢，老将军便领一万骑兵，去米脂砦，试探绥德城的宋军。"

绥德城。

这座城池是西北地区少见的城池，因为它新修葺的部分，采用了水泥，因而显得更加坚固。

云翼军的大鹏展翅军旗与"种"字帅旗夹杂在一起，插满了绥德城的城墙，不知情的人还以为守城的部队是云翼军。

内穿铁甲、外着红袍的种古紧抿着嘴唇站在城墙上，望着远处正在渡河而来的西夏军，眼中不易觉察地流露出一丝冷笑。

"将军，难道情报有误？"说话的是种古的副都指挥使，他看到渡河而来的西夏军竟然全部是些老弱残兵，吃惊得眼珠都瞪出来了。

"若真是佯攻，西贼便不会派这些人来送死。"种古冷冷地丢下一句，"叫吴安国来。"

"是。"

不多时，已经被降为从九品上的陪戎校尉吴安国大步来到种古跟前，他向种古行了个军礼，高声参见："参见将军。"

"看看城外。"种古没有用正眼看吴安国一眼，眼睛一直盯着城外。

在苦役营受过教训的吴安国已经老实许多，但是骨子里的傲气却丝毫没有收敛。他瞥了西夏军一眼，冷冷说道："不过送死之徒耳。"

"给你个机会。"种古淡淡说道，"去第一营做掣旗，将他们赶下河去。"

"是。"吴安国的声音，没有夹带任何感情。

嵬名荣一面在心里在咒骂梁乙埋，一面苦笑着看着手中的"先锋"部队。梁乙埋毫不客气地将一万老弱残兵拨给了嵬名荣。凭这支部队来和"小隐君"交手？嵬名荣可真是不抱任何指望。但是自己请缨的事情，不做是不行的。

西夏军渡河刚刚渡到一半，已经是人仰马翻，乱成一团，嵬名荣正暗暗叫苦，便听到三声炮响，绥德城城门大开，宋军数千骑兵从城中涌了出来，为首一人高举着大鹏展翅军旗，向着已渡河的部队冲杀过来。

"呜呜——"嵬名荣立即下令吹号，但是渡河的部队却根本没有理会统帅的指挥，而是各自上马，搭弓射箭，各自为战地抵抗起来。

西夏军的弓箭虽然娴熟，但是老弱残兵们的臂力却稍嫌不够，弓箭飞向宋军的骑兵，却不能穿透厚实的铠甲，无力地跌落。更多的则是太早开弓，以至于弓箭在离宋军尚远的地方就无力地跌了下来。慌忙再次搭弓的西夏战士，立即发现他们的错误足以致命——宋军骑兵没给他们再次从容发射的机会，抬手、射击，数以千计的弩箭如同蝗虫一般铺天盖地打来，站在前排的夏军纷纷中箭落马。

几乎是在一瞬间，宋军的骑兵便已临近。如同一把锋利的尖刀划开一匹布帛，高举的马刀毫不留情地将毫无阵形的西夏人分成了两半，在高高举起的大鹏展翅旗的指引下，两千余名宋军骑兵带着轰隆的响声，在夏军的阵形中肆无忌惮地穿插着，每一次挥刀都会伴随着鲜血的溅射。

嵬名荣闭上了眼睛，不敢再看河对岸的惨剧。

前锋受挫的消息很快传到了夏主秉常的耳中。

暴怒的秉常再也按捺不住，十六万西夏军队，如同巨大的潮水一般，冲向如同海中孤礁的绥德城。

这次的前锋统领，换成了李清。

不过老天也没有特别垂青于李清。虽然嵬名荣在渡无定河时并没有任何意外，但是不代表李清率军渡河时，也同样如此。

负责泅水渡河搭浮桥的一个百人队在游到河中间时，不知道碰到了什么东西，只听到"轰"的数声巨响，几十个西夏士兵便死于非命。有几个人的身体被炸成数断，残肢断体竟被抛到了岸上。幸存的士兵疯了似的往回游，再也不肯下水。

西夏没有人知道"水雷"是什么东西。

溃沙急流、深浅不定的无定河，在西夏人眼中，立刻变得更加神秘莫测起来。

幸好宋军的水雷不足以将整条河流都布满，在大刀的逼迫下，西夏人又付出了几百人的性命和差不多一天的时间，才终于找到了安全的河段。

依河筑城的绥德城是不可能被没有强大水军的西夏人包围的，但是十几万大军屯于城下，一眼望不到边的旌旗与刀枪，却也足以让身经百战的战士都心生怯意。

如果此时站在绥德城城墙上的，不是振武军第三军的将士的话，连种古也不知道究竟会发生什么。

西夏人每一次"万岁"的呼吼，都可以将绥德城内的房屋震下几块瓦片来。站在城墙上，看着漫山遍野的西夏人，种古咂了咂嘴，骂了句："奶奶的！"

绥德城之战，在大宋熙宁十年十月二十一日，开始了。

第九章

环州之战

  一个时辰后，开城门投降！

——狄詠

1

西夏国主秉常与国相梁乙埋亲率十六万大军兵临绥德城下的同时，梁乙逋率领六万大军，再出没烟峡，向平夏城也发起了进攻。

宋军事先没有料到的是，虽然西夏军的主攻方向的确不是平夏城，但是梁乙逋在平夏城的进攻，却绝非是佯攻！

这是真正的进攻。

梁乙逋在这场战争中，使用了包括云车、投石机在内的武器，让宋军大吃一惊。虽然数量少，但是宋军根本无法想象西夏人是如何掌握了这些技术，特别是投石机。事后很久人们才知道这些技术是从辽国传出去的。

这些攻城器械的使用，给平夏城的防守增加了极大的压力。好在种谊的振武军有战斗经验，而且又有神卫营的协助，虽然处于劣势，但是平夏城却并没有易手的迹象。战争的双方只不过是在平夏城的内外增加着战死者的人数。

最平静的，是环庆一路。

静塞军司的都统仁多澣与降番慕泽之间，发生了意见冲突。身为仁多族的族长，仁多澣一向支持国主秉常，对梁乙埋甚至是梁太后，都心怀不满。静塞军司扼守灵州道的门户，与宋朝环州紧紧相邻，以仁多族的利益而言，仁多澣一向认为与宋朝的和平更加有利。因此，私下里，仁多族也是大量参与了对宋朝的走私。而仁多澣本人与宋朝边境的守将、知州们，都有着良好的私人关系。所以，仁多澣不愿意让自己的族人充当炮灰是完全可以理解的。身为西夏的贵族，他心里十分清楚对宋朝的战争，不过是梁氏家族转移内部矛盾的手段罢了。梁乙埋不过是想利用战争来加强对军队的控制。仁多澣没有为自己的政敌充当炮灰的义务。

更何况，他还有一个非常好的借口。

石越就在庆州！

他不过区区四万人马，大宋陕西路安抚使所在的地方，少说也有十万人马吧？他的任务只是牵制，并非送死。所以，仁多澣每天命令部下出青岗峡耀武扬威一番，就算是完成了自己的任务。此外的时间，自然是在大营中饮酒作乐，享受美女。

不过慕泽却与仁多澣不同，他不仅仅想洗刷讲宗岭之耻，更希望建功立业。身为降番，在注重军功的西夏，唯有立下大功，他才能真正出人头地。仁多澣的逗留不进，让慕泽气火攻心。

"将军若能给末将一万人马，末将便能替将军扫平环庆！"仁多澣对慕泽每天必讲的话，几乎是耳朵都听出茧来了，"只要我大军进攻环州，末将便可以说降沿边诸番，一万人马，一夜之间可增五倍，再挟诸番之势，直扫庆州，不世之功，反手可成。"

"种谔是白痴吗？庆州本就易守难攻，石越既在庆州，岂可轻易？我可不想让我的一万人马去送死。"仁多澣对慕泽丝毫不假颜色。

"以末将看来，宋军不过是虚张声势罢了。况种谔不过一轻易小人，何足为惧？"

"虚张声势？"仁多澣的语气，与其说是在询问，不如说是在嘲笑。

"石越不过一文官，其所在之地，掩饰还来不及，哪有大张旗鼓的道理？这不是告诉我们宋军的主力在哪里吗？此事不合常理，其中必然有诈！"

"岂不闻虚则实之，实则虚之？况且石越声明在庆州，自可以鼓舞士气。他在庆州，既可策应延州，又可以策应平夏城，岂非当然之理？"仁多澣虽然心里觉得慕泽说得有理，但是他既不愿意被慕泽说下去，亦无兴趣去捉石越。便是虚又如何？石越身边至少也有一万人马吧？庆州是出了名的险要，据城而守，我损失必重。这死的人，可都是我仁多族的男子！

"将军！"慕泽一时被仁多澣说得说不出话来，但是却不肯死心，又道，"我等坐拥大军，总要打一场仗才行吧？"

"慕将军！"仁多澣的脸"唰"的一下沉了下来，他铁青着脸，怒道，"你是何意思？我大军每日出青岗峡，不是作战，难道是玩耍吗？"

"不是玩耍是什么？"慕泽在心里说道，但是却不敢说出来，只得说道："本将并无此意。"

"你退下吧。不必多言，本将自有主张。"仁多澣打起了官腔。

"是。"慕泽忍着一肚子气，退出大帐。他前脚刚刚出帐，便听到仁多澣大声喊道："来人，上酒，歌舞伺候！"

慕泽的身形顿了一下，心中咒骂一声，拔脚离开了大营。

"奶奶的，若非老子曾经袭击石越，非反出西夏不可！"一肚子怒气的慕泽刚刚走出大营，便见一个亲兵小跑过来，在他耳边低声说了数句。

"当真？"慕泽顿时喜形于色。

"千真万确。"

"好！好！"慕泽转身闯进大营，大步走到中军帐前，掀开帐帘，便闯了进去。

"又有何事？"被慕泽打断歌舞的仁多澣满脸不快。

慕泽微微欠身，抱拳朗声禀道："末将得到消息，环州现在的守军不过两千人！"

"哪来的消息？"

"是末将的族人带来的。绝对可信！"

狄詠例行公事般走到环州城墙上面，无聊地找何畏之说话。环州城墙上，插满了各色旗帜，以及穿着衣服的草人，远远望去，几乎让人以为有数万大军屯结于此。但是实际上，在环州城内，不过只有暂由狄詠统率的一千厢军与何畏之率领的一千环州义勇。可笑的是，西夏人居然被吓得果真不敢进攻，每天清晨，便可以远远望见西夏人从青岗峡出来，在距离环州数十里的地方晒马，然后在落日之前回去。

这也叫入寇？

狄詠对西夏人的蔑视之意，日渐一日地增强。

好不容易在一个地方找到何畏之，狄詠从后面走过去，拍了拍何畏之的肩膀，唤道："何兄。"

何畏之却没有回头，反而指着远处，说道："你看那是什么？"

狄詠顺着他的手指望去，只见一片灰尘从地面升起。他的心一下子兴奋起来："是敌袭！"

"敌袭？"何畏之的脸"唰"地白了。

狄詠从未见过何畏之如此，不由奇道："怎么了？"

何畏之苦笑道："若真是敌袭，那至少有数万人！我们只有两千人！"

狄詠顿时想起己军的处境，也愣住了。

但是很快，二人就不得不面对残酷的现实，如同一座小山在移动一般，轰隆的声音由远及近，黑压压的一片人群也出现在二人视线之内。

"关城门！"

"敌袭！"

瞭望的士兵的叫声，无情地在二人耳边响起。

整个环州城似乎都愣了一下，然后，所有人都反应过来，环州城陷入一片忙乱之中。

狄詠听到何畏之在离开之前的一句话是："快派人去请援！"

哪里会有援兵？

狄詠此时才发现，没有仗打有时候并非一件坏事。

求援的士兵从城门冲出去不过一刻钟，狄詠与何畏之刚刚来得及收起吊桥，关上城门，数以万计的西夏人就如同海浪一般涌了上来，将小小的环州城围了个水泄不通。

狄詠与何畏之相顾苦笑。

"至少有三万人马。"何畏之看了一眼西夏军的旌旗。

"是四万。"狄詠平静地纠正了何畏之的错误。

"坚持到援军到来要几天？"何畏之看了一眼四周，许多厢军的双腿已经在不由自主地颤抖。让他欣慰的是，他训练出来的环州义勇，至少从表面上看来，还是镇定如常。

狄詠看了看四周，见没有人在侧，压低声音说道："最近的援军，在高遵裕那里。"

何畏之顿时愕然："渭州？"

狄詠无言地点了点头。

何畏之的心沉了下去。二人此时还不知道，平夏城方面的战况也非常惨烈。

"难道石帅身边没有人马？"

狄詠没有说话。身在庆州的石越，连厢军与乡兵，一共不足一万人。陕西路的主要兵力，自然是全部向延州与绥德城集结，如果高遵裕的部队不能来救援，便只能等待长安城的两万人马——这是陕西路最后的预备队。不过无论等待哪路人马的救援，环州城都不太可能坚守到那一天——狄詠此时并不知道西夏人的战斗意志如何。

"我们不能突围。"狄詠望着何畏之，平静地说道，"至少要留出足够的时间，让石帅撤退。环州便是你我殉国的地方。"

何畏之苦笑了一下，无言地点了点头。虽然心里有几分不甘，而且也无意为大宋牺牲，但是投降他更不愿意。

"如今的当务之急，是稳定军心。"

狄詠丢下何畏之，笑嘻嘻地走到一个守城的士兵身边，拍了一下那个士兵的肩膀。精神过度紧张的士兵猛地一惊，几乎瘫倒在地上。

"别怕。"狄詠提了一口气，朗声笑声，"西贼不过是来送死。"他的声音清晰地传到西城墙上的每一个角落，士兵们不由自主地将头转向狄詠，看见主将如此轻松，大家突然间感觉有了点依靠。"孩儿们，且看某的手段。"狄詠高声喝道，众人便见他张弓搭箭，一把硬弓拉成满月之状，"嗖"的一声，羽箭飞向城外。便听到城外西夏军一齐惊叫，城楼之上，顿时一片欢呼——原来狄詠这一箭，竟然射断了西夏军的一面军旗！

这一箭之威，令站在一旁的何畏之都不由得暗暗惊心。

西夏人似乎感觉到一丝惧意，如同大潮碰上坚固的海岸，又缓缓退后了几十步。

"西贼残暴，犯我疆土，若不死守，有死无生！石帅就在庆州，援军很快便到。儿郎们打起精神来，让天下人看看我们杀贼的手段！"狄詠高声呼道，声音几乎全城听闻。

环州士兵见到狄詠这般神勇，又听说石越就在庆州，援军不过数日可到，顿时一片欢呼，一齐发出震天的吼叫声。

城外，仁多澣望着城墙上密密麻麻的"守军"，又听到如此巨大的吼声，再看看那断成半截跌落地上的军旗，不由心生惧意。他看了一眼慕泽，嘴唇微微翕动，忍不住说道："环州果真只有两千宋军吗？"

慕泽也不想狄詠如此神勇，暗吸了一口凉气。但是此时已无退路，只得硬着头皮说道："必无虚假！"

"那好。"仁多澣挥鞭指着慕泽，说道，"慕将军，本将调三千精兵予你，合你本部人马，共是五千余众，可为前锋，为本将攻下环州城！"

慕泽不料仁多澣只肯派这么点人马给他，不由心中暗骂，却怕仁多澣翻脸，只得忍下气来，咬着牙，高声应道："得令！"说罢头也不回，策马便向本阵跑去。

一刻钟之后，便听到西夏军阵中号角四起，慕泽率领五千余人马，如狼群一样，杀气腾腾地扑向环州孤城。

被载入史册的环州之战，拉开了帷幕。

2

环州城中，不过三千余户，六千余口，番汉杂居。其中真正可以持械作战的壮年男丁，不过四千余人。大敌当前，这些男子亦全部披挂上阵，站上了环州城头。好在环州本就是宋朝所谓的"军事州"，城池虽小，但甚为坚固。而且因为紧连西夏，所以民风好武，大部分男丁都会拉弓射箭，不用如何加以训练，便可以拉上城墙作战。

狄詠披挂重甲，在血迹斑斑的城墙上巡视。几个健壮的妇女正将一个战死乡兵的尸体拖下城墙，另一些民妇与儿童，则提着饭菜给守城的上兵们送饭。士兵们无力地躺在城垛之后，见到狄詠到来，连忙纷纷起立。

西夏人已经围攻了整整两天。环州城外，遍地可以见的是凝固的鲜血，半截的断旗，震天雷与霹雳投弹爆炸后留下的黑块，还有残缺不全的尸体。西夏人的每次进攻如同疯狗一般悍不畏死，但让狄詠奇怪的是，西夏人真正投入进攻的兵力并不多。否则他很怀疑自己能坚守两天。

不过现在西夏人的将领即使是白痴，也已经知环州城内的守军不多了。也许接下来，就是总攻了吧？

狄詠微笑着安抚站起行礼的士兵们，细心查看伤兵的伤口，不时亲自替他们上药包扎——狄家自有家训，爱兵如子，绝不以地位骄人。这位"前郡马"的这种作风，很快也帮助他赢得了环州城的军心与民心。

求援的士兵应当已经到了庆州。狄詠虽然知道其实不会有所谓的"援军"，但是心中却总忍不住有一丝侥幸。这两天的战斗，环州守城的士兵战死了一千余人，西夏人也付出了双倍的代价，但是双方的绝对数量相差实在太远了。

幸好还有何畏之的那一千环州义勇！

环州城现在便如同万里海域中的一座孤岛，在雷电风暴中飘摇着，似乎随时可能被海水淹没，但是依然倔强地面对这一切。

庆州。陕西安抚使司行辕。

上演空城计的石越知道这次已经是弄巧成拙了。实际上石越并不会有危险，他驻守的庆州与环州直线距离并不远，但是山路难行，只要环州有警，他完全可以安全地撤回京兆府。否则的话，潘照临绝不会同意这次冒险。不过他却没有料到，石越居然没有遇险即走的打算。刘舜卿的计划不过是巧妙利用西夏人对宋军文臣统帅一贯作风的了解，以及仁多瀚的心理，以求集中兵力，赢得这场战争。但不知道为什么中间却出了差错，仁多瀚居然大举进攻了——这根本不需要环州求援的士兵来告知，两天前环州上空点燃的烽火，便已经可以说明一切。

"石帅！"丰稷从两天前开始，已经记不清是第几次来劝说石越了，"千金之子，坐不垂堂，请石帅即刻返回长安主持大局！"

"回长安主持大局？"石越淡淡地反问了一句，嘴角流露出少见的嘲讽之意，"我不需要回长安，我便在庆州。统帅临阵脱逃，这种事情，即使有再冠冕堂皇的理由，我也做不出来。"

丰稷承认石越是大宋少有的文臣，但是无论如何，他认为石越始终是个文臣。

"公之责任，非在庆州！"

"士兵与百姓们，不会和你讲这些道理。"石越的语气虽然平淡，却十分坚决。

"平夏城吃紧，定西侯的援军不一定能及时赶来，若稍有迟误，只恐已铸成大错。而长安兵两天前已经在驰援绥德城的路中，余下的守军是绝不能再动，再无援军会来环庆。公为朝廷重臣，岂能效匹夫之勇，为此不智之举？"丰稷不敢放弃，"庆州由下官在此拒守便可。"

"我再无地方可去！"石越断然拒绝，"庆州如若失守，长安门户大开，渭州亦受夹击，是将战火引至我陕西腹地。我不会离开此地。再派人去渭州，催高遵裕的援军。"

"是。"丰稷终于知道石越是铁了心不走。他心中一时间不知道是忧是喜。石越身在庆州，不仅仅是庆州的士气民心都会受到鼓舞，连各地战斗的将士，也会感觉有依靠。一旦他离开，便容易重蹈韩绛覆辙，动摇军心士气，导致大溃败。但是身为主帅如此轻身犯险，却不能不让丰稷担忧。

"立即在庆州募集义勇，设法救援环州。"石越又吩咐道，"传令宁、邠、坊诸州，调集厢军、乡兵，增援庆州。"

"是。"丰稷答应着，正要出去执行，方走出数步，又被石越叫住了。

"令宁、邠、坊各州不许再强征农夫。"

丰稷不由一怔。

"那样只会骚扰百姓。各州居内地，农夫不经训练，难以大用。聚集起来亦不过是乌合之众。"石越解释道，"而且，渭州的援军最多十日可至，庆州不会有危险。"

　　丰稷点点头。的确如石越所说，此时强征农夫并无作用，而且如果高遵裕能及时派出援军的话，庆州不会有丝毫危险。只需有一万禁军在此，再有厢军、乡兵、义勇协助，庆州城就不是区区四万西夏军所能撼动的。

　　望着丰稷大步离开的背影，石越闭上眼睛，微微叹了口气。

　　他并非是无意义的冒险，而是知道自己在庆州的存在对于军心民心的重要，同时也算定只要高遵裕能及时派出来援军，庆州城破的危险就小得几乎可以忽略。但是，无论如何，他在决策时，抛弃了狄咏与何畏之。

　　"对不起。"石越喃喃说道，"但是我不能派兵。"

　　实际上，他也是无兵可派。环州的守军，除了少数精锐的力量，勉强只能守城，绝无野战之能。石越不可能把手中唯一的精锐力量都派出去，去救援一座几乎注定要陷落的孤城。

3

　　环州围城第五天。如血残阳。

　　狄咏的左臂插着一支羽箭，他瞪大眼睛，望着从城下退潮一般撤走的夏军，松了一口气，顿时身体一软，他心中一惊，连忙狠狠地咬了一口嘴唇，巨大的疼痛让他终于聚起精神，挺着身子站了起来，没有在士兵们面前倒下。

　　又打退了一波进攻。

　　这已经是西夏人第二次攻上城墙了。

　　"你还没死呢？"狄咏转过头，见何畏之正笑着向自己打招呼。他的目光落到何畏之的右臂上——那里用一块布随便包扎了一下，鲜血已经将布浸透。

　　"你也中招了？"狄咏笑着指指何畏之的右臂。

　　"从背后被砍了一刀。"何畏之的目光也注意到了狄咏左臂上的羽箭，笑道："你是怎么受伤的？"

　　"慕泽那狗贼射的。"狄咏瞅了一眼羽箭上的"慕"字，漫不经心地说道。

　　"看来真要进忠烈祠了。"

　　狄咏看了一眼城墙上稀稀拉拉的士兵。"能拉弓的不足两千人，火器全部用光了。"何畏之低声说道。

　　狄咏抬头仰望夕阳，忽然转头问道："还能突围吗？"

　　"围得如铁桶似的。"

　　"那便死守吧。"狄咏咬着嘴唇，忽然叹了口气，脸上露出不忍之色。

"怎么了？"

狄詠指着城中，沉声道："我担心西贼破城后屠城。"

历史上，大凡血战过后的城市，都没有好下场。

何畏之也沉默了。

"再守一天。如果明天之后，城池不破，援军不至，何兄你便提我人头去降西夏，换回这满城百姓的性命。"狄詠淡淡说道，"只不过难为你了。"

何畏之望着大步走下城墙的狄詠，久久没有说话。

环州围城第六天。

西夏大营。

"攻了五天，折损近五千人马，一座小小的环州城都拿不下，饭桶！"仁多瀚指着慕泽的鼻子破口大骂，"事先还说什么环州只有两千人，起码有五千人以上！"

慕泽有苦难言，如果仁多瀚一次给他两万人马，狄詠与何畏之再勇猛，他最多两天也能夺下环州城。但是仁多瀚偏偏采用了最愚蠢的战术，每次给他的人马，都不超过一万。而且全是静塞军司最不管用的兵，或者是强征来的小部族的人马。慕泽不知道这些小部族大多是与梁乙埋关系不错的部族，仁多瀚每次派的兵，也都是亲梁乙埋的将领的部队。仁多瀚根本是故意将这些人派去送死，但是慕泽却以为是他短视无知。

但无论如何，他都不敢顶撞仁多瀚。

毕竟仁多瀚是连梁乙埋都要忌惮三分的大部族的族长。

"今日之内，末将必拿下环州城！"

"那好，再给你一次机会，你率五千兵去，拿狄詠的人头回来给我。"仁多瀚不耐烦地挥挥手。死掉的五千人，他其实一点儿都不心疼。这四万大军中，他本族与附属小族的人马占到三万左右，现在几乎都没有损失。

慕泽听到"五千人马"，心中暗暗咒骂着，但是面子上亦能恭顺地应道："遵令！"

好在环州城的守军这次真的是最多不会超过两千了。慕泽在心里自我安慰道。

然而，在他刚刚点齐兵马，准备出营攻城的时候，忽然听到东边传来一阵喊杀之声，一彪人马，奇迹般从庆州方向杀来。猝不及防的东大营顿时一片人仰马翻。

"慕将军，要不要去救援？"身边的副将探身询问。

"不必。"慕泽眼中露出冷若冰霜的光芒，"城中宋军必然出去接应，我等趁机强攻西城，环州城必将易手。"

"将军英明。"

但是慕泽的如意算盘并未打响，他刚刚准备向西城开拨，便见中军官手执令箭飞奔而来，向慕泽喊道："慕将军，仁多统领命你立即救援东大营，若有延误，军法从事！"

慕泽顿时一阵气苦，撒气似的抽了一下马背，高声吼道："救援东大营。"

一彪人马，拨首向东，浩浩荡荡地杀去。

此时，环州城墙上人人都露出欣喜之色。

狄詠满脸的不可思议。

庆州从哪里变出这么些援兵？

"挑三百精兵，出城接应！"他一面走下城墙，一面吩咐。

很快，三百人马集合完毕，几乎全是何畏之训练出来的环州义勇，这亦是硕果仅存的环州义勇。

狄詠抬头望了一眼在城墙上守城的何畏之，举起银枪，高声喝道："出城！"

三百精兵在高举的"狄"字将旗与当今皇帝御笔亲题的环州义勇军旗的指引下，从环州东城杀了出去，直插入西夏军东营。被两面夹击的西夏军东营顿时乱成一团，西夏军本来就甚为畏惧狄詠的威名，环州义勇也是被传得神乎其神的部队，此时见狄詠率军如狼似虎地杀来，更是气为之夺，竟是无人敢缨其锋。很快，里外两支宋军便会合在一起，突破东大营的防线，向环州城中杀去。

率军赶来的慕泽眼见着"狄"字旗与"环州义勇"旗，眼睛立时就红了。连被仁多澣打破如意算盘的不快都立时被抛到九霄云外，大吼一声："杀！"也不管步兵跟不跟得上，便带着骑军，恶狠狠地向狄詠扑了过来。

"环州义勇断后，援军进城！"狄詠在马上看见扑来的慕泽，立时跃马大吼，率领三百义勇，掉转马头，杀向慕泽部。

狭路相逢，弓箭几成无用之物，高举着各式各样的马用兵器，口中发出慑人的怪叫，两支骑兵硬碰在一起。

环州城屏住了呼吸。

城墙上。

率援军而来的，竟然只是个年纪轻轻的陪戎校尉！何畏之不由皱起眉毛。

"下官李敢当，奉石帅之令，率庆州义勇两千，增援环州城。"

何畏之原本喜悦的心，立时沉下去大半。果然只是义勇。虽然他不知道这批人至少是半自愿前来，并非单纯的义勇，其中还夹杂了一些禁军与厢军官兵。

"带霹雳投弹没有？"何畏之心存侥幸地问道，无论如何，有霹雳投弹的话，于守城还是颇有好处的。

"带了。"

何畏之喜上眉梢："带了多少？"

"一百枚。"

才浮起来的笑容瞬间变成苦笑。何畏之看了一眼城外与慕泽正杀得难解难分的狄詠部，沉声说道："鸣金！"

援军来了，自然没有理由投降了。环州义勇就只剩这么一点儿家当了，不能再让狄詠全部挥霍光了。如果环州城还有希望的话，希望就在这几百人身上了。何畏之没有指望那装备参差不齐的两千庆州义勇。

已经是第六天了，如果能坚持到高遵裕的援军赶到，环州还是可能守住的。何畏之的目光，已经是第三次投向东南了。

援军应当早就在路上了吧？

渭州。

"我手中没有可以支援环庆的人马。"定西侯高遵裕的表情如同千年花岗岩，"援军自然会派出，但不是现在。"

月明真人在后面凝视着高遵裕的目光深沉，嘴角却不禁露出讽刺的了然之笑。

"如果石越出事，只怕朝廷不会善罢甘休。"

"从来官场都是人走茶凉。"高遵裕冷笑了一下，没有多说。石越若是活着，或者他还有麻烦；石越若是死了，他再挥师收复环庆，他高遵裕便是力挽狂澜的英雄，谁敢追究他的责任？

何况，平夏城战况惨烈自是事实，他有充足的理由，不发救兵。

他高遵裕可没有要求石越在庆州充当英雄。

"听说狄詠在环州……"

月明真人的话，换来的是高遵裕残酷的冷笑。狄詠？若不是他与石越，他高遵裕怎会突然间几乎身败名裂？若非西夏人这次入寇来得这么及时，在这么短的时间内，石越与朝廷都不得不依赖更熟悉渭州军中事务的自己，他几乎不能翻身……一个"前郡马"还不如一条狗来得值钱！何况这个"前郡马"还重重地得罪了皇帝。熟悉宫廷斗争的高遵裕非常明白，此时的皇家，根本不会在乎狄詠的生死。

"如若石越真的或死或败，高遵裕能趁此机会控制局势，掌握陕西的兵权也是不错的局面。"月明的心中闪过一个念头。他立即放弃了劝说，"既然高帅已经拿定主意，那么，贫道以为，环庆那边，不做点样子，日后朝廷那里只怕不好交差。"

"真人对朝廷的了解，还是略嫌不够。"高遵裕突然转过身来，好心情地解释道，"朝廷在乎的，永远都只是结果。如果石越兵败，而我能挡住西夏人，甚至不用挡住，只要我能守住渭州不失——朝廷便不会责罚我，相反，朝廷一定会嘉奖我，笼络我。何况，我的官位现在渭州知州，我对朝廷的责任，亦不过是守住渭州的疆土。"

月明只感觉一股冷气从脚底冒了上来。

因为他知道，高遵裕说的是事实。

"本帅自然会集结人马，准备救援环庆！"高遵裕抚摸着手中的琉璃酒杯，笑容可掬，"但是平夏城关系重大，本帅已将大部分兵力派出增援。西贼犯我环庆，兵力雄厚，本帅自需要一些时间来集结军队……"

月明不由自主地打了个冷战。

"着人回报石帅，援军不日出发，望坚守待援。"

"哗"的一声，一只名贵的琉璃酒杯摔到地上，一片片的碎片上，似乎都映出了高遵裕狰狞的笑容。

环州围城第十天。

城墙上战死士兵的尸体，已经来不及清理。西北城墙的一角已经塌了一大块。

但这一切，都已不再重要。

环州城中，能拉动弓箭的士兵，已经不足千人。

狄詠的战袍早已染红，身上有着近十处的箭伤、刀伤。援军至少应当到了庆州吧？狄詠心中惨然，但也有一丝欣慰。可惜自己等不到援军到来了。

"李敢当！"

"在！"

一个浑身上下都被鲜血浸透的人站在狄詠的跟前。

"投降的时候，你率领还能骑马的弟兄，开东门，想办法逃回庆州报讯。"狄詠平静地吩咐道。

"投降？"李敢当瞪大了眼睛，难以置信地望着狄詠，断然拒绝，"下官绝不会投降！若等不到援军，下官与将军忠烈祠相见便可！万不可效法文焕那厮，身败名裂，累及祖宗！"

"你想看到满城百姓被屠吗？"狄詠厉声喝道。

李敢当怔了一下，迟疑起来。但仅仅是一瞬，李敢当拔出佩刀，往地下狠狠一斫，佩刀竟然切入城墙的砖中。他单膝跪倒在狄詠面前，高声说道："下官来之前，已向石帅发誓，城在我在；城破我亡！恕下官不能从命。"

狄詠无可奈何地看了李敢当一眼，叹了口气，转向何畏之，说道："既是如此，由何兄率队突围吧。"

何畏之默默点头。

"李敢当，那便由你将我的人头送至西夏，向西夏人乞降。"狄詠淡淡地下达着命令，声音异常平静。

"将军！"李敢当哽咽了。

"我已经写好了奏折与遗书，若何将军能够突围，你便不至于被误会。"

李敢当默默看了何畏之一眼，心中想道：无论他能不能突围成功，我都不会被误会。

"一个时辰后，开城门投降！"

狄詠语气平静地下达了他人生中最后一个命令。他的目光遥遥地注视着远方，很久很久也没有转移过，李敢当与何畏之则一直默默地注视着他，带着敬重，也带着苍凉。虽然他们的心里，都有些奇怪，为什么狄詠此时的表情，既不像是愤怒，也不像是悲伤，而是——温柔。

此时的狄詠，心里究竟在想些什么？是想起了长安城中的娇妻，还是未出世的孩子？还是什么也没有想，只是最后留恋地看看这个世界？这都已经没有人知道。

不知过了多久，一柄匕首反手插进狄詠的心脏，狄詠的手似乎扶了一下城墙，却迅速滑倒在地，何畏之缓缓地走近他，狄詠的眼睛依然大大地睁着，似乎在最后的一刻，他也并没有放弃对这个世界的留恋，不知为什么，他这样的表情看起来竟然特别纯净，并不像是一个勇猛的将军。

何畏之轻轻地帮他合上双眼，他的目光落在狄詠的胸膛上，匕首已经完全刺入了他的胸膛，只露出镶嵌着腥红宝石的柄身，何畏之忽然认出，这柄匕首正是他当年送给石越的，石越又将之送给了狄詠，最后由它终结了狄詠的生命。他的心里，不知为何，忽然想起了那场盛大的婚礼，鲜花铺落了汴京的街道……

一刻钟后，环州城满城大哭。

仁多瀚与慕泽奇怪地望着环州城，不明白那哭声因何而发。

这座城池的陷落已经是迟早的事情，但是十天的惨烈抵抗，无论是身在前线战斗的慕泽，还是不断算计着异己部队的仁多瀚，都对环州城又恨又敬。

这座小小的环州城，西夏军付出十天时间，以及超过一万余人死伤的代价。

慕泽已经准备好城破之后，要让满城人都为这种抵抗付出代价，也需要借此安抚死战的士兵。

最多只需要一次进攻了。

然而，出乎二人意料的是，一个时辰之后，环州城墙上，升起了白旗！

"投降了？"仁多瀚与慕泽面面相觑，所有的西夏军将士都几乎不敢相信自己的眼睛。

环州投降了！

环州城门全部打开。

从西城门出来一位身着素袍的宋军军官，缓缓向仁多瀚与慕泽走来，他手中还捧着两个盒子。

西夏士兵们屏气凝神地望着这个军官一步步向仁多瀚走近。

"让他过来。"随着仁多瀚的命令，西夏士兵自动向两边退开，给这位宋军军官让出了一条道路。

"下官大宋环州陪戎校尉李敢当，向仁多统领乞降！"李敢当的喉咙中，无比艰难地吐出这句话。

仁多瀚与慕泽对望一眼："狄詠呢？他如何不来？"

"狄将军人头在此。将军遗言，请仁多统领念在上天有好生之德，放满城百姓一条生路。此为环州户籍册！"

仁多瀚大吃一惊："狄詠死了？"一个亲兵接过李敢当手中的木匣，打开来看，赫然正是狄詠的人头！

"狄将军希望能够用自己的人头，换取仁多统领的仁慈。"

仁多瀚没有回答李敢当，他执鞭远眺残破的环州城，心中竟不知是什么滋味。他自然知道狄詠的身份，是绝不可能成为俘虏的，而且两国交兵……但是，不知为什么，仁多瀚竟然没有征服的快感。

"收下他的户籍册。我答应你，进城之后，绝不纵兵侵犯百姓。"仁多瀚沉声说道。

"多谢仁多统领！"李敢当向仁多瀚拜了一拜，突然也倒在了地上。

几个亲兵冲上去，翻过李敢当的身体，发现他的胸口，也插着一把匕首。

"厚葬此人。"仁多瀚叹息道。

他的目光移过装着狄詠首级的木匣，高声命令道："准备进城！"

便在此时，便听到东城方向传来一阵嘈杂之声，未多久，一个士兵策马跑来，高声禀道："有宋军突围。"

"截住他们！"仁多瀚身后的慕泽，不顾身份地发出了命令，表情无比狰狞。

4

庆州。

"高遵裕的援军，爬也应当爬到庆州了！"石越站在庆州城楼上，远眺渭州方向，冷冷地丢下了这句话。

环州城的五缕烽烟已经熄灭一天了。根据事先的约定，如果各城遇袭，只要城池未陷，五缕烽烟便永不熄灭。狄詠与何畏之在一座小小的环州城，力拒超过十倍于己的兵力十天之久，结局出乎所有人的意料。

如果高遵裕能及时派出援军，环州城甚至不会沦陷。

石越的嘴角，渗出一丝血迹。

以狄詠的身份，环州陷落，他的命运便已经注定。只不过石越并不知道狄詠是为了满城百姓的生命，放弃了战死沙场的荣耀，而选择了另一种死法。

"现在撤退还来得及。"连潘照临都忍不住劝说起来。

"然后被西夏人一路追杀至长安城下吗？"石越沉着脸反问道，"庆州城的得失，可能牵涉到整个战局。我身为主帅，没有逃跑的道理。便是死，也死在这里了。"

潘照临闭上了嘴。暗暗想道：究竟仁多澣发什么神经，居然胆敢来进犯环庆？

谁也想不到，这不过是因为一个降番建功立业的野心。

"今庆州之将，先生以为何人可用？"石越转身离开城楼，走到潘照临身边时，身形顿了顿，沉声问道。

"贾岩、张蕴、王恩三人而已。"

"正合我意。"石越点了点头。

紧紧跟在石越身后的丰稷脑海中立时浮过三人的简历。贾岩、张蕴、王恩都是开封人，但是经历却各不相同。贾岩是在禁军大阅时，由皇帝亲自选定，后又入讲武学堂优等毕业；张蕴是将门之后，本在刘昌祚军中，刘昌祚调至龙卫军，他亦随之而至环庆，此次龙卫军出征，是刘昌祚向石越推荐张蕴协助留守；王恩却是羽林卫士出身，因才武出众，才补放外任。丰稷所不知道的是，在另一个时空中，这三人皆名列史册，号称名将。但是在熙宁十年之时，贾、张、王三人，虽然各有骄人的资历，却依然只是名不见经传的小人物而已。否则他们也不会有机会与石越一起待在庆州，并且被石越与他的幕僚看中。

"学生数日来，观察诸将练兵，唯贾、张、王三人旗鼓严整，虽驱使乡兵，亦能进退有度，法度严明。学生又与三人论军事，其谈吐见识，不与他将同。"潘照临深知石越秉性，他既然下定决心坚守，那么与其作徒劳的劝解，还不如积极想办法来面对将要出现的困难。率军作战，无论是他还是丰稷，皆无此能，而石越就更不用说，军中名将，又几乎倾巢而出，前往绥德城，此时在中下级军官简拔人才，便是重中之重。

石越沉吟了一会儿，转头向丰稷说道："以贾岩为正将，张蕴、王恩为副将，节制庆州城内所有部队，负责庆州城防。"

"是。"

在环州城的烽烟熄灭两天之后，庆州城城墙上的士兵，终于看到了西夏人的军旗，以及一眼望不到尾的西夏军队。西夏人如同巨大的狼群，黑压压的一片，伴随着巨大的轰隆声，高高扬起的灰尘，向着庆州城席卷而来。

庆州城的号角在夕阳中吹响，发出悲怆的呜呜声。站在城墙上的宋军士兵，都绷紧了每一根神经，略带紧张地望着西夏军队肆无忌惮地涌向自己的城池。士兵们不由自主地偷偷回头觑望——在他们的身后，庆州城的城楼上，高高竖立着一面斗大的方旗，上面用浓墨写了一个巨大的"石"字。

尽管人人都知道新化县开国侯、陕西路安抚使石越不过是个文臣，但是这面帅旗的存在，却给了庆州城的军民们莫大的安慰，以及战斗的决心。

西夏士兵的面容越来越清晰，马蹄声也越来越近。

站在城楼上观战的石越是第一次如此近距离感受古代战争的震撼，不知为何，心中竟然没有害怕，反而有一丝隐隐的兴奋。不过，美中不足的是，他自己是处于被攻击的一方。

最早靠近庆州城的西夏士兵停下了脚步，面无表情地仰视着面前这座盘桓于两座山脉之间的城池。

慕泽挥鞭指着庆州城楼上的"石"字帅旗，高声笑道："石越果然在这里！"

仁多澣重重地"哼"了一声，板着脸说道："宋人多诈，用兵当以谨慎为先。"

"是。"慕泽假装恭敬地答应着，一面高声命令道："挑起狄詠的人头！"

"遵命。"

在狄詠的首级被一根旗杆挑起的那一瞬，庆州城如死一般寂静。城楼之上，石越的脸庞开始充血，牙齿咬得轻轻作响。

狄詠的首级在庆州城外已经悬挂了整整三天。慕泽每天的例行公事，便是率领五百兵士前往庆州城外骂战，指着狄詠的首级羞辱庆州的宋军。但是这三天时间里，庆州城内的宋军，却并没有半点儿反应。犹如一只饿狗，眼见着一大块肥肉却无法咬动，慕泽的双眼都充满了血丝，每次望着庆州城墙都表情狰狞，恨不能一口将庆州城吞下去，但是他却无能为力。

仁多澣不愿意折损本部人马的心思，这几天几乎是赤裸裸地表露了出来，西夏军在攻破环州后，慕泽遣人威逼利诱，招降了几个番部，西夏军的总数又达到了四万余人，但是仁多澣不愿意拿本部人马当炮灰，而临时招降的番部更不可能去当攻城主力，慕泽便几乎是无兵可用。而且庆州城也不比环州城，如果说环州不过是边境小城，距离环州二百里的庆州城却是西北重镇，虽然远远比不上延州五城的险固，亦不及绥德城之高深，但是庆州城正当白马岭两川交汇处，阻山负水，人口数万，城长九里，且西夏军只能从西面进攻，与其说是城市，倒不如说是关隘，实在不是轻易可以撼动的。所以慕泽的行为，在仁多澣的眼中，不仅仅是一只饿狗，而是一只疯狗！

若非从俘虏口中知道庆州城内能战之兵不过数千，其余多是战斗力低下的部队，仁多澣压根儿就不打算来攻击庆州。他和石越没仇，自然犯不着拼命。纵然此时抱着侥幸的心理来到庆州城下，仁多澣也断然拒绝了采用蚁附攻城的方法——也许用这样的方法，未必攻不下庆州，但是死伤必然惨重，环州之战死伤虽然不是本部兵马，但猛攻那么些时日，士气总有影响。而偏偏庆州城又是无法围城的，所以仁多澣只是顿兵坚城之下，没日没夜地派兵马四处掠夺，借着制造攻城器械为名，与石越干耗着。反正他从未想要攻下庆州城，有了环州的战绩，亦足以交差了。石越绝非易与之辈，仁多澣打定主意，不求有功，但求无过。

远远望着在庆州城下高声骂战的慕泽，仁多澣眼中不易觉察地闪过一丝蔑视的光芒。

在庆州城下骂得口干舌燥的慕泽，望着城墙上毫无反应的宋军，不由得感觉一阵沮丧。

"石越真是沉得住气。"慕泽舔了一下干裂的嘴唇，无奈地想道。慕泽对石越有着清醒的认识，至少他知道石越并非是胆怯惧战。这三天来，他不断地观察庆州的宋军，虽然各方面的情报显示庆州城大部分是战斗力不强的厢军、义勇甚至是称得上毫无用处的乡兵，但是却不知道石越任命谁做了守将，竟是将这等乌合之众规束得部伍严整，凛然难犯。

"此人才华，远在狄詠之上。"慕泽出神地望着庆州城，心中不由竟冒出这样的念头。他现在已经隐约明白仁多澣的心思，是想保存实力。对西夏高层政治斗争茫然无知的慕泽，亦只能心中愤愤不平而已。己方既然不想付出代价，又有什么办法能撼动这座西北名城？

一种无力的感觉涌上慕泽的身躯，想尽了各种侮辱的词语来骂阵，宋军却偏偏沉得住气；建议仁多澣佯攻关中，或诱或逼宋军出城，却被不肯冒险的仁多澣一口否决……

也许，必须想出更好的计策才行了。慕泽掉转马头，面向庆州城，狠狠地吐了一唾沫，恶狠狠地吼道："骂！给老子大声骂！"

顿时，五百西夏兵的污言秽语，又开始响亮起来。

5

庆州城内。陕西路安抚使司行辕。

宋军诸将正在激烈地争吵着。

"狄将军的首级在城外已经悬了三天！"王恩涨红了脸，向着贾岩、张蕴嘶声吼道，"难道我等就这样龟守不出吗？自古守城，若只是困守城中，十之八九，都没甚好下场！"说完，他转身正视石越，抱拳道："请石帅给末将五百精兵，好让末将夺回狄将军首级！若是失败，愿领军法！"

石越知道王恩与狄詠同是侍卫出身，有香火之情，当下只是默默将头转向贾岩。他的心情十分矛盾，一方面他也十分希望有一个勇将能夺回狄詠的首级；但是另一方面，他需要克制自己，尽量不参与自己不懂的事务，尊重贾岩对防务的主导权。这三天来，每天晚上石越做梦都会梦到狄詠血淋淋的首级，似乎一会儿在朝他微笑，一会儿则是愤怒地瞪着他，这种噩梦不停地折磨着石越，以至于他的睡眠越来越少，苍白的脸上也渐渐显出疲倦之态。

石越常常会不自觉地想起狄詠在自己身边的日子。虽然明知道这个人是皇帝派来监视自己的，但是石越对狄詠，由一开始的提防、算计，慢慢变成了欣赏与尊敬。这个相貌英俊的年轻人，有着勇敢、忠诚、热血诸多的美好品质，还有着在当时代的人身上十分难得的品质——尊重阶级较自己低的人。狄詠对待每一个士兵都非常关心，对普通的百姓，亦没有世家子弟的轻视，在一起巡视地方的日子里，石越能感觉得出来，他对士兵与百姓的关心，并不是那种居高临下的怜悯，而是一种罕见的自居于平等地位的关心。

这样的品质，在一个出身世家、结交尽是官宦贵族的青年贵族身上出现，无论如何，石越都认为是一个异数。即使是桑充国，对待普通的百姓，虽然一样的同情与关心，但是在他的心中，却是隐隐有着一种自居于精英的感觉。在一投手一举足之间，便会不经意地流露出高人一等的微妙态度。其实，即使是石越自己，在长期身居高位之后，竟也会不经意地流露出这种姿态来。只不过这一点，石越自己是感觉不到的。

这种连石越与桑充国都没有的品质，竟然出现在狄詠的身上，这让石越对狄詠的感觉，已不仅仅是欣赏，更多了一份惊讶与尊敬。

但是现在，这个英俊的年轻人的首级，却正被悬挂在庆州城外！

石越一直不敢将狄詠战死的消息送回长安，他无法想象清河的表情，那双乌黑的眸子中，会有怎样的心碎与绝望？还有那个未出生就失去了父亲的孩子……有几次石越试图设想如何向清河交代这件事情，但是刚刚想了个开头，就逃避似的放弃了。

一个才二十多岁的女子，才受到两宫太后与皇帝的责罚不久，又紧接着失去自己挚爱的丈夫，自己未出生的孩子同时亦永远地失去父亲。似锦的繁华，竟是在瞬间就烟消云散，留下的只是无尽的伤痛……

石越无法想象清河是不是能承受得起这些。如果稍有不妥，害的又是两条人命！

初为人父的石越，此时对孩子的感觉，已经到了一个敏感的地步。回到古代这么多年来，从来不曾害怕死亡的石越，在看到小石蕤的那一刻，竟不由自主地生起了对人生的眷恋。看到狄詠的首级，想到清河与她的遗腹子，石越总会想起在长安的妻子与女儿……战争与死亡，对于心有挂念的人来说，永远都是一件值得憎恶的事情。

然而，在理智上，石越却知道，要实现自己的理想，战争不可避免。此时也不是反省自己做法的时机——战争已经开始，不打胜的话，说什么都没有意义！

石越的理智告诉自己，现在需要的，是坚定自己的信念。

但是每次他走上城墙，都不敢正视那颗首级。

他每次都会刻意地将目光偏离狄咏的首级。

当初将狄咏放在环州，是要借助他在西夏军中的威名，来威慑敌人。石越在理智上，并不认为刘舜卿的计划有什么不妥。但在感情上，死掉的是陌生人与死掉的是熟悉的人，却是完全不同的感觉。

尤其是你所欣赏、尊敬的人，曾经与你朝夕相处的人，这个人的首级此时还被敌人悬挂在城外的时候，更是如此。

石越只感觉到古代战争的野蛮。他甚至忘记宋军其实比西夏军更重视首级之功这一事实，只是在心中一点点儿地加深对西夏的嫌恶。

与此同时，一种羞辱的感觉，也在与日俱增。

事实上，石越几度几乎控制不住自己的情绪，准备开口赞成王恩的建议。

身着玄甲的贾岩笔直地站立在下方，一只手按在佩刀的刀柄上，脸上如同古井一般，不见任何神色。唯有一袭黑色披风，被钻进厅中的西风掀动衣角，微微拂动。

石越的目光又移到贾岩身后低垂着头的张蕴身上，稍稍停留一会儿，方将目光移回贾岩身上，朗声问道："贾将军以为如何？"他的声音中，竟是带着几分希冀。

"末将以为不妥。"贾岩的声音十分冷酷，"三日来，末将观察西贼形势，已知西贼无必战之意。我军只需坚守庆州，保护关中，稳定战局即可，一旦延缓战局抵定，平夏城与庆州之敌，绝难持久。"

被泼了一盆冷水的石越无奈地闭上了嘴，却带着几分希望将目光移向王恩。

"坚守，坚守！"王恩冷笑着高声反驳道，"如此以往，军士必然以为将领怯战惧战，士气下降，人无效死之心，只恐一旦西贼发难，士兵们都会畏敌如虎！"

"但是出城作战，岂非正中西贼圈套？"张蕴抬起头，正视王恩，反驳道。

"未战焉知胜负？"王恩慨声道，"给末将五百精兵便可！胜则可挫敌锐气，败亦无关大局。"

"我军兵力有限，能战之兵尤少，岂会无关大局？"

"但龟守不出，坐受污辱，又岂是为将之道？"王恩的声音，几乎要将屋顶上的瓦片都掀了下来，石越却丝毫不以为意。站在石越身后的潘照临微微皱了皱眉，目光移向门口，却见门口的帅府亲兵依然一动不动，仿佛厅中什么事情都不曾发生一般，潘照临的脸上不禁露出一丝满意的笑容。王恩却根本不曾注意潘照临这些微小的表情，他瞪圆了眼睛，仿佛是见到不共戴天的仇人一般，狠狠地望着贾岩与张蕴，说道："当年张巡守城，贼兵之盛，远过今日。张巡犹敢率数百精兵出城破敌！二位岂能如此怯战？这般又如何对得起狄将军的英灵？"

张蕴的脸立时红了，他的嘴唇动了动，似要说什么，望了望石越，却又忍住，将目光向移向贾岩。

贾岩平静地望了王恩一眼，问道："王兄自以为能比张巡、南霁云？"

"愿立军令状！"

"不许。"

王恩气愤地望了贾岩、张蕴一眼，大声"哼"了一声，竟是连礼都懒得行，转身便拂袖而去。石越目视远去的王恩，心中竟是有几分同情，还有几分羡慕——王恩可以尽情地说出自己想做的事情，发泄自己的情绪，但是想做一个明智的上司的石越，却没有这个权利。却听贾岩沉声说道："王恩轻慢主帅，违军法，当重惩。"

石越摇了摇头，道："虽是如此，但情有可原，本帅亦不罪他。按律处罚便可。"

"是。"

石越微微颔首，他怕多生事端，忙转过话题，问道："贾将军果真以为仁多澣无攻城之意？"

"仁多澣若强攻庆州，不过是双方消耗士兵的性命而已。本城军民，守卫家土，皆抱死战之心，庆州非仁多所能克。仁多之计，是想诱我军出城野战，庆州之兵，并非精锐之士，而仁多澣是善战之将。若与西贼野战，除非韩信再世，否则我军绝无胜理。以短击长，智者不为，故末将以为，不如固守，仁多远来，必难久持。"

"若仁多澣绕过庆州，又如何？本帅却不可能坐视关中遭难而不救。"

"仁多不会行此策。"贾岩自信地说道，他大步走到厅中一侧摆置的沙盘之前，指着白马岭说道，"原州、渭州、延州、保安军不论，庆州不克，而西贼欲攻此四处，是腹背受敌，自蹈死地。至于西贼欲入宁州，庆州是必经之地，现今天已转冷，随时可能降雪。彼孤军深入，只需一场大雪，西贼便将尽数困死。纵不下雪，彼不仅归路被扼，复有腹背受敌之忧。我素来听闻仁多用兵谨慎，岂会冒此奇险？若其行此策，必是诱我出城之计。"

"若是仁多果真去抄掠宁州呢？"潘照临追问道。

"若是如此，若渭州援军能至，则可生擒仁多；若援军不能至，则只能以宁州全境百姓之身家性命，延滞仁多行军，将其歼灭在宁州境内。但无论如何，仁多都不可能生还西夏。"

石越听到这话，不由得打了个寒战。在所谓的"善用兵"的人眼中，老百姓的性命亦不过是夺取胜利的工具而已。虽然这种事情，古今中外概莫能免，但是石越对此，却是始终难以认同。但是，如果真的走到那一步……石越在心里叹了口气，他永远不知道自己届时会做出什么反应。也许不能保持那种冷血，也许比自己想象的更冷酷？石越不由出了神。

贾岩并没有注意到石越的反应，他微微叹了口气，稍稍放低了声音说道："此等事皆不足为惧，末将唯一担心的，是西贼引河灌城。"

听到"引河灌城"四字，石越身子不由一震，他与潘照临讨论，也是觉得此事最可忧惧，这时却被贾岩说了出来，他正待询问对策，却见一个武官急匆匆跑来，一面高声呼道："不好了！不好了！"

石越脸上露出不悦之色，高声喝道："何事如此惊慌？"

那个武官一愣，连忙安静下来，快步入厅，上前参拜道："启禀石帅，王将军刚刚率几百人强出西门了！"

众人听到这个消息，不由都怔住了。

石越站起身来，便大步向门外走去，一面说道："走，上城楼。"侍剑连忙取了石越的披风，紧紧跟上。潘照临与贾岩、张蕴也忙快步跟了上去，反倒是报信的军官呆呆地怔在了厅中。

石越等人走上城楼之后，便发现城墙上的士兵都目不转睛地望着城外，一面还不停地呐喊助威；众人将目光移至城外，只见王恩披挂齐整，率了三百余精壮步兵，手执斩马刀，正与西夏兵厮杀在一起，战场之上，到处都是身上插着弓箭的死尸、无主的马匹、散落的兵器。

石越用目光寻找王恩，依稀便可以看见他满脸血迹，面目狰狞，手执长斧，率着一队士兵大声吼叫着冲向悬挂狄咏首级的旗杆。一个西夏小首领模样的人斜里冲出来阻挡，被王恩斜劈一斧，便是连兵器带人砍为两半！鲜血如喷泉一般洒在王恩身上，宋军士兵都一齐发出"哦哦"的大吼声。

石越见着这个情景，竟觉血脉贲张，一时早已忘记了自己不应干涉将领指挥权的诫语，厉声喊道："擂鼓，助威！"

贾岩与张蕴相顾苦笑，却毕竟不敢违了石越的军令，且二人心中亦抱着一份侥幸，连忙吩咐下去，顿时，城楼之上，鼓声雷动，随着这鼓声，憋足了三天鸟气的宋军，一齐发出响彻云霄的呐喊助威之声。石越一身戎装，站在城楼之上，只觉得脚底的楼板都在随着战鼓声与呐喊声不停地颤抖，心脏更被鼓声所引诱，随之而有节奏地跳动。一旁的侍剑和几个亲兵，虽然有意无意地斜站在石越的身旁，以求应付随时而至的危险，却也都是满脸通红，握刀的手背，青筋暴露，恨不能自己也冲出城外，与敌人厮杀一番。

与城楼上的战鼓声相和，战场之上，王恩与他的士兵们一齐发出似乎是从心肺中吼出来的杀伐之声，如同猛虎出山之前必有的大吼，这支宋军焕发出来的斗志与威势，竟让远远观战的仁多瀚都为之一惊。

"士别三日，当刮目相看。东朝已非昨日之东朝！"仁多瀚在心里发出一声叹息，目光却久久凝视着那个站在庆州城楼之上的、身形长大的三十多岁的男子。

站在前阵督战的慕泽却无暇发出任何的感叹，他只看见那个宋军军官，每击杀一个敌人，都会用鲜血淋淋的手在脸上抹一把，现在他的脸和地狱的鬼怪都没什么区别了，每次西夏兵冲到他跟前，都会被他凶神恶煞的模样吓得一怔，但只是这一怔，便足以致命。

"十二个！"慕泽磨着牙，恶狠狠地数着——被王恩劈成两半的西夏军，已经有十二个，其中还有四个小首领。慕泽拔出了佩刀，正欲亲自冲上去，结果王恩的性命，仁多瀚的中军官正好策马而至，低声在他耳边吩咐了一句。

慕泽一怔，旋即大喜。他策马上前，亲自举起将旗，向西方挥舞。很快，围攻宋军的西夏军都注意到慕泽的旗号，开始且战且退。身陷战局的王恩部却兀自不觉，只是紧紧跟着西夏军前进，因为感觉到自己距离狄詠的首级越来越近，士气也愈发高涨。

庆州城楼之上，贾岩与张蕴却是脸色微变。贾岩悄悄走到石越身边，低声说道："石帅，这是西夏军诱兵之计！"

"啊？"正兴高采烈注视战局，以为西夏人是被王恩杀退的石越，心中一惊，忙说道，"如此，赶快鸣金！"

"没用的。"贾岩在心中无息地叹了口气，却依言传令下去："鸣金！"

清越的钲声传至王恩耳中，王恩心中一个激灵，他停了下来，看着旗鼓未乱的西夏军，心中立时恍然大悟。但是他这么一停，刚刚正在退却的西夏军，却又如潮水般围了上来。

王恩望了一眼近在眼前的悬挂狄詠首级的旗杆，又望了一眼远远抛在身后的庆州城。

"没办法退兵了！"王恩舔了一下嘴边的鲜血，露出一个狰狞的笑容，"第一莫做，第二莫休！"他高举起长斧，大声吼道："孩儿们，杀！"

"杀！"数百人的呼声在王恩身后响起。无视城中的命令，王恩部再次冲向西夏军。

接下来便是残酷的厮杀，在快要接近悬挂狄詠首级的旗杆之时，西夏人停止了后退，再次包围了王恩部。

一次一次地冲击。

身体的残肢与断裂的兵器一起飞上天空，摔落沙场。

鲜血与汗水相融，浸透征袍。

撕裂心肺的吼声与痛苦的惨叫声交相混织，响彻天地。

但是如同洪水遇上坚固的堤防，宋军再有力的冲击，亦无法冲破西夏人的军阵。

每一次冲击，都是无意义的消耗生命。

庆州城上的众人，竟感觉到一种战场沉默的错觉。

"不能见死不救！"张蕴都忍不住了。望着己军徒劳的努力，却在自己的眼皮底下一点一点地被敌人消灭，任何人都不能不生出一种悲壮的感觉。

"不能再出兵。"贾岩也许是城楼上除潘照临外，唯一还能冷静的人。无视众人愤怒的目光，贾岩冷冷地向自己的亲兵下达了命令："尔等亲自去把守城门，有任何人敢出城门者，立斩！"

"是。"

贾岩这才转向石越，平静地解释道："西贼势大，本可早歼王恩部于阵前，诱其至中军之前，不过是想借机诱我军出城相救，然后一举歼灭。王恩违背军令出城，纵其返城，亦当斩于军前。此时陷吾军于险境，岂可为救一匹夫而置庆州于险地！"

石越无言地点了点头，他看出贾岩的眼中，还含有责怪之意。若非自己擅作主张擂鼓，也许事情还有挽回的一线希望。

但是现在一切都晚了。

石越站在城楼上，眺望着被淹没在万军之中的王恩部，看着王恩一次次发出吼叫，率领越来越少的士兵徒劳地一次次向悬挂狄咏首级的旗杆冲锋，心中竟有说不出来的味道。冷冽的北风如刀一般刮过石越的脸，将他的披风高高扬起，但是石越却兀然不觉。

城外。

仁多澣远远望着一次次徒劳冲锋的王恩，脸上的神色，早已由轻蔑变成尊敬。

石越不肯出兵相救，早已在他意料之中，他不过是借此陷石越于两难，来打击庆州的士气而已。任何军队的士兵，眼睁睁望着同袍被戮而不救，心中所受的挫伤，都是难以言喻的。但是如果石越出兵相救，他却正好一举击溃之。

但是那个宋军军官，在仁多澣的眼中，却由匹夫之勇上升为真正的勇士。

王恩的身上至少应当有二十余处伤口，此时身后，只跟着不足十个士兵。他们的目标，依然只有一个——悬挂狄咏首级的旗杆！

几乎将王恩部淹没的西夏士兵，都带着几分尊重地望着自己的敌人。双方无言地对峙着。连慕泽都没有了那份猫捉老鼠的戏弄。

一名中军官策马冲至阵前，高声喊道："仁多统领询问宋将之名，若能归顺，立拜将军之位！"

"去你姥姥的！"王恩大吼一声，"爷爷是大宋宣节副尉王恩！世上岂有投降的宋将！孩儿们，杀啊！"

"杀啊！"

慕泽无言地摇了摇头，拉开了手中的大弓。

庆州城楼上，石越闭上了眼睛。

一刻钟后，在悬挂狄咏首级的旗杆旁边，又竖起了另一根旗杆，上面挂着另一颗首级。与狄咏闭目的安详、眷恋不同，王恩的首级，却是瞪大了双眼，至死犹能看出愤怒与不甘。

6

第二天下午，落日残照之时。

庆州城内。安抚使司行辕的后面，有一个一亩大小的水池，被称为碧池。此时碧池之中，飘满了落叶。一个满脸倦容的中年男子坐在水池旁边的水榭之上，轻轻抚摸着一把古琴，手指却没有触碰过一次琴弦，只是拿眼睛不时地瞥着水池中的落叶，露出若有所思的神色。一个二十岁左右的青年则佩剑站立在他身后，警惕地凝视四周，目光每次滑过中年男子身上时，都会不由自主地闪过一丝钦慕与敬爱之色。

若是有认识的人经过，必然大为惊讶，因为这两个男子，正是陕西路安抚使石越与他的书童侍剑。

庆州城经历了昨天王恩的战死，城中士气低落，军心沮丧，石越与贾岩、张蕴竭尽全力稳定着军心与民心，又立下厚赏重罚之规，才让士气稍稍鼓舞，但是城中却始终沉浸在一种莫名的不安气氛当中。

与这种不安的气氛相对应的，是于昨天晚上传至石越帅府的坏消息——有数千西夏军在白马川的上游活动！虽然细作不能接近，无法确切知道西夏军的行动，但是西夏军在白马川上游究竟是做什么，简直不问可知。

只可能是一件事——引水灌城！

"西夏人还真是不值得依赖的对象啊。"在听到这个消息后，一向严肃的石越，竟然说了一句让众人都莫名其妙的冷笑话。

但是不管石越与贾岩他们有何想法，这个消息，暂时却不可以透露出去。

军心与民心的稳固，是当前最重要的事情。

所以在今天早上，石越亲自去安抚了在庆州居住的几个战死者的家属，又上城楼宣布，庆州守城成功之后，奖赏三倍于平夏城大捷！而与此同时，贾岩则在刑场上，亲自监督执行了对两个散布动摇军心言论的士兵的死刑。

在金钱的诱惑与死刑的威迫之下，总算将庆州之兵稳固了下来。这无疑让石越长长松了一口气——庆州可是有兵变前科的地方。熙宁四年的那次兵变，直接导致了宋朝经略横山战略的失败，参知政事韩绛与大将种谔都因此而丢官罢职，石越此时身在庆州，焉敢不小心谨慎？他可不想步韩绛的后尘。

不过这样一天下来，石越的身心已经极度疲惫。

然而，碧池之畔短暂的宁静很快被一个人的脚步声打乱。石越不用抬头也知道来人是谁。

"潜光兄？"

"公子。"潘照临在石越五步之外停下了脚步，轻声说道，"高遵裕派人送来急信，道是因为平夏城战事突然吃紧，他唯恐平夏城有失，已先将部队调往平夏城支援。同时他已经向李宪、王厚求援，环庆方向要等待援军，只能等熙帅李宪的部队了。"

"知道了。"石越淡淡地应了一句，语气中甚至没有失望。显然他对高遵裕早就不抱希望了。

"熙河方面的援军要赶到，最快也要二十天。而且李宪有诏命在身，实际上可以不受帅司节制，只恐不足为恃。"潘照临无奈地说道。为了防止地方坐大，重蹈唐代节度使割据覆辙，陕西各州地方长官一方面受安抚使节制，另一方面却同时有权向朝廷直接汇报，并且人事权亦牢牢掌握在中央手中。除此之外，更有相当的部队，只是名义上受到安抚使的节制，实际上却可以自行其是。而禁军的调动权，更是以枢密院的命令为绝对优先，安抚使的每一次调动禁军的命令，都必须同时向枢密院报告。这种煞费苦心设计出来的制度，绝对不是一种适宜于征战的制度。但是潘照临也无法说什么，因为不适宜征战的制度，却并非是不合理的制度。况且这种制度，根本也包含了石越的思想。

"那便不用指望了。"石越似乎没有想潘照临那么多，"绥德城的情况如何？"

"现在传到的消息，是十几天前发生的事情。"

"靠天天塌，靠海海枯，还是靠自己比较可靠。"石越淡淡地说道，"如何守城御敌，我不会再参与。贾岩治军严整铁腕，张蕴则对待兵士和蔼，二人互补，应当足以应付目前的形势。"

潘照临知道石越这几句平淡的话中，包含着血的教训。他默然良久，却终是忍不住，说道："要防西贼引水灌城，只能出奇兵击之。"

"由贾岩与张蕴决定便可。"石越低声说道，语气却是十分坚定。他心中其实并不喜欢贾岩的为人，甚至认为贾岩太过于冷血与残酷，但是他却决心毫不动摇地支持贾岩。因为在理智上，石越明白，现在能帮助他闯过这一关的，只有这个年轻的武官。

王恩的悲剧，不能再重演。

"是。"潘照临聪明地闭上了嘴巴，他也知道自己的才干与长处在哪里。只不过如他这样的聪明人一向不喜欢将自己的命运完全交到别人手上，甚至包括石越。一时间，潘照临有点儿惭愧，他知道，在这一点上，他的气度不如石越。

石越也不再说话。

碧池之畔，再度陷入寂静之中。

然而，似乎是老天无意让石越享受过多的宁静。隐藏在暗处的亲兵的高声厉喝，将石越、潘照临、侍剑都吓了一跳。

"奴家是碧月坊的私妓李清清，冒昧求见石学士，盼这位大哥能代为通报一声。"一个柔美的声音清晰地传来。

"私妓？求见石大帅？"石越带在身边的亲兵，都是朴实的乡野农夫出身，不似京城石府的仆人见过世面，此时的反应，竟似听到什么海外奇谈一般。不过在他们眼中，一个私妓的身份，与一个朝廷三品安抚使的身份，也确有天渊之距。

"正是。"李清清带着浓重秦音的官话中，透着十足的坚定。只听声音，石越就已经感觉这个女子一定是非常有主意的人。

"石帅没空见你，快走吧。"石越亲兵的态度虽然不是十分凶恶，却也已经带着不耐烦与轻蔑。

声音停了一小会儿，正当石越等人以为李清清已经被赶走了的时候，忽然听到她大声唤道："久闻石学士是当今名士，为何拒见奴家一小女子？"

"别嚷嚷了！"——亲兵的吼声突然中止，侍剑走出水榭，望着那个自称李清清的私妓一眼，见她一身素衫，容貌并非十分出众，却也颇为清丽，唯一双眸子中闪着偏强的光芒，侍剑只觉得这眼神似曾相识，不由怔了一下，方说道："别赶她。你求见石帅何事？"

李清清见着侍剑，微微一敛衽[15]，笑道："奴家有退敌之策，要献予石帅。"

旁边的亲兵顿时笑了起来，被侍剑一瞪眼，吓得连忙收住笑容，正襟站立。却见侍剑彬彬有礼一抱拳，朗声说道："如此有请。"

李清清从容还了一礼，微笑着走入水榭之中。

7

石越第一眼见着李清清，便愣住了。这个女子的眼神，让他不由自主地想起一个故人，那个被埋葬在他最初出现在这个世界的那个小村庄的女子。

---

[15] 即敛衽礼，指收拢衣袖行礼。后成为女子的一种礼节，拉起衣服下摆的角检行礼。

"李姑娘不必多礼。"石越很快压抑住想走近几步的冲动,彬彬有礼地说道。他很想表现得更亲切一点儿,但客气的语言后面,却是一种习惯性的居高临下,语气更不由自主地变得有些僵硬。

但是李清清好像完全没有注意到这些,她笑吟吟地起身,望着石越,笑道:"奴家虽在边陲偏僻之地,亦早闻石学士之盛名,数年以来,每日只恨无福相见。今日冒昧求见,实是死罪。"虽然口称死罪,但也没有一点儿害怕的意思。

当时歌妓地位甚低,较之奴婢亦远远不如。石越心伤楚云儿之死,在朝廷时,曾经数度建议皇帝提高歌妓的法律地位,却一直未被采纳。此事天下人甚少知闻,而歌妓地位也一直没有得到过任何改善。这时候见着李清清如此大胆,石越与潘照临、侍剑都不由暗暗称奇,石越更是依稀感觉到几分楚云儿的风采。不过李、楚二人却并不相同,楚云儿外柔内刚,眼前这个女子,却是一口秦腔,显得非常豪迈。

石越的手指下意识地在古琴上轻轻抚摸着,口中却问道:"李姑娘适才可是说有退兵之策?"

"有一雕虫小技,或可退兵。"李清清含笑说道。

"愿闻其详。"石越心中其实未免将信将疑。

"这几日西贼在城外骂阵,奴家亦略有耳闻。"李清清抿嘴笑道,却不继续说,只是用一双妙目,大胆地凝视石越。

石越顿觉尴尬,两军对垒时骂出来的话自然甚是难听。这其中不少话题,都是涉及石越的隐私,比如骂石越是石介的私生子,骂石越与楚云儿有旧情却坐视其死,又骂石越与清河有私情而故意陷狄咏于死境——这等等事情,石越自然不会因此而勃然大怒,中慕泽之计,但是若当面被人提起,却会觉得有几分恼怒。需知这种闺闱之事,最易被谣传,而流传出去,实是颇损令名。

李清清见石越如此,心中更觉有趣。她早闻石越之名,因此故意试探,需知这样的话题,若是别的官员被一个妓女提起,难免不会恼羞成怒,说不定就要受皮肉之苦,她也是担着风险说出来的。但是石越虽露出尴尬之色,却毫无迁怒之意,久历世情的李清清,不禁也觉得这个石学士确实与众不同,忙笑道:"有道是他做初一,我做十五。他西贼能造谣辱骂,难道我大宋便找不出他们的污秽事吗?奴家十三岁入勾栏,环庆与夏国交壤,往来客人说起西夏的阴事,却也不少。"

听她这么一说,石越与潘照临都笑了起来,连侍剑亦不禁莞尔。只觉得这个女子十分有趣,却也过于天真。

"难道骂几句隐私,便能令西贼退兵?"

李清清也知石越不信,笑道:"学士可知西贼的统帅是何人?将领又是何人?"

"统帅是仁多瀚,将领是慕泽。这又有何相干?"

"学士可知这仁多瀚实是仁多族的族长，一向亲附夏主，颇为梁乙埋所忌？而慕泽不过是一降将，在夏国立足未稳。"

"那又如何？"话说到这里，石越不由心中一动，转目去看潘照临，却见潘照临的目光亦正好投向自己。

"夏国如今实是女后当权，梁太后淫荡不堪，有许多丑事，都难以宣之于口。若是将这些丑事一一骂将出来，学士以为仁多瀚与慕泽当如何？"李清清笑道，"这些事情，在大宋流传，自然无关紧要；在西夏私下流传，亦是无关紧要。让旁人听见，亦可能是无关紧要，唯独让仁多瀚与慕泽听见，却足以让他们如坐针毡。"

玩弄这等阴谋权术，人性心理，潘照临最是得心应手，此时听李清清提起，潘照临已不禁拊掌赞道："正是如此。不管梁太后会如何想，仁多瀚与慕泽都不能不惧。这是数万人亲耳所闻，亲眼所见，都知道仁多瀚与慕泽知道了梁太后的阴事。虽然除去此二人亦不过是欲盖弥彰，但是总好过放任此二人逍遥自在，成为眼中钉、肉中刺。仁多瀚纵然是仁多族的族长，亦不能不疑惧；而慕泽为降将，更不待言。"

"正如这位先生所言，梁太后虽然未必因为此事便要杀仁多瀚与慕泽泄愤，但以仁多瀚与慕泽所处之地位，却不能不怕。"李清清脸上露出得意的笑容，"奴家相信，经过此事，仁多瀚绝不敢再一个人去兴庆府。"

"只可惜这等毒计用多了便不灵。"潘照临充满恶趣味地感叹道。

这一刻，石越竟然开始替仁多瀚担心起来。不过，对于真实的效果如何，石越依然将信将疑——但是这件事情，不管怎么样，于自己这一方是不会有什么损害的。

"侍剑，速请丰参议与贾、张二位将军前来商议。"石越当即向侍剑吩咐道，一面站起身来，向李清清恭恭敬敬地作了一揖，谦声道："无论能否退兵，石某都要替庆州百姓向姑娘道谢。"

李清清不料石越竟会如此，慌忙避开这一拜，敛衽还礼："不敢。学士说过，天下兴亡，匹夫有责！奴家一介女流，能有报国的机会，是奴家之幸。"

8

一天之后。庆州城外。

西夏中军帐中，仁多瀚眯着眼睛，踞坐帅椅，听一个书记小心翼翼地念着一封书信："……将军向怀忠义，而今夏国牝鸡司晨，权臣当道，此越窃为将军所忧者。使将军不建寸功，固必遭奸佞之害；便立功于外，亦不免招致梁氏之忌！将军处此两难之地，虽忠臣义士，不暇谋身，然则将军欲置夏主为何地？使夏无将军，兴庆易主，指日可待矣。中国与夏，本为君臣……"

"好了，不必念了。"仁多澣轻轻挥了挥手，书记忙将书信合上，垂首退立一旁，却听仁多澣笑道，"这是石越在劝我退兵哩。"此时站立在中军帐中的寥寥数人，尽皆是仁多澣的心腹，他说话也并无顾忌。仁多澣右手轻轻摩挲着刀柄，一面环视众人，问道："尔等以为如何？"

"若要攻克庆州，眼下来说，也并非没有办法。"说话的人是清远军守将嵬名讹兀，与梁氏一向不合，"只不过……"

"只不过什么？"

嵬名讹兀迟疑了一下，说道："石越亲自坐镇庆州，而宋军兵力却如此之少，那么宋军主力在何处？"

"自然是在绥州。"众将对嵬名讹兀提出如此常识性的问题，显得非常不屑。需知平夏城距此不远，战报还可以互相通报——虽然只是许多天以前的战况，但是也可以断定，平夏城的兵力也并非是宋军主力。

嵬名讹兀眯着眼睛笑了笑，望着仁多澣，说道："不错，正是在绥州。但这意味着什么，统领可曾想过？若末将猜得不错，宋军早已知道我军三路进攻的方向，并且知道我军主力将会进攻绥州！"

听到这句话，连仁多澣都不由一震，一双眼睛瞬时睁开，露出迫人的光芒。

"有奸细？"

"这个末将不敢妄言。"嵬名讹兀缓缓摇头，道，"不过这无关紧要。"他话中的语气，摆明了是说有没有宋军的奸细都不关他屁事："要紧的是，平夏城梁乙逋占不到便宜，绥州只怕要吃大亏，换句话说，三路大军，唯我们这一路能胜！"

"那不正好立下大功？"另外几个将领都兴奋起来。

但是仁多澣的表情却变得严肃起来。

"两路皆败，唯独统领得胜！"嵬名讹兀"嘿嘿"笑道，"这可并非好事。况且万一宋军狗急跳墙，我军也免不了损失惨重。眼下的天气，也是说变就变的，不可预料的事情太多。一旦我军损失稍大，这场胜利，只怕会成为催命符。"

他话说到这里，仁多澣已经是了然于胸。如果出现两路受挫一路独胜的情况，如果他的力量不能超过梁乙埋，就只会激化双方的矛盾，梁乙埋一定会急于将他除掉，以防止军中出现威信很高的敌人。石越的书信，虽然是说辞，但是这说辞之所以能游说人，却正是因为它有道理。兼之就在昨天，他收到同是拥护秉常的另一重要人物禹藏花麻的书信——那还是在环州之战前写成的，禹藏花麻在信中的话，与石越说得几乎是一般无二。

仁多澣唯一不知道的是，身为清远军守将的嵬名讹兀，这两年来收受的大宋职方馆的金钱与物品贿赂，总价值至少超过八千贯！仁多澣再度眯起眼睛思索起来。攻不攻庆州城，在他看来并不重要，重要的是，现在退兵，可没有一个说得过去的借口！况且军中还有一个让人生厌的降番慕泽……他刚刚想到这里，便听一个将领说道："但是现在退兵也不成，更会落人口实。况且还有慕泽那个野人在那里堵河……"

"一个降番而已。"鬼名讹兀阴恻恻地冷笑道，话语中冒出一股杀气。

仁多澣思忖了一会儿，沉声说道："将慕泽召回来，明天见机行事。"退不退兵，仁多澣还在迟疑之中，但是慕泽这样的人物，对仁多澣来说，始终是一个麻烦。如果是打了败仗，他倒是一个替罪羊；但是没必要在打胜仗的时候留着他来争功，更没必要在做某些上不得台面的事情之时，留着这眼中钉。"是时候该解决麻烦了！"仁多澣在心里发出一声冷笑。这样想的时候，他身上并没有一丝杀气，因为慕泽这样的麻烦，对他而言，实在提不到"杀"的层面，正如人们更喜欢说"捏死一条虫子"，而不习惯说"杀死一条虫子"。

次日。

慕泽踌躇满志地踏进中军大帐，他这两天都是不眠不休地亲自率军堵河，想到数天之后，庆州城就会成为泽国，而自己将要立下"生擒石越"这等大功，慕泽连走路都觉得有点儿飘。尽管此时庆州城兀自巍然屹立，石越也还好端端地待在城中。

但是很快，慕泽就感觉到气氛有点儿不对劲。

仁多澣高倨帅椅，正用一种奇怪的目光注视着他。而帐中诸将看他的眼神，都非常古怪，好像是在看一只待宰的羔羊——慕泽心中突然冒出这样的想法，顿时惊出一身冷汗。他下意识地去摸佩刀，不料却摸了个空。这时候他才想起进帐之前，武器都全部解下了。

"末将慕泽，参见统领。"感觉到危险气息的慕泽一面抱拳行礼，一面警戒地注意着帐中的反应。这时再后悔没有让部族的人马保持戒备也来不及了。

然而，出乎慕泽的意料，仁多澣的笑容十分温暖："慕将军辛苦。"

"不敢。不知……"

仁多澣笑着打断了慕泽的话："昨日军中截获一个奸细，从他身上搜了一个蜡丸，其中有十分有趣的军情，所以召将军回来一道商议。"他说完，朝中军官努努嘴，中军官忙从帅案上取过一张纸来，双手递到慕泽面前。

慕泽疑惑地接过纸来，只瞄了一眼，顿时冷汗直冒。他虽然只是粗识汉字，但是这张纸条写的东西，他却看得懂。这是一封"他本人"写给石越的密信，说以前自己为好人所误，现在悔悟，愿改投宋朝，约宋军于某日劫营，他将率本部人马于军中接应云云。

慕泽自然知道这封信是伪造的，但无论这个陷害之计多么容易识破，都没什么意义——因为他知道仁多澣压根儿就不愿意"识破"。慕泽不明白，自己究竟是哪里得罪了仁多瀚，竟导致他要致自己于死地。

"我只想死个明白。"慕泽将那封伪造的书信很郑重地交还到中军官的手中，抬起头来注视仁多瀚，语气平静地说道。

仁多瀚在这一瞬间，倒真有点儿欣赏慕泽了。因为在这种情况下，慕泽居然没有撕毁那封书信——否则的话，慕泽的罪名就会坐实得死死的。不过这显然都不重要。

"本帅也正想问慕将军要个明白！"仁多瀚的脸沉了下来，如同乌云蔽日，整个帐中的温度都似乎下降了许多。

"这是有人陷害末将……"

慕泽的话再次被人打断，但这次却是来自帐外——"报！"

"何事禀报？"中军官快步出帐，厉声问道。

来禀报军情的小校却顿时结舌，想了半晌，方艰难地咽了一口唾沫，禀道："宋军骂阵！"

"这也要大惊小怪，拖出去，军棍伺候！"中军官说罢便要转身，却听那小校大声喊道："冤枉！实是宋军骂得厉害……"

"蠢货！"中军官抬起了脚准备回帐。

"报——"又一个小校跑了回来，脸上神色十分古怪。

"何事？"

"宋军骂阵。"这个小校要伶俐许多，不过他的要求却十分无礼，"十分厉害，请将军亲自去听一下……"

"浑球！"中军官厉声喝骂道，却听帐中传来仁多瀚的声音："是何事禀报？"

中军官连忙快步入帐，禀道："是宋军骂阵。"

"这等小事，要两人来禀报？"仁多瀚顿觉奇怪，他的话音刚落，突然听到外面有鼓噪之声，似乎宋军骂阵的声音，突然大了起来，便在中军帐中，也可以清晰地听见一些污言秽语。有几句话清晰入耳，骂的却是梁太后如何与臣子偷情。

帐中众人顿时面面相觑。

仁多瀚也是意想不到，站起身来，道："随我去阵前看看。先将慕泽绑起来！"

西夏众将到了阵前，仁多瀚才知道自己不该来这里。

只见庆州城楼上，一个女子云鬟高耸，身着素衫，裹了一件淡墨色披风，正在那里清晰地骂着梁太后的一件件阴私之事，有许多事情，连时间、地点、人物都说得清清楚楚。她每说一句，身后便有几十个妇人跟着大声喊出来。庆州城上的宋军，一时间笑声震天，不时还有几个宋军大声附和着加几句点缀之言。

而西夏阵前士兵，却是一个个捂紧耳朵，面面相觑，不知如何反应。

眼前之情景，绝对是仁多瀚做梦都想不到的。两军交战变成泼妇骂街，固然十分可笑，但是仁多瀚却怎么也笑不出来。

他只愣了一会儿，立时便做出反应："弓箭手，射那个女子！"

很快，一阵箭雨射了出去，但是距离太远，弓箭飞到空中，便变成名副其实的"箭雨"，无奈地跌落下来，根本伤不到那个女子分毫。

反而，那女子仿佛被这阵箭雨激起斗志，骂得更加起劲了。

"罢了！"仁多瀚挥手制止住正要再射的士兵，这种浪费箭支的事情，不做也罢。

但是这个局面却是尴尬得紧。仁多瀚一时之间，竟然想不出对策良方。他却不知道被绑的慕泽在心里冷笑——这等计策，实在容易化解，只要将战鼓搬到阵前，播动战鼓、吹响号角，便可将那女子的声音淹没，不过慕泽此时却没什么兴趣帮助仁多瀚脱困。

"统领！"鬼名讹兀策马走到仁多瀚身后，低声说道，"僵持下去，有利无害。此事断难掩饰，趁现在诸将都害怕被太后迁怒灭口，不如就此下令退兵。"

仁多瀚心中一动，这的确是退兵的良机，此时撤退，军中没有一个人会反对。

但是，仁多瀚却还有一点儿顾虑，他担心这样退兵，日后难免成为笑柄。

正在犹豫之际，最后一根稻草被轻轻放了上去。

庆州城以东的天空中，突然出现了漫天飞扬的尘土。

这奇异的变化很快被西夏的将领们所注意到，紧接着，庆州城中，出现了震天彻地的欢呼声。

援军？

仁多瀚与鬼名讹兀等人的脸上，都露出了惊疑不定的神色。

"难道绥州这么快就败了？还是渭州的援军到了？或者只是疑兵之计？"一瞬间，仁多瀚的脑海中同时涌上好几个念头。

"拔寨、撤兵！"终于，仁多瀚掉转了马头。

庆州城上。

望着渐渐远去的夏军，石越长长地吁出了一口气，转身问站在身后的贾岩道："要不要追击一下？"

"待西贼撤得远一点儿，再虚张声势地追击一下，把戏演得逼真一些。"贾岩沉声说道。

石越点点头，道："待仁多瀚撤回清远军，便派人与他交涉。赎回狄将军与王将军的首级，凡是被掠入西夏的汉户与交好的番户，用四匹绢布、四匹棉布一个人的价格赎回。现在首要的是看看环州城还有没有幸存者。"

"是。"

石越没有注意到，他说这些话的时候，远远站立在下首的李清清的眼中，流露出了一丝敬意。在战争胜利之后，首先想到的是战死者与被掠的百姓，这样的上位者，并不是经常能见到的。

第十章

绥德逆袭

肉食者鄙，未能远谋。

——《左传·庄公十年》

1

绥德城。

它的城东，有一条夹杂着滚滚泥沙由北向南急流的无定河；城之西，则有由西北入东注入无定河的大理河。而在城之西南，巍然屹立着一座险峻的嵯峨山。

自春秋以来，这里便是西北边陲要地。绥州控扼高深，形势雄胜，是鄜、延之门户。后汉的虞诩曾称赞"安定、北地、上郡山川险隘，沃野千里，土宜畜牧"，说的便是绥州一带。而自隋唐以来，更为藩卫之重地。宋朝自李继迁叛乱建立西夏以后，一直到熙宁二年，才由种谔夜渡大理河，收复绥州。从此改名为绥德城，隶属延州，并打算以此为基地，控制横山，图谋平夏。但是因为抚宁砦之败，却导致绥德城前线的几乎所有要塞关隘，都控制在西夏手中，从地缘上控制横山的战略，因此亦遭到失败。但饶是如此，自从绥德城收复之后，原鄜延路所受的西夏方面的军事压力，也小了许多。

可以说，绥德城的重要性，还在平夏城之上。

而宋朝在绥德城的建设上，也投入了足够的血本。

这座唐代贞观初年不过城周四里多的要塞，现在分为内城与外城，外城高五丈、阔二丈，周长已经达到九里有奇，城墙外三十步的地方被一道护城壕沟所环护着。外城开有四门，每扇城门都为三重，最里面的一重门比普通城门加厚了数寸；第二重门采用铁叶钉裹；最外的一重门，则以木为栅。

每座城门之外，都筑有半圆形的瓮城，瓮城上设有敌楼，可以遮隔箭丛，两侧设门。而在壕沟与城墙之间，距离城墙十步的地方，又筑有高达一丈的羊马城，它的城门与瓮城的城门错开，上有五尺高的女墙[16]。

在城门之上，则有门楼两层，在门楼的上层，装备了床子弩等重型器械。外城城墙上，亦有女墙，城上每十步设有一个敌楼。四面又设有面积为宽一丈六尺、长三步的弩台，都安置着大型的弩机。

除此之外，绥德城最为显眼之处，还在于它西北面的城墙，除了用传统筑城法之外，更在城墙之外，用碎石夹水泥掺杂着锋利的竹刺、铁刺，涂了厚厚的一层。在冬日阳光的照耀下，闪着慑人的寒光。

....

[16] 指建在城墙顶部内外沿上的薄形挡墙。因为其与大城相比，极为卑小，故称女墙。建在城顶内沿的女墙可称宇墙，建在城顶外沿的女墙可称垛墙。女墙用于城顶防护和御敌屏障，是古代城墙必备的传统防御建筑。

不知道从何时开始，绥德城在大宋将士的心目中，便已经成为"难以攻克"的代名词。许多人都相信，只要有足够的兵力与粮草、军械，绥德城将永远在大宋的控制之中。

他们似乎都已经忘记，绥德城的上一次陷落，距今还不足十年。

负责绥德城防务的云翼军都指挥使"小隐君"种古，是大宋西军中的名将。但是此时，"小隐君"却锁紧了眉头，凝视着摆放在公厅当中的巨大沙盘，久久不发一言。站在他下首，同样紧锁着眉头的，是振武军第三军副都指挥使刘舜卿，他率领振武军第三军第二、第三、第五共三个营计九千禁军前来协助防守。他也正是这次宋军防御战略的策划者。

两个人的眼睛中，都充满了血丝。

"士兵都需要休息。"云翼军都虞候赵泉说的话也许不合时宜，却是当前最实际的问题。

夏军这次果然是有备而来。

第一天攻城时，出乎所有人的意料，西夏人竟然排出了十架抛石机与车行炮，猝不及防的宋军准备不足，结果吃了大亏。在漫天飞舞的箭雨与十架抛石机的远程打击的掩护下，西夏士兵以十人为一组抬着一座座壕车、云梯蜂拥而至，如同蚂蚁一样爬上城墙；另有数以百计的西夏士兵则在覆着牛皮与泥土的小车的保护下，冲向城门与城角。

绥德城几乎被西夏人一举攻克。

当日的惨烈，众人时至今日，都恍如昨日历历在目。

种古拔刀砍倒了第一个攻上城墙的西夏人，刘舜卿射光了箭壶中的所有箭支，连都虞候赵泉都中了一支流箭。将军们的身先士卒激励了士兵们的决心，最终才勉强稳住城墙上的战局。

但当天最大的功臣，却是吴安国。

因为云翼军是对宋朝来说十分珍贵的骑兵，自然没有参加城墙上的防守。在战局危急之时，吴安国故态复萌，率几个亲信士兵"说服"了云翼军副都指挥使，取得兵符令牌，假传命令，带出三个营近六千骑兵，从南门出城，无声无息地绕到夏军侧翼，突然发动进攻。

投入攻城战的夏军因为没有足够的拒马枪[17]保护进攻的部队，几乎被这一记侧

....

[17]　是一种古兵器，又称拒马，是把多支长枪插在原木上，用以阻挡敌骑兵冲锋的一种障碍物。

击击溃。若非李清率援军及时赶到,整个战局很可能就会发生戏剧性的变化。但这便已经足够让城中宋军彻底稳住阵脚了。种古当机立断,亲自率领城中余下的两营骑兵杀出东门,绕至与吴安国混战的李清部后,试图夹击李清,不过却被另一支夏军挡住。

二人这才且战且退,撤回城中。

但这次吴安国也几乎被处斩,因为众人求情,才逃过一死,只是被杖罚。

这样,第一天的守城战,虽然最终挫败了西夏人的进攻,但宋军也损失惨重,有一千五百多名步兵在这一天阵亡或者失去战斗力,骑兵也有近七百人的伤亡。对于全部兵力不过二万七千余人[18]的绥德城守军来说,这实在是不堪承受之重创。

种古与刘舜卿对于自己的战略目标非常清楚——绥德城守军的任务,就是尽可能拖垮夏军,利用绥德坚城,消耗夏军战斗部队的体力与士气。并且,对于骑兵有限的宋军来说,云翼军不仅要作为一支机动力量协助守城,同时还要担负着援军到来后,夹击夏军,延滞其撤军速度的任务。

当然,哪怕没有达到目标,绥德城也是不允许丢的。

如果种古与刘舜卿认为快守不住了,那么就应当至少提前三天,在晚上燃放约定的烟火。

虽然计划十分周详,但是绥德城差点儿在第一天就被攻破。这让种古与刘舜卿想起来就感到无地自容。

不过万幸的是,最坏的结果并没有出现。

2

战争并没有随着太阳的落山而结束。

西夏人想一鼓作气攻下绥德城,他们甚至不想掩饰自己的这种企图。夏军中并非缺少知兵之人,他们也知道如果长时间屯兵于坚城之下,不仅会面临着补给与天气诸般不利因素,随着伤亡的增大与进攻的受挫,士气也会下降。

没有给宋军多少休息的时间,在当天晚上,借着黑夜的掩护,夏军又如同白蚁一般,涌向绥德城。

但这次神卫营却洗刷了白天的耻辱——以器械先进见长的宋军,居然会遭到西夏人区区十架抛石机的压制,这是神卫营第三营跳进无定河也洗不清的奇耻大辱。正摩

----

[18] 包括振武军第三军三个营九千余人、云翼军九千余人、未整编禁军八千人与神卫营第三营一千余人。

拳擦掌着等待报仇机会的神卫营，在这个晚上让西夏人见识了什么才是技术！

门楼与弩台上，射程可达三百步的三弓弩，随着一声声的大喝，一次发射出数百支的弩箭；几部改良过的抛石机则将震天雷准确地抛掷到八十步以外，每一次抛杆挥动，伴随着划过天际的黑色抛物线，只听到城外一阵阵"砰""砰"的巨响，爆炸的烟火在夜空中此起彼伏地闪起，绥德城外，顿时沦为血肉横飞的修罗场。

好不容易冲到城下的夏军，刚一抬头，就发现从城墙上扔下来一个个巨大的东西。不待夏军嘲笑宋军如此惊慌失措，这么早就开始浪费滚石檑木，便见这些东西摔到城下后，突然发出火光，然后在地面四处乱窜，目瞪口呆的夏军还来不及琢磨清楚这是什么物什，这种名为"万人敌"的新式火器在窜入攻城者中间时，突然就开始爆炸，只听到巨响之后，铁弹横飞，血肉四溅。

当晚的进攻，西夏人付出了极其惨重的代价，宋军却没有多大的伤亡。

但这样的挫败远不足以打击夏主亲征鼓舞的夏军士气。

李秉常虽然亲眼见识到宋军各种武器的先进与战斗力的强悍，却并没有半点儿退缩的意思。梁乙埋更是丢不起这个人。在大将梁永能的建议下，夏军调整了进攻的策略。

梁永能将部队分成十部分，其中两部负责抄掠地方，保护牲口，实际就是护粮之兵；两部负责阻击宋军的援军，一部保护夏主的安危，其余五部昼夜不停，轮流进攻，纵使不进攻，也要擂响大鼓，不使绥德城有一刻休息。

这五部人马，当一部进攻时，有三部则负责秘密挖地道，垒土山，只叫一部休息。只待地道挖到城墙之下，烧塌地基，再坚固的城墙，也会倒塌。这是攻城的常用之法。为了在宋军凶猛的远程打击下掩护进攻的部队，梁永能又命令五百士兵，在骑兵保护下，准备易燃的干草或薪束一万束，携带傍牌，至绥德城的上风处，以干草为中心点燃，而在干草周围放置湿草，使其发出浓烟，借着风力吹至绥德中，熏逐宋军。

这样的手段果然见效。

只要有风的日子，绥德城宋军都要在浓烟的熏逐下作战，实是苦不堪言。不仅仅打击的准确度下降，而且浓烟也让城墙上的守军无法忍受。虽然点燃浓烟的地方在弩炮的打击范围之内，但是西夏士兵都带有傍牌，弩炮手在浓烟中逆风打击，很难形成有效的杀伤。种古组织了几次出城攻击，只有一次成功。到了第二天，西夏军又照样卷土重来。

梁永能这种更为灵活的战术，让绥德守军几乎每天不眠不休地作战，不仅时时刻刻要应付着西夏人的进攻，还要白天受浓烟之熏逐，晚上被如雷鸣一般的战鼓声所骚扰——这同时还影响了专门负责监听敌人是否有挖地道的士兵们的听觉。在这种情况下，宋军一日甚过一日疲劳，在坚持了十几天后，让夏军再一次攻上了城墙。

幸好刘舜卿守御得法，才将西夏人赶下城去。

但这种状况，无论如何，都不可能再持续下去。否则，绥德城只怕坚持不了几天了。

"有些士兵在守城时，竟然站着睡着了。"赵泉没有理会自己的话中不中听，他对种古与刘舜卿的自尊心毫不介意，他关心的是，绥德城绝不能破，"到了该召唤援军的时候了！"终于，从赵泉口中，说出了种古与刘舜卿觉得最刺耳的一句话。

"太早了。"刘舜卿不甘心地反对着，"西贼远未至师老兵疲的时候。"

赵泉抿紧了嘴唇，他的目光扫过刘舜卿，停留在种古的脸上。

种古回视赵泉，缓缓说道："的确太早。"

赵泉叹息了一声，移开视线，不再说话。

"至少还要坚守十天。"种古的脸显出坚毅之色，"只要能再守上十天，西夏人便是用车轮战术，同样也会感觉到疲劳——最重要的是，久攻不下，无论是参战或是未参战的部队，都会有挫折、松懈的情绪。到时候被我军重重一击，秉常可以成擒。"

"但如若只是这样一味地防守，我军绝不可能再坚持十日。"刘舜卿虽然绝对同意种古的观点，但是却也无法回避客观的现实。

"让部队轮流休息。"种古一掌击在案上，"明日某亲率云翼军出城作战，挫挫西贼锋芒！"

刘舜卿与赵泉对视一眼，无言地将目光移开。二人都知道这是唯一的办法，只有这样，才能让守城的部队，有一点儿喘息的时间。

离开行辕，种古跨上一匹骏马，只带了两个亲兵，便直奔向云翼军第一营的驻地。

云翼军第一营的营地在冬天里没有一点儿暖意的阳光的照耀下，连门口几棵光秃秃的杨树都显出几分肃杀之气。肃立营中的卫兵，手执枪戟如标杆一般站立，脸上绷得紧紧的。他们的枪尖都擦得锃亮，在阳光下闪着寒光。营房中间，不时还有巡逻的小队踏着整齐的步伐经过。远处，则有一些士兵在悉心地照料着战马。

种古脸上露出一丝满意的微笑，但随即收敛。他跳下马来，将战马丢给亲兵，大步向营门走去。营门的卫士见着种古走来，立刻整齐地行了一个军礼，一面高声喝道："种帅到！"

通报声一层一层传了进去，很快，营中便走出来一群武将。

"末将云翼军第一营副都指挥使卢靖率营中将校，参见种帅！"领头的一将，身材壮实，其貌不扬。

"不必多礼。"种古虚扶了一下卢靖，在众将的拥簇下向营中走去。

第一营都指挥使与三个分掌情报、作战、训练的行军参军连同第一营几乎半数的战士，在西夏人攻城的第一天全部不幸战死，魂归忠烈祠。副都指挥使卢靖是个一步一步积功升迁至翊麾校尉的老部伍，为人忠厚，作战勇敢，但是能力平庸，做到营副都指挥使，已经是他的极限，种古与云翼军军部的行军参军们，都深知他绝对支撑不了这个局面。在不得已的情况下，种古将刚刚受惩罚的吴安国发配到第一营，让他戴罪立功，暂时代理行军参军的职务，协助卢靖管理第一营，吴安国果然不负所托，让种古十分满意。

"吴安国呢？"种古环视四周，不见吴安国身影，不由皱眉问道。

"回种帅，吴镇卿去了城墙上。"卢靖连忙回道。这个将近四十岁的汉子，十分质朴。

"嗯？"种古的声音中，带上了几分严厉。

卢靖生怕种古怪罪，忙解释道："每日这个时辰，都是西贼两班攻城人马轮换之时，吴镇卿是去城墙上观察敌情。"

"他操心的事还真不少。"种古虽然还是不假辞色，但口气已经缓和许多。

"吴镇卿不枉是文武双科进士，带兵的能耐，远在俺之上。"卢靖由衷地称赞道。不知道是哪个好事之徒，将吴安国的履历，在云翼军中传得众人皆知。别的事情倒也罢了，他曾经中过文进士的消息，对于识字率低得可怜的武人来说，的确是非常震撼。兼之吴安国到了种古手下后，脾气略有收敛，和几个性情忠厚老实的中级武官又十分合得来，武艺又足以让兵士服气，因此在云翼军中，口碑竟然不是太差。

种古之前为了激励将士向上之心，也曾经宣扬吴安国弃文从武的事迹，这时候听到卢靖夸赞吴安国，虽然不想让吴安国太得意，以免他旧病复发，却也不便反驳，只是重重地"哼"了一声，转过话题，问道："一营还堪一战否？"

卢靖听到种古如此相问，与众将校顾视一眼，不由喜笑颜开，连忙答道："俺们第一营还有近千将士，种帅要用时，俺们便替种帅将梁乙埋的头给拧下来当夜壶。"

"好。"种古终于赞许地点了点头，笑道，"叫孩儿们好好准备，把刀磨快了。今晚饱餐一顿，好好睡一宿，明天该是大虫出山的时候了！"

卢靖与众将校早就被憋疯了，云翼军的士兵，大多数是同乡同里，可谓情谊深厚。他们每个人都想替第一天为守城而死去的袍泽报仇，但是宋朝骑兵宝贵，自然不可能直接让他们去守城。这些日子窝在城中不能打仗，眼睁睁地看着城墙上杀声震天，一具具死尸抬下来，自己却用不上力，别提有多难受。此时听到种古这话，真无异于天堂之音，卢靖嘴都乐歪了，几乎忘记回话，直到听见种古又问："听见没有？"卢靖这才高声应道："得令！"

在第一营的营地巡视了一圈，种古便离开第一营，准备前往第二营巡察。这是他多年的习惯，在大战之前，一定要亲身了解一下部下的状态，顺便做一点儿动员。

他刚刚踏出第一营的营门，从亲兵手中接过马缰，便听到一阵马蹄踏踏之声，远远便望见一骑急驰而来。

送出营门的卢靖眼尖，早已瞅实，忙向种古笑道："是吴镇卿回来了。"

种古微微点头，便不上马，只驻立营门前等候，未多时，果见是吴安国骑马而来。吴安国在马上远远就望见种古与卢靖，连忙高叫了一声"吁"，勒住奔马，一个漂亮的翻身，跃下马来，大步走到种古跟前，参拜道："末将吴安国拜见种帅。"

种古望了他一眼，冷笑道："棒伤就好了？"

吴安国脸一红，他在种古麾下，名为部下，其实算得上是种古一手调教的弟子，这时不敢不回，只得尴尬地回道："已是差不多好了。"

"难怪晓得卖弄了。"

吴安国答也不是，不答也不是，只得满脸通红站在那里，不敢作声。

"回去好好准备一下，有本事明天向西贼卖弄去。"

吴安国怔了一下，马上就反应过来，他劲眉一扬，沉声说道："种帅，末将有军情禀报。"

"嗯？"种古微微颔首，道，"随我来。"

对于吴安国在军事上的才华，种古是从来不怀疑的。带着吴安国回到帅府中厅，种古连披风都没有取，便指着巨大的沙盘说道："说吧。"

吴安国快步走到沙盘之前，指着城西北夏军攻城的方向，沉声说道："这五天来，每次西贼易军而战之时，末将都在城墙上观察。"他的手指指向标志着西夏大营的标志，"每次攻击的西贼，都是从营地出来的。但是……"吴安国的手指突然向南方划过，皱紧了眉毛说道："每次西贼撤退，都是向此处撤退！"

种古凑近了沙盘，凝视着吴安国所指的方向，陷入思忖当中。

"此处恰好有一个小坡，挡住了我军的视线。"吴安国的声音十分冷静，"这五天的时间，末将观察西贼的旗号，已知西贼是分成五队轮流攻城。当一队攻城之时，约有一队人马在筑土山。余下三队，至少有一队是在休息，但是还有两队呢？若是没有别的图谋，为何西贼筑土山的部队，仅仅只有一队？易地而处，末将至少会用两队人马来筑土山！"

"攻城之法，不止土山一途。"种古的话中，带着丝丝寒意。

吴安国点点头，转头凝视种古，缓缓说道："末将亦是作如是想。攻城之法，还有一条最常用的方法，西贼却一直没有用！"

"地道……"

"正是。"吴安国的神色，仿佛只是在陈述一件最平常不过的事情，"西贼晚上擂鼓，固然有疲兵之意，但是百战之兵，不会受此之累。只要塞上耳朵，强令轮流休息便可。其疲兵之术，靠的还是轮流攻城，使我军疲于应付。擂鼓，不过是让我们不知道他们在挖地道而已！"

种古的脸上，突然露出古怪的笑容："既是如此，某便当还给梁乙埋一个惊喜！"他转头看了吴安国一眼，用漫不经心的语气说道："今晚各营都指挥使副会议，你也来参加吧。"

"遵命。"吴安国欠身应道，虽然尽量想让自己的语气显得不太在乎，但是他的嘴角，还是不自觉地流露出一丝难得的笑意。

3

次日。

天色微明。

太阳尚未升起，空气中弥漫着破晓时的寒气。

大宋绥德城内，一支约八千人马的骑兵部队，在一个校场上集合，将士们一个个神色肃然。远处的城墙上，还在传来清晰入耳的厮杀声。时不时传出几声震天雷爆炸时的巨大轰隆声，使得远在城中的人们，似乎也能从空气中闻到一丝硝烟的味道。

不过，此时八千云翼军将士的眼中，却只有一个人的存在。

那便是缓缓走上将台的云翼军都指挥使、"小隐君"种古。

一件灰袍裹着瘊子甲，黑色的披风在拂晓的微风中微微飘动，种古站在将台上，环视校场上的将士，突然拔出腰刀，一刀挥向自己左手的小拇指！

一截断指跌落将台，鲜血喷涌而出。

一瞬间，全军肃然！

所有的将士，都无比惊愕地望着他们的主帅。

种古手执腰刀，厉声喝道："今日之事，有敢畏缩不前者，有如此指！杀！"

霎时，热血在每个人的体内沸腾。

"杀！杀！杀！"即使是九重天上的雷声，亦不能比拟此刻从八千将士心中发出来的呐喊。巨大的吼声，连大地都为之震动。

在大鹏展翅旗与"种"字帅旗的指引下，绥德城的西门打开了。

吊桥放下的一瞬，一股黑色洪流带着漫天的烟尘与地动山摇的喊杀声、马蹄声，从绥德城中涌了出来，冲向正在攻城的西夏军队。

在某一瞬间，西夏人似乎被惊呆了。

人人都能感觉到从正面冲出来的这种宋军，带着多么强烈的斗志。西夏人从这黑色洪流中，甚至能感觉到一种凛冽刺骨的杀气。

云翼军铁蹄所踏之处，便有西夏人的鲜血在空中飞溅。

"杀！"

"杀！"

"杀！"

绥德城前，带着血腥味的呐喊声响彻云霄。一切抵抗似乎都无法阻止这黑色的洪流奔腾。

夏军的攻击阵形，很快就彻底被击溃了。他们现在需要做的，是如何来阻止云翼军那肆无忌惮的进攻。

西夏御帐。

年轻的西夏国王李秉常骑着一匹白色的骏马，在国相梁乙埋、驸马禹藏花麻、李清、文焕以及诸梁氏子弟、宗室、大族酋长等群臣的簇拥下，站在一个山坡上，远眺绥德城外惨烈的战况。

作为一种特殊的恩宠，文焕与禹藏花麻被特别叫到了秉常的身边，在仅次于梁乙埋的位置陪侍。

很快了解了西夏高层政治斗争内幕的文焕，对于与自己一同站在秉常右边的禹藏花麻，充满了兴趣。禹藏花麻本是熙河地区的西番首领，因为被大宋的"飞将军"向宝打得无法立足，不得已投降夏毅宗谅祚，谅祚妻以宗族之女，封为驸马都尉，一直以来，都在替西夏镇守边关。禹藏花麻本是吐蕃族的首领，对于西夏的忠诚非常有限，而他与梁乙埋私人关系的恶劣，更是导致了禹藏花麻有限的忠诚心，全部倾注到了秉常的身上。因此这个禹藏花麻，实际是李清非常重要的政治盟友。

"李清是降将，禹藏花麻是降将，我也是降将……"文焕抿着嘴，充满恶意地想着，"夏朝的局势，竟然是一批降将在这里搅和。"想到这里，文焕几乎要笑出声来。不过考虑到此时西夏人的表情，文焕还是克制住了自己的情绪。他紧锁着眉毛，装出一副忧心忡忡的模样，观察着远处的战场。

尽管此时此刻，他其实是最快乐的人之一。

"'小隐君'，真不愧名将之名！"秉常发出的感叹，对于西夏诸臣来说，自然是十分刺耳，但文焕却是十分认同。

今天的战斗场面，在公元 11 世纪末叶的宋夏边境，是十分罕见的。

一向缺少马匹的宋军，竟然出现了八千精锐骑兵集中使用，正面冲击西夏人的壮观景象！

这是包括文焕在内的宋军将士多少年来梦寐以求的事情。

以往缺少马匹的宋军，用步兵对抗骑兵时，为了应付骑兵的机动性，不得不结成方阵，四面防御。像今天这种八千铁骑在战场上横冲直撞的情形，大宋至少有七八十年不曾见过了。

而且，云翼军这次表现出来的一往无前的勇决，连文焕都感到吃惊。

那是一种夺人魂魄的气势，仿佛他们的马蹄，能够踏平一切挡在他们前面的事物。

很难想象这样的气势会在大宋的骑兵身上展现出来。

但这却成为事实。

若非夏军也是训练有素，且有名将节制，是以前军虽败，后军却能严整不乱，只怕这场战争在此刻就已经结束。

这场战斗也讽刺地证明，夏军只要不交到国相梁乙埋手中，依然是一支具有顽强战斗力的部队。

虽然数只先后赶到战场的策应部队都被云翼军击破，宋军骑兵的连发弩无情地带走了一个个西夏士兵的生命，手执红缨枪冲锋的云翼军几乎是挡者即死碰者即伤，但是夏军策应部队的顽强抵抗，让溃散的部队稳住了阵脚，也给后面的部队赢得了时间——梁永能迅速调集了两万骑兵，兵分两队，杀向云翼军。

大地在这数以万计的战马蹄下摇动起来。站在秉常所在的山坡上，只能看到漫天的尘土中，有不同的旗帜在交叉穿过，不时会有一些旗帜突然倒下，每一瞬间，都可以看到有无数的黑影跌落战马……

但是，那面绣着"种"字的帅旗，却一直高举飘扬，异常清晰、刺目。

"东朝如何有这许多战马？东朝军队，何时如此装备精良、训练有素？"秉常的疑问没有说出来，但是久久在心中盘桓。善于揣测"皇帝"心意的西夏群臣，这一刻，分明从年轻的夏主脸上，看到了震撼之色。

此刻，绥德城西南。

一个土坡后面。

这里距离绥德城的西南角外的护城壕不过一里有奇。因为地势在这里正好起坡，可以挡住宋军的视线，可以说是十分理想的挖掘地道的所在。

与人们想象的不同，中国古代攻城时挖掘地道，并非仅仅是为了让部队能通过地道进城。攻城方挖地道之时，往往都是一边挖地道，一边在地道的上下左右四方都铺上木板，这些木板在施工时，可以防止塌方，但是它的另外一大用处，却是在地道挖至城墙角下之时，可以成为燃烧的材料。而攻城方挖地道的主要目的，便是烧塌城墙的地基！地基一塌，城墙就会倒塌，造成巨大的缺口，这远比通过地道入城攻击风险要小，效果也更好。实际上，很多时候挖地道，都是为了这个目的。

其实对于挖掘地道，并通过地道攻城，宋朝有专门的器械——头车。这种一车可以容纳三十人，兼具挖掘地道、防御、进攻、运泥四大功能的车辆，是技术发达的结晶，石越在军器监时，曾经上表请求将这种头车简化改装后，用于矿冶生产并且得到了允许。但是尽管头车在宋朝已经用于民用，但是因为其结构过于复杂，对于西夏人来说，那依然是一种谜一样的工具，无法掌握。

不过，虽然手法十分原始，但是夏军的进度却不慢，因为人力充足，兼之土地松软，这条长长的地道，已经通过那条早已被西夏人用尸体与草灰填平的护城壕，快要接近西南角的城墙下方了。不过，为了防止被宋兵发觉，越是靠近城墙，动作就越要小心翼翼，进度自然放慢了许多。

但是无论如何，在负责挖地道的夏军看来，绥德城的倒塌，已经指日可待。

他们不知道，此时有一支宋军，如同猎豹在打量自己的猎物一般，正在远处观察着他们的一举一动。

4

吴安国率领的部队非常少，只有一个指挥约三百人的骑兵，以及两百人的神卫营部队。

随着大部队出城后，吴安国便带着这支部队神不知鬼不觉地离开了战场，绕道至西南方向。没有人注意到这么一小队人马的动向。

发现西夏人后，吴安国便找了个灌木林潜伏起来，整支部队都是人衔枚、马裹蹄[19]。

他在静静等待机会。

他接到的命令是：便宜行事。

远处西夏人的营地清晰可见，在营地里面，可以看见有几个巨大的洞穴，洞边各

....

[19] 古代行军时保持队伍安静的方式。士兵嘴里横衔着一种像筷子的器具"枚"，防止说话；包裹马蹄，防止马蹄声被敌人发现。

有一台绞车。

因为这里离主战场实际距离较远，而且较为隐蔽，又或是自恃能够及时得到中军的接应，西夏人并没有停止作业，只是守卫的士兵们看起来加强了戒备。绞车将泥土从洞中带出，这些泥土又被人运去土山的方向。

营门是半开的，以便随时可以关上。

在泥土从地道中运出、送出大营的同时，还有一些西夏士兵一起扛着伐下的树木运进营中。在营中，到处垒着厚厚的木板，不时有人从另外的洞中，将木板用绞车递进洞中。

整个大营，宛如一个热闹的工地。

吴安国仔细地观察着一切，在心里暗暗估算着地道的规模与伐木、运输的人数，又仔细清点了负责守卫的人马。

"守卫的人马当在两千到三千左右。"很快，吴安国得出了大概的结论。地道的规模很大，仅仅从外面来看，不可能知道地底的构造，自然无从知道西夏人的用意是通过地道进城还是烧塌城墙，但是无论是哪一种，吴安国都相信，在地底作业的西夏士兵，至少有近千人！

潜伏了约一时辰之后，因为绥德城外激战而警戒起来的夏军看起来似乎稍稍有所放松。为了方便运输，营门终于又被全部打开。

吴安国沉吟了一会儿，轻轻走到指挥使山裕跟前，低声耳语了数句。

山裕想了一会儿，点头答应。亲自领了五十骑，悄悄离开灌木林。

一刻钟后。

在西夏人运送木材回营的路上，一小队宋军骑兵呦喝而至，他们穿着大鹏展翅的背心，手执弩机，肆无忌惮地射杀着运输木材的夏兵。

完全没料到宋军会出现在这个地方，夏军纷纷丢下木材，抱头鼠窜。

西夏大营很快做出了反应，五百骑兵冲出大营，试图将这些"流窜"而来宋军杀掉。但是这些骑兵刚刚出营，那些宋军立刻就跑了个不知所踪。

夏军不敢追赶，只得悻悻回营。不料他们刚刚进营下马，这队宋军又出现在途中。待夏军再次出营追赶，他们又马上逃窜开去。

如是一而再，再而三，西夏人早已十分不耐。眼见着伐下的木材无法运至营中，而这边看起来又没有什么异常，夏军终于按捺不住。因为不知道宋军的具体人数，西夏大营派出了八百骑兵，兵分两队，向那只捣乱的宋军包抄过去。

那队宋军故伎重施，但是这次，西夏人却没有放弃，而是开始穷追不舍。

望着渐渐远去，直至消失在视线中的西夏骑兵。吴安国的脸上，流过一丝诡秘的笑意。不过这笑意稍纵即逝，他沉下脸来，跃身上马，摘起长枪，厉声喝道："杀！"

"杀！"

猎豹终于向它的猎物发出致命的一扑。

"关营门！"

"神卫营！"

声嘶力竭的吼声几乎同时响起。

吴安国终于没有给西夏人关上营门的机会，紧随而来的神卫营将数十枚霹雳投弹准确地投掷到营门周围，数声轰隆巨响，门边的夏兵立时血肉横飞。紧接着，硝烟尚未散尽，宋军的弩箭，便已经射进西夏营中。

吴安国平端着长枪，率先冲入西夏大营。在二百余铁骑的践踏之下，西夏营中立时一片人仰马翻之声。数不清的士兵根本来不及做出任何反应，便成了箭下鬼、枪下魂。

紧随其后的神卫营也不甘落后，他们四处扔掷霹雳投弹，到处纵火，那堆积如山的木材正好成为神卫营的材料，一时间，西夏营中火光冲天，炸声隆隆，再伴随着营中人的惨叫、战马的悲鸣，整个大营都快被掀翻了。

夏军人数虽然远多于宋军，却苦于没有集合在一起，只能各自为战，抵挡闯入营中的宋军。但这根本无法阻挡宋军的前进。

吴安国几乎是毫无阻碍地冲至第一个地道井口，一枪挑了两个守在井口旁边的夏兵后，拔出腰刀，将绞索斩为两段，不做任何停留，又策马冲向第二个井口。

察觉到宋军意图的夏军疯了似的冲上来，奈何人数太少，根本无济于事，只能与宋军纠缠在一起。

而紧紧跟在骑兵后面的神卫营却趁着这个空当，将一个个装满了石油的葫芦不要本钱般地扔进井中。然后轻轻往井丢下一个火折——"噗"的一声，大火在一个个井口点燃，顺着铺满地道的木材，向深处燃烧进去。

在地下作业的夏兵突然遭此横祸，当真是上天无路，入地无门。地底之下，已是惨不忍睹。

而神卫营似乎还不放心，又将数十颗霹雳投弹同时丢进井口，数声巨响过后，只觉地面一阵摇动，所有井口全部塌方，将地道口堵得死死的！

近千名夏兵，就此全部或被烧死，或被熏死，或被闷死，无一人逃出。

眼见目的达成，吴安国便即下令撤退。

但眼睁睁看着近千袍泽惨死的夏军，又如何肯放过这群宋军？

夏军中被编在一个部队的将士，大都是同族，血脉相连，这时候全都红了眼睛，不顾一切地追了出来，恨不能将这些宋军生食。为了阻止宋军撤退，许多夏兵不惜与宋军同归于尽，他们用身体扑，用拳打，用牙咬。看到西夏人扭曲的面孔，连吴安国都感觉到一阵心寒。

神卫营创立以来最惨重的损失，不可避免地出现了。

一百余名神卫营士兵最终没能够回到绥德城，许多神卫营战士根本是被西夏人活活咬死的。神卫营的骡马也损失了大半，虽然器械因为携带较少，没有损失，却有超过三十枚未及施放的霹雳投弹以及两枚"炸炮"被西夏人缴获。在付出了惨重的代价后，西夏人终于知道为什么地底下会突然发生爆炸了。这次偷袭战，吴安国能够率领余下的一百多云翼军与九十余名神卫营士兵生还，也是因为他事先设下炸炮阵，这才挡住夏军的追杀。

5

这一天的战斗，史称"绥德逆袭"，战争持续时间超过三个时辰，是在下午结束的。

战斗的结果，是夏军的伤亡超过两万人，梁永能通过地道攻城的计划化为泡影，将领、大小头领战死者超过三十人，其中还不包括因为被吴安国偷袭成功、事后被秉常斩首的五名将领。而宋军方面，云翼军第三营与第五营从宋军的编制中消失了，宋军伤亡达到五千余人。战斗过后，云翼军能够继续作战的人，实际上只有一个整营的编制了。而且正七品以下武官，伤亡率超过百分之八十。连"小隐君"种古，也是身中三箭。

这次战斗无论从哪方面来说，胜利者都是宋军。云翼军的骁悍让西夏人刻骨铭心。夏军的士气受到严重挫折，悲观的情绪在军中弥漫，虽然没有解围，但是西夏人之后连续三天都没有再攻城。

而接下来双方的攻守，实际上也变得毫无意义。

西夏人实际丧失了攻克绥德城的信心，只不过为了面子、侥幸心理等莫名其妙的原因，一直没有退兵。当然，最重要的原因是，宋军玩了一个预定的小动作——西夏人的打援部队挡住了两支看起来似乎是想增援绥德的宋军。所以，直到此时，西夏人依然相信，战争的主动权，在自己手里。绥德城他们想打就打，想撤就撤。

而绥德城的宋军，此时也无力进行任何反击。

战争进入僵持阶段。

当然，这也正是种古与刘舜卿所盼望的。

时间又过去了十天。

西夏御帐。

"陛下，我们该撤军了。"当着梁乙埋的面，李清提出了令众人觉得脸上无光的建议。

"国相以为如何？"秉常侧过脸去，询问梁乙埋的意见。

梁乙埋尴尬地咳了一下，道："陛下，臣以为不若再给梁将军一次机会。"

秉常的目光移到梁永能身上，梁永能顿时坐立不安起来，他知道再攻下去已无意义，但是当面和梁乙埋做对，对他来说，更不可能。

"臣以为，再攻三日，若是无功，不若明春再来。"梁永能谨慎地说道。这实际上是一个折中的办法，所谓的"明春再来"，自然是一句面子上的话。

禹藏花麻却在一旁冷笑道："天气渐渐寒冷，多留一日，便多一日危险。陛下，臣亦以为当速速退兵。"

梁乙埋"哼"了一声，道："有何危险可言？宋军尚有何能？"

"万一下雪，只恐你我皆为所擒。"禹藏花麻并不怕梁乙埋。自谅祚以来，吐蕃与西夏虽然冲突不断，而且吐蕃也倾向于宋朝，但饶是如此，吐蕃依然是西夏要竭力拉拢的对象。他既是投降西夏的吐蕃首领，又是驸马，自然没必要讨好梁乙埋。

"本相倒要看南人有何本事擒我！"梁乙埋冷冷地说道，站起身来，向秉常说道："陛下，臣愿亲自督战，再攻绥州！"

秉常见梁乙埋如此豪气，不由拊掌赞道："好！朕便看看国相领兵的风采！"

李清与禹藏花麻对视一眼，嘴角都不约而同地流露出嘲讽之意。

此时，西夏御帐之外。

一身白袍的文焕面对绥德城，负手而立。

昨天晚上绥德城中燃放的烟火，很多人都看到了。但是只有文焕知道，那些烟火的意思，与宋军大肆张扬说是庆祝种古康复不同，其中有着更深的含义。

许多西夏士兵都目瞪口呆地拍手观赏绥德上空那花样百出的烟花——这是他们中间许多人一辈子都难得见上一次的。但这些西夏人不知道，对他们来说，这些烟花，足以致命。

文焕收回目光，环视身边的西夏士兵，突然感觉到一丝怜悯之意。

6

《天下郡县书·陕西路》（熙宁九年刊，桑氏书局）

……绥德以南曰淮宁河，沿河距绥德四十里，有怀宁寨，又四十里，有新筑绥平寨；淮宁河以南曰吐延水，番人谓之"濯筋水"，过延川县北入黄河。有支流名清涧水。

清涧水入吐延水处，有青涧城，至怀宁寨七十里，至绥德城一百一十里。此皆边防要
寨，延州之险扼处。

……延川县城北九十里，井出石油，亦名脂水、石液，遇火辄燃。或谓六月取之，
涂疮疾即愈……

《西夏纪事本末长编·绥德之战》

……初，用刘舜卿谋，伏军于吐延水以北，淮宁河之南。使张守约节制八千长
安兵及番兵四千，出怀宁寨，张声势。而以姚兕领振武军、沿边弓箭手、未整编禁军
及教阅厢军计三万五千众，偃旗息鼓，伏于守约之后。又命种谔领龙卫军九千与番骑
三千，皆马军，伏于绥平寨以南，吐延水之北。

梁永能闻守约来，以嵬名大王领马军两万，步军一万五千余人，击之。每与战，
大宋兵皆不利，少却。然守约典兵日久，威名甚著，其兵部伍严整，虽退不乱，西夏
诸将皆惮其威名，又虑怀宁寨与之犄角，亦不敢迫。两军僵持有日。

及是夜，种古燃烟花以召援军。守约丑正造饭，寅正即举兵大出，简八百精锐敢
死之士于阵前，皆执强弩，而使番兵护两翼，守约挺身阵前，自节金鼓，与夏军战。

嵬名大王亦西夏名将，善知兵，为将谨慎，遂自领步军以当守约，张马军为两翼，
夹击守约。守约素得番人敬畏，又遗以强弩硬弓，抚之如汉兵，沿边番部皆骁勇，至
是，莫不死战。夏军竟不能克。

两军激战，自寅至午。大宋兵以寡敌众，弓矢皆尽，守约亲冒矢石，左臂中箭，
断箭怒吼，奋战不已。众皆感奋，莫不效死，将士死者二三，伤者四五。夏军虽得势，
然自寅正出战，未暇得食，苦战半日，既饥且渴，人困马疲，唯惧于军法，犹不敢稍退。

至午正，守约度形势，遂举大旗，姚兕尽起伏兵，皆执振武军旗，出守约军后。
夏军莫不惊惧徘徊，嵬名大王亲斩两酋长，悬头于阵前。其知不能免，乃亲率五千众
断后，令其子嵬名多磨领余众退至绥德。

然其弩末之兵，不能当一鼓之击。姚兕兵至，夏军稍触即溃，自相蹂籍，姚兕纵
兵击之，杀伤无算。嵬名大王知大势已去，三呼"亡矣！"，自刎于阵前。

姚兕遂合张守约兵，穷追嵬名大王余部，会遇大风，风沙迷眼，方止。

姚兕、守约遂整兵北行，一日便至绥德。其军容鼎盛，秉常以下，尽皆惊怖。

……

熙宁十一年，正月。

汴京城里，张灯结彩，喜气洋洋，一派节日的气氛。自熙宁十年十一月以来，帝
国的北方地区，连续下了几场大雪，至正月初二，汴京又是普降大雪，自今尚未消融，

残雪挂在树枝上，竟显得十分娇憨可爱。

在汴京城最热闹最繁华的大相国寺前，此时聚集了密密麻麻的人群。其左墙边临河第三棵柳树下面，有人在那里搭了个小小的茶棚，摆了几张桌椅，煮上一壶茶，俨然便成了一个简陋的茶馆。许多的市民游玩累了，便会到这里来，掏上几文钱，买一杯茶坐下歇脚，一面听一个五十多岁的李秀才，口沫横飞地说着一本署名为"卫辉张氏"的《上古神仙评话》的新话本。

不过这一天，李秀才拿起惊堂木重重一拍，却没有如往常一样开讲他的神仙故事。

"众位看官，今日要说的是，却是本朝前不久发生的一桩大事……"

这一句话，顿时将茶客们的注意力全部吸引过来。

"话说去年十月，西夏国秉常兴无名之兵，来犯我大宋边境。想那秉常不过是天狗星干犯天条转世，又如何能敌得过我大宋有左辅星君石学士坐镇……"

其时西夏三路入侵的危机早已化解，捷报传至京师非止一日，但是具体的详情、战况，民间却无人知晓。之前两军激战正酣之时，因为情报传送滞后，连皇帝与枢密院都是一夕三惊，京师曾经谣传了十余日，道是石越已被西夏人俘虏，绝食殉国，西夏兵锋直抵长安。皇帝赵顼坐立不安，一夜之间，三次召文彦博入宫。好在文彦博毕竟是三朝老臣，知道皇帝的心思，竟是安卧家中酣睡，对皇帝的诏书，只是让人轻轻回了声"断无此事"便不再理会。最后还是皇帝亲自去文府，见到文彦博果然正在呼呼大睡，这才安下心来，放心回宫。皇帝尚且如此，民间虽然新闻管制，但是却阻止不了谣言的传播，京师之中，莫不人心惶惶，有人甚至打点行装，准备去杭州避难。直到文彦博拒赴皇帝诏的消息传出，人心这才渐渐安定下来。果然，几天之后，便传来庆州兵退的消息。再后来，宋军大捷的消息，也被送至京师。在京师中等待祝贺正旦的各国使节，纷纷上表拜贺；皇帝下诏京师放花灯十五日，普天同庆。老百姓到这时，才铁了心相信宋军的的确确是打了大胜仗。于是对石越这个文臣的怀疑，立时转变成一种神秘主义的信任。

这个时候，坊间自然也流传出关于宋军大胜的无数版本。而老百姓们无论信不与信，都同样津津有味地听着每一种流言。

"……那姚、张二将军破了鬼名大王，便兵合一处，计有大军二十万，直驱绥德城。见着西夏人，也不喊话，挥兵便杀将过去，'小隐君'见援军到来，也从城中杀出。那西夏人攻了几十日的城，人马疲惫，士气低落，哪里能挡住我大宋精兵，一个个以一当百，如虎入羊群，竟将西夏兵杀得落花流水，哭爹喊娘。幸得还有数十万大军护着夏主，狼狈而逃，列位想想，那姚、张二将军都是步兵，如何又赶得上，眼见着夏主就要逃脱，便在这时……"

说到此处，李秀才便戛然止住，注视众人，微笑不语。

众人正听到紧要处，见李秀才猛然停住，不由不停地催促道："便在这时，又如何了？可曾捉住了夏主？"

"是啊，你快说啊，可曾捉住了夏主？"

那老板见众人如此，忙走将过来，笑道："众位可知为何这李秀才如何知道这般清楚？"

众人见老板如此相问，都是一愣，不由大笑，现在谣言纷纷，其实众人心中，也都是将信将疑而已，却听那老板说道："这次回京捷报的，有一个兵汉恰好是李秀才的亲戚，李秀才下了本钱，买到一瓶甘露酒，方才探得这点真情。我说众位，亦不能白听这一回，有钱的捧个钱场，没钱的捧个人场，这才是正理。"

众人这才明白，有几人便掏出几文钱来，放到李秀才桌前一个盆子里。李秀才眯着眼睛，偷偷拿眼瞅那盆中，见钱已差不多，这才拱拱手，做了一个团圆揖，继续说道："便在此时，便听一声炮响，种谔将军率十万马军杀到，原来石学士早就伏下这一路人马。便听夏主大叫一声'我命休矣！'眼见着便要在劫难逃。"

"难道竟将那秉常给活捉了？"座中有人诧异地问道。

"唉！可恨便可恨在此处，那夏军中杀出三名降将，竟生生将大宋兵挡住了，护得那夏主逃出。"李秀才长叹一声，咬牙切齿地说道。

"哎哟！"在场众人尽皆折腕，有人恨声问道："不知却是哪些降将？"

"一个番将禹藏花麻，一个汉将李清，还有一个，便是文焕那狗贼！"李秀才又抓起惊堂木，仿佛将那案子当成了文焕本人，狠狠地拍下，骂道，"这三个降将救出夏主，大宋兵轻骑直进，兀自穷追不舍，整整追了两日，那夏主本是天狗星转世，还会点儿妖术，便在晚上祭起妖法，次日便下起大雪。种将军无奈，只得退兵。"

"啊？"众人尽皆听呆了，有人问道："那夏主会妖术，这又当如何是好？"

"这不用怕。"李秀才摇手安慰道，"魔高一尺，道高一丈，他夏主会妖术，我大宋皇帝却是紫徽星君下凡，石学士更是左辅星转世，若是当时石学士在绥德，那秉常便逃脱不了。众位想想——那西夏人倾国而来，何以石学士便知道要伏兵绥德呢？可见他确是能掐会算无疑……"

李秀才滔滔不绝地说着种种传说，众茶客也被他哄得一愣一愣的。众人丝毫没有注意，在这个简陋茶棚的角落中，有两个俊雅的男子正在低头喝茶，只是时不时拿眼睛扫上这边一眼，全不似一般人那么兴致盎然。

"大宋这次真的大胜了吗？桑郎。"如果有人听到"他"的声音，一定会惊讶到跳起来，原来竟是一个女子的声音。不过她的声音极低，茶棚中众人谁也没有留意。

被她称为"桑郎"的男子，却只是神不守舍地"唔"了一声。若有认识的人见着他的样子，必然大吃一惊，原来他竟然是白水潭学院的山长桑充国。叫他"桑郎"的人，无疑是他的夫人王昉。

王昉似乎有点儿恼怒，嗔道："桑郎？"

"嗯？"桑充国猛地一惊，这才回过神来，道，"我方才想事情去了。"

"在想什么？"

"我在想，这次无论胜与不胜，其实于大宋都不是好事。真正有好处的，可能只有子明而已。" 桑充国口中说出来的话，让王昉大吃一惊。

"若能大胜，怎么于大宋不是好事？这是我爹爹梦寐以求的事情。若是我大哥未死，纵然他与石越有隙，心里也会高兴。"王昉不解中带着几分嗔怪。

桑充国皱了皱眉，他的表情突然严肃起来，端正了一下身子，沉声说道："这些日子以来，我一直在想一个问题。朝廷——天子与百官，按照经书所说，天子是奉行上天的旨意，来治理天下的，而百官，则是协助天子牧守万民的。而天意，其实便是民意。唯有民意能直达上天……"

"是啊？这有何不对吗？"王昉疑惑地眨着眼睛，习惯性地托腮问道。

"而子明却曾经说过，天子不是受命于天，而是受命于民。两位程先生与岳父大人也说，天下非天子之私产，天下是祖宗之天下，是天下人之天下。"

"这自是正理。"王昉笑道，"本朝立国以来，士大夫莫不奉行。纵是天子亦不敢以天下为私产。这些道理，其实不待石子明来说明。石子明不过是集前贤之大成而已。"她说的却是事实，宋朝本是中国历史上民本思想最浓厚的时代，唯后人无知，将宋朝中央集权的加强等同于所谓"封建专制"的加强，将一个明明是中国历史上宰相与外朝之权最重的时代，硬生生地说成是皇权加强的时代。

却听桑充国问道："既是如此，那么，究竟什么样的朝廷才是一个好朝廷呢？无论天子是受命于天还是受命于民，归根结底，天子都应当顺应民意。那么，是不是说唯有顺应民意的朝廷，才是好的朝廷呢？"

"那是自然。但是庶民有无知之时。"王昉沉吟了一下，说道，"所以，应当如圣人所言，施行仁政的朝廷才是好的朝廷。"此时二人早已忘记身处的环境，更是将说书人与众听客抛之脑后，全心全意地讨论起来。

桑充国怔了一下，笑问道："那娘子以为，何为仁政？"

"大抵轻徭薄赋，简刑宽政，可称仁政。"

"我以为不然。"

"啊？"王昉听到夫君这样的回答，几乎是惊呆了，不可思议地望着桑充国，却见桑充国的眼中，闪烁着思想的光芒。

"我反复翻阅石子明的著述，又与二程先生、邵先生几经讨论，方才得出这样的结论——"桑充国虽然压低着声音，却掩饰不住情绪的激动，"所谓的仁政，应当是一个好的朝廷应负的责任。一个好的朝廷，其责，不止于轻徭薄赋，简刑宽政。后人评价诸葛孔明说，为政之要，在于宽猛相济，一律简刑宽政，并非好事。至于轻徭薄赋，自古皆被人所称赞，但是我却以为，重要的并不是是否轻徭薄赋，而是朝廷征收的税收，用到什么地方？"

王昉出神地听着。

桑充国略有几分得意，道："此事我曾与岳父大人写信请教，岳父大人亦以为然。"

王昉点点头，她自然可以想见，自己的父亲并不会反对这样的观点。实际上，王安石一向便持有这样的观点，只不过没有明确地陈述出来罢了。

"百姓交税服役，供养天子及百官，此为理所当然。然则，这交上去的税，所服的役，却必须所用得当。否则，是使天下奉一人，而非使一人治天下。凡天下财富，出自百姓，亦当用于百姓，方为天下之大道所在。一国之内，有天子，有百官，有军队，此皆坐食俸禄者。百姓之所以供养天子、百官、军队，是为天子与百官能牧守天下，使天下无盗贼；军队能够抵制外侮，使边疆无烽火。然后方能使百姓安居乐业。以此观之，则朝廷之责，是能使百姓安居乐业。换言之，则可说能使百姓安居乐业之政事，方是仁政；不能使百姓安居乐业之政事，皆是恶政。何为仁政？由此可知。仁政者，非止轻徭薄赋，简刑宽政。但凡训练军队、兴修水利、赈济灾民、鼓励生产、办学校、建药局，凡民之所急者，民之所需者，皆为仁政。而最要紧处，则是仁政并非是朝廷之施舍，而应当是朝廷理所应当要做的事情！若其不为，便是失职。"

桑充国的观点，表面上看来平平无奇，但是细一思之，却是振聋发聩。

王昉忍不住喃喃说道："理所应当要做的事情？"她委实是震惊了，开始桑充国反对以简单清静少为思想作为"仁政"的标准，这一点身为王安石的女儿，她并不觉得如何新鲜，但是当桑充国说出原来"仁政"竟然是朝廷必须要做的事情之时，她却是震惊了！

原来百姓们完全可以不必为朝廷的"仁政"而感恩戴德，那其实只不过是朝廷的职责所在而已。

"两位程先生如何说？"

"大程先生与小程先生皆以为是。"桑充国的语气中，显得非常自信。他的观点，是连石越也不曾提及的。他并不知道，甚至连石越本人也没有意识到，因为石越是带着"救世主"的心态去进行他的著述，哪怕石越本人身上有再多的平等意识，再诚惶诚恐，但是他在心态上，却不可避免地居高临下了——于是他虽然在书中告诉士大夫们，治理国家应当如何如何，但是却表现得循循善诱，他不敢大胆地指责统治者——这是你们应当做的！他只是告诉他们，上古的圣王是这样做的，然后暗示他们，这样做就符合圣人的标准，会有好的结果，在历史得到好的评价。

这是石越的局限。不能说石越不知道这些东西，但是不管是出于谨慎也好，还是出于别的什么原因也好，总之，最初喊出这一声"这是你们理所应当要做的事情！"的人，是桑充国。所以，他的确有理由感到骄傲的。

不过桑充国没有意识到的是，在熙宁三年说出这些话，与在熙宁十一年说出这些话，还是很不相同的。在石越的著作经过八年的传播之后，他喊出这些话来，才显得那么理所当然。

王昉凝视桑充国一会儿，心中也为他感到骄傲。同时却又一点儿不满，她在心里微微嗔怪为何桑充国之前没有和她讨论这些事情。显然，桑充国有这样的想法，已经很久了。她忽又想起桑充国最先所说的话，不由奇道："那方才桑郎说，无论胜与不胜，其实于大宋都不是好事。有好处的只有石子明。与此事又有何相干？打败西夏，使边疆无烽火，不正是桑郎所说的'朝廷的职责'吗？"

"可我现在却认为，这并非是当今的急务。"沉吟了许久，桑充国方说道，"打一场大战，败了不必说它，便是胜了，也是累得无数的百姓转运于道，不得安宁。而花费的钱粮，更是不可胜计——若肯将这些钱财用来办小学校，便是让天下的童子都读书亦不是难事。朝廷养着成千上万的冗兵冗官有钱，打仗有钱，唯独要来建小学校时，却立刻没钱，只是骗得老百姓出钱办义学！"桑充国提及此事，不由愤愤不平。

"肉食者鄙，古来如此。不能很快见利之事，朝中也难以通过。"

"除此以外，去岁灾民，以十万计，皆在等待朝廷赈济。去年有几名学生分赴各路统计，发现各州弃婴，有增无减，而慈幼局却往往力有不逮，数以千百计的婴儿因此夭亡。各地又有许多村夫愚妇，有病不治，反信巫术，若朝廷能多开医药局，岂非能多活许多人？朝廷官员，若误判一死刑，其罪不小，可这些人死去，难道便不是朝廷之过，为何却可以熟视无睹？军队虽是国家所必需，抵御敌寇也是理所当然，但是我观子明所为，却似有开疆拓土之志。此次若能擒着秉常，一举灭了西夏，倒也罢了。现在听各处传闻，只怕秉常有惊无险。朝中诸公闻此大捷，必有人鼓惑圣听，盼着今年一举灭夏。大兵一兴，成败未知，而劳动百姓，耗空国帑，却是不可避免……此于国家，是喜是患？此于百姓，是福是祸？"

王昉一时默然。从小她就读过许多征战别离的诗歌，自是知道普通百姓而言，并不乐见轻开战端。但是收复西夏故地，却是她父兄的理想之一，她自幼秉承庭训，耳濡目染，岂能不受影响？故此一时之间，竟是不知道谁对谁错。若说桑充国对，似乎又嫌迂腐；若说他不对，但那百姓的困苦，却是实实在在摆在眼前的。桑充国所说之话，一句也难批驳得。

"兴，百姓苦！亡，百姓苦！"桑充国低声长叹道，"子明作的好词。只恐自己却忘记了……大败西夏，他自然是声名日盛，炙手可热，但是奈百姓何？如今只愿趁着这次大捷，息兵数年，使国家百姓，皆稍得休息。"

"只恐难以如意。"

二人说到此处，再无谈兴，不约而同都将目光移向那些还在兴高采烈听李秀才说书的茶客。桑充国见那些人脸上一个个都洋溢着兴奋之色，猛然间又想到，这些人似乎是乐见军队开疆拓土的，这些人的心意，应当也是民意，那么，究竟应当先考虑哪个民意呢？为什么某些人的民意，就可以重过另一些人的民意呢？想到此处，桑充国只觉得原本清晰的脑中如同一团乱麻，纠缠不清，竟是完全呆住了。

桑充国不知道，他没有猜中石越的情况，也没能猜中石越的想法，但是却猜中了朝中诸臣的心态。

<h2 style="text-align:center">7</h2>

庆寿殿。

太皇太后曹氏的居所，这一天显得十分热闹。殿外虽然依旧银妆素裹，殿中却是炉火通明。曹太后微微斜靠在一张椅子上，含笑望着殿中众人：自高太后以降，向皇后、朱妃、王贤妃，后宫所有封号在"妃"以上，以及生有子女的嫔妃，全部到齐了，皇帝也自然亲临。除此之外，昌王赵颢、嘉王赵頵与他们的王妃、王子、县主，也被恩诏入庆寿殿请安。

此时由皇帝赵顼与高太后、向皇后陪侍曹太后左右，余人依序而坐，将庆寿殿坐得满满的，众人皆笑容满面，不时低声私语欢笑，俨然是一副四代同堂共享天伦的景象。

坐了一会儿，赵顼看见赵颢含笑与赵頵交首接耳，赵頵频频点头，不由笑问道："二弟与四弟却在说甚事？"

赵颢含笑不语，赵頵红了一会儿脸，又看了赵颢一眼，方说道："臣弟与二哥方才在说，今年这般景象，实是欢喜，只可惜却少了两个人……"他说到此处，抬眼看赵顼，却见赵顼原本满面笑容的脸，已是如蒙上乌云一般黑了下来，心中打了个突，竟是不敢再说。但他这话声音甚大，满殿皆闻，原本欢声笑语的庆寿殿，在一瞬间，便已安静得连根针落地的声音都听得见，连小孩子都吓得不敢出声。

赵颢知道自己这个四弟，一向醉心于医学与仙术、文学，素来不闻外务，对大哥赵顼是既敬且惧，这时被吓得不敢说话，倒也并不意外，当下缓缓起身，接过赵頵的话，从容说道："此事原是臣弟听说狄咏战死环州，可怜十一娘孤儿寡母在长安，因想向太皇太后、太后、皇兄、皇后求个情，复了十一娘的封号，把她接到京师，也好有个照应。"他说到此处，动了真情，眼睛竟是红了，又低声道，"十一娘与十九娘，都是与臣弟一起长大的，骨肉相连，如今她们触犯天威，本是不该，唯盼太皇太后、太后、皇兄、皇后恩泽……"说罢，捋起衣袂，扑通跪了下来。

赵頵原是个本分老实之人，见着赵颢这么一跪，便想起从小到大的情谊，也是站不住了，紧跟着跪了下来。二王一跪，两个王妃自也不敢再站着，拉着身边的孩子，也一并跪了。

赵顼的脸上阴晴不定。

他此时并不知道狄詠是怎么死的，整个宋朝，都还没有人知道狄詠是怎么死的。大战过后，石越要处理的事情非常多，环州城中活着的人口，仁多澣虽然履约没有杀他们，但却全部掳入西夏。赵顼已经诏令石越，无论如何要将这些人赎回来——实际上，石越早就在做这件事情了，但是到现在为止，似乎还没有进展。

不过，无论狄詠是怎样死的，他战死是事实。赵顼对狄詠的怒气，随着他的战死，早已烟消云散。清河恢复封号，其实只是迟早的事情。虽然赵顼早已决定要恢复清河的封号，但是他心中却希望这件事情是由他亲自提出来，而不是其他人，更不应当是赵颢！可赵颢偏偏就提出来了。虽然赵颢假意让赵頵先说，以显示自己并不是想借为清河求情之名，来博取天下军民的好感，但是赵顼又岂能看不出来这等伎俩？赵顼心中恼怒，却又不便发作。他无法拒绝这个请求，总不能让天下臣民以为自己是无情无义的君主吧？忠臣的遗孀、怀着遗腹子的寡妇、与皇帝亲若兄妹的郡主……如果拒绝了，那就是狠心的皇帝拒绝贤王的请求？也许自己并不惧怕流言蜚语，但是赵顼却明白，这只会让赵颢"贤王"的形象更加深入人心。

赵顼努力控制住自己的情绪，终于冷静下来，他嘴角挤出一丝微笑，笑道："朕岂不心疼这个妹子？前番惩戒，不过是顾惜天家的面子，不得不如此。既有二弟与四弟求情，朕明日便下诏，复清河郡主封号。至于柔嘉，她父母皆在西京，她若愿意在西京多留些时日，便由她留几日吧。"

"皇兄圣明。"

"官家圣明。"

赵顼露出了笑颜，顿时殿中响起一片颂扬之声。死寂的庆寿殿，又变得热闹起来。

赵顼又陪着曹太后说笑几句，赵颢又凑上前讲了几个笑话，引得曹太后哈哈大笑。一直在逗着自己儿子信国公赵俣的王贤妃悄悄瞅了一下殿中座钟，又见曹太后已露出疲色，虽然她与儿子难得见面，颇有几分恋恋不舍，却终是忍痛将儿子交还给向皇后的宫女，轻轻走到向皇后身边，耳语数句。

向皇后微微点头，忙放下正在自己怀中闹腾的淑寿公主，起身请求散了宴席。

众人免不得一一告退，赵顼眼见赵颢夫妇也起身告退，心中一动，忙唤了声："二弟稍候。"

赵颢听到皇帝吩咐，忙站在一旁等候。待到众人散去，赵顼先将曹太后送至寝宫，又送走高太后，这才走到赵颢身边，拉着他的手笑道："今日自家兄弟且叙叙家常。"一面便出了庆寿殿，径往御花园走去。一干内侍，急忙紧紧跟随，只见赵顼与赵颢笑语晏晏，倒似是兄慈弟悌、友爱非常。

赵顼与赵颢聊了几句，忽然笑道："二弟的四女，是熙宁九年五月丙辰出生的吧？"

赵颢见皇帝忽然问起此事，心中不由一惊，忙笑道："皇兄朝政繁忙，竟还记得这等小事。臣弟……"竟是哽咽得说不出话来。

赵顼微微一笑，不去理会，只是屈指算了一下，笑道："那现在是一岁七个月了。不过天家体制，向来是十七岁出嫁，二弟现在就替她寻婆家，实是太早。"

赵颢不料自己这个皇兄，竟然连这点事情都盯得清清楚楚，当真是吓出一身冷汗。忙小心解释道："虽是年齿尚幼，然则为人父母者，莫不盼着子女能安享富贵。祖宗立下法制，宗室不得结交外臣。朝中品官之家，臣弟自是不敢结交。只是终不甘心将自己女儿，似那不成器的宗室一般，许入那商贾之家。若是如此，天家也没有体面。因此臣弟与卫氏商量，只盼着能许个读书人家，不求显达，于愿已足。皇兄在九重之内，或不知当今之风气，但凡嫁女，都愿嫁进士。连朝中公卿，凡家中有女者，每到进士揭榜之日，莫不驱车于榜前，若见着未娶的进士，便强行拉回家，结以婚姻，可见择个乘龙快婿，实是一大难事。臣弟这心思，实与那公卿无二，不过臣弟不敢违祖宗家法，故此只盼着早找个读书人家约下婚姻……"

赵顼似笑非笑地望着赵颢，淡淡笑道："朕竟不知如今进士如此稀奇。不过想那桑充国家的儿子，王介甫的外甥，石越的侄子，如此名门之后，自然是他日注定的进士。二弟的算盘打得真不错……"

赵颢听皇帝如此说，干脆装糊涂，苦笑道："虽是如此，却毕竟是被桑充国婉拒了。"

"哦？"赵顼奇道，"桑充国连县主媳妇都不稀罕吗？难道还指望着朕许个公主给他家不成？"他语气神情，倒似是他从来不知道此事一般。

"此事非臣所能知。"赵颢虽然被桑充国拒绝，可是却看不出什么恼怒之色。

赵顼斜睨赵颢一眼，笑道："其实二弟不必为儿女如此操心，朕这个侄女到了十七岁，朕给她许婚便是。包你是个好人家。"

"多谢皇兄。"赵颢连忙欠身答应，同时不由在心里暗暗叹了口气。不过他毕竟是拿得起放得下的人，马上说道："有件事，臣弟还要冒死恳请皇兄恩准。"

"二弟但说。"

"臣弟长子孝骞，现在宗学就读。臣弟想请皇兄恩准，让他去白水潭就读。"

"这是为何？"

"君子之泽，五世而斩。臣弟希望臣这一支太宗血脉，能够早立规矩，知道平民之生活，待到他日爵位渐削，亦不至束手无策，坐困穷途。只是深惧谗言……"

赵顼却是知道这是赵颢在向自己表明姿态，说明自己无问鼎之意，所以子孙们迟早会变成平民。只不过宗室与士子一同读书，却也颇可疑惧，他亦不能不防微杜渐，当下笑道："不必如此。若是觉白水潭教得好，朕让有司议之，着宗学仿白水潭开科便是。"

"是。"赵颢不敢再说，忙躬身应道。

8

与赵颢说过话后，赵顼没有前往崇政殿，也没有回睿思殿，竟是又折回了庆寿殿。

他阻止了内侍宫女们的通报，轻轻走进曹太后寝宫，在榻前找了张椅子坐了，静静地等待曹太后醒来。

这个时刻，赵顼恍惚感觉回到了自己的少年时代，那还是仁宗皇帝在位的时候，他也曾经这样在曹后的床边坐着，吃着桌上的贡橘。想着往事，赵顼不觉将手伸向桌上，却摸了个空。

他自觉好笑，见内侍宫女都在帘外，便很没有威严地捏了捏鼻子。

虽然已经过了三十岁，早已不是继位之初的年轻皇帝，但是他却依然保留了一些看起来幼稚的小习惯。比如在没人看见的时候，稍稍破坏一下自己身为天子的威严的形象。

自从西夏入寇的消息传到京师之后，赵顼的压力就非常大。他经常半夜惊醒，一会儿梦见西夏那个年轻的国王率着骑兵杀入汴京，拿剑逼着自己禅位；一会儿梦见因为军费不足，士兵哗兵，宋军大败，自己跪在太庙之前，被烈日暴晒；一会儿又梦见灾民作乱，不可收拾，赵颢指着自己的鼻子大声数落……他承受着难以想象的精神压力。为了缓解这种情绪，赵顼不得不经常通宵处理朝政，迫使自己不去想那些事情。

那日赵顼夜访文府，见到文彦博酣睡，他就非常羡慕文彦博的从容。

"真有古人遗风啊。"赵顼常常不自觉地这样想着，但是他自己却始终无法做到那份从容。哪怕是在夜里批阅奏章，他都反复在明明知道没有军情的奏折中，一遍遍寻找，生怕有遗落的军情奏折没有看到。这种强迫症折磨得赵顼几乎崩溃，但是在臣子们面前，他依然还要装成胸有成竹的皇帝。

整个禁中，没有人能给他安宁的感觉。

他是皇帝，富有四海，却找不到一个可以在心慌意乱之时躲避的地方。

曹太后是可以信任的，但自从他十六岁受封颖王以后，那如同亲祖母般的慈祥后面，却始终保持着一份礼貌的距离。

王安石他原本也认为是可以信任的，但是王安石却辜负了他的信任。虽然他对王安石，依然存着一种类似于师生的情谊，但是在熙宁二年、熙宁三年之时的信任早已不再。

石越曾经也是可以信任的，这或者是世界上唯一曾经让他有朋友之谊感觉的臣子，但是时间也使这种关系变质——石越变成了他能干的大臣，因为太能干，便不能不被猜忌。

除此以外，如韩维、文彦博，都可以信任，但那只是君王对忠臣的信任而已！

只有赵顼自己知道，贵为天子的他，在身心疲惫之时，却找不到一个真正可以倾诉的对象，找不到一个靠背的地方。

想到这些，赵顼不由有点儿黯然。

好在一切都已经过去，石越在陕西毕竟是打了大胜仗。

不过，打赢了战争，并不意味着一切问题迎刃而解。实际上，战争的时候，许多事情，他可以暂时搁置，不去理会，但是战争结束之后，这些问题却都必须一一面对。

现在，赵顼便搁了一肚子的问题，等待曹太后醒来。

让赵顼担心的是，曹太后的身体越来越差，绝非是寿年还长的景象。

"官家？"曹太后略带惊讶的呼唤，打断了赵顼的思绪。赵顼忙转过头去，却见曹太后已经醒来，正吃惊地望着自己。

"娘娘。"赵顼注视曹太后，微笑着唤道。

外间的女官早已听到动静，早已进来几个人，扶着曹太后坐起。曹太后斜靠在凤床上，挥手让女官宫女们出去，端详了赵顼一会儿，笑道："官家如何还在此处？"

赵顼踌躇了一下，从袖中抽出一本奏章，递到曹太后面前，说道："朕想请娘娘拿个主意。"

曹太后淡淡一笑，接过奏章，斜躺着翻阅起来。赵顼仔细观察着曹太后的神色，只见她开始时还从容平静，脸上看不出波澜，愈到后面，眉宇之间便锁得愈紧，最后双眉间竟是皱成一个"川"字了。耐心地等待曹太后读完奏折，赵顼沉声说道："眼下西夏兵刚退，便有边帅互相攻讦，实非国家之福。况且朝中还有几件大事，亦不能不办，许多事情如同乱麻一般交杂，朕实是深以为忧。"

曹太后微微颔头，又问道："这只是石越弹劾高遵裕的折子，高遵裕自己不曾有折子进呈吗？卫尉寺又有何说法？"

"高遵裕前后递进来两封奏章，一封是奏闻战况，并弹劾石越处置失当，置失陷名城，使狄咏殉国、何畏之等诸将或死或失踪，上万百姓沦于敌手。另一封却是自辩的折子。遵裕言西夏攻平夏城甚急，他手中可调之兵尽数派往平夏城协助种谊，接到石越求援之令后立即征调兵马救援，只不过是拖延了些时日。遵裕且说，缘边州军，向来各有辖区。各州军分驻兵马，互为犄角，虽不能大胜，亦不致有失。渭州兵马首先当防渭州之寇，而环庆自有种谔之兵。石越以文臣典军，不晓军事，冒险用兵，尽起环庆之兵往延州，又调环州知州张守约领长安兵，使环庆无名将，方有环州之败。此番大胜，不过是一时侥幸。设使夏主不往绥德，改攻环庆，长安以西，非大宋所有。石越轻率行事，是拿陕西军民、朝廷土地博一己之功名云云。"

曹太后只是静静聆听，没有插话，脸上亦无异样之色。

却听赵顼又说道："石越的奏折，娘娘已经见着。战前他已画好方略，熙河之兵仓促间难以调动，石越令其牵制西夏西南之敌，使其不敢妄动——这点朕是深以然为的，兵法说，千里趋利，必阙上将军。便使征调熙河兵，亦是疲惫不能用，且熙河素有重兵，又为西夏所瞩目，其地归化未久，番部尚未完全归心，一旦调动，更易泄露军机，此所得不足以偿所失者——而以种谊守平夏，以高遵裕宿将重臣，居中策应平夏与环庆。石越与诸将事先已侦得环庆是仁多澣领兵，知其与梁氏有隙，故盛设疑兵，使其不敢攻环庆。而倾环庆之兵往延绥。不料仁多澣不知何故，又起兵入寇，按事先之约，则遵裕当起渭州之兵往援，则环庆不至有失。又言狄咏守城十日，若遵裕之兵早至，环州不当失陷，狄咏不必死国。是以石越劾其轻慢军机之罪。"

虽然是名将之后，但是曹太后毕竟是女子，并不懂军事，但是对于处理纠纷，平衡各种关系，稳固权力，却有自己的见解。实际上作为一个最高统治者，只要知道这些就足够了。她不动声色地听赵顼说完，沉吟了一会儿，又问道："其余诸将又是何说法？"

"大抵渭州将帅、军法官，皆言平夏城战事甚急，而遵裕之兵，除去渭州守备，皆派往平夏。种谊亦言敌攻平夏城日急，确是事实。由是观之，遵裕非是故意轻慢。卫尉寺呈渭州神锐军都虞候之报告，亦道渭州实无兵可派，而遵裕是临时征集。朕想遵裕本是戚里，为人素来忠朴，为国守边有年，颇得番汉将士之心，是国家重臣名将，非不知轻重之人。且其方处疑忌之地，是戴罪之身，石越用之，是使遵裕有戴罪立功之机会。遵裕与越，素无怨隙，论之则是越于遵裕有恩，何以遵裕竟要陷石越于死？此事不合常理。或其确有苦衷，亦不可知。"

"官家可问过枢府？"

赵顼脸上泛出苦笑之色："文彦博以为，高遵裕不能调兵或有苦衷，此事尚需查证。至于其指责石越不会用兵，以陕西为赌注，则不过是攻讦之词，当严词切责。缘边州军，旧制确是各自防守，互相救援，故此于各紧要处分驻大军。然这是不得已而为之，是不知道夏人将从何处入寇，而朝廷有守土护民之责，不可轻易委之予敌。现今既已事先得知夏人进犯方向，不集中兵力严阵以待之，而依旧使各州军分兵自守，虽为稳妥，却是误国之臣。此中智以上不为，何况石越。"

"文彦博是公允之论。"

"但王韶却以为，当斩遵裕以号令三军。"

曹太后略觉惊讶，诧道："为何？"她惊讶的并非王韶主张要斩高遵裕，而是王韶素与石越不投契，此番却为石越说辞。不过赵顼却不免会错意，解释道："王韶以为朝廷置安抚使，本意便是要节制沿边诸帅，以御外寇。诸州府军监郡守及缘边边帅，虽有直达两府之权，但每至战时，则不得违背帅臣节制，否则安抚司之设，再无用处。王韶又以为高遵裕之词，皆是诡辩，环庆危在旦夕，高遵裕典兵日久，岂有临时征集军队之理？况临时征集之守军，不过不能战之厢军、乡兵，又有何用？他若无兵可派，便当径直回报石越无兵可派，不得以诡辞欺瞒主帅。是以王韶以为，凭此一状，便当斩高遵裕以明军令。"

"王韶之论，虽不无道理。然他之见识，毕竟不如文彦博。"曹太后听完，淡淡地评价了一句。

赵顼微微端正身子，认真地听着。

曹太后又继续说道："祖宗惩于唐藩镇之祸，于边帅之置，实有深意。此次西夏来势汹汹，但依祖宗旧制，虽然不能有此大胜，但是只需边臣守御得法，亦不当有倾覆之危。只是缘边百姓，难免要受些灾难。"她见赵顼的嘴唇轻轻动了一下，似有话要说，不由微笑道，"官家且莫急，先听我说完。"

"是。"

"我并非是说石越不是。但凡天下之理，有一利必有一弊。旧法御敌，虽无大弊，却不能有大利。虽能阻住西夏之兵，却不免今岁去了，明年复来，边患终是无穷无尽。况且天子为万民父母，使百姓沦入夷狄之手，为人父母者岂能泰然？此不得已之法。"

"娘娘说得甚是。"

"石越此番御敌，几乎有机会毕其功于一役，若非天降大雪，使西夏人侥幸逃脱，西北之局势，几乎一战而定。我虽一妇人，亦知此实为百年难遇之机，机不可失，时不再来。若比起环庆那一点儿风险来，其利远大于弊，便如文彦博之言，中智以上，可知取舍。只是其事亦需杀伐果断方敢施行，若是碌碌之辈，虽知良机难遇，亦只能坐视。石越以一文臣，能行此事，是其能也。且他又能亲自坐镇庆州，胆色不逊于古之名臣，以一文臣能此，尤是难能可贵。此等事不可处求全责备，我虽是女流，不懂兵事，但却知世间之理不变。试想若石越既能在绥德伏兵破敌，又能使其余各处不冒一点儿风险，本朝百年来岂无名将？陕西一路若有此实力，西夏早已为大宋一郡，何必待石越来做？况且夏人并非愚蠢，若陕西有此实力，其又岂敢犯我边境？是其知我大宋力不能为此，方敢狂妄干犯天威。"

赵顼细听曹太后分析，心中不由甚是钦佩。他知道曹太后既不知兵事，又不懂陕西的实力究竟如何，但是她一一条析，却是毫厘无差，与文彦博的话大多契合。"果然天下才智之士，所见略同。"赵顼不由在心里暗暗感叹。

曹太后一口气说了许多话，气力不免有点儿接继不上，停了好久，方继续说道："若我所见不错，那石越是有功无过，遵裕之词，多是攻讦。"

"朕理会的……但……"赵顼考虑着如何置词。

曹太后微笑望着赵顼，笑道："我知道官家所忧者何事。高遵裕是否不听石越军令真假不知，但是他攻讦石越，却是事实。若按理而言，则高遵裕须严惩，再派枢府与卫尉寺，前往查验。他前罪未了，又添新过，虽然不可能如王韶所言，起码也要落个某州安置之罪。但是，我却以为，此番高遵裕却不便重惩。"

赵顼听曹太后说中自己的心事，当下忙说道："娘娘说得甚是。只是石越弹章言词激烈，眼下朝中有一帮大臣御史，亦颇觉不平。若不处置，却怕内则不能安朝野议论，外则难服石越边将之心。"

曹太后略停了一会儿，说道："石越立下这般大功，声名大盛，若是遵裕以戚里之亲，宿将重臣之名，犹以不服号令之名得罪，是日后边将再无人敢轻慢石越之令。如此则是朝廷假石越威仪过甚，于石越本人，亦非好事。古来善始者不必善终，官家当慎之。若是恐谏官御史不愿善了，我倒有一策。"

"还请娘娘赐教。"

"官家还记得章惇的案子可曾结了？"

赵顼一愕，望着曹太后，心中忽然一动，拍手笑道："朕已知道了。果然是妙策。"

曹太后含笑点头，悠悠说道："只是官家须给你母后家留几分体面。"

"朕理会的。"赵顼连忙笑着答应。他这几日来，最为难的便是不知如何处置高遵裕之事。高遵裕是不是故意不发援兵，赵顼根本不可能凭着几封奏章分辨清楚。几个宰臣或为高遵裕辩护，或为石越说话，也是公说公有理，婆说婆有理。若依王韶所言，高遵裕的辩词是勉强了一点儿，却也并非完全说不通。何况，就算是王韶，也说不出高遵裕有何理由要置石越于死地。不过这些都不是最重要的，站在赵顼的角度来看，若是打了败仗，那还有必要找一个替死鬼来向天下做一个解释，但现在既然是打了胜仗，这点"小小的"纠纷，根本不是重点。真正要紧的，还是如何在石越与高遵裕之间寻一个平衡点。

对于高遵裕，如果处罚重了的话，既怕使石越威仪过甚，又毕竟念在是自己舅舅家，不好太过狠辣；但若是不处置或处置轻了，休说石越不答应，朝中的御史谏官，还有一些如王韶这样的大臣，都不会善罢甘休，他素知这些臣子的脾气，可不是皇帝一道诏书能打发的。因此，他为难了许久，总算这次找到了法门，心里不由感觉大大松了口气。

赵顼打扰曹太后已久，事情既了，便准备告辞离开，便在他起身的那一瞬，便见曹太后身子一晃，仰身便往后倒去。赵顼心中一惊，连忙伸手去扶，却见曹太后早已倒在床上，昏了过去。

"娘娘！娘娘！太医！来人，快宣太医！"

在赵顼慌乱的高呼声中，庆寿殿很快就乱了套，慌了神的女官宫女们到处跑动喊叫，内侍们穿进穿出。很快，曹太后忽然昏倒的消息，便传遍了个整个禁中。皇太后、皇后及四妃以下，所有的嫔妃带着尚未离开府的皇子皇女，很快都来到庆寿殿外请安。但除了二后四妃之外，所有人都被挡在殿外。没有诏旨，却没有人敢走。庆寿殿外顿时聚集了黑压压的人群，一些嫔妃低声地抽泣着，还有一些人则口中喃喃有词地念起佛来。

不久，宰相吕惠卿、枢密使文彦博也率领文臣百官，写好请安折子递了进来。在吕卿惠的安排下，有司开始准备祈祷祭祀，到了下午，开封府内的宫观就自觉开始为太皇太后祈福……

但所有的这一切，都改变不了一个事实——经历过四代皇帝，曾经垂帘听政，在臣民心中享有极高声望的太皇太后曹氏，正处在病危当中。

对于普通的百姓而言，曹太后的病危，自然不会有太大的影响。但是对大宋朝廷中的大臣而言，这却是了不得的大事！

（第四卷完）